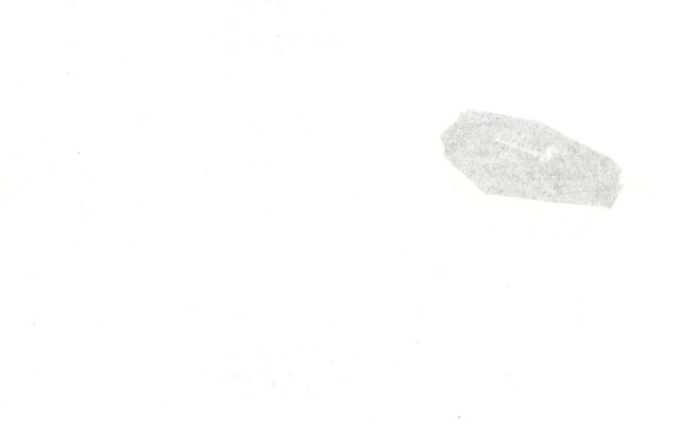

世界经典惊悚故事集

（美）斯蒂芬·金等 著
佳园 编译

中国华侨出版社
北京

图书在版编目(CIP)数据

世界经典惊悚故事集 /（美）斯蒂芬·金等著；佳园编译.—北京:中国华侨出版社，2014.7
（2019.6重印）

ISBN 978-7-5113-4766-4

Ⅰ.①世… Ⅱ.①斯… ②佳… Ⅲ.①故事—作品集—世界 Ⅳ.① I14

中国版本图书馆CIP数据核字（2014）第146658号

世界经典惊悚故事集

作　　者：（美）斯蒂芬·金等
编　　译：佳　园
责任编辑：王亚丹
封面设计：施凌云
版式设计：李　倩
文字编辑：黎　娜
美术编辑：李梦婷　潘　松
经　　销：新华书店
开　　本：720mm×1020mm　1/16　印张：28　字数：651千字
印　　刷：北京德富泰印务有限公司
版　　次：2014年9月第1版　2019年6月第4次印刷
书　　号：ISBN 978-7-5113-4766-4
定　　价：68.00元

中国华侨出版社　北京市朝阳区静安里26号通成达大厦3层　邮编：100028
法律顾问：陈鹰律师事务所
发行部：（010）58815874　　　传　真：（010）58815857
网　　址：www.oveaschin.com　　E-mail：oveaschin@sina.com

如果发现印装质量问题，影响阅读，请与印刷厂联系调换。

　　一个个神秘莫测的可怕传闻，一个个来自地狱的亡魂，一个个震撼心灵的悬疑，一个个难以索解的谜团……惊悚故事是一束冰凉的光线，在不可知的空间里射穿恐怖的外衣。它们以惊动魂魄的力量，挑战着人们的心理承受极限；以神秘莫测的魔力，俘虏着人们的好奇心，让人们恐怖着，并快乐着。

　　如果你看腻了那些虚假至极的鬼故事，看烦了那些夸张离奇的魔幻传奇，那么恭喜你，你挑到了一本超级写实，可以让你震惊到不敢闭眼、汗毛倒竖的惊悚之作！

　　本书精选近50个惊悚故事，囊括了世界恐怖小说大师的经典力作。来自地狱的恶灵、被命运追逐的主角、卑鄙猥琐的杀人者……一个个故事仿佛一首首充满了跳音的小提琴曲，处处出人意料，但一切又都顺理成章，水到渠成，除了悬疑的主旋律、惊悚的点缀，还暗含了对人性的剖析——真相，隐藏在死亡深处，但那也许并不是结束，而是开始。恐怖小说大师们魔鬼般的手指轻轻一拨便将我们带入战栗的深渊，感受不一样的惊险阅读刺激，体验一种超乎想象的极度冒险。

　　翻开任何一篇，都好像是打开了潘多拉的魔盒，令人揪心的恐惧就会扑面而来。险象环生、谜团迭起的宏大故事场面，一浪高过一浪的悬念，细致入微的描写，共同勾勒出一个亦真亦幻的惊悚世界，给人以身临其境的感觉，令人在紧张刺激的气氛中，随着情节变化起伏而惊心动魄，忍不住战栗、惊叫。令人称绝的文字流淌着震撼人心的魅力和热血沸腾的魔力，撩拨着我们的每一根神经，其诡异的吸引力让人难以抗拒。它一直深入我们的灵魂，啮噬我们的精神，给我们的脑海留下火辣辣的烙印，以致掩卷之后，只要一想起，当初感受到的那种心灵紧缩、脊背发凉的恐怖感就会再现。

　　楼道、电梯、教室、下水道、洗手间、办公室、地铁、公车……稀松平常的日常所在，却隐藏着一个个令人超级胆寒的世界，处处可能上演鬼魅迷局。谁能逃过冥冥中早已设定好的死亡循环？谁能揪出自己内心不断滋长的黑暗？令人胆寒的恐怖事件每天都在发生！今夜，你还能安然入睡吗？

　　紧张只是基本气氛，"毛骨悚然"也无法表达本书的惊恐指数。可怕的鬼怪灵异、灵魂鬼魅甚或不死的怪异生命等，给你无法抗拒的诱惑，让你越恐怖越上瘾！每晚一个惊悚故事，让恐怖慢慢渗进你的每一个毛孔，在一发不可收的阅读快感中感受心跳加速。

　　比侦探故事更引人入胜，比推理故事更扑朔迷离，比悬疑故事更真实恐怖，阅读本书是一场勇敢者的游戏，黑暗尽头有可能是天堂，也可能是地狱！别出声，如果你有胆量，就赶快翻开这本书，一起来享受让血液倒流却不忍释卷的阅读快感吧。但阅读时请务必当心！切记！你一定要在人群里阅读，否则会掉入恐惧的旋涡无法自拔！但请不要轻易翻开此书，除非你已做好心理准备！胆小者勿看！

目录

惊险刺激的冥界探秘 ❋

波诡云谲的异域冒险 ❋

险象环生的血案追踪 ❋

扑朔迷离的心理犯罪 ❋

骇人听闻的午夜凶灵

幽灵列车

【日】赤川次郎

原本载着 8 位乘客的火车，安全抵达站点，但车中的乘客竟然全部失踪……没有人知道他们为何消失，又是怎样消失。整个列车蒙上了一层恐怖神秘的气息，人们称它为"幽灵列车"，或许真的是幽灵将这 8 个人带到了另一个世界……

（一）

我叫宇野乔一，再过几个月我将步入不惑之年。我 21 岁开始做警察，30 岁调到刑侦组。但无论我做什么都不是一个出类拔萃的人。因为从小，我就被打下了这样的印迹。中学的时候，我的成绩单上总是写着"听话但不突出"这类的评语，这种状态也一直延续到现在。

我没有高大的身材，也没有英俊的外表，所以同事们经常打趣我说："你这种不显眼的外貌最适合做便衣刑警这种工作。"其实，木间课长也是看重我这一点才在一年前提升我做组长。他有一句口头禅：聪明对于警察来说是没有用的，刑警最应具备的两个才能便是走路与短时间内阅读大量文件。我自认为具备这两项才能，但可悲的是我却与不具备这两项才能的许多人共事多年。

目前我住在警局分派的一间小公寓里。我结过一次婚，妻子 4 年前死于车祸，没有孩子，所以我现在相对自由，只不过工作的事情经常会蚕食我所剩无几的业余生活。这天，我打算跟木间课长请 3 天假期，如果课长能同意的话，那对我来说简直是天大的喜讯。不过我不好意思向他开口，因为最近刚刚发生了一起耸人听闻的案件，虽然不在我们管辖的范围，但是这个节骨眼上向他请假的话实在有些不合时宜，况且课长平时也没有假期，节假日都在处理文件或分析案情。

我站在木间课长的办公桌前，刚想说出"我想向您请 3 天假"，但是这句话像一根鱼刺卡在我的嗓子眼里。木间课长见我一副犹豫的表情，并没有理睬，而是说出了自己的事："是宇野君啊，我正找你呢，没想到你自己来了。"

"您找我有事？"我满腹狐疑。

"是啊，我想给你放 10 天假，让你好好休息休息。"我放大了瞳孔，不敢相信自己的耳朵，我以为是我把心里的想法不小心嘟囔了出来，让他听见了。

木间课长见我一副吃惊的表情，笑了笑问："你先把你的事情跟我说吧！"

"其实，我来是想向您请3天假。"我脱口而出，这时又转念一想，会不会是木间课长想开除我，所以这么说。

"那我们不是刚巧想到一块去了？你接连办了几个案子，也很疲惫了，该放松放松。"

"不过，课长，10天是不是有点多？"我战战兢兢地说。

"不多不多，去山里泡温泉就是要时间久一点，这样才会有效果。那里空气好，人也朴实，实在适合休假。"课长的声音变得爽朗起来。

"您说的不会是岩汤谷温泉吧？"

"没错。"

听到课长肯定的回答，我恨得牙根痒痒，因为那里最近发生了一起震惊日本的案子：一辆列车上的8名旅客一瞬间消失不见，活不见人，死不见尸，人们把这起案件称为"幽灵列车"事件。

一时间，日本的新闻媒体，大街小巷全都在关注这起事件，人们对其进行了不同版本的猜测：有的说这8个人进入了另一个空间；有的说他们被外星人绑架了；还有的说这8个人本来就是外星人。随着猜疑之声四起，报纸杂志上也出现许多有关这起事件的文章，还有的以此为蓝本杜撰了许多小说。

但实际上，该案件一点线索也没有，8个乘客像是人间蒸发了一样，他们的身份只是一些商店的店主，并且证人们的证言也非常可靠，总之一个悬案眼看就要诞生。

"您是想让我去侦破此案？"

木间课长点点头。

"可它并不归我们辖区管啊？"我有些失望地说。

"我知道，不过那片辖区的局长和我是从小玩到大的朋友，他打电话请求我们这边帮忙，我想来想去就想到你了，你是最合适的人选。"

"这我了解，可是先生……"还没等我说完，课长抢先说："你这次是以个人身份去，度假为主，破案为辅！"

我听课长这么说，气不打一处来，分明是度假为辅，破案为主！

让我去那个鬼地方待10天，还不如在新宿附近转悠3天，我实在不喜欢山里的生活。

"课长，那这路上的费用……"

"你放心，都由警局出，你就安心泡温泉。一会儿我把此次行动的资料给你，你回去先看一下，明早出发。"

就这样，我在其他同事羡慕的眼光中离开了警局，随后便开始了这10天假期。

（二）

我坐在一辆老式的列车上，晃晃荡荡的好像铁轨上有一排凹凸的石子在阻碍火车前行。整整一节车厢只坐了三分之一的人，我旁边的位置都是空的，所以想找人攀谈也没了对象。我拿起那本杂志，冲着封面那张可爱模特的脸再一次陷入发呆。这本杂志我已经看来将近3个小时，实在是不能从中咀嚼出什么新鲜的东西来。

终于，列车的广播开始报站："大汤谷车站到了，请旅客准备下车。"我的目的地不是这一站，但是看到车厢内不多的人一个一个走下车站，我的无聊情绪还是削减了一些。终于车厢内只剩下我和一个女孩。女孩二十一二岁的光景，不高的身材但是看上去非常的干练，浅色的牛仔裤，白色的衬衫，头上扎着马尾戴着一个棒球帽。在我看来她不是我的同行就是报社记者。所以我不敢与她轻易搭话，免得被她问出了我的身份和此行目的，然后就一直跟着我。

我悠闲地看着外面的风景，其实窗外也没有什么风景，不过是大同小异的山景和几棵不知死活的树。女孩这时候也在看着窗外，不过她不是安静地坐在座位上，而是顽皮地在不同的位子上蹦来蹦去，像极了《爱丽丝梦游仙境》里那只小白兔。

列车在大汤谷停了很久，这就是那起"幽灵列车"案件的终点，而起点就是我下一站要下车的地方——岩汤谷。

这一次我正是从反方向体验着"幽灵列车"的路线。此时火车即将开动，大汤谷火车站的站长田口良介站在出站口指挥着车。

列车终于发动，我又将进入一段颠簸的旅途。从大汤谷到岩汤谷只有不到3公里，在车里基本就能看清岩汤谷火车站的站台。这段路途，我认为8名乘客是不可能跳车的，因为这中间有一座铁桥，如果跳车的话无异于自杀，况且如果真的要跳，田口站长也会亲眼看到，不至于人间蒸发。

火车缓缓地停了下来，终于到了岩汤谷火车站。我从头顶的架子上取下行李，并且过去帮那个女孩也拿下行李，女孩说了声"谢谢"后赶忙飞奔出去。走出车厢，我发现整列火车只剩下10来个人。

正当我要出站的时候，一个声音喊住了我："你是不是从东京警政署刑事警察局来的那位警官？"我惊讶这山里居然有人这么详细地说出我的职位部门，实在不可思议。我回过头，眼前是一个花白头发的老人，穿着火车站的工作服。

"是啊，您是怎么知道的？"

"我是从武藤局长那里听来的，他说警局派一名得力的警官前来调查'幽灵列车'案件，我是岩汤谷火车站的站长大古砌三。"

我听到站长口中的"得力警官"四个字，不禁喜从中来，没想到自己在局长心目中有如此崇高的地位。

"您好，站长先生，我现在想去蒙蒙庄，您知道具体该怎么走吗？"

大古站长用手指了指不远处几栋白色的建筑，说："那里就是蒙蒙庄，你顺着这条小路就能走到，我来帮你拿行李，反正现在空闲得很。"

"不用了，大古站长，我自己来吧！"我谢过他的好意，心里却埋怨起课长，说是我以个人身份来这里度假，结果还是弄得人尽皆知，不知后面会有多少麻烦呢。

来到蒙蒙庄饭店，这里是本地唯一的钢筋混凝土建筑，其他的都是木屋结构的客栈。不过这种城市之中经常见到的建筑，在这古香古色的环境中实在有些格格不入，并且丧失了一些温泉的味道。好在，走进蒙蒙庄后，那股温泉湿润的感觉再次袭来，所以我经不住诱惑，来到这里的温泉馆。

蒙蒙庄的老板是一个矮个子的中年男人，他叫儿岛公平，此人非常热情，并且他也知道我的身份，说等候我多时，我不知该喜还是该忧。

"儿岛先生，我想您知道我的身份，但是不要声张，毕竟我是来调查案子的。"

"你放心，这我明白。"儿岛满脸堆笑。

"我明天可能会找你了解一下情况，毕竟失踪的8个乘客是你的客人。"

"没问题，宇野警官，我把我知道的全都告诉你。"

"您这儿客人现在很多吗？"

"实不相瞒，自从那件事发生之后，我原以为生意会冷淡下来，没想到居然比以前更好了，天天客满，并且各地的报纸杂志记者都蜂拥而至，向我打听消息。"

"这下你可出名了？"

"出什么名，都烦死了，这两天好不容易才安静些。"

儿岛老板走了之后，凭借多年的办案经验，觉得这个老板很不一般，这并不是说他就是凶手，但是肯定会从他那里有意外的收获。

我刚推开温泉馆的门，又被一个声音叫住。是一个年轻的男人，他也一下子认出了我："宇野警官，没想到这么巧，你也是为那个案子来的吧，咱们坐下来探讨一下。"

"对不起，先生，我想告诉你我只是来度假的，对什么案子没兴趣，你还是找其他人吧。"说着我赶忙逃离，生怕这个人会缠住我，一旦被他缠上的话，不从我这里套出一些有价值的新闻，他是不会善罢甘休的。

离开之后，我冲进了更衣室，没想到这时候从对面玻璃门出来一个女人，而且是一个裸身的女人。女人见我，"啊"的一声发出了尖叫，然后我赶忙跑出更衣室。出来后我一头雾水，这时我发现，原来男更衣室在最里面，这一间是女更衣室，于是我趁着那个女人没出来找我麻烦之前，冲进男更衣室。这时我忽然意识到，刚才那个女人不就是火车上那个小白兔女孩么。

（三）

第二天，我一大早就醒来，因为阳光照射在我的脸上，虽然谈不上炽热，但是在夏季的末端仍能让我感受到微微的热。我打开窗子，对着远处的山大口地呼吸空气，再加上昨天泡温泉时留在肌肤上的舒适感，让我此刻心情大好。

我吃过早餐，决定到车站去看一看。那失踪的8个人坐的就是早上的第一班车。来到车站，大古站长早已到岗就位，他见我过来，赶忙和我打招呼："警官先生，早上好啊，你是来坐这头一班车的吗？"

"我只是来看一看这第一班车上有多少人，看来很冷清嘛。"

"嗯，人人都知道这件事，也就没人敢坐了。"

这时候，从不远处走来一位长相憨厚、身材魁梧的男人。

"我来介绍一下，这位是车掌森信雄先生，这位是东京来的宇野警官，他是专门来调查'幽灵列车'案件的。"

"幸会，宇野警官，有你在，这案子不求破不了。"森先生用憨厚的嗓音恭维我。但是我却没有和他寒暄。

"我表面上是来度假的，所以调查案件的事情还望各位低调。"

站长和森先生都会意地点点头。

车站的火车虽然已经都是电气化列车，但是车头还是老旧的模样，三节车厢也已经破旧不堪，坐在上面难免会让人提心吊胆。

我看着即将发动的火车，问旁边的森先生："那8位乘客坐的是哪一节车厢？"

森先生说："第三节，最后那节。"

"你还记得他们是从哪个门进去的吗？"

"是最后面那个门，离检票口最近的那个。"

"这几节车厢都可以来回移动吗？"

"除了车头不行，其他都可以。"

"现在还有多长时间开车？"

"不到一分钟。"

"好的，森先生，你现在能不能从第三个车厢的后门进去，让我看一看。"

"好的，没问题！"

说着，森先生从第三节车厢后门进入列车，找了一个靠窗的位置坐下。

"对不起，森先生，请你坐到对面那个靠窗的座位上。"

森先生起身挪动了位置。此时，他所在的是离月台最远的那个座位，不过我和大古站长仍能清楚地看到他。也就是说，那8个人要是从另一边的车门下车的话，一定会被人发现。森先生回到车掌室后，只听一声汽笛响，火车发动了。

岩汤谷车站周围并没有什么停车场，因为它是单轨车站，只有到了有分支的铁轨的车站的时候，才会有停车场。

看着眼前单一的铁轨，我问大古站长："这条铁轨通向哪里？"

"可以通向任何地方，不过以前这里有一个大的采石场，这条铁轨主要用于运送石头。后来这里开发温泉，采石场生意就逐渐没落了下来，人们纷纷开了温泉馆。"

"那现在这里唯一的生意就是温泉吗？"

"可以这么说，不过最近温泉生意也不太好。"

"为什么？"

"大汤谷那边也开发出温泉，就把我们这边顶替了，并且东京的房地产商买下那里的土地建起了温泉镇，所以我们这儿的温泉生意是一天不如一天。"大古站长说到这里，表情变得严肃起来。

我好像听出了站长的深意："大汤谷和岩汤谷的人不和？"

"俗话说'同行是冤家'，他们抢了我们的生意。两边的人必然会不和，哪怕是年终旅游行业聚会的时候，我们也不会和他们说话。"

了解到大汤谷和岩汤谷的分裂，我认为对案件的进展可能会有帮助。

正当我要离开车站的时候，背后传来一阵奇怪的声音，但是不知道声音源来自哪儿。这时，一辆货车车厢的门开了，刚才的声音好像也渐渐变大，我小心地将目光投过去，心中想起了一种可能：会不会那8个人在里面。想到这里，我不禁毛骨悚然。我小心翼翼地向那个车厢走去，里面漆黑，突然一张面孔出现在面前，吓出我一身冷汗。然而那张面孔在说完话之后，我的心情平静了下来。

"你果然有偷窥癖，在什么场合下都喜欢偷窥。"是那个小白兔女孩。

"对不起，昨天因为正在想事情，多有冒犯。"

"你怎么会在这里？"

"你怎么像个警察似的？"

我一时不知道该说什么。

"那你这么一大早到这里来做什么？为什么你能来，我却不能来？"

我听她这么说有点愤怒了。没过多久，我和女孩告别站长和森先生，走在回蒙蒙庄的路上。这时，我看到远处有一个人向我走来，并且一边走一边喊我的名字："宇野先生！"走进一看，原来是住在我隔壁的记者山冈。

"你怎么找到这儿来了？"我问。

"我看您不在房间，以为您是故意躲着我，怕我给您添麻烦。"

"没有，我是想早上出来呼吸一下新鲜空气。"

"这位是……"山冈看了看我旁边的女孩，"难道她与你是同行？"

"不是！"

"是！"

我和女孩同时做出了不同回答。

"哦……原来如此，我了解啦！宇野先生，警官也是人嘛！"说着，山冈露出了与周围的美景极不相称的笑容。

"行了，大记者，你就别瞎猜了！"说着，我冲着他使眼色。山冈好像心领神会地说："行了，我走了，不打扰你们了。"

山冈按着原路向蒙蒙庄返回，他明显加快了步伐，生怕我们追上他。

"你也是记者？"我问身边的女孩。

"不是，我是学生。"

"多大了？"

"22。"

"怎么称呼？"

"永井夕子。"

"你为什么会来这里？"

"先借我你的手帕用用。"

"什么？干什么用？"

"我手上刚刚沾了油，先借我嘛。"

我从牛仔裤头里掏出白色的手帕递给夕子。

"我晚上回去洗洗再给你啊！"

"该回答我的问题了吧！"

"你住哪一间房？"

"217。"

"好吧，一会儿去你房间详谈。"

我已经有些无奈了，只好先回自己房间。没一会儿，我听见了敲门声，打开门，夕子端着两份早餐闯了进来。

"我已经吃过早饭了。"我对夕子说。

"没关系，就当是加餐，你要是吃不下看着我吃也行。"虽然起来的时候吃了早饭，但是没吃太多，从车站走了一圈之后，现在又感觉有点饿。

"你怎么吃这么一点。"我指着夕子盘子里的一个煎蛋和一杯牛奶说。

"女孩子都不想变胖的。你没觉得昨天这里的晚饭很恶心吗？都是油炸的食物。"

"我也这么觉得，"我喝了一口牛奶，"对了，你现在可以回答我的问题了吧。"

"宇野先生，你记性真好。我去那里的目的和你一样，探寻'幽灵列车'事件。"

"哦，是吗，侦探小姐，你发现了什么？"我有点嘲笑地说。

"有点线索，但还不确定。"夕子一本正经地说。

"宇野先生，你是警察吗？"

"我是警官！"

"那太好了，你可以做我的得力助手！"听了夕子的话，我嘴里的牛奶差点没喷出来。

"你今年多大？"

"不到40。"

"那我们假扮夫妻不太合适，还是假扮叔叔和侄女吧！"

"我们为什么要假扮？"

"我们两个可以合力侦破此案啊！"夕子很自然地说。

"但是我不想让外人帮忙。"

"有我在你可以伪装得更自然啊！"

"不过……"

"你要是不同意我就把你昨天在更衣室偷窥我的事情报告给你的上司。"

我已经对眼前这个女孩感到非常无奈了，不过她既让人恨又让人爱。面对夕子的威胁，我只能听她的，于是吃过早饭后，我们一同去了岩汤谷的警察局。

（四）

武藤局长见我们来了，赶忙招呼到会客厅。我和夕子坐到一个棱角已经被磨破的沙发上，他端来两杯清茶放到茶几上。

"宇野警官，我等候你多时，这位是……"武藤局长的眼睛转移到我旁边的夕子身上。

"我是他的侄女，这次是专程为他做助理的。"夕子笑呵呵地说，两只大眼睛忽闪忽闪的。我认为任何男人在面对可爱的女孩时，都不会过多地琢磨她的话会不会是谎言，武藤局长也不例外。

"这真是一个棘手的案件，案子已经发生了这么久，没有一点线索，并且出来作证的人都是十分可靠的。"

"你是说有目击者出来作证？"

"是啊，有 4 个证人做了证言。"说着，武藤局长从文案袋里拿出证言材料。

"这就是那 4 个证人的证言。"

我接过来细细查看，第一个是车掌森信雄的证言："我和平时一样，在列车发动前在站台上溜达一会儿，看到有 8 名乘客上了第三节车厢。列车准时发动，并且按照规定时间在早上 6 点 25 分到达大汤谷火车站。这一路上我一直都在车掌室内，没有什么异常情况，车在途中也没有停过，只是在经过铁桥处的时候稍稍有点减速。"

第二个是技术师关谷一的证言："我看到有几名乘客上了列车，但是具体的数目我没有记得。几个人从车上跳下来不太可能吧，列车的时速在 40 公里以上，拐弯的时候也不会太慢，他们要是跳下去的话除非有神灵护体，否则不会活下来的。况且这轨道两边都是岩石峭壁。"

第三个证言是岩汤谷站站长大古彻三的："对，是 8 名乘客，没有错，我亲自检票。车是在 6 点 15 分发动，我有一个习惯，每次开车之前我都会看一下手表。放心，我的手表很准时的。他们也没有可能上车之后从另一个门溜走，因为那个门是关着的，并且从站台上能够清楚地看到车厢内的一举一动，逃不过我的眼睛。"

最后一个是大汤谷站站长田口良介的证言，他说的和其他 3 个完全不同："我那天一大早就到车站，等候列车。车进站之后，我问车掌森信雄车上有没有乘客，他说有，可是我通过窗户没有看到里面有人影。于是我们二人来到车厢内，只见车厢里乱糟糟的，桌子上有喝了一半的啤酒罐，座位上还有凌乱的报纸，就是看不见人影。没一会儿，技术师也来了，他到卫生间看看，仍然杳无人影。我感到很奇怪，便立马报警了。"

看完证言之后，武藤局长说："这几个人都是信得过的人。"

"失踪的 8 个人的身份，你调查了吗？"

"他们都是别的地方的商人，我专门派人去调查他们的背景，没找到什么线索。"

"这么说，现在除了这几个人的证言，再没有其他任何有价值的资料了？"

"不，还有一个，不过……"武藤局长犹豫起来。

"不过什么？"

"不过只是一个小孩子的童言罢了，不值得相信。"

"说说看么。"

"是一个 10 岁的小男孩，叫山田健吉。宇野君，你还记得这段路上有一座铁桥，下面是溪流。在那里有一条路可以直接连接到地面，就在刚出隧道的地方。这个小男孩平时就喜欢到隧道旁边的灌木丛里看驶过来的火车，当然火车里的人也能看到他。"

"你的意思是，车厢里的人有可能是通过这条路跑了？"

"我不认为存在这种可能，因为他们 8 个成年人要想跳下来并不是一件容易的事，并且我们调查过那里，没有发现大面积的草木被踩踏的痕迹。"

"这么说，如果小孩没有撒谎，在列车经过铁桥的时候，车上还是有人的。"

这时，夕子突然插话说："小男孩没有看到火车上有什么异样吧？"

武藤局长有些措手不及："没有，他没有说。"

我觉得在警察局里没有什么新鲜的线索，便向武藤局长告辞，回到蒙蒙庄。

在路上，夕子问我："小孩的话可不可信？"

我说："可信，因为小孩子说谎的话，我们一定能够听出，比如说什么里面的人都变成超人飞走啦，等等。"

夕子表情有些低沉地说："如果小男孩没有说谎，那我的假设就不成立了。"

"假设？你怎么假设的？"

"刚才我在想，车掌或站长有可能在说谎，如果他们中途从车上跳下去，一定会回到岩汤谷。如果在车经过铁桥上的时候还有人，那么这种假设就被推翻了。因为铁桥位于岩汤谷和大汤谷的中间，如果跳车再回到岩汤谷，最快也要40多分钟。可是几分钟之后，证人就发现车上的乘客失踪了，并且很快通知给岩汤谷车站，这边的车站一定也是乱作一团，围了很多人，所以这种可能性就不存在了。"

"你在说什么？我怎么听不懂？"

"听不懂就算了……我们去铁桥那看看吧。"说着夕子加快步伐。

"很危险的，你确定要去？"

"对你这种上了年纪的人来说是有些危险，哈哈，我一定要确定那个小男孩能否看到火车。"

看到夕子越走越远，我也紧跟上来。

我们到了小男孩经常玩耍的地方，走过去一看，我深切地感觉到那真不是一个适合成年人玩耍的地方，因为连我这个没有恐高症的人爬上去，两条腿也不自觉地抖。我每迈一步，脚下都会有沙粒顺着悬崖落到下面的溪流中。很难想象一个小男孩来这种地方玩，家长怎么会允许。

我和夕子躲到草木繁盛的树荫下，盼望着隧道里面传来一声汽笛响。我们等了大约40分钟，这段时间我们聊了很多，也经常被蚊虫叮咬了，终于，一声刺耳的汽笛，伴随而来的是火车与铁轨的摩擦声。

我们现在的位置比火车要高，因为是俯视，只能看到火车的窗子，看不到下半部分，不过这已经足够让我看到车厢内是否有人。火车在几十秒之后匆匆驶过，我看着志得意满的夕子说："这下你满意了吧！"

夕子微笑地点点头："没错，看来我对了。"

"你对了，那小孩子在撒谎？"

"不是，是我的假设与小孩子的证言并不矛盾。"

"什么？"我越听越有意思。

"亏你还是个警官，这都没有发现。"夕子挖苦我。可是这一次我并没有生气，而是对眼前这个女孩有了另一种眼光。

（五）

我们从隧道回到岩汤谷车站，在附近找了一家咖啡店坐下。

"或许我们应该将视角转移一下。"夕子吹了一下冒着热气的咖啡。

"转移到什么地方？"

"先前，我们一直关注于8个人是如何消失的，为什么不去想想他们失踪后到了哪里？是死是活？"

"说得有道理，你认为他们已经死了？"

"如果活着的话为什么没有一点消息？死了，又找不到尸体？"

"你是什么意思？"

"我觉得，如果他们死了，凶手一定会找个地方处理掉尸体。这件事情发生之后，这个地区成为整个日本关注的焦点，所以凶手不可能把尸体运到很远的地方，应该就在这一带。"说着，夕子的眼睛里露出狡黠的目光。

"看你的样子应该有线索了吧？"

夕子嘿嘿一笑："走吧！我们去采石场！"

"没错，和我想到一块去了，那里许久没有人使用，并且有许多深坑和碎石，是个毁尸灭迹的好地方。"

说罢，夕子起身冲我一努嘴，朝店门走去，留下剩下半杯的咖啡。我们先回到警局，找武藤局长要了一份当地的地图，然后直奔采石场。

站在足球场大小的采石场，我感到了世界末日的气息。这里比我想象的还要荒凉，再联想到我们脚下可能埋着8具尸体，便更加地不寒而栗。我和夕子小心地迈着步子，像是在刚刚经过核试验的乱石间穿行。眼前有许许多多的坑洞，我们要是一个个发掘，估计再给我10天的假期也无济于事。

"这么多的洞，我们怎么找，再说也没有证据证明尸体就在这里。"

夕子点点头说："说得是，并且这里经常进行爆破，看石头的粉碎程度就知道是火药爆炸导致的结果。"

"那怎么办？不能白来啊。"

"让我想想。"夕子陷入思考之中。突然，从一个洞里传出了一阵哭泣声，我的脊背一阵凉意，夕子也露出惊恐的神色。

"谁？有谁会在这里？"

哭泣声低低的，像是一个女人的声音。我凭借听觉寻找声音的来源，终于在一个四五米远的洞口，感觉到哭泣声越来越大。我和夕子俯下身子，将耳朵贴近洞口，横下心问了一声："谁在里面？"

听到我的问话，里面的声音渐渐小了，然后我又问："你不要害怕，我们是路过的游客，你出来吧！"

这时，从洞里出来一个十八九岁模样的女孩，穿着白色的裙子，非常显瘦，而且皮肤雪白，像极了恐怖片里的女鬼。此时，我有些胆寒，而且牙齿乱颤。夕子倒是一脸无所畏惧，笑了一下说："你不是蒙蒙庄里的服务生吗？昨天晚上还给我送过晚餐。"

听夕子这么一说，我倒是有了些印象，但是一个女孩孤零零地跑到如此荒凉的采石场，究竟发生了什么事情？

我和夕子护送这个女孩到蒙蒙庄，一进门，见到儿岛先生坐在沙发上，我走过去对他说："儿岛先生，失踪的8个人的样子你是否还记得？"

儿岛先生笑着说："有印象，像我们这种做生意的，都有记住客人容貌的本领。"

"那 8 个人在这里住的那个夜晚，有没有发生什么奇怪的事情？"

"没有，一切都很平静。"

"第二天早上，你是亲眼看到他们离开的吗？"

"何止是亲眼看到，我是亲自送他们走的！"

说着，旅店的门开了，进来一位白发苍苍的老人，60 多岁的模样，看上去沉稳庄重。"镇长，您来得正好，这位是从东京来的宇野警官。"我赶忙上去向这位老者行礼。镇长握着我的手，非常恳切地对我说："警官先生，我希望您一定要将这起案件查得水落石出，为了得出真相，毁掉我们小镇的名誉也在所不惜。"

"镇长，您言重了，不过我一定不会让它变成一个悬案。"

夕子再进来的时候，送那个女孩回到她的住处，然后她自己回房间洗澡。本来我是要问一下儿岛老板有关女孩的事情，但是镇长的突然到来打乱了我的计划。我和镇长到会客厅交谈，内容大都关于这个镇子的历史。

送走镇长，我去找儿岛老板，可是他有事出去了，我便回到自己的房间。这时有个服务员进来送晚饭，就是我在采石场遇到的那个女孩。女孩走后，夕子跟着进来。

"怎么样？有什么发现没有？"我问。

"没什么，我了解了一下那个女孩，她叫植树美和，就是这镇子上的女孩，非常乖巧淳朴。我问她记不记得 8 个人的样子，她说当时房间太暗，没有看清！"

"太暗？为什么，现在不是挺亮堂的吗？"

"她说那几个人在房间里看电影，黄色电影！"

"怪不得！"

"那现在我们做什么？"

"吃饭！"说着，夕子跑到桌子前，打开美和送来的晚餐。

"又是那一套，我都吃腻了，都是油炸食品。"夕子显得很不开心。我倒不以为然，拿起自己的那一份。正当我抬起餐盒时，发现下面压着一张字条，上面凌乱地写道：12 点到采石场，有话对你说！

我和夕子看到字条难掩兴奋之情，这是我第一次感觉到案子有眉目了。晚上 11 点半，我和夕子换好衣服，走出门，摸着黑地踏上去往采石场的路。到了那里，本来燃起的希望再一次破灭，我们永远听不到美和对我们说的话了，因为她已经被人用石头砸死在那个我们发现她的洞穴前。

（六）

清晨，我和夕子迈着沉重的脚步回到蒙蒙庄，武藤局长带着一队警察还在采石场，但是经过一夜的搜查，还是没有发现凶手留下的任何线索。在回去的路上，我们不约而同地说道："凶手在我们之前先灭口了。"

太阳刚刚出山的时候，全镇的人都知道了这件事，他们为女孩惋惜的同时，也在咒骂凶手。夕子再回到蒙蒙庄后一直不说话，我问她，她说她在思考事情，等到合适的机会会告诉我。

回到房间，我一直在想这件事情可能和儿岛老板有关，因为这一切都与三个字有关：蒙蒙庄。但是现在我没有证据，不能把他抓来质问。

我起来沏了一杯茶，但是思维并没有被打断。我在想，8个人的失踪会不会和他们晚上看的电影有关，但是我找来那些录像带之后，除了淫秽的镜头，并没有发现什么异常。

喝完茶，突然感到肚子有些饿，我到旅馆的餐厅看看还有没有什么吃的。这时我感到奇怪，一般来讲这个时间，夕子都会找我一起吃饭，但是今天到现在还没有动静。当我走到餐厅的门口时，一个服务生走过来，将一张便条交给我。

我打开一看，是夕子写给我的："警官先生，我去和凶手见面了，一个小时之内没见到我的身影，请去采石场。"

我马上看了看表，现在是晚上7点20分，然后问那个服务生："这个小姐是什么时候出去的？"

"6点15分。"

我赶忙拿起手电筒，飞快地跑出蒙蒙庄，奔向采石场。这一路上，我完全没有估计她是不是在耍我，我只是拼命地奔跑，因为我的意识感觉到她有危险。

到了采石场，我远远地看到有一个亮光在移动。我靠近，躲在一个石头后面，看到有6个男人，夕子则被他们绑起来，蒙着眼睛堵住嘴地坐在地上。我看他们在争论什么，应该是在商量怎么处置夕子吧。我从地上捡起一块石头，对着那6个人的煤油灯瞄准。虽然我是警校棒球队的最佳投手，但那已经是10多年前的事情了，不过当我扔出石头的瞬间，只听"啪"的一声，采石场整个陷入了黑暗之中，6个人也像被捅了马蜂窝的马蜂一样四处乱窜。这些绑匪比我想象的要胆小得多。我趁乱跑过去救下夕子，然后打开手电一看，几个人已经跑得没了踪影。

我摘下蒙着夕子眼睛和塞在她嘴里的布，夕子一见是我，没有好气地说："你怎么来这么晚？"

我也很生气："救了你连个谢字都不说，就知道抱怨。怎么样，他们没把你怎么着吧？"

"没事，他们都是一些'小毛贼'。"

"女孩和那8个人难道不是他们杀的？"

"你太看得起他们了。"

"那这些人是谁？"

"想知道吗？"夕子开始讲述了整个经过："我是来调查这件事情来的。首先来跟你说说这8个人是怎么消失的。其实我早就知道了，你还记不记得我找你借手帕擦手上油的时候，那时我就知道他们消失的方法。"

"这怎么可能？"

"他们利用的是车站的台车，因为不经常使用，所以上面布满了油垢和锈迹。他们先把手摇车固定到台车上，然后又将台车系到火车的尾部，等到火车运行起来，他们经过车掌室将乘客转移到台车上，这一切都准备好了，车掌再让台车与火车分离，这样乘客就神不知鬼不觉地离开。最后几个人在靠惯性行驶一段时间之后，用手摇车摇回了岩汤谷，手摇车的速度很快，也就是 10 分钟左右的样子。"

"那你说你和小孩的证言不矛盾又是怎么一回事？"

"当时我在想，小孩要是看到火车也应该看到台车才对，可是他没有说看到台车。这就让我矛盾起来，我在怀疑自己的假设是否准确。可是当我亲自到那里之后，我发现，从小孩的角度看去，只能看到列车的窗户部分，看不到下面，所以小男孩并没有看到火车旁边的台车。"

"这么说来，车掌与大古站长就是帮凶了？他们为什么这么做呢？"

"起初我也不知道，但是昨天小女孩被杀之后，我注意到了一点，这个案子的证人包括儿岛老板都是在当地比较有影响的人，我觉得有些不可思议。"

"接下来呢？"

"我在想，既然几个人像是事先安排好似的，那他们一定有共同的目的，而且是为了小镇和蒙蒙庄。"

"你是说……"

还没等我说完，夕子接着说："或许是美和发现了他们的情况，才被杀人灭口的。这两天我向其他的饭店以及村民询问过，他们这里盛产蘑菇、青菜、山货，可是我们每天吃的却是油炸类食物，你不觉得奇怪吗？所以我推断，这起案件与食物有关，那 8 个人是食物中毒死的，而罪魁祸首就是蘑菇。"

我听到夕子的结论不禁大吃一惊，然后她继续说："在 8 个人吃了毒蘑菇被毒死之后，镇上那些有影响力的人坐在一起商讨，现在岩汤谷的温泉生意已经不如大汤谷，如果再发生食物中毒事件实在是雪上加霜，所以他们要隐瞒这件事情。于是几个人商量好，在他们的一个俳句组织中找 8 个人替代死者，第二天装装样子离开蒙蒙庄，制造一个人口失踪的悬案，这样就可以瞒天过海。不过没想到，这件事不料被美和看到，所以她就成了牺牲品。"

"刚才那些是什么人？"

"应该是镇长、森信雄，还有其他俳句会的成员。那天早上，也应该是这些人穿上死去的这些人的衣服，在儿岛老板的护送下到了车站，然后又离奇失踪。"

"那你为何不等我回来，冒着风险私自来这里，你不怕自己成为第二个美和吗？"

"我只是给森信雄写了一张纸条，告诉他我全都知道了，我看他比较忠厚老实，就想劝他自首，没想到来到这儿之后，他却叫来那么多人。下回我不敢了，一定和你这大警官一块来！"

"没有下回了！"

案子水落石出后，我把整个过程告诉了武藤局长，武藤局长听后大为吃惊，赶忙命令部下抓人。可是还没等行动展开，镇长就已经前来自首，并且他所供述的事实和夕子推断的一模一样。我在心里不得不佩服这个还只是学生的女孩。

当警方到达蒙蒙庄的时候，儿岛老板已经潜逃，因为他是杀害美和的真凶，所以罪名也是最重的。但是他虽然潜逃，估计逮捕也是早晚的事情。而森信雄和大古站长则被警方抓获带回了警局。终于，这个案子尘埃落定，我也可以好好地休息一两天。

自从案子告破之后，岩汤谷的温泉生意不但没受影响，反而比之前更加红火，许多人慕名前来，争相坐这头一班车，感受"幽灵列车"的气氛。而那个采石场也当成旅游景点吸引着许多追捧者，蒙蒙庄的生意也是火得一塌糊涂。现在的岩汤谷俨然成了一个"幽灵列车"的"主题公园"。

在离开岩汤谷的日子，也是我和夕子分别的日子，遇到这样一个奇女子不知是我的幸运还是不幸。幸运的是没有她，这个案子恐怕真的成为一个悬案；而不幸的是，我这个几十年的老警察居然还不如一个正在上学的小女孩，实在是羞愧难当。最后，这起案件的功劳全算在了武藤局长的头上，我想除我之外，没人会想到真正的破案者是一个20多岁的黄毛丫头。

夜色中的幻觉

【日】大谷羊太郎

（一）

这天晚上，光彦错过了地铁末班车。按照规定，他必须在 11 点前赶回家里，但是他坐不起出租车，幸好这里离住的地方大约只有两公里，于是他决定步行回家。

光彦选了一条最短的路线，就是沿着河边走。很快，他走到了街道的尽头，沿着一条没有铺设的小道走到了堤坝上。小道两侧没有安装路灯，但是天上的寒月把路面照得很亮。光彦的右侧是一片人造陆地，稀稀落落地坐落着几栋尚未建好的楼房，在他的左侧则是一条很宽阔的河流。

在快要回到住宅的时候，光彦突然发现河流边上出现了一位男子的身影，他背朝小道，面对河流，伫立在河岸边上。

他想干什么？难道要自杀？光彦感觉到一种诡异的气氛，于是便躲在芦苇边窥察着。

不一会儿，这个男人把外衣和毛衣脱掉，扔在地上，裸露出后背。现在是一月的深夜，寒冷刺骨，这个男人的举动，无论怎么分析都不正常。而且，令光彦吃惊的是他背后奇怪的文身，这个男人弯曲着身体，做出怪异的跳舞动作。

光彦觉得不可思议，难道自己又出现幻觉了？光彦曾因吸毒服过 3 个月刑，至今距离出狱也只不过 3 个月而已。吸毒会产生幻觉，但是自己现在已经戒毒了，难道还有后遗症？

光彦怕自己被眼前这一幕危险的幻景诱惑了，于是，振了振精神继续赶路。

当他回到二层的住宅时，时间刚过 11 点。这所房子空荡荡的，几乎什么家具都没有。他打开暖气炉以后，小心翼翼地将窗户打开一条缝，窥望着对面二楼公寓里的动静。

事实上，一个月前，光彦不住在这里，他在市中心的酒店里当酒保，前途黯淡。在因吸毒入狱前，他有一份工资稍微高一些的工作。但是，被捕后，他工作丢了，女朋友也弃他而去。

出狱后，他手头紧张，生活变得很艰难。这时，他接到一个神秘男人的电话，要求他搬到现在的住所，在每天夜里 11 点到凌晨 3 点这段时间内监视一个女人的房间，看那段时间她的房间有没有什么异常的情况发生，其他事情不要过问。这个神秘男人答应给光彦支付一笔相当可观的钱作为报酬。光彦二话没说就答应了，在信箱里拿到一大笔订金后，光彦就搬过来了，虽然距离上班的地方很远，但也没到不能克服的地步。

光彦是一个守信用、讲义气的人，所以答应了这个神秘男人后，他便每天在规定的时间内严密监视着那个房间的动静，丝毫不敢懈怠。

那个房间是对面建筑偏左的一个二楼房间，距离光彦所在的建筑大概 15 米。此时，那个房间窗帘紧拉，屋内没有一丝光亮。在这夜深人静之时，一般都是这样。

经过一个月的观察，光彦只知道住在那间房间里的单身女人叫"纪子"，大概 30 岁。她长得眉清目秀，睫毛很长，但脸上总是表现出忧郁的神情。除此之外，光彦对那个女人一无所知。不过，他的任务也仅仅是从外部监视那间房间而已，所以他也不打算费心去打听。

大约 12 点的时候，光彦正迷迷糊糊地抽着烟，仿佛听到外面传来女人的惊叫声，他不禁全身收紧，马上趴到窗户的缝隙里观察纪子的房间。但那间房间还是一片黑暗，从外面看，什么动静都看不到。难道是自己听错了？光彦又开始怀疑自己是不是产生幻听了。

大约 10 分钟后，房间里的电话铃突然响起。他以为是那位神秘男人打来的，便打算把刚才似乎听到的惊叫声向他报告。

他拿起听筒，出乎意料的是，电话里传出朋友大木的声音。大木的语气表现出难以抑制的激动情绪："隔壁房间今晚好像很反常呀！刚才我听到那边传出了女人的惊叫声。"

"真的？"光彦发现不是自己幻听，开始紧张起来，他干脆把窗户全部打开了。但是，纪子那间房间没有丝毫的动静。他把电话机拉到窗台边，一边和电话里的大木说话，一边朝纪子房间的隔壁房间望去，那个房间灯亮着，窗户上也趴着一个边打电话边朝外张望的身影，他就是大木。从这两栋住宅的平行关系来看，大木的房间正对着光彦的房间。

"隔壁好像传来吵架的声音。我感到很奇怪，所以就给你打电话了。"大木说道。

两人一边在黑夜中相互张望着，一边通着电话。

（二）

在刚开始时，神秘男人只让光彦监视着纪子的房间，后来又打来电话补充了新要求，让他顺便了解一下纪子的周围情况。于是，光彦主动接近大木——他是纪子的邻居，光彦想通过他了解一些与纪子有关的情况。

大木只比光彦大两岁，也过着单身的生活，经营着一家照相器材商店，店铺就在附近的闹市区里。不过，对于纪子，大木也知之甚少。他只知道她搬来才 3 个月左右，一个人很低调、安静地生活。

知道讨论不出什么结果，他们彼此叮嘱了一番，便放下了电话。

过了不到两分钟，突然从纪子的房间里传出细小的电话铃声。如果光彦不是刚好趴在窗台外边聆听，他肯定会错过。随即，那个房间又传出陶器破碎的声音，这次声音比较清晰。过了一会儿，纪子的房间里电灯亮了，但只亮了 30 秒左右便又熄灭了。

大木打来电话，让光彦到他房间去一趟，万一有什么事，两个人可以商量着一起应付。光彦迅速穿上外衣，便跑出了房间。

对面公寓有两个入口，分别在公寓的两头。光彦从南门跑进去，刚要上楼梯，迎面遇上从上面跑下来的大木。大木说他等不及就出来了。隔壁屋发生奇怪的事情，换了任何一个人都不会心安地待在屋里。

他们两个人一起登上楼梯，在二楼过道上，他们发现纪子的房间门正在移动，一个身穿灰色短大衣的男子从房间里走到通道上，他没有回头，径直朝另一个方向走去。

"喂喂，等一下！"大木突然喊道。

听到喊声，那个男子慌张起来，在走廊尽头推开通往一楼的门狂奔下去。大木全力追赶着，光彦紧随其后。

等大木跑到那个门口时，那个男子大概消失了六七秒钟，拉开这扇沉重的没有自动关闭装置的门，大约要等两秒钟时间。大木迅速飞奔而下，光彦比大木迟一两秒钟赶到，刚好赶在门被关上之前。

当光彦赶到大木身旁时，看到他正从楼梯平台上的铁围墙上探出身，寻找着男子的踪影，随即他指着一边大声喊道："他在那边！"

光彦朝着他手指的方向，虽然只是一瞬间，但他确实也看见了一个黑影消失在建筑物的背后。光彦看见的影子是从北侧的空地沿着围墙的内侧朝着南面方向逃去的。刻不容缓，两人赶紧跑下楼梯。结果在围墙的南端，他们已经看不见那个人的影子。大木继续朝南边追去，结果在公寓的南门前，停靠着一辆出租车，他们两个上前询问了一番，司机和刚要下车的乘客都表示在两分钟内没有见到过有人从这边走出来。

光彦觉得奇怪极了，后有两人追赶，前面有一辆停靠的出租车，这相当于一段死路，在这前后相隔才几秒钟的距离中凭空消失，是不太可能的。他们两人再次回头检查了现场，院子里没有堆积物和其他可以容身的地方，即便有，在那么短的时间内他也根本来不及躲起来。

这个晚上怎么发生那么多怪事，像做梦一样，刚才这一幕要不是大木也一起经历了，光彦还真以为是自己的幻觉。

到底是怎么回事呢？光彦感到非常迷惘。

（三）

就在光彦和大木往南边追赶的时候，他们没想到被追赶的男子在另一侧的夜道上没命地奔跑。他向十字路口跑去，无暇顾及刚变成红色的信号灯，只想一口气穿过马路。正在这时，一辆大型卡车呼啸而来，瞬间撞上这个身材矮胖的男人，他像皮球一样被抛到半空，然后又重重地砸在地上，鲜血四溅，染红了马路。

在公寓这边，光彦和大木向管理员通报说，在纪子的门口发现了一个形迹可疑的男子。管理员在确定屋里没人接电话后，用备用钥匙打开了纪子的房间门，结果就看到她被勒死的尸体。很快，警车呼啸而来，大量的警察聚集在案发现场。

纪子死时身穿睡衣，手里拽着被单倒在房间的一端。而在靠近厨房的地方，发现几只破碎的陶器，警方估计是纪子与凶手搏斗时摔破的。除此之外，房间里没有丢失任何东西，也没有任何被翻找的痕迹。

　　恰恰就在刚才不久，有人报告说附近的十字路口发生了一起车祸，被害人当场死亡。警方从被害人随身携带的驾驶证得知，他叫高宫洋司，36岁。

　　警察马上把这两个案件联系起来，并叫来光彦和大木这两位证人辨认，结果他们确定，这个死亡的男子就是刚才逃跑的男子。

　　纪子全名叫高宫纪子，与死亡男子高宫洋司同姓。第二天，警方经过一番调查后发现，他们二人原来是一对夫妻，半年前还在共同生活，但由于高宫洋司迷上赌博和酗酒，而且还有暴力倾向，高宫纪子无法忍受，便离家出走。

　　杀人事件不久就结案了。翌日经过调查，案件基本情况已经确定。

　　高宫洋司一直认为妻子是跟情人逃跑的，发誓要找到她，并亲自把她给杀了。他变本加厉地喝酒，甚至开始吸毒，听别人说在这一带看到纪子的行踪后，他便经常在附近徘徊，似乎在寻找最好的下手机会。

　　纪子离开丈夫后，做了一名化妆品推销员，收入不错，生活开始独立。但没想到，这晚在家里，居然会惨遭丈夫杀害。

　　案发的前因后果似乎非常明显了，高宫洋司找到纪子的住处，设法进去并将她勒死。纪子的惊叫声惊动了光彦和大木，高宫洋司被这两人追赶得落荒而逃，他在过马路时没注意信号灯，结果导致了车祸。犯罪嫌疑人惨遭交通意外，整个案件一目了然，似乎可以告一段落了。

　　但至于高宫洋司在公寓后院突然失去踪影这一部分，警察并不太关注，他们认为也许他们两人产生了错觉，搞错了方向，或者出租汽车司机与乘客没有注意到从汽车边上跑过去的凶手。总之这个案件，警察不打算再追究下去了。

<h1 style="text-align:center">（四）</h1>

　　光彦对这个案件始终无法释怀，高宫洋司在逃跑的过程中突然凭空消失，这个奇怪的现象让他始终感到其中另有隐情。

　　那个神秘的男人没再给光彦打电话，难道因为监视对象已死，他已经没有利用的价值了？至于报酬，他已经拿过订金了，所以也没有吃太大的亏。于是，光彦决定暂时在那间房间里住下去。

　　案发之后的第十天夜里，光彦邀请挚友雨田一起去烤肉店里吃烤肉。

　　雨田在广播局工作，他是光彦的中学同学。在光彦因为吸毒被逮捕时，雨田帮了他很大的忙，替他寻找辩护人，给入狱的他送各种东西等。

　　两人说着话，雨田突然提到西崎文子——光彦的女朋友，就是在光彦入狱时弃他而去的那个女人。光彦一听到她的名字，就假装出愤怒的样子。但事实上，他很想念她，她其实是一个性情温柔的女性，一起生活的3年时光里，她给他无微不至的照顾，那段时间他是快乐的。出狱后，他不再像以前那样轻浮了，似乎成熟了很多，但夜深人静的时候，他总是忍不住去想她。

　　"你前段时间卷入了一桩杀人事件里？"雨田往光彦的酒杯里斟酒，又转变了一个话题。

最近报纸上花了极大的篇幅报道高宫纪子与高宫洋司的案件，作为证人的光彦他的名字也被写到了报道里。

"是的，没想到，我竟做了一回证人。"

"你早就认识那个被杀害的女人吗？"

"不认识，我只是搬到那幢住宅楼时，才知道她的。"受人委托的事，他不会轻易告诉别人，即使是最要好的朋友。

雨田借着酒劲，告诉了光彦一段他不知道的事。原来光彦他们吸毒时，向警察告密的就是高宫纪子。那时她是同一幢公寓里的居民，她出于维护那里的居住环境，所以就报警了。这些事情都是在光彦被捕后，雨田利用工作上的便利进出警署斡旋时了解到的。不过，为了避免不必要的麻烦，雨田就一直没有告诉他。

夜里，光彦回到住处以后，把自己放入案件中，重新审视了整个事件的经过。他想，假如那晚我和大木都没有发现凶手逃跑，或者高宫洋司没有被车撞死，整个事件又会怎么样发展呢？第二天，纪子的尸体会被人发现。警察就会在附近的居民中查找形迹可疑的人。因为我刚搬到这里，警察肯定会调查我的身份。因为纪子曾举报过我吸毒，我就有了杀害她的动机。加上我受人委托，到处打听纪子的情报，每天晚上还监视她的房间……这些都会成为我作案的证据。如果我将受人委托的事情说出来，因为手上没有任何委托人的资料，警察肯定不会相信我……原来自己不知不觉间钻入了别人的圈套，凶手花钱诱使自己上钩，是想让自己背黑锅。

那么，按这样推理，委托人就是凶手高宫洋司？不过，如果是他的话，他为何不另外挑选隐秘的地点杀害纪子，反而在他的监视之下进行谋杀？

不对，这个推理不成立，凶手高宫洋司并不是委托人。

光彦坚信，这个杀人案件里，还另有内情。要想知道那个内情，他就必须先查出委托人到底是谁。

（五）

光彦赶往警署，将自己受人委托监视纪子以及自己的猜测告诉了接待他的今村刑警。今村大概45岁，听完光彦的述说后，他若有所思。

两天以后，光彦被请到警察署。他在审讯室外，听到今村刑警正在审讯室里讯问一个四十多岁、浑身横肉的男人。通过播音，光彦认出了这就是那个神秘的委托人。

审讯结束后，今村刑警告诉光彦，这个男人承认雇用光彦监视纪子，因为他得知纪子的丈夫四处找她，担心纪子的安危。

这个男人叫作坂上政一，是一位实业家，与高宫纪子关系颇深。就是说，他们是情人关系，但是，坂上政一有妻子。据此分析，今村刑警隐隐感觉到，坂上政一也有杀害纪子的动机。不过，事实上，亲手杀害纪子的，确实是她的丈夫高宫洋司。

突然，光彦想起那个晚上在河边看到的奇怪男子，便是刚才的坂上政一。他为什么会出现在距离案发现场不远的地方，他为什么要做出那么奇怪的举动？

光彦向今村刑警大胆说出了自己的推理。坂上政一早已对纪子怀有杀意，但他不想自己下手，便企图借她丈夫高宫洋司的手来杀死纪子。

坂上政一知道高宫洋司正在气急败坏地寻找纪子的下落，而他只要悄悄把纪子的住处散布到高宫洋司的耳朵里，就能轻而易举地达到目的。但是，如果这样做，坂上政一的杀人意图就太过明显。于是，坂上政一故意引诱高宫洋司跟踪着自己。对高宫洋司来说，监视与妻子有暧昧关系的坂上政一，是寻找妻子去向的最快捷的办法。案发当时，坂上政一引诱高宫洋司到纪子的公寓附近，自己悄悄消失掉。高宫洋司通过公寓大门口的邮件信箱的名字，便能轻易找到纪子的房间号。高宫洋司潜入纪子的房间，没有看到坂上政一的人影，但见纪子躺着，便扑上前去将她勒死了。

至于坂上政一在河岸的举动，是为了推翻高宫洋司的指证。万一高宫洋司被警察逮捕，他肯定会说到坂上政一在河岸上赤身裸体的这一幕，但坂上政一可以极力否认，在那么寒冷的天气做出那么奇怪的行为，肯定是高宫洋司产生幻觉了。这样，高宫洋司对坂上政一的指证便失去了可靠性，警察会怀疑是他自己编造的，因为他处于吸毒者的幻觉状态之中。

至于高宫洋司在逃跑时瞬间消失之谜，在今村刑警的帮助下，也解开了。

晚上，光彦陪着今村刑警到现场审查，他不厌其烦地重复着与当天夜里同样的动作，寻找产生错觉的原因。很快，他们就找出了问题所在。公寓围墙外面是大马路，时不时有车经过，车前灯的光线照在小区的树上，就会在远处留下黑影，随着汽车往前开动，这个黑影便会迅速往后退，直至汽车超过树木，黑影便会消失。这就是光彦和大木那天晚上看到黑影瞬间消失的原因，他们那天看到的不是人影，而是人行道边上的街树投影。光彦和大木之所以没有追上高宫洋司，正是因为他们追错了方向。

这种被车灯投射出的黑影本应该很好辨认的，如果站着观察几秒钟，应该不难分辨出真正的人影和树影。那晚大木明明比光彦早到好几秒钟，为什么他没有分辨出来？而给匆匆赶到的光彦指出了错误的方向？

想到这里，光彦不禁打了个寒战。

"整个事件的背后还有着另一个人，一个非常可疑的人，我差点将他漏掉了。"今村刑警似乎在喃喃自语。

（六）

本来已经结案的凶杀案，因为某些事件浮出水面，却向着出乎意料的方向发展。

在今村刑警严厉的查问下，大木终于吐露了真相。

原来杀害纪子的凶手不是高宫洋司，而是大木。那天夜里，大木外出回家，路过纪子的房门时，发现她房门没有锁上。他想起公寓内的邻居说过，纪子今天出差了，于是他贪婪心顿生，想从纪子的房间里找一些值钱的东西。不过他万万没有想到，纪子正躺在床上。看见大木突然闯进来，她发出了尖叫声。大木方寸大乱，不顾后果地把她勒死了。他打量着屋内，忽然发现浴室门半开着，里面有灯光透出，一个处于半睡眠状态的男人倚靠在墙上。大木以为这个男人是小偷，想趁着他还没醒过来，把杀人的罪名推到他身上。于是大木便悄悄把几个陶器放在浴室门的附近，又在浴室门口放了一张椅子，然后离开了纪子的房间。

回到自己的房间，大木便给光彦打电话，目的是利用光彦为自己作证。接下来，他给纪子的房间打电话，想让电话铃声吵醒躲在浴室里的男子。果然，男子醒来，发现门口有椅子，以为被人发现了，便慌忙逃出浴室，结果踩到地上的陶器，发出了很大的声响。他在昏暗的灯光中发现了尸体，于是想打开电灯，看个究竟。

那晚正在监视着纪子房间的光彦目睹了这一切，当然不会怀疑到大木的身上。随后，他还成功地让光彦看见了男子逃走的身影。事实上，大木追赶那名男子，就是为了赶走那名男子。男子被逮捕的话，就会吐露真相，这对他是相当不利的，所以他在楼梯下发现那名男子躲藏着的身影时，便装作没有发现，特意将他放跑了。

当晚，纪子的房间为什么没有上锁呢？在大木的供词中，今村刑警注意到了这个疑问。

而有纪子房间备用钥匙的，只有情人坂上政一。结果，经过今村刑警的严厉审讯，坂上政一也吐露了真正的实情。

那天夜里，坂上政一率先在纪子房间的威士忌里投放了安眠药，他提前告诉过纪子，说他夜里会偷偷去她的房间。因此，纪子就没有用插栓将房门反锁上。坂上政一来到纪子公寓门口后，用备用钥匙将房门打开，但没有进房间，偷偷地从另一侧的楼梯溜走了。他的真正目的，是诱导跟踪他的高宫洋司，将他送入纪子正在睡觉的房间里。那样的话，他就可以不费吹灰之力，借助高宫洋司的手将纪子杀死。

他之所以雇佣光彦负责监视，一方面是为了了解事态发展，另一方面是想万一自己亲手杀死了纪子，便能同时拿光彦与高宫洋司做替死鬼。关于纪子告发光彦吸毒的事件，他曾听纪子说起过。

坂上政一为什么那么憎恨纪子和高宫洋司呢？10年前，洋司引诱了坂上政一的妹妹，玩弄她之后又无情地将她抛弃了。从那以后，坂上政一就下定决心为妹妹报仇。最解恨的方法，就是破坏高宫洋司与纪子的夫妻关系，他故意接近纪子，成为她的情人。但是，他觉得不够过瘾，于是开始策划让高宫洋司杀死纪子，或他自己杀害纪子后，让高宫洋司承担杀人的后果。

今村刑警将这些调查结果告诉光彦的时候，光彦惊得目瞪口呆。

但是为什么高宫洋司进屋后，没有杀害纪子，反而躲在浴室里呢？今村刑警说他解释不清楚，或者他正在等候时机吧。

这天，光彦不上班。他起床后整理了睡床，一时间感到无所事事，非常无聊。这时，他的房门被推开了，一个出乎他意料的人走进了房间，正是弃他而走的西崎文子。

"光彦，我回来了，我忘不了你。"西崎文子双眼含泪，扑进光彦的怀抱。

只那么轻轻一个拥抱，就把光彦曾经努力堆积的憎恨情绪驱散开了。

"是我错了，光彦，请你原谅我。"西崎文子啜泣着。光彦搂着西崎文子，听着她伤心的哽咽，抬起头来望向窗外。

那天晚上，在纪子的房间里，纪子与高宫洋司是不是也出现了这一幕呢？

当高宫洋司和纪子紧紧拥抱在一起时，他们两人之间的怨恨是不是已经得到了化解？纪子发现了坂上政一是一个虚情假意、暗含杀意的人，同时，高宫洋司发现自己之所以全力寻找纪子，是因为自己爱得太深了。

他们两人喝着威士忌，情意浓浓，但并不知道里面早已被坂上政一下了安眠药。他们两个猜想坂上政一必定会返回，于是高宫洋司躲进了浴室里。如果是那样，他们倒可以等坂上政一返回时，三人举行一场谈判。但可惜的是，进来的是不怀好意的大木。然后发生了后面的事。

这样，今村刑警没有解开的谜就被光彦解开了，能找到这个答案，光彦感到心情释然。

如果感情没有大起大落，肯定感受不到互相憎恨的情侣冰释前嫌后那种彼此相依相惜的感觉。

"我也差点因为年轻，放跑了这么一段珍贵的感情。"光彦抱紧了西崎文子，思绪终于从那个案件中回归现实。

深夜疑案

【日】大谷羊太郎

（一）

由美子是 W 市郊外的一个乡下姑娘，20 岁那年放弃学业从 W 市来到东京，因为外形出众，成为一名模特。可是到了 25 岁的时候，由美子还是默默无闻，于是她放弃了模特领域发展，回到 W 市。后来由美子的父母相继去世，她继承了房产和山间的林木等大量财产，所以生活上非常富足。

后来由美子的好朋友泰代经常给她介绍一些兼职模特的工作。泰代是今池西服裁剪学院的毕业生，她与院长今池登志江的关系非常好，甚至在院长的资助下开了一家时装店。

这所学校是 W 市最有名的服装学校，院长今池登志江也是 W 市的社会名流，她 23 岁和一位富商结婚，但是在 30 岁的时候成了寡妇，丈夫给她留下了一大笔财产，热爱服装的今池登志江便用这些钱创办了今池西服裁剪学院。

这一天泰代找到由美子。

"我们学校过几天要举办一场时装发布会，我跟院长推荐了你，说我有一个好朋友是非常棒的模特。"

由美子应邀参加了学校的时装发布会，并在期间认识了一个摄影师。这个摄影师清秀英俊，由美子深深地被他迷住了，摄影师也对由美子表示出了好感。后来，由美子知道了他的名字——今池光雄。她心想和今池登志江院长的名字差不多，或许他们是亲戚。但是让由美子深感意外的是，没想到今池光雄和今池登志江是一对夫妻，而且今池登志江比光雄大了十多岁。今池光雄是今池登志江的第二位丈夫，准确地说应该是女人倒贴的情夫。6年前，他们在一次活动交流时认识，今池登志江一下子被光雄的魅力所吸引，后来两人一起回到 W 市，结婚，生活到现在。

由美子知道这一切后，觉得他们的婚姻很荒唐，两个人相差那么大，并且今池登志江那么有权势，实在不般配。由美子的观点不久得到了证实，随着交往的深入，今池光雄向由美子诉说了许多对婚后生活的不满，尤其是对于今池登志江过分强势的态度，这让两个人惺惺相惜起来。后来，今池光雄向由美子表达了自己的爱意，由美子没有拒绝，于是两个人开始了秘密交往。

这样的关系保持了快一年，两人经常到 W 市郊外的汽车旅馆幽会，后来今池光雄大胆起来，直接去由美子的家找她。期间今池光雄向由美子保证，他会和今池登志江离婚，和她结婚。但很快他转口又说，现在时机不好，还没有做好准备，要是被今池登志江知道了，一定会闹得天翻地覆。

这天夜里 10 点的时候，由美子的家门前出现一阵汽车的轰鸣声，由美子开门一看，是今池光雄。本来今池光雄一天的行动都在今池登志江严密的监控下，这一次他借口说和朋友去东京办事，找了一家酒店订了房间，然后就到由美子这里来。这是今池光雄幽会常用的招数，百试不爽，如果今池登志江给酒店打电话，他就说刚刚和朋友出去吃夜宵，没在酒店。

由美子打开门，两人相拥地走进房间……一番云雨之后，时间到了 11 点。今池光雄穿好衣服，准备出去。

"你不是说今天不走了吗？"

"我出去买一包烟。"

"等一下，我陪你一起去。"

"不用了……"

这时候，房间的电话突然想起，由美子套上一件衬衫，起来去接电话。在拿起电话之前，她犹疑片刻：谁会这么晚给我打电话？

"喂，您好。"

"请问是由美子小姐吗？"里面是一个女人的声音，显然不是泰代。

"你是……"

"我是今池登志江。"

"哦，是院长啊。"由美子的声音变得颤抖起来，她抬头在寻找今池光雄，可是今池光雄已经走到了门口。由美子想一下子撂下电话，可是这样等同于不打自招，她没有办法，只得接着说："您找我有什么事情吗？"

那边的声音也同样变得脆弱而颤抖。"我请求您不要破坏我的家庭，好吗？"

有气无力的声音让由美子的心猛烈地跳动，她不知道说什么好，只好含含糊糊地装作不知道："院长，您说的什么啊，我听不懂……"

今池登志江的声音由脆弱变得沮丧："你不用隐瞒，我都知道，我不会怪您。光雄迷恋上您这样漂亮的姑娘是一件正常的事情，但是我们是法律上的夫妻，无论如何您都不应该这样。如果您能够答应我，我将会报答您的。"

今池登志江一直用低沉的声音，这与她平日里的强势作风判若两人。此刻的她回归到了一个女人的柔弱，完全忘记了自己是一个服装学院的院长。

"对不起，院长，我现在头脑有些混乱，明天再跟您说，怎么样？"由美子想拖延时间，等今池光雄回来之后，和他商量怎么办。可是这时候，电话那头的今池登志江突然改变了态度，愤怒中夹杂着嘲笑的口吻："你不要执迷不悟，你不要得寸进尺，你就是一只到处偷腥的野猫，这回偷走了我的丈夫，我要告诉你，他不可能和你在一起。"

今池登志江的话本来让由美子产生了怜悯之情，可是这一下却点燃了她心中的怒火。

"可我们是真心相爱的啊！"

"愚蠢的小姑娘，他只不过是和你玩玩罢了。"

听到这，由美子觉得刚才今池登志江的低姿态就是对她的一种蔑视和嘲讽，她无法忍受这种戏弄。

"好了，院长，我要睡觉了，这件事情以后再谈！"

"我都是为了你好，如果你执迷不悟的话，结局会很悲惨。"今池登志江又用威胁的口吻说。

由美子刚想放下电话，今池登志江又变得缓和起来："最近我都是通宵工作，这样吧，你来我这里，我们面谈，我想安静的气氛会让你我保持一份平静的心态。"

由美子想到早晚有这么一天，可是突然让她面对这个情敌，她一时还不知如何是好。

"对不起，由美子小姐，我现在有一个客人要来，不过他待不了一会儿，等他走后，我们想谈多久就谈多久。"说完，今池登志江"咣"的一声撂下了电话。

今池光雄出去了将近 20 分钟才回来，由美子问他为什么买烟去了这么久，他说临近的贩卖机坏了，只好去了远一点的地方。由美子把今池登志江打来电话的事情告诉了今池光雄，今池光雄也是一脸吃惊的表情，然后很快恢复了平静。

"你不要担心，由美子，我会应付过去的。"

"我想知道你怎么应付。她刚才在电话里贬低我，我很生气，也很伤心。"

"你要相信我，我们要瞅准时机。如果今池登志江稍稍挑衅一下我们就暴跳如雷，这正好中了她的圈套，我们现在需要的是冷静。"

说着，今池光雄用手搂住由美子的肩膀，用双唇亲吻她的额头。这一夜，由美子始终都没有睡着，她圆圆的眼睛盯着天花板，耳边一直有今池登志江的声音在萦绕。睡在旁边的今池光雄此时已经鼾声如雷，由美子想把他叫起来，一吐心中的不快，不过看今池光雄刚才的态度，把他叫醒也无济于事。去找今池登志江是最直截了当的办法，由美子也是一个固执的女孩，她无法容忍今池登志江对她的贬低，尤其是情敌的蔑视。

于是，由美子起来，趁着今池光雄熟睡，穿好衣服，走下二楼，骑上她那拉风的摩托车，直奔今池登志江的家。因为泰代的关系，由美子去过几次今池登志江的家，所以对这个路程很熟悉。

（二）

大约在 3 点的时候，由美子到了今池登志江的家，她胆战心惊地用手指触碰门铃。在指尖刚接触按钮的时刻，从屋子里面传来一阵鬼嚎式的门铃响，这声音仿佛预示着一场战争的到来。

门铃虽然响了，但是没有人来开门，她用手拧了一下门把手，门"咔"的一声开了。

由美子感到很蹊跷，这么晚了，难道今池登志江在叫她来之后，自己睡下了？刚才在电话里，今池登志江还得意扬扬地说自己随时欢迎她来，什么时候来都会奉陪。此时是深秋，虫鸣在耳边此起彼伏，这么晚了，也不知道疲惫。

由美子猜想着今池登志江在耍什么花样，她走进客厅，里面只有微弱的烛光，由美子大声喊了一句："有人在家吗？"这声音悠远地在天花板上飘荡，但是她没有听到回应的声音。她又壮着胆子朝里面走了几步，走到了通往二楼的楼梯口，这里，灯光夹杂着月光让这个位置最为明亮。借着这点光亮，由美子看清了别墅内的布局——静美的装饰，奢华的装修，彰显着金钱与地位。突然，在二楼的楼梯口，由美子看到一个人躺在了那里。那是一个女人，静静地躺着，像死了，但是胸口好像还在起伏地呼吸。女人身上裹着一件白色连衣裙，包裹着她那丰腴的身体，在月色的笼罩下，仿若睡着的美人。

由美子的第一反应——这个女人因为疾病晕倒了，她快速地走上前去，想要凭借自己的力气搀扶起她。可是走近后，眼前的女人让她大吃一惊，她是今池登志江，她已经死了。由美子的手触及今池登志江的皮肤，已经宛若冰霜，这是死人才会有的冰冷。今池登志江的眼睛依然在睁着，瞪着天花板一动不动，而在她的脖子上有一圈明显的勒痕，紫色的痕迹在清冷的夜色中让人感到瑟瑟发抖。

今池登志江是一个美丽的女人，虽然已经43岁，但是皮肤与容貌丝毫看不出老态。这是由美子在她还活着的时候对她的印象。此时看到眼前的尸体，由美子还是从眼角的缝隙中，窥看到一丝皱纹。

由美子首先想到了报警，但这个念头从大脑中划过的一瞬间就被她否定了，因为这样的时刻，只有她自己在别墅里，警察如果赶到的话，她该如何解释。为什么夜半三更地出现在别人的家中，况且这里只有她一个人。所以，不能报警，要赶快离开这里。

由美子小心翼翼地退回到房门，这一过程，她掏出手帕，擦掉所有自己刚才可能触碰过的地方，免得以后警察找麻烦。走出房门，由美子想把门把手上的指纹也擦掉，可是手绢不见了，她回想，应该是刚才随手扔到了地板上。那个手帕上面有她名字的缩写，一定要找到。于是由美子再一次潜入房间，果然那块手帕在离尸体四五米远的地方，可是让她惊恐万分的是，今池登志江的尸体不见了，由美子不敢相信自己的眼睛。难道今池登志江没有死？或者真正的凶手还在这栋别墅里？

就在由美子心存疑惑的时候，奇怪的事情又出现了，那具尸体神乎其神地又出现在她眼前，前后也就只有几秒钟。这魔术般的过程让由美子十分恐惧，现在唯一能解释的就是刚才自己看花了眼，尸体一直都在那儿，但是在她脑子里有强烈的意识：刚才那不是幻觉，尸体确实消失了！

凶手可能藏在暗处，看到由美子走了，便把尸体拖拽离开，可是没想到她又回来了，于是就出现了这魔术般的过程，但是前后仅仅几秒钟，怎么可能这么迅速，更何况身体的姿势与先前几乎一模一样，简直是人类无法达到的。由美子越想越恐惧，甚至想到了是今池登志江的鬼魂在作祟，因为今池登志江憎恨由美子，才会想出这么一招来吓唬她。此刻的由美子浑身吓得哆嗦，只想尽早地离开这个鬼气逼人的地方。

（三）

今池登志江的尸体是第二天的时候被前来上班的用人发现的。警方接到报案之后赶忙派人进行调查。第一个接受调查的人便是今池光雄，今池光雄说他昨天在东京的一家酒店内，警方派人到这家酒店取证，酒店前台说虽然今池光雄订了房间，但是并没有来入住。万般无奈之下，今池光雄只好如实交代："我昨天晚上回到 W 市，在由美子那里睡了一夜，今天一早离开的。"

"期间你没有离开过由美子家吗？"

"我去买了一包烟，大约花了 20 分钟。"

警察又把由美子叫来对质，结果她和今池光雄说得一样。但是警方并没有因此排除对今池光雄的怀疑，因为两个人在熟睡时，期间有人离开也是不会发觉的，况且两个人还有合谋的可能。

昨天夜里，由美子从今池登志江家回来时天已经蒙蒙亮。进门的时候，金池光雄依然在酣睡，她想不要把这件事情告诉金池光雄，而是一个人放在心里。没想到第二天，警察就找到他了解情况。现在她确定警方已经将他们二人当作重点怀疑对象。一对偷情的人，死者又是其中一人的妻子，这不能不让警方重视。

现在由美子掌握着一条很重要的线索，昨天今池登志江打电话说有一个客人将要到他们家做客，由美子想这个人应该就是今池登志江生前见到的最后一个人，也就是凶手。显然这个凶手认识今池登志江，并且从她打电话的语气来看，是一个很熟的人。

由美子想要把这一情况反映给警方，但是她害怕警察会接连问下去，她到过别墅的事情就隐瞒不住了。现在由美子是警方重点怀疑对象，一定会认为客人的事情是她为了洗脱嫌疑编造出来的，这样一来，反而会加重自己的嫌疑。

她又想把这件事情告诉今池光雄，但是在案发之后，他们只见过一次面。今池光雄在电话里让由美子最近不要见他，见面容易引起警方的怀疑，可是她那天晚上去别墅的事情像一块大石头压在由美子的心上，她应该告诉今池光雄，或许今池光雄那天在她离开之后醒来了，出于对她的爱才没有将这一情况告知警方。

由美子这么想着，不过现在她最希望的事就是尽快地抓到凶手，这样她和今池光雄就可以光明正大地结婚。但是好事与坏事永远都是同时发生的，在由美子期待着美好未来的时候，她自己也因为成为这起凶案的最大受益者而成为警方关注的焦点。希望与不安始终在由美子心里徘徊。

最近几天，由美子一直待在家里，泰代悄悄地来看过她几次。泰代说警察也叫她去问话，因为她与今池登志江的关系最好。泰代虽然个子不高，但她是一个直爽的女孩，有着男孩子般的性格。虽说泰代和今池登志江的关系非常好，但是最近因为时装店的资金问题，二人有了很深的矛盾。

泰代绘声绘色地跟由美子讲那天警察是如何找她问话的。

"一个很帅的警察带我到询问室，这是我第一次进警察局，我既紧张又兴奋。警察问我的第一个问题是'你前天晚上 11 点到凌晨 2 点在干什么？'你知道我是个夜猫子，那天店里的生意一直忙到晚上 10 点，然后我随便找了一家店吃夜宵，大概到了 12 点，我又约了 3 个朋友打麻将，一直打到天快亮，他们都可以做我的人证。"

泰代说得激情四射，由美子只能苦笑以对。

"你现在已经洗清嫌疑了，不像我，还是重点怀疑对象。"

"是啊，警察会怀疑你和今池光雄是同谋的。"

泰代是由美子最好的朋友，她和今池光雄的事情，从一开始泰代就知道，因为泰代经常来由美子这里玩，而且事先不会通知她。有好几次泰代都撞见今池光雄半夜来找由美子，所以对两个人的事情，泰代也是睁一只眼闭一只眼。

这时，泰代突然神秘兮兮地对由美子说："我知道今池光雄的一个秘密，不知道该不该告诉你。"

"什么事情，你说吧！"

"其实今池光雄在外面还和其他的女人保持暧昧的关系。"

"你说的是真的？"由美子想笑，但是这笑容戛然而止，因为她突然回忆起今池登志江在电话里说"愚蠢的小姑娘，他只不过是和你玩玩罢了"。

"你知道那个女人叫什么名字吗？"

"安井节子，是服装学院的学生。"

听到这里，由美子心里感到非常的不安，她发觉到了自从今池登志江死后今池光雄对自己的冷漠，而泰代的这句话又深深地刺激了由美子的心。

（四）

这天晚上，由美子骑着她的摩托车赶往安井节子的住宅，这个地址是泰代告诉她的。一路上，由美子的心情很复杂，但是到了安井节子家门口，她的心情更是五味俱全。由美子看到一辆熟悉的汽车停在安井节子家门前。由美子失望地站在那里，她原有的猜想现在已经成为事实，她不知道该不该再进去。原本，她还有信心将今池光雄留在自己身边，因为她继承了父母的财产，这些钱足够她和今池光雄结婚生活。可是现在今池登志江死了，光雄是她财产的唯一合法继承人，他现在所拥有的是由美子的许多倍。况且安井节子更年轻漂亮，她不知道该如何重新夺回今池光雄。

想象着今池光雄和安井节子此时正在那栋房子里缠绵，她无法掩盖自己的绝望之情，如果现在冲进去，她会像一个胜利者那样出现在他们面前，可是这么做已经没有了意义，那样她将彻底地失去今池光雄。

由美子躲到路边一棵树下，不敢向前迈进一步。这时候，今池光雄从安井节子的房间里走了出来，由美子又天真地幻想着今池光雄也许和安井节子没什么，他只是来这里有一些事情。由美子鼓足了勇气走到今池光雄跟前。今池光雄看到由美子立马表现出了不愉快的神情。

"我现在想和你说，我们分手吧。这样对你我都好。"

由美子听了金池光雄的话完全呆住了。

"你是骗我的对吧！"由美子说。

"我们要是还在一起的话，警方会一直怀疑下去，他们认为我们是合谋杀死今池登志江。早一天摆脱嫌疑，我早一天就能继承今池登志江的遗产。"

"最后一句话才是你的真正想法，对不对？"

"不管你怎么想，总之我们以后不再见面了。"说完，金池光雄上了自己的车，消失在了夜色中。

泪如泉涌的由美子骑着摩托来到泰代的住处，这时候只有她能够鼓励安慰由美子。见到泰代，由美子一下子扑到她的怀里痛哭起来。

"今池光雄是个骗子，我被他骗了，我见到他，他却冷酷地说永远不要再见到我。"

由美子向泰代诉说着，脸上充满愤怒和伤心的表情。

"一定是那小子干的，是他为了获得今池登志江的财产所以把她杀了！"

听到泰代这么说，由美子的脑袋里忽然闪过一丝念头。今池光雄完全有可能杀人，汽车比摩托车快，今池光雄可能会在由美子出门之后开着车先他一步到今池登志江的住处，杀了她，然后又开着车回来，不过转念一想，又觉得不可能。

"我觉得不是他，他没有作案时间，今池登志江死亡的时间是 11 点到凌晨 2 点之间，这时候我还在家里，清醒地躺在床上，光雄就在我旁边，不可能是他。"

"那就是安井节子，她为了和今池光雄在一起，就去今池登志江那里杀掉她。"泰代又揣测着说。

"这倒有可能，但不会是贸然拜访，她和今池登志江之间有过约定，这是我在电话里听到的。"

"就算是事先约定，小心谨慎的今池登志江也不会轻易开门的。"

"你怎么知道？"

"因为我们关系好啊，从很多细节就能看出今池登志江是一个谨慎的人。比如停车的时候，今池登志江会把车的后挡板和墙像经过计算一样保持非常好的距离。"

"但是我那天去今池登志江家的时候，看到车头是朝着车库里面的。"

"嗯……这个……也许那天今池登志江着急见客人，便以最快的方式把车停好。"

由美子感到有些不可思议，那天她是先打的电话，然后等到客人来了之后挂上电话，这一过程没听出今池登志江有什么着急的语气。不过泰代这么说也不是不合理，只是她的心里有无法解释的东西，所以还要仔细琢磨一下。

（五）

有关事情的真相，由美子在离开泰代家后一直思索着。获利最大的人最有可能是凶手，现在来看，安井节子是头号嫌疑人。但是失恋的痛苦无法让由美子保持一个理性的思维，安井节子美貌和占有今池光雄，都会让由美子不由自主地将凶手名头定义在安井节子的名字前。她无法理解为什么今池登志江只发现了今池光雄与她的关系，而没有发觉其他人。这时，那天今池登志江电话里的声音又一次在由美子的耳边响起。突然，她想到了一个问题，为什么今池登志江的语气会突然有那么大的改变，就是在那个临界点，电话的那一头到底发生了什么？一定有什么原因促使她改变态度。

由美子揣摩着今池登志江的心理，她似乎感受到了一种似曾相识的感情波澜。知道自己心爱的男人在半夜去了另一个女人的家里，那种挫败感不就是自己在安井节子家门前的感受吗？由美子回想当时的时间，今池登志江是在金池光雄出门买烟的时候，突然改变了语气，这难道是巧合吗？原因只有一个，那就是当时今池登志江没在家里，而是在一个能看到由美子家的地方打的电话。她看到金池光雄出来了，以为是自己的电话让金池光雄感到害怕，所以才会趾高气扬。

因为这种感受由美子也是深有体会，所以很容易把握住了今池登志江的心理。既然如此，那么整个案件就要重新来看不在场证明了，谜团似乎就是解开了。

第二天，由美子来到警察局汇报情况，接待他的是户坂警官，两人来到审讯室相对而坐。

"你要汇报什么？"户坂警官问。

"我想说的是，今池登志江不是死在她的家里，也就是说那里不是第一现场。"

"哦？你有什么依据？"

"那天晚上给我打电话的时候，她不是在家里，而是在我家附近。因为她一直监视着今池光雄，所以一路跟到了我家。但是走到山坡的时候，她犹豫了，一个好强的女人都会有这样的自尊心，她害怕这种丑事让自己颜面扫地，所以不敢往前迈一步。刚开始打电话的时候是十分低沉的语气，但是期间她看到金池光雄从家里出去买烟，她以为是她的电话起了作用，所以声音一下子变得得意起来。"

"这是你的猜测？"

"是的！"

"不过猜测得有些道理，但是你为什么不早告诉我们？"

"因为我不敢确定我的分析有没有道理。"

由美子向警方汇报的只限于此，她没有说自己那天夜里去了今池登志江的家，原因还是怕麻烦，让警方引起更大的怀疑。

"你猜到凶手是谁了？"

"差不多，那就是今池光雄！"

从恋人到罪人往往只是一念之间！由美子接着向户坂警官表述自己的推测。

"我想他们是夫妻，今池光雄应该察觉到了今池登志江在监视他的行动，所以今池光雄就利用这个机会找买烟的借口开车出来，找到今池登志江，将她勒死。接着把尸体放到车中，藏在了路边的树林里。最后今池光雄回到我的家，借口说附近的贩卖机坏了。"

这时候安井节子过来把车开回今池登志江的别墅。而开进别墅的时候，安井节子并没有按照今池登志江的习惯——车头朝前，车尾朝后，这是她的一个疏忽。"说完，由美子得意地笑着，好像自己已经化身为福尔摩斯。

由美子本以为警官会对她的推理大加赞扬，但是户坂警官一直阴沉着脸。

"你的推理貌似有些道理，但是我很不幸地告诉你，那天安井节子去九州旅游了，怎么会赶回来？"

警官的一句话把由美子的推理全部推翻。

"你是怎么知道那天车库里的车没有按照今池登志江的习惯停放。"

警官的问话让由美子吓出一身冷汗，没想到语多必失在这一刻得到了应验。由美子在努力寻找着解释的理由。这时候一个看似荒唐的猜测在她的脑子里形成：为什么那天在我提到今池登志江没有将车按照习惯那样停放的时候，泰代并没有显示出吃惊的样子，原因只有一个，泰代本来就知道车停错了，那么这意味着她当时也在别墅里。事情的发展是这个样子的，那天泰代来找由美子玩，半路上看到了电话亭里的今池登志江，听到了我们的谈话。于是她又想到了在资金问题上两个人产生的矛盾，顿时产生了杀人的念头。在杀死今池登志江之后，她把尸体放到车里，运到别墅。为了造成别墅是第一现场的假象，那么就要换掉今池登志江的衣服，这个时候，我正好来到别墅。

听到有人，泰代藏了起来，我待了一会儿害怕惹祸上身便离开了，可是泰代没想到我又回来找手帕，这下让她手忙脚乱。此时没有时间将已经拖走的尸体再拖回来，所以泰代就赶忙套上今池登志江的衣服，躺在那里做她的替代者。因为当时是深夜，灯光又暗，所以我没有仔细观瞧便忙慌地跑出别墅。

这样，别墅内尸体消失又出现的谜团就揭开了。由美子不敢相信这样的猜测，如果她当时再一次回到房间，或者第二次回到房间的时候就走近仔细观瞧一下尸体，泰代都不会得逞。但这样是危险的，泰代一定会对由美子痛下杀意。如果由美子发现尸体不见了，她便会肯定凶手还在房间内，这样的话，她一定会报警，或通知邻居，绝不会让凶手跑掉。

太多的如果让由美子不寒而栗，爱人背叛她，最好的朋友又是杀人凶手，各种各样的打击接踵而至。由美子不敢再想了。这时候户坂警官的厉声惊醒了似乎处在睡梦中的由美子。

"你在想什么？赶快回答我的问题！"

由美子不敢回答，也没有力气回答，她现在宁可希望自己是凶手，也不愿意刚才的推理成真。可是真相只有一个，无法像幻想那样灰飞烟灭。

黑色的夜晚

【美】戴维·默莱尔

我们忧心忡忡地出了门。听说那曾是 20 世纪 20 年代最好的房子，可以想象当年拥有那幢住宅的主人是多么自豪。但是，现在这所房子已经随着时间的流逝变得破败了，除了荒草丛生的园子，就是已经斑驳的木制门廊。站在警车旁，我望着那寂静而老朽的房屋，心中竟是莫名的失望，那房子像一个阴沉的迟暮老人。我想不出他的主人——那个当年富甲一方的富绅，看到这番情景又该以如何复杂的神情掩住双眼呢？

然而这里的主人都已经默默地长辞于世了吧，这所曾经承载着主人梦想的老房子现如今只剩下腐臭的味道了，远远望去像一张在风中摇摇欲坠的老照片，到处渲染着昏黄陈旧氤氲。

与我同行的还有我的代理人、医生。我们一同望着那所阴暗、寂静的老房子，看着依然在这里从容生活的左邻右舍们，在同样腐朽老迈却曾经辉煌的宅第的门廊里，他们的样子在昏黄的夕阳里变成了这个城市独有的风景，他们嵌在残阳的影子里，忽然变成了一幅幅剪影，让人竟有些失了神。但工作依然在身，随即我们三个轻轻地朝大门走去，不约而同地生怕打扰这幅剪影的意境。大门旁的围篱在身旁变得越来越短，我们走上房子正面的台阶。

久无人迹的人行道已然杂草丛生、难以迈出脚步，而落寞的院落里更是被杂草掩埋得密不透风，那些高矮相间的树没了当年奢华的威严，显然已经很久没有接受主人的精心照料了，这样看起来竟在落寞中给人一丝诡异的感觉。我能感到一股冰凉的气息，眼睛甚至有些迷离，我无奈地揉揉眼睛。

暮色褪去，我手中的手电筒派上了用场。我们三个人登上通往门廊的木台阶，那些裂纹斑驳的台阶让我有些退却，走在上面发出吱吱的扭捏声响每发出一声，我的身体就震颤一下，那一刻我感觉自己的骨头就是一块干枯的木头。我要观察这里的一切，低下头时我见到一堆泛着黄色的旧报纸。透过本应透明的彩色玻璃窗往里看，窗上的灰尘阻碍了我的视线，只让我捕获了里面的漆黑一片。我想我唯一的选择只剩下按响那个门铃了。说实话我有点抗拒，但更多的是侥幸的期待。

房子里的灯光没有如我所愿地明亮起来，我感觉不到这里有人生活的痕迹，因为就连轻微的拖着脚步过来开门的声响我都听不到，没有被打扰到而放下茶杯的声音，没有浴室里哗哗的水声。我们只能在门前紧张地等待着。

"这房子里只有一个老妇人。"医生告诉我们。

代理人有些紧张了，我想他在猜测一些电影里看到的恐怖场景。

"我们给那位老人一些时间吧，也许她已经得了老年性脑萎缩，老年人都逃不掉那个病，对吧，"医生说着，带着几分安慰的意味，虽然我心中并不相信，"也许她不在家，出门购物也说不定。"

"如果这样的话，我们为什么要来这里呢。这位老人名叫艾格尼丝，她至少有80岁了。"我得提醒他们我们的工作，我看起来冷静而淡然，而心中的恐惧只有自己知道。

我再次按响了那个冰凉的门铃。作为新上任的警察局长我想我应该尽责而且冷静，我需要注意我的工作方法。如果可以的话，我想我应该尽量不打扰到这位老妇人。我希望这座旧宅保持着初见到时的剪影画面，怀旧但柔和。这时，我闻到门缝里传出的一缕恶臭味道，这突如其来的臭味让我睁不开眼睛，连鼻孔都被刺激得闭不起来。

"看来我们要进屋去了。"我不想打扰到其他的邻居，但是40年从警的经历让我不得不破门而入，那是我作为警察的职责。

我试着扭动那个光滑的球形门把手，门是锁上的。我又闻到了那股恶臭的气味。双手用力一推，那扇门开了。门似乎很脆弱，也许那恶臭味就是穿过这道破碎纸板纸门传出来的。朽木的碎屑伴着撕裂的声音像落叶一般落在我光亮的皮鞋上。

我一边用手电筒搜寻着屋子里的陈设，"有人在吗？"一边试图呼唤老宅的主人。大厅里灰尘满布，看起来像是多年未曾收拾却丝毫不显狼藉，这看起来有些奇怪。臭味愈发强烈了，几乎让我把注意力都集中在嗅觉上，对看到的一切都感觉迟钝。

我注意到右面一条卵形入口的后面是一间起居室，或者应该称为客厅。起居室里堆满高过头顶的旧报纸，那蜡黄色让我想到了老人布满皱纹的脸，阅读过它们的人大概也是这样。我穿过狼藉的报纸丛，试图找到恶臭的源头。

我用手电筒搜寻着目标，并穿过另一条卵形门道。

"有人在家吗？艾格尼丝，我们想找你谈谈。"

手电筒的光亮打在一片更高的报纸丛上，那整理好的痕迹让我有些起疑。旧报纸中有1929年到1936年的，也有些1942年到1958年的，看起来像是某位有心人的收藏。报纸丛中有架钢琴，居然比报纸还要陈旧，显然绝对没有人打理过，蜘蛛网结成了厚实的形状，手电筒的光都映不出黑色烤漆的黑亮光泽。

"难道这是些宝藏？"代理人想开个玩笑，但他的声音却意外地在这房间里被拉扯得有些震颤。他一定也被自己变质的声音吓到了，他冷不丁地回了下头。

"我想需要一间一间地巡视。"我告诉他们。我发现这里每间屋里的报纸居然都按10年为一组的规则堆放和保存。我需要把这些线索和我脑中的猜测合理地联系起来。

二楼有一间和这个时代格格不入的卧室，它的陈设风格和家具让我有了回到20世纪的感觉。那张床铺着整齐的丝绸床单，虽然灰尘累累却没有主人睡过的痕迹留下，它很平整。如果能打开半圆形屋顶上的华丽的顶灯一定能看出些什么不同的线索，可惜我只能借着手电筒的光亮来观察。这里肯定很久没有付过水电费用，看来最近都没有人在这里生活过。

让我们不能忽视的是那股熏天的恶臭，像个阴魂不散的恶魔一般，缠绕着我们，抱着我们的大腿，阻碍着我们的脚步。我们继续拿着唯一的光源下到一楼，在黑暗中我们站在一楼后部的食品贮藏室里，我们是寻着臭气找到这里的。拉开那扇阴森的门时，我竭力想用我专业的冷静控制住自己激动的情绪。我的太阳穴突突跳着，恶臭的浊气变本加厉地涌来，我们躲不开，因为它几乎像是沙漠里的风沙般扑到我们跟前。我们战战兢兢地朝下走，每一步都能听到木板的吱吱破裂声，似乎是在有人在扯我的皮肤。

我想我是个训练有素的合格警察，我应该冷静、准确判断并且控制自己的情绪。但那样的要求是违背人类本能的。在我多年的职业生涯中，我已经习惯了观察常人恐怖的场景并在其中理智地分析出那些线索背后的真实。但这一次，我只能在一束冰冷的光线下看清一件恐怖至极的东西。我想我的表情不那么自然了，指甲都抠进了掌心。

首先出现在光线下的是一位老妇人的无头尸体，它突兀地横陈在地上，身上散发的腐味就像是在垃圾桶边晒了数月的死猫。从她不明颜色的体内有什么东西渗出，我想起了乡下母亲扔在路边的腐烂成液体的土豆。

其后发现的景象我已经不愿意回想了，随着手电光的移动我往上方搜寻着，只见到一颗头颅悬在空中，仅仅是被一些看不清楚的套索夹着，似乎还在微微地摆动，飘荡的白发粘在脖子上，额头、脸颊以及嘴唇已经腐败脱落，突出瘆人的惨败的牙齿，已经有些干涸眼窝里，虚空的两个黑洞瞪着前方，也就是我站着的位置。那是她的头颅，她和我相对而视。

犯罪现场当然不止如此，随着我把手电筒向四周扫射，在房间的一个角落里，摆放着一张配合着玩具娃娃玩耍的小桌子，深色的栗木材质，朝着玩具娃娃摆放着瓷质的茶壶和茶杯，玩具娃娃对面的椅子里也坐着个什么。红白相间的蝴蝶结束着金色的长头发，纯白的宴会连衣裙里套着鹅黄色的衬布裙，西部风情的草帽和锃亮的红皮鞋，这显然不是我们时代的衣着。连衣裙已经有些破洞了，同样残破的还有面孔，完全看不出那是一张人脸！仿佛只是被豺狗啃过的某些大型动物的残肢，只有一条伸出嘴外的小小黑色舌头提示着，这里坐着的曾经是位可爱的金发小姑娘。

这个狗娘养的恶心的杀人犯！

"上帝！"代理人躲在我身后感叹着，他已经说不出什么话了。

"我们必须弄明白这件事。"我跟他们说着，也是在提醒自己的责任。我不能软弱。

我们三个回到办公室，灯光不怎么光亮，像是提醒着我们刚刚昏暗里的那一幕。现在气温很低，窗子外面飘来阵阵凉风，我打开窗子，试图带走多一些老宅的气味。这缕缕凉风让我觉得清醒，胃里向上翻涌的东西也渐渐安分了一些。

"我想那个老妇人杀了那个可怜的孩子，也许她觉得愧疚了，或者意识到自己的结局，所以她了结了自己。"我分析着看到的种种迹象，"但是我也不能确定，因为我还不了解这个案子的情况，她的动机似乎有些蹊跷。"

窗外的风越吹越猛，但我不想关上窗户，甚至打开了电风扇，呼呼的风声让另外两个人也深呼了一口气，脸上的表情也淡然了一些。

医生用手轻抚了额头，清了清嗓子，说道："那所房子是艾格尼丝和她的丈夫一起建造的，他们一直共同居住在那里，听起来应该是一段幸福的回忆。"

"她的丈夫？"

"对，她的生活应该很富裕，"医生继续平稳地说着，他的声音轻柔，"丈夫是位银行家，他叫安德鲁。1928 年的时候，那男人可是富甲一方的霸主。他们二人有个 3 岁的可爱女儿，在他最风光的那年秋天死于类白喉症。"

我听着医生的话，轻轻地敲击着桌面。

"我父亲也是个医生，他很着迷于这样的病例。事实上，那个时候一个大银行家的女儿死于绝症，谁能不知晓呢。这个城市里的人们都关注着这件事，最终这个小女孩还是未能被救活，她的父母因为痛失爱女而精神崩溃，甚至是精神失常。安德鲁离开了家，再也没有回来。他的妻子终于不能接受这个现实，一直离群隐居。"

我想我有点线索了。

"现在你能理解了吧。小孩的失踪的事情几乎都发生在秋天，就像现在这个时节。我们发现的那个女孩就是其中之一。我想我们一会要立刻通知她的家人，他们目前正在焦急地寻找她。我猜艾格尼丝大概是在多年的孤独生活中精神失常了，你知道年老的孤独和家破人亡的往事足够让她崩溃了。她大概是出于喜欢小孩子的念头，这种喜欢让她有点偏执于找到女儿的替身。也许她某些时刻还是清醒的，她知道自己做的事情要得到惩罚，而且绝不能把小孩子活着放出去，那样才能保住自己的性命。或者那个疯癫的老太太还坚信孩子们没有死去，就像自己可爱的女儿一样。"

"就像孩子们相信玩具娃娃是兄弟姐妹的那种心态？"我有些疑问。

"你可以这样理解。可是如果这样的话，其他孩子的尸体被处理到哪里去了呢？也许那所房子里还有更多的杀人罪证。你可以猜测那个老人是不能支撑自己的信念才选择自尽的。那些尸体逐渐腐烂的样子实在是太恐怖了。"

"这种说法是可以说通的，"代理人说，他还在刚才的恶心氛围中不能自拔，仍然脸色苍白、表情紧张，"至少这个推理为我们找到了分析的方向。"

医生想到了更大的困难，"精神病人总是按照自己混乱的思维逻辑来做自己想做的事情，但是你们必须清楚，病人的逻辑是难以被掌握的，因为它一定是极其混乱而且偏执的。

已经有些眉目，我需要在保护现场未被破坏之前提取线索。我拿起电话，叫了一辆救护车，用职业但是温和的口吻通知孩子的家长。刚刚放下电话，铃声就响了起来，我的直觉告诉我这是个重要的电话，一定对弄明白这个案子起着至关重要的作用。

我注意倾听着对方的话语，意识到刚才我们的分析有了问题。

我放下电话，深吸一口气，静静看着他们。

"这件事情并不是艾格尼丝所为。"

"怎么？"医生和代理人有些惊讶，疑问地凝视着我。

"是安德鲁，"说着我快步走到门口，"我知道你们相信他在 1928 年就离开了这个城镇，但事实上他就在那所房子里。"

我们三个快速奔向警察巡逻车。

"我们不是搜查过那幢房子了吗？这根本不可能。"代理人说。

我们仓促地上了车，我一边发动汽车一边解释着："那是因为我们没有发现他。"但我心里清楚他们并未相信我的话，我们需要去那幢房子再次搜查。

我们不能再耽搁时间，我不是一时意气而如此心急，这关系着整个案件的真实情况。在转弯时我踩下刹车，从旁边的街道急切地爬着坡。再次到达那所房子，我们匆匆穿过那被损毁的脆弱大门，走过布满幽森杂草的人行道，跨过门廊的破洞，进入那复古的镶有彩色玻璃的门里。

"安德鲁！你快些出来！我们知道你就在这里！明智的话你最好配合！"

我打开手电筒冲进起居室，这房子里阴沉的气氛和死寂的气息让我更加不能平静。腐败的气息和恶臭紧紧扼着我的咽喉，血气上涌，仿佛死神要把我的心脏挤出来。我声嘶力竭地大喊着："安德鲁，你听着！你要为你做的事情负责！如果你是伤害她的凶手，我一定要让你受到惩罚！"

我的拳头已经因为攥紧而骨节发白，颤抖着拽倒那一摞报纸。我知道他一定就躲在这鬼屋子里。

"局长先生，你要冷静。"代理人拉住我的胳膊。

然而我已经不能控制住自己了，我血红的眼睛扫视着房间里的一切，我拉倒了一堆又堆的报纸塔，房间瞬间不成样子了，尘土飞扬，蜘蛛丝网也在空中飘荡，微微反射着窗外透进来的月光，细细簌簌的声响沿着墙壁向角落里传去，吱吱的叫声也在我的脚下乱窜。

"快过来帮忙！"我已经顾不了自己的身份，失控地朝医生和代理人叫嚷。

我们看到他了！凶手躲在音乐室里——安德鲁待在那个隐蔽的报纸堆成的隔间。

凶手就在我们面前，他看起来丝毫没有昔日富豪的神采，那个老翁眼神空洞地躲闪着我们，但身手却敏捷异常，躲藏着掩盖自己的身体。我快速地奔过去抓住他的衣服——他的衬衫已经陈旧得像古老的报纸。在被我的胳膊拽得移动的时刻，我看见他身后的一幕：又是一个小女孩的尸体！身体被凶手捆绑住，显然已经死去，那一身20年代的打扮很是显眼。她瞪着的双眼灵动而有神，否则此刻也不会如此透露出恐惧。

他从来没离开过这间房子，他才是那个丧失人性的疯狂凶手！他的妻子因为不能失去这份爱而替他掩护了多年。那是一种什么样的情感呢？当他每杀死一个无辜的孩子，她都被自己的行为折磨一次。直到最后才被迫面临这注定的可怕结果——她悬梁自尽了，为了她深爱的丈夫。

地铁之夜

【英】沃·布吕默尔

深夜中，安妮塔·费斯特无聊地坐在站台报亭对面的一张长椅上，等着最后一班地铁，她一边不耐烦地仰头朝空中吐着烟圈，一边吃着花生。这时，一个化了妆、穿着肮脏的印着微笑的迈克尔·杰克逊头像衬衫的小伙子从地下通道里走出来，坐到安妮塔的身旁。安妮塔想起了最近盛传的铁路杀手，她非常害怕，不断向一旁移动，但是那个小伙子也一直向她移动。

终于安妮塔无路可退了，那个小伙子轻轻地捅了捅她的肋骨，要安妮塔把刚取出来的钱交给他，安妮塔没有办法，只得将皮包中的钱交给了小伙子，这个小伙子拿到钱之后看了看安妮塔，将一半的钱又还给了安妮塔，然后他就消失在了漆黑的通道里。

与此同时，在另一个站台上，女探长卡佳·科布伦兹和她的助手安德雷亚斯·霍普正面对着一具女流浪者的尸体，这已经是这段时间的第四个被害人了。可怜的被害者满身是血，一看就知道她被刺了很多刀。医生说被害者遇害大概只在两分钟前。

铁路警察霍斯特·伊色曼表示，他在第一时间就赶到案发现场，但遗憾的是他既没能抓到凶手，也没有救活被害人。

女探长卡佳·科布伦兹对铁路警察霍斯特·伊色曼投以鄙视的眼神，她一直不喜欢这个人，因为他虽然希望自己能尽职地保护地铁乘客，但他几乎对每一个可疑者都进行毒打，而其中大部分人都是无辜的，为此他已经被提起过一回惩戒诉讼。

卡佳·科布伦兹在指责了霍斯特·伊色曼之后，告诉助手安德雷亚斯查查有什么线索，之后就离开了地铁站，谁都没有注意铁路警察霍斯特·伊色曼目送着她的背影时，眼中充满仇恨。

几天后女流浪者的事件没有任何进展，女探长卡佳·科布伦兹和她的助手安德雷亚斯没有找到任何线索。当然这些和安妮塔没有任何关系。

她只是不明白为什么她会又一次遇到那个化着浓妆、穿着迈克尔·杰克逊头像汗衫的小伙子。那小伙子又一次要求安妮塔将钱交给他。安妮塔犹豫着，她不知道这样的噩梦还要持续到什么时候，就在这时，一个高大魁梧、头发剪得短短的，肩上背着个小背包的男人从角落处拐了过来。他发现了安妮塔的处境，急忙过来帮助她。那个小伙子发觉情况不对，一把推倒安妮塔，然后就逃跑了。短头发的男子来到安妮塔的身边，想要把她扶起来。

就在安妮塔伸出手时，短发的男子却突然倒在了安妮塔的身上，鲜血顺着他的身体滴在安妮塔的脸上，应该是有人在背后给了他几刀。安妮塔受到了极大的惊吓，一下子就昏厥过去了。

当卡佳·科布伦兹和安德雷亚斯得知这件事情后，他们感到很沮丧，如果不早些将这个杀人狂抓到的话，地铁站早晚会血流成河。于是他们决定拜访这次事件的幸存者安妮塔。

在他们和安妮塔的交谈过程中安妮塔的注意力一直放在安德雷亚斯身上，可以看出她对安德雷亚斯非常感兴趣，虽然安妮塔只是一个满脸雀斑又哭红了眼睛的女人，但是她对于安德雷亚斯的投怀送抱依然让卡佳·科布伦兹感到不愉快，于是她急忙拉着安德雷亚斯，离开了安妮塔的家。因为他们已经得到充分的线索，那个化着浓妆、穿着印有迈克尔·杰克逊汗衫的家伙很可能知道一些关于凶手的线索，或者他本人就是凶手。

经过几小时搜索之后，安德雷亚斯带着一个穿着笨重黑皮靴的名叫迈克的小伙子回到了警察局。他蓬乱的头发下露出一张化了妆的尖脸，目光茫然，瘦肩上还搭着一件肮脏的隐约能看见印有迈克尔·杰克逊头像的衬衫。

最初这个小伙子什么也不肯说，但是卡佳·科布伦兹毫不留情地指出这名小伙子的罪：使用暴力进行抢劫，故意拿刀刺人，甚至谋杀。

这样的指控令这名小伙子感到不安，他脸上现出害怕的表情，那张忧虑憔悴的脸，一下子变老了许多。他一下子陷入了两难，他害怕说出事实的真相之后将性命不保，但是卡佳·科布伦兹威胁他说，如果他不说就以抢劫和人身伤害起诉他，让他坐牢，这样他也完了。

最后迈克和卡佳·科布伦兹达成了协议：他将自己知道的事情告诉他们，卡佳·科布伦兹则提供他每天都要吃的安那包尼卡药。对于卡佳·科布伦兹的决定，安德雷亚斯感到十分担忧，因为这是非法的事情。但是卡佳·科布伦兹表示，这只是权宜之计，将来一定会找到其他解决办法的。

随后，女探长卡佳·科布伦兹和安德雷亚斯一起前往黑暗的地铁通道，他们藏到黑色的柱子后面。过了一会儿，一个穿着军靴、头发染成了绿色的一个小伙子出现在他们的视线里，他用有文身的手拿着一只花塑料袋，他在地铁站中转来转去，专找女乘客讲话。当她们急转身离开他时，他就从她们身上偷钱，有时候也对她们动手动脚。就在这时，那位总是发现不了犯人的铁路警察霍斯特·伊色曼急步向小伙子走去。他穿着紧身牛仔裤，臀部后翘，裤袋里鼓鼓的。他走向那个小伙子，朋友似的给了他胸脯一拳。经过短暂但激动的一阵交谈，霍斯特·伊色曼将胳膊搭在小伙子肩上，两人大步走进一条黑暗的通道去了。

卡佳·科布伦兹和安德雷亚斯悄悄地跟着进入了通道。漆黑的通道里没有灯。他们只能根据声音和感觉来判别方向。就在这时，一声压抑的喊叫从通道中传了出来，接着安德雷亚斯听到急促的脚步声向他跑来。他急忙打开手电筒，通道中一下子充满了光，在光线的正前方站着的正是被他们突然出现而吓得浑身发抖的霍斯特·伊色曼。

他吓得一句话也说不出来，瘦长的手指里捏着一把旅行刀，刀上的血滴落在地砖上。安德雷亚斯身后的卡佳·科布伦兹，对铁路警察说"您应该有很多事情要向我们解释了"。就在这时霍斯特·伊色曼闪电般地转身跑进了地下通道。

卡佳·科布伦兹知道霍斯特·伊色曼是逃不远的。而眼前他们的当务之急是，救治被霍斯特·伊色曼刺伤的那个青年。庆幸的是，这名青年伤得不是太重，而警医瓦尔特·浩默尔克大夫也在第一时间赶到了现场。

就这样，这次恐怖的铁路杀人事件终于解决了，只是安德雷亚斯不明白为什么铁路警察霍斯特·伊色曼要扮演那个残暴的地铁杀手。

对此卡佳·科布伦兹解释说霍斯特·伊色曼只是想要成为一个英雄，他找不到对象，于是就自己造几个牺牲者出来，虽然那些牺牲者有些是无辜的，但是在伊色曼的认知中他们都是死有余辜的人。

最后就是如何处置迈克的问题了，以他现在的状况送他去监狱无疑会彻底毁了他，这并不是卡佳·科布伦兹的目的，所以她将把迈克重新引上正途的任务交给了安德雷亚斯。

触目惊心的嗜血盛宴

第八个受害者

【美】希区柯克

那个人残忍地杀害的 7 个人，有小孩，有老人，也有女人，但一直没有被警方抓获，至今逍遥法外。而在另一边，茫茫荒原的公路上，一个红头发的青年正和一个褐色头发的人讨论着这个冷酷的连环杀人狂，红发青年丝毫没有意识到，他将会成为第八个受害者……

"你不怕那个人就是我，"红头发的孩子好奇地问我，"还让我上车？"

"那个人"是杀害了 7 个人、正被警方通缉的连环杀人犯。他从上了我的车之后就一直说着"那个人"，那时我的车速还没加到现在的 80 公里。

我是在空旷的路边接到这个小家伙的，小家伙长着一张娃娃脸，很瘦，比他这个年龄的孩子还矮了一些，看样子十七八岁或者二十一二岁的样子，脚边还有一个大布袋。

"你要去很远的地方？"我看到他把那个大布袋放在了自己的大腿上。

"谁知道呢？"他耸了耸肩。

"到现在已经有 7 个人遇害了。"新闻已经播完，他调低收音机的音量，我点头表示听到过，而且到爱蒙顿城周围 50 公路的公路都被警察设下了路卡。

"要有怎样的胆量才能杀掉 7 个人啊，大多数人都不知道杀人需要很大的胆量，"小家伙的双眼很明亮，折射着狡黠的光，然后问我，"你有没有用过枪？"

"我想几乎所有人都用过。"

"那你有没有拿着它对准别人？"小家伙继续问。

"当你有枪在手的时候，就不会觉得自己比别人差一等了，"不等我回答他自己继续说道，"有人对你臣服，那种感觉真棒。"

"没错，"我看了他一眼，他的眼神依然明亮，"你有了枪就不矮小了。"

他的脸因为我的话红了一下。

"只要手里有枪，你就可以是世界上最高的人，"他的手在长裤上抹了一下，问道，"你有没有想过他为什么要杀害那 7 个人？"

"没有。"我抓着方向盘一直看着前方的路。

"也许，他是被逼得太过了。他的一生都是在逼迫当中，一直都有人在命令他，做这个或者不做那个，如果哪一次的逼迫实在是太狠了，他就什么都不管了，"他伸出舌头舔了舔嘴唇，明亮的眼睛看着前方，"他不能再忍耐了，一个人能够忍受的东西就那么多，这时候倒霉的出气筒就出现了。"

"你怎么看在遇害者中有一个5岁的儿童？"

"例外吧。"小家伙又舔了舔嘴唇。

"谁会那么想呢？"我摇摇头。

小家伙的眼神游移了一下，"那你说他为什么要对一个儿童下手？"

"那很难说，"我耸耸肩，"一个又一个的人被他杀，一个又一个，可能到最后在他眼里什么区别都没有了，不管是大人还是小孩，男人还是女人，都一样，都是该死或活该被自己杀死的人了。"

红发的小家伙点着头说："这样一来他就变得嗜杀了。"

这条一直笔直前进的路途出现了拐弯，前面有一个加油站。这个加油站是开了40公里的车以来，我碰到的第一家加油站，第二家可能还在下一个40公里之后，汽油已经不剩多少了，我必须加油。

我把车驶了进去，给车加油的是一位老年人。

"我讨厌等待，老人的动作就是慢，"小家伙晃着脚看着驾驶位旁的老人，老人正掀着车盖加油呢，"都这么老了还活着干吗？死了倒来得干脆呢。"

"我不同意你的观点。"我掏着烟盒。

"那儿有电话，你有没有要联系的人？"顺着小家伙的视线，我看到被麦田簇拥的小楼，它的墙上装着一部电话。

"没有。"

"没有。"这是老人的声音，在他给我找钱的时候，小家伙问他有没有收音机，我忘了老人是不是说他喜欢安静。小家伙咧着嘴笑道："老先生，要想长寿的话，安静的环境是必不可少的，你的想法是对的。"

现在车子以80公里的速度行驶在平坦的公路上了，路的两边是一望无际的平原。除了平原什么都没有，房子或者草木统统没有。

有5分钟的时间，小家伙什么都没有说，最后话题还是落在了"那个人"身上。

"那个人实在是太狡猾了，警察永远抓不到他，"最后他格格地笑了起来，"你不觉得，比起警察来，他更聪明些吗？"

"你这样想？"我盯着他看了几秒，"他可是被全国通缉。"

小家伙瘦削的肩膀动了动，说道："可能他才不在乎这些呢，他只是做了自己认为应该做的。现在他出名了。"

有一段路我们都没有再交谈，最后小家伙的下身动了动，他被深陷在座位里。

"收音机的新闻里有关于他外貌的描述，你听了吗？"

"从上周开始一直在听，"我点点头，"现在全国的人都知道他的样子。"

"我长得跟新闻里说的一样。"小家伙的视线一直落在我身上。

"对。"

　　车子已经行驶很久了，虽然公路漫长且平坦，让人不觉得车子有多快，但我还是感到了疲劳和紧张，我松开握着方向盘的一只手揉了揉僵硬的颈椎。

　　"你在紧张？"他看着我，嘴角带着一丝狡黠。

　　"我为什么要紧张？"我快速地扫了小家伙一眼，反问。

　　"这两天在这条路上我一共被警察抓了3次，现在和凶手一样有名哩，"小家伙咻咻地笑了起来，"别人都以为我是凶手，害怕极了，我就喜欢别人怕我。"

　　"祝你高兴够了，"我冷冷地接到，"我想你会更加出名，我早就料到会在这条路上找到你，"一边说我一边放缓了车速，转过头看着小家伙，"你觉得我怎么样？跟'那个人'长得像吗？"

　　小家伙鼻子里喷出一口气，嗤笑了起来："像才怪，'那个人'跟我一样是红头发的，你的却是褐色。"

　　"但是，我可以把头发染成褐色嘛。"我微微地笑了起来。

　　小家伙的双眼因为惊恐慢慢睁大了，当他意识到接下来将要发生什么的时候，他无可避免地成了第八个受害者。

得州电锯杀人狂

【美】托比·霍珀

（一）

一个荒无人烟的地方——得州。30 年来，一宗没有结果的案件被整理成纪录片资料一直尘封在特拉维斯郡警局的内部档案室里。案情非常离奇惨烈，引起人们的一再关注和沉思。在休威特住宅的犯罪现场，警员搜集到超过 1300 个证据。这些证据中最让人胆战心惊的是一把仍然刺眼锋利的电锯，但一直被警方封存的实际命案现场的影音资料更让人胆寒……

摄像机镜头里是黑暗恶心的楼道。这是 1973 年 8 月 20 号 15 点 47 分，17 号公路休威特公寓，1 号被害者就是在这个地方被发现的……

盛夏，5 个年轻人开着汽车行驶在得州公路上，享受着特拉维斯郡夏日的美好风景。爱琳和凯布含情脉脉地对视，他们从千里之外穿越阿尔帕索就是为了看他们钟爱的雷那史金纳乐团的演唱会，几个人聊着天，沉浸在无比的兴奋和快乐当中。突然，爱琳看到前面路中间有个女孩的身影，尖叫一声。凯布一个急刹车，车厢里的东西随着惯性变得东倒西歪。纸袋裂开了，一包包大麻从里面掉了出来。艾迪和摩根赶忙把大麻塞回去，可让爱琳不小心看到了，她狠狠地瞪了他俩一眼，说了两个字："混蛋！"但大家的注意力更多集中在刚才那场差点儿发生的公路惨剧上。

裴柏一边抱怨那女孩为什么像用过麻醉似的无意识地走在路中间，一边和爱琳想下车帮助她，虽然男孩们不住地提醒她们还要去看演唱会，但她们仍追了过去。女孩脸色苍白，好像受过重创，身上处处伤痕，穿着破破烂烂的衣服，不断重复着："离开……我要离开……我要回家……"裴柏和爱琳不忍心丢下她一个人，扶着她上了车。

车行到一个拐弯处，那儿有一块路标，能隐隐约约看到上面写着：前面是拐弯处，请您慢行。女孩坐在后座，依然哭泣着，泪流满面，低语着："他们都死了……"爱琳几人面面相觑，都感觉一种莫名和恐惧涌上心头，这女孩一定经历了可怕的事情。

这时，汽车经过一间像是工厂的地方，应该已经荒废了，窗外是一片片的废墟。女孩依然哭泣，那是一种几近绝望的哭泣。她无意间看了一眼车外，突然停止了低声哭泣，站起来不断重复说："错了，走错路了……走错了……"接着，发疯似的扑向驾车的凯布。几个人赶忙拦住她，好容易拉她坐下，她又开始哭，竭尽所有力气似的说着："你们不可以让我再回去，不可以……"说话间，她弯下腰。她的大腿内侧有一些血迹，但接下来的动作更让人吃惊，她居然从自己大腿内侧拿出一支枪，一边哭一边说："你们都会死，你们都会死的……"凯布着急地想阻止她，但这可怜的女孩在大家不知如何是好的时候，把枪塞到自己嘴里，扣动了扳机。顿时"砰"的一声，她的头和汽车后挡风玻璃同时出现了一个洞。就这样，女孩应声倒下了。

几个人都被吓坏了，害怕地尖叫起来，接着都跳出车外，呕吐不止。凯布提议报警，5个人无奈地又上了车。这时候的他们，显然已经不能带着快乐的心情奔向达拉维斯了，他们得报案。女孩尸体还在原来的位置上，血和脑浆却滚滚流出……

车开到一个加油站，凯布停车，他们想打个电话报警。加油站的杂货店里有一个满头白发，看起来极不好相处的老太太正抽着一根烟。她看着他们一步步向这边走来，自言自语地说："他们的厄运来了！"3个男孩进了杂货店，请求老太太为女孩自杀案报警。老太太收了他们10美分，开始拨打报警电话。打完电话后，老太太告诉他们警长去了老克劳弗磨坊。他们又无奈地上了车载着女孩的尸体朝老克劳弗磨坊开去。

他们终于到了那个名为老克劳弗的磨坊。这里看起来阴森可怖，几个人下车，大声喊着："有人吗？"无人应答。大家商量着把尸体留下，赶快离开，可爱琳不同意这样做。大家投票决定，结果3：2，只有摩根和艾迪赞成把尸体留下，现在要找到警官把尸体交给他才能走了。

他们进了磨坊寻找，希望能看到警长到过此地的痕迹。但是，越往里走，越觉得不对劲儿。他们在一个衣柜里找到了一群老鼠。凯布没有耐心了，壮起胆子大喊："如果有人，别绕圈子，出来吧！马上出来！"离他们不远的暗处，有一个似乎是小孩的身影躲在那里，他们能看到一个孩子的大眼睛。孩子缓慢地爬到明亮处，这是一个很瘦、长相难看、满嘴龅牙的小男孩，只有一双眼睛无比清澈。

爱琳主动地接近他，友好地告诉他自己的名字，男孩看向天空，喃喃地说："你们保证不伤害我？"大家点头，他说出自己的名字叫吉戴。吉戴说这是警长工作的地方，并告诉他们警长喝醉了，在家，就在这附近。凯布和爱琳被派往警长家，他们走进阴森恐怖的树林。穿过这树林，他们看到一座白色的大房子。绕到正门，凯布叩击门扉。一个男人摇着轮椅出来了，他的双膝以下被截肢，怀里抱着一只恶犬。那也是一张难看的脸，他告诉他们警长不住在这里，如果想找可以打电话。

爱琳向他道谢，凯布观察周围的环境，这房子有些怪异，就像眼前这个怪异的人。爱琳推门想进去打报警电话，无腿怪人却用非常不客气的口吻说："弄干净你的脚，我喜欢清洁。"爱琳在脚垫上反复擦拭自己的鞋底之后进去。凯布随后想进，但是被无腿怪人拦在门外。无腿怪人也进了门，凯布只得在外面等。

爱琳随无腿怪人到里间，他拿起电话拨给警长。爱琳有些不安，电话拨好后，他把电话递给爱琳。爱琳忙问："您好！是警长吗？能让他接电话吗？"电话那头说警长半个小时后才会到。爱琳无奈地放下电话，走出无腿怪人的房间，并向不知在哪儿的主人道谢。

之后，无腿怪人请爱琳帮他一个忙。爱琳循声走过去，看到浴室里的水龙头流出如血浆一样的暗红色液体，无腿怪人席地而坐，等待爱琳的到来。他示意爱琳把他从地上拉起来，爱琳没有多想，伸出手去，用力拉这个怪人。

门外，凯布有些着急，走到门口呼唤爱琳的名字，却没有回应。他索性推门进来，此时正是下午3点。走进客厅，在这个自称爱干净的无腿怪人的房间里居然有一群猪在客厅里随处闲逛，龌龊不堪。凯布抱怨了一句，继续往里走，他隐隐觉得有些不对。凯布似乎远远听到爱琳在和什么人交谈，感觉离他们已经不远了。他推开一扇虚掩的门，房间里电视开着，正在播放迪士尼的黑白动画片。他看着电视，这时候，身后一个黑影迅速闪出，一把利斧从凯布脑后劈落下来，血溅到了屏幕上。

爱琳竭尽全力地将无腿怪人扶起来，可是他全然没有感激，反而用手在爱琳的臀上抚摩。

凯布迅速被偷袭他的人拖走了，那是一个体格庞大的人，有一张似人非人的可怕面孔，他把凯布拖到一个房间，迅速地关上了门。爱琳似乎听到什么，突然站起来，匆匆跑出浴室，边走边喊凯布的名字，她不知道，此时的凯布已经听不到她的呼唤了。

（二）

一个警长模样的人开着一辆破旧的警车停到老克劳弗磨坊门口。警长一副很凶悍的样子，但不管怎样，他的到来让大家松了口气。他下车后，直接走过3个年轻人，在车后窗的大洞前停住脚。看过尸体，他摇头说道："这里真是一团糟。"警长拿起那把左轮手枪，检查子弹，然后问枪是谁的，他们告诉他是这女孩自己的。警长怀疑地撩起自己的裤管，把那枪准确无误地放进绑缚在腿上空置的枪袋里，分毫不差。看来，更准确地说这枪是这个警长的。

接下来，警长拉开一条保鲜膜，走到尸体前，动手包裹这残缺不全的尸体，吩咐这3人帮忙。3人无奈，只好上前来。警长变态地讲述他年轻时曾做过巡警，那时候他非常喜欢包裹这些女孩的尸体，说这些的时候，他的手还不停地抚摸着这尸体。从他嘴里听出，他认为女孩死前，这些男孩对她做了不轨之事，她才自杀的。包裹尸体的工作终于结束，他们把女孩抬进了警车的后备厢。警长要离开了，他轻松微笑着说保护人民是警长的职责，然后例行公事询问3个人是否找得到离去的路，3个人说没有问题。他便向大家敬礼，驾车离去。

爱琳还在无腿怪人的白房子里寻找着自己的男友凯布，她几乎要在这大房子里迷路了。她焦急地询问，但无腿怪人耸耸肩表示他不知道。爱琳只有道谢，离开这白房子。她边走边寻找凯布，她朝回老克劳弗磨坊的方向走去。

森林里，爱琳一边自己摸索回去的路，一边抱怨凯布丢下她一个人。爱琳迟疑地走进密林里，似乎听到后面有响动。她赶忙回头，怀疑是凯布在逗她，她大声叫着凯布的名字，然而不是凯布，也没有人。终于，爱琳通过了密林。现在她已经打消了要跟凯布大发脾气的念头，只想以最快的速度赶回磨坊去，躲进凯布怀里，然后大家尽快离开这个不祥之地。而此时警长的车正要经过密林。

阴暗的房间里，浓稠的血不断地从桌子缝里流下来。已经死去的凯布被吊着后颈摆在浴缸里，水龙头在他头上不断地洗刷。当死去的凯布被怪面人从浴缸里倒吊起来的时候，从凯布的口袋里掉出一个盒子，怪面人小心地打开盒子，一枚美丽的钻戒呈现出来，这是凯布承诺给爱琳的爱情见证。可现在凯布永远也无法把它戴到爱琳手上，爱琳也永远都听不到凯布对他们爱情的承诺了。

　　磨坊外，3个年轻人商量着为凯布洗一下车子。爱琳告诉他们警长半个小时就会到了，以为大家会感到欣慰，可几个人都没有什么反应。艾迪告诉他警长已经来过，并把尸体带走了。而且令爱琳惊讶的是，大家都没有见到凯布。她意识到事情不对劲，于是果断地往回走去，寻找凯布。剩下的3个人不知道到底发生了什么，他们赶紧追上爱琳，和她一起寻找凯布。

　　他们经过废弃的停车场时，艾迪从一辆汽车内的乱七八糟的东西里拿起一个奇怪的东西，仔细一看居然是人的一排牙齿，艾迪倒吸一口气。

　　凯布下落不明，4个人聚在一起，又累又迷茫。此时，摩根发现身边有一个圆洞，于是伸进手去，接着一瓶东西被掏了出来，里面泡着两张照片，其中一张照片是一个带着甜蜜微笑的女孩，这分明就是刚才那可怜的已经自杀了的女孩，另一张则是一家人幸福的照片，很显然这是那女孩和她的家人，上面还有一个婴儿，应该是她的弟弟吧。看到这些，大家的疑问越来越多，但现在最重要的是寻找凯布。他们决定分头找，最后在磨坊外的车子里会合。

　　爱琳和艾迪又潜回白房子附近，他们在远处看到那无腿怪人抱着狗坐在轮椅上打盹儿。爱琳负责吸引无腿怪人的注意力，艾迪则趁机从另一侧摸进房子。他拿着汽车的十字扳手，一边小心地前行，一边小声呼唤着伙伴的名字，但没有回应。艾迪不喜欢这个诡异的房间，心里有种不祥的感觉。他只希望尽快找到凯布，离开这里。他走过客厅，推开一扇门，这扇门里似乎是一间屠宰场的陈列室。艾迪走到冰箱前拉开冰箱门，里面扑面而来的怪味让艾迪难以忍受，但没有什么发现，他又关上冰箱门。冰箱的震动像机关一样带动冰箱上摆置的箱子向艾迪砸下来，艾迪匆忙躲闪。伴随着一声巨响，箱子中的罐头掉了下来。

　　爱琳听到巨响，叫着艾迪的名字不顾一切冲进房间，上下打量艾迪以确定他没事。无腿怪人在后面大喊："你们不可以闯进我的家……"

　　"你们跑到我家想干什么？"无腿怪人走到爱琳他们面前，问道。艾迪只好低声跟他解释是来找朋友的，找到了就会走。无腿怪人像疯了一样对他们说："这里可不是你们说来就来，说走就走的！"说着，他们身后的铁门被拉开了。爱琳和艾迪本能地回头，他们看到一张非常恐怖和凶残的脸，而且这怪面人手里还拿着一把已经开启的长长的电锯。

　　爱琳和艾迪夺路而逃。

　　怪面人追了上来，艾迪一边用扳手抵挡电锯，一边拼命地向爱琳狂喊："跑啊，快跑！"爱琳疯了一样向门外跑去。艾迪用尽力气以扳手撑开电锯，借机跑出了屋外。他跑到门口晒床单的地方，在床单中走乱了。此时怪面人追到，手起锯落，艾迪的一只腿就被电锯齐膝锯断了。可怜的艾迪抱住自己的断腿，疼痛不已。怪面人拉起艾迪，把他拖走了。

　　又回到那个阴森恐怖的地方，艾迪被扔弃在墙角的血泊里，他已经奄奄一息了。怪面人系上围裙，戴上塑胶手套走过来，猛地将艾迪抱起，失去半条腿的艾迪只能无助地任他摆布。怪面人从艾迪的后颈把他挂在了钩子上，艾迪痛不可当。接下来，怪面人抓了一把盐，结结实实地按到艾迪残破的腿的切口处，艾迪发出了震人心魄的惨叫。怪面人像没有听见一般，打开一大张油纸，将艾迪的烂膝盖扎起来。而爱琳则慌乱地跑进了诡秘的森林……

老克劳弗磨坊外，摩根和裴柏一起边擦车边等着伙伴的归来。这时，爱琳慌张跑回来便爬到车上，手脚发抖。她边发动车，边发疯了似的问枪在哪儿？摩根和裴柏不明所以，告诉他警长拿走了。又惊奇地看着爱琳，希望能尽快知道出了什么事。突然，一张恐怖的脸出现在车窗上，爱琳吓得几乎大叫，当她清楚来人是一个穿着警察制服的人时，终于松了口气。等到她稍稍冷静下来后，便急切地想说明刚刚发生的事。

警长根本不把爱琳的话放在心上，他的注意力在车窗前的烟灰盒里，那儿有一个吸剩的大麻烟头。警长像得了宝贝似的，面带微笑看着这3个人："谁能解释一下，这个是怎么回事？"3个人不敢回答，警长突然变了脸色。他们顺从地下了车，在丑陋凶悍的警长的喝令下，面朝下趴在地上。警长则慢悠悠地检查着他们的身份证："亚利桑那州，科罗拉多州，纽约……"每当他看完一张，都会把它丢到地上。他在自顾自地分析那位女孩死亡的案情后，认为是他们杀死了那个女孩。裴柏和爱琳绝望地哭起来。警长拉起摩根，要摩根告诉他车子里到底发生了什么。裴柏还在哭泣，爱琳这时已经清醒，她已经明白他们现在的处境并不比艾迪好多少。

警长强迫摩根重复女孩死时的情景。爱琳从地上站起来，关注摩根的情况。看到同伴，摩根似乎有了力量，他突然把枪从自己口袋中拔出来，对准了警长，扣动了扳机。然而，枪没有响！枪里没有子弹！3个人都呆住了。警长一把夺过摩根手里的枪，一边从腰际重新拿出一把枪对准摩根，一边回身拔出了爱琳他们那部汽车的钥匙。摩根被警长带走了。

（三）

白房子里，怪面人专心地穿针引线，缝制着一张人皮脸。那是可怜的凯布的脸。他正将一只耳朵用缝纫机缝好，这是最后的工序。缝好后，怪面人抬起头，将那张人皮脸戴到自己的脸上。艾迪不知道自己昏睡了多久，也不知道这里又发生了什么事情。他醒过来后，各种疼痛又开始袭击他，特别是后颈，现在他全身的重量都靠后颈那只钩子支持着，艾迪现在唯一的想法就是脱离这钩子。

森林里，一辆车在飞驰。车上，警长边开着车边喝着酒，突然，没有任何预兆的，他回身把手中的空酒瓶砸向摩根的头。摩根抬起头，他的脸上全是血，他的鼻子、嘴包括眼睛里都不停有血喷涌出来，摩根感到有东西掉下来，伸手一接，那是自己被打落的牙齿，血又流了出来。警长拿起车载对讲机，命令道："到老克劳弗磨坊门口，给我把那两个小妞带走！"摩根听到这样的话，内心焦急，但也无能为力。

磨坊门口，爱琳尝试用接驳电线的方法发动车子。持续出现的电火花似乎给她们带来了无限的希望。终于，车子打着了，但还没有让这两个厄运将至的可怜女孩兴奋起来，车子前车轮就甩出去了，车子顺势倾斜，又是一动不动了。

电锯声突然在她们身后响起，怪面人不知道是什么时候接近了她们。一会儿工夫，车内所有的东西几乎都变成了碎片。怪面人举起电锯向裴柏劈了下去，切割完后，他又朝爱琳走来。爱琳疯狂奔跑，怪面人紧追着她。庆幸他在追逐的时候伤着了自己跑得不够快，爱琳趁机跑出了密林。她意外地看见一辆房车，里面亮着灯光，这里有人！爱琳又有了希望，不顾一切地扑到车门上敲门："有人吗？开开门，求求你，救救我！"

门开了，爱琳只管冲进房车，以最快的速度把门关上。房车里一共两个女人，一胖一瘦。瘦女人给爱琳倒了杯茶，边安慰她这里很安全，边催着她喝茶。爱琳顾不上这些，她只想找电话报警，可是她们告诉她这里没有电话。爱琳濒于绝望了，在瘦女人的催促下，爱琳只好喝了那杯茶。房间里有婴儿的哭声。瘦女人推门进去，里面房间的电视开着，正在播放的是迪士尼最早出品的黑白卡通片，那是凯布临死前看到的情景……

就在这时，爱琳感到一阵头晕，眼前的景物摇晃起来。这时候，电话铃响了。爱琳转头看见瘦女人抱着婴儿接电话。爱琳意识到自己受骗了，再看那小孩，正是她见过的那女孩家最小的孩子。爱琳明白了，这个地方一定有不可告人的秘密！但她慢慢失去了一切自主的能力，晕了过去。

不知道过了多久，爱琳睁开眼睛，看到了一张熟悉的脸孔，那是警长，他正不怀好意地看着她。这是无腿怪人的白房子，无腿怪人在看报纸，最早遇到的老太太闲适地熨着衣服，那个叫吉戴的小男孩站在屋外的油桶上，偷听着客厅里的谈话，并敲着窗呼叫："奶奶，你让我进去。"

"直到你学会守规矩前，老老实实在外面和狗待着。"老太太毫不心软。

"奶奶，让我进去，您别伤害她好吗？"听到这里，爱琳心想最初和吉戴亲近，还是有作用的，只是他的力量太小了。但不管怎么样，这给了爱琳希望，于是她开始呼唤起来。老太太不耐烦了，叫怪面人把爱琳带出去。就这样，爱琳被带到了那个阴森恐怖的地下室。

在那里，爱琳几乎到了崩溃的边缘，但接着，她被一个悬挂着的东西吸引了，那是艾迪，他已经被折磨得不成人形。艾迪用微弱的声音说："爱琳，我现在生不如死，求你帮帮我吧！你做得到的……"爱琳无法接受，她不忍心。可艾迪坚持着，爱琳哭泣着拿起刀子，看着绝望的艾迪，终于举起了手里的刀，向艾迪的腹部刺去……

爱琳想尽办法，终于撬开了地下室的门锁，慌忙地急着逃走，可当爱琳经过浴缸的时候，看到浴缸里有半缸鲜血，里面还有一个人浑身血糊糊地僵坐在那里。爱琳认出了那是摩根，她很费力地把摩根从血水里拖了出来。怪面人看到了这一切。恰巧这时男孩吉戴钻进了房间里，他拿着手电筒引路，急切地喊："快，快跑啊！"怪面人的电锯声追了过来。在吉戴的帮助下，他俩终于逃出了白房子。

后来，他们来到一个荒弃院落。在这里，摩根为了救爱琳被怪面人锯成了两半。这期间，怪面人又不小心让电锯锯伤了自己，但他依然对爱琳穷追不舍。在一个看起来像屠宰场的地方，爱琳钻进了更衣橱里，设法在怪面人不注意的时候，对准怪面人的肩膀用力砍，砍了几刀，怪面人拿电锯的那只手被爱琳砍断了，爱琳趁机逃跑。怪面人又用另一只手抓起电锯，朝着爱琳离开的方向追来。

爱琳寻找着出口，屋外正下着大雨，爱琳急迫地飞奔出去。比起经历的这些，雨对于她来说，已经没什么可怕的了，终于她离那个人间地狱越来越远。

爱琳跑到公路上，看到一辆货车开过来了，她冲上去拦车，货车司机按下汽笛，爱琳丝毫不肯退让，车被迫停下来了。爱琳终于松了口气，上了车，司机问她遭遇了什么事，此时的爱琳已经说不出一句完整的话了。司机发动了车，问她要去哪里，她居然说出了与自杀女孩同样的话："我只想回家……"

穿过车窗和雨，爱琳清楚地看到那个破烂路标：前面是转弯处，请您慢行。转过这个弯，就是那个可怕的加油站，磨坊和白房子，还有那龌龊变态的一家人。爱琳突然叫起来："不，不对，你走错了，走错路了……"又是女孩当时的那句话！爱琳疯了一样扑向司机："我们走错方向了。"这时，爱琳能深切感受到那女孩当时的心情了。

爱琳清楚地看到车窗外加油站前停着警长的车子，她几乎是以命令的语气和司机说："不要停下来，继续开！"司机有些恼火了，没有听从爱琳的话，他只想把这个麻烦快点扔掉。就在加油站门口，他停下了车。

爱琳尾随司机下了车，她从加油站窗外向里面看。正是那家人：瘦女人正照顾那个偷来的小孩，凶悍的老太太在旁边指指点点。表面看来，这是多么简单融洽的一家人啊！但爱琳看到他们，心脏几乎要停止跳动了。

司机敲开门，急切地对老太太说："我刚刚救了一个浑身是血的女孩，现在就在我的车上。"老太太吩咐警长儿子跟司机去看看。他们客气地打着招呼，也是那么的自然。爱琳趁机离开窗口，飞奔到后门。这家人听着司机讲述经过。此时，爱琳早已跑到后门。司机带着警长向货车驾驶室走去，瘦女人回到房间发现孩子不见了……

这时，警长已经快走到货车驾驶室了，手里拿着那把万恶的枪。爱琳又在驾驶室里使出她的绝技，接驳汽车的电线，好让汽车发动起来。她小心观察四周，确定没人发现她，电线摩擦着火光四溅。警长的帽檐已经能够清晰地出现在爱琳的视线里，她死死盯着走近的警长，一旦她被发现，等待她的将是无底深渊。

警长踩上货车的前档，朝里面看，因为下雨，他看不清楚里面的人。他从前档下来，走向驾驶室，拉开了门。爱琳并没有在货车的驾驶室里，警长没有看到什么浑身是血的女孩在驾驶室，连个人的影子都没有。就在这时，停在货车后面的警长的车突然飞奔过来，警长被撞出好远，挡风玻璃上留下一片血污。车在前方停下来，又向警长倒下的方向倒车。警长意识到什么，举起手中的枪向车子怒射。但是没有击中要害，车子重新重重地从他身上碾过，同时伴随着爱琳快意的疾呼："去死吧！"警长又落到地上，倒在自己罪恶的血污中，口中有鲜血喷出。爱琳想着自己和朋友，想着那可怜的女孩，再次重重地踩下油门，向这个恶人碾去……

看着倒在那里、血肉模糊的恶人，爱琳这时才真正松了口气，车子在雨雾中飞驰着，开向爱琳所希望的温暖的家。她温柔的眼神投向身旁那个无辜被坏人霸占的孩子。

然而，纪录片上那个让人恐惧不安的怪面人依然还在。案子到现在也没有结案……

本阵杀人事件
【日】横沟正史

（一）

旧幕府时代，各地诸侯进京觐见将军，会在中途落脚在一些旅店休息。而且这些旅店都是各诸侯和将军指定的，为了迎合住宿者的身份，这些旅店的装潢一般都比较华贵，为了和一般的旅店区分开来，它们被专称为本阵。明治维新之时，本阵经营衰落，一些有商业头脑的人便趁机囤积田产，放弃了世代的本阵事业。一柳家族便是这股浪潮中的一员。

现在的一柳家依然以本阵世家的后裔自居，在岗村这个地方是响当当的上流阶层。即便如此，当地村民对他们往往是敬而远之，因为在他们看来，这个外来的家族尽管富有，却太过于诡异了。关于这一点，村民中间流传一个"鲜血诅咒"的传说。

本阵家族曾先后发生过两起杀人事件，一起是这家的先父和人争执，情急之下竟乱刀将人砍死；另一起是上一代家主的弟弟曾在广岛破腹自杀，自杀动机众人纷说。总之就是说本阵家族受了鲜血的诅咒，总会不间断地和死亡、流血扯上关系。而这一次现任家主和他的新娘在新婚夜被人杀害，手段之残忍、现场之恐怖，再次把一柳家族置于舆论的旋涡之中。当地村民谈论起这件事的时候，脸上总是泛着惊恐的表情，仿佛见到鬼怪一般。

一柳家的家主名叫贤藏，曾在一所私立大学学习哲学，毕业后曾在母校任教两年，后来因为患上了呼吸道方面的疾病，便辞退了工作，转而回到家乡，一边调理身体，一边在家研究著述。也正因为这样，他的交际范围有限，平时又忙于读书，年过40仍未娶妻。

后来一次偶然的机遇，贤藏应邀出席一场知识分子的集会，和集会的主办人久保克子相识、相知、相恋，相处一年之后，两人决定执子之手，步入婚姻的殿堂。然而，这段恋情并没有得到家人的祝福。贤藏这一边，他的母亲，人称隐居夫人，以门不当户不对为由，坚决反对。克子这一边，她的叔叔（因为克子的父母早逝，她由叔叔一手带大）认为自己的侄女要学养有学养，要容貌有容貌，而且二十五六岁的年纪，足够配得上贤藏了。最重要的是，克子的这个叔叔银造曾经留洋美国，手上算是有几分资财，足够他给克子准备一份风风光光的嫁妆。

尽管贤藏的母亲反对强烈，但贤藏本人也是十分倔强的，对于自己认准了的事情，是非要做不可的。所以面对母亲的反对他一概以沉默回绝，最后隐居夫人没办法只得同意。如此一来，婚礼就被提上了议程，成了岗村里的一件大事。11月25日，婚礼在一阵忙乱和喜悦中紧锣密鼓地准备着，每个人都有些慌乱，除了铃子和三郎。

铃子是贤藏最小的妹妹，因为生她的时候，隐居夫人已经是大龄产妇了，所以铃子和其他的同龄人相比，头脑有些不太正常，经常会说一些、做一些令人哭笑不得的事情。这样的孩子虽然在大多数情况下给人痴痴呆呆的感觉，但是在某些领域会表现出异于常人的天赋。比如铃子就在弹奏古琴方面无师自通。

三郎则是铃子最小的哥哥。隐居夫人先后育有三子，贤藏是老大，老二是个医生，常年不在家。相比于两个哥哥来说，老三三郎有些不务正业，整日无所事事，连专科都没有毕业。另外这个人有些油嘴滑舌，很受当地人和他家人的欢迎，包括他这个有些痴呆的小妹妹。

正当大家都忙得不可开交的时候，三郎还在逗铃子。

"你给你的小猫举办葬礼了吗？"铃子曾经有过一只叫阿玉的小猫，前不久小猫因为食物中毒死了，自那以后，铃子就一直张罗着要三郎打个白木箱做阿玉的棺材，但三郎没有答应。

"你最坏了，我不理你。"铃子转过身，继续摆弄着手上的古琴。按照一柳家的传统，每个新娘都要在婚礼上弹奏古琴，但是贤藏之前说克子只会弹钢琴，不会古琴，所以铃子就毛遂自荐，说要代替嫂嫂弹奏古琴。由于隐居夫人本来就不看好要进门的媳妇，也就没有反对。所以现在铃子应该是在练习了。

"哈哈！"三郎笑了一声，突然放低声音说，"听说猫的尸体不及早入土的话，会转变成猫妖的。"说着他向铃子做了个鬼脸。

铃子仿佛真的被吓到了，一脸惊恐，不过一会儿就故作镇静地说："阿玉的葬礼早就举行过了，只不过你太坏了，阿玉是不会请你参加的。"

三郎刚想要继续说些什么，他的母亲来了。

"大喜的日子，你这死孩子净讲些不吉利的话，"隐居夫人走过来，照着三郎的后背就是一巴掌，"你看看你穿的这衣服，婚礼都快开始了，还不换礼服去。"说着又冲着三郎身上的棉服给了他几掌。

"我去，我去，我去还不行吗？"三郎边跑边说，正好和要进屋的秋子撞上了。

"哎哟！"秋子回过神来，三郎已经跑了，"大哥呢？"她问隐居夫人。

"大概在偏院吧。你见着他告诉他快点，新娘子马上就要来了。"隐居夫人看着急匆匆走出去的秋子说。这个秋子是良介的妻子。良介则是一柳家二房的孩子，在家中的地位不高，一直被隐居夫人称作管家。

偏院里依然可以听到前院忙碌的声音，只是声音经过远距离的传播（前院和偏院的距离很长），到这里已经有点近似回音了，反而让人有一种更寂静的感觉。一个穿黑色和服的男人，正仰望着天空，轻声叹息着，他脸上带着哀愁，丝毫不像当新郎应该有的表情。

"大哥，这是一个流浪汉让我转交给你的，"秋子解释着，递给贤藏一封信，"当时我正在厨房里忙活，他可真不会挑时候。"说着她走向神龛，把祭台上的花摆弄了一番。紧接着从她背后传来一阵撕纸的声音。贤藏十分厌恶地把秋子刚刚递给他的信撕得粉碎，然后开始找可以扔废纸的地方，结果环顾一圈没有找到，就随手把它塞进了袖子里。秋子看了这一幕，有些困惑，但也没有多问，因为作为二房的妻室，她是知道自己的身份的。

"大哥，夫人让我告诉您一声，新娘马上要到了，希望您快一点。"

"哦！你把遮雨窗关上。"贤藏嘴上答应着、吩咐着，并依旧心不在焉地看着天，"天好像要变了……"今天一早开始，天就阴着，只是现在更阴了，大概是要下雪了吧。秋子已经离开了，贤藏望了望神龛，使劲地搓了搓手，好像上面沾了什么又脏又黏的东西，他像告别一样环视着偏院里的所有布置，然后离开了。

冬日的夜晚总是来得比较早，在结婚这样一个特别的日子里，黑夜的到来往往又带着几分不可预知的神秘……

（二）

婚礼办得很奢华，但是参加的人并不是很多，算上前来做媒的村长和凑热闹的伊兵卫（一个很爱斗嘴、吃酒的老汉），总共才10个人。老二当晚并没有赶回来。但即便这样，婚礼前前后后还是花费了近5个小时的时间，从晚上8点开始，到凌晨1点，新郎新娘才被送进洞房喝交杯酒。

婚礼结束后，爱吃酒的老汉伊兵卫已经喝得不省人事了，最后只得由三郎送他回家。这个时候，一直阴沉的天终于释放了，空中飘起了漫天的白雪，好像是要赶在婚礼结束前凑个喜气。但是它的到来带来了纯白无瑕，也带来了恐怖的死亡，当那声惨叫打破凌晨的寂静时，皑皑的白雪顿时成了飞扬的纸钱，而那如裂帛般的琴声也为刚刚结束的婚礼蒙上了一层诡异而恐怖的气氛。

婚礼当晚，克子的叔叔银造并没有离开，而是住在了隐居夫人为他安排的客房里。惨叫声传来前，他正在回想着克子从小到大的各种趣事，想来他亲手带大的克子终于要过上好日子了，银造由衷地感到欣慰。可是现实并没有兑现他的期许。听到惨叫声之后，他触电般坐了起来，看了看床头的闹钟，已经是凌晨4点多了。

打开遮雨窗，门外的雪已经停了，没有踩踏过的雪地给人一种安详而静谧的感觉，家里的其他人好像也被突然的声音惊醒了，纷纷探出头来。银造简单地穿好衣服，又披了件大衣出来，向发出声音的偏院柴门走去。良介和一个仆人也尾随他走了过去。

柴门是从里面锁住的，银造他们拉了几下，柴门都纹丝不动。

"快去拿斧头来。"银造像主人那样吩咐着仆人，良介自然有些被越权的感觉。这时又传来一阵琴声，断弦一般刺耳。银造厉声催促了一下愣住的仆人，不过他的脸上也写满担忧。

一下、两下、三下……斧子不知起起落落了多少个来回，门扉终于洞开。这时隐居夫人、铃子、秋子也赶了过来。正当他们要一起冲进去的时候，门边的银造突然制止了他们。

"别动。"银造一手挡住门口，往偏院里边望去。刚刚下过的大雪，偏院里积了厚厚的一层雪，不过它看起来过于平整了。"竟然没有脚印。你们留在这里，你们两个跟我过去。"他指着瑟缩在门边的仆人和良介说，就像他是他们的主人一样，完全具备指使他们的权利。

进门之后，他们向偏院的玄关走去，玄关的门紧闭着，良介呼唤着贤藏的名字，银造呼唤着克子的名字，屋子里没有任何响动。他们又转向遮雨窗边继续呼喊，结果仍是一样的。

这时那个仆人突然哆嗦起来，并指着偏院西侧的一个什么东西嗫嚅地说："那是……是……是……"良介打了他一下，说："是、是、是，是什么？"说着他和银造一齐看向了那个地方。

一个巨大的石灯笼插在雪地里，不由人触碰就能感觉到上面的寒气，这不算是让人胆寒的，真正让人脊背发凉的是，石灯笼的旁边杵着一把锋利的日本刀，刀锋反射着雪光，一股肃杀之气，让看到它的人从脚底凉到头顶。刀的出现提升了人们心中的不祥预兆。银造再次命令仆人改换地方，让他登上厕所旁的石质洗手台查看一下屋里的情况。

但是窗户被屏风挡着，仆人根本看不到贤藏和克子的情况。这时候斧头又派上用场了。这时一个叫周吉的人赶了过来。经身边的人介绍，银造才知道他是水车小屋舂米的用人，每天凌晨4点就要到一柳家的西侧的河边水车旁舂米。根据他的说法，当时他听到惨叫声就赶过来了，但没有看到任何可疑的人。

说话的间当，遮雨窗已经被劈开了，良介和银造七手八脚地扒开碎木屑，来开闩锁，进到屋内，一股血腥味扑面而来，令人作呕。等他们真正看到贤藏和克子时，满地的鲜血、血肉模糊的尸体时，恶心感被恐惧感取代。

崭新的棉被沾染了大片的血迹，昂贵的刺绣被面红得刺眼，床上横亘着两具死不瞑目的血尸，一座金屏风倒在死者的枕畔。人们站在门口，破窗背后映衬的雪光，穿不过他们被恐惧冻结的背影，但可以确定的一点是，他们的脸是阴沉的，眼睛像死了的人一样缺乏润滑一般瞪着。刚才还喜气洋洋的新婚初夜，一下子笼罩上了丧礼的沉静，这时候人们多多少少都会联想到雪的来意：它们之所以纷纷扬扬，是因为它们迫不及待地想从死神那里分一杯死者的鲜血饮饮。

银造毕竟是留过洋、见过世面的人，和这些在小山村里圈养长大的封建贵族（一柳家向来以高于村民的贵族自居，虽然村民们并不是很尊敬这个外来的家族）相比，他往往更能在慌乱之中冷静地观察分析，尽管他侄女的尸体正醒目地在他的视线里停留着。

铃子在婚礼上弹奏的古琴竖放在克子的枕边，因为被屏风碰撞了一下，古琴有些倾斜，但在倾斜中找到了新的平衡，避免了掉到地上，而这样搁置的古琴却有了几分吊死鬼的味道。细心的银造注意到古琴已经破损，它的一根琴弦已经断掉，颓唐地蜷缩在其他的琴柱边上，那样子就像一个寄人篱下、受尽凌辱的孤儿，因为拴着这个弦的琴柱已经不知去向了。剩下的十二根琴弦虽然完好，上面却占了血迹，血迹有生命一般黏附在琴弦上成了血丝。

古琴旁边的金屏风留着三根手指的血印，好像是拇指、食指和中指的，因为血迹太浓，银造看不出指纹的脉络。这是凶手留下的吗？凶手只有三根手指吗？银造继续环视婚房，婚房华丽、鲜艳的装饰此刻更像一种嘲讽，嘲讽幸福的戛然而止、死亡的突兀降临。门窗、壁橱以及厕所旁的小储物间，银造一一翻查，没有丝毫异状，没有任何闯入者的痕迹。

这是一桩密室杀人案件……

（三）

破窗而入的仆人报警之后，过了七八个小时的样子，警方的负责人矾川探长才带着他的人赶到。这当然不能怪他们，交通不便的岗村和外界交流甚少是有原因的，进一趟城至少要花去整整一天的时间。矾川探长来到之后首先对案发现场做了勘察，得出了以下几个自认为确凿的证据。

第一，有人曾经从偏院北侧的断崖处滑落下来过，这个人有可能就是凶手。断崖和偏院之间有6尺左右的空隙，这块空隙上空因为有竹林遮蔽，空地上并没有落雪，而且上面还散落着一些脚印。脚印是走向玄关的，恐怖的是离开屋子的脚印并没有被发现，难道凶手还在屋中？在哪儿？

第二，行凶的人可能是个穷人。因为脚印的前端内凹，后面有残缺的印记，他的主人一定穿着破烂不堪的鞋子，鞋跟和前脚掌处已经磨损得十分厉害。

第三，凶手在婚礼的间当潜入贤藏的婚房。根据秋子的回忆，她是7点左右离开偏院的，当时院子里没有脚印，而根据脚印的情况来看，凶手不是踏雪而来，所以他应该是在7点之后，下雪之前就已经潜伏在这间屋子里了。

第四，凶手为了不留下指纹，在三根断指上戴上了琴套。据秋子的回忆，古琴本来是放在神龛旁的，琴套是她亲手放在古琴旁边的角落的。但现在的琴在克子的枕边，凶手为什么要在死者旁边弹琴呢？后来警方在石质洗手台上发现了沾满血的3个琴套，证明了他们的部分猜测。

第五，凶手有可能是藏在婚房的壁橱里的。从新郎新娘遇害到新郎新娘就寝，期间有两个小时的时间差，由此可推断凶手应该是在等他们熟睡之后才动手的。而能准确洞察屋内人物的呼吸、睡眠情况的地方，壁橱是最有可能的藏身地。因为这个壁橱离新婚人很近。

这些证据和疑团并存，而且和众多的疑团相比，这些证据显然是不足的。就在这时，岗村村口的一个茶馆老板娘提供了一个可喜的线索：3天前，她曾见过一个三指的流浪汉。根据她的描述那个流浪汉既肮脏又恐怖。

皱巴巴的圆顶帽像是从垃圾堆里拣出来的，上面落满了灰尘以及各种分辨不出来是什么的污迹。这个流浪汉好像试图用帽子遮盖什么，但是帽子下面的枯草一般的头发还是钻了出来，并和一脸的络腮胡子黏在了一起。他的衣服和帽子一样破烂、肮脏，膝盖和手肘的地方还有很大的破洞，流浪汉爬满蚂蚁般污垢的皮肤裸露着，上面的瘀青历历在目。最让人难以忍受的是他脚底下踩着的那双露着脚趾和脚后跟的破鞋。

当他出现在老板娘面前时，老板娘不由自主地捂住了鼻子。这个看似穷途末路的流浪汉身上的确散发着臭气。不过这个污秽不堪的流浪汉身上有一个地方吸引着老板娘和其他顾客的注意力。那张脸上仿佛只有一只眼睛，因为他的大半张脸被一个同样污秽的白色口罩（当然白色已经不很纯正了）盖着，而且浑浊的声音竟滤过口罩问道："请问一柳家怎么走？"

一个流浪汉，一个本阵后裔贵族，一脸鄙夷、厌恶的老板娘找不出二者的联系。她没有回答，只是爱答不理地朝一柳宅邸的方向努了努嘴。而且老板娘还说那个男人的一只手只有3根手指，而且右边脸上有一个从眼下到嘴角的长疤。她之所以知道这些，是因为那个肮脏的男人向她要了一杯水，男人摘下口罩喝水的时候，老板娘不小心看到了这一幕，这让她着实厌恶，所以男人用过的杯子被她扔到了一边，连碰都懒得碰。

三指、破鞋、3天前，最重要的是这个陌生来客还询问过一柳家的方位，所有这些都不得不让人们把怀疑的视线投向这个不曾露面的男人。而且秋子还补充了一句，说婚礼当天也有个这般打扮的流浪汉来过家中，还让她转给贤藏一封信。

"信？"矶川探长敏感地反问道。

"是，那个流浪汉让我转交过一封信给贤藏。不过当时我看到贤藏很不高兴地把信撕碎了，好像塞进了袖管里。"秋子一副遗憾的表情。

矶川探长想了想，马上命人找出贤藏当天穿的衣服，果然从里面找出了信的碎纸屑。矶川探长把碎纸屑拼好以后，从凌乱的字迹中大概得出了这样的主题："我们岛上的承诺近日将得到兑现，为此会不择手段。落款是：你的'毕生仇敌'上。"

"岛上的承诺？毕生仇敌？难道是仇杀吗？"

这个时候警方又有了新的发现。那个失踪的琴柱在厕所旁边找到了，上面同样带着血迹。另外他们还在一柳家中的一棵大樟树上找到了一把深嵌在树干里的镰刀，而且上面刻着"植半"二字。难道凶手是从厕所这边逃走的？凶手不可能从厕所这边的窗户把琴柱抛出来，因为窗户上上着细密的铁丝网。

在大家都不得其解、各自揣摩的时候，只有铃子还在关心着她那已经死了的猫。她仰着她比一般孩子要大的脑袋，看着银造问道："阿玉真的会变成妖怪吗？"她晃着脑袋，嘴巴里发出的声音也好像有些摇摇晃晃的。银造当然没有心情回答一个痴呆女的问题，自顾看着古琴困惑着。

铃子好像在担心着什么，看了看琴，说："它前天也响了，声音就像昨天晚上的一样。"铃子向来有古琴方面的天赋，她的这句话引起了银造的注意。"有个人带着指套用力拨了一下，叮咚，叮咚，"铃子模仿着，声音渐轻，"那里没有人，好害怕，好害怕。"说着，她用手捂着脑袋跑掉了。银造看着她的背影，又看了看古琴，眼神里写满困惑。

（四）

其实，对于和自己侄女结婚的这个人、这户人家，银造一点都不了解，唯一知道的就是这家人是当地的望族，和他们结成亲家是无上的光荣。当然他也不完全了解自己亲手带大的侄女。而一柳家的人又何曾彼此了解过呢？一柳家的这群人性格多多少少都有些怪异，而且彼此封闭极度缺少交流。如果双方家庭的这个事实能够改善一些的话，这场悲剧或许可以避免。

久保克子是个喜欢读书的知性女子，她美丽、善良，当然也爱幻想，同时不谙世事。她通过自己的努力考入了东京的一所大学，摆脱了家乡农民的命运，但是就她根本的心性来说，初到东京求学的她，还缺少城里人有的见识。于是当她第一次见到田谷照三时，就轻易爱上了这个自称是某医科大学的大学生，并为此付出了自己的真心和少女的贞洁。两个人交往了快到3个月的时候，克子才得知田谷照三一直以来都在欺骗自己，他不是什么大学生，而是一个考了三次大学都没有考上的落榜生，而且渐渐沦为了一个小混混。最可悲的是这个男人从来没有爱过克子，他不过是玩玩罢了。

所以到了3个月的时候，他对克子失去了兴趣，表现出冷漠而厌恶的一面。克子本来就是一个要强的女孩，对于不爱自己、欺骗自己的人，她是绝不会挽留的，于是断然地和田谷照三分了手，并相互承诺，永远不要再见面。于是这段往事就像石沉大海一般藏在了克子的最深处，除了跟自己的好朋友白木静子提起过外，就连她的叔叔都不曾告诉过，因为她是怕叔叔担心的。而叔叔这边也曾感觉到克子的不快，但当时他正忙于生意，对克子就疏忽了。

往事在克子心中隐藏了 1 年、2 年……整整 6 年过去了，她似乎已经忘记了自己曾经有过一段短暂的、让她伤心的恋情。可是后来遇到了贤藏，一个稳重、内敛的中年男人，并深深地爱上了他，她能感觉到贤藏心里也是爱她的。从第一次邂逅，到第二次约会，接着是第三次、第四次……两个人就这样越走越近，最后竟然打算相守一生，步入婚姻的殿堂。

但是这对于克子来说既是幸福的，同时也是难熬的，因为婚期越是临近，贤藏对她越是爱护，她心中的愧疚越是深重。因为她对贤藏隐瞒了自己非处女的事实，在她看来，这种故意的隐瞒是对爱情的不忠，也是对贤藏的背叛。于是无数个夜晚里，她都会在噩梦中惊醒，然后在黑夜包裹的房间里缩成一团，暗自流泪。

而让整件事情发生戏剧性转折的是，婚礼 9 天前银造带着克子在大阪采购结婚用品时，遇到了那个曾经给过克子无数伤痛和眼泪的田谷照三。当初那个风流倜傥的假大学生，现在已经完完全全成了一个小流氓，见到克子手里提着结婚用品，他一脸嘲讽地对克子说："你都要结婚啦！真是该恭喜恭喜你呀！"当时银造正在给克子挑东西，没有看到这一幕，等他回过头来时，人流熙攘的大街上，克子正呆立在那里，任由来往的人群撞着她的胳膊和手里的东西，就像丢了魂一样。

他唤了一声克子的名字，克子才回过神来，面向银造的时候，她的脸上已经迅速调换了表情，丝毫没有让银造察觉出自己的不快。这件事之后，克子决定不再隐瞒，哪怕冒着失去贤藏的危险，她也要把实情告诉自己要嫁的人。

那一天，天空像是也有什么心事，阴沉沉的，克子把自己的过去和遇到田谷照三的事情向贤藏和盘托出了。那一刻克子做好了各种准备，但是她的头仍像是灌了铅一样，重得抬不起来。如果她这时抬起头来就会看到，曾经那个稳重、内敛的男人现在正在快速地搓着手，仿佛上面粘了什么脏东西。他的脑筋正高速地运转着，回想着他们交往以来的一切，并把那些和现在这个如铁一般的事实对比着。他的眼睛死死地盯着眼前这个女人，就好像她突然变成了自己不认识的另一个人。最后他安静下来，两只手紧紧攥着放在大腿上，然后用尽量平和的语气对克子说："我们还是要结婚的，既然已经通知了亲戚，就不能改变了。"

这句不带任何感情的话，在克子听来竟是一个天大的喜讯。她含着泪望着对面那个有些失望的男人，并下定决心以后要全心全意地爱他、照顾他，因为她确定这个原谅了自己过去的男人是可以托付终身的。但是如果克子能稍稍注意一下，就有可能发现贤藏看起来是原谅了她，但其实另有隐情，否则他的手不会被搓红，然后还紧紧地攥着，像要捏碎一个要说出自己秘密的人嘴。

当然这些事情都是不容假设的，对于既定事实来说，找出真相才是最根本的。说出这些细节的当然不是克子和贤藏本人，死者是不能像小说里那样给人托梦讲述这段往事的。真正的叙述者是久保克子的好朋友白木静子。向她发问的是曾经在美国和银造有过一些交情的金田一耕助。

当所有的谜团堵塞着银造的脑袋，让他几欲窒息、崩溃的时候，他想到了这个其貌不扬、邋里邋遢的侦探。当年金田一耕助从美国回到国内开侦探事务所的时候，银造曾经为他资助了大笔的钱。现在银造遇到问题向他求助，他当然会全力援助，虽然他一开始对这个案子并没有太大的兴趣。

除了这个隐秘的过往以外，金田一耕助还发现贤藏是个有点神经质的洁癖狂。据他的仆人阿清说，每次客人来做客时，如果客人碰到了家里的什么东西，贤藏都会在客人走后，命令阿清把客人碰过的东西用酒精重新擦一遍。而且这个处在家族长子位置上的本阵后裔，一直过着压抑的生活，努力让自己的一切符合这个地位，这使他的性格出现了严重的分裂，经常大起大落，但是无论怎样他都会把所有喜怒哀乐掩藏在心底，并在机会合适的情况下，把它们放大地释放出来。

金田一耕助之所以下这样的判断，阿清的说法是一个证据，而他自己的一个发现让他的判断确之凿凿。贤藏有坚持记日记的习惯，这个习惯从大正六年（1917 年）开始一直持续到昭和十二年（1937 年），也就是他死前。一个日记本每天被人拿出来，一年三百六十多天，本子至少会被翻动三百六十多次，按常理来说，这些日记本都免不了有折页、窝角，甚至掉线、落页的情况。但是贤藏的不一样，他的每一本日记都有着相同的装帧，书写的字迹就仿佛印刷的一般，工整、干净，同时又给人一种一丝不苟的束缚感。

所以当白木静子告诉金田一耕助克子的过往时，他第一反应是：一柳贤藏绝对不会原谅克子的。像他这样一个洁癖得有些病态的男人绝对不会允许自己的女人被其他男人染指的。照金田一耕助的推断，一柳贤藏之所以当着克子的面说原谅她，不是因为他真心地爱她，原谅她，而是因为婚礼的事情已经公之于众，一个自认为高于他人的男人，出于颜面才会说原谅她的。

而这种对真实感情的压抑，无异于在贤藏的心中埋藏了一颗定时炸弹。自打他得知了克子失贞的事实之后，表面上他依旧关爱着克子，但是每次凝望自己的未婚妻时，克子的身体就好像玩弄在一双污秽的手里，这让他有一种被冒犯、被抢夺走心爱东西的感觉。他不再想去触碰克子，平时和她相处也尽量远一点站开。当然这些细微的差别克子是发现不了的，因为她完全沉浸在找到真爱的自我陶醉之中，为婚礼准备着、忙碌着，丝毫没有感觉到死神就藏在她那红色的、静心缝制的礼服里面。

"你认为贤藏是先杀了克子，然后再自杀的？"银造吃惊地问一脸胡茬的金田一耕助。

"至少我现在是这么推断的，不过证据还需要再充足一些，"金田一耕助搔着他的鸟窝头说，然后打了一个瞌睡，"睡吧，睡吧，赶快回屋去，说不定会有猫妖的。"

金田一耕助这么一说，银造不由自主地往身后看了一下，四周静寂了，有白雪映衬的夜晚，有了几分幻境的虚无感，更让人，尤其是见证过死亡的人，有种彻骨的恐惧和胆寒。

（五）

刚刚发生过谋杀案的一柳家在晚上的时候异常的安静，有人在伤心，比如隐居夫人；有人在议论，比如良介夫妇；也有人在猜测和分析，比如银造；当然也有人在胆战心惊，比如那个由于害怕而不能入眠的铃子。

黑夜白雪中，一个披头散发的白衣少女步履轻飘地穿过一柳家的大院，嘴里好像还在念叨着什么，向着院子的角落走去。当时银造正好没有入眠，他只是熄了灯仰面思考着，心中既有哀痛，又有愤怒，也有疑惑。对于金田一耕助的推断他始终不能全盘接受，虽然他从没有怀疑过金田一耕助的能力。如此五味杂陈、思绪混乱的他，越想越觉得憋闷，忽地坐起来，打开了面向庭院的窗户，想让被白雪冷却的空气激一激困顿的大脑。

但首先映入眼帘的这个白发少女比白雪更足够让他清醒。他仔细一看，发现鬼一般的女孩原来是铃子。他赶快披上衣服冲出去，不过有人已经抢先了。金田一耕助把神游的铃子叫住，铃子如梦初醒一般猛回头，看着眼前这个不太熟悉的男人。之前银造就跟金田一耕助说过这个女孩精神有点问题，而且自打家里出了凶杀案之后，她就有了梦游症，常常睡着睡着突然醒来，朝阿玉的坟墓跑去。

"你又去看你的猫吗？"

"她叫阿玉，是只很可爱的猫，但是它死了。"说着铃子抽泣起来。

"你是在你哥结婚的那天早晨把阿玉埋掉的吗？"金田一耕助温柔地把手搭在铃子的肩上，曲下前腿问铃子。没想到铃子竟哭了。

"地下好冷，我不想把阿玉一个人埋在土里，我把它藏在了大哥的壁橱里，但是……大哥……死了，阿玉变成妖怪了。"

金田一耕助赶忙把铃子抱起来，轻拍着她的背，打算把她送回房里，同时向一直偷看他们的银造使了个眼色，让他在原地等候。一会儿金田一耕助从铃子的房间里出来了，银造赶忙奔了过去，还没等他发问，金田一耕助出口就是一句："去猫坟！"

银造很纳闷，因为上一次铃子梦游时，说猫坟里有三指妖怪，当时他已经派人挖过一次了，里面确实有一只死了的猫。金田一耕助为何又要去看呢？

一到猫坟，金田一耕助伸手拿起丢在旁边的铁锹，那是上次掘猫坟时留在那里的。土一点点被掘开，白木箱子露了出来，金田一耕助好像不晓得里面是具尸体一般，腾地把白木箱子搬了上来，动作连贯地用铁锹撬开了箱子盖儿。一个丝绸包裹的东西被他捧在了手里。

和上次放回去的猫尸体相比，后来肯定又有人动过然后又将其还原。这一点银造可以确定，因为上次的猫是他包裹后入土的。

"这里面就是铃子说的三指怪物……"金田一耕助看着银造，故意把声音拉长，"的手。现在我们需要做的就是等到天明时把妖怪的身体找出来。"

银造虽然不能完全明白金田一耕助的话，但也猜出了七八分，现在他们要做的只能是等，等着太阳升起……

第二天如约而至的晨曦，叫醒了一柳家的人以及在一柳家落脚的矶川探长一行人。当他们伸着懒腰接受凉飕飕的晨曦抚摸时，金田一耕助和银造已经出门了。他们来到一柳宅邸西边的小河旁，沿着河岸走着，金田一耕助还拿着那个猫坟里挖出的包裹。

走到一个水池边的时候，金田一耕助拉住一个农夫问了些关于水池的事，得知水池每年都会在11月25日被抽干，但是今年由于一柳家结婚，抽水的日子被推迟到了下个月初。

走到一个家用的炭窑旁边时，他又拉住在炭窑里工作的烧炭工询问了一番。

"这座炭窑是什么时候开始烧木炭的？"

"一柳家办喜事的那天。"

"那木材是什么时候推进去的？"

"24号那天，但是那天只推了一半。第二天傍晚才完全推完，所以才在那天点火的。而且晚上我过来巡视时，还闻到了一股烧毁烂衣服、臭皮鞋的味道。你知道的，总是有人喜欢搞这种恶作剧，害我费了老大的力才把里面的杂质弄出来，你看这一大堆。"说着那个全身黑色炭灰的男人滴溜溜地转动眼睛，把黑炭般的手指指向了旁边的那堆黑东西。

金田一耕助捡起一根树枝，捅了捅那个被烧焦的皮鞋。脸上还露出了"果然不出我所料"的表情。然后对烧炭工说："我进去看看可以吗？"得到应允后，他钻了进去，不一会儿发出一阵惊呼："哈哈，我猜得果然没错。银造大叔你赶快去把矶川探长他们叫来，顺便让他们多带几把铁锹过来。"

银造赶忙麻烦身边的烧炭工到一柳家跑一趟，按照金田一耕助刚才说的吩咐道，并塞给烧炭工一些小钱。这样烧炭工自然就十分乐意跑腿了。不一会儿，矶川探长和几个扛着铁锹的警察赶了过来。还没等他们把气喘匀，金田一耕助就十分郑重地对矶川探长说："叫你的人把这里挖开，里面可能藏着一具尸体。"

说这话的时候，金田一耕助的脸完全阴着，就好像他是一具僵尸。矶川探长看着他，磕磕巴巴地说："挖……挖……那就挖吧。"一旁站着的烧炭工看着自己辛苦垒砌的炭窑一下子崩塌了，脸上并没有流露出惋惜的表情，因为，金田一耕助已经答应加倍补偿他的损失了。

铁锹在冬土中出出进进，发着一声声的钝响，大家的视线都随着铁锹的动作有节奏的移动着，突然铁锹触及土壤的声音变了，好像咯到了什么东西。

"尸体……"烧炭工首先颤颤巍巍地吐出了两个字。铁锹碰到的是一块骨头。这时挖土的警员们放慢了动作，已经变了颜色的尸体一点点地露了出来。那是一具赤裸的男尸。尸体仰躺着，胸前的肋骨一根根很清晰，而且一条黑色的伤口正如一只吸饱了血的大水蛭一般趴在男尸的胸口。

"他一定是被人先砍死，再埋葬的。你看那伤口。"矶川探长说道。

更多的土被挖开了。男人的脸露了出来。

"啊！"银造和警员们一起惊呼起来，"是三指男人，你看他那脸上的伤疤。"是的，男尸脸上确实有个从眼窝延伸至嘴唇的伤疤，就像老板娘曾经描述的那样。最后整个尸体裸露了出来，带着潮土的湿气，那男人的皮肤也仿佛有了土的颜色。他的眼睛紧紧闭着，好像不曾预料到自己会有这样的结局。

"他竟然没有右手，看那血迹好像是被人砍掉了。谁会这么残忍呢？砍死人不算，还把死人的手剁了下来。"矶川探长看着尸体说道，这时金田一耕助解开握在手里的布包裹，一只已经接近腐烂的断手突然抵在了矶川探长的皮鞋上。

"啊！这是什么鬼东西？啊！"矶川探长几乎是蹦着往后退了几步。那个掉落在他脚边的断手没有小指和无名指。

"那么说这个人就是老板娘说过的那个三指男人吗？"银造问道。

"是的。但他不是什么鬼怪，也不是什么杀人凶手，而是杀人凶手的试验品。"

（六）

这一天金田一耕助把矾川探长、银造以及一柳家的人聚集起来，没有讲案情，没有说杀人凶手，而是开始做起了模拟杀人的实验。实验场所就设在案发的婚房里。

遮雨窗依旧像当天秋子离开时那样被紧紧关着。金田一耕助站在神龛前，一把转过背对着实验观看者的屏风，原来屏风后面还有一个成人大小的稻草人。然后他把屏风、稻草人以及屋内的陈设调成案发当晚的情形。准备就绪之后，人们听到了窗外水车转动的声音，本来这间屋子就离水边不远。

"当然如果在正常的情况下，水车不会在现在这个时候响起，而是在每天凌晨4点。大家都知道周吉每天的工作时间。"金田这样解释着，然后飞速地冲过走廊，拿过来一把出鞘的日本刀和两根琴弦。

然后把刀放进神龛后面的壁橱里，并在刀柄处绑上了两条琴弦，而琴弦的另一端则绑在了屏风上。这时矾川探长递给金田一耕助稻草人，只见金田一耕助左拥稻草人，右握刀，水车滚动的声音继续在寂静的房间里回荡，棒子离屏风上的琴弦越来越近，只听嗖的一下，刀插进了稻草人的胸口。伴随着刀入稻草的声音，在场的人发出了一声惊呼。

过了一会儿，大概是金田一耕助在心中估算了案发时的时间，松开了拥揽着的稻草人，绑住刀柄的琴弦又慢慢地缩了回去，转瞬间刚才还插在稻草人身上的刀已经消失了。而进入人们的耳朵是一声刀柄敲击雨窗的声音。

金田一耕助把大家叫到走廊上，日本刀正处在石灯笼的旁边，就像案发时它插在那里时的情境一样。而那把留在樟树上的镰刀也是为了服务于琴弦预先留在那里的。

接下来金田一耕助又为大家解答了琴柱的谜团，它不过是为了掩盖刀柄划过地面留下的痕迹才被派上用场的。

实验结束，大家仿佛亲眼见证了杀人的全过程。

"那杀人凶手是谁呢？"隐居夫人的声音好像比金田一耕助初来时听到的苍老了许多。

"对不起，我虽然很不忍心让您承受这样的事实，不过我不得不说，凶手确实是您的长子，贤藏。因为他不能忍受自己的女人被人夺取贞操的事实，才模拟小说中密室杀人的情节，精心策划了这场谋杀。"

老人没有说话，只是拿起和服的衣襟，轻轻在眼角擦拭了几下。后来当银造问起贤藏为什么杀了新娘后又自杀时，金田一耕助如此答复："一个高高在上的人怎么可能容忍被人指指点点着过活呢？与其那样不如自行了断，死比活着更容易一些。"

的确，像贤藏这样一个既自尊又自傲的人物，内心是极其脆弱的，也是极其残忍的。面对已成定局的事实，他不可能重新赋予克子贞洁，所以他决心把她杀害。杀一个人是一场冒险，像贤藏这样一个有洁癖的人，他一定会想尽办法让杀人变成一个完美游戏，既不给后人留下话柄，也不给他自己带来痛苦。所以他按照自己喜欢的小说中的情节，设计了这个看似谋杀实则杀人又自杀的残忍事件。而且在设计好杀人机关之后，贤藏还找了一个实验品——三指的流浪汉，贤藏成功完成了杀人的初步实验之后，又剁下他的手，粉饰现场，还穿着他的衣服给自己送了一封信。

如此一来二往，人们就把怀疑的对象放在了三指男人身上，而对已经死去的人放松了警惕……

血泊中的女明星
【日】岛田一男

（一）

我叫栗林贤二，是一位有 20 多年表演经验的演员。我过去拍电影，如今拍电视，用现在流行的话说是名影视两栖演员。

最近几年，我在警界广受好评，积累了不少影迷。那是因为我在一部已经连续热播3 年的电视剧《警视厅之夜》中饰演一位颇有破案智慧、高大英勇，并且正直幽默的部长刑警。这个角色给我带来了不少荣耀，更为有趣的是，因为长时间扮演刑警，我对侦查案件产生了不小的兴趣，也自学了很多破案方面的知识，可惜只能在拍戏时装模作样地比画上两下。

这次，我们剧组来到了风光绚丽的富士山麓，就在日本著名的山中湖和洞口湖之间，那里有个地方叫富士吉田市。吉田市很冷，已经下起了大雪，市南郊忍野川河畔的土堤上白雪皑皑，这也是我们来这里拍摄外景的原因。

今天要拍摄的内容里并没有我的戏份，因此我可以好好地坐在旁边一边观赏雪景一边观察剧组里的人和事，这也是我"当上"部长之后的爱好。

马上要拍摄的是女演员小山田玲子和我的老朋友，也是一位老演员的儿玉次郎的对手戏。他们两个人在戏里饰演两个赌博团伙的首领。小山田玲子饰演的阿银与儿玉次郎饰演的阿政为争夺势力范围而在一座寺院的正殿里设下了赌场，这是关系到首领和团伙成员的名声、地盘和金钱的重要赌注。要求演员把场面的气氛渲染得异常紧张。后来阿政一方赌输了，耿耿于怀的他决定要在大雪里用猎枪袭击阿银。

我看了看小山田玲子，她看上去是位相当不错的女人——模样俊俏，线条优美。更为重要的是，她待人友善，礼貌周到，身上并没有名演员常有的那种冷漠、轻浮与傲慢。虽然人长得很漂亮，但她并不是个"花瓶"，而是个演技派的演员。这从她以客串的身份饰演了《警视厅之夜》的拍摄，但却被梅本导演选中做女主角这件事就可以看出了。我们这部戏如此受欢迎，她精湛的演技功不可没。

此刻，我一边看着这个优秀的年轻女人，一边在心里揣测她和我的老友儿玉次郎的关系。儿玉已经40多岁了，和我一样，在演艺界摸爬滚打了20多年，虽然不是什么名演员，但也非常受大家的尊敬。他的家庭很幸福，儿女双全，妻子贤惠，唯一让我觉得需要改变的，就是他有些懦弱胆小的性格，我始终觉得他的性格阻碍了他演艺事业的发展。

开始怀疑儿玉和小山田玲子有不正当的关系是从我女儿告诉我的一些小道消息开始的。我的女儿亚津子在新宿西口高层大厦的地下二层开了家"亚津子妇女服装店"。两年多前的一天我去店里看望她时，她告诉我一些令我非常惊讶的事情。

"爸爸，你知道今天谁到我的店里来了吗？"我刚一走进亚津子的办公室，她就一把拉过我，非常兴奋地说起来。

"你看看你，都是自己做老板的人了，还像个小孩子一样，真是的，能有什么了不起的大人物值得你这么大惊小怪？"

"是小山田玲子小姐！她来店里定做骑马服啦！"

"这有什么好奇怪的，虽然是演员，但是她出现在大众的店里也很正常呀。"从小就跟随我在演艺圈看了很多名演员的女儿不应该如此呀。

"关键在于，你知道她是和谁一起来的吗？"

"谁呀？"我想，这个被我惯坏了的女儿的话匣子一开，就别打算让她打住了，我还是耐心听听她的八卦消息吧。

"您猜猜嘛，是一个男人，并且您也认识，是您的老朋友了。"

"我的老朋友？这样的人有很多呀，但是几乎都已经成家了，不应该陪伴着小山田玲子呀。"

"对呀，这就是我也感到惊奇的地方呢。陪着小山田玲子小姐来的是儿玉次郎先生哟！"

"儿玉？他早已有妻室儿女了。大概是偶然相遇一起进店里来的吧？"

"偶然相遇？我看可不像，两个人可亲密了，有说有笑的，小山田玲子小姐还挤眉弄眼地把自己的旅馆房间号告诉儿玉次郎先生。"

"怎么会这样？"

"不但如此呢，儿玉次郎先生也一改平时不爱说话的形象，吵着要小山田玲子小姐选用自己喜欢的花色定做衣服呢。"

"这确实很不寻常。"

那次结束了和女儿的对话后，我就开始留意起这两个人来了。虽然并没有发现什么实际的证据，但是根据平日里一同拍戏的观察，我已经确信这两个人是在恋爱中，尽管一个是20多岁的女孩，一个是有家室的男人。

此时，两个人面对面坐着，正在做拍摄前的最后准备，儿玉次郎扮演的阿政一副十足的地痞无赖相。和服半穿半披，右臂裸露着，为的是露出化妆师在他右臂上假造的文身图案，那是地痞头子的标志。儿玉把右手揣进左边衣襟里，偷偷摆弄着纸牌，把几张牌藏进叠成四折的布手帕里，这是为剧情里阿政帅气的玩纸牌一幕做准备，老实巴交的儿玉做起这个动作来更显憨厚。

"大家看看，他这是干什么呢？还是个演员呢，居然用这么笨拙的手法，真是笑死人了。"坐在儿玉对面的小山田玲子一边笑一边尖刻地说道。

听到这话，儿玉的脸涨得通红，眼睛也瞪大了许多，我想他应该是惊讶大过愤怒吧。不仅是他，我也感到非常困惑，以小山田玲子一向谦恭的为人，以及她和儿玉的关系，她怎么会突然说出这么一番讽刺挖苦的话来呢？难道两个人闹别扭了？

"你……你这说的是什么话？我演了25年戏了，你入行不过六七年而已，你怎么能够和前辈说这么无礼的话？"就在我暗自纳闷的时候，儿玉开口反驳小山田玲子了，他的脸气得涨红，手指也颤抖着。此时，周围的工作人员也窃窃私语，小山田玲子的意外举动使在场的人们都大吃一惊。

玲子看着大家，从鼻腔里发出几声怪笑，继续数落道："我虽然演戏的时间不长，但已经是个名演员了，在这集电视剧里担任女主角！但是，请问儿玉次郎先生您呢？难道演出的不都些跑龙套的角色吗？不然您把出演过的角色说一说，我们看一看有什么值得一提的？您还好意思说自己演了20多年戏。在我看来，演出这么久却毫无作为是最大的悲哀！和您这样所谓的前辈演对手戏，真是我的耻辱！"

小山田玲子不知是着了什么魔，她连珠炮般地斥责起儿玉来，噎得后者面红耳赤全身颤抖说不出话来。小山田玲子却还不罢休，一直滔滔不绝地贬斥，直到梅本导演看不过去，动了肝火大声训斥了几句才把她制止住。一时间，现场的气氛十分尴尬，儿玉气得要罢演，梅本导演好一通劝说才使他消了气，耽误了许多时间之后，拍摄才继续进行。

到了拍猎枪袭击的那组远景镜头了，摄影机轰轰地转动着。小山田玲子浓妆艳抹，发髻高盘，身穿漂亮的和服站在不远处。她的表情好像有些紧张和不安，我想可能是意识到自己说错了话的原因。儿玉不愧是个老演员，情绪平和后就把私人恩怨抛到了脑后，此刻他以一个很标准的姿势瞄准小山田玲子，一切都按照剧本的预设进行着。

"啪"的一声巨响，儿玉按下了猎枪的扳机。小山田玲子大声惨叫，倒卧土堤之上。顿时，殷红的鲜血溅洒在皑皑白雪之上。小山田玲子全身遍布猎枪弹丸，那漂亮的和服已是千疮百孔浸满血迹。

这个场景是在场的人谁也没有想到的。因为按照剧本的安排，儿玉虽然扣动了扳机，但是并没有射中小山田玲子，反倒让小山田铃子用手中的雨伞漂亮地反击了。怎么会是现在这样？小山田玲子的惨叫不像是在演戏，此刻她一动不动地躺在地上，那些鲜红的液体也并不像是剧组的道具，这是怎么了？大家一时愣住了，全都站在原地不知该怎么办才好。

"快去看看小山田玲子小姐的情况呀！我说别都愣在这儿了呀！"梅本导演惊魂未定，大声喊了起来。

还是没有人动，大家真的被眼前惨烈的景象吓呆了。小山田玲子卧倒在白雪皑皑的山坡上，红色的血映衬在白色的雪上，不知怎么的，让人觉得十分肃穆庄严。

"还愣着干什么！山本，你快去看看呀！"在梅本导演几次三番的催促下，助理导演山本才仗着胆子向土堤走过去。刚到近前立刻就缩了回来。山本大惊失色地对梅本导演说："导演，出大事了，小山田玲子小姐好像真的断气儿啦！"

"我的老天！赶快去叫救护车！"现场一时乱了起来，大家都煞白着脸不知道该怎么办才好。

"这……这……这怎么可能！"现场的骚动终于惊醒了一直呆住神的儿玉次郎，他"哇呀"一声惊叫奔上土堤，抓住小山田玲子的手腕摸了一会儿，然后无助而绝望地大喊："没有脉搏了！谁来救救她！玲子、玲子，你快醒醒呀！"

"真是天大的怪事啦！我们剧组这是怎么了！"梅本导演边跑边喊，"明明用的是空弹呀，怎么会打死人呢？"

10分钟后，富士吉田市员警署的警官风驰电掣般赶来了，他们以犯罪嫌疑人的罪名带走了儿玉。我们原本今晚可以赶完的拍摄不得不中断了，大家待在吉田市……

<h2 style="text-align:center">（二）</h2>

第二天早晨，就在剧组的其他人慌作一团的时候，我决定去拜访位于国营公路139号干线路旁的富士吉田市员警署。这件事情总要有个了解，更何况，作为儿玉的老朋友，我可不能眼睁睁看着他在监狱里受苦。

"部长先生，您好！"在警署正门值班站岗的巡警向我郑重地举手敬礼问候，我想这个小伙子显然是入戏太深，已经把我在电视剧中的形象和现实的生活混淆在一起了，不知道他真正的部长刑警听到了会怎么想。

"早上好。"我轻轻向上扬了扬右手，这是我在电视剧中标志性的动作，然后大摇大摆地走进了警署，看来当演员还是很有好处的。

走进警署后，我来到调查此案的办公室，看着眼前"枪杀女演员小山田玲子案件特别侦察指挥部"的牌子，心里百感交集，谁能想到我们这个拍了3年多破案情节的剧组如今引来了真的凶杀案呢？

"原来是栗林部长来了，快请进！"一位身着制服的胖警官打开房门热情地接待了我，看来他也是我的影迷。

"您好！快别用部长来称呼我，在下是演员栗林贤二。请多关照。"

"哪里哪里，您的扮演大大提升了我们警察在公众心中的形象，我们都很喜欢您呢。我姓星岛，是这里的副署长。我们这里地方小，警署人手严重不足，因此我还兼任刑事科长。真是没有办法，让您见笑了。"

"这并没有什么关系，很高兴能够遇到您这样直爽的警官，"我说道，"我们剧组发生的这件惨案的详细情况，想必东京新宿员警署的本田部长刑警已经在昨晚和您详细地说过了吧？"

"是的。并且我们警署也在昨晚彻夜调查案件，现在对案子的经过已经有大致的把握了。"

"请问什么时候可以释放儿玉次郎先生呢？"我问道。

"释放他？哦，不，栗林先生，您恐怕搞错了，我们不能释放他，因为一切证据都说明是他杀死了小山田玲子，用猎枪打死的。这件事你们不是都在场看到了吗？而且儿玉次郎自己也承认了，确实是他扣下了扳机。"

"扣下扳机的确实是儿玉次郎，但是我认为在猎枪里装填实弹的并不是他呀。"

"那么是谁呢？有什么实质性的证据呢？"星岛科长怀疑地问道。

"有一个重要的证据就是儿玉根本不懂得猎枪怎么使用！"

"这怎么可能呢？他在拍戏中的动作很娴熟呀，而且枪法也很好呀。何况他已经从艺

20 多年了，怎么不会这个技能呢？"

"他确实不会。正因为是个老演员了，因此他不好意思去询问导演或其他工作人员，而是悄悄把这事儿告诉我，并让我教他枪法，这一切都是开机之前他现学的。至于枪法很准这件事，我想您是被现场拍摄的镜头误导了。那是摄影机造成的效果。拍摄时摄影机、儿玉、小山田玲子接近排在一条直线上，儿玉离摄影机近，在画面上的形象高大，小山田玲子离机子远，拍到的影像就矮小，让您看上去像是两人的距离挺远似的。当时我正在现场，亲眼看到他俩的距离只有五六米，这么近的距离连小孩子也能打中的。再说猎枪子弹里装的是枪砂，打出去是散射的，一大片啊，当然怎样都能打到小山田玲子了呀。"

"无论如何，这一点并不能当作证据呀。儿玉可能是故意装作不会打枪来欺骗您。况且他和小山田玲子在开拍前不是大大地吵了一架吗？我想，他很有杀人的动机。毕竟作为一位老演员，被后辈当众羞辱不是什么可以忍受的事情，暗起杀机也很正常。"

"以我对儿玉的了解，他的性格十分懦弱，不会干出这种事情。况且他还有妻子儿女呀，不会因为面子上的一点小事就担负这么大的风险呀。"

"虽然我也认为您说得很有道理，但是任何事情都不是一定的，不是吗？人可能在冲动下干出一些不符合常理的事情，这也不是完全不可能的。从现在掌握的证据来看，儿玉先生确实是最大的嫌疑人。"

"没有什么办法能帮助他解脱嫌疑吗？"

"除非有证据找到那个您所谓的把假弹换成真弹的人，不然，就很困难了。"

"那好吧。在寻找证据这一点上，我会竭尽全力帮助贵警署破案的。现在，能不能让我见见儿玉呢？我很想亲自听听他的说法。我也需要和他商量一下律师的事情。"

"好的，这没有问题。早就听本田部长说您是一位业余的侦探，还希望您在这个案子上多多献计献策，也许您和儿玉先生的沟通能够发现些什么。"

于是，5 分钟后我来到了审讯室，在那里见到了由两名刑警带来的、非常憔悴与无精打采的儿玉次郎。

"儿玉，你怎么憔悴成这个样子，只一个晚上呀，怎么是这样一副模样呀。"我忍不住问出口。

"玲子怎么会就这样死了呢？我想了一个晚上也没有想明白，这到底是怎么一回事呀？猎枪里明明就只有空弹，不是吗？玲子她——"

"先不要想这些了，现在最大的问题是大家都怀疑你是凶手呢！"

"这简直是太滑稽了！我怎么会杀死玲子呢？"儿玉绝望地说道，他边说还边呜咽起来了。

我看着眼前这个老友此刻眼泪像断线的珍珠一样簌簌而下，心里也很难受，这个儿玉，已经 40 多岁的人了，怎么还如此懦弱呢！

"你先不要哭了，这对事情没有任何帮助。你要先向我保证，猎枪里的实弹真的不是你放进去的？"

"难道连您也不相信我吗？我到哪里去弄实弹呀？再说，我根本就不会想到要杀死玲子。"

"儿玉，你有狩猎许可证吗？"

"什么是狩猎许可证？我压根就不知道有这种东西。玲子却是什么都知道，她特别喜欢骑马打猎这些事情，还会驾汽车开飞机呢。"儿玉显然陷入了对过去美好的回忆之中。

"没有狩猎许可证商店是不卖给猎枪子弹的。"我向他解释道，然后我顿了顿，决定把要询问的事情问出口，"和我讲讲你和小山田玲子小姐之间的事情吧。"

"这——这，我们之间没有什么事情。"儿玉的神色开始慌张起来。

"你就不要向我隐瞒了，我已经猜到很多了。就你刚刚说的那几句话就说明了一切，你一口一个玲子叫得那么亲切，小山田玲子小姐的兴趣爱好你都这么熟悉，还要告诉我你们只是普通朋友吗？快点告诉我吧，我一心只想帮你。"

"哎！"儿玉叹了一口气，"我也不想向你隐瞒，但是我怕把我们的关系说出来后，大家会更加怀疑我。我和玲子是理智地恋爱，我们在两年多前相爱并走到一起了。"

"她没有要求你离婚吗？"望着眼前这个有妻室的男人，我不知道该怎样理解他口中的"恋爱"一词。

"没有。她很理解我，明白我有妻室儿女，不是那么容易可以抛弃的，所以从来没有难为我。"

"她最近有什么不对劲的地方吗？"

"不知道为什么，她忽然有些冷淡，不过可能也是我想太多了，她只是拍戏太累了而已。"

"冷淡？请具体说说。"

"以前我们每周要幽会两次，多是她主动邀我。近来偶尔一周能会一次面，多半是没等我提出要去旅馆她便先说：'今天的钱我付。'怅然分手。"

"会不会是她有了别的约会对象？"

"这不可能。我一有空就给她打电话，她确实是在家休息，而且她家还有母亲妹妹，不可能把男子带回家。况且，我曾经不止一次和玲子说过，我们的恋爱注定不能完整，我又比她年长许多，不能这么耽误了她，如果她遇到了自己中意的男人，我会非常祝福她的。所以，如果真的发生了这种事情，我想她会对我坦白的，而不是逃避。"

"那有没有可能小山田玲子小姐对你们的关系感到愧疚，觉得对不起你的太太和家庭，所以想要挥利剑、斩情丝呢？"

"这也不太可能。因为上星期我们还在旅馆幽会过，我记得她突然赤身裸体伏到我身上紧紧地抱住我，动情地说：'次郎，我这辈子绝对不离开你！如果你提出要分手，我就杀了你。然后我自杀……'这话怎么也不像是想要放弃我呀。"

"看来小山田玲子小姐对你的感情的确不浅，但是，我不明白，她为什么会在片场突然挖苦起你来呢？"

"这一点我也很困惑，不知道是哪里惹到了她。她刚刚说的时候，我还想忍耐，但是，后来她的话太重了，我实在——"

"好吧。你们的情况我已经基本了解了。许多事情我想还需要理清头绪。不过，你放心，我相信你没有犯下杀人这种罪名。我会尽一切努力帮助你洗清罪名的。"

（三）

"栗林部长先生，现在您还有什么别的证据吗？"我一走出审讯室，星岛科长就站起身向我说。

"您这话是什么意思？"

"首先向您表示歉意，在没有征得您的同意的前提下，我们对您和儿玉先生在审讯室里的对话进行了监听，你们说的一切我们都听到了。现在，我们更加理解儿玉的杀人动机了，不仅仅是被侮辱而愤怒，还有感情纠葛的原因。"

"星岛科长，不能如此武断，事情远没有这么简单。如果儿玉真的因为什么感情原因想要杀死小山田玲子小姐的话，他会这么傻，偏偏选在拍戏时，在众目睽睽之下进行吗？这说不通啊。"

"刚刚检验科的同事已经证实，猎枪上只有儿玉一个人的指纹，我想这也是认定他杀人的证据之一吧。"

"猎枪里的子弹是哪种型号的？"

"是支美国造的莱蒙顿双筒猎枪，用的是 SS 型子弹。我们正牌员警有条件练习使用各种枪支，莱蒙顿猎枪如果装上 SS 型子弹能打得相当远，高飞的大雁都能打下来。在散射型猎弹中，SSG 型最有劲儿，第二位的就是 SS 型。"

"您刚刚说猎枪上只有儿玉一个人的指纹，这确定吗？"

"当然确定。"

"那就更加不对了。在我们剧组里，猎枪属于小道具。在拍戏交给演员前是由小道具员负责管理的。在拍摄现场由小道剧员或助理导演交给儿玉次郎。当时的情况就是这样的，猎枪是助理导演山本交给儿玉的，我记得当时山本还提醒儿玉说：'枪里已经装好一枚空弹，别碰扳机，小心走火！'所以，猎枪上理应也有山本的指纹呀。"

"天气这么冷，咱们这里地处富士山北麓，一到傍晚气温便明显下降，昨晚还有不小的西北风，我想大家都戴上手套了吧。所以你们那位山本导演没有留下指纹也是有可能的呀。"

"如果我没有记错的话，山本导演戴的是手闷子，也就是大指单独在外，其他四指相连的手套。山本的手闷子磨破了，5 个手指有 4 个指尖露在外面。"

"这您是怎么记得如此清楚的呢？"

"因为山本助理导演瑟缩在寒风中的形象非常滑稽，因此我记得很真切。寒风中，他拉长手闷子，把手指尖缩进去握着场记板。结果藏住了手指露出了手脖子。"

"那就对了。虽然您说山本的手闷子破了，但是因为寒冷，他可以把手指缩进去，这样也不会有指纹留下。"

"但是场记板小，5 个手指都缩进手闷子里也能握住。要想握住一支双筒猎枪，5 个手指不分瓣儿肯定不行。山本给儿玉送猎枪时知道枪里已经装了子弹，一定要紧紧握住，他就顾不得冻手，一定会露出手指来的，那样就能把指纹留在猎枪上。所以在猎枪上能同时采到山本和儿玉两个人的指纹才合乎逻辑。"

"这倒是有些奇怪，我们会继续调查的。"

"还有一个问题，小山田玲子小姐年迈的母亲和读书的妹妹已经从东京赶来了，我想她们希望早点见到亲人的遗体。不知道小山田玲子的尸体现在在什么地方？"

"在龙丘的市立医院，正在做司法解剖。也许要到晚上才能取回尸体。您和剧组的人员可以先住在五湖旅馆，我已同那里的经理打过招呼了。大家可以尽情地眺望富士山的绚丽景色，先把不愉快的事情抛到脑后吧。"

就这样，我从警署回到了旅馆，并且向大家转达了星岛的话。

"这该怎么办呢！"听明白我的话之后，制片人江上先生倏地跳了起来，挥舞着胳膊嚷道，"《警视厅之夜》的存货只有两集了。现在两个主演一个死掉了，一个被关在了牢里，戏拍不下去了。这富士吉田员警署还不准我们离开此地，我们的《警视厅之夜》怎么办？这下一切全完了！"

"制片人先生，不要着急，现在发生了这种事情，着急也是没有用的。当务之急是，我们需要以富士山麓为外景地赶出一集新的剧本来。虽然主演不在，但不是还有其他的演员嘛，戏还是可以拍下去的嘛。我们可以设置一个与上集故事不衔接的孤立案件。犯人在东京图财害命或者杀人之后，毁坏了死者面容，把尸体运到这富士山麓的山中湖或河口湖来沉尸灭迹。东京的刑事员警们跟踪追来，在白雪皑皑的富士山麓展开追逐拼搏。最后逮捕了凶犯。"

"您的这个构思很不错呀！"听了梅本的话，江上笑了起来，"真有你的，我们今晚就在屋子里埋头创作剧本吧。"

"好的。让演员和其他工作人员好好休息一晚，我们赶好剧本后，明天上午开拍！"

大家离开后，我在旅馆外独自散了一会儿步。寒冷的空气有助于人的思考，我想在脑子清醒的时候把事情想得更明白一些。

现在我基本可以确定凶手并不是儿玉，那么是谁和小山田玲子有如此深仇大恨要加害她呢？又是谁有机会把猎枪里的假弹换成实弹，并且擦掉了自己的指纹呢？

等等，想到这，我忽然灵光一闪。事情有些不对劲！猎枪上没有山本的指纹，这说明凶手在放完实弹后特意擦了擦猎枪上的指纹，因此猎枪上只有儿玉一个人的指纹。但是，正如警署的警官所说，天气寒冷，大家都戴上了手套，这样的话，凶手根本不用担心自己的指纹问题呀，为什么还要费事地去擦指纹呢？难道他没有戴手套？是谁在当时没有手套呢？天啊！难道是他？！这太不可思议了。

我带着满腔的疑惑走回房间，回自己的房间之前，我走进制片人江上的房间。他正和梅本导演聚精会神地编写剧本。

"剧本完成得怎么样了，二位？"我一进门就问道。

"原来是您呀，快请坐，剧本已经构思得差不多了。现在只还缺一位女演员了。"

"什么样的女演员呢？需要经验丰富的吗？"

"那倒不用，只是扮演一名配角，一名村姑。她只是从掩埋死尸的雪野经过，看到突然伸出一只手臂来，吓得一声惨叫没命地向村里的派出所跑去。只有这么一点戏，连一句台词都没有。"导演说道。

"明天上午开拍前我们可以在村里转一转，这样的演员应该不难找到。"制片人说。

"好的。那我就不打扰二位创作了，我先回房休息了。"说完我告辞走回了自己的房间。

（四）

回房后，我在浴盆中躺了好一阵子，身子总算是暖和过来了。但是浑身都很疼痛，于是我给旅馆的账房挂了电话，想要他们给我找一位按摩师。

"按摩师正在另一名顾客那里服务，大概需要30分钟到您那儿。"我得到了这样的回应。

"真该死，今天真是做什么都不顺利。"我自言自语道。

半个小时后，随着一阵轻轻的敲门声，一位身着白大衣的年轻女士走了进来。

"您好！我是来为您按摩的，希望您对我的工作满意。"这个女孩边说边微笑着对我深深一躬。

我看了看她的样子，一双水汪汪的大眼含情脉脉，瓜子脸白里透红，两个酒窝，体态匀称，线条鲜明，真是一个美女呀。

她开始按摩了，手法非常娴熟，从肩及背、自侧至中、由轻到重，循序渐进。

"您是演员栗林贤二先生吧？"她声音甜美地问道，"我非常喜欢您在《警视厅之夜》里扮演的部长刑警呢。"

"哦，看来您很爱看电视剧呀。"

"可不是，特别是您扮演的角色，您真是伟大啊。"

"哪里哪里，你过奖了。"虽然我已经快50岁了，在演艺圈也纵横了20多年，但是听到这样一个漂亮的年轻女孩对我连声夸赞，我心里也是十分受用的。

"我可不是说假话，要知道，我非常希望成为一个像您那样的演员呢。可惜一直没有机会——"说到这，女孩眨巴着大眼睛看着我，我多少有些明白了，她这是想让我给她推荐演出机会呢。

"演艺圈其实没有那么容易呢，背后的辛苦可多了。有时还有生命危险呢，你瞧，小山田玲子小姐的事情想必你也听说了吧？"我想巧妙地岔开这个话题。

"这我知道，但也总是想试一试嘛。先生如果能够推荐我出演一个角色，哪怕是客串的角色，我也心满意足了，不会让先生白帮这个忙的。"看样子她是打算把话说透了。难道她想出卖自己的……

"先生不要多想，"可能是我的眼神让她感觉到了什么，"我是指我这里可能有先生会感兴趣的消息，正是关于小山田玲子小姐之死的。您不是很想帮助您的朋友儿玉先生脱罪吗？"看来这女孩一下子就看穿了我此刻心里最惦记的东西，可不简单呢，但是，她区区一个按摩师会知道什么内幕消息呢？

"其实推荐你出演一个角色并不是什么难事，我们现在拍的剧集里正需要一位客串演员。只是不知道你所指的和小山田玲子小姐之死有关的事情是什么呢？"

"如果能够得到您的推荐那就太好了。其实我所说的消息，也是我刚刚在给前一位顾客按摩时得知的。那位顾客正是市立医院的外科医生，也就是负责解剖小山田玲子小姐尸体的及川先生。从他那里我得知，小山田玲子小姐患上癌症了，是肝癌。已经从肝脏扩散到十二指肠和胃啦。"

"什么？"听到这个消息，我非常惊讶，"这怎么可能呢？她还那么年轻，而且一点迹象也没有呀，你不会是听错了吧？"

"不会的。我亲耳听及川先生十分严肃地说的,他还自言自语道'何必急急忙忙杀死她呢?她只有5个月的寿命了'。"

"天啊,如果事情是这样的话,那么一切事情都该换个角度去看了,我想……"我激动地说。

"先生,对于这个案子我不感兴趣。我只希望您不要忘记对我的承诺。您的按摩结束了,祝您晚安。"这位女按摩师边说边笑吟吟地走出了我的房间。

整个晚上,我躺在床上辗转反侧,我急需把事情想个清楚明白。有很多事情需要来自警方调查的证据,因此我拨通了东京新宿员警署本田部长刑警的电话……

第二天上午我守约推荐那位按摩师出演那个农村姑娘的角色,这当然没有什么问题。在拍摄的过程中,我接到了本田部长刑警打来的电话。

"本田警官,怎么样,事情调查的情况如何?"

"您交代的问题都已经查清楚了,你猜得没错,小山田玲子小姐有狩猎许可证。她还是城南飞碟射击俱乐部的正式会员。据俱乐部办公室的负责人说。玲子小姐去俱乐部进行飞碟射击时经常使用双筒猎枪,打SS型子弹。"

"太好了,这非常能说明问题。"

"还有,经大东医大医生的证实,小山田玲子小姐确实已经罹患癌症了,在那里的抗癌疫苗申请者卡片上有她的记录。她经常就诊的医院是本乡区立医院。我也询问了那里肿瘤科的主任,据他说,小山田玲子小姐在3个多月前就知道自己患病的事情,当时她因为拍戏的日程太满所以不能马上住院就医,以至于她的癌细胞已经从肝部扩散到了十二指肠和胃里,已经完全不能手术了。医生说,像她这种情况,最多只有5到6个月的寿命,余下的这点日子也需要依靠注射抗癌疫苗来缓解疼痛。"

"好的,太感谢您了,我想这些消息足够使案子水落石出,还儿玉一个清白了。"

"您已经有了切实的证据证明凶手另有其人吗?"

"还不能完全肯定,但已经八九不离十了,我只要再证明一件事就可以了。"说完我就挂断了电话,因为我要马上在外景现场勘查我需要的证据。

我注意观察了一下,现场的工作人员果然都戴着厚厚的手套取暖。为了更加确定这一点,我故意大声喊道:"谁没有戴手套?来,我这里有,借给他!"

没有一个人回应我,看来大家都做好了充分的御寒准备。

于是我走到江上和梅本身边,山本助理导演此时也正站在梅本身后。

"二位,有一件事情需要你们回忆一下,你们还记得小山田玲子遇难的那天,我们不是正要拍阿银和阿政较量的场面嘛。剧中拿着猎枪的阿政伏在积雪的河堤下面。在备场的时候,儿玉有没有离开自己的位置呢?"

"他是离开了那么一会儿,当时他朝我走过来,并且问我找他有什么事情,"梅本导演回忆说,"但是,我根本就没有叫过他,当时我们都有点疑惑,但也没放在心上,片场嘛,总是那么混乱。他就是那时离开自己的位置了。"

"那他有没有说是谁叫他来找您的呢?"

"好像听他嘟囔了一句'玲子说您找我'。有什么问题吗?"梅本问道。

"我想我们的案子应该可以水落石出了。"说完我坐车前往富士吉田市，准备把我的所有发现告诉警署的星岛科长。

"星岛科长，我一直坚信的事情并没有错，杀死玲子小姐的确实不是儿玉！"一进办公室，我就大声喊道。

"有什么发现吗？听您的口气好像对一切已经了如指掌了。"

"是的。我想先问您，小山田玲子小姐的解剖报告想必您应该已经看过了。"

"是的。从小山田玲子小姐身上取出 67 粒 SS 型猎弹的铁砂。其中也有打进心脏的。SS 型猎弹是打大雁用的。用它也能打死黑熊。"

"难道没有其他了吗？比如小山田玲子小姐罹患癌症的事情？"

"这个我也知道了，但是我觉得和凶杀案并没有太大的关系。怎么？您是怎么知道这件事的？"

"我是怎么知道的并不重要，小山田玲子小姐的癌症大面积扩散，并且只有不到 6 个月的生命，这一点才是重点。"

"您到底想要说什么呢？"科长不解地问我。

"请您听我慢慢分析吧。之前您一直关注着小山田玲子和儿玉的情感纠葛，认为小山田玲子对儿玉最近的冷淡，使儿玉下了杀机。但是，在我看来，一切证据都表明小山田玲子深深爱着儿玉。她的冷淡只是因为接受抗癌疫苗注射后不能过分兴奋，所以不得不减少和儿玉的约会。我想，这一点苦苦折磨着她。因此她才会想到了这个方法。"

"什么方法？"

"就是在一个最合适的地方——天下闻名的富士山麓的白雪皑皑中，在最合适的时候——剧组所有人的关注下，在她最在意的人手下——也就是她深爱的儿玉次郎手下结束自己的生命。"

"难道你的意思是——小山田玲子是自杀？！"

"没错，她是借儿玉之手完成这个自杀的计划。同时还能栽赃儿玉为杀人犯，这样就可以让儿玉陪自己一起赴黄泉了。我想小山田玲子生前已经把事情想清楚了，她深深爱恋着儿玉，不甘心就这样因为病魔而离他而去。但是考虑到儿玉尚有妻子儿女，因此他不可能主动殉情。唯有用这个方法，才能——"

"您说得不是没有可能，但破案是要讲证据的。您的推理固然头头是道，关键是没有可靠的证据。"

"证据并不是没有，让我一条条和您说吧。首先，玲子小姐加入了飞碟射击俱乐部。在那里她经常使用的是 SS 型子弹。因为她有狩猎许可证，随时可以到专卖商店去买子弹。因此她有准备好实弹的条件。同时，经梅本导演证实，我了解到，在拍摄之前，小山田玲子曾经借口导演有事情询问而支开了儿玉。她为什么要编造这个莫须有的理由？只能说是为了自己趁儿玉离开的时候换上实弹而做的。

还有，先前我已经和您分析过了，猎枪上只有儿玉的指纹而没有助理导演山本的，这很不正常。只能解释为一个没有戴手套的凶手换上子弹后擦去了自己和山本的指纹。而在我们剧组，当时没有戴手套的，只有小山田玲子一个人。因为在戏里她身穿和服打着一把

73

漂亮的小伞，戴手套的话就不伦不类了。她起初是戴了手套的，遭到导演的申斥，才摘下手套丢到一边去了。因此我记得特别清楚。这一点，通过回放当时的录像也可以看清楚。"

"嗯——嗯——您说的一切都很有逻辑性，但是都还不能称为切实的证据。"科长先生好像也开始相信我说的话了。

"我当然带来了更为确凿的证据。我在案件现场进行了详细的调查。在儿玉次郎伏卧的地方找到了一个单腿跪地的痕迹，从脚印的大小和形状来看，我确信是小山田玲子的，这只要通过您这里的技术检验就可以确定。同时，我在河岸边的雪地上找到了一颗猎枪空弹，我想那应该就是小山田玲子在匆忙中换下并丢弃的原本的子弹，所以上面应该有她的指纹。只要把这两件事加以证实，一切就明了了。"

"这确实是不小的发现，我们马上进行检验。"

几天之后，检验结果出来了，一切和我预料的一模一样，儿玉得到无罪释放。

"小山田玲子小姐出此计策陷害您，您一定很恨她吧？"当我和儿玉要走出警署的时候，科长问儿玉。

"哪里会有恨呢？"儿玉望着远处，眼睛似乎有些湿润了，"她是个敢爱敢恨的女子，我永远也忘不了她。"

谋杀的变更

【美】康奈尔·伍尔里奇

（一）

"你好，希契，我想你还不认识我，不过你一定认识戈迪！"

"你是……"

"她以前是我的女人，半年前我从监狱里出来，发现你拐走了她。这是我不能容忍的，虽然我已经不在乎戈迪是否会和我在一起，但是我就是不容许我的女人在我不知情的情况下跟了别人。这就是我的原则，哪怕是为了生意，为了几句不中听的话，只要是挤兑我的人，都不会有好下场。"

唐利维·布莱恩斯这时已经将枪指向了希契的眉心，希契吓得腿一直发抖，但是他还在站着，没有瘫倒在地上。布莱恩斯扣住扳机的食指微微向里缩了一下，哪怕再动一毫米，枪声都会响起。这时候，希契用央求的口吻说："你可以开枪，但是在死之前请让我说一句话。"

"你是想乞求我饶你一命吗？别做梦了。"布莱恩斯厉声说道。

"我是想说，我和戈迪在一起，不是从你手中拐走的。当年她流落街头，快要饿死了，是我收留了她。我知道，你在入狱之前给她留了一笔钱，但是她根本一分钱都没有收到，如果那笔钱存在的话，我想现在它还在某个银行的仓库里。"

"不可能，我明明告知了她钱在哪里。"布莱恩斯的枪从希契的头上移了下来。

"我见到她的时候她身上连一分钱都没有，我带她回到公寓，给她吃的，她在我这里住了10多天，我发现，我渐渐喜欢上她了。"

布莱恩斯对希契所说的话嗤之以鼻，但是希契真诚的目光好像对他有所感染。

"我想，你遇到当时戈迪的情形，也会采取和我一样的做法。我并不是故意要伤害你，如果你认为你有什么损失，我会给你补偿。"希契接着说，但是他的脸色已经由惊恐的惨白渐渐泛起正常人的红润。

布莱恩斯的枪又低了一些，已经指向了希契的大腿。看到他不再那么疯狂，希契好像脑海中有了灵感，继续说："其实，我和戈迪已经结婚了，并且有了孩子，他是用你的名字来给孩子取名的。"听到这，布莱恩斯不禁吃惊地瞪大了眼睛。

"你要是不相信，我可以给你看一封信，是戈迪写给我的。"说着，布莱恩斯直接将枪口指向了地板，希契赶忙离开墙边，到柜子的抽屉里拿出一封已经泛黄的信，然后递给布莱恩斯。

布莱恩斯接过信，打开来看，果然是戈迪写的，上面说："我会细心照料我们的孩子，每次看到它就会想起你。"看到这些，信从布莱恩斯的手中掉了下来。

"开枪吧，先生，按你刚才所想的开枪吧！"希契说。

布莱恩斯持枪的手有些松软，他好像再也无力抬起那把点 38 式手枪。他皱了皱眉头，唱片机的音乐一直在耳畔，他又使劲地眨了眨眼，一滴眼泪不经意间从眼角流出。然后只听"咣当"一声，枪掉在了地上，布莱恩斯哽咽地说："那个孩子叫什么？"

"唐利维·希契库克。"

布莱恩斯叹了一口气，然后说："我不知道放过你是不是一个错误，然而我此刻的决定就是这样，你的话让我忘记了仇恨。你走吧，拿着你的钥匙，走到房间外面然后把门锁上。我希望我是怎么来的还是怎么离开，我不想让别人看到我在这里出现过。"说完，布莱恩斯将枪塞回到腰间，然后把刚才抢过来的门钥匙，扔回希契手里。

"去吧，去到门外，如果有人问你，你说钥匙锁在里面了。"

（二）

这个富有戏剧性的复仇计划源于前一天，那是一个狂风肆虐的傍晚。在芝加哥街头的一栋五层楼的老旧公寓里，唐利维·布莱恩斯腰间别上一把点 38 式手枪，穿上那已经有些年头的灰色大风衣，走出门，去拜访他的老友费德·威廉姆斯。腰间的手枪并不意味着将有刑事案件发生，也并非是防身之用，这只是布莱恩斯的一个习惯，就像每次出门前你会戴上圆顶礼帽或者深蓝色的围巾一样。

枪，总意味着有的人死亡，有的人得逞。这时，布莱恩斯腰间中的点 38 手枪已经留有身体的余温，但是这温度不会让一把武器产生什么怜悯之情。布莱恩斯这一次见费德的目的就是杀人，他已经杀过五六个人，但是每一次都会有它本身的原因，也不会是谋财这种下三烂的原因。"清算前账"是布莱恩斯此行的目的。

他来到洛普区一家叫欧西斯的酒吧，费德是这间酒吧的老板。一进门，他直接走向酒保询问老板在哪，酒保微微俯下身，躲过吧台前的横栏，然后用手指了一下旁边的一扇小门。其实，费德并不是他的真名，更确切地说，只是一个外号，出自一种掷骰子的赌博游戏，一种非常低级的游戏。但是，费德并不热衷这种游戏，因为他的生活中还有另一个身份，那就是半职业作伪证人。他以此来过活，每当有刑事案件发生，他都会收到客户的邀请，为其制造伪证。有时，他也亲自到庭，进行一番别开生面的"表演"。当然，费德的这种行为，是不被警方允许的，所以他不可能注册公司，不过凭借良好的"业绩"，费德的日子还算滋润。

布莱恩斯谢过酒保，径直朝那扇门走去。在通往费德房间的过程中，有一个窄小的过道，过道两旁有一个电话亭，不过这个电话亭应该坏了，因为上面写着："此电话已坏，暂停使用。"布莱恩斯经过电话亭，推开门，费德正坐在一把转椅上，双腿悠闲地放在面前一张四方的棕色桌子上。看到布莱恩斯来了，费德赶忙改变了坐姿，拿起放在桌上的同一款点 38 手枪和一块白色羊皮布擦拭起来。

"哥们儿，近来可好？"费德满脸堆笑地说。

"还不错，费德，今天我来找你有事相求。"布莱恩斯一脸严肃。

费德此时站起来，走到房间门口四处打量一下，然后关上门。

"什么事？"费德谨慎地问。

"我要清一笔'账'，你能不能做个伪证，帮我洗脱嫌疑。"

"杀人吗？你不是已经金盆洗手了？"

"这一次非比寻常，所以希望你能帮助我。"

"可你是警局的老熟人了，法官怎么会那么容易相信你？"

"所以我才找你帮忙啊，上一次就是有你相助，法官才会认为我只是开车不小心撞死了人。"

"你倒是提醒我了，我这里还有你上回在底特律作案的一些资料呢？"费德眯着眼笑了起来。

"你留着那些东西干什么？"

"我喜欢收藏让我有成就感的东西。"

"开个价吧！"说着布莱恩斯用手拍了拍自己的口袋。

"老朋友果然有默契，这样吧，一张 50 元。"说完，费德转过身打开隐藏在墙壁上的保险箱，从里面拿出十几页的白纸资料。

"哥们儿，是你自己烧掉它们，还是我来帮你。"

"不用了，我自己来。"布莱恩斯一边数着钱一边说。

"那我求你的事情怎么样？你愿不愿意帮我掩盖真相。"

"这个难度很大的，"费德又回到转椅跟前，擦拭着枪，然后接着说，"你知道，如果我再一次为你开脱，一定会露出马脚给法官，况且……"

"你直说要多少钱吧！"

"500 元怎么样？"

"500 元？"布莱恩斯瞪大了眼睛，"我可以找几个你这样的人。"

"那你去找他们好了，或者自己给自己制造伪证，干吗还来找我？我的朋友，500 元很合理，最主要的是你亲自清算这笔'账'，所以你留下的线索一定会被警方掌握。"

布莱恩斯见没有什么讨价还价的余地，便掏出钱包拿出剩余的钱。

"我现在只剩下 100 块了，算作是定金，剩下的事成之后给你，每个人做交易都是这样做的。"

"好吧，"费德收下钱，"你能透露一下你的杀人计划吗？"

"可以，不过我不会告诉你有关他的资料。我要干掉他的原因是他拐走了我的女人，本来上一次我完全可以干掉他，但是这个狡猾的家伙混到人群中跑了。我一直从加利跟到这里，这一次他怎么也不会逃出我的手掌心了。"说着，布莱恩斯的脸上露出了阴冷的笑容，并拿起费德的点 38 枪把玩起来。

"我探听到那家伙住在北区的一栋公寓楼里，我已经盘算好了行动地图。他住在六层，我会通过与他的房子相隔只有一米的七层建筑的顶楼跳到他的房间，只需要一个小小的跳板，我就可以解决了。"

"别高兴得太早，你忘了上次在辛辛那提的事情，事先你也是胸有成竹，结果不还是靠我帮你解决了问题。还有，你想从窗子跳进去，你不担心他或者他的邻居看到你，还有，你能保证他的窗子始终是开着的？"

"这你放心，我了解到他的左邻右舍一到晚上就会将窗帘挂得严严实实的，我会挑这一时间开始行动。而他的窗子每天也都会开着通风，我就趁他不注意跳到房间里，躲进衣柜，等着他来。"

"这个过程你需要多久？"

"30分钟吧！"

"我觉得还是一个小时比较妥当，"费德最后说，"好了，现在我们要在合同上签字了。"说着，费德起草了一份简单的合同，其实这根本没有法律效应，只是类似于赌债的借据罢了。布莱恩斯最后在白纸上签下自己的名字，然后费德将100元钱和白纸一同放进保险柜。

"跟我来，我带你开开眼界。"说着二人从房间里走出来，走到门廊的电话亭。

"哥们儿，你把这个牌子摘下来，然后走进电话亭，用力地撞一下里面的墙壁，然后再用这张牌当作楔子卡在墙壁缝隙中。"布莱恩斯按照费德的指示走进电话亭，他用力地撞了一下里面的墙壁，突然这面墙360度旋转起来，差点让他摔一个跟头。布莱恩斯来到了另一个房间，看上去像一个仓库。原来这面墙是活动的。

"伙计，这是什么意思？"布莱恩斯问。

"这还看不出来吗？掩人耳目的道具。你打算几点行动？"

"晚上10点半左右。"

"到时候你就来我这里，故意装得大声一点，让周围人都知道，我们可以喝杯酒，玩一玩赌博机，总之要让别人知道你在我这儿。等到9点多钟，你就悄悄地从这个电话亭里出去，去做你想做的事。当然我还会大声说两句，证明你还在这儿。事成之后，你再通过这个电话亭回来，一切就神不知鬼不觉了。一定要记住，用纸牌卡住下面，否则你就进不来了。"

"哈哈，我的好哥们儿，就冲你这个电话亭，我的500元花得值了。"

"不过有一点你还要小心，回来的时候多绕几条街，免得有人跟踪你。"

"这些都知道了，你放心吧！"说完，布莱恩斯满心欢喜地走了。

（三）

第二天晚上，布莱恩斯按照事先说好的来到欧西斯酒吧。酒吧里人声鼎沸，比平日来了更多的酒客。布莱恩斯扯高了嗓门喊道："给我来两瓶啤酒！"听到"暗号"，费德从办公室的房门走出。

"这不是我的老朋友唐利维吗？你可好久没来了，来，我请你喝两杯。"

说着，费德又多叫了几瓶啤酒，两人坐到了吧台的高椅上推杯换盏。没喝两杯，费德又说："走，去我房间玩两把，最近我手气不错，看看你怎么样。"

"我不行啊，钱一定都让你赢走了。"二人放下杯子，站起身相互寒暄着走进费德的房间。

这段对话的音量出奇的高，甚至压过了酒吧里的摇滚乐，几乎在场的所有人都看着二人走进房间。当房间门关上后的几分钟，又从里面传出嘹亮的说笑声，这声音似乎已经无视墙壁和房门的存在。

时间过了一个小时，一个服务员端着两杯红酒推开房间门，他故意没有把门关上，让外面的人看到里面的情形。服务员走后，布莱恩斯和费德又装模作样地大声争吵，内容就是一个说另一个人打牌作弊。争吵声在接下来的40分钟时而响起，这是向外人表明他们两个一直在里面打牌。

时间快要到9点半，房间内突然安静了下来，布莱恩斯换好衣服准备出发，费德再一次叮嘱他别忘了将纸牌卡在电话亭墙壁的下面。接着，布莱恩斯将房门推开了一点缝隙，看到没有人注意这里，便借着幽暗的灯光，迅速地摘下旁边电话亭的告示牌，钻进电话亭。他用手推了一下墙壁，墙壁转动起来，他侧身而过，在墙壁即将还原的时候，将手里的纸牌对折，卡在了墙壁缝隙的边缘。

来到仓库的布莱恩斯看到不远处有两个身影，好在仓库之中的灯并不明亮，布莱恩斯躲到阴影中。原来那是酒保在送一个酒醉的顾客离开，那名酒客上了出租车之后，酒保也消失在了夜色中。

布莱恩斯快速来到路边拦了一辆出租车，上车之后，他并没有让司机直接开往目的地，而是在一个商场停下来。他进去转了一圈，从另一个门出来，重新叫了一辆出租车，开往北区。

布莱恩斯下车，四处打探一下，没有人在注意他，于是他走进那栋预先计划好的公寓。老旧的公寓热闹非凡，但大部分人都是在家里自娱自乐，楼梯道里没有一个人。布莱恩斯飞快地跑到楼顶。此时，他拿出放在楼顶前檐下的跳板，固定在这边的楼顶边缘。

布莱恩斯俯下身子，只露出半个脑袋，他看到目标窗口黑着灯，主人还没有回来，其他亮灯的房间都挂着窗帘，不会发现此时正有一个人注视着他们。布莱恩斯小心地将跳板顺下去，刚好搭在对面窗户的上沿，他在鞋底和手上抹了一些防滑粉，然后开始走过踏板。这段距离不是很长，所以不会勾起布莱恩斯的恐高症。到了对面的跳板位置，布莱恩斯小心地扶住窗框。窗户果然没有关，布莱恩斯窃喜，他掏出藏在腰间多时的点38手枪，一条腿蹬在窗台上，一个箭步跃到房间里。

进到房间的布莱恩斯摸黑找到了衣柜，他把衣服往旁边推了又推，然后钻了进去，将枪对准门的正中。10多分钟之后，忽然传来电梯的关门声，紧接着房间的门把手转动了起来，透过缝隙，布莱恩斯看到一个男人走了进来，打开灯。他心中确定，这个人就是他的"清算"对象。随后这个男人从门缝中消失了，接着布莱恩斯听到一阵流水声，然后是冰箱门关闭的声音，还有唱片机的音乐声。布莱恩斯一直端着枪在衣柜里面等待着。

突然，衣柜的门开了，布莱恩斯与这男人四目相对，两个人都是吃惊的表情，只不过男人的表情很快由吃惊转变为恐惧。布莱恩斯一步从衣柜里跳出来，用枪指着那个男人。男人此时已经退到墙边，手里一个吃了没几口的苹果掉在地上。接下来便发生了先前仇人变"恩人"的戏剧性一幕。

希契按照布莱恩斯的指示走到门外。然后布莱恩斯又从窗户口的跳板回到对面的公寓楼，他的脚好像在落地的时候崴到了，一瘸一拐地在顶台上走着，并且一边走一边嘟囔着：

"我不能去杀一个与我相关的孩子的父亲，费德说得对，我杀了太多的人，是时候收手了，也许今天放他一马，也算是为我添加了一份善德。"

布莱恩斯打开顶台的门，一阵冷风从楼梯口吹来，他顿时感到轻松许多，并且有一种喜悦感油然而生。他认为今天他做了一件好事，他高兴地看着灯光投射在玻璃上自己的影子，然后飞一般地跑下楼去。这一路也没有人发现他，就像来的时候一样。

当确定布莱恩斯已经彻底离开了之后，希契战战兢兢地打开房门，然后将每个窗户都反锁上，生怕又有什么人来找他麻烦。本来他打算先把刚才被布莱恩斯弄乱的房间收拾好，然后自己找个别的地方睡觉，防止布莱恩斯中途变卦，又杀了回来。但是现在已经是凌晨，附近也没有酒店，所以希契壮着胆子躺到了床上。他拿起刚才给布莱恩斯看的信，不禁捧腹大笑起来，其实那封信有两页，第一页上面说的是："我会细心照料我们的孩子，每次看到它我就想起你。"但是第二页写着："你把它留给了我，除了你没什么比一把点38手枪更能让一个独身女孩有安全感。你最好也买一把，因为你随时可能遇到那个家伙。"原来他们的"孩子"指的是一把枪，他们根本就没有孩子。看到这里，希契已经笑抽了。

走在大街上，布莱恩斯想打一辆出租车，可是这个地区，这个时间，街上的车很少。但是这并不影响布莱恩斯愉快的心情，他想返回到费德那里要回那100元，因为他什么都没干，用不着他再作伪证。如果费德不信，他就拿出那把装满子弹的枪作为证据。

在回欧西斯酒吧的路上，布莱恩斯费劲地找了3辆出租车，绕了很多路才回到那里。他和从那里出来时候一样，小心地走在阴影中，一路来到仓库，然后通过旋转墙壁走进电话亭。他打开电话亭的门，将"电话暂停使用"的牌子重新挂上。这时候，酒吧的人没有离开时那么多，但是依然嘈杂。敲了敲费德房间的门，可是没有任何回应，突然，他发现门是开着的，布莱恩斯轻轻地推开门，看到里面安静异常，不过摆设和他先前一样，两个红酒杯，桌上散落着纸牌，还有那把点38的手枪和小羊皮布。

费德此时正坐在他的转椅上，低垂着头，房间的灯好像是被费德关上了，布莱恩斯想可能是为了更好的睡眠。布莱恩斯悄悄地走到费德身边，用手推他："费德，醒醒，我回来了。"

可是费德没有出声，而是身体没有支撑地向桌椅底下倒去。布莱恩斯惊慌失措地拿起桌上的手枪，他仿佛感觉到凶手就在身边。这时候，房间的门突然打开，从外面冲进来一群人。

"不要动，是你杀了他！把枪放下！"人群中不知是谁在喊，还有人要出去报警。原来，费德死了，脑袋上有一个枪孔。布莱恩斯想不到是谁会杀了他呢？不过转念一想，一定是他自己在擦枪的时候不小心走火了，不过这时候任何的辩解都无济于事。人们看到的现场，是布莱恩斯拿着枪，他对面的椅子上是一个被枪打死的人，有谁会相信这是个误会。期间，还有人说他们刚刚在争吵，布莱恩斯想这一定是费德"演戏"的结果。

房间里幽暗之中泛着蓝烟，其实烟并不是蓝色的，只是灯光的杰作罢了。或许人群中也有人会对这起杀人案提出疑问，但是更多的人在被这种假象迷惑。布莱恩斯心里也苦笑道："先前我杀了那么多人都没有抓到把柄，没想到今天放了一个人，却被人误以为是杀人犯，难道这就是报应？"布莱恩斯被警察带上了警车，现场费德的尸体没有被处理，需要留在现场等待进一步检查。忽然，坐在车里的布莱恩斯想到，希契可以证明他的清白，可是这一切对他来说，还都是未知……

四号解剖室

【美】斯蒂芬·金

（一）

第四解剖室的事情距今已经一年多，尽管那是一次恐怖的经历，但现在的我身体已经完全康复。我用了一个月的时间从昏迷之中恢复过来，这段时间，我经常梦到有个人拿着剪刀出现在我面前，这不是幻觉，就像我昏迷时的情形一样。只是当我醒来的时候，这份恐惧感会随着时间慢慢地淡忘。其实理智与某个形式的精神失常只是一步之遥，却很难逾越，就像一个即将被解剖的活着的人，没有人会懂他的感受。然而这种感受让我体验到了，并且差一秒钟我就成为第二天新闻的头版头条。

近日我听到临街一个妇女在向警方抱怨，说她经常闻到一股腐烂发臭的味道，后来警方在一个叫凯拉的银行职员家的地下室内，发现了60多条各种各样的蛇，它们大部分已经死亡，所以才会散发出一股恶臭。后来，动物专家在这些蛇中发现许多剧毒的蛇，其中有一条已经被动物组织宣布灭绝。这些蛇已经很久没有进食，所以显得异常活跃，对人来说也是相当危险。

警方在收缴毒蛇的过程中发现有一个笼子是空的，上面也没有标签。后来证实，这条蛇非常聪明，顺着墙边从窗缝中溜了出去，然后又阴差阳错地跑到我的高尔夫球的衣袋里。在我出事以后，人们找到了这条蛇，专家说这种蛇是"秘鲁非洲树蛇"，早在1920年就灭绝了，被这种蛇咬上一口，后果就如同我在四号解剖室的情形。

回想那天，我不知怎么，眼前漆黑一片，我不能确定我是否睁着眼，也不能确定自己是否还活着。耳畔传来轮胎与地面摩擦的声音，"嚓、嚓……"我难道已经死于车祸？但是我为什么还能听到外界的声音，并且一股烧焦的塑料和旧皮毡的味道钻进我的鼻孔。我试着耸动一下鼻子，我不确定这个细微的动作是否真的做了出来，旁边有没有人发觉我还活着。或许我根本就没有死，只是昏迷了。难道昏迷的人还存在意识，只有身体不听自己的使唤？

我为什么会变成这个样子？我是谁？现在在哪里？

没过多久，我的耳边传来人的说话声："那么说是第几个？"不一会儿，另一个人说："我认为是第四个。"

我不知道他们在说什么，摩擦声和烧焦的塑料皮毡味道这时候都已经消失了，我能感觉到我的意识像喜光的昆虫，一下子全都注意在两个人对话的"亮点"上。紧接着我听出两个人移动的声音，脚步很轻，应该没有人穿硬底皮鞋，要不然一定会把我惊醒。我凭一种直觉判断两人正在向我靠近，然后那种摩擦声又重新响起，一股微风在我的面颊上经过，紧接着发出一声"哐当"的金属撞击声，是门与门框碰触的声音。我被他们推走了，不知推向哪里，我的意识在吼叫，当然这些都只是徒劳，我只能任凭他们摆布。此刻，我真的希望能有人告诉我这是怎么了？可是没有人听到我的呼喊。

我的嘴有些僵硬，舌头仿佛已经被冻僵。几秒钟之后，就当我的下半身也要即将冻僵的时候，我突然被两只有力的手抓住脚踝，然后身体侧立过来，放到了另一张床上。这张床的被单上有明显的医用消毒液的味道，难道我在医院里？现在，我终于明白了，我一定是因为什么事情被送到医院，刚才那两个人是医生，现在我要准备接受一场外科手术。正当我准备接受麻醉的针剂时，第三个声音出现了："喂，把那家伙推到这儿来。"摩擦声又出现了，我像是坐在婴儿车里，只是看不到外面的风景。

这时候出现一个女人的声音，我想是护士。

"拉斯蒂，我太喜欢你了，你的评价永远都是那么令人愉快。不过要快一点了，我雇的保姆一会儿就要下班了，我得回去照看孩子。"

突然，从门的一边传来咕噜咕噜的声音，然后是"哗"的一声。我喜欢这种声音，就像是高尔夫球落入水中的声音一样。

我想象着自己遇到了什么倒霉事，可是回想一天的情形我实在没有了记忆。我甚至连我自己是谁都不知道，让我仔细想一下，原来这个问题并不难解答。我叫霍华德·考特奈尔，一个证券交易所的股票经纪人。

突然我像是猎手拿起的一只捕获的兔子，被这几个人拽了起来，然后转过身，无情地摔在床上。我的内心在控诉他们的粗暴，因为我的腰部的老伤提醒我他们有多野蛮。一时间，恐惧在我的内心油然而生，这不是事先有预谋的判断，而是一种突如其来的恐惧。我感到我的气息有些急促，胸部已经没有上下的起伏。这时，那个叫拉斯蒂的人开口说话："这个家伙会讨您喜欢的，他有点像麦克·伯顿。"

那个女人说："麦克·伯顿是谁？"

其中另一个声音很年轻的人说："麦克·伯顿是一个白人流浪歌手，他一直梦想变成一个黑鬼，躺着的这个家伙可不是他。"男孩说完，女医生和拉斯蒂都笑了。我心里也觉得有些好笑。但是没一会儿，这笑容就让我感到害怕。我又被扔到了桌子上，不过桌子上有个软垫，我的骨头和硬木触碰的时候才不至于生疼。

我又听见了拉斯蒂的声音："医生，你在这个地方签一下字，一共有3页，需要签3个名字。"

拉斯蒂像个专业的外科医生似的，噼噼啪啪一个人忙活起来，我感觉他要把我大卸八块。我害怕至极，却又动弹不得。我是不是死了？难道这些都是我已经死去的灵魂感觉到的？突然我发现我下面的并不是一个袋子，而是一个兜子。天哪！我真的死了，我被套上了一个陈尸袋。

我认为她签字是在证明我死了，我感到呼吸急促，嗓子眼像是被舌头堵住。如果我死了，我怎么会听到他们的对话？如果我死了，我怎么知道他们要把我装进陈尸袋？如果我死了，我怎么会感受到呼吸急促？我想解释，想坐起来告诉他们我还活着，不过还是老样子，我没有反应。就在我奋起唤醒自己的时刻，我听到一种撕碎东西的声音，并且在我眼前的白炽灯忽然亮了起来，没有什么能比突然的亮光带给人安全感，但是这灯光对我来说无济于事，它冰冷得感受不到一丝温暖，肆意地炙烤着我的脸庞。

这时，一张脸凑到我面前，挡住了一部分灯光。这是一张英俊男人的面庞，二十五六岁的模样，和八卦杂志上整天被炒来炒去的男星的面庞差不多，不过他更加的精明一些。他戴着医生专用的帽子，黑色头发从帽缝中露了出来，隐秘在头发中的一双湛蓝的大眼睛能迷倒无数少女。这个男人又将脸凑近我，他盯着我的脸颊看。

"这个人小时候得过丘疹性荨麻疹，他脸上留下了一点一点疤痕。"就他的年龄资历来讲应该是个实习医生，我祈求他能听到我心里的呼喊，不要把我当成一个死人，我还活着，你们的一举一动我都看到了。

另一个人也凑近了我的脸前。

"我亲爱的麦克，大歌星，你给我们唱一曲啊！"说话的人穿着白大褂，脑袋上五颜六色的，像一个辍学的高中生，我不知道他为何来凑热闹，但是我知道他就是拉斯蒂。旁边的女医生冷静地说："拉斯蒂，不要取笑他了，去做你的事情。"拉斯蒂没有再出声，然后女医生转身对那个英俊男人说："迈克，这到底是怎么回事。"英俊的迈克如是说："我是在高尔夫球场的公路旁发现他的，当时他倒在了灌木丛中，是我和拉斯蒂还有一个医生一起看见他的，拉斯蒂觉得他像麦克·伯顿，就把他带回来了。"好古怪的逻辑，按照他的说法，如果我不像麦克·伯顿，他们就会对我置之不理。

这时候，我又听到了高尔夫球的声音，但这一次我感觉异常的刺耳，如果不是这个声音，我也不会不知死活地躺在这里。迈克说我首先是被一个在那里进行高尔夫双打的医生发现的，在刚才签名的那3张纸的第一页，有这个医生的签名。

接下来是翻页的声音，女医生和迈克看到上面的名字是克里斯蒂·詹宁斯。拉斯蒂不管不顾，依然用可恶的笑容看着我，我能感到他嘴里的洋葱味以及昨天晚上的剩饭味道。他让我感觉到他有了什么坏主意，或者是想和我嘴对嘴地人工呼吸，帮我苏醒。如果真是这样的话，保佑他和他嘴里的洋葱味永远不要靠近我，还是让我死了吧！

好在，我的想象只停留在臆想阶段，拉斯蒂用双手抠住我的颧骨，一边一只手用力地摇了摇，然后大呼小叫起来："他还活着，我的麦克·伯顿，快起来给我们唱几首！"

我的脑袋被摇得生疼，拉斯蒂又用手在我的颧骨上按了又按，搞得我更加疼痛难忍，我恨不得抬起头咬他一口。"别再胡闹了，拉斯蒂！"女医生非常厉害地说，拉斯蒂仿佛没有听见似的，又大声唱起歌来！并且用手指戳我的面颊。女医生生气地走过来，一把抓住拉斯蒂的衣领，把他从我的身边拽走，就像拽自己不听话的儿子。

女医生非常生气，大吼道："拉斯蒂，你快点把他放开，你这种高中生玩的小把戏不要出现在我面前，快放开他！不然我就去报告了。"

这个女医生应该是他们的头儿，拉斯蒂见她已经有些发飙，只好收手。英俊的迈克这时候说："我们大家都冷静一下吧，不要伤了和气！"他在说这句话时有些惊慌失措，好像希望两个吵架的人立马从他的眼前消失。

"你为什么总是对我发脾气！"拉斯蒂生气地对着女医生说。女医生也是火冒三丈，"你这个混蛋，又犯病了是吧！迈克，把他赶走！"

"不用你赶，我正想到外面呼吸一下新鲜空气！"

"拉斯蒂，走的时候到门口的登记簿上签个字。"迈克说。

他们的对话好像电影里的台词，拉斯蒂怒气冲冲地走了，临走的时候他用力地把门关上，房间的玻璃一直在颤。

（二）

玻璃的颤抖声停止，取而代之的是沉默。我的腿突然好像被什么东西扎了一下，先是一点点的麻痹，后来是剧烈的疼痛，就在我左腿袜子与裤腿的空白处。我想这疼痛应该是被某种蛇咬到。

我好像被身下的陈尸袋包裹起来，已经顾不得什么疼痛，重要的是我现在还活着，但可悲的是，没有人知道。那个在高尔夫球场灌木丛中发现我的医生说我死了！拉斯蒂也说我死了！迈克更是认为我早就死了！现在只有这个还没有面对面看过我的女医生没说我死，或许不久之后，她会惊奇地发现，在她面前躺着的这个人还有呼吸，体温还是热的。

门关上之后，女医生愤愤地说："这个拉斯蒂总是给我们添乱，现在开始工作吧！"工作？我好奇而又恐惧，联想到疼痛的左腿，他们不会是打它的主意吧。我恐惧地颤抖着。随后，一阵金属器物相互撞击的声音从我耳边响起，那是在一个大的工具箱里拿出来的东西，然后，只有牙医才会用的大的探照灯出现在我的头顶上方，而此时的女医生和迈克都戴上了口罩，拿着牙钻或者手钳之类的东西。

他们是要拔我的牙吗？不会，没有人会用这么恐怖的器具给人拔牙。那么他们是要解剖我，他们认为我死了，然后取出我的心看看它的成色。我看到迈克从工具箱里拿出一把吉里格锯，我的胆都要吓破了，因为这种锯我经常从恐怖片里看到过，它是行凶者用来切开头骨的最佳搭档，等到鲜血犹如红色的乳汁流满全身，再取出里面的大脑，这是恐怖导演的惯用手法，不知迈克拿出它来有何用意。

女医生说："迈克，你想做心脏手术吗？"

迈克拿着锯子，说："您是说把眼前这个人的心脏摘除？"

"对，你做我的助手这么多年，现在应该自己进行手术了！"

"您会帮我吗？"

"迈克，自信一些，我可以做你的助手。"女医生一边说一边发出咯咯的笑声，这笑声在我看来是世界上最恐怖的声音。我猜对了，他们是想解剖我，并且挖出我的心。战争已经过去很久了，作为一名曾经的士兵，我见过许多地下解剖室，它们被称为"马戏班的帐篷解剖室"。一把把锋利尖耸的刀刃，从人的脖颈一直划到腹部，然后像掏圣诞节礼物似的，把内脏器官拿出来放到玻璃器皿里。再用一个钩子勾起胸骨，用刀刃"咔嚓"一声嵌入牛肉干般的切入肌肉纤维，一直到达肌腱，最后几把刀子合力"嘎吱"一声，肋骨就像破碎的水桶一般崩裂。最后，将肺部掏空，拿出气管，这样眼前的人就变成了一顿"圣诞大餐"。

"医生，我可以吗？"迈克微弱地说。

女医生在鼓励迈克："你知道，所有人都会用榨汁机，但是只有自己做过之后，才会有成就感。"

我想他们不能这么做，我还有气儿，我还活着！

迈克拿着冒着寒光的吉里格锯，准备开始了。我拼命地在内心里呼喊，如果他一锯下去的话，鲜血一定会喷注而出，如果他继续采取行动，并将会看到一颗鲜红的还在跳动的心脏，这一定会让他后悔莫及，他变成了一个杀人犯。我现在在体内酝酿足够的气息，哪怕从鼻孔里发出蚊子般的"嗯"的一声，我都可能挽回自己的性命。这就好比希区柯克的电影中，约瑟夫考特在车祸后用一滴眼泪证明他还活着一样。我努力地收紧鼻腔的肌肉，似乎快要成功了，我不想此刻成为一个泄气的皮球，我在工作的时候也没有像现在那样努力、拼命，我必须让他们听到我的声音。

"迈克，要不要来点音乐？滚石乐队的怎么样？"女医生说。

"不会吧，你居然喜欢他们的歌？"迈克一脸质疑。

"我其实不像平时那样刻板、固执的！"

他们的瞎扯已经让我有些崩溃，这就好比一个即将执行死刑的囚犯，在临死之前，行刑者却在那里谈论昨晚的球赛，这实在是考验一个人的心理承受力。

"那就滚石的吧，如果可以，最好放一些麦克·伯顿的歌来纪念一下我第一次给一个死人做外科手术。"迈克说完，两个人都笑了。我还在努力地发出"嗯、嗯"声，我确定这声音比刚才更大，而且时间更久。不幸的是，当米奇·洛克的歌声重重地砸在了墙壁上的时候，我的"嗯、嗯"声真的变成了蚊子叫。

"迈克，我来帮你把他的衣服脱光。"说着，她拿起一把薄而锋利的手术刀，将我的衣服划开。这下我彻底地绝望了，最后无奈地哼了一声。

女医生叫迈克把声音关小一点，然后走过来俯下身子。我终于看到她的正面了，她戴着一个眼罩，嘴巴上围着薄薄的口罩，这让我更加不寒而栗。

手术刀在我的上空晃动，马上就要开始了。

我的衣服从中间被摊开，赤裸地露出我的胸部和腹部。这些该死的医生难道看不出我的胸部在一上一下起伏吗？我此刻感觉到很冷，旁边的工具箱里，巨大的组织剪罗列在里面，比眼前的手术刀更为恐怖。摇滚乐还在继续。

"迈克，是不是喜欢打高尔夫的男人在打球时都穿莫卡辛软鞋和百慕大内裤？"女医生又闲扯道。

摇滚乐已经播放到《拯救情感》这首歌。

"我想那些人穿莫卡辛软鞋是因为打球的时候比较舒服吧，不像其他的鞋有后跟或者疙疙瘩瘩的东西，但是在法律里可没有规定这是必需的，"迈克一边说，一边将我的脑袋抬起，左右摇了一下又放下，"这不像打保龄球，如果你在打保龄球时不穿专业的鞋，那么你会被送到州立监狱里的。"

"这么严重？"

"那是当然！"

"你说他是一个拳击手还是一个骑师？"女医生问。

我明白，他们是看到我穿着拳击短裤，但是这么一条短裤就能证明我的身份吗？可笑。接着，女医生解开我裤子的皮带，看到里面的百慕大内裤，如果放在平时，一个漂亮女人这么做的话我一定会抓狂的，但是现在，我真的希望她赶紧住手。

此刻，我感觉更冷了，因为的内裤也被脱掉了，我一丝不挂地躺在桌子上。

"原来他是个骑师，我猜对了。"迈克说，我不知道他是从哪得来的结论。

"迈克，你把他扶起来，我觉得他是一个心脏病患者，这样对你的作用就更大。"

呸！我心里骂着，我的心脏比你两个人都健康，至少我没有笨到把一个活人当作解剖对象。我一下子坐了起来，我不知道他们这么做有什么目的，只是我不想再被他们这么折腾。

"迈克，你要不要给他做个全身检查，并量量体温。"女医生说。

我顿时在心里说：不！这两个人到底想要做什么？为什么还不动手，哪怕给我来个痛快的，我都心甘情愿。

"凯蒂医生，我觉得没有这个必要。"

我现在才知道这个女医生叫凯蒂，我发觉她可能对英俊的迈克有意思，欲火正在她的眼中燃烧。我不想在我临死之前还要看一场激情戏，这对我已经没有什么意义，世界上没有哪个囚犯在临死前有这种礼遇。

"你尽管放心做，这只有你和我，不要有压力，我会关注你的每一个动作。"凯蒂医生说。

看来他们还是把重点放在了我身上。

"那录音机？"

"它还在关着，不过一旦打开的话，你的步骤都会记录在里面。放心吧，你要是觉得这些规矩太过烦琐，你可无视它们。"

我躺在桌子上，真希望他们此时能够无视我。

"迈克，自己动手吧。"

（三）

这时候，录音机已经打开，在我胸部的上方，一个褐色的麦克风用铁丝缠绕着晃晃悠悠地摆来摆去。迈克已经拿着硕大的组织剪亮在我面前。我一直想象着这样的情景：迈克将组织剪轻轻地在我的胸口画了一个圆，然后猛地用剪子的尖端刺入我的心脏，然后左右旋转开，像旋转花生酱那般，最后，剪断连接我心脏的动脉血管，像感恩节扔火鸡那样把我的心脏扔到旁边的托盘里。人说心脏在停止跳动后3分钟，人的意识还是清醒的，我现在倒想看看我的心脏究竟是什么模样。

解剖开始了。

我被他们翻了一个身，左臂在旋转的过程中不小心碰到旁边的扶手，弄得我生疼。如果是在平时，我顶多咧一咧嘴，现在我真想大叫出来。

接下来，不知道什么东西塞进我的肛门里，好像一个玻璃的棍子，他们的动作非常粗野，万全不顾人的感受。哦！是我错了，在他们眼里，我是一个死人。

"迈克，温度计插上了吗？"凯蒂问。

"插上了，医生。"迈克回答。

"干得不错！"

我心里骂道，他们用的什么温度计，难道是给牲口用的吗？如果这个温度计再长一些的话，我的舌头都能够舔到它的球体。

"实验标本年龄 45 岁，名字叫霍华德·考特奈尔，住在德里克拉克莱斯特 1179 号。"

说完，迈克又纠正道："不，他的实际居住地是玛丽米特。德里已经从……"

"好了，迈克，你要给我上历史课吗？"

"对不起，医生，他的资料我是从送来的救护车的档案上看到的，上面说他死于车祸，宣布死亡的人是医生詹宁斯。"

"怎么我从他的身上看不到出过车祸的样子？"凯蒂医生提出了质疑，我对这质疑倍感欣慰。

"死亡原因可能是车祸发生时心脏病突发而死，你看他的脖子和肩部并没有什么伤痕，腰部和臀部也没有明显的伤痕。只是在大腿上有一块老的伤疤，不过一看就是几十年前留下的。"

这个伤疤是我在该死的战争中留下的，也是唯一的"纪念品"。那是一次突围行动，我们 3 个人不小心触碰地雷，另外两个人当场炸死，我走狗屎运活了下来，胸腹部和腿部受了伤。其实胸腹部的伤比腿部严重得多，而且差一点让我失去了性功能。只差 5 厘米，我就不能去找女人亲热了。

这时，迈克从我的身体里拿出了温度计。"92.4 度！还不错，是一个能让他活过来的温度。"说完，两人都笑了，我则很是气愤，明明就是活着的，你们难道就发现不了吗？

"我是在夏天午后的高尔夫球场看到他的，如果你看到的是 98.6 度，也应该不足为奇。"

迈克戴上橡胶手套，把我的屁股从中间分开，然后顺着大腿一直摸到膝盖的位置。我心里暗骂：你没看到我的左腿在颤抖吗？你这个白痴！

"打高尔夫球是一项愚蠢的运动，尤其是在夏天。你看看这具尸体，浑身都是被蚊虫叮咬的痕迹，真想不出那玩意有什么好玩的。"

"你干得不错。"凯蒂赞扬道。

"这家伙身上有 1、2、3、4……12 个脓包，都是蚊子咬的，左腿上的一个包已经有些溃烂了。"

"你别忘了你是在灌木丛里发现他的，蚊子们就喜欢这种得来全不费工夫的'便宜货'。"

"哈哈，千万别提这件事了，他已经不记得自己被注射过狄吉他淋。"

本来我是想去高尔夫球场秀一下球技，没想到此时我成了睡美人，只不过我的胸部有毛。

迈克一边用刀在我的身体上轻轻地划了一刀，一边在旁边的写字板上记录着什么。迈克又一次轻轻地弹击着我的身体，很柔很轻，有些像初级按摩师第一次给客人按摩。我在被他的刀划过之后，血液顺着腹部两侧缓缓地留下来，留到下面的盆中。

迈克此时对着吊着的麦克风说："1994 年 7 月 20 日，下午 5 点 44 分，我开始解剖。"

这是一个仪式吗？又或是晚餐前的祷告。

接着，迈克又对着麦克风自言自语："面部没有瘀青，气色也不错，牙齿健全。天啊，他是不是还活着！"最后迈克发出了这样的惊呼。我发出低沉的"呜呜"声，凯蒂医生好像掉了什么东西，赶忙凑过来看。她用右脸颊贴近我的胸口，然后检查我的腹部。我又一次用尽全力地发出"呜呜"的声音，虽然它盖不住摇滚乐的声音，但是我相信凯蒂医生一定感觉到了。

"对不起，医生！"迈克好像因为感觉到我还活着而愧疚。可恶的凯蒂咯咯地笑着说："不要开这种玩笑，没准他一会儿还要打一个饱嗝，小心做你的事情！"

迈克扭头继续工作，他对着麦克风的样子好像是在跟滚石乐队飙歌，紧张的表情之中又有一份松弛。当他的手术刀触碰到我的左腿的时候，我似乎微微颤抖了一下。我不知道这是幻觉还是真实发生的事情，我已经对与种种证明我活着的讯号麻木了，但是这一次有些不同，因为我的腿再一次抖动了一下，我确定。

迈克举起了大剪刀，几道寒光已经晃得我的眼睛有些疼痛，这是我生平第一次如此痛恨剪刀的发明人，但是现在没有办法，只能任凭迈克一会儿在我的胸部、腹部一顿乱剪。

"现在可以开始了吗？迈克！"

"医生，请……请你关上音乐好吗！"

"没问题。"转眼，凯蒂医生消失在了我的视线中，随着扭动按键的声响，滚石乐队的音乐也从耳畔消失，难道我的生命也会在此刻消失吗？他们在音乐停下之后，也没有注意到我活着的迹象吗？

迈克第三次举起剪刀。"好吧，现在心脏切除手术开始。"迈克对着麦克风说。

"医生……"迈克又停了下来。

"你是想让我帮忙吗？"凯蒂的表情像一个正在教训孩子的母亲。

"不用了，医生，我自己来！"迈克勉强地说。

"等等！"凯蒂突然大叫道。原来他注意到了我腹部的伤疤，就是战争留下的另一个纪念。她用手指轻弹着，一直延伸到我的右侧睾丸下面。手术停止了，被这个女医生停止了，她像一个医学家发现新型病毒一样兴奋，使劲用手按住我的伤口，想要从中得到什么意外收获。此刻我能感受到她的气息在我的伤口间穿过。

"他曾经是个军人，这个伤口是战争中的爆炸物所致，至少有10年的历史。我们可以调查一下他的参军记录……"

这时候，门突然被撞开了，一个人狂声大吼了起来："放下你手中的剪刀，他的口袋里有一条蛇，小心它咬到你。"如果不是仔细辨别，我都没听出来他是拉斯蒂。迈克紧张地把剪刀扔到地上，我估计他不是因为害怕蛇，而是被拉斯蒂的大嗓门吓的。凯蒂也猛地一惊，站在那里不知所措。

"把这个人放平，"拉斯蒂走进说，"这是一条棕色的小蛇，就在他的口袋里，我想他一定是在高尔夫球场被它咬了，后来中毒晕倒在路边的灌木丛中，让别人以为是出了车祸而死。医生，你们现在是要把他弄醒吗？"

这时，凯蒂医生已经惊讶得大叫起来，而迈克也傻了眼。此时我又想起了希区柯克电影中的约瑟夫·考特！

阴魂不散的幽灵鬼魅

灵魂的意念

【美】斯蒂芬·金

接受雪山旅馆的聘请，协同家人来到了印第安人祖先坟墓区。奇怪的是，尼克不愿意到这个宾馆，一个涌出血流的大门和两个小女孩站在门前的景象反复出现在他的脑海。但是他不能说服父母不住下。结果事情越来越疯狂，越来越离奇，一幕幕恐怖的事件开始在旅馆上演……

（一）

杰瑞·塔伦斯开着车在荒无人烟的公路上走了一下午，为的是去那个隐匿在雪山半山腰的旅馆应聘。这里曾经是印第安人的坟墓区，20 世纪初期，一群白种人赶走了印第安人，在他们祖先的坟上盖起了这座雪山旅馆。

杰瑞走进雪山旅馆，向旅馆前台领班说道："我是杰瑞，与乌斯先生有约。"

"他在左边第一间房。"

杰瑞顺着领班指示的方向走到乌斯先生的办公室门前，调整了一下情绪，他想着，若不是那次酗酒，他现在应该坐在大学的宽大办公室里，也用不着到这个地方来工作了。虽然已经戒酒了，但只要一想到酒，杰瑞仍然感到兴奋。

"乌斯先生？我是——"

"进来吧！"乌斯先生把他迎进去。

"见到你很高兴！"

"我也是。"杰瑞想。

"这是露茜，我的秘书。"乌斯介绍身旁的一位女士。

"露茜，你好。"杰瑞微微欠身。

"找到这里没有让你费太大的力气吧？"乌斯先生问道。

"还好，我只用了 4 个钟头而已。"杰瑞幽默地说。

"让华生先生进来。"乌斯吩咐露茜。

"好的。"

杰瑞的妻子玛蒂与儿子尼克待在家中，玛蒂想着虽然现在家里的情况不容乐观，但是她觉得一切都会好起来的。这时，儿子尼克突然抬起头叫她："妈妈？"

"什么事？"

"冬天我们真的要待在那家旅馆吗？"

"当然，那会很有趣的。"

"但是那儿没什么人跟我玩。"他一副不情愿的样子。

"尼拉什么意见？我想他也会很喜欢那里的。"尼拉是尼克想象出来的一个小伙伴，但其实就是尼克的一根手指而已。

"塔伦斯太太，我才没有。"尼克模仿尼拉说道，声音与尼克的完全不同。

"尼拉，别这样。"

"我不想去！"

"为什么不想去呢？"

"就是不想，就是不想。"声音里有一种潜藏的恐惧。

旅馆办公室里，乌斯、杰瑞和华生3个人轻松地交谈。乌斯先生向杰瑞交代了一些相关事宜，并了解了一下他家人的意见，杰瑞表示很愿意待在这个地方，很喜欢这里，说正想用5个月的时间来写一本书。乌斯先生很满意，最后，乌斯先生小心翼翼地跟他说了一件事。

"这件事不是很恐怖，但我还是希望你也知道。"乌斯先生用低沉的语调说道。

"我听着呢。"杰瑞仍然满脸喜悦。

"1970年冬天在这里发生的惨剧，你听说过吗？"

"我想没有人告诉过我。"

"上一位冬天被雇来看管旅馆的人叫戴柏·葛兰迪，他带着太太和两个小女儿——一个8岁，另一个10岁，来看管旅馆，他看上去很正常，但是冬天的时候，他一定是精神崩溃了。他用斧头杀了全家，然后开枪自杀了。警察得出的结论是他患了一种恐惧症——长期封闭在一间房子里造成的。"

"很难相信会在这里发生这种事，但它的确发生了，"乌斯笑起来，"你应该明白我告诉你的原因。"

"你放心吧，这种事绝对不会在我身上发生的。"杰瑞自信满满地微笑着说。

家里的洗手间内，尼克与自己的手指"尼拉"交谈着。

"尼拉，爸爸会去雪山旅馆工作吗？"

"他已经欣然接受了这份工作，马上就会打电话给玛蒂，告诉她这个消息。"

话音刚落，一阵电话铃就响了起来，电话正是杰瑞从旅馆打来的，尼克听得很清楚。

"嗨，亲爱的。"

"你那里怎么样了？"

"很好，一切顺利。"

"听你的口气，你已经得到这份工作了，是吗？"

"是啊，这里漂亮极了！你和尼克绝对会喜欢这里的。"

可是，当父母都为这件事而满心喜悦的时候，尼克却万分失落。

"尼拉，你为什么不想去雪山旅馆？"

"我不知道。"

"告诉我吧，好不好？我想知道。"

"我不想说。"

"求求你了。"

"不。"

"尼拉，告诉我吧。"尼克对着镜子，自顾自地说着，满心期待着尼拉的回应。

一瞬间，他就呆住了。他闻到一股浓烈的血腥味，环顾四周，却找不到气味的来源，一幅画面闪现在脑中：有两大股鲜血从一扇红色大门的两侧喷涌而出，像咆哮的河流向自己涌来，几乎要把他淹没！红门前，他看到两个小女孩，都穿着红裙子，手牵手望着他，她们对着尼克露出微笑！这微笑令尼克喘不过气！

但是这些并不能足以改变杰瑞夫妇的搬家计划。他们选择了一个休息日，把大包小包的行李扔上车，朝着旅馆的方向行驶。

坐在后排座位的尼克一直没有说话，出现在他脑中的那幅画面让他不寒而栗，但是他没有告诉爸爸妈妈。现在，只有填满自己的肚子这样的真实感能让他感觉踏实。

"爸爸？"

"怎么了？"

"我饿了。"

"你早上应该吃早餐的。"杰瑞对他有点不满。

"到了旅馆以后，妈妈给你弄吃的，好不好？"玛蒂安抚着尼克。

"行。"

玛蒂觉察到丈夫的情绪，转换了话题。

"这里以前是不是生活着辛纳党？"

"应该在山的更深处。"

"辛纳党是什么？"尼克问。

"他们是一群勇敢的开荒者，但是有一年的冬天被大雪困在了山里，需要吃人才能生存下去。"

"你是说他们吃人肉吗？"尼克很疑惑。

"为了生存，他们选择了这么做。"

"杰瑞……"玛蒂制止了杰瑞的回答，生怕这样会吓到孩子。

"妈妈，不用担心，我在电视里见过人吃人的景象。"

"哈哈，怎么样？他在电视里见过。"杰瑞笑着对玛蒂说。

……

他们很快到达了旅馆，那里的人都忙着收拾东西，谁也不愿意在这里多停留一分钟。管理员和乌斯先生两人来到杰瑞面前。

"嗨，不好意思，让你等了这么长时间。"乌斯先生说。

"没关系，我们正好吃了点东西。"杰瑞回答。

"你的家人都到处看过这里了吗？"乌斯先生问。

"很抱歉，还没有……我儿子找到了游戏间。"

"一会儿先看一下你们的住处，再开始介绍整个旅馆吧。"乌斯告诉杰瑞。

"好的。"杰瑞微笑着说。

游戏室里，尼克玩着飞镖。这时，他有一种不祥的预感，他很害怕，"妈妈……"尼克不由得喊了一声。就在这时，他的背后发出一阵阵巨响。尼克应声回头，天哪，他被吓呆了。他看到在门口，正站立着他在脑海中看到过的小姐妹！那两个女孩望着他，然后互相看看，便拉着手离去了。尼克望着门的方向，呆若木鸡。

这时，大人们正在参观员工休息室。

"这里就是你们的房间，客厅、卧室、浴室，还有你儿子的小卧室。"

"这里真好，很舒适。"玛蒂感慨。

"雪山旅馆是什么时候修建的？"他们来到院子的时候，玛蒂问道。

"1907 年动工，1909 年就建造完成了。据说这里原来是印第安人的墓地，建造时还曾遭受印第安人的阻挠，发生了流血事件。"乌斯先生回答。

"那是雪车，你们俩都会开吗？"乌斯指向一辆红色大车。

"我们都会。"两人异口同声。

在这个地方，雪车是非常有用的，尤其是在冬天，在未来的 5 个月内，雪车将会是他们唯一的交通工具。

（二）

几个人来到工作间，玛蒂见到了尼克，没来得及问他发生了什么事，他们就在一个黑人老厨师——迪克·哈洛安的带领下去参观厨房。老厨师边走边和他们说着话："你们没有必要因有没有足够的食物而担心，在这住上一年都够你们吃的。"老厨师打开另一扇门，母子俩随他进入冰库。"肉都在这里冷藏着，你喜欢吃牛肉吗，博士？"老厨师自然地问尼克。

"不。"尼克回答。

"不喜欢？那你喜欢吃什么呢？"

"鸡肉和汉堡。"

"我们有办法来解决的，博士。"他们走出冰库。

"哈洛安先生，你怎么知道我们叫他'博士'呢？你刚才叫了他两次。"从水库出来后玛蒂便好奇地问厨师。

"是吗？"

"对啊，我们有时候就叫他'博士'，但你怎么会知道？"

"或许是听到你这样叫了吧。"老厨师笑着随口说道。

"也许吧，不过我记不清了。"玛蒂确实记不清了，她有点高兴过头了。

"他看起来也像个博士，不是吗？"厨师逗尼克，尼克笑起来，这是他来到旅馆后唯一感到温暖的时候。

接着，老厨师又带着他们参观了储藏室。尼克对老厨师很感兴趣，他的目光一刻不离地盯着老厨师。在老厨师给玛蒂介绍的时候,他回过头来望了尼克一眼,尼克听到另一个声音在对他说:"要不要来点儿冰激凌?"尼克呆呆地望着老厨师,但没有发现他有任何的不同。

这时,乌斯和杰瑞也参观到此,大家在储藏室门口集合。之后乌斯又带着杰瑞和玛蒂去了地下室,只剩老厨师和尼克在一起,老厨师给他弄了冰激凌。

老厨师望着尼克:"你知不知道我为什么知道你的外号?"

尼克有点莫名其妙。

"你知道吗?我小时候跟我祖母聊天,但完全没有张开嘴说话。人们把这种能力叫作'灵魂的意念'。你和我一样,也有这样的能力。"

"所谓灵魂的意念,是一种预知未来的能力,只有极少的人能够大量储存灵魂意念的画面,也就是看到未来。虽然你只有 5 岁,但是你的灵魂触觉却很强大。"老厨师用一种很认真的表情看着尼克。

"为什么你不想和我说说你的想法呢?"他对尼克的一言不发似乎十分担心。

"我不能说出来。"尼克低下了头。

"谁让你不要说?"

"尼拉。"

"谁是尼拉?"老厨师感到奇怪。

"尼拉是我的小伙伴,他好像藏在我的嘴里。"

老厨师明白了,尼克说的告诉他一切的那个人——尼拉,其实就是尼克意识的另一存在!

"是尼拉告诉你一切的吗?"老厨师问。

"是的。"

"他怎么告诉你呢?"

"我睡着的时候,他会带我去看,但我醒来时就什么都忘记了。"尼克不知道,但这正是灵魂意念能力的一种魂游方式。

"你爸妈知道尼拉的事吗?"

"他们知道。"

"你告诉过他们你看到的事情吗?"老厨师问。

"尼拉叫我不要跟他们说。"显然,尼克的意识是被灵魂支配的。

"尼拉是不是也跟你说过雪山旅馆的事情?"

"我不清楚。"尼克说这话的时候低下了头。

"你仔细回想一下。"

"这里隐藏了什么东西吗?"尼克忍不住问。

"这里发生过很多事情,但不是每一件事都是好的。"

"235?"孩子轻轻吐出这两天在脑海中反复出现的 3 个数字。

"235?"老厨师惊愕地望着尼克,他意识到这孩子远远比他想象的要知道得多得多。

"你怕 235 号房,是吗?"尼克露出天真的表情。

"不。"老厨师撒谎道。

"你知道 235 号房里有什么呢？"

"什么也没有！什么也没有！听好了，孩子，不管发生什么事，你不要走进那间房，离它远一点，懂吗？离它远一点！"他回避了他的问题。

235，尼克反复念叨着。

一个月后……

尼克踏着三轮小车穿行在旅馆内宽大迂回的走廊里玩耍。玛蒂穿着睡衣，推着整整一餐车的精美食物回到房间，杰瑞还在睡觉。玛蒂把他叫醒，给他送上早餐，然后恳求他等会带她出去散步，但是杰瑞一点心情都没有，到这里已经一个多月了，他还没有任何的收获。他告诉玛蒂他想要写书了。

玛蒂和尼克穿着厚重的冬装，跑向旅馆外巨大的树林迷宫。一个月来，尼克几次要求妈妈带他进入迷宫，但都因为玛蒂有事而拒绝了。

"我要抓住你，别跑这么快！"玛蒂假装要抓住他，跑着进了森林。

"尼克，你赢了，剩下的路我们还是走吧，不要跑了。"玛蒂跟不上尼克的脚步，假意求饶着。

"好吧。"

"把手给我，很美吧？"玛蒂牵着尼克在迷宫里左转右转，寻找着出口。

"是啊。"尼克回答。

另一边，杰瑞待在房间，一点灵感都没有，香烟只带给他更多的空虚和烦躁，要是有一杯酒就好了，杰瑞想。但是，酒都被玛蒂藏了起来，关于这一点他对她极为不满。他发疯似的把一个壁球抛向墙壁，险些砸到照片墙上的一张照片，他狂躁地渴求噪音！

杰瑞从房间走出来，站在走廊边上向下望着，他看到了那片玛蒂与尼克玩耍的森林迷宫，他太喜欢这格局了。他笑了起来，他终于有灵感了，但他的灵感是一种掌控人生命的快感。

周二，尼克骑着小车穿行在旅馆走廊里，那股血腥气又侵袭而来，他慢慢回头，向身后望去，那正是 235 号房！尼克身不由己地接近那间房，他尽量不让自己害怕，试着去打开 235 的房门，但是打不开，它如往常一样是锁住的，尼克松了一口气。就在他准备回到小车上的时候，他又看见了那两姐妹，他转身赶紧逃开了。

工作大厅中，杰瑞顺畅地写着他的书稿。

"嗨，亲爱的？"玛蒂走过来。

听到这声音，一股翻腾的愤怒从杰瑞心底升起，思路断了，写作的激情不复存在，但是他压抑住这股愤怒，竟向玛蒂微笑。

"写得怎样了呢？"玛蒂又问了一句。

"很好。"杰瑞说着，并狠狠地将一张纸从打字机上撕下来。

"今天还有很多要写吗？"玛蒂关心地问道。

"是。"杰瑞的话越来越短，冲着玛蒂，邪恶地微笑着。

"好，我了解。我晚点再来，到时也许你有东西给我看。"玛蒂终于听出了丈夫的怨气。

杰瑞最后的底线被突破了，他将手中的一团纸撕得粉碎，冲着玛蒂咆哮。

"你给我听好了，只要我待在这里，只要我在这里，你就别进来！别踏进半步！知道吗？

办得到吗？"杰瑞露出狰狞的面孔。

"好……好的。"玛蒂的声音微弱，杰瑞没有同情她，反而感觉一阵快感。

"那现在就给我滚出去，马上！"

玛蒂仓皇退了出去。

杰瑞又开始写作了。愚蠢的人就该得到最严重的惩罚，他想。愤怒破坏了他的想象力。他把眼睛收回来，望到了自己的妻子和儿子正在雪中的空地上打着雪仗。下次再让他逮到，他会加倍教训她，杰瑞站在窗前想。

周六，大雪封山了。旅馆大堂里，杰瑞坐在打字机前，准备工作。玛蒂再也不会随便来打扰自己了，女人就是要给点教训，他为此感到畅快。

通讯室里，玛蒂正试图接通与外界的联系。她费了很大工夫，终于才跟外界通上话，这让她感觉踏实多了。

尼克骑着小车向长长的走廊行去，他刚刚拐过弯，猛地将车停住。他再次看到了那两姐妹，她们拦住了他的去路，微笑着盯住尼克的眼睛。尼克准备再一次逃跑。他听到两姐妹开口说话："嘿，尼克，过来……过来跟我们玩儿。"尼克好像一种想跟她们去的欲望。

"和我们玩儿……永远……永远！"姐妹俩这样喊着。

尼克浑身瘫软，吓得叫不出声来。

"永远……永远……永远！"

那对姐妹一点点向尼克逼近。

尼克使劲捂住眼睛，想着这一切都是不存在的，等他睁开眼睛的时候，这一切都消失了。

（三）

周一，尼克蹑手蹑脚地想要去卧室，他偷偷地往里面张望。杰瑞坐在床边，头发凌乱，眼神呆滞，杰瑞从镜子里看见了自己邋遢的面容，微微地笑了起来。看到爸爸的笑，简直和那对红裙子小姐妹的笑一模一样。尼克不敢再看，只想偷偷溜进自己的小卧室，结果被杰瑞发现了。

"我想要回我房间去拿我的玩具，可以吗？"尼克有点恐惧地说。

"先过来爸爸这里一下。"杰瑞命令道。

孩子有点迟疑，但还是过去了。

"在这里过得怎么样，博士？"

"挺好的。"

"好不好玩？"杰瑞笑着问。

"是的，爸爸，挺好的。"尼克规规矩矩地回答。

"那就好，你玩得开心就好。"

"我很开心的。"尼克说。

"爸爸？"尼克叫了一声。

"怎么了？"

"你是不是不舒服？"

"只是有点累。"

"那你为什么不去休息一下？"

"我怎么能休息呢？我还有好多事要做。"杰瑞说。

"爸爸？"

"又怎么了？"

"你喜欢住在这里吗？"尼克终于鼓足勇气问道。

"我很喜欢，你不喜欢吗？"

"嗯……喜欢。"尼克为了取悦父亲，违心地说道。

"很好。我希望我们能永远在这里，永远……永远……"尼克惊异地抬起头来，听着爸爸说完最后几个字，尼克想起了小姐妹说的话和他看到的那些场景。

"爸爸？"

"还有事吗？"

"你永远爱妈妈和我吗？不会伤害我们吧？"尼克颤抖着说，好像觉得将会有事发生一样。

"你说什么？"杰瑞愣了，声音中带着愤怒，"是你妈妈告诉你的吗？说我会伤害你？"

"不是。"

"你肯定吗？"杰瑞压制着自己的愤怒。

"确定。"尼克坚定地回答。

"尼克，我爱你。这世界上，我最爱的是你，我绝对不会伤害你，绝对不会。你明白，对不对？"

"知道，爸爸。"

杰瑞看着怀里的儿子，儿子的语气和表情都告诉他，孩子并不信任他。

周三，旅馆空旷的走廊里，尼克正玩着汽车模型。突然，尼克听见一声响动，他抬头向前望去，什么也没有，但是那里一定藏着什么东西。

"妈？"

尼克向前走去。

"妈？"尼克又叫了一声，没有人回答。

那扇门是开着的！门把手上插着钥匙，钥匙牌上，3个数字排列分明：235。

锅炉房内，玛蒂检查着各项仪表，这时，她突然听见杰瑞的嘶喊声。这是杰瑞在睡梦中的惊恐叫声，像是做噩梦了。

玛蒂拼命向杰瑞跑去，疯狂地把他摇醒了。

"我做了个最可怕的噩梦，很恐怖。"杰瑞喘息着。

"没事了，真的。"玛蒂安慰他。

"我梦到，我杀了你和尼克，不但杀了你，还把你分尸！老天！我一定是疯了。"杰瑞痛苦地回忆着，那梦真实得让他恐惧。玛蒂将杰瑞扶起，坐到椅子上。

这时，玛蒂看到尼克神情呆滞地慢慢走了进来。

"尼克，你回房间，这里没事。"玛蒂说完，却发现尼克还继续向前走。

"尼克，听话，回你房间去。"玛蒂又说了一遍。

尼克还是没有任何动静，玛蒂感觉到不对劲。于是起身跑向尼克，"你为什么不听我的话呢？尼克！"玛蒂责怪道。"天哪！"玛蒂惊叫起来。她看到尼克衣衫凌乱，脖子上还有一道深深的伤痕。

"你的脖子是怎么回事？你脖子是怎么回事？"玛蒂使劲摇晃尼克，尼克却一声不吭。玛蒂有点明白过来，冲着杰瑞吼道："你做的，是不是？你这混蛋！你怎么这样对他！你怎么能这么做！"玛蒂抱着尼克跑出了工作间，把杰瑞一个人抛在房间。

杰瑞看着玛蒂抱着孩子仓皇逃窜的样子，心里只有愤怒。他走出房间，朝吧台走去，熟稔地坐下，望望空空的吧台，杰瑞有点绝望了。

"能用什么东西换点喝的呢？"他太需要酒精来刺激自己了，"哪怕给你我的灵魂，只换一杯酒就好！"杰瑞徒劳地叫喊着。他闭上眼睛，突然，一道光芒出现，他再睁开眼睛的时候，他看到这是他最爱的"金房"酒吧，他对着调酒师罗伊微笑。他开始和他聊天，让罗伊给他调了一杯本波酒，正在他和罗伊聊天的时候，他听到一声嘶喊。这时，玛蒂拿着一根棒球棍跑来，四处寻找着他。她跑进酒吧，看到只有杰瑞一个人坐在吧台前，手里什么都没有。

"你在这里就好，你知道吗？旅馆还有别人，有一间房，里面有一个疯女人，她想把尼克勒死！"玛蒂哭着，恐惧让她语无伦次。

"你是不是疯了？在这里疯言疯语乱说什么？"杰瑞恼怒地看着她。

"真的，我发誓，尼克告诉我的，他跑进一间房，门没关，他看到那个疯女人在浴缸里，她想把尼克勒死！"

"你说的是哪一间房？"杰瑞问道。

黑人老厨师在家里享受放假的轻松，听着广播里关于暴风雪的新闻，下雪的地方正是雪山旅馆的所在地。这时，强烈的恐惧袭击了老厨师，他看到一幕恐怖的景象……尼克也看到了这个景象。

235号间，门开着，杰瑞推开房门，走进屋，他看到帘后一个女人正在洗澡。他慢慢靠近，一个裸体女人把他吸引住了。女人抚摸着他，他着迷，可是他闻到一股刺鼻的气息。

镜子里，杰瑞看到那女人的后背，一块块腐烂的尸斑清晰可见，很快，面前的这个女人变成了一个干瘪的老女人，浴缸里，另一具没有眼珠的尸体也活过来，杰瑞后退着，她们向他逼近，不停地笑着，笑声凄厉古怪，杰瑞逃脱了，老妇的笑声还在不停地萦绕，回荡在空旷的旅馆中。这一幕被房间内的尼克尽收眼底。

老厨师向雪山旅馆内打电话，无人接听。必须得联系上他们，他这样想。

休息室房间内，玛蒂手握着棒球棍，焦急地走来走去，她听到敲门声。

"是杰瑞吗？"玛蒂紧张地问。

"是的……就是我。"杰瑞努力让自己看上去没有恐惧。

"你发现什么了吗？"玛蒂打开门。

"那里能有什么？什么都没有……我什么都没看见。"他撒谎。

"你去过尼克说过的235号房？"

"去了。"

"你真的什么都没看见吗？"玛蒂不相信杰瑞。

"真的什么都没看见。尼克怎么样了？"杰瑞想引开话题，但玛蒂对他的说法还是充满怀疑，她不管怎样都不会相信尼克的伤痕是自己弄的。

尼克睁着眼睛，大脑中出现另一幅画面，他看到一扇门，黄色的门上用红色笔写着"REDRUM"几个字母。这是什么？他感到迷惑不解。

"杰瑞，我想，我们要带尼克离开这里！这里太不正常了。"

"什么？带他离开这里？你是说，离开这家旅馆？"杰瑞咆哮起来。

尼克听不到父母的声音，他再次看到红色的血液从旅馆侧门两旁喷涌而出，充满了整个大厅，最终淹没了他的视线！

"你总是这样爱找麻烦！"杰瑞歇斯底里地叫喊起来，"我不会离开的。"说完就愤怒地离开了房间。不自觉地就来到了"金房"酒吧门前，他只见酒吧里宾客满座，很多人都和他打招呼，他径直走到吧台前，让罗伊给他调上一杯酒。

罗伊为杰瑞调酒，杰瑞从钱包里取出钱来准备付费。

"不用，这是免费。"罗伊说道。

"免费的？"杰瑞好像没有听清。

"你的钱在这里用不了。"

"罗伊，你说了算！"杰瑞轻松地起身，因为不小心，他与一个服务生相撞。酒全洒在了他身上，于是他们走到旁边一间红色的洗手间里擦洗。两人在卫生间里交谈起来。

"你叫什么名字？"杰瑞说。

"戴柏·葛兰迪。"

"戴柏·葛兰迪，"杰瑞重复一遍名字，他愣了，"葛兰迪？"

"是。"

"戴柏·葛兰迪？"杰瑞再次问了一遍。

"是的。"

"葛兰迪先生，我们以前在哪里见过吗？"杰瑞盘算着怎么开口。

"应该没有吧。你看，这酒渍洗掉了。"葛兰迪轻松地舒了一口气。

"葛兰迪先生，你以前不是这里的看守员吗？"杰瑞略带狡黠地问。

"我不是。"

"你是不是已经结婚了？"

"是，我还生有两个女儿，一个8岁一个10岁。"葛兰迪抬起头来，望着杰瑞。

"那么……她们现在在哪儿呢？"

"或许在某个地方，但是我不知道。"

"葛兰迪先生，我认得你，你曾经在这里当看守员。报上登过你的照片，你杀了你太太和你的孩子，然后开枪自杀。"杰瑞狡黠地冲着葛兰迪笑着说道，双眼紧紧地盯着这个服务生。

"你太奇怪了，先生，我一点都不知道这件事情。"他礼貌地回敬了杰瑞。

"葛兰迪先生，你以前就是这里的看守员。"杰瑞再一次强调。

"你才是这里的看守员，并且一直都是，"葛兰迪看着杰瑞，"而我，一直都住在这儿。"杰瑞愣了。

"杰瑞先生，你知不知道你儿子，想带个外人进来？"葛兰迪轻轻地对杰瑞说。

"不会吧？"杰瑞有点怀疑。

"杰瑞先生，他是一个——"葛兰迪放慢了语速。

"谁？"杰瑞有点迫不及待。

葛兰迪仿佛已经知道了杰瑞的恼怒，故意用一种放肆的口吻高声说："一个黑人。"

"黑人？"

"黑人厨师。"葛兰迪的双眼紧紧地盯住杰瑞。

"他能有什么方法呢？"杰瑞的喉咙有点干燥。

"你的儿子有很棒的天赋。而且，他想用他的能力反抗你的意志。"葛兰迪慢慢地说着。

"他真是一个固执且讨人厌的小孩。"杰瑞用一种仇恨的语调说道。

"是的，恕我直言，他简直固执透了，而且，非常顽皮。"葛兰迪继续对着杰瑞坚定地说道。

"都是玛蒂那个女人的错。"他隐约感到，对面的男人就是他的主人，他必须让他高兴，才能得到自己想要的生活。

"是应该跟他们好好谈谈的时候了，"服务生的笑容和目光充满诱导，"或许，还需要一点手法……"服务生微笑着，目光紧紧地盯住杰瑞，"我的女儿和妻子，他们不喜欢雪山旅馆，想要破坏我在这里的生活，于是，我惩罚了她们。"

杰瑞笑了，他终于明白他该怎么做了。

杰瑞走在走廊里，双目通红，喘息凝重。他迈着大步，经过通讯室的时候，他不管里面的呼叫声，将里面的芯片全部拔了出来。

（四）

老厨师乘着飞机到了雪山旅馆附近，他驾驶一辆雪车，向着旅馆开去。

玛蒂拿着棒球棍警惕地走在杰瑞的工作间大厅里，四顾望去，这里仍然没有丈夫的踪影。玛蒂下意识地向写字台走去，她决定看看丈夫的文稿。

打字机上的纸张密密麻麻地写满了字，玛蒂定睛一看，上面只有一句话："全是工作没有休息，杰瑞将会发狂！"字里行间都能感受到杰瑞的怨恨和愤懑。每一张纸，以不同的格式，分成不同的段落，但内容全都是那句话！

"你喜不喜欢？"杰瑞突然出现。

玛蒂觉得，这人不是她的丈夫杰瑞，而是一个她不认识的陌生人！

"你在这里做什么？"杰瑞笑着逼近。

"我……想要……和你谈谈。"

"好啊，我们谈谈，"杰瑞翻翻文稿，"你想谈什么？"

"嗯……我忘记了。"

"你真健忘啊！"杰瑞笑着。

"对，我的确忘了。"玛蒂不停地后退着。

房内，尼克已经看到了这一幕，他挣扎着，不想再看下去。

"是尼克的事吗？"杰瑞的声音回响着，"我们该谈谈尼克的事。"

"我想……让我们谈谈该怎样去处理他？"杰瑞笑着向玛蒂逼近，"你觉得我们该怎么处理他比较好呢？"

玛蒂哭着向后退："我不知道，我不知道。"

"不会吧，我想你有一些非常不错的想法，我想听听你有什么建议。"杰瑞眼睛紧紧地盯住玛蒂。

"我……我想带他去看医生。"玛蒂可怜地说道。

"去看医生？"

"是啊。"玛蒂看着发疯的杰瑞，眼泪不住地流下来。

"那我们什么时候该去呢？"

"当然要抓紧时间了，求求你！求你！"

"你觉得他生病了吗？"玛蒂渐渐被逼到了墙角。

"他受伤了啊。"

"你很关心那个小东西，"杰瑞说，"那你有关心过我吗？"

"你是我的丈夫，我当然关心你啊！"玛蒂叫着。

"肯定？那你想过我身上的责任吗？"杰瑞叫起来。

"你在说什么？"

"你曾想过我的责任吗？你想过，我同意照顾旅馆的一切到 5 月 1 日吗？你觉得这整件事重要吗？老板对我非常有信心，而且我也签了合约，答应接受这份工作，这整件事，你觉得重要吗？你知道什么是职业道德吗？"杰瑞发狂般的叫起来，他向前又逼近了一步。

玛蒂退到楼梯，玛蒂挥着棒球棍大喊着："走开！"而这却激怒了杰瑞。

"凭什么？"

"让我回房间吧，我求你了。"玛蒂恳求着。

"为什么？"

"我很困惑，我需要回去好好想想。"

"你不是早就有足够的时间去思考了吗？"杰瑞狰狞地笑着。

"走开！求求你，别伤害我！"

杰瑞看着玛蒂受惊吓的面容，心里涌起一阵阵的快感。杰瑞张开手，想要抓住她。

"我不会伤害你，来我身边吧。"

"走开！走开！"玛蒂向杰瑞挥动着棒球棍。

"亲爱的，我不会伤害你。"杰瑞企图伸手抓住那根棒球棍。

"走开！离我远点！"玛蒂大声地吼叫着。

"我不会伤害你！"

"走开！"玛蒂接近疯狂地挥动着棒球棍，这终于彻底激怒了杰瑞。

"放下球棍，玛蒂。住手！把它给我！"杰瑞狂怒地大叫着。

玛蒂已经退到了二楼的平台上，再也无路可退。"走开！"

"停下，停下，把球棍给我！快，给我！"

杰瑞被玛蒂打晕，滚落在一楼的地板上，晕了过去。玛蒂奋力地拖着杰瑞的双腿，将他拖向储藏室，锁在了里面。

"该死！开门！快开门！"杰瑞咆哮着。

关上门的时候，她拿了一把刀握在手中，她被吓坏了，无助地看着那扇门。

"让我出去！开门！玛蒂，听着，让我出去，我会装作什么都没发生！"杰瑞疯狂地叫着。

玛蒂在门外不住地哭。

见玛蒂没有反应，他便改变了策略："亲爱的，你打到了我的头，我的头出血了，需要看医生……"

玛蒂皱了皱眉，但是没有去开门。

"亲爱的，别不管我，放我出去，我们一起离开这里吧。"杰瑞的声音里充满了哀求。

"我必须要走，"玛蒂哭着，"我先用雪车把尼克带出去，你在这里待着，然后我再想办法带医生来看你。"

"玛蒂？玛蒂？"

"我走了。"

"玛蒂，"杰瑞笑着说，"我告诉你一个秘密吧，你哪儿都去不了……去检查一下雪车、收音机，你就知道了。"杰瑞笑着，"你出不去的，你走不了的！"杰瑞狂躁地拍着门叫着。

玛蒂跑向雪车，看到的是线路被弄断了的情景。

凌晨4点钟，杰瑞在储藏室里睡着了，外面传来一阵敲门声将他惊醒，杰瑞努力支撑着头站起来："玛蒂？"

"杰瑞先生，我是葛兰迪。"门外的声音响起。

"葛兰迪？"杰瑞立刻费力地起身，扑到门口，"嗨，你好。"

"你没能解决我们的问题。"

"葛兰迪先生，不需要你提醒我，只要我一出去就立刻把它处理好。"杰瑞恶狠狠地说道。

"是吗？你确定你能做到吗？你想好了吗？你有胆子去那么做吗？"葛兰迪的声音带着冷冰冰的斥责。

"葛兰迪先生，你再给我一次机会！"杰瑞扑在门上，对着门外大喊。

"你太太和儿子做得比你好。"葛兰迪的声音平静而冷漠。

"等等，葛兰迪先生，我就快要成功了！"杰瑞几乎是哀求地说道。

"恐怕你要尽快处理这件事。"葛兰迪的话明显地带着指令，杰瑞仿佛看到了一线希望。

"葛兰迪先生，我一定会完成得很好的！"杰瑞大喊着。

"你敢保证吗？"

"我保证绝对完成！"

突然间，储藏室的门开了。

巨大的树林中，老厨师的雪车艰难地开来。玛蒂经过一番折腾之后，已经精疲力竭了，此刻，她已经在床上睡着了，虽然在睡梦中，但她仍然保持着警惕的姿势，她没想到储藏室的门会被打开……

"REDRUM……"尼克一遍一遍地重复着，他拿起了玛蒂的唇膏抹在了刀刃上，在门上刻下那个单词。他反复地念着，声音越来越大。"住手！尼克！尼克！"玛蒂吓得大叫起来。那单词反过来正是"MURDER"——谋杀！

嘭！嘭！嘭！

杰瑞挥舞着一把长柄的利斧向卧室的门挥去，玛蒂惊恐万分，冲到卫生间，但只能将卫生间的窗户勉强打开一个缝。这时，杰瑞已经将卧室的门劈开。他一边将缺口劈大，一边狰狞地大叫："玛蒂，我回来了！"

玛蒂和儿子躲到卫生间，将门关上。玛蒂将尼克从窗口放出去，杰瑞终于进入卧室，他拿着斧头向卫生间扑来。这时的玛蒂拼命地想从窗口爬出去，但窗子的开口太小，无论如何她都没法通过。

"出来！"他用那把长柄斧在门上用力地劈着。

玛蒂在这种声音的折磨下拼命将向窗外爬去，但她发现，她被窗口卡住了！

杰瑞开始敲门。

玛蒂绝望了，她向尼克喊着："我出不来，快跑！去躲起来！快！"

尼克望着妈妈，他转身向着旅馆的大门跑过去。

"玛蒂，让我进来！"卫生间的门在杰瑞的拍打下摇摇欲坠。

玛蒂挣扎着退回卫生间里，拿着刀缩在门口的角落，准备做最后的抵抗。

"你不要逼我，如果必要，我会炸掉……炸掉整个房子！"

"不要！不要！不要！"玛蒂无助地狂喊着，"住手！"

杰瑞终于将门劈开几道缺口，他把脸贴过来："找到了！"

玛蒂拿着刀自卫，杰瑞把手伸进来找把手的时候，她朝他的手给了一刀。

就在这时，发动机声在门外响起，玛蒂和杰瑞同时听到了这个声音。杰瑞停住了手中的动作，向声音传来的方向望去，并向外走去。尼克在跑去找妈妈的时候听到了这个脚步声，就把自己隐藏在碗橱里。杰瑞走到碗橱边，听到气息，正待开门，这时旅馆大厅里响起了老厨师的声音。

"有人吗？有人吗？"老厨师边走边喊，旅馆出奇的安静，血腥气溢满了整个房间。这时，杰瑞出现在老厨师的面前，高举着那把利斧，老厨师还来不及反应，就看到鲜血从自己心脏中瞬间喷涌而出！

尼克终于控制不住恐惧，失声大叫起来。

"尼克！"杰瑞奔向尼克，手中握着那把斧头。

玛蒂举着刀疯狂地寻找着儿子，突然，她听到楼上一间房内有奇怪的动静，她以为是尼克，赶紧奔上楼去，但是，她看到的是两个曾经在这里犯下罪行的鬼魂在寻欢作乐！

玛蒂赶紧离开了，她不知道这间旅馆内到底还有多少亡灵，还有多少不曾谋面的变态瞬间！这是一间魔窟，是一个吞噬生命的邪恶禁忌领域！

尼克跑到屋外，躲在雪车后面，杰瑞把灯打开，什么都逃不出他的视线了。

"尼克！"杰瑞喊叫着追向尼克，越来越近，尼克只有奔向森林迷宫，杰瑞也追赶过去，顺着脚印追赶。

"尼克！别跑，我来了！"

旅馆门口，玛蒂见到了躺在血泊中的老厨师，她听到一些声响，转身，她看到一个身穿礼服的男人，头顶上被人用斧子砍开，裂开的头缝中不停地流出血来，正笑着向她举杯："好不好玩？哈哈哈哈！"玛蒂冲向旅馆的侧门，背后还回响着那男人的笑声。

"尼克！你别想跑掉！尼克！"杰瑞狂喊着追逐尼克，始终跟随着尼克的脚印，"我就在你的后面！很快就能捉到你了。"

尼克跑不动了，杰瑞的声音也越来越近，尼克转向了迷宫的另一个方向，并将自己的脚印抹掉。

玛蒂想要奔出旅馆，她看到，鲜血淹没了整个门厅，所有的家具都在血流的冲击下漂浮起来，鬼魂要将这里的一切淹没！玛蒂已经受够了这一切，她不再向两边看，鼓足勇气一路冲向旅馆的正门！

杰瑞突然发现前面已经没有了脚印，他知道尼克就在附近。尼克就躲在这附近，再也无力逃生。"尼克！"杰瑞大声喊道，同时向另一个方向奔去。尼克立刻起身，挣扎着顺着自己的脚印向着来时的路跑去！

玛蒂跑到了老厨师开来的雪车旁，大声喊叫着她的儿子，此时，尼克用尽最后一点力气，跌倒在迷宫门口。"妈妈！"尼克用微弱的声音喊着。"尼克！"玛蒂冲上去，母子俩紧紧拥抱在一起。

"你……在哪儿？"迷宫里的杰瑞大声地嘶叫着。他在这巨大的树林迷宫中完全弄错了方向，一样的灯，一样的树，黑色的树墙，吞噬一切的寒冷！

玛蒂抱着尼克上了雪车，慢慢开动，车上的母子还能听到从迷宫里传来的杰瑞的惨叫声。杰瑞终于累倒在迷宫里，他找不到尼克，更找不到出口。杰瑞的声音渐渐变得失去人性，变得无序，含混不清，最终化成鬼魂的哀号，鬼宅吸收了他。

在旅馆那面满是照片的墙上，是一张张客人们欢聚的照片，正中最醒目的一张照片，是一张几十人欢聚的盛装晚会照，那照片上的客人个个盛装出席，穿的是旧时的款式，弥漫着陈腐的时尚。在照片的最前方，站立的正是微笑着的杰瑞。

照片的最底端有一行字，上面写着：雪山旅馆，1921 年 7 月 4 日舞会。

驱鬼
【日】赤川次郎

（一）

晚上9点，天空正飘着冷雨，石津开着车行驶在山路上，坐在后座的是片山兄妹——片山义太郎和片山晴美，还有一只叫作福尔摩斯的毛色光亮的三色猫。

石津和片山义太郎是目黑警署搜查第一科的刑警，不过从后者的脸上怎么也找不到刑警的威严，因为他长着一张可爱的娃娃脸。晴美是片山的妹妹，这时她边抚摸着怀中的福尔摩斯边好奇地问道："那么说，鬼魂真的出来过？"

"听说是这样子的。"石津回答道。

片山不屑地"哼"了一声，说："什么鬼屋，肯定是骗人的！"

"可是，这是石津的朋友遇到的事情呢。"晴美接过话题。

"是呀。他非常害怕。"石津边看着前方的路，边补充道。

"你这个朋友一定很迷信。"片山还是在质疑。

"他可是理论物理学家，从东大毕业的。"石津说。

片山撇撇嘴，不说话。

"我第一次听你提这样一个朋友呢。"晴美说，手中的福尔摩斯也"喵"了一声，好像在表示"赞同"。

"他和我小学同校，中学后就没怎么联系过了。"石津苦笑道。

说起他们3个人今晚驱车出游的目的，是石津接到一个他许久没联系的小学校友冈村的邀请，让他们帮忙到他郊区的房子里"驱鬼"。

雨越来越大，雷电闪个不停，在约定的路口，石津远远看到路边站着一位身材颀长、浑身透露着一股学者气质的男人，在他身后，站着一位23岁左右的美少女。彼此互相介绍，原来这个美少女是冈村的女朋友田代宏子，田代宏子的父亲是冈村的恩师，他们两人准备结婚，然后继承田代家在郊区的老房子。不过，他们发现这栋老房子半夜有幽魂出现，非常害怕，因此就请石津他们过来帮忙。寒暄完毕，冈村开车在前方带路。

不多久，透过雨帘，在车头灯的照射下，一栋古老的洋房浮现在众人眼前。隔着大雨，大家冲到凸出的屋檐底下。冈村把门打开,把大家迎接了进去。大概是好几年没住人的缘故,整个屋子布满尘埃,显得阴森森。

"鬼魂什么时候出来呢?"石津问冈村。

"一般是在1点出现。"冈村环视客厅,神色有点紧张地说着。

"是吗,1点钟出来的话,那么还有两个小时的时间。"冈村看看手表,快到11点了。"大家可以暂时休息一下。"

但是在这种诡异的氛围下,大家哪有休息的心情。

"鬼魂到底是什么样子的呢?"晴美问道。

"是一对年轻男女,他们的影子就在那面镜子中浮现。"宏子指了指墙上那面长方形的全身镜,镜框周围刻着美丽的浮雕。

话刚说完,屋子里的大挂钟"咚"地敲了起来,才响第一下,客厅的灯就突然熄灭了。

(二)

"喂,到底怎么回事?"片山慌忙问道,顺手掏口袋,偏偏笔形电筒忘了带在身边。

"你们看!"晴美声音有点颤抖,一边的福尔摩斯尖叫了一声。

黑暗中,有一道白光慢慢浮现,正是那面镜子。透过镜子,可以隐约看见两个紧挨着的身影,一男一女。脸型看不清,但可以看出女人有一头长头发,穿着一件宽大的蓬裙子。很快,白光就黯淡下去,两个人影也消失了。客厅又重新被黑暗笼罩着。

"没有电筒吗?"片山说道。

"我的手提电筒忘了放电池了。"石津的声音。

"灯的开关在门口那边,应该没人碰过吧,是怎么关掉的呢?"冈村问道。

"如果幽魂在关掉电灯后,又帮我们打开就好了。"晴美嘀咕着说。

突然,像回应晴美的话一样,客厅的灯猛地亮起来了。

"噢!"片山惊叹道,"真的见鬼啦。"说完他走到镜子跟前,福尔摩斯也将鼻子凑到镜子底下。

片山蹲下去,忽然发现镜子下方的地毯翘起了一角,难道这里面暗藏机关?他招呼石津一起拉开镜框。随着"啪哒"一声,镜框裂了,镜子像门一样被打开了一半,石津用力过猛摔倒在地上。

"你们看,里面有东西……"片山大叫。

"是什么?"大家凑上来看。

"是个男人的尸体,好像是被杀害的。"片山说道。

"他究竟是谁?"晴美看向冈村。

"我不认识他。"冈村摇摇头,宏子也摇摇头。

这是一个年轻的男子,大概25岁,穿着带图案的衬衣,外面套着一件廉价的外套。

"原来这就是那个女的。"晴美补充道。

在男尸旁边,有一个残旧的塑胶模特儿,就是他们在镜子中看到的女人。

"这个镜子是可以透视的吧?"晴美琢磨道,"从里面,应该可以看到客厅。"

"如果把大厅的灯关掉，把这里面的灯打开，我们在大厅里就能看到他们的影子，像幽灵一般。"片山分析道。

"电话打不通呢。"宏子从另一个房间走进来，原来她刚才到另一个房间打电话了。

"打不通？"冈村觉得奇怪，"你白天不是从这里给我打过电话吗？"

"是的，但是现在打不通，"宏子无奈地耸耸肩，"不知道是不是暴风雨的缘故。"

"是吗……怎么办呢，石津？"冈村看向石津。

"要不我们飞车去警局？"片山说道。

"已经很晚了，加上这种鬼天气，"晴美说，"不小心迷路了怎么办？还不如等到明早天亮再去。"

石津连忙表示赞同。

突然，大门的门铃响了起来，大家面面相觑，以为是幻觉。

门铃在持续响着。

石津冲出去开门，大家跟在他后面。

门被打开了，一个穿着大衣的老绅士走了进来。

"爸爸！"宏子狐疑地看着老绅士。

"老师，你怎么会这时候过来？"冈村忽然想起了什么，"哦，我来介绍一下，他们是我的朋友。"说完用手指了一下石津他们3个人。

"怎么？难道我打扰了你们的派对？"田代教授笑眯眯地说。

"已经被打扰过了。"晴美调皮地说道。

听大家说完事情的经过，田代教授走向那面镜子，俯视那具尸体。

"田代教授，你知道镜子后面有密室吗？"片山问。

"嗯，知道，但是很久没来，早就忘了。"田代教授隔半天才缓慢回答道。又隔了很久，他补充道："我认识他。"

"爸爸，你竟然认识他？"宏子似乎很吃惊，"他究竟是谁？"

田代教授看向冈村，说道："你也认识他的。"

"我？"冈村指着自己，非常意外。

"是的，你再看看，他不是跟你同期毕业的中西吗？"

"中西？"冈村弯下身，仔细辨认着死者的脸，"啊，似乎真是他……但是，我很久没和他联系了。"

"你忘了他，但是他不一定忘了你，当初你们可是一对竞争对手哦。"田代教授似乎话中有话。

"对不起，那是什么意思？"片山也听出了他的话还没说完。

"这个中西，在学校的时候经常跟冈村君争第一。后来，冈村君先得到了副教授的名额，中西就去了别的大学，"顿了顿，田代教授继续说道，"后来，我听说他在那所大学里跟女学生发生了问题，被革职了。后来又发生了什么，我就不知道了。"

（三）

还不到 1 点，距离天亮还有很长时间，大家便聚集到饭厅里，宏子给大家端来了咖啡。

"对了，冈村，"石津问道，"你不是说幽魂在凌晨 1 点才出现的吗？"

"应该是这样的。但是我不知道他们今晚怎么会提前。"

"中西为什么会干这种事情呢？"晴美疑惑道。

"他是打算干扰我们一下吧？因为我和宏子快要结婚了。"冈村猜测道。

"这一点也不像男人所为。"宏子有点气愤。

不过，晴美觉得冈村虽然是一个理论物理学家，但是他的猜测很不够"理论"。她有一些地方不明白，比如中西是怎么知道那个镜子的机关的？他这样做，又能达到何种程度的干扰目的？难道，这其中还有一些不为人知的秘密？

忽然，在地上舒舒服服蜷着的福尔摩斯咻地坐了起来，它伸展一下身体，向客厅走去，边走边回头望着晴美，似乎是邀她一起前往。晴美被激发了侦探的热情，她站起来，跟着福尔摩斯往客厅走去。

福尔摩斯径直来到镜门前，它一点也不害怕尸体，绕过尸体，它朝里面窄小的密室钻进去。晴美也强壮着胆，跨过尸体，走进密室里面。

福尔摩斯"喵"了一声，闭起了眼睛。晴美正要质疑福尔摩斯，突然挂钟"铛"地响了一声，把她吓了一跳，原来到 1 点了。晴美发现密室里有一面小镜子，刚好正对着客厅里的那个时钟，从这面镜子里看到的时钟刚好是左右反转，墙上的 1 点，在镜子里恰恰就变成了 11 点。照这样推理，墙上的挂钟是 11 点的时候，在这面镜子里就被看成了 1 点。难道，刚才 11 点电灯被熄灭和这面小镜子有关？难道是中西把时间看错了，提前两个小时上演了那出幽魂骚动？

这时，背后传来了片山的声音："原来你在这儿呀，你在干什么？"

晴美便把幽魂提前出现的推测告诉了片山。

"知道吗？我并不觉得中西有打扰他们的意图。"片山强忍着困意，打着哈欠说道。

"什么意思？"

"我觉得中西这样做没有意义，他有可能是被杀的。"

"来到这里，然后被杀死？"

"嗯，有人把他引诱过来，然后把他杀死在这里。"

"会是谁呢？"

"当然是知道这个镜子背后有机关的人了。"

"冈村、宏子和田代教授都有可能知道哦。"

"是的，问题是他们为什么要杀死他？什么时候杀的？"

这时，有人打断了兄妹俩的对话，"中西是我杀的。"

片山和晴美看向入口处，说话者原来是田代教授。

"田代先生，你……"晴美很出乎意料。

"为什么？"片山警醒起来。

"因为，中西是宏子以前的男朋友。"

"他们以前是情侣关系？"

"是的。那时宏子才17岁，她死心塌地地爱上了中西，把身心毫无保留地交给了他。"田代教授叹息道，有点颓废地坐在旁边的沙发上。

"后来，发生了什么事情？"片山问道。

"最近一段时间，中西向我勒索，他手上有宏子以前写给他的信，以及两人的合影。"

"所以，你就把他引到这里，并杀害了他？"

"说得没错。"田代教授点点头。

"你是怎么把他引诱到这里来的？"片山问。

"我说我也反对冈村和宏子结婚，想请他帮忙阻挠他们的婚事。当然，我会给他一大笔酬劳。"

"他答应了？"

"对。本来我想制造抢劫犯谋财害命的假象，没想到冈村君把你们带来了。"田代教授苦笑道。说完，他从口袋掏出香烟，准备送到嘴边。

突然，福尔摩斯向他冲过去，把他手中的香烟扑掉在地上。

片山觉察到什么，赶紧走过去把香烟捡起来，原来在香烟的过滤嘴处埋着一粒小小的胶囊。

"是毒药吗？"片山质问道。

"可以让我平静地死去吗？"田代教授说，"如果我被捕或是坐牢，只会让宏子很难堪。"

"不行！"片山很坚决地说道。

"可是……"

"事情一定要查个水落石出，天亮你和我一起去警局吧。"

忽然，宏子出现在门口处："不是我爸爸，一切都是我做的。"

"宏子……"田代教授站了起来。

"没关系，我不后悔，"宏子打断她父亲的话，"中西太恶劣了，我实在忍受不了。在我爸爸到来以前，我就把他杀死了。"后半句话她是对着片山说的，好像在自首。

"那么说，你早就知道我的计划？"田代教授心痛地问道。

"嗯。"宏子坚定地说道。

顿时，大家沉浸在沉默当中。

这时，石津打着哈欠，走了进来："嗨，原来你们都在这儿呀？"

"石津，冈村先生呢？"宏子问道。

"冈村？他在饭厅那边呢，睡着了。"

"哦，让他睡吧，"宏子说，"你们现在带我去警局好了。对了，我说电话打不通，是骗你们的。"

"这是怎么回事呢？"石津疑惑道，"刚才我给电话局拨了个电话，说这个电话打不通呢。"

隔了一会儿，大家都笑了起来。

"怎么那么热闹？"冈村揉着眼睛走了进来，刚睡醒的样子。

大家的笑声一下子停住了，沉重的气氛重新笼罩着整个屋子。

福尔摩斯静静地走到门廊，雨不知什么时候停住了。

幽灵汽车

【美】杰克·福翠尔

（一）

亚伯勒郡公路的两侧，一群自称报社记者的人正在月光照射下窃窃私语。当然我也在这个队伍之中。突然，我们听到一阵轰隆隆的声响，迅速警觉地抬起头，只见一辆汽车慢慢地驶入八九英尺高的石墙覆盖的公路。车子并没有开灯，在一阵引擎的轰鸣声后，车子加速扬长而去。

汽车呼啸而过的时候，石墙脚下的一道黑色身影掀开躁动的荒草，轻微摇摆着开始加速。皮质车座上的人是吉米·索豪尔——保有多项世界纪录的自行车世界冠军。他俯下身子趴在车把上，专注地跟在汽车后面，车速越发快起来。

这是一场漫长而费力的比赛。汽车的驾驶者镇定自若地穿梭于寂静的黑暗中，他似乎对这公路异常熟悉，拐过每一个弯道时都没有丝毫犹疑，轻点刹车，轻松过弯，然后继续加速。

公路上的气氛严肃，吉米强健的双腿协调地上下律动，追随着绝尘的汽车一英里又一英里。这看起来就像一场精彩的六日长途赛。顽强的自行车手被汽车扬起的滚滚灰尘呛得眯起眼睛，即使口干舌燥，他的眼神里依然充满坚毅的神情和必胜的信心。

突然，吉米机敏地感觉到车速的变化，立即减慢速度跟进。但是，这样一来，他就只能根据汽车发出的响声并依照感觉判断来跟踪了，这将是更加艰巨的任务，他将和一个幽灵竞速。终于，汽车在逐渐减速中停了下来，吉米敏捷地躲进隐蔽处。然而，汽车居然在接下来的两三个小时里按兵不动，仿佛发现了什么异常状况一般。

自行车手屏住呼吸，在焦急地等待中，汽车终于启动引擎，吉米小心翼翼地紧随其后，再次在记者们的默默关注下上演激烈的追逐赛。虽然追逐的激烈程度丝毫没有减退，但这次方向却调换了180度，在逆着先前方向追逐过一个小丘后，城镇明亮的灯光已经能照亮路面了。

10分钟后，车子逐渐减速下来，然后打开车头灯，缓缓地向前行驶。寒冷的暗夜中，蜿蜒的公路在雾蒙蒙的夜空下，神秘地向着前方蜿蜒而去，一眼望不到尽头。

记者们默默地注视和无声的关切终于告一段落。本月关于这辆号称"幽灵汽车"的传闹闹得沸沸扬扬。这次的追踪调查之后，亚伯勒郡地区报纸的头版终于刊出了关于"幽灵汽车"的报道。

我，哈钦森·哈奇，作为一个充满好奇心和求知欲的专业记者，有什么新奇事件能逃过我的眼睛呢？当我的采访主任对我讲述那件事时，我报以怀疑而又平静的微笑，这个时代还没有什么事情是不能用科学解释的呢。

但事情的发展并没有像我想象的那样乐观。按照常规，我去采访了最先发现怪事的贝克警员和鲍曼警员。他们的描述让听众充满了恐慌和疑惑……

亚伯勒郡的郊区以夏季消暑庄园闻名遐迩，而要想来到这著名度假胜地就必然要经过更加有名的公路——专为超速人员设计的"陷阱"地带。这里的公路保养极其良好，光滑平坦得就像家中精心打理的地板，似乎正是为了迎合人们开飞车的瘾头而设计的。正因为如此，亚伯勒郡对车速进行了特别严格的规定限制，并在公路上安排了几十名专业警员监督超速行为。

谁能抗拒这种自由驰骋在平坦公路上的诱惑呢？但是更没有人能计算出这里的被罚款概率到底有多高：公路左侧 8 英尺高地石墙为约翰·费尔普斯·斯托克庄园的东侧界限，右侧 9 英尺高的则是托马斯·Q.罗杰斯庄园的西墙。这一座比一座更高的石墙中间，既没有专用的停车处，也没有任何岔路。公路南北两端是唯一的出入口，这里有专业的警员把守。

这样的安排真可谓用心良苦，它可是本地交通部门的一项重要经济来源。

数天前的那夜，贝克像往常一样等在公路边。突然间，一辆前灯大亮的汽车叫嚣着超速过来。那种轰隆隆的引擎排气声没有丝毫犹疑地向他扑了过来。

"至少超过 40 英里，而且只会更多。真是无法无天。"他向来视这种目中无人的行为是对自己职责的公然挑衅，有些愤怒地自言自语道。

贝克警员负责晚上 6 点到凌晨这个超速最频繁的时段，每晚都在这条细石铺成的路段上把守。他总是镇定地坐在自带的露营凳子上，把不甚明亮的油灯放在脚边。看到超速的行为，他就站起身，提着油灯满怀信心地走到路边等待，在适当的时候，他会自信地举起油灯，示意车子停下，即使驾驶人不情愿地违抗一下，他也会负责地为郡公所贡献一笔小小的收入。这是他的职责，更是他的权力。如果车子疾驰而过，执拗地不肯停下，违规车辆的车牌号码也会在汽车登记簿中找到，这样一来罚款收入还会加倍进账。

贝克照顾路的这一头，而名叫鲍曼的警员负责路的另一端。两人手中配备电话，这样一来他们就可以互相照应、互相帮忙了。如果一端的警员没有抄下拍照号码，或是根本无法阻止超速的车子停下，另一端的警员就会接续对方没有完成的任务。

按照贝克丰富的经验和敏锐的观察，车子离他只有 200 码的距离了。但是这位疯狂的驾驶者却没有一丁点要减慢速度的意思，居然晃晃荡荡地疾驰而来，一副挡我者死的架势。

"停车！马上停车！"贝克愤怒地小跑到路中间，大力地摇晃着手中的油灯，示意车子停下来。

那车竟然调大灯光的亮度！大灯快速地闪了两下，示意他让开，车前灯晃花了他的眼睛，在那辆自不量力的车子几乎与他亲密接触的时刻，他矫健地跳开，踉跄着险些跌倒。超速的汽车就这样嚣张地从他身边呼啸而过，向鲍曼把守的另一端疾驰而去。

贝克怒气冲冲地吐了口水，眼睛里和嘴巴里都被那车扬起的灰尘侵入。经验丰富的他没有来得及抄下车牌号码，只得交给鲍曼来处理了："一辆车子不肯停下，时速超过60英里，我没能看见车牌号码，请留意。"

"没有问题。交给我吧。"鲍曼在电话那头镇定地回应着。然后时间一分一秒地过去，鲍曼仍然没有完成任务的回应。贝克心急如焚，极其恐惧，想象着看到鲍曼躺倒在道路中央的恐怖景象——满身鲜血的他被拖出几英尺长的血痕。这条公路曾经发生过不少起警员被不肯停车或转向的疯狂司机撞伤、甚至致死的事件。贝克最终决定去陷阱的另一端探探究竟。

手中的油灯在稀稀疏疏的杂草中寻觅，微弱的光亮映衬着冷硬的高耸石墙。贝克很想发现些什么，转念一想，又觉得没有线索才是最让人安心的结果。矛盾的心情让他抱怨这份工作的无奈，提着油灯的他连连叹气。

正在胡思乱想中，转弯处一点微弱的灯光隐隐约约晃动，像是在寻找着什么。

当他转过一个弯道后，看到远方有一盏摇摇晃晃的提灯慢慢向他靠近，似乎在寻找着什么。

"鲍曼？"贝克警员试探性地叫了一声。

"是我，贝克。"他舒了一口气，先前的担忧终于化成强烈的好奇。

"在找什么？我一直在等你的消息。"

"就是在找你说的那辆汽车。我一直没有见到它，所以来检查是不是中途出现了意外。"鲍曼的样子看起来并不像撒谎，除非他的演技一流。

"这一个小时都没有通过你的警戒点吗？它没有回到我这边，应该只能去你那一段的。"贝克诧异地询问，眼神里尽是猜疑。

"确实没有，而且没有发生任何意外。太奇怪了。"鲍曼看着他的眼睛，坚定的神色溢于言表。

（二）

贝克告诉我，他曾怀疑鲍曼收了肇事车主的好处而暗地里放那车主通行，因为这几乎是公路警员的某些不言而喻的潜规则。鲍曼也曾认为是贝克的恶作剧才把事情搞得神秘兮兮，他甚至怀疑贝克得了某些产生幻觉的精神疾病。那段时间，他们关系紧张、无法合作。最终不得不想出直截了当的裁决办法来一决高下。

但是，后来几日里发生的事情让贝克和鲍曼不得不觉得这一定是恐怖的灵异事件找上门来。

那天晚上，鲍曼警员和贝克交换了警戒点巡守，他坐在贝克的木凳上等待那辆所谓神出鬼没的汽车出现。

那对发出刺眼白光的大眼睛伴随着轰鸣的引擎声出现在蜿蜒的公路上，鲍曼有些意外。当急速飞驰的车子从他身边扬尘而去，那速度简直让人叹为观止。他立即通知在自己岗位等候消息的贝克，贝克在另一端焦急等待了一个多小时，最终没有发现那辆时速超过60英里的神秘汽车。

当他们描述这一天的经历时，兴奋又有点恐惧的表情鲜活生动。相比之下，我在写这篇报道时的刻意描述都显得有些索然无味了。后来，我亲自驾车去亚伯勒郡的陷阱公路实地勘测。那一日，我在阳光明媚的时候一英寸一英寸地走过那条路。

第一遍的时候，我把主要的注意力集中在托马斯·Q.罗杰斯庄园的一侧。这一道冰冷、坚硬的石墙没有任何秘密的通道，更没有什么中断的岔路。我丰富的想象力都派不上用场。这个地方没有任何空间让行驶的汽车逃出陷阱公路。难道要从石墙上方飞跃过去吗？还是从长满杂草的路边钻地行进？从石墙之间穿透而过更是不可能发生的事情。这让我很失望。

回程的时候，我更加集中精神搜索着约翰·费尔普斯·斯托克庄园的那面石墙。我几乎找遍了地面上的每一棵小草，真是庆幸这里没有低矮的灌木，否则到晚上我都完成不了这过于细致的检查。回到贝克警员的警戒点时，我的失望完完整整地写在脸上——这一侧和那一侧一样没有任何飞跃、钻过或穿透的可能。这段石墙除了有一段16英寸宽的狭窄小口以外，几乎是没有任何空洞的坚固铠甲。

我的结论是，无论任何天气、任何时段、在任何地点，被视为幽灵的汽车都没有不被发现的容身之所。难道那辆车子是一辆巨型的大鸟吗？难道汽车可以在顷刻间变身飞机吗？还是什么特殊的飞行装置？但是调查的结果依然把那些假设都推翻了。因为方圆几里的居民从未见过任何飞行的物体在天空出现，除了风筝和飞机。我不禁为自己这种毫无根据的推测自嘲。

但我不会放弃任何可能的设想，即使不能马上完整地揭开谜团，搜集更多的信息还是必要的工作。我去了斯托克庄园和罗杰斯庄园，检查后确定没有异状，那两个地方在夏季以外的时间根本没人居住，只有些尘土的痕迹。我带回了庄园的地形图，以备参考。之后，陷阱公路的农户我都一一寻访，他们似乎也没有发现什么异常的状况，只是被最近幽灵汽车的传闻弄得有些紧张。

那天傍晚，我和贝克警员相约来到公路再次亲身体验神秘的幽灵汽车出没，这次我是来搜集线索的，再也不能像听有趣的故事般轻松了。

在夜色降临的过程里，我们紧张得有些坐立不安。那种说不清缘由的诡异气氛安静得可怕，警戒点处能听到的声音只有偶尔经过的汽车引擎声和车辆扬起的风声，附近唯一的微弱光源就是贝克警员手里的油灯。

寒冷的黑夜里，我们不时交谈的声音不敢放大，只能把紧张的情绪压在喉咙口。这唯一能互相安抚的交谈都是些不专心的闲聊，因为我们担心错过最重要的一刻，害怕错过任何一辆经过的汽车的信息。每当有一辆车子在我们面前驶过，贝克都失望地对着我摇头，然后拿起电话通知另一端守候着的鲍曼。

"一定会来的，"贝克掐断手中的香烟，认真地对我说，"只要它出现在前面的那个转弯处，我一定能认出它。那两只闪人眼睛的前灯会瞪着你猛扑过来的。"

突然，一辆瞪着白亮圆眼的汽车在拐弯处出现。

"就是它！就是这辆车！"贝克警员兴奋地抓住我的胳膊，差点用嘴里点燃的香烟戳到我的脸。

我睁大眼睛看着这个大眼怪物朝我们飞速逼近，在它离我们不远的时候，我扔出一支木质手杖。贝克则晃着手中的油灯示意它停下来。

"哈奇，你注意看！它马上就要冲过来了！"

车子呼啸着飞了过去，手杖破碎的部分险些溅到我的眼睛。

看来，这事实实在在地发生了，不是幻觉，也不是什么魅影。

我尽量瞪着眼睛想看清车牌号码，却被它扬起的灰尘迷住了眼睛，只看到车子后部一个白花花的车牌，完全看不清数字。

为了让我相信那辆幽灵汽车的不翼而飞，贝克打电话给公路那段的鲍曼。鲍曼等待了一个小时，汽车依然没有通过他的警戒点。那辆幽灵汽车，它又不翼而飞了！我站在亚伯勒郡的平整公路旁，为下一个更加大胆的实地调查出了一身冷汗。我点燃一根香烟，试图让自己冷静下来。

"现在只有一个办法了，"我攥紧了自己的拳头，咬着牙齿说了出来，"只是确认幽灵汽车凭空消失还不够，我们需要在这段路的中间转弯的地方观察。唯有这样才能确认那辆车到底去了哪里、发生了什么。"

贝克用说不清是什么情绪的眼神看着我，沉默了一会儿，说道："无论如何，我可不愿意这么干。"

"我只是说自己会去。"我说。

但是，作为亲身经历的目击者，贝克和鲍曼怎么可能忍得住强烈的好奇心呢？

第二天傍晚，报社安排了12位记者和我同行。13名记者加上两名警员浩浩荡荡地出发了。其中一位上了些年纪的女记者鄙夷地说："哈奇，增加销量也要想些更实际的办法啊。净说些神啊鬼啊的，你们年轻人可真是花样百出。"

对于这样的怀疑，我不打算做无谓的争辩。至少在真相揭开之前，我只能笑着让那些人肆意发表毫无善意的意见。

我们每个人按每隔几百英尺的距离依次排开，在公路两侧分派好岗位。贝克和鲍曼则蹲守在本来的岗位上。我们商量好紧紧盯住每一辆经过的车辆。最后，聚在一起讨论结果。

然而，在这一切紧锣密鼓地安排好后，幽灵汽车竟然整晚都没有出现。12位记者失望地离开，他们看向我时，脸上的嘲笑表情甚是统一。

第二天，我和两位警员再次巡查的时候，神秘的事件却再次上演了。我想我必须求助于权威了。

（三）

我找到了凡杜森教授，他是著名的科学家，人们笑称他为"思考机器"，这其中存在七分崇拜，剩下的三分则是对他严谨而苛刻的态度和怪异行事作风的嘲讽。这个老人面无表情地听着我把整个故事讲完，过程中他望着天花板的姿势和冷峻的眼睛令人印象深刻。

"你真的亲眼见到汽车了吗？"

这个问题真是让人有些恼怒。"当然，"我不假思索地脱口而出，"我已经做了充分的调查和搜寻工作，看到它经过身边的那夜，我把准备好的木质手杖扔到车子前，手杖的碎屑差点弄伤我的眼睛。不仅如此，我还闻到了它呼啸而过时扬起的灰尘的味道。甚至连汽油燃烧的味道都是那么真实。我为什么要说谎呢？"说完这段话，我已经意识到自己的滔滔不绝和鲁莽姿态有些失礼，而这位著名的科学家似乎并没有生气。

"我当然知道汽车不是飞机。但是我同样知道那陷阱路段没有任何空间让它飞过、钻过、穿过。两边完全是坚固的石墙，只有根本容不下汽车车身的一个小门，更没有地道或者暗门之类的东西。我已经完全检查到了。"

但是，接下来他的一句话却让我无比气愤。

"思考机器"斜着眼睛看着我的脸，笑眯眯地说："也许真的会飞呢。也许会有人在那个路段试飞自己设计的飞行器也说不定，那个路段可是出名的路况良好。也许它是在高速行驶一段后就起飞了。"

我看着他的古怪的表情，认真反思自己是不是理解错了什么。

"难道它是陆空两用的装备吗？但是我已经问过附近的居民了。他们都说没有看到任何飞行的物体，那个地区连正常样子的飞机都很难见到，更不用说什么特别形态的飞行器，"我信心满满地应对着，"轻型飞行器里面大概没办法坐下4个人吧？"

"什么？4个人！""思考机器"惊诧地升高了语调，"那确实不太可能腾空了。"几秒钟后，他恢复了先前的平静。接下来的10分钟显得有些漫长，他只是面无表情地坐着，不时用手敲着桌面。我看着他头上的白发，猜想着这颗飞速运转的大脑里在想些什么。

突然，电话铃声响起来。他挪动椅子站起来，走进隔壁的房间。那房间看起来居然有些神秘色彩。

我看着手表上的指针一点一点地移动，等待着科学家回来。

"你想知道的是那辆车的主人是谁吧？或者说，这辆车的主人是不是真的是个人。"5分钟后，他出现在房间门口问我。

"是的，"我认真地回答他的问题，"而且，我和所有读者一样还想知道它是怎么从公路上消失不见的。"

"你认识长途自行车赛的车手吗？我需要一个真正的冠军，速度要够快。"

"思考机器"的问题令我错愕，但还是诚实地回答他的问题。"我认识很多。但是你的意思是？"

"我需要一个速度惊人，并且能够坚持四五十英里的车手。这样的人，能帮助我们解开你想了解的谜底。"凡杜森教授的语气显得坚定而不容置疑，这种权威专家的气场确实让人折服。

两天后，在我的安排下世界冠军吉米·索豪尔先生和"思考机器"凡杜森教授会面。

索豪尔先生在5英里赛和6小时赛都享有殊荣，而且蝉联两次6日长途赛的冠军。他在这个领域是毫无疑问的领军人物。若不是我答应了他会把他的照片登上报纸的头版头条，真不能想象这位大师会帮我这个小记者的大忙。

我在凡杜森教授的私人办公室里为双方做着程式化的自我介绍。

"你真的是长途自行车赛冠军？"科学家的一句话打断我准备好的恭维台词。这种突如其来的无礼让我有些不知所措，现在只期望冠军车手是为和蔼、大度的人。

"是的，会一点儿。"索豪尔先生冲我眨了眨眼，然后温和地说。他温和的态度让我放下心，看来这个会面能继续下去了。

"你能跟着一个汽车长时间追踪吗？至少要三四十英里的路程。不能跟丢，更不能被发现。最重要的还是要够快。"

索豪尔的语气里充满了自信，微笑着回答："只要它在路面上，我就有信心跟上，除非是长了翅膀的，那样我就无能为力了。"

我知道，自行车手只是想开一个玩笑来表示自己的信心，但科学家的话却死丝毫不留情面。

"哼，事实上，很多人都相信这辆幽灵汽车是飞行设备呢。如果你能跟得住的话——"

"这不是如果，这是肯定的事情，"索豪尔先生打断科学家的话，"我有信心跟上任何路面上有路子的东西，甚至有信心在终点处抢先到达。是你的要求没有给我这个机会。"

"请问你最快的速度是多少呢？"

"这你不需要知道，因为那速度快得连我自己都不相信。但是你应该明白，如果是三四十英里的路程的话，用来追踪的工具应该是摩托车。当然，我只是好心提醒。"

"摩托车的声音太大，这正是我找你来的原因，"科学家正视索豪尔的眼睛，严肃地说道，"你的任务是：骑着车在一辆时速 60 英里的汽车后紧跟，而且无论汽车开灯与否，都不能开灯。这意味着，很可能需要根据声音来跟踪。最重要的是不能让车上的人发现你的存在。"

"根据声音来跟踪吗？那必须用胶片闸皮才行啊，"自行车手有些为难的神色，但很快恢复了自信十足的样子，"没有问题！等着报纸头版上的刊出精彩演出吧。"

接下来的一个小时里，"思考机器"为索豪尔解释着具体的安排，包括在何地等待、何时停下以及应对突发状况的方法。我被要求到另一间屋子等待，不能知道这件事背后的机密。

当他们二人从房间出来时，我听到科学家以赞赏的口气对自行车手道别："你真是个不一般的年轻人。"

"谢谢，您也是一位特别的科学家。"索豪尔淡然地回答。

甚至没有礼节性的握手，这场奇妙的见面就在和谐的气氛里结束了。

接下来，文章开头的精彩一幕就在亚伯勒郡的公路上上演了。

（四）

我归家后还来不及把那让人捏把冷汗的追逐赛写成文字稿件，"思考机器"就神神秘秘地带着我来到福代斯国家银行的总裁菲尔丁·斯坦伍德先生的办公大楼。

"斯坦伍德先生，你好。我和这位记者此行的目的，是来通知你银行中某个保险箱已经在你完全不知情的情况下被盗。""思考机器"开门见山地说。

"你说什么？被盗？"斯坦伍德先生一下子从办公桌后站起来，手掌按在桌面上，惊慌得几乎叫了出来。

"是的。如果我的推理没错的话，那个保险箱里装的应该是美国国债，"科学家推了推架在鼻子上的眼镜，继续从容道，"这是你银行里的出纳约瑟夫·马什在捣鬼，今天晚上他会像往常一样伙同其他 3 人把那些公债从金库中盗出。"

"你能确定这个消息可靠吗？我应该马上报警——"斯坦伍德先生的迟疑让科学家很不满意，他立即打断了总裁的话。

"我说过我确定。而且，我清楚他们把公债藏到什么地方去。"科学家拨弄几下额头前的白发，露出几道深深的皱纹。

"但我不是专业律师，所以不能肯定他们的所作所为已经构成犯罪。在过去的一周里，这个作案人每晚几乎固定的时间都会将那些公债从金库盗走。但是，他们也会在第二天凌晨把它们'远洋护送'回来。"

斯坦伍德先生露出疑惑的表情。

"如果你相信我，请接受我的建议。今晚，在他们把公债归还之前，我们按兵不动，以免打草惊蛇。这也是关系到幽灵汽车事件的重要事件。想必阁下一定有所耳闻。"科学家继续解释。

那夜凌晨过后，四人组成的嫌疑人被带到斯坦伍德先生准备的会议室。

马什手提保险箱的照片同样会被刊登在报纸的头条。但很快他就交代了自己和另外三人所做的一切，但坚持说自己不应该被送到警局。

"你们说得没错，但我没有让我的公司蒙受任何损失，这根本不能称为犯罪。这些保险箱里的东西没有损失一分一毫。它们好端端地躺在里面，你们可以去查验。"

"这……那么，你做这些是为什么呢？大胆的游戏而已吗？这太荒谬了。"斯坦伍德先生疑惑地摇着头询问。

马什这次不再说话了，沉默地看着地面，尽管装作若无其事地耸了耸肩，还是显得有些不自然。

"这是一种为了发横财想出的手段，"科学家突然开口说，"我和这位记者已经调查过这4个人的情况了。他们正在策划从一种投机买卖上大赚一笔。这些国债很可能是为了让参与投资的人们相信他们手里拥有足够多的资金。你知道，没有上百万的资金根本无法赢得投资人的信心。我猜想，他们和投资者大概每晚都有见面的机会，所以才会在过去的数天里每天都要利用这些保险箱里的东西展示自己拥有的资本。"

银行家脸上露出恍然大悟的表情。

"当然，这些一部分是这名记者调查来的证据，另一部分是我的逻辑推理。所以真正的谜底还得这些每夜奔波的当事人自己承认才行。"科学家想了想，继续补充解释。

后来，凡杜森教授的推理判断得到证实。马什等人在他无懈可击的缜密推理面前承认了事情。

现在，该是解释最后谜团的时候了。

"人们传言的幽灵汽车，其实只是他们往返于银行和宅邸之间的代步工具。警员们第一次看见这辆超速的汽车时，他们正以最快的速度赶往马什的别墅去。由于需要争分夺秒地送回银行，他们车速飞快。地图上已经很明显了，这样走到陷阱公路的一半并穿过约翰·费尔普斯·斯托克庄园是最近的路。"科学家在回来的路上解释给我听。

"但是，始终解不开的谜团是汽车如何通过穿过约翰·费尔普斯·斯托克庄园的那道坚固石墙啊？"我好奇地伸长脖子。

　　"约翰·费尔普斯·斯托克先生在电话中告诉我石墙中断有个只能供人通过的小门。这一点你也曾经调查到。只要能穿过那个位置，问题就迎刃而解了。那辆超速的汽车是由两辆摩托车改装而成，只是装上了驾驶装置等特殊加工过的假汽车。在法国陆军的装备里，这是很常见的车型。那些轻便的部件可以拆卸，在分开后两辆摩托车一次穿过小门就成功了穿越了一半。剩下的工作只是把部件重新安装，就能再次以汽车的样子驰骋于另外一条路了。"

　　"啊！原来是这样。"我欣喜地说着。

　　"没有索豪尔先生的帮助，我们也不能确认事情的真相。真是要感谢这位非同凡响的青年，"科学家笑眯眯地说着，脸上带着赞许的神情，"当那辆特制的汽车穿过石墙后，他就从暗处开始跟踪着。从出发点到马什的宅邸，然后又回到银行，这三四十英里路程上的一切是所有推理成立的关键点。"

　　科学家说着，轻松地呼了一口气。

　　现在，先前那些灵异的、恐怖的甚至有些无聊的猜测和推断终于能够被事情的真相取代了。次日清晨的报纸上，一篇名叫《幽灵汽车神秘事件》的报道出现在头版的位置，标题下面是一张世界长途自行车赛冠军吉米·索豪尔在一辆飞驰的汽车后急速追踪的特写照片。

留在房里的女客

【英】阿尔杰农·布莱克伍德

终于抵达目的地了。他感叹着，伸展开略已显得僵硬的四肢。夜色中，黄色的驿车缓缓驶入沉睡的村子，最后停在了一家小客栈的前面。很快疲惫的马没精打采地消失在了马厩中，只留下笨重的驿车停在原地，孤零零的，像断了脚的巨型甲虫。

尽管他觉得疲惫，可沿路的美景让他回味不已。这个花了十几个畿尼出来观光的老师还沉浸在旅程的兴奋中，无法自拔。同行的其他客人在这期间已经进入各自的房间了。

他嗅着掺杂在空气中的松香，仿佛露水沾湿的草地散发着芬芳，新锯木材特有的气味让他从陶醉中晃过神来。这个老师步入客厅，把美景抛在脑后，强忍着好奇心没去看墙上那幅巨大的山地地形图。一回到现实，他即刻窘迫地站在大厅，他忘记预订房间了。这不可能，可是事实就是如此，这次旅行完全是心血来潮。出发前日内瓦接连几天都阴雨连绵，突然有一天，太阳从阴云中划开一道缝，阳光倾泻而下，他就兴起了出门的念头。

这家客栈是全村唯一的客栈，平时往来的游客都留宿在这里，再加上现在正是登山的好季节，整间店不仅客满，就连沙发都被人侵占了。他又愚笨到没有预订房间，只能窘迫地站在柜台前，看着服务员和一个看起来严肃的老婆婆指手画脚地讲个没完。不精通此处语言的他，只能从手势中猜测两人的意图。

吵了一会儿，那个面色严厉的老太婆不停地耸动着肩膀，瞪着服务员很是生气的样子，服务员则睡眼蒙眬地望向教师。最后在服务员的好意以及老婆子的指点下，他走出了客栈朝刚才他们指给他的一幢房子走去。原本跟在后面的服务员不知为何半途就返回了客栈。茫茫夜色中，困倦的他怀抱着自己都觉着不可思议的希望准备敲门，请求对方能让一间屋子给自己过夜。

夜里的寒气让他有些瑟瑟发抖，他突然想起临近黎明了，所以与其打扰别人清梦，不如在林子里欣赏夜景打发时间。宁静之中冷不防传来一声响亮的吆喝，他回过头看见服务员匆匆走来。事情突然有了转机。

他被服务员拖拽回客栈的门厅，观赏了一段混乱的三方会谈。嘟嘟囔囔地交谈议论后，似乎对方达成了协议，客栈里有一个房间没有人住，不过已经被人占用过了，如果他不介意可以去住一夜。

　　困顿的教师对于事情的原委没兴趣，只是欣喜于有一个房间能休息，就连忙答应了下来。向房间走去的过程中，引路的服务生用夹杂着英语的法语磕磕绊绊地说清了房间的情况。

　　听了服务生的话，教师不由得头痛起来。原来这个房间之前被一个女登山者租了下来，那位女士不听劝阻，自己去登山了，最后却一去不返。村里的搜救队已经展开了搜救工作，也就是说如果半夜他们归来，找到了那个女士，他就得从房间中被赶出去。

　　悲剧，这个叫作敏敦的教师对于整件事情只能用这两个字来评价，当然他有可能也是这个悲剧中的一员。登山的人都晓得攀登高山的刺激之处就在于无法预计的种种危险，正是这种无法预料的危险性让登山运动拥有无上的魅力，吸引一个又一个人向高山发起挑战。当然攀登过程中所欣赏的美景，以及经过日夜跋涉后终于站在峰顶的喜悦之情也是其中不可忽略的原因。人们总是想要试图征服自然，丈量人类无法抵达的极限，然而冒险的背后总是会发生一些关乎生命的惨案。尽管敏敦听不大明白服务员磕磕巴巴的言语，然而对方神色中的心有余悸让他了解了整个事情的脉络，并看到那个可怜且自负的女士的下场。

　　这附近的高山对于熟练的登山者来说也是难以驾轻就熟，虽然独自上路的那位英国女士经验丰富，但她着实为自己的刚愎自用付出了惨重的代价。听闻说，在她还没上山之前，就显示出格外的与众不同，自从住进来以后就鲜少与人交谈，时常把自己锁在屋子里，就连服务员进去打扫卫生也不允许。

　　住进这间屋子的敏敦，最初心里不踏实，毕竟他未经主人允许就住进了别人的屋子，甚至有一种一举一动均被人监视的错觉。仿佛以前的房客正躲在屋子的角落里看着他的一举一动：打开行李，拿出物品，换上睡衣，好容易平复下心情躺在床上，又会突然惊醒。他仿佛听见有人在走廊走来走去，看见那个自负的女房客打开门，进来后站在床边，上下打量着他，她甚至在高声责骂敏敦的擅自做主。

　　紧张，不安，他的心十分别扭，生怕自己想象的一切会发生。按理来说，他现在的行为与私闯民宅没有什么区别。他开始酝酿如果发生这样的事情，他应该怎样解释，该准备怎样的说辞让前女房客接受他的歉意，原谅他的不礼貌。

　　不过想一想，他忽然又觉得可笑，似乎看见了自己俯首作揖，向一个横眉冷对、精力旺盛的英国女子讨饶的模样，那一定很可笑。笑了一会儿，他觉察到深深的悲戚，倘若那名女子已经遭遇不幸，是不是他的想法对死者造成了不敬。越想越觉得可怕，越想越觉得毛骨悚然。

　　他眼前生动地浮现出一具女尸，她的秀发被风雪摆弄，眼睛呆滞无神，不知怎的，某种感觉告诉他，那个女尸就是这房子里的女房客。这个从未见过的女人形象就这样萦绕在他的心头，让他久不能寐。他甚至觉得，这个女子又回到了这间屋子，与他一同呼吸着同一个房间的空气，自己赤裸裸地展现在那个女子的面前。

　　他打开门，看了看走廊，左右打量着是否有人经过。然后又走进屋子，重新锁上门，在屋子里细细打量，寻找那虚无的女房客的痕迹。屋子里有一股子女人特有的香气，女房客的东西并没有摆在明面，屋子十分干净，全然不像有人住过的样子。不过墙角的那个大衣柜上了锁，想来女房客的所有东西已经被胡乱塞进去锁起来了。洗手架的花瓶里放着一束枯萎的阿尔卑斯山玫瑰，昭示着那名英国女子的好品味。他把仅有的几件用得到的东西拿出来，摆在房间的桌子上，又把衣服放在了沙发上。

不过就算这样也没有营造出一点儿房间是自己的感觉。整间屋子让他十足地厌恶，甚至让他有种把花顺着窗子撇出去的冲动。到了最后他忍无可忍，真的就这样做了。而且敏敦还自欺欺人地用自己的雨衣遮挡住了门。不过就算这样，也没能将屋子里奇怪的气氛扭转。他总觉得，那个女人不知什么时候就会从屋子的某处冒出来，或者她会突然在房外敲门。

他在床上坐了一会儿，没有发现任何异常，不免把一切归咎于自己的神经过敏。他关了灯，躺下来。那个又大又难看的衣柜在他心中激起莫名的恐惧，甚至让他感觉漆黑的屋子里传来阵阵阴气。出于害怕他点燃床头的蜡烛，却发现自己浑身发抖，背后的汗水蒸发的同时带走了他身上的体温。他的胡思乱想无法停止，一旦开始就无法终止。

他再也受不了没有光亮的屋子了。他只能点着灯，侧卧在床上，试图通过某种特殊的姿势给予自己安全感，打消心中的疑虑。他的目光扫过屋子的每一个角落，仔细盘点是不是多了什么，或者缺少了什么。这是件荒唐可笑的事，可是做起来却与数绵羊有异曲同工之效。很快困意来袭，他的恐惧烟消云散，他不再恐惧，不再害怕，不再紧张，甚至他的寒意也消融了一些。这本是好事。然而渐渐地，他发现平静下来之后，他变得懈怠起来，有一种说不出的忧伤在心中翻起惊涛骇浪。他突然觉得活着与死了没什么分别，他变得意志消沉，觉得活着了无生趣。他的思绪似乎被什么入侵了，让他变得不像自己。

一张张面孔浮现在他的眼前：写满贪婪的老板娘的脸，她可以为了钱抛弃所有的道德观念；殷勤的服务员，滔滔不绝地说着八卦，恨不得说出自己知道的、听说的所有事情；大汗淋漓的马群，得不到任何酬劳，却恨不得把一座山装上马车。可悲，可叹。至于他自己，也没有比别人高明到哪里，繁重的劳动，重复乏味的工作，他不过是一个预科学校的低级教师。勤奋守纪这四个字是多么的可笑。人最终都会屈服于命运，谁也不知道下一刻会发生什么。这样一想，活着不就是毫无意义吗？

敏敦惊醒了，他突然觉得刚刚的自己灵魂出窍了，他从未如此消极、如此悲观过。然而铺天而来的念头，如滚滚浪潮势不可挡。人生，多么愚蠢。他穷其一生，最幸运也不过从一个教师变成校长，然而为了变成校长他要付出什么？青春，光阴，甚至与一些无聊之人往来。其实人生就如同爬山一样，付出永远多余回报。背着沉重的背包，筋疲力尽，最后得到的都是些什么？生命就是一个骗局，人追求的都是些虚无的东西，人间的一切不过是引诱人上当受骗，命运像是摆弄玩偶一样操纵着人生。想到这，他顿感万念俱灰，有一种想以死解脱的冲动。

他霍地起身，碰到了床边的烛台。刺耳的声音让他清醒过来。太可怕了，就算是疲倦也不至于让乐观的他突然萌生这样的情绪。厌世的想法已经把他所有的热情、勇气、生命力都当作饵料吞噬一空了。他变得空虚，渴望解脱，觉得他被不知名的物体侵入体内，操控着他的判断。难道说，难道说，由于之前的恐慌情绪，听来的房客的故事，以及陌生的环境，让他生出了全然不同的记忆嗜好，甚至连性格都发生了改变？之前他在书中读过这样的事情，就连科学家都对此表示肯定。然而这样的怪事发生在他的身上，还是让他感到畏惧。

此时此刻，他正在体验别人的心路变化，虽然他感觉这样有些不道德，就像是侵占了别人的房间一样。不过，这样的体验也很有趣，当他感觉到有意思时，他觉得自己再次战胜了侵入自己灵魂的那个人。他要找到她，找到那个英国女人，找到前房客。

他打开灯，再次清点屋子里的物品。此时此刻他确信那个女房客死了，冥冥中他肯定，并且确定了素未谋面之人的死亡事实。敞开的窗子送来山谷远处瀑布的声响，他仿佛再次看到幻象。飞雪之中，她断裂的肢体分散在一块块冰岩上，风卷起她的秀发，她的双眸空洞地盯着星空，像在目送自己的灵魂。人是渺小的，在自然面前，人类渺小得可笑。凄楚、茫然、阴寒、悲凉，种种情绪再次涌上心头。

他的目光停留在被他雨衣遮挡住大衣橱上，它巨大而且笨拙。那里面装着那个丧了命的可怜人在这世上留下的最后一点印记：女子的内衣、裙子、外套……他突然很想打开衣橱看一看，看一看那个可怜之人到底留下了什么。下意识地他靠近了衣橱，用手指在门上敲了敲。

这出于本能的动作立刻骇住了他，木门发出的沉闷声音后，竟然从里面传来模糊的反响。他的意识为之一振，仿佛那个女子就在里面。他无法解释为什么自己会敲击衣橱，仿佛上天注定要让他发现这一事实一样：那个女人藏在里面。

心怀畏惧的他又敲了敲，然后将耳朵紧紧地贴在柜门上，突然他期待那扇锁着的柜门缓缓打开，或者从里面传来回击的声音。他没有任何理由，没有任何借口，他就像是被别人操控着一样，完全不知道自己在做什么。

他找来一把又一把钥匙，无法抗拒地接近衣橱，试图打开它。甚至当他回过神，发现自己正在按服务铃，召唤服务人员。他没办法取消，也想不出借口，做完这件事，他静静地站在房子中间。他无法夺回对自己身体的控制权，只能任由命运的驱使，任由闯入他灵魂的那股力量做这些事情。

很快走廊的另一端传来了脚步声，越来越近，越来越近，最后停在了门的另一端。他感觉得到，还没等对方敲门，他猛地打开房门。门口站着一位看起来还没睡醒又怒气冲冲的女仆。

这不是他要的，这不是他要找的人。怒火突然在胸腔燃起，他用从未用过的粗暴语调吼道："把那个男服务员叫醒，让他来见我，快！"

这并不是他要说的，这并不是他的本意。然而这话语就这样失控地脱口而出，那声音振聋发聩，一下子让那个女仆恢复了清醒，那个女人吓得颤抖着跑开，像是眼前站着的是某种怪物。

他明白了，他清楚了那个人是谁。那个闯入他灵魂、控制他躯体的就是那个失了踪的女人，是她，一定是她。男服务员赶来，看样子很匆忙，他甚至没穿好外衣。敏敦看着这样狼狈的服务人员，没有兴起半点儿怜悯，他声色俱厉地命令那个人去找大衣柜门锁的钥匙。

面对这样古怪的情况，无论是服务员还是女仆都傻了眼，他们遵从要求取来钥匙，就站在一边儿窃窃私语，议论着这个古怪的神经质的客人，到底要做些什么。他们站在他身后观望着他的一举一动。

拿着钥匙，敏敦感觉到莫名的兴奋，超过了他感受到的恐怖。他的怪模怪样甚至吓到了两个服务人员，钥匙插进去了，发出了刺耳的声音。除了敏敦，其他人都吓得后退。

　　门开了，一把钥匙掉落在地板上，整个衣柜看不到一点儿衣物。一张纸被风掀起，在橱门上扬起。隐约看到上面写着："伤心……我不想活下去……我想在山中了却此生，可是……我做不到，我……这样的方式最简单，也最妥当……"所有人都禁不住尖叫，甚至女仆已经被吓晕了。只有那个女房客的身体吊在挂衣服的木钉上。随着门的打开，那具尸体慢慢地转向他们，露出狰狞的脸。

凶宅鬼影

【法】梅里美

（一）

　　唐·奥塔维奥，阿尔多布兰迪侯爵夫人的二儿子，刚刚和卢克雷蒂办完了婚礼，但是这场婚礼并没有得到他母亲的祝福。最后他们一起离开了罗马，来到法国的佛罗伦萨投靠我，毕竟我和奥塔维奥曾在罗马有过一段密切而难忘的交往。

　　当年我23岁，打算去罗马游玩一番。为了省去我在罗马的食宿费用，我父亲给阿尔多布兰迪侯爵夫人写了一封介绍信。当父亲把信交给我的时候，他很有深意地对我说："回来时记得告诉我，她是否依旧美丽。"我想这个阿尔多布兰迪侯爵夫人一定和父亲有点什么往事，我记得父亲的书房里挂着一幅十分精细的油画，那上面坐着一位头戴花环、身披虎皮纹披肩的贵妇。贵妇斜着肩，金色的头发旁一双细长的眼睛散发着魅惑的光。当时我很好奇地向父母打探画中人的身份，父亲说，她是一个仙女，母亲则说，她是一个荡妇。不论怎么样，这个女人和我们家之间一定有着什么不单纯的关系。

　　当我的车子如期到达罗马之后，我按照父亲给我的地址，来到了圣马可广场，这附近有一座豪华的白色公寓，那里住着阿尔多布兰迪侯爵夫人。我把信连同名片交给了门厅的仆人，他则恭敬地把我引进了装饰古典而奢华的客厅。那里的家具虽然已经有些年头了，但是墙上装点的名画给那份陈旧增添了几分艺术特有的颓废感。

　　引我进来的仆人去禀告自己的主人了，而我则开始在众多的名画前徜徉。那里画有风景、静物、人物以及抽象的线条和色块。可能是因为父亲书房里的画在我的脑海里停留的时间太长了吧，这里的一幅肖像画抓住了我的视线。画里的女人不算漂亮，但她的容貌却十分惊艳：厚厚的嘴唇红而性感，浓密的眉毛仿佛是东方画家无意神笔留下的翰墨，那眼睛虽然不大，却让人觉得高傲而不失亲切。这个女人应该是皇家的后裔，因为她的头上戴着王冠，背景还是盾形家徽。凭借我的艺术修养，我断定这幅画出自达·芬奇之手。

　　为了更细致地欣赏画中的美人，我不禁把自己的脸凑了上去，我感觉我好像被她的眼神吸了过去。

　　"果然是你父亲的儿子，你们这些法国人呀，总是禁不住美女的诱惑。"我回过神来，一个体态丰腴的贵妇正向我走来，这大概就是阿尔多布兰迪侯爵夫人了吧。

"你父亲像你这么大的时候，也很喜欢这幅《卢克蕾蒂亚夫人》。"这时阿尔多布兰迪侯爵夫人像一个从画中走出来的人物一样站在了我的面前。她的面容就像中世纪油画里的女人一样，虔诚、肃穆而不失亲切。

我赶忙为自己的失礼道歉，而她则是十分慷慨地原谅了我，说："没关系，你父亲嘱咐我，让我好生照看你，你就把我当作你的母亲就好。"说完，她向我介绍了随同她一起来的几个红衣主教，还带我参观了她的房子，还十分负责地告知我罗马有哪些危险、陷阱和恶友，并警告我尽量远离它们。作为一个异乡人，我跟在她的身旁，认真聆听着，并十分恰当地点头称是，虽然我对她说的一些东西不以为然。

最后，她还介绍我跟她的二儿子认识了。那是一个看起来既不快乐也不健康的高个子青年，名叫唐·奥塔维奥。从侯爵夫人的口中我得知这个年轻人不久之后就会担任当地的主教一职，不过，在我看来，这个看着温顺听话的青年心里好像隐藏着一个叛逆的自我。

在整个谈话过程中，他的母亲并没有给他太多的说话机会，大多数情况下，他都是以弯腰颔首的动作附和着母亲和主教们的话语。我起身告辞，奥塔维奥深鞠一躬，还主动提出第二天带我去城里购物，并于晚上的时候来侯爵宅邸共进晚餐。

出了大门，估计还没有走出50米远，我就听到一个严厉的声音在背后喝道："奥塔维奥，你一个人要去哪里？"我惊愕地回过头，看到一个大腹便便的神父，正瞪大着眼睛怒视着我。

"对不起，您好像是认错人了。我不是奥塔维奥。"我温和地解释道，并冲他欠了欠身。

神父从头到脚地看着我，让我觉得自己像一只被开膛破肚的肥猪，在等他下定价。他终于开口了："哦，实在对不起，我认错人了。您请慢走。"

我听后本想表示一下我的宽容，但是还没等我说什么，他就已经闪进了大门。不过也没关系，和一个即将当主教的人长得像，也是一件很荣幸的事情。告别了阿尔多布兰迪侯爵夫人，我决定去找罗马的一位画家朋友叙叙旧，虽然侯爵夫人警告过我，要远离那些名不见经传的年轻人，但是说实话，虽然刚才聊了很多，可一出门，就很难回忆起那些自以为是的忠告了。

（二）

坐在朋友那弥漫着橄榄油气味的小屋里，我们聊起了阿尔多布兰迪侯爵夫人。我那朋友饶有趣味地跟我讲起侯爵夫人的种种，我过滤掉其中不少污秽的语言，大概理出了这样的信息。

曾经致力于虏获男人的阿尔多布兰迪侯爵夫人，现在已经皈依了宗教，这个转变绝大部分归功于她的年纪。而她的两个儿子，一个不学无术，无所事事，一个软弱无能，逆来顺受。奥塔维奥正是朋友口中的懦夫、蠢材。他现在基本上没有人身自由，因为一个神父受了侯爵夫人的指示，每天如影子一样跟在奥塔维奥的屁股后面。阿尔多布兰迪夫人美其名曰地将之称为培养，实则是一种监视，她害怕自己的儿子做出任何出格的事情来。

我在这里消磨了有大约一小时的光景，之后回到了下榻的酒店。睡梦中我编织着自己白天搜集的所有信息，做了一个交互错杂的梦，不算噩梦，也不算美梦。

第二天，奥塔维奥按照约定来接我去逛街，而昨天把我错认为奥塔维奥的神父也如影随形地坐在奥塔维奥的马车上。我的猜测没有错，奥塔维奥果然是一个外表柔弱、内心叛逆的人。当我试图用意大利语跟他交谈的时候，他主动提出用法语交谈，理由是神父不懂法语。

他用流利的法语向我讲述着马车路过的建筑、雕像和壁画，并时不时地说出几句言辞激烈的批评语，特别是一个穿制服的青年路过我们的时候，他用几近咒骂的语言，说道："制服，我对之厌恶之极，但是没有办法，用不了多久我就要把它套在身上了。"但是尽管如此，一旁的神父，我刚才从奥塔维奥口中得知他是纳格罗尼神父，竟一脸平静。

其实也不用奇怪，如果奥塔维奥用真实的语气说话的话，他早就暴跳如雷了。因为奥塔维奥正在用平和、肃穆的语调表达着他的不满，而且是法文的。纳格罗尼神父除了偶尔问问我们在聊什么以外，大多时候都是沉默着的，因为他根本听不懂我们在说什么。

"如果在你们的国家，我没准会成为一名参议员。"如此远大的雄心从他的嘴里说出来却异常的平静，如此滑稽的对比效果，让我不禁笑出了声。纳格罗尼神父警觉地看了我一眼，我知道他一定以为我们在讲什么大逆不道的事情了，于是赶忙解释道："有个考古学家居然把一尊当代的雕像当成了古董。"

晚上，我们拖着疲惫的身子回到侯爵夫人的宅邸享受上帝赐予的美食。饭后，奥塔维奥先回到了卧室，因为他明天要出席重要的仪式。而我则别无选择地加入了她和神父的对话中。以后在罗马的每一天几乎都是在这样的程序中度过：参观古迹，享用晚餐，然后聊天。阿尔多布兰迪侯爵夫人除了偶尔会接待一些神职人员外，很少有其他的客人拜访。不过有一个人例外，那就是施特拉伦海姆夫人。

这位夫人是侯爵夫人的闺蜜，她们都信仰天主教，所以在信仰方面有很多可谈的话题。不过她们谈得津津乐道的时候，我多是端详着卢克蕾蒂亚夫人的画像发呆。然后找个她们谈话的空当，说："太惟妙惟肖了，我看着她的时候，甚至都能感觉到她的眼皮眨了一下。"

本是一句没话找话的无心之语，没想到竟害得施特拉伦海姆夫人害怕起来，她用白色的手帕挡在脸上，一个劲地说着："不要说了，不要说了。"

"这是怎么了？亲爱的，你没事吧？"侯爵夫人赶忙问候道。

"没，没什么。"施特拉伦海姆夫人放下手帕，向我们讲述起使她害怕的往事。

"我丈夫的妹妹，威廉明妮，和一个名叫内伦贝格尔的青年订了婚，正式的婚礼还没来得及办，她的未婚夫就去参军了。分别时他们互赠照片，然后约定不让彼此的照片离开自己的身边哪怕一刻钟。我清晰地记得那是 1813 年 9 月 13 日下午 5 点，威廉明妮正和我以及妈妈一起织着毛衣。她未婚夫的照片就放在她对面的茶几上，她一边看，一边像欣赏艺术似的端详着照片中的未婚夫。

"突然，她发出了一声尖叫，晕了过去。等她醒后，她捂着自己的胸口说：'他死了，他死了。'那天晚上，她整晚地哭，整晚地捂着自己心脏，仿佛那里有一块热铁在熨烫着她的肌肤。第二天，穿着孝服（她执意要穿，任何人都阻止不了她）的威廉明妮收到了她未婚夫前线寄来的家信，信中说自己一切安好，让她勿挂念。这时大家劝她，说：'你看，他不是好好的吗？还给你写信了呢。'

"没想到她哭得更加撕心裂肺了，她沙哑着嗓子说：'这是他的绝笔信了，他怎么可能料到自己的死期就要到了呢。'之后不久，前线捎来消息，他的未婚夫牺牲了，敌人的子弹正好打中了他的心脏，以及他藏在胸前口袋里的照片。之后，威廉明妮生了一场大病。最后嫁给了一个在法院工作的人。"

听完她的故事后，我和侯爵夫人不约而同地感慨道："太恐怖了，简直像有鬼魂报信一样。"这时一直在沙发上假寐的神父插嘴道："这并不是什么罕见的事情，20年前，有个英国人还被一尊石像掐死了呢。这完全是魔鬼的恶作剧。"

在我们的一再追问下，他才慢条斯理地讲述了下面的故事：

英国曾有一个在帝沃力发掘古物的绅士，有一天他挖到了一尊皇后的石像，那尊石像美极了，绅士一看到它就把当作一个美女一样爱上了她。他把石像称作妻子，还时不时地亲吻她，而且他还向邻居们炫耀说，石像每晚都会化作一个真实的美女陪自己睡觉。后来有好几天，人们都没有看到绅士出门，直到一个农夫来跟他借锤子，农夫才发现他已经被压在石像底下好几天了。尸体都有些腐烂了，散发着阵阵恶臭。

神父讲完这个故事，我们又陷入了关于鬼神的谈论之中，以至于当我们在门口分别时，每个人都不由得对着黑色的夜景，耸了耸肩，就仿佛那肩膀上落着一个轻飘飘的鬼魂一般。

因为我住的旅店离侯爵夫人的府邸并不是很远，所以我决定步行回去，而且我还选择了一条从没有走过的小巷。

（三）

小巷里除了花园的长围墙和不开灯的低矮小屋以外，空无一人。12点的钟声掠过头顶，我加快了行走的步伐。突然，一个红色东西降落在了我的脚边，我猛然一惊，要知道刚听完鬼故事的人多多少少都会有些神经敏感。

我慢慢地仰起头，赫然发现，楼上幽暗的窗口飘过一个白色的人影。我确定那是一个妇人，她的手臂向我张着，像在索要拥抱。我猜测可能是我白天在行走的时候被哪家的姑娘看上了，现在她正向我献媚呢。我捡起地上的玫瑰，然后准备笑着说："您的花掉了。"可是她没给我这个机会，等我抬起头时候，那个女人出现过的窗口已经紧紧关上了，而我竟没有听到任何声音。

我想，她可能正下楼，准备给我开门呢。于是我找到了大门，轻声叩门，还特意整了整自己的衣装。可是等了有10分钟的光景，门扉依旧紧闭，那上面生锈的挂锁好像在嘲笑着我的疏忽。

"难道她是被锁在里面了吗？"我捡起一块石头，向窗户扔去，石头干脆地敲击着窗户的挡风板，又无奈地滚落在了我的脚边。我抬头看那百叶窗，隐约间觉得那百叶窗微微动了一下，但是仍没有人探出头来。我忽然意识到这可能是个恶作剧，于是转身离开。

第二天，我醒来后，那个白色的影子依旧在我的眼前晃动，丝毫不亚于卢克蕾蒂亚夫人的画像对我的诱惑力。于是我决定再去一探究竟。我凭借着昨天的记忆找到了玫瑰花掉落的地方，白天的阳光打在一块圣母像下面的木牌上，我看到那里写着一个足够勾起我好奇心的名字——卢克蕾蒂亚夫人胡同。难道这个地方和达·芬奇的那幅画有什么联系？那个白色的影子开始在我的眼前晃动。

我想没准我会在这里邂逅一个像卢克蕾蒂亚那样的美人，虽然这时的心怦怦直跳，但是眼前这栋肮脏老朽的房子，丝毫不会让我把它和皇室、宫殿联系起来。布满苔藓的围墙，因为时间过于长久的原因，俨然一片乌黑。黑色围墙裹挟一棵疏于修建的树木，透过树枝和树枝之间的缝隙，可以看到一座二层的房子，临街的窗户全都被厚厚的挡风板罩着。我绕到大门前面，看见门上有一个被时间锈蚀的盾形纹章，两扇门之间挂着我昨天看到的那把挂锁，而且门上还挂着"古屋租售"的牌子。

我想我是不会弄错的，因为，我脚边还有两片蔫了的玫瑰花瓣。我向附近的人（这个胡同里的住家少得可怜）打听这里是否住着一个女人，大家都用十分厌恶的语气予以否决。但这接二连三的拒绝反而提升了我的好奇心。最后我来到了一个黑暗的地窖外面，还没有进去，我就感觉到了扑面而来的湿气。一个长相丑陋的老妪从里面探出了脑袋，她开门的一刹那，我隐约看到地窖里有一口冒着白烟的大锅，不知道煮着什么。

"你要看卢克蕾蒂亚夫人的房子吗？"一个含混的声音。

"如果您真能让我进去看看，那再好不过了。"

"如果你想租下来的话，我这里有钥匙。"

"这得看过之后才能决定。"

"您愿意给点小费吗？"

"当然。"我从口袋拿出些钱，放在了她那沾满泥污的手上。而她则一手接过钱，一手拿起了挂在墙上的钥匙，迈着蹒跚的步子朝卢克蕾蒂亚夫人的住宅走去。

"这个房子是因为卢克蕾蒂亚夫人住过，才叫卢克蕾蒂亚夫人的房子吗？"

"怎么你没有在罗马听说过卢克蕾蒂亚夫人的故事吗？这里发生的怪事罗马人都知道。"说着她把布满锈迹的钥匙捅进了钥匙孔，但是挂锁好像没有被打开的迹象。

"您来试试吧，我可能太老了。"说着她把钥匙递给了我。

我想不是她老了，而是因为钥匙和锁孔太久没有重合过了。我咬着牙使劲，我今天早晨刚带上的手套已经沾满了锈迹。门终于开了，一条幽暗的雨道，通往低矮的大厅，斑驳的金漆天花板上爬满了蜘蛛网，而且整栋屋子里散发着浓厚的霉气，而且空荡荡的大厅里没有一件家具。从它的装潢风格来看，这栋已经很久没人住的房子应该是 15 世纪的建筑。破碎的玫瑰花形玻璃外可以看到开得正艳的玫瑰。而老妪的身形和面容跟这里的残破的基调很搭配，我怀疑她是不是像童话故事里的巫婆一般，藏了个公主在里面。

大厅的尽头有一段衰朽的楼梯，正当我打算迈开脚步的时候，老妪突然说楼梯坏了，我猜想她一定藏了什么秘密，没准我昨晚偶遇的那个白衣女子就在上面。由于我的坚持，像巫婆一样的老妪没有再阻止我。楼上的房间和大厅一样空空荡荡，它们像同一个房间的复制品一样，围着大厅弧形排开。不过到最后一间时，一张一尘不染的黑皮沙发吸引了我的注意力。在这个到处落满灰尘的房子里，它显得过于干净了。

我走过去，坐在上面，跷起二郎腿，然后看着一脸不愿意的老妪，我忽然想到这样听她讲一个古老的故事应该不错。所以在她提出要求之前，我慷慨地从兜里掏出了钱，是第一次的两倍的钱，递给了她。她看着钱，看着我，然后要豁出去了一样，用力地咳了一下，把关于卢克蕾蒂亚夫人的故事娓娓道来。

"亚历山大陛下，曾有一个美若天仙的女儿，人们习惯于叫她卢克蕾蒂亚夫人，"老妪枯槁的手指指向了一座雕刻粗糙的女人半身像，"但是美丽的女人有一颗不安分的心，她太贪玩了。为了避开她父王的视线，她命人在这里偷偷修建了这所房子。她每天晚上都会从皇宫里偷偷跑出来，然后花枝招展地站在二楼的窗口向路过的英俊骑士献媚，然后把有意向的骑士招揽到自己的房间里来，和他们尽情狂欢。但是为了避免这些事情传入国王的耳朵，每个被她看中的骑士都是有去无回。因为她会命令她的武将把和她交欢过的情郎剁成肉泥，然后掩埋在后面的玫瑰花丛里。"说到这里老妪来回地搓着自己布满老茧的手，只有我们两个的房间里能清晰地听到"嚓嚓"的声音，我紧张地盯着她那双贪婪的眼睛。她向我迈进了几步，接着讲道："这个传统一直延续了很长时间，直到一个叫西斯托·塔奎诺的青年出现，当然卢克蕾蒂亚夫人并不知道他是谁，他也没能逃脱沦为肉泥的下场。不过青年的一块绣着自己名字的手绢掉落在了她的房间，后来她才了解到自己杀了自己的小叔子。于是她用自己的袜带吊死在了这根横梁上。"

老妪把这个传说讲得惟妙惟肖，但是我知道她是在危言耸听，我看着她正在盯着她所说的那根横梁，好像那上面住着一个幽灵。而我则看到她沾满油垢的裙摆下，躺着几篇萎缩的玫瑰花瓣。

她看向我，而我则装作什么也没看到一样，问道："谁管理这里的花园？"

"我的儿子，"她有些自豪地说，"不过他已经随同瓦诺奇先生去马雷姆了，已经很久没有好好收拾过这个花园了。"

"瓦诺奇先生？他的工作多吗？"

"那是一个大麻烦，什么事情都要我儿子做。"说着她向房门走去，大概她认为我又到了该给小费的时候了吧。好吧，我又掏出些钱给她。

"告诉我，这里是不是有个女人来过？"

"女人？"她抚弄着自己的钱，突然意识到了什么，说，"女人？难道是卢克蕾蒂亚夫人的鬼魂？对不起先生，我忘了告诉你，这所房子晚上会闹鬼。"说着她步履匆匆地下了楼。

（四）

我知道了关于那所房子的传说，也有了那所房子周围的一件艳遇，但是我不能把这些事情讲给阿尔多布兰迪侯爵府邸的任何一个人听，因为他们根本不相信，也不关心。于是我又找到了我的画家朋友。不过他也不能给我什么慰藉，他除了嘲笑我这个无神论者之外，就是说他那个住在那儿附近的一个女人。他说那个女人虽然只有一只眼睛，但是还算得上是个美人。

不过，这关我什么事情呢？我只能带着一颗充满疑惑的心，一次又一次地走过卢克蕾蒂亚夫人的窗户，然后在那里故作逗留，期望能侥幸地遇到她，那个白衣的女子。但是人的耐心总是有限度的，一夜又一夜的无果让我渐渐淡忘了这件事情。

那一天我正好走过那个胡同，当时最早也有 12 点了吧，我清晰地听到一阵低笑声，白衣女人，这四个字第一时间闯入我的脑海。我下意识地抬起头，那个女人缄口不言。这时一队送葬人手持蜡烛，从胡同的另一端朝我走来，他们大大的看风帽遮住了容貌，好像没有脸的恶魔，正抬着一具尸体等着分食。我战栗着站在街角，一动不动地看着他们抬着的尸体从我鼻尖下走过。

然后捡起一颗石子投向了那扇窗，石子落了回来，连同突袭的暴雨。雨中我飞快地奔跑，想着，这个世界上还有谁能破解我的谜语。我无法将自己的困惑和哀愁与人分担，所以哑谜只能折磨我一个人。

后来，我和奥塔维奥如往常一样参观古迹，纳格罗尼神父当然如影随形，路过卢克蕾蒂亚夫人胡同时，我无意说了一句"这是卢克蕾蒂亚夫人的房子"。我看了一眼那依旧紧闭的房子，然后望向了奥塔维奥，没准他能告诉我些什么。但是我没想到映在我瞳孔里的那张脸，因为紧张的缘故，有些变色了。我当时并没有想到他可能和那个白衣女子有什么关系，不过后来的事实证明，折磨我的哑谜是他和那个白衣女子一同编造的。

那个晚上，我照例去侯爵夫人家吃晚饭，一进门就看到一脸哀愁的阿尔多布兰迪侯爵夫人朝我走来。

"可怜的奥塔维奥，他病了，你上楼去看看他吧。我想他会期望见到你。"

"好的，您别担心。"我安慰着侯爵夫人，然后上了楼。其实他并没有阿尔多布兰迪侯爵夫人说的那么严重，你看他看报纸的样子就知道。我和他聊了一会儿，然后劝慰他说让他注意保暖，天凉了。他反过来要求我穿上他的斗篷再出门，因为外边的风正猛烈地敲打着窗户。我拒绝不了，只好同意。

披着厚实的斗篷，我出了阿尔多布兰迪公馆，快走到卢克蕾蒂亚夫人的胡同时，一个陌生的大汉塞给我一张带着他体温的纸条，然后匆忙地消失在了路口。借着路边的灯光，我小心翼翼地摊开了那张纸，上面的铅笔字迹在灯光的照射下有点亮亮的，我像端着一碗水一样，左右晃动着，好不容易把上面的文字通顺地念过一遍："今晚千万不要过来，他们已经知道了。不过他们还不知道你是谁。永远爱你的卢克蕾蒂亚。"

卢克蕾蒂亚！又是卢克蕾蒂亚，世界上到底有多少个卢克蕾蒂亚？我把那信握在手里，然后，走向了那所房子。我的直觉告诉我，我将在今晚破开哑谜。

"卢克蕾蒂亚！"我试探着叫道。这里依旧如我第一次来过的那样寂静。不过二楼的窗户大大地敞开了，而且窗户旁边好像有人影在晃动。

"卢克蕾蒂亚？"我再次试探地问道。

"啪"枪声响起，我躺在了石板路上，一个警告的声音喊道："这是卢克蕾蒂亚夫人送给你的礼物！"接着窗户的挡风板又毫无声息地关上了。正当我仓皇地打算逃跑的时候，我感觉我的肩膀被什么人抓住了。

"你受伤了吗？"这是奥塔维奥的声音，我又惊又喜地转过了头，果然是他。他焦急地说："误会，误会，我不知道是你。你能走路吗？"我感觉他快要哭出来了，果然是个懦夫，我在心里说。

他搀扶着我，我们用尽量快的速度走着，他拦了一辆马车，然后把我送到了旅馆。把我安顿在床上之后，他递给我一杯水，让我安抚情绪。最后我把自己这些日子见到的、想到的都告诉着这位异国的朋友。虽然他一直在说这是个误会，但是我不能掩饰这个误会给我带来的不愉快。

"您能解释给我听吗？误会把我搞糊涂了，不然我就会去报警，怎么可以冲着行人开枪呢。"说实话，我的伤势并不重，那颗子弹只是擦伤了一点我的皮。但因为是无缘无故的受伤，我十分气愤。

"你还不了解这个国家，自己经历的事情随便向人提起是会遭殃的。"

"照您这么说我捡起一朵玫瑰，就活该挨枪子儿？"

"你先消消气，这件事交给我吧，我会帮您调查清楚的，"他帮我扶了扶靠枕，"不过，你要向我保证这件事情不能告诉任何其他的人。"他的表情是我从没有见到过的严肃，我也没有理由拒绝。不过我还是问了一句："那当然再好不过了。不过你怎么会在那个时候出现呢？"

大概我这个问题问得太突然，奥塔维奥的脸上有一刻僵住了。然后有些紧张但却故作轻松地说："哦，我只是听到了枪声，才过去的，你知道这个国家有时候很不安定。"说完他就像躲避我的再次发问一样，离开了我的房间。而且后来一连几天，我都没有机会再和他仔细聊一聊当天的情景，因为他总是很忙，而且脸上总是很忧伤的感觉。我猜他大概不喜欢阿尔多布兰迪侯爵夫人强加给他的职位吧，毕竟受职的日子越来越近了。与此同时我返回佛罗伦萨的日子也越来越近了。

那天我去阿尔多布兰迪侯爵夫人的府邸向大家辞行，侯爵夫人当然说了一些"好好保重""向令尊问好""以后欢迎再来"等寒暄的话，纳格罗尼神父依旧是一副神像般的表情。倒是奥塔维奥，他好像很不愿我离开，我猜想相处的这些日子里，他大概很喜欢我这个法国人吧。这不，我快要出门的时候，他还非要拉我到他的房间去聊聊。

"您一定要答应我的请求，否则我会死的。而我即使死了，也不会穿那件丑陋的制服的，"他的一只手紧握着我的手，另一只手恶狠狠地指向了挂在墙上的神父服，"你带我走吧，我一定要离开这个国家。我可以化装成您的仆人，您只要在护照上稍做手脚，我的忙您就帮到了。"

"您这么一走，你的母亲岂不是会很伤心？"我试图说服他放弃自己冲动的计划。

"不，她不会伤心的，她只是会觉得丢面子。"看来他的决心很坚定，之后他提出各种非带他离开不可的理由，我没有办法，只得答应了。不过他的离开是附带条件的，他说："在这之前，我必须去完成一件事情，如果它成功了，后天我就会和您一起动身离开罗马。"

我知道如果我问是什么事情的话，他一定会拒绝，所以我自觉地选择了由他去，然后约定后天凌晨3点准时动身。剩下的最后一天，我决定去回访招待过我的人，基本上大家都采用了一样的模式和我辞别。我的最后一站当然是阿尔多布兰迪侯爵夫人的宅邸，见到奥塔维奥时，我尽量表现得自然一些，毕竟他的母亲和神父对他要离开的计划一点也不知情。

不过他好像没有这样的心理素质，握着我的手一直在发抖，脸色也不是很好看，趁着无人的时候，他悄悄对我说："你回到旅店的时候，会收到一封信。还有如果我没有按我们约定的时间赶到，您就请自行离开好了。"我当时想，他的所有表现都很合理，毕竟他要离家出走了，而且有可能再也不会来了，所以我没有想太多就答应了。

（五）

凌晨1点多，我本可以直接回旅店了。但是回想在罗马经历的这些事情，最值得我怀念的就是那既神秘又诡异的卢克蕾蒂亚夫人的房子以及那附近的邂逅，所以我决定在离开之前最后一次看一看那所老房子。不过鉴于上次不愉快的经历，我决定这次只是远观。

紧闭的窗户，今天是开着的，黑色夜里，屋内是同样的黑暗，一条白色的绳子（大概是用白色被单串起来的吧，上面有很多的结）像一根舌头一样从里面吐了出来。它是卢克蕾蒂亚夫人的暗号吗？它在引诱我进入吗？哼哼，我看我还是惜命点儿比较好。我心里这样盘算着，并以极慢的速度打算离开，不过内心深处，我还是希望那里面爬出什么东西来的，比如说一个贵妇。不过一切都没有发生，我安静地离开了，没有什么足够奇怪的东西吸引我驻留脚步。

"再见了，卢克蕾蒂亚夫人以及您的幽灵。"

当我走进旅店时，时钟正好指向"2"，凌晨两点整。行李早已经打包好了，一个侍者交给我一封信，说是唐·奥塔维奥给我的，我问："他人呢？"

侍者谦卑地说："他还没有来。"我赏了他一些小费，他再次开口说："有一位夫人在等您，她自称是卢克蕾蒂亚夫人。而且，她好像要跟您一起离开，她的行李已经被我们放到车上了。"

"卢克蕾蒂亚夫人？"我默念着，心跳明显地加快了，"快带我去。"侍者拿着烛台，带我向三楼走去，我就住在三楼的一个房间里。不过中途的时候，侍者踩空，蜡烛熄灭了，他只得抱歉地要我在原地等候，等他拿蜡烛回来，可我怎么等得了？卢克蕾蒂亚夫人正在等着我呢。

我的手触碰到了金属质地的门把手，很凉。我的脑海中，闪现出黑暗中发生过的各种恐怖场景：血淋淋的尸体，没有脚的白色幽灵，青面獠牙的妖魔。我想侍者一时半会儿不会拿蜡烛过来，我决定打开房门。房内有光，我不由得感谢上帝，我继续往深里走了一步。

脚步声！裙裾擦蹭地面的声音！我的心跳声！

我猛地回头，一个蒙着黑面纱的白衣女子，张着双臂向我拥了过来。

"你终于来了。"她的手触碰到了我的手，冷得像死人的手，毫无温度。我无助地向后退着。

"哦，你不是，不是……"透过黑纱，我看到她的脸更加苍白了，红色的嘴唇一直嘟囔着。"您是奥塔维奥的法国朋友？"她问道。

"是的。"我相信她不是鬼魂了。鬼魂不会有她这般谦逊的姿态：眉眼低垂，双手恭敬地放在身体前面。难道她是奥塔维奥的心上人？她正准备和奥塔维奥一起私奔吧？

没过多久，一身仆人装扮的奥塔维奥赶来了，他的话证明了我的猜测。原来我一直念念不忘的女子，竟是和他有深厚感情的女子。我不过被当作帮助他们维护伟大爱情的亲信，也不错，虽然我没有像他那样收获爱情。被我误认为是卢克蕾蒂亚夫人的白衣女子，其实是瓦诺奇先生的妹妹，他的哥哥富有却缺乏好的名声。这成了她和奥塔维奥顺利交往的阻碍。因为像阿尔多布兰迪侯爵夫人那样一个贵妇，是绝对不会允许这种门不当户不对的事情发生的。

　　尽管阻碍重重，两个相爱的人还是想出了应对的招数——在臭名昭著的凶宅，也就卢克蕾蒂亚夫人的房子里幽会。我收到玫瑰的那天晚上，奥塔维奥的心上人把我误认为是奥塔维奥了，我们之前也说过神父也曾把我认错过，也许我和奥塔维奥真的有几分神似吧。

　　后来瓦诺奇发现了妹妹的秘密，逼她说出男方的名字，但这个女人很是倔强，死不开口，接着就发生了我后来被打伤的那一幕。至于最后的结局，就像我开头说过的，他们成功结婚了。虽然阿尔多布兰迪侯爵夫人和瓦诺奇一开始都不同意，甚至有一段时间和他们断绝了来往，但是在我和我父亲的调停下，他们最终还是和好了。

查理十一世
目睹鬼魂出现

【法】梅里美

　　莎士比亚家喻户晓的《哈姆雷特》里讲述了一个叔叔取代侄子成为国王的故事，而在瑞典历史上曾经也发生过与《哈姆雷特》相似的剧目。

　　那是在 1792 年的时候，热衷于改革的瑞典国王居斯塔夫三世在一场化装舞会上遭人行刺，凶手安卡尔斯托洛安很快就被抓获。国王遇刺身亡之后接替他的是他年幼的儿子居斯塔夫·阿道尔夫四世，为了辅佐孩子，他的叔叔德·絮德玛尼公爵成了摄政王，也就是这位摄政王叔叔最后发动了政变，将侄子从王位上拉了下来，自己变成了瑞典国王。

　　现在让我们再把时间倒退回到 100 多年前，查理十一世统治瑞典的时候，这位政绩卓著的国王不仅使国王的权力变得空前提高，还将称霸波罗的海及其沿岸地区的武装力量留给了自己鼎鼎大名的儿子查理十二世。那是一个比现在还要寒冷的冬天，瑞典斯德哥尔摩摩勒湖的边上，马蹄形状的旧王宫一端的国王办公室里，壁炉熊熊地燃烧着。

　　"为了证明今天晚上所见到的一切都是真实的，"查理十一世拿着侍从写好的文件，"我们必须要在上面签名。"国王把文件递给了布拉埃伯爵，伯爵签好之后又递给了博姆加尔唐大夫，大夫再把笔传给了看门人，最后国王也签上了自己的大名。这份文件的最后记载着国王的誓言，他起誓文件记载的内容是真实发生过的，否则身为路德教信徒的他愿意放弃升入天国的机会。根据路德教的教义，只要相信上帝，每个人就能得到救赎，更何况国王也为他的子民做了很多事。

　　能有什么事可以让一个国王宁愿舍弃自己的福利，还把国王、贵族和看门人联系在一起呢？

　　这天晚上的早些时候，感觉身体有些不舒服的国王将博姆加尔唐大夫召进了王宫，陪侍在国王身旁的还有他的宠臣布拉埃伯爵。大夫和伯爵都感觉得出来，国王有些急躁，虽然国王陛下什么都没有说。伯爵揣测国王的抑郁心情与刚刚过世的王后有关，他趁机称赞了王后的油画，却遭到了查理十一世的斥责。国王甚至还站了起来走了一会儿。时间越来越晚了，但他没有表露出让伯爵和大夫退下的意思，这时大夫含蓄地向国王表达了熬夜对身体不好的时候，国王只表示了让他们再留下的意愿。

夜色已经很深了，不是满月。查理十一世站在面对着庭院的窗前，庭院的对面是议会开会的大厅，大厅和国王的办公室由一个长长的走廊连接在一起。在这样漆黑的环境里，对面的大厅突然亮了起来，国王起初以为有侍从拿着火把在那边，但他不记得自己有下过命令让人打开过会议厅。会议厅灯火通明，没有声响没有烟火的迹象。布拉埃伯爵也注意到了会议大厅的异样，刚想派人去查看情况就被国王伸手制止了。

"我要自己去。"国王有一丝动摇，但仍坚定地说出这句话。

伯爵和大夫都注意到了国王不是很自然的脸色，即使心里有异议，他们也只能服从国王的命令，手持着一支蜡烛跟在国王后边。

到达会议厅的时候，三人面对着紧锁的大门。博姆加尔唐大夫只好去摇醒拿着钥匙的看门人，这可把看门人吓坏了，哆哆嗦嗦地为国王开门。大门后的走廊一片黑暗，这条通往议会大厅的走廊装饰着橡树板壁，但现在它们全被黑色的帷幕遮了起来。黑幕是葬礼上才使用的东西。国王很愤怒，叱责是谁不经过他的命令改动了这里的装饰。看门人诚惶诚恐，向国王解释大门最后一次打开的时候走廊还是原来的样子，而这些帷幕也不是国王陛下收藏室里的藏品。

灯火通明的会议大厅、挂满黑色帷幕的走廊……所有的一切都越发的诡异起来。看到国王陛下还是坚定地往里走，看门人不顾礼仪惊恐地大叫了起来："陛下，不能再往里走了！有人看到过世的王后殿下经常在这里走动。上帝！您不能再往前了！"

博姆加尔唐大夫咽了咽口水，虽然身为一名医生，他一直坚信鬼怪之说都是空谈，但今晚的情况让他也不得不惶恐起来。大夫加快了脚步跟上了国王。

这时国王已经到达了会议厅的大门，里面传来了古怪的声响，不知从哪儿来的阴风把博姆加尔唐大夫手中的蜡烛吹灭了。布拉埃伯爵赶紧阻止了国王无畏的冒险，而大夫也强烈建议要去找卫兵。国王没有理会他们，嘱咐看门人把门打开，看门人颤抖着，连钥匙都插不进钥匙孔，国王不耐烦地踢了踢门，震动的响声响彻了只有四个人的走廊，"你还是上过战场的人吗？伯爵，你来！"

被国王指定的布拉埃伯爵不动声色地后退了一步，用符合贵族身份的口吻表示，他宁愿直面敌人的炮弹，也不愿意迎接迎面而来的地狱。博姆加尔唐大夫早已躲在了伯爵身后。

面对臣属们的怯懦，国王明白这件事只有他自己一个人能做，他嗤笑了一声一把夺过看门人手中的钥匙，将钥匙准确地插进锁孔，转动了两下。上帝保佑！会议厅的大门终于打开了，未知的景象将要在国王及其随从面前展开。

进入会议厅的查理十一世一行人正好撞见了一幅审判的画面。几个贵族少爷打扮的年轻人正双手被缚地从与查理十一世他们相对的那扇门里推出来。他们的气势以及态度分明表明了，他们对中间那个放着斧头的斩首台的不屑一顾，其中为首的，疑似是主犯的那个年轻人态度最为嚣张，好像他即将奔赴的不是死亡而是在看一场滑稽的表演。

查理十一世环顾了一周，议席上坐满了穿着黑色丧衣的四个等级的议员们，会议厅的所有装饰也都蒙上了黑纱。他们在低声地交谈着，窸窸窣窣地，让人听不清这些幽灵到底在说什么。没有一个人或者说幽灵表现出对查理十一世等人到来的关心。

这时手指敲击书本的声音响了三下，原本还在低语的幽灵们都停止了交谈，严肃认真地听着即将宣读审判的法官。

怎么回事？查理十一世的视线落在了法官桌子的对面，隔着斩首台，那是一个他无比熟悉的位置——他经常站在那个位置上向议员们鼓吹改革、发布政令。而现在那个代表国王的位置上停放着一具尸体，血肉模糊但也遮盖不住查理十一世熟悉的王服。尸体的后边站了两个人，一大一小。

大的很老了，身披行政官的大礼袍。查理十一世辨认出那是在瑞典变成王国之前古代行政官们的服饰。老人将身子依靠在王座上。而小的则戴着王冠，手握象征权力的权杖，不难推断出小孩与那具尸体的亲属关系。尸体突然抖动了起来，一股鲜血又从伤口处蹦了出来。

查理十一世发誓他听到了一声轻蔑的笑，笑声来自下方那个为首的年轻人。年轻人正傲慢地盯着那具尸体。黑色长袍的法官坐了回去，那个年轻人被押着，跪在斩首台前，斧头一动，光影一闪，一颗头颅向查理十一世所站的位置滚来。一路留下了殷红的血迹，头颅最终还在查理十一世的鞋子上留下了鲜红的印记。所有这一切都让人震惊，深夜的王宫里一场不知何时发生的审判。查理十一世僵硬了，但最终国王的使命和责任促使他向前走了几步，国王向王座上穿着行政官袍子的老人询问他是否信仰上帝，如果是，请他开口说话。

幽灵幽幽地回复了这位国王，并告诉他这场杀戮不是在查理十一世统治的这个时代发生的，查理十一世这时听不清他又说了什么，最后只听到这位幽灵一直念叨着不幸将在 5个国王之后降临……然后，会议厅里幽灵们慢慢变淡变薄最后消失了，会议厅里吸引着查理十一世他们过来的火把也全部熄灭了，刚才所有的一切，尸体、斩首台、鲜血都消失得无影无踪。会议厅里只有查理十一世他们带来的火把在闪动着，而这时又飘来了一阵很动听的声音。

"是、是树叶摩擦的声音？"博姆加尔唐大夫大着胆子说话，他看见挂毯被风掀动了，他认为那是竖琴弦断的声音。

"陛、陛下……"看门人颤颤巍巍地指着查理十一世的脚，布拉埃伯爵举着火把靠近——亮光下是国王沾有一滴红色鲜血的鞋子。

"我起誓今天晚上所见的一切都是真实发生的……"这是查理十一世、布拉埃伯爵、博姆加尔唐大夫，还有看门人这 4 个见证人共同签署的文件开头。这份见证书在查理十一世那个时代不慎流传了出去，人们深信着这个故事，这份文件至今依然保存完好。

被杀的国王、年幼的继承者、穿着行政袍的老人、被处刑的凶手……查理十一世所见证的场景与自己的子孙居斯塔夫三世、居斯塔夫四世的遭遇微妙地联系在了一起。

恐怖慑人的死亡拼图

可怕的戏院

【美】托雅·唐纳卡

　　约阿希姆·柏林在一家可怕的剧院工作，那里有各种各样奇怪的演员，有一天，死亡突然降临这间剧院，演员一个接一个地意外死去，人们找不到这些事情发生的原因，只是，这一切都发生在约阿希姆·柏林失去导演的地位之后。

　　约阿希姆·柏林是一名优秀的导演，他擅长与各种神经质的演员打交道，他自信剧院没有他就无法进行。

　　现在，他面临着自担任导演以来最混乱的一场排练：曼弗雷德·卡斯滕像往常那样又来晚了，由于是首场演出，他的行为惹恼了所有演出人员：米歇尔·沃尔夫突然不会台词了；盖布里尔·曼忘没有及时提醒，使得安娜·博尔恩脑子一片空白，演起了本该下一幕出现的角色；照明师昏昏欲睡，居然在谢幕前把所有探照灯打开。这一切都糟糕透了，排练自然以失败告终。

　　于是他只能先暂停排练来一个个地解决演员们的问题。

　　首先来和约阿希姆倾诉的是服装管理员，他向约阿希姆讲起最近的恋爱经历，他爱上了一名苗条的舞蹈演员，这名演员非常听约阿希姆的话，他希望约阿希姆帮他说说好话让她留在他的身边。接着是拉开打架的曼弗雷德和米歇尔，完了又要忙着安慰因为男朋友离开自己而伤心的安娜，同时还要和玛丽丝·克劳斯协调道具的问题。好不容易问题都告一段落了，主演托马斯·粱特惯有的演前综合征又发作了，约阿希姆又不得不和托马斯在餐厅一角听他诉说衷肠。最后托马斯又和曼弗雷德详细商谈了他的角色。

　　当这些事情全部忙完之后，排练才终于可以继续进行下去了。这一天约阿希姆过得非常繁忙。但是他从心里喜欢这种被同事需要的感觉，这让他觉得没有他戏院玩不转。然而这样的优越感，在经理把年轻的亚历山大·冯·马施带到剧场，并宣布他成为剧院的第一导演时破灭了。

　　约阿希姆对经理的决定感到十分不满，他对经理提出了抗议，但是经理的态度十分强硬，坚决不肯改变意见。绝望中约阿希姆拨通了戏剧顾问汉斯·哈特的电话。过去他经常帮汉斯·哈特的忙，所以他相信，在他遭受挫折的时候，汉斯也会帮他一把的。他想让汉斯帮助他把剧组重新团结起来，一起抗议经理的决定，这样他就能赶走可恨的亚历山大了。

但是事实与约阿希姆的希望完全相反，汉斯拒绝帮忙，甚至拒绝和他谈论这件事情，这令约阿希姆十分诧异，同时也十分伤心。之后约阿希姆一一给他所有的朋友打电话，但是大家要么没有时间，要么就是不愿和他谈论这件事。一瞬间，约阿希姆感觉他被世界抛弃了。他总是随时随地帮助别人，但是当他需要帮助时却没有人对他伸出援助之手。这一夜他彻夜无眠。

在这之后的剧院生活中，约阿希姆过得非常痛苦。他那些所谓的朋友对他态度冷淡，没有人关心他约阿希姆。他们全都聚集在戏剧新星亚历山大·冯·马施周围，而不是他周围。

面对这样的状况，约阿希姆感到困惑，他不知道大家把他当成了什么，有困难的时候就找他帮忙，现在他无权无势了，就把他当一个废人、没用的机器人一样抛弃掉。大概是现在他们过得太过顺利吧，也许他们需要再一次体会混乱的感觉。

第二天，排练过程中一根架子松了，戏剧顾问汉斯·哈特就这样被横梁绊倒，摔死在舞台上。这件事，使得演员们非常害怕，一时间剧院变得非常混乱，新来的年轻导演亚历山大根本控制不了局面。

这时约阿希姆大胆地站了出来，几分钟内就成功安抚了受惊的同事，平息了风波，这时约阿希姆又像从前一样成了众人依赖的导演。可惜好景不长，几天后当一切恢复正常，整个剧组又无人搭理他了，这使得约阿希姆很愤怒同时也很沮丧。他反思了一天，意识到，因为他没有价值了，所以大家才无视他。

就这样第二天，不知是谁把一根柱子放倒在排练厅，瘦弱的安娜手不小心碰到上面，结果被柱子压死了。中午大家一块儿在食堂吃饭之后，主角托马斯就感觉不舒服，经医生诊断他是食物中毒了，这样到下周他都不能回到舞台。约阿希姆出于对朋友的关心到他的家中去探望他，而托马斯的病情却一天天恶化，最后不得不住进医院，医生极力抢救也没能改变什么，没过几天就去世了。

接连的死亡使得剧院人心惶惶，亚历山大感到非常疲惫，虽然约阿希姆一直在安慰和鼓励他，但是谁也没有想到下一个牺牲者就是亚历山大导演本人——有天晚上戏院角落的一根横梁猛然砸在亚历山大导演的脑门上，他就这样一命呜呼了。

就这样，约阿希姆又成了剧院的第一导演，他依然是人们依赖的中心，戏院没有约阿希姆不行，对于对大家来说，他是不可缺少的。但遗憾的是，不久经理又找来了另一名新导演，显然他对约阿希姆并不满意。这样约阿希姆又回到了被人忽视的日子。

剧院中的日子一天天过去，不幸事故却与日俱增。

一天神经质的米歇尔在衣帽间自杀了，他用玻璃割断了自己的喉咙，大家都说米歇尔心理承受能力太差了，所以才会自杀，但是谁都没有注意，在死去的米歇尔身边，约阿希姆一直神经质地站着。

紧接着一个无名之辈由于一个愚蠢的疏忽，把舞台监督员杰恩·沃伦撞倒了，使他就这样跌进了地下室，摔死了。

一连串的死亡让剧院笼罩在了恐怖的阴影中，大家都说这是被诅咒的剧院，每个人都害怕下一个死去的就是自己。没有人注意到约阿希姆已经不在剧院中了，他辞掉了工作，因为他已经达到了他的目的，这个剧院对他来说已经没有任何意义了。

很多年以后，人们还在议论着这间奇怪的剧院，谈论着它那神秘莫测的死亡事件。

弱者的愤怒

【英】阿加莎·克里斯蒂

富豪鲁本·阿斯特维尔在自己的书房里被人杀害，所有的矛头都指向了他的外甥查尔斯·莱弗森。但是鲁本夫人坚持认为杀害自己丈夫的凶手另有其人。侦探赫尔克里·波洛应邀前来对此案进行侦破，在调查过程中，一个又一个意外的发现让他大为吃惊……

（一）

大侦探赫尔克里·波洛此时正在圆桌上像个孩子似的码积木。这个瘦小干枯的男人留着一小撮山羊胡，戴着尖顶窄沿礼帽，鹅蛋形的脸在灯的照射下泛着油光。在他对面坐着一个女人，此刻正在愁眉不展地和他喋喋不休。

这个女人名叫莉莉·玛格雷夫，她来向波洛侦探讲述一个案件。他们约在布鲁克林大街的中式茶馆，这个茶馆很小但非常别致，客人可以一边喝茶一边玩智力游戏。积木就是这些游戏之一，不过它可不是为波洛这种"大人物"准备的。

波洛玩积木玩得津津有味，似乎这东西比莉莉的故事更能引起他的兴趣。说着说着，莉莉突然停下来，她觉得眼前这个颇有喜剧色彩的"老顽童"并没有在专心听她讲话。

"波洛先生，你在听我说话吗？"莉莉有些生气地问道。

"小姐，请您继续，我在听，而且是非常认真地听，我发誓。"波洛笑着抬起头，看了看莉莉，然后又低下头继续码积木。莉莉的故事是一个可怕的故事，具体说来是不久前的一起凶杀案，但是在莉莉的话语下，完全没有恐怖的气氛，看来她不是一个讲故事高手。

终于莉莉将这个平淡的恐怖故事讲完，非常简单，听不出任何的跌宕起伏。

"波洛先生，事情的经过就是这个样子，我想你听明白了吧！"

波洛低垂着眼睛点点头，然后"啪"地一挥手，积木散落在了桌子上，刚才的杰作变成了一堆"废墟"。

"我大体清楚了事情的经过。"波洛将手交叉着放在胸前，挺起身子靠在椅背上。

"在星期三，也就是前天，查尔斯·莱弗森被警方逮捕，原因是与10天前的鲁本·阿斯特维尔先生被杀一案有关。查尔斯是鲁本的外甥，在那天夜晚，他来到舅舅的书房，这时候，鲁本先生正在他那与众不同的房间内审阅文件。之后里面具体发生了什么事情就不得而知了。不过从楼下正在干活的仆人嘴里得知，查尔斯在进到舅舅的书房之后，里面传来了争吵声和重物落地的声音。本来仆人想上去看看的，结果还没等他走到楼上，查尔斯就慌慌张张地出现在他的视线里，并且还对仆人说舅舅已经睡了，不要上去打扰他。仆人见状继续回来干活。

直到第二天早上，鲁本先生的尸体才被用人发现，他应该是被重物击中头部而死。我想那个仆人并不是第一时间报的警。我说得没错吧，莉莉小姐？"

波洛的推测让莉莉为之一震。

"您是怎么想出来的？"

"很简单，怕惹祸上身。因为你刚才的讲述过程之中，我感觉到那个仆人的每一句话都是在为自己洗脱嫌疑。"

"您认为他也有嫌疑？"

"这是很自然的事情，是一种自我保护，每个凶案的发现者都会有这种自我保护意识。"

"原来如此。"

"那个仆人叫什么名字。"

"帕吉尼斯，从苏格兰来的米勒警督对他进行了询问。"

"哦，米勒警督我认识，他明察秋毫，我们打过几次交道。"波洛说。

"对，米勒警督一上来就把帕吉尼斯当作调查的突破口。您也知道，处在这个阶级的人有他们的特点，就是忠于主人。他们对警察比较反感，不愿意透露主人太多的隐私，有时甚至会添油加醋地美化主人。如果有人偷窃或抢劫主人的东西，他们一定会舍命保全财产的。"

波洛笑着坐在座位上。

"是啊，这种忠诚是值得好好研究一下。"

"米勒警督询问了房间内的所有人，每个人都说自己不在现场，查尔斯也不例外，他说当时很晚才回家，到家之后就睡了，根本没有去过舅舅的房间。可是在后来的调查取证中，警方发现鲁本先生的书房内有查尔斯的血迹，在衣柜的一角，很大一片。在问到这个问题的时候，查尔斯解释说，那天他的手被刀子割破了，他还拿出右手给警察看，确实有伤口，是很小的划伤。"

"这么说查尔斯是头号犯罪嫌疑人。"说完，波洛喝了一口茶。

"他是个穷光蛋，每天只知道游手好闲，等着舅舅早点死，继承他的大笔遗产。这样一来，他既有动机，又在现场发现了他的血迹，不是他还能是谁？"

"表面上看是这样，莉莉小姐，既然事实清楚了，你今天找我来干什么？"

"实不相瞒，波洛侦探，我是受人之托来找您的。"

"谁？"

"阿斯特维尔夫人。"说到这，莉莉好像有些难为情，波洛不知道她为什么会有这种表情。

"回答我的问题，找我来是为了什么？"

"我能不回答您的问题吗？"

"为什么？"

"我是阿斯特维尔夫人花钱雇来的玩伴，就是平日里陪她消遣、逛街，所以我不想在这里说她的不好。如果这样做影响了您办案的话，我感到非常抱歉。"

"没关系，还没有什么能阻止赫尔克里·波洛。"波洛大笑起来。

莉莉也笑了，然后接着说："其实也没什么大不了的，我觉得……"

"你觉得阿斯特维尔夫人有一些不正常！"

"不是这样，我认为她主要还是没有接受良好的教育。她是一个演员，很漂亮，但是思想却偏执而古怪。她非常溺爱查尔斯，所以这一次查尔斯被警方逮捕，阿斯特维尔夫人表现得歇斯底里，说不可能是查尔斯，他是被人污蔑的，还侮辱警察是一群蠢货。"

"她有证据证明查尔斯的清白吗？"

"哪有什么证据，完全是个人感情，所以说她有些精神不正常！"

看着眼前的莉莉，波洛觉得她很有趣。她是一个漂亮的女人，着装得体，气质典雅，最关键的是说话的语气和神态非常俏皮，惹人喜欢。波洛的态度发生了改变，其实他对案件并没有产生多大的兴趣，倒是眼前这个女人令他有些着迷。

"阿斯特维尔夫人喜欢相信直觉，所谓的神秘第六感？"波洛问。

"这种想法实在是太愚蠢了，我就不相信！"

"看出来了，但是有很多人热衷于此，他们相信自己的直觉，喜欢以此来判断事情。可是90%的情况是他们都将结果带入歧途。"

"没错，夫人一口咬定凶手是欧文·特里夫西斯，鲁本先生的秘书，这也全靠的是直觉。结果证明人家根本没有作案时间。"

"真有趣。那么夫人和鲁本先生的关系怎么样？"

"夫人非常讨厌鲁本先生，他们已经分居多年，一见面就为点芝麻小事争吵。"波洛"噗"的一声又笑了。

"哎，我真拿阿斯特维尔夫人没办法，不过她是一个善良的人，脾气臭一点，还有些神经质。"

"所以你说服不了她，就按照她的指示来向我求救。"

"我知道您的时间很宝贵。"

"确实如此，我手头上还有几个案子。"

"那我就不打扰您了！"说着，莉莉起身拿起包就要走。

"我不是这个意思……小姐，你能不能再坐一会儿？"波洛用乞求的语气说。

刚要转身离开的莉莉停了下来，她又回到刚才的座位。

"我对我刚才无礼的语言表示道歉，我想我会去拜访阿斯特维尔夫人的。"

"您什么时候来？"莉莉兴奋得瞪大了眼睛。

"请你转达我对阿斯特维尔夫人的问候，我会在今天下午到达府上拜访。"

说着波洛起身，莉莉也跟着起来。

"我希望今天下午您不会白跑一趟。"莉莉说。

"这可说不准，谁知道呢？"

把莉莉送出茶馆，波洛叫来了一直坐在另一个座位上的乔治，他是波洛的助手，一个典型的英国男人。波洛又回到那个舒服的座椅上，慵懒地靠着靠背。

"乔治，一会儿回办公室别忘了把我的小旅行包拿过来，我今天下去要去一趟伦敦郊区。"

"好的，先生。"

波洛点了一根雪茄，说："莉莉可是一个聪明的姑娘，做事喜欢欲擒故纵，明明希望我去鲁本的宅邸，可是又把阿斯特维尔夫人说得神秘兮兮。"

"您是怎么看出来的，先生？"

"因为我更加地聪明绝顶，哈！哈！哈！"波洛爽朗地抽着烟。

波洛接着说："她并不想有人去改变那个事实，但是又想控制住阿斯特维尔夫人，所以就利用我，让我过去打扰他们。所以我就满足她的愿望。现在鲁本家将有一出好戏上演，这让我非常兴奋，我已经很久没遇到这样的案子了，实在是太有趣了。"

乔治一脸迷惑的表情。

"莉莉虽然聪明，但是还不够老练，我现在真的迫切希望，我会在那里发现什么。"

乔治听不懂波洛的话，反而转向一些无关紧要的问题。

"先生，您下午过去准备穿什么衣服？"

"这不是我的工作，乔治！"

（二）

时间在下午 4 点 45 分的时候到达了鲁本先生府邸。波洛穿着一件休闲西装，打着深蓝色的商务领带，仪表整洁地走过出站口。这时候，一辆高级的劳斯莱斯汽车从不远处向他驶来。

"您好，您是波洛先生吗？"一个高个英俊的男人从车上下来说。

"是的。"

"我是阿斯特维尔夫人家的司机，请您跟我上车吧！"

车子大约行驶了 5 分钟的时间，到了一栋宏伟气派的别墅前停下来。这里只有这一栋建筑，非常的幽静，适合安稳舒适的生活。仆人见车开来，赶忙过来打开车门，然后非常恭敬地对波洛说："波洛先生，夫人在客厅等候您。"

波罗跟随这个仆人沿着别墅前的小路，穿过一个盛开着玫瑰与丁香的花坛，走进别墅。这个仆人就是一口认定凶手是查尔斯的帕吉尼斯。接着他带领波洛向一条长廊走，走到尽头，推开一扇装饰华贵的门。

"夫人，波洛先生已经来了。"

这时，一个穿着黑色睡衣的年老女人慵懒地从沙发上站起来，满脸笑容地走出门。

"你好，波洛先生，有失远迎。"夫人伸出手，用锐利带有挑逗意味的眼神看着眼前这个瘦小的男人。波洛回礼地握住夫人的手，很用力，但是嘴上却用很轻微的语气说："夫人，见到您我很高兴。"

"从你的身材我就能判断出你是个聪明的男人。"夫人用半戏谑的口吻说。

"看来米勒警官是个高个男人。"

"没错，他非常的愚蠢，他非常确信查尔斯是杀害我丈夫的凶手，我相信不久他就会后悔这个判断。"

"您有确凿的证据证明查尔斯是无辜的？"

"没有，但是我敢肯定是特里夫西斯杀了我的丈夫，我的第六感这么告诉我的。"

"您所说的特里夫西斯会继承鲁本先生的财产吗？"

"他一毛钱都拿不到，我丈夫一点都不喜欢这个秘书，根本不相信他。"

"他跟了鲁本先生多长时间？"

"将近 10 年了。"

"这么久了，我想他一定对您的丈夫非常了解。"

"也许吧。侦探先生，其实莉莉一直不希望我见到你，但是我知道该怎么做，所以坚持要她拜访你。"

"莉莉是个聪明的姑娘。"说着波洛掏出一根烟。

"我抽烟您不会介意吧？"

"没关系，请便。莉莉虽然很招人喜欢，但有时候自以为是。这很正常，我不是一个聪明的人，但是当别人犯错误的时候，我一眼就能看到他们的错误，这就是我的直觉。"

"莉莉和您聊得怎么样？"

"非常好，她说已经找到凶手了。"

"他们说的都是谎言，他们都认为查尔斯是凶手，只有我知道真正的凶手是谁，就是特里夫西斯。"

波洛有些无奈地笑了笑。

"听莉莉说查尔斯是个不学无术的人。"

"其实早些时候他是一个好孩子。他的母亲，也就是鲁本的姐姐嫁给了一个有钱人，查尔斯从小到大都过着衣食无忧的生活，本来他能成为一名律师，但是在他的父母去世后，一切都变了。查尔斯好像一下子缺乏了管教，变得游手好闲。鲁本不希望自己的外甥这么堕落下去，便叫他到自己身边做事。"

"他们相处得怎么样？"

"不算好也不算坏。有时候查尔斯做错了一些事情，我丈夫就会和他争吵起来，但事情过去也就过去了，没有什么很深的矛盾。"

"鲁本先生经常发脾气吗？"

"是的，尤其是管教下人的时候，经常破口大骂，我曾经劝过他换一种管理下人的方式，但他就是改不了，他年轻的时候可不是这样！"

"您和您丈夫也经常吵架？"

"不，我丈夫对我态度很好，如果有时候无心对我发了脾气，事后他也会主动道歉的。"

"鲁本先生的财产怎么处理？"

"我和查尔斯各一半，但是律师并不希望是这样。"

"除了查尔斯，您还能说说其他人吗？比如莉莉小姐，你们什么时候认识的？"

"大约一年之前，她看到我聘用秘书兼陪伴的广告，所以就自荐上门，当她推开门的一刹那，我就决定聘用她了，这是直觉。之前我也聘用过很多陪伴，但是她们都太过拘谨，在我面前表现得很羞涩，我不喜欢这样的人，莉莉和她们不一样，她言语洒脱，十分放得开，我们十分投缘，所以我决定让她做我的陪伴。"

"您对莉莉的身份了解吗？比如她的家庭，她的过去？"

"不太了解，我只知道她的父母去了印度，而且莉莉是一个十分乖巧的女孩。"

"您是这么认为的？"

"不光是我，我的家人也是这么认为的。他们都非常喜欢她！"

"鲁本先生也包括在内？"

"那是当然，虽然他们接触得并不多，但是我们在一起相处得其乐融融。我和我丈夫都把她当作女儿一般。"

"除了他们，那一晚还有谁？"

"还有那个该死的秘书特里夫西斯。"

"仆人帕吉尼斯没有在？"

"他在，只是我没有把他列为对象。对了，当时别墅内还有一个人，维克多。"

"这又是谁？"

"是我丈夫的弟弟，他和我丈夫有生意往来，几年之前他在西非。"

"嗯。"

"维克多说西非是个很美的地方，但是那儿的人不好，脾气暴躁而且嗜酒如命。这一点倒比较适合维克多，因为阿斯特维尔家族的人脾气都不好。"

"维克多现在也住在这栋别墅里？"

"不，他只是过来看一下，他有自己的房子。维克多这小子从西非回来之后，简直变了一个人，把我吓坏了。"

"哦？莉莉小姐也受到了惊吓？"

"没有，他们根本没有见过几次面。"

波洛一边听阿斯特维尔夫人诉说一边用笔在本子上记录着。

"谢谢您，夫人，我有一个请求，我能找帕吉尼斯问几个问题吗？"

"你问他什么问题？"

"哈哈，暂时向您保密！"波洛笑着说。

夫人起来准备按下在墙上用来呼叫下人的按钮，但是这个举动很快被波洛制止了。

"夫人，还是我下去亲自找他吧！"波洛一脸神秘兮兮地走出会客厅，并且在出去前回过头向阿斯特福尔道歉。

波洛在厨房找到了帕吉尼斯，他正在小心翼翼地擦拭银器，波洛走上前去，面对高大的帕吉尼斯，低声地说："打扰一下，我是受理鲁本先生凶杀案的私人侦探。"

"我知道，夫人已经和我说过了。"帕吉尼斯并没有停下手中的活。

"夫人之所以找我，是因为她对案子的结果很不满意！"

"这我也知道！"帕吉尼斯有一搭无一搭地说。

波洛说："你能不能把那天的事再和我讲一遍，如果你愿意，我们到你的房间里去说。"

"好吧！"帕吉尼斯把擦了一半的银器放到一边，然后带领波洛来到他的房间。下人的房间在别墅的一层，紧挨着厨房和客厅，应该是为了方便干活的目的。在房间里有一张床和办公桌，还有一个小的保险柜在墙角上放着。

　　帕吉尼斯坐到床边，开始讲述那天的事情。

　　"那天夜里 11 点的时候，我和莉莉小姐都准备回自己的房间睡觉，只有夫人和鲁本先生在书房里。书房在二楼，里面如果有人说话的话我肯定知道，但是具体的声音听不清，有时只能听到一两个单词。"

　　"你说夫人和鲁本先生同在书房里？"

　　"没错，那天大约在 12 点的时候，我被一阵关门声惊醒。我隐约听到是查尔斯先生回来了，他喝多了，然后进了二楼的书房。我是根据脚步声音判断的，不一会从二楼传出了鲁本先生和查尔斯的说话声音。"

　　"继续说。"

　　"我当时睡得迷迷糊糊，隐约听见两个人在争吵，查尔斯大声地对着自己的舅舅嚷，然后是大声的争吵和最后'砰'的一声。"

　　"你没记错吗？就是侦探小说里经常会遇到的尸体落到地面的'砰'的一声。"

　　"我确定，"帕吉尼斯再一次生动地形容了这个声音，"就是那种'砰'的声音，伴随而来的还有查尔斯的惊呼。"

　　"你当时是什么样的心情？"

　　"我的第一反应是会不会出事了，便起来想上去看看。当我刚走到自己的房门口，我听到了查尔斯先生下楼的声音，我一直在那里不敢出来。

　　"你确定你听到的是查尔斯的声音吗？"

　　帕吉尼斯没有回答，他看着波洛，仿佛在用眼神告诉他：没错，那就是查尔斯的声音。

　　"还有问题要问吗？侦探先生。"

　　"最后一个，你觉得查尔斯怎么样？"

　　"你是指……"

　　"就是你对他的感觉。"

　　"和其他的仆人一样。"帕吉尼斯果断地回答。

　　"能不能具体一些？"

　　"查尔斯在大家的眼里像一个落魄的绅士，但不是很聪明，而且经常做一些愚蠢的事情。"

　　"你和我想的一样，虽然我还没有见过他。那你对特里夫西斯的印象如何，就是鲁本先生的秘书。"

　　"他是一个谨慎的人，怕惹麻烦，但是温文尔雅，非常的有涵养。"

　　"是这样。"

　　帕吉尼斯笑着点点头。

　　"不过夫人认为他是杀害鲁本先生的凶手。"

　　"仆人们都认为是查尔斯杀了鲁本。"

　　"因为他的脾气最暴躁？"

　　这时帕吉尼斯把嘴凑到波洛的耳边，轻声细语地说："要我看，这个房间里脾气最暴躁的是……"

　　"我不想知道谁的脾气最暴躁，我只想知道谁的脾气最好。"波洛迅速地把耳朵离开帕吉尼斯。

"我觉得夫人的判断太过于武断，秘书先生这般的温和，怎么会做出杀人的事情来。"

波洛感觉再这么和帕吉尼斯说下去有些浪费时间。他委婉地和帕吉尼斯告别，离开他的房间。

（三）

来到大厅，波洛坐在一个小型喷水池旁的沙发上，沉思片刻之后，他朝着另一扇门走去。这是一间小型的书房，从门口的标牌看，是秘书特里夫西斯的办公室。波洛透过门上的窗户向里面望去，一个戴着眼镜的斯文男人正在伏案工作，他尖而翘的下巴快要贴到了桌案上面。就这样，波洛观察这个男人几十秒钟，然后轻轻地咳嗽一声。

"你好，我叫波洛，是夫人请来调查鲁本先生被害案件的私家侦探。"

斯文男人停下手里的工作，抬起头，用手扶了一下架在鼻梁上面的眼镜。

"您好，我早有耳闻。"斯文男人说。

波洛继续观察着眼前这个男人，这个人就是秘书特里夫西斯。帕吉尼斯说的没错，为什么所有都认为特里夫西斯不会是杀害鲁本先生的凶手。波洛一眼看上去，这个人就属那种只会被欺负、不会欺负别人的家伙，他长着一副逆来顺受的面孔，仿佛天生就不会与其他人产生隔阂，更别说争执。

"我有什么可以为您效劳的吗？"特里夫西斯用柔和的语气说。

"我可以坐下来吗？"

"实在不好意思，忘了请您进来。"说着，秘书招呼波洛进到房间。

"我想您一定听说了夫人对这起案件的看法。"

特里夫西斯笑了。

"既然您说到这，我也不想有太多的隐瞒。夫人怀疑是我杀了鲁本先生，我对此感到十分荒唐。我为什么要杀掉一个给我发薪水的人，我又不会继承他的遗产。这点非常可笑，但是我没有办法，我不想和夫人起争执，所以每一次说到这的时候，我都是应付性地说'嗯……是……对'。"

秘书用一种嘲笑的语气和波洛说。

"现在夫人根本不愿意见到我，如果无意中碰见，她都会把我当成凶手，然后害怕得躲到远远的地方，我真无法理解她的这种举动。"

这一句话，秘书的语气里又多了一些不满和无奈。

波洛有些同情地说："我很理解你，因为我与夫人也打了交道，她是一个相信第六感的人。在我看来，她适合去做一个占卜大师。"

波洛的话让两个人都笑了起来。

"夫人这么说你的时候，我没有和她争辩，因为这没有必要，我有自己的原则，就是从来不和女人争辩对错，反正结果都是一样的，又何必在那里浪费时间。"

"您说得太对了。"秘书表示了极大的赞同。

"只要您有需要我的地方，可以随叫随到，全力配合。"

"那太好了！"波洛说，"先从那天晚上的事情开始说起吧，嗯……从晚餐的时候！"

"查尔斯是在晚餐之后很久才回来的，大约是11点以后，你知道，他和他舅舅的关系不太好，经常吵架，所以平日里查尔斯不在家吃饭，那天他去了高尔夫俱乐部，鲁本先对此非常生气。"

"看来他们的脾气都不太好。"波洛插了一句。

"没错，鲁本有时候就像一个野蛮人，不分青红皂白地对下人破口大骂，不过时间久了也就习惯了，要不然我能为他工作了10年吗？每次他对我发脾气，我就装作是聋子，不把他那些从嘴里冒出来的难听话当回事，别理他是最好的选择，否则情况会越来越坏。虽然鲁本先生的脾气古怪，但是他的心眼还是非常好的，只不过经常会因为脾气的问题搞砸一些事情。"

"在鲁本先生发脾气时，别人也会采取和你一样的做法吗？"

秘书摇摇头："他们都有自己的一套应对方案。这一点阿斯特维尔夫人最有感受，她是家里唯一敢对鲁本先生大呼小叫的人，两人也是争吵不断，但是每一次妥协的都是鲁本先生，因为他太爱自己的夫人了。"

"那天晚上他们是否发生过争吵？"

"吵了，你怎么会问这个问题？"

"随口问的。"

"具体的我不知道，但是我一眼就看出来他们吵架了。"

"那天的餐桌上还有谁？"

"还有鲁本先生的弟弟维克多，莉莉和我。吃完晚饭之后，我们都回到了各自的房间，大约过了20分钟，鲁本先生没好气地为了一封莫名其妙的信指着我，然后让我跟随他一同到二楼的书房。我和他一起去了，解决完事情之后，维克多走进来，说想和他哥哥谈一些事情，我便又回到自己的房间。

"大约又过了半个小时，书房内呼叫下人的铃声响个不停，我和帕吉尼斯都不约而同地从房间里走出来，上楼去看看到底发生了什么事。我们走到书房门口的时候，维克多突然从书房里冲出来，气冲冲地跑下楼去，他还撞到了我的肩膀。"

"你之后没有问鲁本先生这是怎么回事吗？"

"不好意思，先生，我不能告诉你！"

看着秘书的眼神，波洛感觉到他所说的事情只是冰山一角。

"我只能告诉你，鲁本先生那天说维克多是一个疯子，再这样下去他迟早会变成一个杀人犯！"

"接下来发生了什么？"

"我在书房里和鲁本先生一起工作到快11点，然后他让我回去早些休息，我便回到房间睡觉。"

"你知道夫人是什么时候回到她自己的房间的？"

"这我就不清楚了，她的房间在一楼，我在二楼最里面的位置。"

"好的，先生，现在请你带我到那间书房去看看吧！"

秘书带着波洛沿着狭窄的楼梯上到二楼，在靠近楼梯口的一个房间前，他们停下了。

"波洛先生，就是这间屋子。"说着秘书用钥匙打开了门，里面就是案发现场，样子跟几天之前鲁本先生死亡时没有区别。这个房间比其他的房间都要大，令人意外的是，在墙面上并没有书房应该有的绘画、艺术品等装饰，取而代之的是刀剑、木枪棍棒等武器。桌子上放着一些中世纪的古玩，看样子不像是赝品。波洛进到房间径直走向那个写字台前。

"鲁本先生那天就倒在这里了吧？"

"没错。"

"是从后面被钝器击中！"

秘书点点头，说："是一根木棒，比棒球棒还要粗一些，看上去像原始人打猎用的木棒。"波洛小心地打探这个房间。

"看来这不是一次有预谋的杀人案，是争吵激怒了凶手。"

"您分析得很对，一定是查尔斯在和舅舅的争吵中，顺手抓起一个木棒打到了他的头上。"

"发现尸体的时候是在桌子上，还是在地上？"

"地上。"

"这就有些不同寻常了。"

"您想到了什么？"

"你看看这个。"

波洛用他那细长的手指指向地面不远处的一个原点。

"鲁本先生的血迹！"波洛肯定地说。

"也许是他遭到袭击的时候溅到那里的，也有可能是搬运尸体的时候遗留的。这有什么问题吗？"秘书投去疑惑的目光。

波洛笑笑说："没什么，这里还有没有其他的门？"

"有个小门通向阁楼！"说着，秘书拉开那条具有波希米亚风格的窗帘，一个只能允许一人通过的小门出现在波洛面前。

"以前鲁本先生要是工作很晚的话，就会到阁楼里面睡觉。"

秘书打开门，两个人一前一后地走进阁楼。这间小屋子虽然不大，但是装置齐全，一张折叠床、一个一人沙发以及袖珍的茶几。波洛观察了几分钟，然后又走出来。

"在查尔斯那天晚上回来的时候，你看见他走进这间书房了吗？"

"我没有，那时候我睡得很熟。"

"好的，这没什么看的了，你可以拉上窗帘了。"

秘书再一次将那条窗帘熟练地拉上，然后按下灯的开关。

"这里没有台灯吗？"

"有啊，不就在那儿吗？"秘书用手指着桌子上一个茶绿色的高级台灯，波洛走向前去，用手来回地按台灯的开关，灯光在房间内一闪一闪。

"秘书先生，如果你不介意，我可以去你的房间看看吗？"

"当然可以。"

二人走出书房，又回到一楼，这时候，波洛发现他的助手乔治正在随手摆弄鲁本先生的东西。

"哈哈，乔治，我亲爱的助手，"波洛扯高了嗓门，"你能想象一个从热带非洲来的先生，与我们脾气火爆的鲁本先生在一起生活会有怎样的结局吗？那一定乱作一锅粥。"

"我已经跟您说过了，事情总是鸡犬不宁，但是事实并非如此。侦探先生，真的是这样！"乔治说。

"为什么会这样？"

"我曾经和您谈到过我的姨妈，就是那个杰西卡，她经常欺负我，事情最终朝着不好的方向发展，差一点就让自己嫁不出去，所以说软弱的人不会一直软弱下去，一旦他们强硬起来，那将是惊人的。"

"乔治，你说得很有道理啊！"

"我现在能帮您做些什么？"

"你去调查一下那天晚上莉莉小姐穿的礼服的牌子还有衣服颜色。"

乔治像往常一样，傻乎乎地接受命令。

突然，波洛站起身来，他好像一下子有了灵感，望着远去的乔治的背影，嘴里自言自语道："乔治，你帮了我的大忙，我会感谢你的，还有你的姨妈！"

（四）

在别墅的晚上，除了维克多，波洛见到了凶案发生时，在这栋别墅内的所有人。维克多打来电话，说今晚有事情来不了了。再后来和阿斯特维尔夫人的闲谈中，波洛了解到，现在维克多接手了鲁本先生的生意，在非洲管理一个矿产公司，主要是开采一些金属矿藏。

谈话期间，莉莉也加入进来，她说壁炉的火烧得太旺了，想要打开窗户透透气。莉莉走到窗前，拉开窗帘，把窗户打开，然后靠着窗框，呼吸着外面冰冷却新鲜的空气。

"听说莉莉小姐对矿藏非常感兴趣？"波洛说。

"我一点都不感兴趣，只是听鲁本先生经常谈起，所以知道了一些矿藏知识。"

波洛看着壁炉内的火，当然，他眼角的余光也一直盯着站在窗边的莉莉。

"我能和您聊两句吗，夫人？"

听到这句话，莉莉知趣地走开了。

"我去给你们洗水果！"

波洛压低了声音，对阿斯特维尔夫人说："那天是您最后一个见到鲁本先生的吧。"

"没错，那天晚上……"说着，夫人回想起自己的丈夫，不自觉地流下了眼泪。

"对不起，提起了您的伤心事！"

"没关系，你不用自责，问想问的问题吧！"

"当您走进书房的时候，鲁本先生是不是已经让秘书特里夫西斯离开了？"

"是的。"

"你们在一起待了多久？"

"我们待到了差一刻 12 点，因为临出门前我看了一下时钟。"

"你能透露一下你们说话的内容吗？"

说到这，夫人的抽泣声更加明显。

"对不起，夫人，我好像又冒犯您了！"

"没关系。"夫人止住了哽咽。

"我们那天吵了起来，为了莉莉！"

"莉莉？"

"对，我丈夫说莉莉曾经背着他翻看过他的文件，所以他想辞退莉莉。但是我非常喜欢她，所以和丈夫吵了起来，他大骂了我一通。但是现在想来实在可笑，我们之前拌嘴很快就会和好，没想到那一次竟然是我们最后一次……"

夫人一脸痛苦的表情，波洛只能安慰着她。

"夫人，现在您还认为特里夫西斯是凶手吗？"

"为什么不？"

"因为在您进入到房间的时候，他已经回到自己的房间去了，从您出去到查尔斯进到房间，中间只隔着几分钟，您认为他会在这几分钟内作案吗？"

"他说他当时回到房间了，但是谁能作证呢？人们在那个时候都已经睡着了！"

"好的夫人，今天我们就聊到这儿，我和乔治还要赶最后一班火车，晚安！"

第二天早上，波洛很早起床，他和乔治一起坐到窗台前的椅子上吃早点。

"您昨天吩咐我的事情已经调查好了。"

"什么事情？"

"莉莉小姐礼服的牌子！并且我还了解到那是一件浅绿色的礼服。"

"哦，亲爱的乔治，你真敬业，这对这起案件很有帮助。不过现在我们应该去那间书房看看。"

"我跟您一起去吗？"

"当然，这应该是一个比较轻松的差事。"

他们来到别墅，因为都已经认识，所以波洛很容易就进入到别墅。这时候，夫人还没有起床，只有仆人一大早起来工作。

波洛和乔治来到书房，乔治想拉开窗帘让阳光照射进来，但是被波洛禁止了。

"乔治，我们应该尽量让这里保持原貌。"

波洛打开台灯，然后走到桌子前。

"亲爱的乔治，现在我们要做一个实验，还原凶案现场，假如你现在就是鲁本先生，坐到这个椅子上。我用木棒击打你的后脑，现在没有真家伙，我只能比画一下。不过乔治，我相信你的演技，尽量做得逼真一些。"

说完，乔治坐到桌前的椅子上。

"在我击中你的头部以后，你要尽量地保持轻松，不要让四肢弯曲，记住你要把自己当成鲁本先生，我们现在开始吧。"

波洛让乔治坐到桌前，让他装成正在写东西的样子。波洛站到门口，离桌子不是很远。在门口的位置，波洛感觉很难看清乔治的样子，因为挂着窗帘，台灯也关上了，此时的房间内很昏暗。

波洛轻轻地走到乔治身后，象征性地用手握成拳头击打乔治的头部，在两个人相接触的一瞬间，乔治示范性地朝着一边倒了下去。

"你做得太棒了，现在我们有一件重要的事情要做。"

"什么事情？先生，尽管吩咐！"

"那就是午饭我们要美餐一顿。"

"哈哈哈哈！"

波洛对刚才的原景重现感到很满意，接下来他找到了伺候莉莉小姐的女佣，叫格拉迪斯。女佣在波洛面前兴致勃勃地讲述着自己对案件的看法，同样，她也认为查尔斯是最大的犯罪嫌疑人。

"虽然我比较同情查尔斯的遭遇，但是我仍然认为他就是凶手，他只是一时失去了理智。他对莉莉小姐很好。"

"你说查尔斯对莉莉很好？"

"没错，但是莉莉对查尔斯好像没什么好感，他们充其量也只能说是点头之交。不过莉莉小姐倒是对维克多比较热情，他们很合得来。"说着，女佣咯咯地笑了起来。

"你说的是真的？"

"是啊，莉莉小姐漂亮，身材也好，为人又开朗，人见人爱。"

"如此美貌的外表再搭配上一件绿色的礼服就更完美了。"

"您怎么知道她有一件绿色的礼服？"

"我随口说的。"

"那件衣服真的很漂亮，我做梦都想拥有一件。我告诉您，出事的那天晚上，莉莉小姐还穿着它呢，可是鲁本先生刚去世，所以现在不适合穿那件衣服。"

"你现在能把那件衣服拿给我看看吗？"

"当然可以，莉莉小姐正巧不在。"

波洛心中暗笑，其实他就是看到莉莉出去买东西之后，才来找女佣的。

没一会儿，女佣把衣服拿来，真的是一件精致的礼服，完全可以作为伦敦时装周上的开场服装。波洛接过衣服，抖开来看，一件修长的礼服，和莉莉的身材简直是绝配。

"真的很精美！"

"我知道像你这样的男人一定对服饰有研究。"

波洛听了感觉有些莫名其妙，其实他对服装一窍不通。在看了这件礼服之后，女佣重新把它叠好，放回到莉莉的房间。这时，波洛悄然之间用指甲刀在礼服上剪下了一小块布头。

离开女佣，波洛和乔治回到了出事的书房。

"现在我们开始做实验吧。"

乔治已经习惯了波洛所做的各种实验。

"你去拿一根针来，我的办公桌抽屉里有药棉和酒精，一会儿你把针用酒精清洗一下，然后刺破我的大拇指，让血流到这块绿色的布头上面。"

乔治按照波洛说的照做，波洛闭上眼睛，其实他最害怕疼痛。在"哎呦"一声之后，血染红了绿色布头。

"你干得很好，乔治，你是一个得力助手。"

"先生，外面好像有人来了。"乔治从窗户上看到一辆汽车停在了门前的路上。

"他来得正好，我之前还没有见识过这位维克多先生。"

波洛未见其人先闻其声，伴随着开门声的是维克多的怒骂。此时他正在骂帕吉尼斯，好像是因为他错误地把玻璃杯放进了箱子里。

波洛这时候悄悄地走下楼梯，来到维克多面前。

"你又是谁，这个矮小的家伙！"维克多出言不逊。

"你或许不认识我，但是我知道你，你是鲁本先生的弟弟维克多。"

"那又怎样？"

"我是波洛，夫人请来的私家侦探。"

"南希一定把她对特里夫西斯的怀疑完完全全地告诉了你，其实那个秘书没有什么可怀疑的，他是一只温顺的绵羊，你从他身上没找到什么线索吧？"

"如果我可以很自如地看透人的心思，破案这件事情就变得轻松自如起来。"

"人性，哈哈！"维克多爽朗地笑了起来，"你的意思是我刚才对下人大吼大叫完全是没有人性的表现？"

"这完全是两回事。"

"他做错了事情，是个笨蛋，我想你不是笨蛋，要不怎么会选择私家侦探作为职业？"

说着，维克多拍拍波洛的肩膀，搂着他朝书房走去。

"维克多先生，你能和我谈一下那天晚上你和鲁本先生为什么事情争吵吗？"

"我想这与本案件无关。"

"在事情调查清楚之前，任何事情都有可能让案件真相大白。"

"南希认为这件事情跟查尔斯一点关系都没有？"

"但是帕吉尼斯说那天晚上查尔斯去过案发现场，不过他没有看到，只是听出来那个人的声音很像查尔斯。"

维克多顿了顿语气说："那天晚上查尔斯从外面喝酒回来，鲁本又无事生非地找他麻烦，臭骂他几句。我想骂完查尔斯之后，肯定又想骂我，我可不是软柿子，我要是跟他对骂起来，一定把家族中曾经的那些丑事全都抖落了出来，故意让他生气。侦探先生，我的房间就在二楼的另一侧，查尔斯就住在我的隔壁。"

"特里夫西斯的房间是不是也在二楼？"

"没错。他和我们的房间不挨着，在比较远的另一侧。"

波洛感到有什么不对劲儿的地方，但他还是听维克多再说："那个时候我睡不着，想找查尔斯聊聊天，突然我听到一声很大的开门声音，时间差不多将近12点。我等了一会儿，觉得查尔斯会过来，我等了将近5分钟，看到查尔斯摇头晃脑地走了过来，我感觉他不是很清醒，便放弃了聊天的念头，关灯睡觉了。现在我才知道，他杀了人，所以才失魂落魄。"

"你在房间内没有听到什么动静吗？"

"这里离书房有很远的距离，我怎么会听见，就是一个地雷在那里爆炸，我都可能听不见。"

波洛笑着点点头。

维克多继续说："我当时看着他，想和他打个招呼，但是他连看都没看我一眼便'啪'的一声把门关上了。"

波洛思考了一会儿，对维克多说："你的证言表明了特里夫西斯不是凶手，他没有作案时间。因为夫人说他是在差一刻 12 点从书房出来，如果特里夫西斯作案的话，时间应该是 11 点 45 分到查尔斯回来这段时间，可是这段时间你都是开着门等查尔斯来，在没有其他通道通往书房的前提下，你应该能看到特里夫西斯到房间里作案。"

"你分析得有道理，像他这种温顺的人怎么可能会杀人。"

"所以，维克多先生，我想知道你和鲁本先生争吵的原因，这有什么不好说的？"

"这……这……"维克多已经涨红了脸。

波洛笑着看着天花板，他知道一些秘密，但是从维克多嘴里或许能得到更为具体的事实。

"这件事情与某个女性有关？"

"你……你……"维克多像是被别人抓住了命门，"腾"的一下站了起来。

"你说这话是什么意思？"

"我是说你们争吵的内容可能和莉莉有关！"

"没错，你果然是个聪明人，"维克多迟疑了一会儿，接着说，"我们那天争吵就是因为鲁本在调查莉莉，说她总是偷偷跑到书房看他的资料。然后又说看到好几次莉莉在楼外偷偷和别的男人约会，这些事情我根本就不相信。我提醒鲁本，许多比他话少的人后来都因为话多丢掉了性命，没想到我一语成谶，哎……"维克多最后发出了一个长长的叹息。

"其实我刚才并没有想太多，"波洛说，"这附近有没有旅馆？"

"有两个，一个叫里亚诺酒店，另一个是高尔夫旅馆。"

"跟你聊了这么多，有些累了，今天先到这儿吧。"

（五）

和维克多告辞，波洛离开别墅，到他所说的那两个旅馆。他先来到高尔夫旅馆，因为这里离别墅最近。这家旅馆果然如其名字那样，坐落在一座高尔夫球场旁边。波洛走进旅馆大门，看到前台小姐正在若无其事地发呆。

"你好！"

"您好先生，有什么需要服务的吗？"

"我叫波洛，是负责调查鲁本先生命案的侦探，我想在你这里了解一下情况。"

前台小姐半信半疑地看着眼前的这个侦探说："好的先生，我尽力帮助您！这可是一个轰动性的案子。"

波洛笑笑，说："没什么难的，我就是想了解一下，案发那天晚上，住在这儿的旅客有多少没有在自己的房间，并且是在晚上 12 点或 12 点半回来的。"

前台小姐一脸惊恐的表情。

"您不会怀疑凶手住在我们店里吧！"

"你不要多心，我只是过来了解一下情况，我断定案发那天有一个人在鲁本家门前走来走去，但是我不能确定是谁，所以我要全方位地进行调查，您的酒店也在我的调查范围之内。"

"您稍等，我看一下记录。"

"好的，谢谢！你们真是一家严谨的酒店。"

"记录上除了一对英格兰的夫妻出去吃夜宵，没有任何人有出入的记录。"

"你确定你查找的是那一天的记录？"

"没错，不信您看看！"说着前台小姐把出入登记本拿给波洛看，波洛仔细看看，果然没有嫌疑人在那段时间段出入。

"不过我还是要感谢你！我去另一家酒店看看。"

波洛又很快赶往里亚诺酒店。一进门，刚才的程序波洛又向前台小姐复述一遍。这一次在出入登记本上，波洛发现了一个可疑的人，那天除了他没有人在夜间的时候离开酒店。那个人是深夜出去的，12点半左右回来的，可是由于疏忽，记录的签名很潦草，根本就看不出来是什么。波洛询问前台小姐那个人的相貌特征，前台小姐说因为那天太困了，所以一点印象都没有。

这时候值班经理走过来询问有什么事，波洛再一次介绍了自己的身份，值班经理想出了一个办法可以查出那个人是谁。他找来了当天的服务员，因为这家酒店现在有活动，就是晚上会为每个房间的客人送上一份水果，所以服务员一定知道哪个房间的客人没有在。通过询问，服务员果断地说那天他挨个房间地送水果，只有307号房间没有人开门。前台小姐找来房间登记册，波洛拿过来一看，307房间的客人名叫汉弗莱·内勒，住宿时间为19日到22日。

波洛大喜地问值班经理："这个内勒以前经常住在这里吗？"

"住过一次。"

"他是来打高尔夫球的吗？"

"我想是的，每个来住店的客人都是来打高尔夫的，毕竟这里只有这么一个游乐项目。"

"好的，小姐，非常感谢你，你对我的帮助非常大！"

波洛兴高采烈地回到别墅，他找到莉莉的女佣，问她莉莉小姐现在在哪里。女佣说她现在在小书房内整理夫人的信件。波洛很满意地点点头。他找到小书房，悄悄地走进去，轻轻地把门关上。

"你好，莉莉小姐，我可以打扰你几分钟吗？"

看到是波洛，莉莉先是一惊，然后恢复了常态。她把信件放到一旁，说："当然可以，我有什么可以为你效劳的？"

"鲁本先生遇害的那个晚上，你说阿斯特维尔夫人在进入到鲁本先生房间的时候，你已经离开夫人回去睡觉了，是这样吗？"

"没错，是这样！"

"之后你就再也没有出来过吗？"

"没有。"

"那晚你去过鲁本先生书房吗？"

"我没有去过！"

波洛微笑着。"这就奇怪了？"

"有什么奇怪的？"莉莉瞪大了眼睛。

"你说你没有去过书房，可是我在书房内发现了这个！"说着波洛从口袋中拿出那一条染了血的绿布头。

"这是什么？"

"莉莉小姐，我想你比我更清楚，这是你礼服上的布料，怎么，这么快就忘记了？"

莉莉的表情变得紧张起来，她的呼吸开始沉重而局促。

"你确定你是在书房里发现的？"

"我不是一个聪明人，但是我还不至于糊涂到这种地步。请你给出一个合理的解释！"

莉莉突然变得磕磕绊绊起来："难道我那天晚上去了书房？我怎么记不起来了。或许我晚饭之前去过，又或是那一天的前一天去过！对，一定是前一天去的！"

"莉莉小姐，你的解释很好，但是我不这么认为！"

"为什么？"

波洛带着笑容地摇了摇头。

"为什么警察没有发现的东西，你却发现了？"

"因为我比他们更精明和谨慎，哈哈！莉莉小姐。"

波洛的笑声让莉莉感到有些心惊胆战，她的额头上似乎有了汗水，而双手则紧紧地握着，看起来非常紧张。

"你看到绿布上的红色痕迹了吗？那是血迹，这证明你是在案发之后进入到书房里的！莉莉小姐，你最好还是把实情和盘托出，否则我就把这个布头送到警察那里！"

说这句话的时候，波洛非常严厉，让莉莉看上去有些可怜。

"不止这些，还有一个名字我说出来你一定会大吃一惊——汉弗莱·内勒！"

听到这个名字，莉莉失声痛哭了出来。

"你不要再隐瞒了，我知道你晚上和这个男人偷偷地约会！"

"不是，侦探先生，不是你想的那样！"莉莉一边哭一边说。

波洛这时候态度突然变得缓和起来，好像在安抚自己的女儿一样，安抚着坐在对面的莉莉。

"不要再骗自己了，告诉我事情，有什么难处我会帮助你。我知道你有秘密，并且这个秘密给你带来了很大的负担，说出来吧，我会帮你解决的。"

莉莉抬起头，擦了擦眼泪说："汉弗莱·内勒不是我的情人，他是我的哥哥，同胞哥哥！"

"哥哥？"

莉莉站了起来，用纸巾擦干了眼角的泪水，诉说起自己的经历。

"波洛先生，我的全名叫莉莉·内勒，汉弗莱是我的哥哥。他在前些年的时候到非洲淘金，幸运的是，他发现了金矿，虽然我不是很了解其中的细节，但事情的发展就是这样的。他打算与鲁本先生合作，于是回来的时候给鲁本先生带了一封信，具体的就是合作事宜。后来鲁本先生亲自派人调查了这个金矿，但是调查之后，他没有与我哥哥合作。于是我哥哥自己组织一支考察队深入到沙漠之中，后来便杳无音信，人们都以为他死在了沙漠里。

"没过多久，有一家公司买下了那个金矿，最后大发了一笔横财。其实我哥哥并没有死，他回到英国，探听到这件事，自己调查，虽然他没有找到这家公司与鲁本先生有关系的证据，但是他的直觉告诉他，这一定是鲁本设下的计谋。他每天为这件事情苦恼、生气，这个世界上只有我是他唯一的亲人，我必须做些什么。于是我便化名来到鲁本的家，调查他与那家公司的关系。"

"鲁本先生是什么时候开始怀疑你的？"

"说来也巧，那天我看到了夫人发出的招聘陪伴的广告，我投了一份简历，没想到最后居然被选中了。于是我开始了厌恶的间谍生活。起初我并没有搜集到什么消息，鲁本先生很少在家里谈论他的工作，我也很难有机会进入到书房。不过这一切在维克多从非洲回来之后便有了转机，他们经常为工作的事情争吵，争吵中我察觉到我哥哥的判断是对的。

后来，大约是半个月之前，我哥哥来到这里，住在里亚诺酒店。我几乎每天晚上都会过去向他汇报情况，我哥哥听到这些兴奋极了，但还有一个难点，就是鲁本先生把工作材料都放在书房的保险柜里，我要想方设法地找到这些材料。

也许我的行动太不谨慎，被鲁本先生有所察觉，他开始调查我的身份。他发现我的履历证明都是伪造的，认为我是商业间谍，想把我赶出他们家。可是夫人非常喜欢我，说什么也不让，为此他们夫妻二人还争吵了起来。"

波洛认真地听着莉莉所说。

"现在咱们谈谈那天晚上的情形吧！"

莉莉顿了顿语气说："那天晚上我和我哥哥约好了见面，在等到别人都睡着了，我偷偷地跑下楼梯，从侧门跑了出去。见到哥哥，我跟他说文件就在书房的保险箱内，我们商量今晚进行一次冒险，把文件偷出来。

"我在 12 点的时候，准备悄悄地潜入到书房。这时候，我刚走到楼梯口，只听'砰'的一声，什么东西落到了地上，紧接着是男人的惊叫。我赶忙躲到楼梯的阴暗处，看到查尔斯慌慌忙忙地跑了出来，我借着月光看得很明显，他一脸惊恐的表情从我身边走过，没有发现我。

"突然，查尔斯站在那里，转过身，看着二楼的房间，眼神中充满了恐惧。他好像在思考。过了一会儿，他故作镇静地深吸了一口气，表情重新恢复到常态，像什么都没发生过。

"几分钟之后，他又慢慢地走上楼，消失在了二楼的楼梯口。我在确定他真的不会再回来之后，壮着胆子，走进了鲁本先生的书房。我早先已经预感到会发生不幸的事。我看到房间里的吊灯没有开，只开着那盏台灯，借着灯光，我隐约瞧见鲁本先生倒在地上。我战战兢兢地走过去，发现他已经死了，这实在太可怕了。我不知道当时哪里来的勇气，我用手摸了摸鲁本先生的尸体，温度还是热的，应该死了没有多久，而从他的死亡姿势来看，有人从后面袭击了他！"

说着，恐惧的表情又显现在莉莉脸上。

"接下来怎么样？"

"我蹲在鲁本先生的尸体旁边，越想这件事情越感到恐惧。这时候，我突然发现了那把保险柜的钥匙，我迅速地捡起来向着墙角的保险柜走去。因为我曾经听夫人说起过保险柜的密码，所以很容易就打开了。我拿出里面的文件，看了起来，结果我哥哥的判断非常准确。那家收购金矿的公司，幕后指使者就是鲁本先生，我哥哥被他骗了。

　　"我现在想到的事情就是拿着文件赶紧离开，但是当我刚要起身的时候，我放弃了这个决定。因为我如果这么做的话，我就成了杀死鲁本先生的犯罪嫌疑人。我想您刚才也会有这样的疑问，为什么当我发现鲁本先生尸体的时候，不尽快地通知其他人。其实我的顾虑也是这样的，我的犯罪动机和犯罪事件都太容易把我当成凶手，所以我就放弃了这个念头，将文件重新放回保险柜，钥匙也扔到了地上。"

　　"姑娘，你做得很对！"波洛说。

　　"第二天的时候，当别人告诉我这个消息，我和其他人一样，一脸的惊讶之情。侦探先生，请你相信我，我说的都是真的！"

　　"我相信你，莉莉，我相信你说的每一句话！"

　　"现在我唯一感觉到苦恼的事情就是不能把查尔斯的犯罪事实告诉夫人，因为我不能把刚才说的话跟夫人讲！"

　　"莉莉，你不用自责，换成是我的话，也会像你那么做！"

　　"波洛先生，接下来您打算怎么办呢？"

　　"我自有安排，不过我要去找查尔斯的律师，莉莉，真正的好戏才刚刚上演！"

　　查尔斯聘请的律师叫梅修。梅修是个小心谨慎的律师，这和他干瘦弱小的形象十分相配。不过波洛侦探和梅修不到10分钟就聊得火热。

　　"我和您有着同样的目的，那就是为了查尔斯先生的利益。阿斯特维尔夫人一直相信查尔斯先生是没有罪的，凶手另有其人！"

　　梅修像在听一个天真的孩子讲话一样听着波洛所说："有这种可能，但是谁愿意相信呢？"

　　"夫人一直在坚持这种观点！"

　　"或许明天她就会幡然醒悟。"梅修丧气地说。

　　"我现在告诉你事情的原委吧，我今天之所以来找你，是因为你有对查尔斯的探视权！"

　　"我真的很荣幸！"

　　"事情是这样的：那天查尔斯喝得酩酊大醉，他一进门，东倒西歪地朝着二楼自己的房间走去，但是当他走到舅舅的书房前，他看到里面亮着微弱的台灯光，于是借着酒劲想起了舅舅曾经对他的责骂，想要进去'报仇'。查尔斯推开门，看到舅舅趴在了桌子上，好像睡着了。他不管不顾地走上前去，用手猛地一推，舅舅像一摊泥一样倒在了地上，这让查尔斯的醉意完全苏醒了。他吓得大叫了一声，然后慌里慌张地跑出门外。下到一楼的时候，他想不能让别人看出自己的忙乱，便故作镇静地又回到二楼，沿着走廊走到自己的房间。后来他为了洗脱嫌疑，撒谎说那天没有见过舅舅，查尔斯有错，就是不该撒谎和固执！"

　　"你说的听起来很符合实际，但是……"

　　"亲爱的律师先生，如果你不信，你可以找当事人对证，我可是一次都没有见到他，不可能和他共同串谋吧！"

　　波洛的第二站是伦敦警署，他去找米勒警督。

　　虽然波洛的名气很大，但在米勒警督眼里还是个不入流的同行。他趾高气扬地接见了波洛。

"你是阿斯特维尔夫人派来的吧！我已经受够了她的那些奇思妙想。"米勒说。

"您十分肯定杀死鲁本先生的凶手就是查尔斯？"

"除了他还能有谁，就差看到他杀人的过程了。"

"要是查尔斯有足够的理由证明他是无辜的呢？"

"这不可能，所有的证据都指向他！"

"您觉得一个性情软弱的人会不会做出这样的事情？"

"当然不会，一个软弱得像绵羊一样的人，怎么会拿起杀人的刀！哦，不对，是木棒！"

"您说得对极了，我也是这么认为的。"波洛用恭维的语气说。米勒警督显然接受了这种恭维，并且态度不再那样颐指气使。

"我知道，波洛先生，夫人给了你好处，你一定会想方设法地证明她说的是对的。但事实就是事实，你没有办法更改！"

波洛微笑地站起身来，和米勒警督告别。

（六）

离开了警局，波洛打车到了哈里大街 338 号。波洛来伦敦的事情并没有通知阿斯特维尔夫人，后来夫人知道之后感到很惊讶。等波洛一回来，就请他到别墅做客。

"侦探先生，你到伦敦有没有什么新的发现？"

"夫人，我有一个好消息告诉你！"

"什么消息？"夫人瞪大了眼睛。

"你的推论有可能是正确的，也就是说查尔斯不是凶手！"

"真的！你说的是真的？"夫人差点激动得蹦了起来。

"您先别高兴得太早，我只是说可能，还没有确凿的证据！"

"这已经让我很开心了。"

"我把我的想法已经通知给米勒警督和梅修律师。"

"侦探先生，我现在能做些什么？"

"您能告诉我为什么你怀疑秘书特里夫西斯吗？"

"我和你说过，他有嫌疑，起初我也没有怀疑过他，只是那天……"

"夫人，你最好说得详细一些，不要漏下任何的细节。"

"你也知道，特里夫西斯是一个低调的人，平时很少有人注意到他。那天，我的精力完全在和丈夫的争吵之中，也就是他要辞退莉莉这件事上。我非常喜欢莉莉，我们很合得来。对于莉莉来讲，她也需要这份工作。但是我的丈夫那天像疯了一样，非要赶莉莉出门。"

"您说过，鲁本先生是个脾气火爆的人。"

"没错，他的弟弟维克多也是这样的人，不像特里夫西斯那样温文尔雅。"

"夫人，说说特里夫西斯那晚的举动吧！"

"我完全凭借我的直觉！"

"可是直觉不会让他受到审判。这样吧，夫人，我们做一个实验。"

"什么实验？"

"我有一个朋友，是专业的催眠师，我通知了他，他一会儿就会赶到，帮您做一次催眠，唤醒您的记忆。"

"不会出什么问题吧？"

"您放心，我的朋友很专业的！"

"好吧，侦探，只要能证明我的判断是正确的，我会全力配合你！"

说完，波洛急忙走出别墅，没一会儿他带进来一个矮胖的男人。

"这是我的朋友卡扎勒，心理学博士。"

"您好夫人，见到您很高兴！"催眠师满脸堆笑地说。

"二位，我们现在就开始吧！"

波洛搬来一张躺椅，让夫人放松地躺在上面。

这时候，卡扎勒走到夫人的头前，用十分温柔的声音说："夫人，请您缓缓地闭上眼，天已经很黑了，您已经困了、很困了……"差不多 5 分钟之后，夫人进入了睡眠状态。

这时，卡扎勒轻轻走到夫人的对面，低沉着声音说："夫人，请回答我几个问题。"

"好的。"夫人的话也很轻。

"您的丈夫被害的那个晚上，您还记得吗？"

"记得！"

"您能向我描述一下晚餐时候的情形吗？"

夫人的肩膀稍稍动了一下，好像是在调整坐姿，但她是无意识的。

"那天我的心情很不好，因为我的丈夫要赶莉莉走，我不想失去她。饭桌上，维克多吃烤牛排吃得狼吞虎咽，莉莉坐在我旁边心不在焉地喝着甜汤，而我的丈夫则一个人默不作声地吃着蔬菜沙拉。"

"您能跟我讲一讲特里夫西斯吗？"

"好的。他的衬衫有些破了，而且头发上都是油，看样子好几天没有洗头了，我讨厌这样的男人。"

"那吃完饭之后呢？"

"吃完饭之后，莉莉煮了一大壶咖啡。那天的咖啡味道特别好，但是我丈夫没有喝，他不高兴地回到自己的书房内。而莉莉则穿着她那件漂亮的浅绿色礼服走来走去，为我们倒咖啡。而特里夫西斯先生则拿着一把锋利的裁纸刀，在桌子上面用力地划，划出好几道刀痕！"

"等等，您是说秘书的这个举动引起了您的怀疑？"

"是的。"

"来到书房之后呢？"

"我和我丈夫在书房里为莉莉的事情吵得很凶，当时就我们两个人，非常的可怕！"

"当时房间的环境是什么样的？"

"挂着窗帘，只开着台灯，很昏暗！"

"夫人，现在您知道谁是凶手了吗？"

"是秘书特里夫西斯！"

"您为什么这么断定？"

"因为窗帘比平时鼓了一些！"

"您的意思是说秘书藏在窗帘后面？"

"是的！"

"您亲眼看到了？"

"没有，只是我的感觉！"

"但是特里夫西斯当时不是在自己的房间睡觉？"

"是的，没错！"

"您不是怀疑他在窗帘后面吗？"

"他不可能在那里！"

"看来夫人要睡醒了！"医生对波洛说。

没一会儿，夫人缓缓地睁开了眼睛。

"我刚才睡了一觉吗？"

"是的夫人，您睡得很香！"波洛说。

"你们不是搞了什么把戏吧？"

这时，医生端来一杯咖啡递给夫人。

"咖啡有助于您的清醒！"

"我刚才没有胡言乱语吧？"

"还好，您告诉我们很重要的一些事情。"

"什么事情？"

"秘书在餐桌上拨弄刀子以及可能藏在窗帘后面的人！"

"但是这些我都不记得啊。"

这时候，医生说："因为当时您的精力全在莉莉的事情上，我通过催眠把储藏在潜意识当中的信息唤出来。"

"医生的意思也就是那天秘书对鲁本先生非常地憎恨，他把恨埋在了心里，然后藏在了窗帘后面袭击我的丈夫？"夫人说。

"但是秘书当时不在现场，而窗帘后面肯定又有一个人。这个人不会是维克多，也不会是莉莉。"

"夫人您在这里多休息一会儿。"说着，波洛和医生离开了房间。

"内勒中尉倒是有可能，他那天晚上12点半才回到酒店的！"波洛在回到自己办公室的路上对医生说。

"听你这么说，他的嫌疑最大，他有动机，而且可以随手拿到凶器，不过看你的样子好像不太相信是内勒。"

"我现在不敢确定任何人。你觉得夫人自己有没有嫌疑？也就是说她刚才根本就没有睡着，都是在跟我们编造。"

"这我倒没有想过，不过我不太赞同你，我的催眠技术是值得相信的，刚才我确定她进入了催眠状态！况且为什么她会不遗余力地指控特里夫西斯？"

"我只是猜测而已，毕竟现在任何人都有嫌疑。"波洛说。

"我们其实忽略了一个人，就是维克多，我们一直没有把他列到嫌疑人当中。"

"医生，你说得对，维克多脾气暴躁，确实有很大嫌疑。"

医生在途中叫了一辆出租车回到自己的诊所，波洛则回到办公室。到了自己的办公室，波洛让乔治煮了一杯咖啡。几分钟后，乔治端来香气腾腾的咖啡，波洛喝了一口，自言自语地说："打猎最重要的不是追赶猎物，而是等待猎物。要有足够的耐心，就像猫一样，蹲守在老鼠洞门前，等着老鼠露头。"

波洛把咖啡一饮而尽，然后吩咐乔治说："你现在去一趟超市，买一些生活日用品回来。"

乔治没有多说，带上购物袋就出了门。

波洛搬到了别墅内居住，一住就是十多天。这段时间，他感觉到夫人和维克多对他的这种贸然的居住有些微词，维克多表现在脸上，而夫人则隐藏在心里。莉莉本来对波洛替她保守秘密十分地信任，但是波洛现在的举动又让她不安起来，她不知道波洛的葫芦里到底卖的什么药。

在别墅的这几天，波洛经常做一些小把戏。一次他悄悄潜入秘书的书房，在地上放了一张白纸，然后突然吓唬正在专心办公的特里夫西斯。秘书着实被吓了一跳，从座位上跳了起来，然后不高兴地对波洛说："侦探先生，我对你的这种恶作剧不感兴趣，请你以后不要找我。"

还有一次，在吃饭的时候，波洛拿出一个小的相册，传递给每个人看。他这么做的目的是收集在场每个人的指纹，不过这种伎俩很容易让别人发现。维克多就阴阳怪气地说："侦探先生在吃饭的时候也不放了对案件进行调查，实在是敬业！"

波洛才不理会这些，他只是想在这个发生凶案的现场找到什么。这天，波洛找到特里夫西斯。他先是看着窗外，然后突然转身面向这个斯文的男人。

"您有什么事吗？侦探先生！"

"我找到了一个新线索，证明查尔斯是无辜的。"

秘书听到这句话，感到很意外。

"特里夫西斯先生，这个秘密只有我们两个人知道。"

说完，波洛走出房间，差点与迎面赶来的维克多撞个满怀。

"你急匆匆的，这是干什么去？"波洛说。

"哦，我想出去散步，不过看现在外面的风很大，我还是回房间吧。"维克多又着急忙慌地往回走。走进自己房间的波洛高兴地对坐在沙发上的乔治说："老鼠终于有动作了，看来我们捕猎的时间到了。"

（七）

转天，特里夫西斯有事情要赶往伦敦，维克多也去。看到他们二人上了车之后，波洛和乔治高兴得像两个孩子一样。他们先来到秘书的办公室，开始仔细地搜查起来，乔治则站在门口把风。搜查完毕后，乔治笑着对波洛说："先生你把那两双皮鞋的位置放颠倒了，那双油光皮鞋应该放在下面。"

"乔治，你越来越细心了，真不错。"

乔治没有作声，但是他很高兴。接着，二人又来到维克多的房间，像上次一样，详细地搜查了一遍。可是这一次，他们还是疏忽了。维克多回来之后，发现自己房间的花瓶花纹的朝向与之前不同，便联想到肯定有人趁着他不在搜查了房间。现在别墅内，除了波洛和乔治还有谁会干出这种事情。维克多没好气地找到波洛，和他大吵起来，但是波洛并没有大声叫嚷，只是连连地道歉。

躲开了脾气暴躁的维克多，波洛回到自己的房间喝大麦茶，他的情绪没有受到影响，反而兴奋起来。

"乔治，我们应该把这件事情做一个了结了。"

"您打算怎么办？"

"对书房进行一次彻底的搜查！"

在得到夫人的允许之后，波洛和乔治来到书房，他们时而趴在地上，时而拿着椅子踩到上面观察天花板，一会儿又钻到天鹅绒的窗帘后面，这些动作让站在一旁的夫人看着很是揪心。

走出书房，夫人胆战心惊地对莉莉和特里夫西斯说："波洛到底想干什么？他的举动让我感到很恐惧，我担心我的丈夫会在天堂怪罪我！秘书先生，你还是上去问问他们到底在干什么吧！"

"好的，夫人！"

特里夫西斯上到二楼，书房的门开着，他看到波洛正趴在地上拿着放大镜在找什么东西。突然，他好像找到了，把放大镜又放回到裤子口袋里，用镊子捏起了什么东西。这时候，他发现秘书站在了房间的门口。

"秘书先生，我都没有看见你过来。"

"您在寻找什么？"

波洛站起来，得意地笑着说："我已经找到了能够证明凶手的物证。"

"您的意思是说凶手另有其人？"秘书听到此言有些惊慌失色。

"确实不是查尔斯，先生，你能帮我找一个盒子来吗？我要把这件证物放在里面。"秘书走出书房，回到自己的办公室拿出一个四方的白色小盒子，递给波洛。

"太感谢你了，秘书先生！"波洛很开心地说。

然后波洛把这个盒子交给了乔治，让他保管好，再三嘱咐他一定不能弄丢了，里面的东西十分重要。

说完他就跑出了房门。

"现在人都到齐了？"波洛让夫人召集别墅的所有人到书房，他像一个总统候选人似的气宇轩昂地走进书房。

"既然各位都在，我现在就把这个案子的头绪和大家讲明白。这是一个很有趣的案子，我之所以这么说，因为此案的凶手让很多人都有了嫌疑！凡事能够继承鲁本先生遗产的人都有可能是凶手。查尔斯，阿斯特维尔夫人！"

夫人听到波洛怀疑自己，感觉很生气，但是她没有发火，想看看波洛接下来怎么说。

"案发当晚，夫人和鲁本先生发生过争吵，但这不是唯一的争吵，因为在那个时候，还有人为此而生气。夫人说是差一刻12点走出书房，而查尔斯是差5分12点走进书房，凶手就是利用这10分钟作案的。在证明凶手之前先说点别的，维克多先生，你在非洲的时候是不是杀过人？"

"这……"维克多的冷汗下来了。

"这不可能！"莉莉倒是表现得很激动，她上前一步，握住维克多的手，脸上一脸的惊异。

"莉莉，你不用紧张，你的这位未婚夫杀了一个巫医，这个巫医祸害了十多个小孩的性命，杀了他也是罪有应得。"

"您怀疑维克多也杀了自己的哥哥？他虽然脾气很坏，但是心地非常好，他是个善良的人。"

"莉莉，你的直觉也在告诉你，维克多不是这起案件的凶手，还是因为他已经向你求婚了？"

"我向上帝发誓，我没有杀鲁本！"维克多这时候也激动地大喊起来。

波洛淡淡一笑："我知道你不是凶手！上一次我在给夫人催眠的时候，她说感觉窗帘比平时鼓了一些，里面藏着人，但这个窗帘不是窗户的那条，而是通往阁楼的小门前面的那一条。

鲁本先生被杀的那天下午，他给秘书特里夫西斯一些文件，那天吃完晚饭，秘书忽然想到有些东西可能落在了鲁本先生的书房里，便上楼去拿。可是当他刚想走出书房的时候，正好赶上夫人和鲁本先生为莉莉的事情大吵。我们都知道秘书先生是一个腼腆的人，他最害怕遇到吵架的场面，尤其是自己的领导和妻子吵架。秘书先生站在门口进退不得，于是他就躲到了窗帘后面。

在夫人离开书房之后，正在气头上的鲁本先生发现了躲在窗帘后面的特里夫西斯，盛怒之下，鲁本又把火气全都撒到了他的头上。我们的秘书先生脸皮比较薄，感到无地自容，于是在他的内心产生了一股邪火。当鲁本先生出完气，回到办公桌前准备重新工作的时候，失去理性的秘书先生拿起木棒朝着他的后脑砸去，当场杀死了鲁本先生。看到自己的老板躺在地上一动不动，秘书先生吓坏了，他不敢走出门，怕被别人看见，只好又躲回到窗帘后面，等到夜深人静的时候，再悄悄潜入自己的房间。

后来，查尔斯和莉莉走进房间的时候，他就一直躲在窗帘后面。虽然秘书先生说自己当时在房间里，但是没有人亲眼看到，不是吗？"

这时候，波洛走到特里夫西斯的跟前，眼睛直勾勾地盯着他。

"你这10年中的压抑在那天晚上全部爆发出来，但这毕竟是你失控的状态下杀人。其实前几天我的所作所为都是在调查你的证据，我说的那个装有重要物证的小盒子都是骗你的，我的真正目的就是要看看你当时的表情。"

特里夫西斯突然崩溃得抱头痛哭起来："我真傻！我真的太冲动了！我的老板10年来一直不把我当人看，总是和我大呼小叫，破口大骂，我受够了！我已经到极限了！"

阿斯特维尔夫人得意地说："我早就知道他是凶手，我的直觉没有错！"

波洛则笑着说："您的直觉的确很灵敏，但不是任何事情都要靠直觉才能做到最好。您要小心，别让您的直觉失灵。"

神秘女郎

【日】平林初之辅[1]

一个正常人能辗转于各家酒店而不回家吗？正常人能像带黏液的虫子一样缠绕住龙之介的身体吗？但龙之介确确实实遇到了一个这样的神秘女郎。她美丽、聪慧，却向初识的龙之介提出假扮夫妻。她为什么这么做？她的真实身份是什么？

（一）

直到坐上了开往东京的火车，龙之介也不能相信此刻发生在自己身上的一切。对面的道子，也就是山野小姐，把帽檐压得很低，低垂着头，就像在躲避着什么。龙之介靠在椅背上，仔细回想着这两天经历过的事。

对面这个女人是他名义上的妻子，对，名义上的，并不是真的，其实他们认识也不过不到一周的时间，他们并不是一见钟情，然后闪电结婚，之所以成了现在这样，完全是道子小姐提出的要求。

他们是在 M 饭店认识的，岛龙之介（全名）来到这个偏僻的地方，完全是为了找个清静的地方，把那些任务完成，公司给他放了两周的假，让他写一些稿子，无非是谩骂议会的东西。不过道子来这里干什么，他一点都不知道。

龙之介喜欢坐在饭店的露台上，远远地观赏周围的海景。一月份的阳光并不耀眼，却暖洋洋的让人沉醉。四周传来的汽车的喧闹声，孩子们在操场游戏追逐的笑声，此刻，像云朵一样包围着他。

这样惬意的时光让龙之介昏昏欲睡，朦胧间，他感觉到露台上又有人来了，睁眼一看，正是山野小姐。

"今天天气真不错啊！"龙之介连忙打个招呼。

山野点点头，"是啊，挺暖和的。"

这就是两个人的全部对话了。山野小姐住在这个饭店里不知道多久了，不过自从龙之介来了之后，就一直能够在露台、球场这样的地方见到她，也有一个星期了，久而久之就

---

①作者为早稻田大学文学部的副教授，留学法国，40 岁时客死巴黎。在住处桌上发现未完的短篇遗作即为本篇。——译者注

互相认识了，不过见了面也不会熟络地打招呼。

她从哪儿来？多大了？这些从道子小姐的外表上，都无法做出正确的判断。龙之介只好模糊地叫她"山野小姐"。

山野小姐就站在龙之介的身边，也不吱声，这让龙之介非常地不自在。突然，她对龙之介说："那个梅园您去过了吗？"

龙之介吓了一跳，猛然间反应过来，连忙答道："不，还没有。"

女子也不在意他的吃惊，继续问道："听说这个季节，花应该都开了。"

"真的吗，那倒是值得去看一看。"龙之介敷衍地应了一声。

"那我们一起去吧，如果您有时间的话。"山野小姐发出了邀请。龙之介感到非常意外，但又不好驳这位女士的兴致，也就答应了下来。

本来龙之介对于赏花这回事并不怎么有兴趣，梅树随处可见，再说就是看看梅花而已，没什么大不了的，一个单身男人去看花，总是有点奇怪，可是如果跟一个素不相识的女人一起，好像会更奇怪。不过，实在无聊透了的龙之介觉得，出去走走也好，总好过成天待在饭店，一遍一遍地看报纸。

这个山野实在不是一个寻常的女人，这一点，从一开始龙之介就注意到了，即使两个人现在对外宣称是夫妻关系，她也没有表现出和过去不一样的情绪来，这让龙之介非常的诧异。回想起那个在梅园的下午，龙之介觉得，那段对话似乎并没有起到联系两人关系的作用。

梅园的花开得正好，龙之介和道子就漫步在这繁花似锦之中，可是，花的热闹并没有给两个人之间的空气染上些温度。

从上车出发开始，他们两个就没说过话，到了梅园，也是一前一后，没有任何交流。龙之介觉得这样沉闷的气氛有些尴尬，他试图打破僵局。

"果然没错，花开得很好！"

按照常理来说，正常的女人到了这样一个花海，都会自然或做作地赞叹一番，比如"好美啊""太美了"之类的，龙之介也希望听到山野这样的回答，起码他心里会舒服一些。

可是没想到，山野非常冷静，甚至有些冷漠，她只是轻轻地回答了一句"是啊"，就再没有下文了，依旧轻轻地走在后面，就好像这片花树和她无关一样。这让龙之介对这个女人越发地不解。

龙之介只好埋头在前面走，没过多久，山野小姐叫住他，指着一张长椅说："我们休息一下，好吗？"

龙之介停住脚步，赞同地点点头："还真是有些累了，那就休息一下吧。"

说着，他掏出随身的手绢，轻轻地掸去长椅上的尘土，然后做了个请的手势。

道子道了谢，然后坐了下来，她好像很疲劳。龙之介坐在她身边，又是一阵沉默。

龙之介想说点什么，可是又实在找不到话题，只好尴尬地坐着。

突然，山野开口了，她问龙之介说："岛先生，你觉得我们现在看上去像是什么关系？"

龙之介没想到她一开口就问这么唐突的问题，只好慌忙答道："呃……我们年龄看上去差了很多，不太像是情侣，不过说是夫妻或者兄妹，感觉又没有那么亲密，总不可能是朋友吧，我们对彼此还很陌生。"这个回答很糟糕，龙之介觉得。

"也对，不过不亲密的夫妻不是很常见吗？"山野不以为然。

龙之介实在不想进行这种对话了，只好点点头，不予否认。

山野低下头，伸手抚摸仰卧在长椅旁边的小狗。她是个长得挺不错的姑娘，龙之介看着她的侧脸，有些迷离。

"先生，您愿不愿意帮我个忙？"山野开口问道。

"当然，我很乐意，不过，得是我能做到的。"龙之介面对女子的请求，心里有些小小的骄傲。

"我的请求可能不太礼貌，也可以吗？"

龙之介满不在乎地挥挥手："你说吧，我不介意。"

"您还要在这里待多久？"

"大概 10 天吧。"龙之介算了一下。

"您是一定要待在这个酒店么？别的地方都不打算去了吗？"山野低着头，她的声音含糊不清。

"那倒没有，我在哪里都一样，反正也是处理一些工作，躲清静而已。"龙之介笑笑。

"那好吧，"山野抬起头，深吸了一口气，下决心一般地说道，"您能允许我在这段时间里假扮您的妻子么？不管走到哪都让我跟着您？我保证我不会影响到您的生活，只是让我跟在您身边，让别人认为我们是夫妻就好。不过，请您不要问我这么做的原因……"

（二）

即使事情已经过去了，但龙之介依旧无法忘记自己听到山野这个请求时的震惊。他一下子无法接受对方提出的这个让他深感意外的要求，不过看上去，道子不像是在开玩笑。

看到龙之介的表情，山野慌忙地解释："请您不要吃惊，我知道这样说会吓到您，可是我有隐情，现在不方便说，我的家人一直在找我，所以这段时间我不得不隐姓埋名，可这也不是长久之计，虽然酒店登记表上我填的是假名，可是早晚有被发现的一天。再说我一个单身女人，总待在酒店里，会被人认为是横滨过来的女招待，太不方便了。不过，如果您能允许我扮成您的妻子，事情会好很多。"

龙之介其实很想答应，他觉得这样的经历实在有趣。不过，为了表示自己不是一个随便的人，他还是要求山野把事情说明白。

"不管怎样，我还是希望能够了解您所说的话究竟是什么意思。"

"对不起，我知道这样做很让您为难，但是我真的不能说，不过请您相信，我真的没有恶意，只是想得到您的帮助。"山野很固执。

龙之介很相信山野，直觉告诉他，这个女人是可以相信的，至于原因，龙之介不知道。至于他为什么一再地刨根问底，那只不过是他想知道更多关于山野的事情，其实他根本不担心答应山野的请求会给自己带来什么困扰。

龙之介想了想，又说："我想，您能向我提出这种请求，证明您是信任我的，那么我也就相信您了。如果是对我有什么企图，也不会想出这样的方法来的。您看上去非常的善良，虽然话不多，但是那种安详的表情是只有心地干净的人才会做得出来的。不过，既然我们已经决定互相信任，那是不是应该再对我说多一些，让我心里有个底。”

山野好像在犹豫，要不要把实情和盘托出，不过很快她就下定了决心："我想，面对作为记者的您，我还是不说为好。"

龙之介非常吃惊，山野居然知道他的职业，他笑了笑，说："是吗，您对记者似乎并不信赖啊，那么我也不能取得您的信任了吗？"

身为记者，确实对于奇怪的事情有着异乎常人的敏感，如果是作为记者的龙之介，他现在应该充分发挥自己的专业优势，想方设法从山野嘴里探出点什么，不过，龙之介现在有些犹豫。山野已经知道了他的职业，还向他提出了那样的恳求，如果自己想从她身上获取有价值的新闻，是不是有些不合适？现在的龙之介，到底应该是一个普通的男人，还是一个记者，他心里也很矛盾。

山野抱歉地笑了笑："毕竟您的职业要求您随时将每个人的秘密公布出去，所以，记者都不是能够保守秘密的人，所以……"

龙之介觉得这个女人非常厉害，但他又不想轻易败下阵来，因此，他决定采取这种办法，看看事情究竟会怎样发展。"好吧，那您就不要说了，我也不再勉强您了。一切就按照您希望的那样吧。但是，我们应该怎么做呢，毕竟，我也没有过这样的经验。"

山野陷入了思考，她只是提出了一个建议，但是怎么操作，她是一点头绪都没有。

"怎么办呢……起码，现在的酒店是不能住了，我们两个不是一起住进来的，现在说是夫妻太突兀了，再说，那家酒店，对我很了解。"

"好吧，那就先退掉现在的房间，"龙之介表示理解，不过他又提出了新的问题，"不过，您的原名不是不能用了么？那我还保留原名么？或者和您一样，取个新名字？"

"假名不好，我怕万一被警察查出来就不好了，再说，取假名字，很多地方会很麻烦。"山野不太赞成。

"您说得也对，那我还是用我自己的名字，您取一个假名字好了。"

"那要叫什么好呢？"山野问道。

"要不就叫道子吧，这个名字很普通，不会引人注意的。"

"好的，这个名字很合适。"山野点头同意了。

"名字的问题解决了，下面是住，您想住到哪里去呢？"龙之介看着道子（从现在开始，我们就叫她道子吧）。

"我也不知道啊……"

龙之介想了想，开始提建议："A饭店怎么样，或者K饭店，老板是镰仓的那个；要么就N饭店，逗子开的那家。或者，去住日式旅店吧，您觉得怎么样？"

没想到道子全都拒绝了，她的原因是，这些酒店她全都住过了，她的事情，这些地方的人也都了解，不可能再去投宿了。至于日式旅店，道子没有表态，但很明显，她不愿意去住。

龙之介实在没办法了，这个小地方就这么几家饭店，"实在不行的话，就直接去东京吧。"

道子好像很愿意，"真的吗？那实在是太好了，如果您同意的话，那我们就去东京吧。东京比起这种小地方来，更适合躲藏，这里没过多久就会被人认出来，也容易遇到熟人，如果被找到，那我就完了。但是，您可以吗？您不是要来这里放松的吗？现在就回东京，真的没关系吗？"

"没什么，无非是一些工作，在哪里完成都是一样的。不过，我们就住在东京的M饭店吧，那里比较隐蔽，不容易被找到，也不像S啊T啊这些饭店那么引人注意。"

"那真是太感谢您了，您救了我啊。"道子舒了一口气。

商量好一切后，龙之介从长椅上站了起来，对道子说："既然一切已经决定了，那我们就回去吧，现在天气也不是特别的暖和。"

道子点点头，站起身来，和龙之介并肩朝院子外面走去。

经过了那一番谈话，龙之介对身边这个女人的感觉完全不一样了，就好像他们之间真的有什么特别亲密的关系一样。他觉得，似乎所有的人都知道他们是夫妻，就连卖水果的小贩向道子推销，冲她一声声地喊着"太太、太太"时，都会让龙之介感到一种非常奇异的甜蜜的感觉。

坐进出租车里，龙之介的这种感觉依旧强烈，他觉得自己成了某部探险小说中的男主角，正有一个神奇的旅程在等着自己。一个神秘的女人进入了自己的生活，并且主动提出要冒充自己的妻子，这种情况不会很常见吧。龙之介甚至觉得有一些幸运和小小的窃喜。

坐在车里的两人，依旧保持沉默。不过这种沉默在龙之介看来，有些不一样。

突然，道子开口了："如果对别人说是夫妻的话，那么我们要是还住两间房间的话，会不会引起别人的注意，我很担心这样的事情发生。"

龙之介也觉得道子说得有道理，不过他并没有考虑过这种事情，再说，一个男人，怎么也不好主动提出。"是啊，您说的这种情况确实是个问题。"他只好应和了两句。

"M饭店的双人房是不是应该有两张床？"道子问道。

"是啊，双人房是会有两张的。"

龙之介有些退缩，两个素不相识的男女，现在要住在同一间房间里，即使有两张床，也是很困扰的事情。如果道子已经结婚，那么要是被她的丈夫发现他和自己的妻子同房的话，会不会有麻烦？龙之介很懊悔那么快就答应了道子的请求，不过现在他已经不能回头了。

道子似乎并不在乎："既然我们作为夫妻在饭店登记，那么如果还是要两间房的话，会不会让人关注上我们？"

"是啊，那怎么办，您要和我住一间房间吗？"

"如果您不介意的话，我是没什么问题的，"道子很豁达，"只希望您不要认为我是个随便的女人就好。"

"不会的，我们不是信任彼此么？这种时候正是显示信任的时刻啊。"龙之介嘴上这么答着，不过到时候会发生什么，他也不知道。

想想也是，孤男寡女，共处一室，还要在一起生活10天，不发生点什么，实在是不太可能。

车子开到饭店门口，道子下车后，几乎是紧挨着龙之介走进了饭店。

（三）

现在，龙之介和道子就坐在开往东京的火车上，他们是今天早上离开M饭店的。饭店的服务生在送他们离开后，无不议论着这两个刚刚离开的男女。

"真厉害啊，一天就勾搭在一起了，这个男人，肯定是想把那女的带出去到处炫耀。"

"唉，认倒霉吧，跑前跑后地献殷勤，一眨眼的工夫就被人拐走了。"

"还不知道是谁倒霉呢，那个女的不一般，肯定是哪里的高级妓女，这个笨蛋，还是记者呢，这下肯定是血本无归了。"

不过这些，已经离开的龙之介和道子是听不见了。

此刻，道子似乎觉得旅行非常的无聊，开始和龙之介聊天。

"那么您这次要完成的工作是什么？"

"其实是很无聊的东西，公司让我写一些谩骂议会的新闻，我手里有些资料，只要整理一下就好了。"

道子似乎很感兴趣，她提议说："那么让我来帮忙吧，这样待着太无聊了，您来念，我给您写好了。"

龙之介摆摆手说："没这个必要了，又不是什么繁重的工作，其实根本就不用过脑子，报纸上的新闻都是笨蛋写的，你要是不变成笨蛋，根本就写不出来，奇怪的是，这些胡说的东西居然还挺受欢迎，长官们还很喜欢看，没办法，越是职务高的人，脑袋就越空。"

"是啊，现在的报道，骗不了年轻人啊。"

"对了，"龙之介突然想起了什么，"既然我们假扮夫妻，那么总不能还称呼对方小姐先生什么的吧，总应该有些特别的称呼吧，不然听上去实在太奇怪了。"

"您说得对，那我们怎么称呼对方呢？"

"这个，我觉得叫道什么的太肉麻，道子又太正式，干脆叫您小道吧，怎么样？"

"小道啊，我喜欢这个名字，那么，我怎么称呼您呢？"

"这个嘛，您可以叫我喂或者老公什么的，在别人面前提起我的时候，就叫我岛好了。"

"好的，就这样决定吧，您的考虑很周到。"

"如果您不介意的话，我很高兴能这么称呼您，似乎我们真的认识了很久，是彼此的亲人呢。"龙之介突然很有感情。

道子笑了笑，逗龙之介说："是吗，那不是情侣才有的感觉吗？"

"不，不一样，"意识到失言的龙之介脸都红了，急忙否认，"和情侣的感觉完全不同的！"

两个人来到东京的M饭店，龙之介先去前台登记。"岛龙之介，35岁，市外西大久保六七，妻子道子，28岁。"他很流利，好像已经这么说很久了。

接着，服务生带着他们搭电梯去房间，他们的房间在八楼。

进了房间，服务生放下他们的行李，然后就离开了。他们的房间里有一张书桌，两把椅子，两张床翻开摆放在两侧的墙壁。

龙之介看到床的摆放位置非常的欣慰，他庆幸床没有摆在一起。这个时候，道子找了一张床坐了下来，看着龙之介，说："您是不是在想，幸亏这两张床没有摆在一起吧？"

"是啊。"龙之介笑了。

"如果摆在一起的话，您打算怎么办呢？拉开么？空出一些位置吗？"道子好像能看透龙之介心里在想什么。

龙之介有些慌乱，"如果像您说的那样，可真是不好办，我估计会把床分开一点的。"

道子继续说："可是您不是说，我们彼此信任么，彼此信任的话，就算睡在一张床不是也没关系吗？"

龙之介觉得自己就快爱上这个女人了，理智、聪明，又特别的大胆。她似乎能够看穿龙之介的内心一样，即使她的问话让龙之介有些不知所措，不过，这样的女人，似乎更有诱惑力，如果她没结婚就好了，龙之介这样想。

似乎为了遮掩自己的无力龙之介挑衅似的问道子："我要是喜欢上了你，你怎么办？"

道子一点都不吃惊，反而轻松地说："难道您现在不喜欢我吗？"

"不，我是说爱情，我要是爱上你呢？"

"那更好了，那请您爱我吧，我渴望被爱。"

龙之介觉得不能就这样败下阵来，他又问："那么，您会爱上我吗？"

"爱情这个事情谁能说得清楚呢，我也不知道我会不会爱上您。如果我真的爱上了您，那也是不能阻止的吧，毕竟感情这种事情，谁又能控制得住呢？"

龙之介觉得这次交锋自己完全失败，他有些后悔为什么要发起这样的一次交谈。他觉得，这个女人太厉害了，自己绝不能爱上她。

道子像看穿他的心事一般："您可不要怕我啊，我并不是可怕的女人，只不过有什么就说什么而已。"

龙之介快要疯了，他觉得自己已经完全暴露在这个女人面前，她就像是故事中的狐狸一样，具有迷惑人的能力。

入夜了，龙之介本来想打算做些工作，可是他始终无法静下心来，只好拿着张报纸，躺在床上，百无聊赖。窗外传来属于都市的嘈杂声，从早到晚，一刻也不能让人感到安宁。

龙之介穿着一件毛料的衬衫，这对于一个身处温暖房间的男人来说，有些厚重了，龙之介开始出汗。

他有些受不了了，坐起身来，看着道子问道："穿成这样很不舒服，我看，我们还是换成浴衣吧，您说呢？"

道子坐在床上继续抽烟，做了个"请便"的手势。

来到饭店后，龙之介发现原来道子是抽烟的，而且抽得很多。

龙之介脱下自己的衬衣，换上了浴衣，舒服多了。"您不换么？应该准备休息了吧，已经很晚了。"

道子站起身来，摆摆手，然后拿过龙之介脱下的衣服，叠好后放在椅子上。

龙之介急忙说："您不用管那些，真的。"

道子笑了笑，"怎么能不管呢，我不是您的妻子么，做妻子的就应该替丈夫做好这些啊。我的丈夫很讲究的，要穿熨过的裤子。"

听到道子这么说，龙之介觉得非常的舒服，空气似乎都变得柔软了许多，他觉得道子好像已经结婚了，不然不可能做起这些事情来这么得心应手。

道子整理好龙之介的衣服后，开始换掉自己的衣服。她脱掉外衣，只穿着一件衬衣和连衣裤，然后坐在床的一角开始脱丝袜。

接着，道子换上拖鞋，来到化妆台前，仔细地整理了一下妆容。从龙之介这个角度看，覆盖在道子单薄衬衣下的年轻的丰满的躯体，正随着道子而动着，让龙之介觉得非常的兴奋。

"该死！"龙之介强迫自己闭上眼睛。

不过可惜，那种形象太过强烈，以至于即使闭上眼睛，也仍像是在眼前跳动一样。龙之介觉得自己出现了幻觉，身体上似乎有什么黏糊、滑腻腻的东西爬了上来，缠绕着他的皮肤。

剖尸

【德】格奥尔格·海姆

手术刀在惨白的肚腹轻轻划出一道红色的线，干脆而流畅；几只带着塑胶手套的手，伸了进去，取出绿色的、黄色的肠子，如同玩弄着细蛇；精巧而硬实的锤子，一下、两下、三下，敲击着死者的颅骨，碎了，黑色的血连并脑浆流出了一摊花朵的形状。如果死者旁站立着灵魂，它就会看到这一幕……

他躺在那儿，赤身裸体地躺在桌子上，时间仿佛静止一般，没有风，没有声音。庄严、肃静、冰冷、惨白，这是进入这间屋子的人，看见陈列着死人尸体后能够想到的全部形容词。你甚至能够感觉到整间手术室都在颤动，耳畔没准儿还会响起逼真的惨叫。

门缓缓地打开了，几个衣着白大褂的人走了进来。他们望着他就像欣赏一个绝佳的艺术品。一缕阳光透过窗子照在他的身上，光线一寸寸拂过他的身体，额角青黑色的斑点，绿色肿胀的肚皮，他的整个身体像是一株变异的植株，让人难为情又忍不住观摩。同时他看起来是那样的圣洁，被置放在白色的桌布上，他像是等待神魔享用的祭品。

深浅不一的红、蓝色交错地出现在他的腰部，一道猩红的沟壑在人们面前绽放，散发着异样的臭气。那些白衣之人看到这样的他并没有畏惧，看起来竟是敬畏而兴致勃勃的样子。

是的，他们靠近他，兴致昂扬地打量，肆无忌惮地评论，脸上还带着决斗后的伤痕，尽管他们都文质彬彬地戴着金边眼镜。那是一种内行人面对物体的品鉴，不过却并不严肃，似乎这群人的出现破坏了屋子里的阴冷几近冻结的气氛。

白色的橱柜被打开，白匣子被拿了出来，刀、锤子、骨锯、锉刀，各种型号，由小到大整齐地码好，摆在那里，折射着冰冷的光，显露着锋利的本质。成套的镊子、针，也准备齐全。你一定没见过那么大的针，它们看起来更像是食腐动物的喙，正发着欢呼声庆祝即将来临的盛宴。

那些披白大褂的人开始行动了，他们开始折磨他、解剖他、享用他，对于这些人而言，他就像是案板之上等待料理的食材。他们的手插入他冰冷的体内，开膛破腹，他的五脏六腑就借助着工具一一呈现出来，血色蔓延，无法停止。

　　肠子，像活过来的绿色或黄色的蛇，绕在那群人的手臂上。来不及排泄的秽物随着白衣人的举动四溅开来，散发着腐烂的气息。这一切他都无动于衷。甚至就连那群人戳破他的膀胱，让已经冰冷的尿液变作无用的液体，在空气中发出氨水一样刺鼻的气味，看着这液体如废水一样倾倒至大碗中，他依然睡着，无动于衷：没被嘈杂的声音吵醒，也没被刺鼻的气味熏醒，静静地任由那群人摆布。

　　一个声响，点燃了他心中的梦，那是锤子在敲击他的头颅。爱意蔓延，像是盛夏腾空而起的烟火，绚烂迷人。他看见一片澄澈的蓝天，云朵化作孩童在安逸的午后嬉戏打闹，他看见温暖慈爱的光照耀着，他看见自由的鸟儿煽动着翅膀直冲云霄，他看见一只色彩斑斓的蝴蝶静静地落在夏日灿烂的花朵上。

　　黑色的血从他近乎腐烂的青紫色头上流淌下来，凝结成一朵云的模样。酷热加速了他的腐朽，死神的爪子在他身上轻轻拂过。皮肤变作水从他的身上留下，肚皮的颜色在医生的手指下变成鱼肚白。

　　在医生手指的抚慰下，他的嘴角微微扬起。第二个梦开始了，那是一颗闪亮的星，高高悬在仲夏夜的天空。他的唇因为一个轻吻而颤抖，他的心因为那个轻吻而融化。我爱你，一个声音在他耳边低语。我曾经爱你，我曾经那样地爱你。你是罂粟，点燃我所有的热情；你是星光，照亮整个夜空；你是夏日的微风，吹拂衣衫飘动；你是落日余晖的大海，染红汹涌的波涛。你的秀发在我的亲吻下绽放，如最美的花朵。

　　擎着灯，你亦步亦趋地离开。黑暗中，只有摇摆不定、温柔的光诉说着离别的苦楚。明日我会与你重逢，在礼拜堂的窗下，烛火照亮你金色的发。明日，我会与你重逢，水仙花缠住你离开的脚步。某一日的薄暮，我会与你重逢，夕阳给予你最轻柔的吻。我们再不分开，再不分开，让我诉说对你的爱恋。

　　一个声响，结束了他的梦，他躺在白色的桌子上微微颤动，铁凿撬开了他太阳穴的骨头。这个死人怀着幸福微微颤动。

诱惑

【日】松本清张

沾满血的分规（一种绘图工具），一双41码的鞋子，被三沙子像宝贝一样收藏着。她被人在家中掐死后，这些东西被翻了出来，人们猜不出她为什么会收藏它们，直到秋冈辰夫和盘托出自己的罪行，血案以及血案中的血案才被连根拔起……

（一）

女佣推开门，看见主人三沙子穿着睡衣倒在床上，脖子上有两道深深的勒痕红得像恶魔的舌头，她已经断气了。女佣立刻尖叫着报了警。三沙子是和风建筑师池野的妻子，几年前由于家中遭强盗入室抢劫，池野先她而去，而案件一直没有头绪。如今，这位寡居的美丽夫人也丧了命。

年轻貌美的三沙子最初只是一间酒吧的女招待，后来自己在银座大厦开了一间小酒吧。当然如果没人资助，她自是当不成老板的。不过出资者的身份一直是个谜团，据说在她当招待的时候就同时与三四位客人暧昧不清。她后来的丈夫池野先生就是她在自己的酒吧里结识的。

两人的第一次相遇是因为某饭店的老板拜托池野设计饭店的图案，邀他来三沙子的酒吧喝酒。那时候三沙子的酒吧开业才3年。三沙子对于两鬓斑白的客人不以为然，只是随口附和，即便没有听闻过对方，却也可以装作很敬仰的样子。可是后来当她知道自己错过了一位家财万贯的著名建筑家时，懊恼不已。

不过她倒是给池野留下了深刻的印象。池野先生第一眼见到三沙子就觉得对方特别漂亮，很快又来光顾。这一次，三沙子一改常态，依偎在池野的身上，轻声软语地与之交谈，还刻意说自己长得像影星梅林的事。池野看着怀中年轻貌美的女子，不禁慨叹岁月弄人，但心中熄灭已久的青春欲火早被点燃。

池野是著名的和风建筑的设计家，甚至一度被人推举为第一流的建筑设计家。他的作品十分有特色，有效地利用自然空间并赋予传统日式建筑现代的感觉。这种结合了西洋建筑精妙又不失传统的建筑风格很受人追捧。年过60的他不仅在业界有良好的声誉，更是有万贯家财，在后辈眼里，他是德高望重的启蒙导师，对于同届的人，他更是不断激励他人探索提高自己艺术水准的大师。

眼见着这样的池野对自己另眼相看，三沙子在对方第三次来访时就采取了行动。她刻意把其他客人托付给店员照顾，邀池野出去吃饭，好好施展她的魅惑之术。她的身体天生就充满了诱惑力，对于池野而言，这个妙龄女郎有着他喜欢的青春和美貌。一般情况，三沙子刻意卖弄之下，没有几个男子能够抗拒她的勾引。池野先生也不例外。在三沙子的引诱之下，丧偶多年的池野决心娶三沙子为妻。就这样没过多久，不景气的酒吧老板三沙子成了池野太太。

婚礼当天，奢华的饭店大厅里挤满了来宾，不过，面对年龄差距如此之大的一对新婚夫妇，来宾们颇有微词，祝词谨慎，眼中更是闪烁着打探的目光。两人婚后的生活起初很平静，虽然人们担心年过半百的池野没法满足貌美妻子的需要，然而看着一天比一天健康的池野，男人们不免歆羡他找到这样一位年轻的妻子。

半年后，三沙子已经充分掌握了池野事务所的情况。为了能够把握丈夫的全部收入，考虑再三的三沙子很快明确了应该诱惑的对象，并把目标锁定在了担当经理职位的通渡忠造以及年轻有为的助理设计师秋冈辰夫身上。善于为自己打算的三沙子并没有急切地采取行动，毕竟新婚的她如果如此迫切地露出马脚实在是不大好看。所以她开始以小恩小惠拉拢两人，想方设法背着其他职员给他们一些不大不小的好处。

结婚两年后，三沙子越来越不满池野的老迈，她的身体感觉到了厌烦。年老的池野根本没办法满足三沙子的需要，两人的婚姻生活十分勉强。她当然不会蠢到再色诱一个老家伙，投入已经 58 岁的通渡的怀抱，而是很快地选择了年仅 25 岁的秋冈作为偷情对象。一方面对方拥有年轻的体魄，另一方面池野早就授意秋冈为设计所的继承人，为了避免池野死后自己一无所有，三沙子决心牢牢地把握住这个机会拉拢秋冈。

她很快就把这个想法付诸实践了。

为了留住能够维系设计事务所生存发展的秋冈，她可是煞费苦心。起初她亲近秋冈，邀请秋冈参加私人宴会，一直对秋冈器重有加的人，当然没有反对。很快，三沙子就找准机会悄悄邀秋冈单独约会。

私下受到宴请的秋冈心中自是无比喜悦和自豪。个子矮小、仪表普通的他并不是年轻女子心仪的对象，不过他本身却十分向往能拥有一段浪漫的感情。三沙子的单独宴请，让秋冈不免有些飘飘然，更何况，三沙子时常赠予他意味深长的领带、袜子等礼物，还亲昵地暗示他这些事情只有他们两个人知道。

这天夜里，三沙子邀秋冈到一家高级饭店用餐。房间虽然比前两次小一些，但要比前几次去的饭店高级得多，三沙子柔情似水地对秋冈说："今晚我丈夫受邀出去看戏，我才有机会脱身。"说完抛一个媚眼给秋冈。从未恋爱过的秋冈即刻被迷得神魂颠倒，他盯着灯下的美人不免有些脸红心跳。

又过了大约 10 天，三沙子再次邀秋冈去另一家同样华丽的饭店，仍然是瞒着她的丈夫与秋冈私会，这一次她刻意精心打扮一番。秋冈看到她紧张地微微冒汗。饭后，他又顺从三沙子的提议，两人去夜总会跳舞。

沿途的车上，两个人静静地并排坐着，三沙子突然伏在秋冈的肩头，在他耳边低语道：

"把这个信封拿走吧。"顺便用纤纤细手将一个不厚不薄的信封塞给他。

秋冈很快意识到里面装着什么,开始推托,却被三沙子一手按住。"别推辞,务必收下。近期内可能还要给你涨工资,这可是对你的特别厚遇。"

不敢再做动作的秋冈,感受着三沙子手上的柔意。迟疑了一会儿,心中早对薪水不满的秋冈只好收下信封,然而内心的情感早已不平静。似乎感受到对方的情感,三沙子主动依偎在了秋冈的怀中……

夜总会灯光昏暗,三沙子一杯接一杯地喝下加冰的杜松子酒,在暧昧不明的灯光下更是流露出一丝醉态,周围的客人和女招待都小心打量着这位带着情人来的阔太太。秋冈面对周遭的目光羞愧地低下头,既不敢正视三沙子,又不敢四处环视。三沙子故作醉态,倚在他身上,喃喃地要求秋冈陪她过夜,还可怜兮兮地说自己醉酒,家中无人照料。那模样就算是陌生人也会激起心中的怜爱。

很快两人从夜总会走出,乘出租车去了旅馆。头一次接触到情欲的秋冈很快就沉溺其中,更何况这种禁忌之爱。平时在设计所,他一方面避讳池野的视线,另一方面不断地追逐三沙子热气腾腾的姿色和肉体。就这样三沙子又魅惑住一个猎物。

(二)

一天,在旅馆床上拥抱着秋冈的三沙子安抚着自己年轻的情人,希望他小心行事别被其他人叨扰二人的好事。这可让秋冈有些不安,秋冈生怕三沙子因此离开他,连忙对其表白自己有多么珍视对方,多么担忧看不见对方。

三沙子对此非但不反感,反而热情地吻了吻秋冈,重申自己并不爱池野,只有和秋冈在一起自己才能感觉到真正的快乐。她还委屈地说她并不是不想同秋冈在一起,只是担心被池野发现。一旦事情败露,她担心秋冈会被赶出去从此一蹶不振,两个人也再没有见面的可能。紧接着她又说了一些宽慰秋冈的话。

虽然秋冈一方面暗暗得意,自己能满足三沙子,两个人才是真正的夫妻;可是另一方面,坠入情网的他很担心无法同三沙子长久地维系这样的关系。他变得浮躁起来,坠入爱河的他已经无法自主了。

秋冈紧紧抱着三沙子,生怕她被别人夺走。此时此刻,他怀中那个妖艳的女人脸上浮现一丝高深莫测的微笑,软绵绵地说道:"你别这样,你这样我会很为难的。我们还年轻,时间还长着。努力工作,用你的设计方案赢得别人的尊敬和信赖才是你最应该做的事情。"

"可是,可是见不到你我什么都做不成。"秋冈不禁在三沙子的身上蹭了蹭。

"你说,要是池野突然去世会怎样?我真的一秒也不想在他身边忍受煎熬了。"三沙子突然说道。

"你说什么?"秋冈突然坐直了,迷惑地盯着床上一丝不挂的三沙子,"我,离开所长我就什么都没了,我连自己都无法养活,要是这样跟你结了婚,你,你不会幸福的。"

三沙子起身把秋冈拉向自己,在他耳边说道:"和你在一起什么苦我都不在乎,可我越是爱你越不能这样做。你还年轻,你的才能还没展现。如果你跟我结婚,那么你一定会背上不好的名声。我怎么忍心看本应该脱颖而出的你,因为我失去应得的一切呢。"

秋冈并没有说话，而是搂着三沙子静静地听她说。

"所以我一定要慎重考虑，就算是为了你的前途，我们也应该……"

未等三沙子说完话，秋冈一把推开三沙子，怒气冲冲地说："难道你要跟我分手？"

"不，我绝不是这个意思，"三沙子谨慎地说道，一脸不舍地望向秋冈，"我怎么舍得离开你。不过，假如池野死了……"秋冈听到三沙子这么说心中五味杂陈，也跟着谨慎了起来。

再过几天，三沙子又故意在秋冈耳边吹风，说是池野已经发现了她与别人有染，不过还不确定是谁。这让秋冈变得越来越谨慎。

又过了几天，三沙子装作一脸慌张的样子找到秋冈，说已经被池野发现两人苟合之事了。秋冈听到后脸色大变，三沙子看到对方惊慌的样子，说道："万一，万一池野他解雇你，然后再把这件事四处宣扬，你恐怕在业界再无出头之日了。"三沙子看着脸色变得渐渐苍白的秋冈接着说道："那样的话，你和我更没有机会再在一起了。"

"我们该怎么办？"秋冈像无头苍蝇一样询问三沙子，三沙子并没有直接回答而是用言语安抚他一番就离开了，说是怕自己出门太久会引起池野的注意。

看着秋冈的反应，三沙子对于自己的计划更有把握了，一旦池野去世，只有这样才能把秋冈牢牢地控制在手中，并让他心甘情愿地留在事务所成为顶梁柱。不过，三沙子还是有一丝担忧，毕竟自己年长于秋冈10岁，自己早晚有一天会年老色衰，谁能保证有一天秋冈不会沉溺在其他年轻姑娘的肉体上呢？自己必须要采取行动，用圈套牢牢地捆缚住他。

所以再见面的时候，三沙子对秋冈说池野已经抓住了两人私通的把柄，而且向她摊了牌，她不知道如何是好。

"这是真的吗？那我们怎么办？我一刻也不能离开你。"秋冈焦急地问道。

"我，我也不知道，我已经拼命说服他，说没有此事了，可是他监视得太严，恐怕我们不能再继续见面了。"

面对这样的结论，秋冈十分不舍，他紧紧地环住三沙子，对两人的未来充满了哀伤。在三沙子的进一步诱导下，他似乎已经窥见了整件事的解决办法。

过了不久，池野的住所遭入室抢劫，他也被盗贼杀害了。

事情发生在9点钟，由于家里的电话线被切断，案发将近一小时后，三沙子才跑到警察局报案，又过了好一会儿警察才赶到现场。只见池野先生倒在混乱不堪的二楼起居室，打斗的痕迹很明显，死者的旁边是一柄细长锋利的剑。整间屋子到处都透露着遭了贼的讯息。

依照正常的查案程序，警方要了三沙子的口供，作为唯一目击者，她的证词是破案关键。照她的陈述，凶手是一个身高很高、约三十五六岁、穿西服的男子。对方最开始是为了求财，后来遇到池野先生的抵抗，才取人性命。而且她并没有看到凶手行凶的过程，只记得凶手手中拿着一根类似小棒的东西。等她赶到时，池野先生已经毙了命，胸口留有的鲜血可以告知人们他死亡的信息。

之后法医解剖的结果也印证了三沙子的证言，池野先生被类似锥子的物体击中心脏，致命伤口的周围还有锥子尖的痕迹。

警方搜遍现场只找到41码男鞋的脚印，并没有发现凶器以及凶手的指纹。现场被盗的也不过是些现金，翻箱倒柜大概是为了找到些真金白银类的饰品。应该就如同三沙子所说，凶手最初只为求财，被三沙子撞破后又遇到池野先生的抵抗，才在杀人后匆忙逃走。很快警方按照一般入室抢劫杀人案的方式开始进行调查。

作为社会名流之一，池野之死在整个社会都引起震惊，众人哀悼这位才华横溢的建筑设计师的早逝。之后在青山殡仪馆为他举行了盛大的葬礼，各行各界的知名人士都纷纷出席。

整个葬礼上，身着丧服的三沙子显得格外引人注目，而秋冈则像是人流中的陌生人，并没有表现出异样。

案件的侦查并不顺利，层层筛选出的罪犯都不是要找的人，按照三沙子提供的强盗样貌拼图，侦查毫无进展，最后案件就这样不了了之。

（三）

池野死后，三沙子继承了他的全部遗产，包括建筑设计所。虽然许多老所员请辞，但是很快又被三沙子从其他地方挖来的人才填补了空缺。秋冈则一如三沙子设想的一般成为设计所的顶梁柱。在三沙子的经营打理下，整个设计事务所非但没有衰亡，反而经营得风生水起，迎来了比之前更大的声誉。

秋冈的设计风格大大满足了主顾们的需求，同时也深受业界人士的好评。三沙子本人也如她先前期望的，渐渐成了社会的名流人士。不过两人的关系一去不复返。最初三沙子以怕引起警方注意为由，不与秋冈见面。等到搜查本部解散后，她又提出怕引起其他人对秋冈的怀疑，对秋冈的前途不利拒绝与他进一步来往。

听到三沙子的托词，虽然秋冈心有不甘，可是却因为三沙子的话实在是令人信服。如果两人继续维持之前的关系，势必对自己，对三沙子产生不利的影响，没准很快就会有人嗅出味道来，知道是自己和三沙子合谋害死了所长，他只能顺从地结束两人的暧昧关系。

当晚三沙子再次用自己的温情抚慰了受伤的秋冈，当然这也是最后一晚。虽然秋冈兴起了离开事务所的念头，不过很快被三沙子用言语劝慰了，不过三沙子话语里暗含的威胁之意过了很久才被秋冈看出来。

很快，不甘寂寞的三沙子又引诱了其他人，有了新的情夫。大约过了两个月，三沙子遣散了所员，留秋冈与自己交谈。

"你的心意还不曾改变吗？"三沙子问道。

"当然，可是夫人你，你实在是太过分了。我知道你与某个情人厮混一整夜。我实在是受不了了。我还是转到其他事务所吧。"

"那怎么可以，我是刻意这样做的。如果不这样，你怎么会断绝对我的痴恋，又怎么会如此轻易地结束警方对你的怀疑。我这样做都是为了你，在我这里你才能施展拳脚成为一流的建筑家。如果你再对我痴迷下去，总有一天你会身败名裂的。"

"可是……"秋冈有些不甘心地打断，他看着迷人的三沙子冲着他甜甜一笑。

"这样对我们来说都有好处，难道你就没想过找一个适合你的姑娘结婚吗？"三沙子的提议让秋冈十分迷惑，甜腻的语言再次进入他的耳朵，"你已经26岁了，我想说我认识一位很好的姑娘，无论家世还是样貌都与你十分匹配，她对你的才能也很赏识，我想把她介绍给你。过不了多久，你就会迷恋上她的。"

过了几个月，秋冈就和三沙子口中的姑娘山口菊子步入了婚姻殿堂，婚礼当天，三沙子还给他们送了很多贵重的礼物。

秋冈对于这样的妻子十分满意，甚至觉得菊子小姐要比三沙子说的还要好。过了不久，秋冈在岳丈的帮助下，在离她家不远的地方建了一幢新居。这个建筑很快就引来了参观的人群，甚至登上了《建筑》杂志。

婚姻生活越久，秋冈越觉得曾经的自己可笑，相比于自己纯洁年轻的妻子，三沙子的影子渐渐地在他心中黯淡了，甚至，他怀疑自己当时怎么会爱上那样一个年老色衰的女人。

对于曾经沉迷于三沙子肉体不能自拔的自己，他深感幼稚，他甚至受这样一个女人的摆布杀害了自己的老师，这件事情开始像噩梦一样折磨着秋冈。他不时地会从梦中惊醒，之前三沙子言语中暗含的威胁之意也在他细细的回味中昭然若揭了。

不过秋冈也清楚，如今名利双收的三沙子不会说出去，虽然她曾经说自己一无所有，不在乎秘密暴露，不过实际上，三沙子才是最害怕秘密曝光的人。从这之后秋冈再没做出任何纠缠的举动。

半年过去了，人们的视线集中在新生起的明日之星秋冈建筑师上，就算距离池野遇害的纪念日越来越近，也没人再提起这件事。池野事务所也因为秋冈的存在，而越来越出名。

秋冈面对自己渐渐显赫的名声和并不算丰厚的薪酬渐渐兴起了自立门户的打算。他不甘心一辈子绑在池野事务所，任别人驱使。一旦他独立，不仅声誉会大大提高，就连生活也会改善很多。作为一个成了家的男子他不再像从前那样容易满足了。

秋冈思索再三，决定趁着三沙子情绪好的时候把这件事提出来，不过三沙子似乎一眼就望穿了他的主意，邀他晚上去家里商量，曾经貌美温柔的眼睛也变得充满狠毒的恶意，秋冈只好讪讪而归。

三沙子身边的男人不断更替，结了婚的秋冈一心只爱自己年轻的妻子，对于三沙子，秋冈再兴不起半点儿依恋，甜蜜的过往如同秋末树上的枯叶，再美好也会凋零。

晚上7点，秋冈来到三沙子家门前，一走进门厅，他就浑身毛骨悚然，杀死老师池野的一幕幕，像过电影一样在他眼前浮现。就是这幢房子见证了他的一切罪恶，他脸色苍白，稳定了心神，才鼓起勇气按了门铃。

开门的女侍者并非之前的人，三沙子在出事之后就换了人，看着陌生的脸孔，秋冈沉默地跟在其后。

狡猾的三沙子不会这么轻易放过秋冈，她刻意安排两人在二楼的起居室交谈，就是秋冈杀死池野的那个屋子。这样的环境给秋冈莫大的心理压力。

"还记得这么？去年发生过什么用不用我复述一遍？要知道一旦事情败露，你不仅会身败名裂甚至可能被判死刑。而我撑死了判个五六年而已。我是不在乎，反正我是一个人。你就不同了，你还有妻子，搞不好以后还有孩子。"三沙子的面目在灯光下变得狰狞、扭曲起来，这哪里是年轻貌美、温柔可人的女子，明明就是恶魔。

秋冈的想法还没有提就被三沙子看穿，他就这样讪讪地离去。在门口还与三沙子的某位情夫擦肩而过，秋冈心中的憎恶顿时又添了几分。

秋冈回到家，跟妻子叹气说："对不起，所长不同意我离开。她说如果觉得收入不够可以提高，可是离开的意向不希望我再提。"

善良纯朴的菊子并没有生气，而是安慰道："所长有恩于你，饮水要思源，她说得也对。你再忍耐两年，继续努力准备就好了。"

（四）

一晃两年过去了，三沙子坐在秋冈赚取的财富上肆意挥霍，享受着奢华的生活，而秋冈像一条狗一样为其卖命。仇恨的种子在他心中深深埋下，生了根，发了芽。秋冈明白，三沙子不死，自己永远只能做一个奴仆。终于有一天，秋冈忍无可忍了，他趁着午休时段其他所员都不在，冲进三沙子的办公室。

"你打算什么时候放了我？"秋冈怒气冲冲地吼道。

"放了你？"三沙子从账本中抬起头冷笑道，"我告诉你，那不可能。"

"我有一个好想法。"秋冈突然变得心平气和。

"什么好想法？"三沙子看着秋冈，试图鼓励秋冈说出来。

"即便我出去独立成立设计所，我还是会做这边儿的案子。设计费也可以少给我一些。"

"笑话，如果你独立出去，谁还会来我的事务所。更何况，你是打算敷衍我吗？"

"我对于工作绝对不会敷衍了事。"秋冈言之凿凿地说。

"你以为我会信你吗？别做梦了，只要我活着，你就要待在这里。"

听到这话，秋冈绝望了："那岂不是我一辈子会绑在这里？"

"不是一辈子，我说过你年轻，等我死了你就可以走了。"

"怎么可以这样？"秋冈已经发出了绝望地哀号。这样一来，他整个人生最精华、最蓬勃的十几年都要奉献给这个可怕的女人了。

"你还是认命吧，"三沙子打开抽屉，从中拿出一套制图工具，她的手在其中一件上来回摩挲，"如果你安分守己，我们就能携手顺利度过这一生。"

秋冈垂头丧气地走了出去，瘫坐在自己的设计台前。他用手胡乱抓着自己的头发，看着身旁的绘图工具突然很想将它们一扫在地。他觉得三沙子像一个甩不掉的水蛭，吸附在他身上，不吸干最后一滴血，她是不会松口的。而秋冈呢，除了安心做对方的食物，别无他法。

从来没有人意识到秋冈和三沙子之间有着这样的纠缠，在别人眼中他们是合拍的主顾关系，三沙子不仅重视秋冈，而且就连秋冈的太太也是她的好友。

一次私人聚会上，三沙子望着窗外美丽的东京夜景，对着菊子感慨道："人生最大的幸福就是活着。"说完她的视线移到秋冈的身上。感受到那眼神暗含意味的秋冈像是被枪射中了心脏，痛苦又哀伤。他明白想要摆脱这样的命运，唯有三沙子的死亡能办到。

从那之后秋冈开始策划自己的解脱方案了，他一有时间就会去三沙子门口监视，直到他发现与三沙子往来的男人中竟然有通渡忠造，从此他也开始监视这位会计师。最初三沙子只是用物欲诱惑通渡先生，进而利用自己的身体与之交易。要知道只有这样对方才会甘心地为自己所用，像秋冈一样为她卖命。

多次跟踪之后，秋冈摸出了两人私会的规律，每晚 8 点到 10 点的时间，通渡都会去三沙子的家中，两人只待在一起两个小时，时间不短也不长。当然通渡并不是三沙子的情夫，他的情妇另有他人。

临近自己老师 3 周年的忌日，秋冈决心动手，他像上次杀死老师一样，戴上手套小心谨慎地离开事务所。为了安抚妻子他还特意打电话回去说要去看电影，今夜会晚归。

接近 10 点，通渡从三沙子家中离去，消失在马路上。秋冈从藏匿的地方走出来，环顾四周，发现周围很安静，没有其他人看见他。他按下门铃，开门的是只穿着睡衣的三沙子，显然对方以为他是通渡。事情进展得实在是太顺利了。

秋冈压低声音对三沙子说："我有些话想对你说。"

三沙子对于这个手中的玩物并没有多大的警惕，她还以为秋冈的阴沉模样是看见自己与通渡往来，心有不甘呢。所以她没作声直接把秋冈让进屋里。

秋冈的手心都湿了，他不知道三沙子家里的女仆有没有人睡。如果跟 3 年前一样睡熟了，那么自己就能不着痕迹地顺利实施自己的计划了。

三沙子有些不高兴，问："你有什么急事么？这么晚到访。"

秋冈依旧戴手套坐在三沙子的对面说："我有事相求，还是那件事。"他的手套并没有让三沙子生疑，毕竟外面的天气很冷，戴手套是很正常的事情。

"我已经明确答复你了，你应该清楚我的决定。"

"那么，夫人能跟我恢复旧情吗？"秋冈刻意装出一副被诱惑的样子，肆意打量着性感的三沙子。

本来心生疑窦的三沙子看见秋冈这副急色样，脸上洋溢起复杂的微笑。

"你误会了，我只是叫通渡来解释下账簿的事情。"她边解释边引着秋冈上了楼梯，就是那条通往二楼起居室的楼梯。

第二天，就发生了开篇那一幕，三沙子杏目圆瞪地死在自己的床上，脖子上有两道深深的勒痕。

对于池野先生之死没有查明真相的警察们，对于这起案件十分重视，不过两个案子有明显的不同，这一次凶手没有留下脚印，而且入口、出口都只有大门一处，而且死者的卧房基本上没有抵抗过的痕迹。

对现场进行侦查之后，警方很快就确定凶手用的是绢丝领带，物证分析更指出现场遗留下的烟蒂出卖了凶手的一些信息：A 型血的某人。尸检结果更是证明了这一点，在三沙子体内还发现同属于血型 A 的精液，很显然三沙子是在与 A 发生关系时被杀死的。

当然两个案子也有相同点，就是案发现场十分混乱，有被翻查过的痕迹。

综合以上种种，警方一致认定作案的一定是三沙子的情夫，两人因为一些问题发生争执，对方杀死了三沙子并顺手牵羊盗走了财物。

案发时女佣已经睡熟，所以对于案件一无所知。不过女仆向警方提供了常与三沙子往来的人员姓名。在这一重要线索的帮助下，警方很快锁定了事务所的会计师通渡。

很快搜查本部采取行动，传讯了全体所员，秋冈成功地蒙混过去了。而通渡则魂飞魄散地讲出了实情，但坚决否认自己杀了人，并且将屋子翻乱。本来警方认定通渡说谎，种种证据都表明凶手是他。但通渡提出的疑点，也被当作线索开始侦查，接下来的调查中发现通渡的口供并没有不当之处，通渡也确实没有杀人动机。再加上现场被翻乱的柜子和日用品上均没有留下通渡的指纹，调查再一次陷入了僵局。

为此搜查本部再次找到女佣询问，希望能够得到新的线索。很快女佣回忆起一年前秋冈也到访三沙子卧室的事情。但由于无论怎样调查，秋冈与三沙子之间都是单纯的主顾关系，不像是有私情的样子，再加上秋冈本身是一位优秀的建筑师，警方并不认为这样的人会成为杀人凶手。

不过警方还是决定传讯秋冈了解一些情况，很快秋冈在审讯中露出了马脚，他的惊慌引起了审讯官的注意。回去思索再三，又经多方查证秋冈的话是否属实，证言大多对秋冈有利。然而所员提出的一个细节让警方很在意。

在问及这样一位优秀的设计师为什么不自立门户时，所员的答案大同小异，无非是秋冈对于池野事务所很有感情，其中有人提到，池野过世后秋冈刻意买了一套新的绘图工具，将老师赠予的工具珍藏起来。

提到绘图工具，审讯长一下子联想到里面的分规以及大小圆规。3 年前杀死池野先生的凶器好像是锥子类的东西，但是如果是用分规刺向死者，也能造成同样的伤口。

于是警方再次传讯了秋冈，秋冈一下子慌了神，杀死池野之后用作凶器的制图工具以及鞋子都是三沙子销毁的，他并不知道藏在哪里。杀死三沙子时，他也没在屋子中发现。对于秋冈的表现，审讯长已经确认案情的突破口就在这套绘图工具上。

几经搜查，终于在三沙子庭院的佛像下找到了承装绘图工具的盒子以及一双 41 号尺码的旧鞋。打开盒子，染着池野血迹的分规，如同贵重物品一样被好好保存着。事情一下子真相大白，3 年前的案件是三沙子和秋冈两人合谋做的，而至于为什么秋冈会杀死三沙子只能从秋冈本人的口中得知。

审讯长将分规摆在秋冈面前，秋冈立刻吓得瑟瑟发抖，无论问什么问题都矢口否认。而后审讯长开始盘查 3 年前池野遇害当晚的事情，秋冈说道："三沙子可以为我作证，我借了她的车去郊外旅游了。"

审讯长一脸惋惜地看着才华横溢名扬日本的秋冈，说道："死人是无法作证的，那不过是你和三沙子合谋的假证词罢了。发生这样的事情，对于你来说实在是太可惜了。"

秋冈一下子失去了所有的勇气，像泄了气的皮球，垂头丧气地瘫在椅子上，心中久久不能平静。不知他是在追悔自己的幼稚，还是在憎恶那妖娆诱人引他犯罪的三沙子。

朱雀怪

【日】三津田信三

　　7个高中生在一次郊游中同时惨死，由此产生的种种谜团并没有随着警方调查的深入而解开，最后这起案件成了一个悬案，放进了警备档案馆的资料库。我无意中发现了一个笔记本，上面详尽地记录了这起案件的过程，可是笔记本上并没有留下署名，没有日期，那真正的凶手会是谁呢？

（一）

　　到达岩壁村的第二天早上，良子很早就起床，她没有出来吃早餐，而是去隔壁找直美。然而，敲了半天门，屋内没有反应。过了一会儿，顺着直美房间门的缝隙，一股股黑烟冒了出来，接着房门开始变得越来越烫。失火了！良子赶忙回屋找来湿毛巾捂住嘴，然后又狂奔出来敲打直美的房门。这时候。火势越来越大，没一会儿，浓烟已经将良子整个包围，她急忙朝着不远处茂树的房间跑去，并且一边跑一边疯狂地喊："着火啦！茂树！直美有危险。"可是，茂树房屋的门始终没有反应。这时，一个奇怪的身影出现在良子的身后。

　　只见这个身影穿着黑色的绒衣，头戴朱雀怪的面具，一只手拿着斧头。他此刻正在敲打玻璃，然而面对火灾的恐惧，良子完全没有注意到这个人的存在。见到良子无视自己，朱雀怪加大了敲击玻璃的声音，终于，良子回过头，发现了这个可怕的东西，然后"啊呀"一声捂住了自己的脸。

　　朱雀怪用斧子敲碎了玻璃，径直向良子跑来。良子这时候已经顾不得火灾和直美，疯狂地向外面逃去。这时，朱雀怪将斧子挥手砍来，良子躲避及时，只是擦破一点皮，但鲜血还是染红了睡衣。

　　良子在前面跑，朱雀怪在后面追，待良子跑向门口的时候，朱雀怪一下子将斧子扔向良子，短斧击中了良子的右肩膀，这让良子摔了一个跟头，由于用力过猛，朱雀怪也在扔出斧子的一刹那，摔倒在地上。

　　良子倒在地上疼痛地呻吟，但是她强忍着痛站了起来。朱雀怪也站了起来，一瘸一拐地恶狠狠地走向良子，并且一边走一边从怀中拿出一把用布条包裹的菜刀。良子坐在楼梯口动弹不得，她呆呆地看着朱雀怪。

朱雀怪一步一步逼近良子，等到只剩下一米的距离时，良子迅速地捡起落到地上的斧子，狠狠地剁在朱雀怪的脚上。

朱雀怪痛苦地叫了一声，摔倒在地。就在落地的一刹那，他将菜刀砍向良子。良子又是一个闪躲，不过刀刃还是切掉了她小腿的一块肉。良子起身，奋力地向旁边的洗手间跑去，然后将门反锁住。朱雀怪将钉在脚上的斧子拔出来，用包裹菜刀的布裹住自己的脚，然后一瘸一拐地走向卫生间。

到了卫生间门口，朱雀怪用斧子猛地劈反锁上的门，这个门三砍两砍已经阻挡不了朱雀怪。这时候，良子突然打开门，用卫生间内的消毒剂喷朱雀怪的眼睛，然后冲出卫生间。

因为朱雀怪的面具眼部只有两个很小的空隙，所以消毒剂没有对他造成影响。这时良子又从旁边的厨房找到一把菜刀，兴冲冲地向朱雀怪杀了过来，想跟他决一死战。

然而良子的菜刀砍到朱雀怪的身上，他没有一点反应，良子一下子傻了眼。这时候，朱雀怪手上的菜刀砍了过来，良子的手臂被砍中，顿时鲜血直流。紧接着，菜刀又从良子的腰部划过，良子痛得在地上翻滚，鲜血夹杂着肠子流到了地面上，良子捂着肚子拼命地将肠子放回到肚子中，这个举动既恐怖又夸张。朱雀怪此时并没有收手的意思，他又在良子的背部腿部连砍了几刀，皮肉都翻卷了过来。

最后，朱雀怪用刀砍断了良子的手腕，奄奄一息的良子在地上蜷缩着、抽搐着，空气中布满血腥的气味和肠子中散发出来的臭气。良子最终死在了别墅的厨房内，但是悲剧并不只属于她自己。这一路上，他们始终在谈论着一个叫作朱雀怪的怪物……

"听说只要夜晚从这个山坡往山上爬，会经常有鬼和你打招呼。"驻足往山上观望的良子，仿佛要对着面前的空气讲述一个恐怖的故事。周围低矮的灌木丛和时不时从树林中传出来的乌鸦叫声，倒是符合恐怖故事的气氛。但是跟在后面的其他人显然没有被良子刚才的那句话吓到。

"难道回过头的话，就会变成石头？"康虹在描述恐怖片里经常出现的情节。

"不是变成石头，是被朱雀怪吞噬。"良子面露愠色地打趣道。其实，游玩的过程需要这种调侃式的对话，不然，本来就疲惫的身体会更没有力气前行。

"美代，我的行李就交给你喽。"说着，良子把一个大的背包交到了美代手中，然后直美和明美也都照葫芦画瓢地把行李堆到美代面前。

"你们女生总是这样欺负人，还有天理吗？美代，多两个人的也不算多，有劳你啦！"康虹虽然嘴上在替美代说话，但是手上却把自己和光太郎的行李扔到美代面前，然后一个坏笑地跑了。

光太郎并不想欺负美代，他走上前去想要拿回被康虹抢走的行李。

"这么照顾美代，难道你对她有意思？"良子侧眼打量着光太郎，光太郎则害羞地低下头。这时候，一直在听收音机的茂树也过来凑热闹："你们都把行李给美代，也不能落下我啊！美代，冲着我们把你带来一起爬山，这点事情也是理所应当的啊。"

对话并没有让几个人停下脚步。然而，美代面对堆积如山的行李，站在原地没有动。

"你也想和Y一样，从教学楼顶跳下去吗？然后我们在这里给你举行个葬礼。"良子回头呵斥道。

Y是这些人的同班同学，她是班里最不受欢迎的人，很多学生都欺负她，其中良子最甚。

Y在班级里是老土、抑郁的代名词，柔弱的样子好像时刻在提醒人们，她是一个可以被欺负的人。但是Y的外貌非常可爱，只是因为她的地位，没有人敢和她交朋友。

此时的美代脸色很难看，不过良子继续添油加醋地说："是你自愿跟我们到山庄游玩的，如果你也想被我们孤立，那么我也绝不强求。"

良子说完，美代无奈地往自己身上扛行李，整个人像一个会移动的旅行箱。而双手空空的良子悠闲地迈着步子，身体还时不时地做做运动，自在得很。

他们现在行动的地点在朱雀连山脚下的白庄一带，这里曾经是荒山野岭，但是在明治中期以后，政府把这里开发为贵族的别墅区。后来，有钱的平民也来到这里修建房屋，为了区分贵族和平民，人们把白庄就分为了"上白庄"和"下白庄"。

良子的家境非常好，她的祖上世世代代都是朱雀神宫的神官，虽然现在她住在东京，但是每年假期的时候她还是会回来省亲。良子的曾祖父住在毗邻上白庄的奥白庄，这里建造了一个宏伟的宫殿式的山庄——岩壁庄，这也是良子经常在同学面前吹嘘的地方。他们此行的目的地就是这个岩壁庄。

满身行李的美代此时已经狼狈不堪，不过她还在全力以赴地向前走。良子似乎也走累了，耍着性子说："这条山路实在该死！"

美代坚韧的性格是与生俱来的，就像她有一个容易被别人欺负的外表一样。几乎所有看上去容易被欺负的孩子，不会因为升学、转校而改变他在其他人心中的印象。美代属于受欺负比较轻的那种，而Y就没有那么幸运了。

Y在上中学的时候就是人们欺负的对象，而美代也是因为Y的存在，才一直忍受着良子等人的欺负。她一直在想："我还不是最惨的一个。我能活到现在是因为有另一个人比我更受欺负。"

这种想法最近在美代的脑子里越发的强烈，这也引起了她的一些改变，那就是学会了愤怒。以前愤怒并不是没有在她的心中生成，只是怯懦占据了更大的空间。美代的愤怒直指良子，但是她并不敢有什么行动，她唯一能做的就是回到家把自己关起来一个人发怒。

美代咬着牙，流着泪朝着山坡上走去。她落在最后面，康虹在第一个，良子、明美、直美紧随其后，光太郎和茂树慢吞吞地在美代稍前的位置。

"你们说朱雀怪会是什么样的怪物？"光太郎突然好奇地问。

"我想一定是一个蓬头垢面，脑袋上长着长长的毛，有一张血盆大口，嘴里全都是獠牙。"良子绘声绘色地描述着，仿佛她见过朱雀怪一般。

"你怎么知道的？"康虹似乎很不给面子地说。

"以前假期我到这里的时候，我家一个神神栉村的用人经常在我睡觉前给我讲朱雀怪的故事，所以我就记住了他的形象。"

"你们家还有这么古怪的用人，也难怪，Y就是神神栉村的人。"直美说。

"你是说Y也住在附近吗？"康虹非常吃惊地问。

康虹的问题没有人回答，倒是茂树摘下耳机插话进来："朱雀怪有的时候可能是人。关于他的传说有很多，曾经有一个旅行者，他一个人到这里来。走着走着他突然感到很冷，环顾四周之后看到后面跟着一个同路者。于是这个人微笑地和同路者打招呼，可是后面的人没有理他，仍是有条不紊地前行。这让旅行者有些不高兴，不过出门靠朋友，也许是那个人没有听见，于是就放慢了脚步，想等那个人上来一起走。

"可是后面的人脚步很慢，等了半天也没见他赶上来。无奈之下，旅行者只能放弃等待。当这个旅行者刚要大踏步地向前进的时候，忽然感到有些不对劲，他又回过头去，刚才还远离自己的那个人，此时已经出现在自己面前，并且他主动和旅行者打招呼：'喂，你好啊！'可是这个声音好像是从很远的地方传来的，旅行者四处张望了一下，除了那个人再没有其他的身影。旅行者此时完全把身体转过来，就在这时，传来第二声：'喂，你好啊！'

"后面那个人的嘴依旧没有张开，旅行者确定声音是别人传过来的。他有些害怕了，想撒腿就跑，这时候传来了第三声'喂，你好啊！'旅行者已经浑身发软，他非常肯定声音来自男人的后方，可是他后面一个人都没有。旅行者恐惧到极点，他一边跑一边叫'你是谁'。后面的那个男人回答说'是我啊'，旅行者拼命地往前跑。可是那个声音一直在耳畔，突然旅行者的后面有一张血盆大口，一下子将他吞了进去，连骨头都没有吐出。这个人就是朱雀怪！"

茂树一口气把这个故事讲完，所有人都听得入神了，直美已经吓得躲到了良子的怀中，茂树喝了一口水，重新打开收音机。

"你从哪听来的这个故事？"康虹问。

"是一个民俗学家讲给我的，我对民俗学非常感兴趣，而有的民俗学家还专门研究朱雀怪呢。"

"你和那些民俗学家一样古怪！"

几个人继续赶路，听了故事之后，良子和明美走在了最前面，康虹和光太郎则落在了后面，茂树依然悠闲地听着收音机跟在中间，美代则提着行李望着前面的众人。

在大家走到半山坡的时候，突然不知从何处传来一声"喂"，所有人立马站住了，空气仿佛被这一个"喂"字凝固，一时间，山坡上变得鸦雀无声。

停顿几秒钟之后，几个人一同回过头，然后，他们又一同捡起地上的石头朝着美代扔了过去，美代用行李挡住了这些"武器"，但是仍有一些砸到了她的身上。美代蹲下来抱着头哭。但是石块仍没有停止。

"你敢装朱雀怪的声音耍我们，你知道后果是什么？"良子用很大的声音呵斥道。

（二）

终于几个人费尽力气，到达了岩壁庄。一走进山庄大门，所有人都一头倒在了沙发上，疲惫和惊吓已经让他们没有力气支撑身体。山庄内的装饰非常古朴，木质的地板和家具散发出幽韵的古香，虽不奢华，但是精致之极。

良子粗暴地从美代手中夺过行李，连一个谢字都没有。"累死我了，先去洗个热水澡！"良子拿出浴具，直奔浴室而去。其他人都各自慵懒地躺在沙发上。

美代则蹲坐在一个角落里，靠着墙边额头的汗珠不停地往下掉。

这时，康虹张嘴说："美代，在那儿傻坐着干什么，还不赶快给我们拿饮料。"

"饮料在什么地方？"美代低落地说。

"你这不是废话吗！当然是在厨房的冰箱里。对了，我要可乐！"

"我要橘子汽水！"直美说。

"我要冰冻咖啡！"茂树说……

每个人要了不同的饮料，包括正在洗澡的良子。不一会儿，美代捧着一个盘子出来，上面有各种各样的饮料。

"你搞错没有，怎么多拿了一个杯子？"已经洗完澡的良子呵斥道。美代有些不知所措，赶紧将多的杯子放回到厨房。

良子见美代如此听话，得意地说："像美代这样的孩子，就要训练一下才能长大。"

美代听到良子所言，生气地咬着嘴唇，嘴里小声嘟囔着："你等着瞧吧……"

没想到回来后，良子又在找美代麻烦。

"美代，你一会儿把行李都拿到每个人的房间去，然后再整理一下客厅，晚上你就住这儿吧。"

"只有我自己吗？"美代问。

"当然，难道你想让我陪你一起住啊。你一个人住这么大的客厅实在是太舒服了，不过这么多的沙发有点多余，你回来把那个最长的搬到我的房间去。"

多一句不如少一句，美代有些后悔刚才的发问。她先把茶盘放到客厅的桌子上，接着按照每个人不同的行李一个一个地抬到楼梯处，整理出空间之后，美代将那个硕大无比的沙发费力地挪到良子的房间。

这一过程中，只有光太郎想帮助美代，可是被拒绝了。

康虹嘲笑光太郎对美代有色心，光太郎羞红了脸没有出声。美代在推完沙发之后，叹了口气，然后抬起一个行李包朝着二楼走去。这一声叹息似乎预示着某种放弃，也预示着某种决定。

这时候，客厅里传来了明美的声音："有谁知道蓑虫是什么东西？我听说在乡下经常会遇到这种虫子。"

"这当然要去问良子啦，她精通各种昆虫。"康虹说。这只是康虹表面上的判断，其实良子根本对昆虫一窍不通。康虹的话让良子哑口无言，客厅里有些冷场。

不过良子很快想到了一个与蓑虫有关的游戏。

"在中野原高中有一个蓑虫的仪式，就是有关隐身蓑这个东西，穿上它人就会变成透明的，谁也发现不了。"

"古书上好像对这东西有过介绍。"

"换句话说，就是披上蓑虫的人就会不知不觉。"

"什么是不知不觉？"

"无视的意思，就是完全被人孤立，没人愿意和他交朋友。"

"世界上还有这种人？"茂树插了一句。

"我们以前的Y不就是这样，现在的美代正在向她的前辈看齐。"

"以前的Y是蓑虫，现在美代是另一只蓑虫？"

"那美代会不会同 Y 一样跳楼自杀？"光太郎说。

"高中女生被当作蠹虫跳楼自杀很正常，"接着康虹将目光投向光太郎，"如果你不注意你的行为的话，你会比美代更早成为蠹虫。"

"Y 的死还没有定论，所以对她来说也是无所谓。"良子说得没有一丝感情。

"没有人知道是否有人把她推下去，所以不是事故就是自杀了。"良子接着说。

"如果自杀的话应该有遗书的吧。"明美似乎对这件事情很感兴趣。

"有啊，学校说不是因为什么个人原因。"良子一边说一边笑了起来。

"你觉得 Y 是在向她的人生辞职吗？还个人原因，搞得跟辞职信似的。"康虹打趣道。

"你说，Y 会在她的葬礼之前做些什么？"良子很若无其事。

"葬礼算什么，火舞才算厉害。"

"什么是火舞？"明美非常的惊奇。

"是用灌水和火焚的两种刑罚。"茂树看来知识面很广。

"就是把人绑在十字架上，然后用火烤？"

"你是不是想吃烤肉了，明美？不是这样的，火舞是把蠹衣披在身上，然后点燃蠹衣，这样那个人就会被烧得到处乱跑，像跳舞一样，这才是火舞。"

"太恐怖了，比朱雀怪还恐怖。"明美听着有些害怕。

"中野高中的火舞没有这么可怕，它是指从蠹虫旁边经过的时候，故意地撞一下她的肩膀，这样她就会被撞得东倒西歪，像是在跳舞，这就是改良版的火舞。"

"良子，你的想象力太丰富了！"明美好像很崇拜良子的话。

"欺负人也是有等级之分的，单纯的欺负实在是太小儿科了。"康虹洋洋自得。

"那香典回礼又是怎么一回事？"

"比如班里的同学，爷爷奶奶死后，要去他的家里烧一炷香，转天就要向他收取烧香的回礼，也就是找他收钱啦。"

明美对康虹所说的"香典回礼"表示非常不可思议，但是康虹狡黠地笑笑说："明美，我是开玩笑的啦，没有这回事。"

这时，良子突然拿起手中茶杯向通往二楼的楼梯口砸去，并且随口大骂："妈的，你居然敢偷听我们的谈话！"原来，此时美代已经将所有人的行李送到楼上，但是她并不清楚哪个人住哪个房间，所以想下楼来询问。当她走到楼下的时候，听到他们的谈话内容，便站那里听了一会儿。

幸好玻璃杯并没有砸到美代，而是落到地上摔成两半。不过此时的美代已经愤怒异常，但她心里在默默提醒自己："决不能像 Y 那样，决不能！"

良子扔完杯子，好像愠气都已经发泄完了，稍稍平和地命令美代道："你现在去烧炭，晚上我们要在露台吃烧烤。"

宽阔的露台像一个小型的操场，茂密的树荫让阴冷的水泥地面更加寒气袭人。美代抱来一推木炭，蹲在露台上点起来。阴冷的空气让木炭有些受潮，再加上美代没有经验，她用报纸引燃很多次，都没有成功。良子这时候走过来，不怀好气地说："你这个废物，连 Y 都不如，要是 Y 的话，一下子就能点着木炭，毕竟他是乡下来的。"

美代抬头看了一眼良子，嘴里仍然小声嘟囔着，但是她不敢反驳良子。

这时，康虹也走过来，冷嘲热讽地说："木炭怎么还没有点着，我都快饿死了。"

后来，光太郎走过来，准备帮助美代。

"不用你帮忙，你和他们是一路人！"美代终于将不满向光太郎表现了出来。

光太郎有点不知所措，他像个竹竿一样站在那里，美代则无视他，从旁边抄起一把小斧头，将比较大的木炭敲成两半。

终于，经过了长时间，木炭被点着了，然后美代用报纸使劲地扇风，木炭在风力的作用下越烧越旺。这时候，美代发现旁边站着一个人，是茂树。茂树是个古怪的家伙，他像光太郎一样并不热衷欺负美代，但他也没有阻止其他人欺负美代的意思。茂树站在露台上像看风景似的，然后抛下一句话："这里除了多了这栋没有品位的别墅，和以前没什么两样。"然后他走回屋里，对美代没有丝毫的关心。

晚餐开始了，几个人兴高采烈地推杯换盏，只留下美代在为他们烤肉。

"茂树呢？他怎么没来？"吃着吃着，良子突然发现少了一个人。

"去，光太郎，去把茂树叫过来。"虽然良子的语气不像对待美代那样，但依然是命令的口吻。

"美代为我们烤肉，实在是太辛苦了，来，这些肉给你。"说着，康虹像丢垃圾一样把盘子里已经凉了的肉丢到美代的盘子里。

"你看看，康虹对你多关心啊，美代，还不赶紧吃了？"良子冷嘲热讽地说，其他人也像看笑话似的笑了起来。

不一会儿，光太郎把茂树叫了过来，几个人又都倒满了酒。良子的酒量看样子比其他男生还要好，一连喝了两杯。

吃了一会儿之后，茂树突然少有地和良子说话。

"别墅里二楼最里面那个房间怎么锁着门？"

良子对茂树的突然和自己搭话也有些意外："哦……那……那个房间是我爷爷的，他不怎么来这里，所以就锁起来了。怎么，你对那里感兴趣？要不我带你进去看看？"说完，良子露出一副与高中生身份不符的挑逗样子。

茂树没有接受她的邀请，而是说："我只是对民俗书感兴趣，我想那间房子里一定有很多这样的书。"

良子见茂树没有领情，有些生气地说："以后不要随便到人家里乱走。"

"那个房间里是不是有一个面具，我透过小窗看到了。"

良子虽然不高兴，但还是回应他："是的，那是朱雀怪的面具，是我爷爷从神神栉村的某户人家中抢来的。你看那面具没有鼻子、眼睛，只有一张血盆大口，像不像深海里的未知生物？"

说着良子又将一杯酒一饮而下，接着说："那个面具以前是神神栉村用来祭祀的。"

"这么重要的东西，你爷爷都敢抢过来？"康虹这时已经有些醉了，良子没有工夫搭理他，而是继续向茂树送秋波。

"你要是对这方面感兴趣，我可以带你去拿一些我爷爷的资料。"

可是茂树又一次扫了良子的兴。此刻，他聚精会神地讲起朱雀怪的典故来，良子沮丧的神情显露在脸上，其他人倒是听得津津有味。

茂树说得兴致盎然，大家听得也都很入神。渐渐地，餐桌上的所有人都有了醉意。此时，夜已深，直美和光太郎离开餐桌，到别墅四周闲逛；良子则半躺在椅子上，慵懒地说："我先去洗个澡，12点过后我们到房间里玩'狐狗狸'。"

（三）

客厅一张长方形的桌子，几个人围着它坐到一起。

良子在桌子上放了两支蜡烛和一张白纸，白纸的中间画着一个类似于牌坊的东西，牌坊的左右两边分别是"是"和"否"两个字。从左上角起，按五十音图顺序写下了平假名，从左到右正好围成一圈。

然后良子坐在正中间，充当"巫婆"的角色，其他人依次排开，美代落在了最后面。

良子先把游戏规则讲清楚，并将门半开着，说是让"狐狗狸"大仙能够进来。为了渲染诡异的气氛，良子关上了所有的灯，只保持两支蜡烛的光亮。

这时候，良子从一个袋子中拿出一个椭圆形的石子，她将石子放在白纸中间的牌坊上面。

"狐狗狸大仙就是通过这个石子来和我们对话。"说毕，一股阴森恐怖的气息在房间里蔓延开来。

游戏开始了，几个人按照良子的指示分别将右手食指指到石子上，接着良子好像念了一通咒语，意思就是请"狐狗狸"大仙进来。整个房间犹如坟墓般安静。有的人这时候已经有点打退堂鼓，想退出游戏，但是良子厉声说已经晚了。

这一刻，蜡烛的火苗好像也比刚才更为耀眼，良子大声说了一句："大仙！大仙！欢迎光临。"紧接着良子问道："大仙，你是人吗？"

只见那个石子缓缓地向左端的"是"字靠近。

良子看到了几个人的脸上露出了满意的神色，接着，石子又缓缓回到牌坊的位置。

"今天美代有没有好好干活？"石子又移动到"否"的位置。就这样，良子问了一连串无聊的问题，石子在"是"与"否"之间相互徘徊。

最后，良子换了一个腔调问到与 Y 有关的问题。

"Y 是自杀吗？"石子到了"否"。

"Y 是谋杀吗？"石子到了"是"。

"Y 是因为被欺负，然后被杀的吗？"石子又到了"是"。

"大仙，Y 是被谁杀的？"石子没有动。

突然，死一般寂静的房间内，低低地传来一个声音："就是你……"这声音悠长而阴森，房间内的所有人汗毛都竖了起来。

"你去死吧！居然敢要我！"良子疯了一般抓起沙发边上的西洋灯灯罩朝着美代扔了过去，美代躲闪及时，躲过了这次袭击。然而，良子不依不饶要冲上去找美代麻烦，幸亏这时候茂树反应及时，阻拦了良子。

"敢吓唬我，你是要找死。"良子歇斯底里地吼叫着，美代一个人缩在墙角边，其他人有的在劝架，有的在看热闹。

"良子，你再这样真的会死人的！"康虹紧紧地抱住已经疯狂的良子。

"你最好小心点，不然你的后果比 Y 还要惨，开学以后你每天将生活在地狱中。"良子气急败坏地走出客厅。

所有人不敢想象未来良子是否真的像她所说的那样对待美代。时间过去了 5 分钟，几个人在原地发呆，最后还是明美率先缓过神来："我困了，先去睡了。"接着几个人接二连三地回到自己房间。

美代一个人躺在客厅的长沙发上，蜷缩着身子。刚才迎接"狐狗狸"大仙的门还在半开着，冷风像一个肆无忌惮的小偷光顾着偌大的客厅，让整个房间既充满冷气，又充满了"阴气"。

第二天清晨，昨天晚上吃烧烤时的桌椅还凌乱地摆放在露台上，只是餐桌上的食物由烤肉变成了早餐。康虹第一个起来，这个"饿死鬼"直接奔向了餐桌，毫无顾忌地抓起一片面包和煎蛋吃了起来。这时候，明美和光太郎也洗漱完毕走出房间，看到康虹一个人在露台上啃面包时，明美说："你这个家伙，就没有吃饱的时候，像一只流浪狗。"

康虹抬起眼皮看了看明美，但是没有停下手中的食物。

直美、茂树和良子这时候还没有起床，美代大家认为她肯定是为大家做完早餐之后又回去睡了。

"我现在不饿，给我倒一杯咖啡就行。"

"我也是……"

"那我只能喝一杯饭后咖啡了。"

说罢，康虹从咖啡壶中倒出刚刚煮好的咖啡。

"你们说美代回到学校之后，良子会怎样对待她？"康虹说。

"这还用问，良子的脾气你又不是没有领教过。"明美回答道。

"光太郎，你不是一直发善心想帮助美代么？现在出个主意。"

"我……我……"光太郎支吾着不知道说什么好。

"看来你也不是真心的，既然想帮助美代，那你干吗还让她拿行李？"

光太郎默不作声。

"依我看，你就替代美代吧，从现在起，我们都欺负你。"

"哈哈哈哈！"

光太郎终于忍耐不住，开口了："其实，我只是觉得……"

可是话说了一半，光太郎突然吐了一口鲜血，鲜血染红了桌子上的餐布，身体也顺势倒了下去。

"你怎么了？光太郎……你……"

伴随着康虹的喊叫，明美突然也像光太郎一样，口吐鲜血，四脚朝天地倒在地上。

一天之后，警方发现了这个"惨剧"。良子在厨房里被大卸八块，并且头颅不知去向；康虹、明美和光太郎死于中毒，人们在他们喝过的咖啡杯里发现了剧毒农药；直美和茂树在房间中先是窒息而死，然后烧成了灰烬。唯一没有在别墅发现尸体的是美代。第一时间，警方把怀疑对象投向了她，但是不久之后，他们在悬崖下面发现了美代的尸体。

起初人们认定，美代一定是在杀了所有人之后，畏罪自杀，然而经过法医鉴定，美代是先于其他人死的。

一切都让警方在脑子里画上了一个大大的问号，究竟是谁杀了他们？真正的凶手又躲避在何处？

并且美代的死也是一个问号，究竟是自杀？他杀？还是意外？这一幕幕的惨剧有什么原因？凶手是在为美代报仇吗？难道在岩壁村除了这几个人还有其他人？凶手一直潜伏在他们中间？

带着种种的疑问，我合上了记录着这个惨案的笔记本。脑子里在思索，思索着一切合理的可能。突然，我像发现了新大陆一样，盯着眼前这个已经泛黄的笔记本。它是我从民俗资料档案管里寻找到的，笔记本里只是某个人记录了这件事情，并没有署名和日期，难道说……难道说这个笔记的作者就是凶手？这个想法有些异想天开，但又合情合理。我的脑海里重新整理了一遍整个事件。

或许，作者一直将自己隐藏在这个事件当中，而这个笔记的作者就是 Y。也许此时你会有很强烈的疑问"Y 不是摔死了吗"，但是笔记中的很多细节证明，Y 在用这个假象迷惑读者美代才是真正的凶手，其实那一次的岩壁庄之旅，Y 也是其中一员。

笔记中良子曾说过："Y 会在她的葬礼之前做些什么？"这句问话会让很多人感到费解，如果 Y 已经死了的话，那她怎么会还能做些什么？其实这是作者的一个漏洞，不小心让已经死去的自己又复活了。

而笔记里提到的香典回礼，它的隐身意思就是自己的东西可以被别人所畏惧的占为己有，这既表现出自己备受欺凌的一面，又说明他们的"欺负"已经超出了法律的范畴。整个笔记都是以 Y 的视角所讲。

像在山坡上有人说："喂，你好啊！"以及做"狐狗狸"的游戏时所说的"就是你"其实都是 Y 自己所言，作者只是将自己的悲惨嫁接到美代身上。

换个角度想一下，美代一个柔弱的女孩，怎么可能承担得了 6 个人的行李，一定是被她们两个人均摊。再有就是搬沙发的时候，也是如此。最关键的是，点燃木炭的时候，美代一个人怎么点也点不着，为什么后来突然就着了，一定是有过点木炭经验的 Y 帮了她的忙。

在做游戏时，为何最后的问题要落到 Y 的身上，这证明 Y 当时也参与了游戏，并且她是最受欺负的。还有，笔记中提到 Y 是一个很可爱的女孩，而对美代的样貌只字未提，那为何总是表现出光太郎对美代有好感，其实这也是一种假借，当时的真实情况是，光太郎喜欢的是 Y。

正当我在脑海中对我思索的结论进行整理的时候，我的眼前好像出现了幻觉：一个戴着朱雀怪面具的人出现我面前，他说 Y 在杀了所有人之后，躲到了地窖中写完了这个笔记，我是第一个读到它的人，也会是最后一个。说完，朱雀怪消失在了我的眼前。

镜子地狱

【日】江户川乱步

他喜欢镜子，喜欢研究各种镜子的成像原理，喜欢到几近疯狂的程度。他用继承来的遗产为自己建造了一个镜子的世界，在那里他观察自己的皮肤、毛孔、内脏甚至各种细菌、微生物。最可怕的是最后他把自己弄到了一个玻璃球里，张狂地大笑，还死在了里面……

（一）

人的死法是千奇百怪、各不相同的，世界上绝不会有两个人以完全相同的方法死去，这我早就知道。可是当前不久听到朋友讲述的故事时，心里还是十分的疑惑和震惊——一个人的爱好竟然可以达到这种程度。

当时刚刚进入初春，正是春寒料峭之时，我们几个许久没有碰面的朋友聚在了一起。几杯清酒下肚之后，大家兴致高涨，决定轮流讲些惊悚故事或者是奇闻轶事来调节气氛。前面几个朋友讲的故事，或者惊悚可怖，或者离奇诡异，大家的心情如同飘在海洋里的孤舟般起起伏伏，不受控制，再加上那天天气十分阴沉，空气中布满了灰蒙蒙的颗粒，屋子仿佛置身于黑暗的海水中，更是为正在叙述中的故事平添了几分恐怖的氛围——尽管是寒冬腊月，大家被吓得灰白色的脸上却都蒙着一层细密的汗珠。

只有一个人除外，这个人是我们朋友带来的，跟我们在场的其他人并不相熟，我们暂且称他为K吧。K一直表现得非常冷静和克制，并不像其他人那样不停地发出各种惊叹和疑惑的声音。当最后一个朋友讲完故事后，K微笑着说：“我给大家讲个故事吧，关于我朋友的。故事并不恐怖但是很真实，或许会对大家有点启发吧！”K的表情很严肃，仿佛陷入沉思之中——他一边回忆，一边缓缓地给我们讲述他的这个朋友的故事……

我读中学时，有一个关系还算比较要好的朋友，我们在这里叫他P吧。P是一个比较怪的人，跟大部分同学都很难合得来，只有跟我关系还算比较好。有时候，我常暗自想——P的怪癖是不是和他的疾病有关，疾病会影响人的心理，这似乎是已经得到公认的医学事实。P的疾病遗传自他的家族，他的父亲和祖父都受到这种怪病的困扰。或许是为了从疾病的折磨中求得一种心灵的解脱，他的家庭从祖父时期就皈依了基督教中的一个古老教派。读中学的时候，我常常去他家玩，他们家的葛藤衣箱里装满了古老的洋书、圣母像、基督受难的绘画，还有出现在伊贺越道中升官图里的一个世纪前的望远镜，形状怪异的吸铁石，以及当时大概称作 diamant 或者 vidio(均为荷兰语) 的漂亮的玻璃器皿。

因为疾病的关系，P 不能像我们这些同龄的男孩子那样每天在外面疯玩疯跑——他也早就已经习惯了这种生活。P 每天待在家里，完全沉浸在自己的兴趣里。P 最喜欢的东西是那些能照出物体形状的东西，比如镜子、玻璃、水银以及各种镜头等。每次我去他家里找他玩，他拿出来的玩具都是各种望远镜、放大镜、幻灯机等，还有那种能将人变形的哈哈镜——前面忘了告诉大家，P 的家境很好，父亲是当地有名的富商，他又是家中的独子，很受宠爱，因此父母也就由着他花钱买这些东西。

后来我渐渐地意识到，P 对这些东西的迷恋已经到达一个我想象不到的程度——他不再满足于从各种各样的镜头或其他器物中去观察自己或他人的影子，而是开始试着利用他们去设计一些奇怪的视觉游戏。P 以后或许会成为一名科学家或者发明家，当时的我暗暗地想——如果我能预料到以后的结局，我一定会尽力阻止他往这条路上走，尽管可能并不会成功。

印象非常深刻的是有一次我去他家找他说话，他兴奋地拉着我来到他的学习室，指着桌子上一个旧的梧桐木箱子对我说要给我看他的新发明——如果我没记错，这是他第一次在我面前展示他的成果。他从箱子里面拿出一面非常古老的金属镜——我怀疑这是明治时期的东西。他将镜子对着阳光，然后慢慢地将阳光移到墙上，很快墙上显现出了一个字迹——"寿"，虽然有一点走形，不过墙上那闪着白金一样强光的字对当时还是孩子的我来说已经是近乎神迹。

我一把抢过那面镜子，镜子有些沉，我翻来覆去地反复检查，发现在这个铜镜的背面确实刻有一个"寿"字。

他很得意："怎么样，这样一面平坦的镜子却可以在墙上显现出字迹，是不是很有趣？"

"可是，这个'寿'字是怎么穿过镜子跑到墙上去的？它明明在镜子背面啊？"对于对这些一窍不通的我来说，这些东西确实非常神奇。

他犹豫了一下，才告诉我："说实话，我自己也并不知道究竟是为什么，在我刚刚见到这面镜子的时候，它并没有这种效果。后来我经常拿着这面镜子在磨刀石上打磨，想让它更平坦一些。结果后来有一天我又拿它在墙上照时，就出现了这种效果，"他顿了顿又说，"我当时也感到非常奇怪，后来我的父亲告诉我，这是因为我在打磨镜子时，金属会产生磨损，并且厚的部分磨损得多，薄的部分磨损得少。虽然这种磨损的差异非常细微，但效果却是十分明显的。我想是我某次的打磨行为使这种差异量到达了一个临界点，从而产生了这种反射效果。"他并不是十分确定地向我解释。

我大致能够明白他的意思，可是仍旧感到十分诧异，脸照在里面看不清一点凹凸，将光反射在墙上时却看到了明显的凹凸，人的视线不敏锐到了这种程度。

他少年时候所玩的游戏，大抵都类似于这些。奇怪的是，作为他的朋友，连我也受到了一些影响——直到成年后，我仍然对镜头一类的东西十分感兴趣，朋友们称我为摄影狂人，或许就跟我当年的朋友有关。

少年时代还好，尽管痴迷，却也没有做出什么太出格的举动，可是到了初中高年级，我们开始学习物理后，他简直是发了疯一般的着迷。凹透镜、凸透镜、平面镜、镜头角度，他嘴里天天叨咕着这些名词，废寝忘食——他已经成了一个不折不扣的镜子迷了，甚至可以说是已经到了病态的地步——同学们开始对他敬而远之。记得物理课上我们刚开始学习凸镜和凹镜时，老师从实验室中给我们带来了两个凹面小镜子在同学当中传递。说实话，同学们都感到十分惊奇，看到自己的脸在镜子中变形成一个完全陌生的样子，大家都忍不住赞叹。当时只有两个例外，一个是我，一个是我的镜子狂同学。

我当时非但没有感到惊讶，反而感到自卑和恐慌，当我看到自己满脸的粉刺在凹镜的照射下更加坑坑洼洼的时候，我感到自己的秘密完全暴露在同学面前了。当时年少的自己还没有太多的常识，潜意识里总是认为脸上的粉刺和性欲有关——性欲越强盛的人，脸上的粉刺就越多。当我不经意地从凹面镜中看到自己脸上密布的一个个粉刺被放大到恐怖的程度，尖头像石榴一样爆裂开来，渗出紫黑色的血的时候，我禁不住大叫了一声——镜子里的那张脸因失魂落魄而显得更加丑陋。从那以后，我心里对凹面镜就产生了一种莫名的阴影和恐惧感。

与我相反，我的狂人同学在看到凹面镜的时候几乎是狂喜了——他也惊叫，并且是连续不断地发出兴奋的声音。"怎么会这样？怎么会这样？太神奇了！"他一边仔细地观察各种物体在凹镜中的影子，一边兴奋地喃喃自语。同学们本就疏远他，现在更是把他看作怪人了。

从那以后，他更加痴迷于凹镜，买了各种尺寸的凹镜组装成各种奇怪的装置。同时，因为他也痴迷于魔法，他那溺爱儿子的父亲也经常让朋友从国外给他带回许多魔术方面的书籍。本来就十分有天赋的 P 便常常利用各种镜头和书上看来的魔术手法制造一些奇奇怪怪的装置。当然，作为他唯一的好朋友，我也常常有幸在第一时间看到他的发明创造，有时候的确很有乐趣，可有时候也会被吓到。

有一次，他请了许久的假没有去上学，我受老师的嘱托去他家看望他。他兴高采烈地拿出一个二尺的长方形纸箱向我炫耀，那个纸箱前方开了一个洞，仿佛如建筑物的入口一般。我看到箱子中有五六张纸币，就像插在袋子中的明信片一样。

"你摸摸纸币看看。"他着我，脸上都是忍不住的得意。

我知道这其中一定又有什么戏法，可是心里的好奇却是忍不住。我伸出手试图抽出一张纸币。可是，明明看着就在眼前的纸币，摸起来却像一阵青烟似的，没有任何感觉。"咦，这是怎么回事？这又是什么影子戏法？"我禁不住感叹。

他看我一脸吃惊的样子，仿佛十分满意。他一边笑，一边向我解释，这种戏法是许多年前英国一位物理学家发明的，主用是利用了凹面镜的原理：将真的纸币放在箱底，上面再斜放凹面镜，将电灯装在箱内，光线照在纸币上。根据位于凹面镜焦点一定距离的物体以何种角度在何处成像的原理，纸币就会清晰地映在箱口上。普通镜子，绝不会看得逼真，可是凹面镜却可以成像，这就是凹面镜的特殊之处。现在想来，那几张纸币仍然是历历在目，使人绝对不能相信他们就是幻影。

（二）

中学毕业之后，他坚持不肯再升学了。一方面因为他的身体确实不好，另一方面他富裕的家境并不需要他通过辛苦读书来出人头地——这种情况下，他的父母便也默许了他的执拗。不过，一旦不再上学，他的空闲时间也就更多了。这时候的P觉得自己已经成为大人，不再满足于在自己学习室内的小打小闹。在他顽强的要求下，他的父母找人给他在他家的庭院中建起了一个宽阔的实验室。

从此之后，他几乎天天泡在实验室里面摆弄那些与镜子有关的玩意，甚至有时候吃饭睡觉也在里面。因为这种不规律的生活和过度的劳心劳力，原本就不乐观的疾病更加恶化了，可是，显然他并不将疾病放在心上。并且，或许正是因为感受到了生命的无常和时间的紧迫，他对自己的爱好更是产生了一种病态的狂热。而他的父母虽然担心，对执拗的儿子也无能为力。

更加不幸的是，就在他决意不再升学的第二年夏天，他的父母因为感染了流行性感冒而双双去世。另外令人非常震惊的是，P似乎已经走火入魔了，即使是为父母办理丧事期间，他也没有停止自己的实验。并且，在我去看望他时，他还偷偷对我说："现在父母已经不在了，我可以把自己的全部精力都放到自己的事业上了。况且，父母留给我一大笔遗产，我可以将它们用到我自己的事情上。我想，从今以后，没有人会阻止我做自己爱做的事情了。"当时我感到非常震惊：P似乎已经完全被自己的爱好异化了，连人类正常的感情都已经不那么健全了。

首先，他开始改造自己的实验室。他的家坐落在山上一块平整的土地上，实验室则建在庭院中间一块宽阔的地面上，从他实验室的窗户向外望去，可以看到山下街道的一排排的青砖屋顶。

这时候，除了镜子之外，他开始对天体物理感兴趣。当时的他，已经具备了初步的天文知识——这些是通过自学完成的，P是一个非常聪明的人，如果他不是那么执拗偏执的话，说不定真的可以成为大发明家。为了满足自己观察星星的愿望，他开始对实验室进行改造，将实验室的屋顶改成了天文台的形状。在窗户旁边他也放置了高倍望远镜，除了观察星空之外，我们的科学家还经常从各个角偷看下面的人家，从而获得一种隐秘的快感。而山下的那些人家，因为完全没有提防有人偷看自己，因此一切的秘密活动仿佛发生在自己眼前一样，格外逼真与生动。

并且，因为这时候P也已经20多岁了，到了对女人感兴趣的年纪。或许是因为身体病弱的原因，P的情欲看起来也十分变态——这简直形成了一种恶性循环，身体越病弱，越是耽于情欲，而过度地纵情声色又导致身体愈加虚弱。

他常常对我说一句话是："我现在，真的是欲罢不能呢。"这欲罢不能，一方面指的是他与女仆之间的情事，另一方面还是他那与日俱增的强烈的偷窥欲望。有时我去找他时，他也会把我叫到望远镜前。除了观察山下人家的房间，他还在屋内设置了一种类似于潜水艇的装置。通过这种装置，他虽然人在屋内，但可以看到用人们的房间，尤其是女用人的房间——女佣人经常在他面前换衣服、嬉戏打闹而不自知。

除了这些，他还经常在放大镜或者是显微镜下观察那些昆虫和微生物的生活，他为此还特意饲养了跳蚤。尽管我也并不是什么特别正常的人，有时候却也觉得我朋友的爱好实在有些变态——他喜欢在显微镜下看跳蚤如何吸他的血。

有一次，他把一只跳蚤弄到半死，然后将它放在50倍的显微镜下细细观察。当时他邀请我一块儿看时，我自觉满眼都是那只跳蚤，原本不到半个手指大的跳蚤在显微镜下有如一只猪那么大，翅膀、绒毛以及原本纤细的腿都清晰可见。尤其是跳蚤在紫红色的血海（虽然事实上只有一滴血）中垂死挣扎的样子更是让我觉得满心恐怖：跳蚤的背部实际上已经被压坏，手脚使劲地在空中挥舞，嘴又一直得向前伸，那种感觉跟看到一个活生生的人垂死挣扎没有什么区别。我当时感到一阵恶心反胃，他却笑得开心，发红的眼睛里闪耀着一丝得意的光芒。

他日常生活中这样的小事可以说是数不胜数，我怀疑现在他的生活已经完全是靠这些变态的乐趣来支撑了。跳蚤的事情还不是最恐怖的，有一次，我没有通知他便去看他，打开实验室的门时被吓了一跳：屋内的窗帘都被拉上了，里面一片灰暗。我的眼睛暂时适应不了灰暗，使劲揉了揉眼睛，发现正面墙上，有什么东西正在墙上蠕动。我屏气凝神地仔细查看那个怪物，看了好一会儿，我的眼睛才看清，天呐！一双如洗衣盆大小的眼睛在带刺的黑色草丛中慢慢蠕动，不管是茶色的虹膜还是白眼球里的血管，都看得清清楚楚，仿佛印在墙上的照片一样。当时的我因为被吓了一跳而有些恼怒，不知道这些东西做出来除了吓人还有什么意义——只怕除了他之外，没有人会耗费时间和金钱在这种无聊的事情上，而他却乐此不疲。

更让我担心的是，他如此地败坏家产，挥霍自己的健康，亲戚中却没有一个人出来劝阻。一方面是因为他自己性格怪异，跟亲戚朋友来往不多；另一方面也是因为这毕竟是他自己家的金钱，别人没什么权利说三道四。就这样，他毫无顾忌地投入大量的费用在改造和设计实验室上。

没有多久，或许是百无聊赖的他又想出了一个新的玩法——他把实验室分成几个小的部分，在实验室的上下左右各贴上一面镜，建成了只有在传说中才听到过的镜子屋。开始时，他经常一个人在晚上手持蜡烛进入到镜子屋，一个人呆呆地坐在里面不知道在看些什么——若是看自己的影子，恐怕也不值得在里面坐上一宿。可是当那次我受邀进入镜子房的时候，我被自己给吓了一跳：自己身体的每一部分，都因为镜子之间一个接一个的反射而映照出无数影子。顿时，上下左右仿佛有无数个自己向自己涌逼过来。尽管知道那只是幻象，可心里还是惊骇不已——坚持不到5分钟，我便出来了，几乎可以用夺路而逃而形容。

后来的时候，他又开始带着那个他最喜欢的女佣——一个十八九岁的漂亮女孩子出入镜子房，现在这个佣人已经被下人们称为夫人了。刚开始时，我们以为他只是沉迷于那位女孩子的美色，后来他跟我说："这个女孩子最好的地方便是她的身体有很深的阴影。没错，她的肌肉很结实、很有弹性，皮肤也非常白、十分细腻。不过，她最美丽的地方还是在于她身体的阴影真是太美了。"他说这话的时候，完全沉醉在自己的回忆中，仿佛那少女的裸体、那深邃的阴影此刻正在他面前。

（三）

他的身体愈加衰弱了，与此相对应的是，他对镜子的特殊爱好也达到了无可附加的狂热程度。他投入巨大的资金，几乎是倾其所有，他搜集各种奇形怪装的镜子，平面镜、凹面镜、凸面镜、波浪形的、圆筒形的，很多形状的镜子我都是第一次在他那里见到，各式各样的镜子堆满了他的实验室。很快地，他不再满足于自己能够搜集到的这些镜子了。他又做出了一件让我跌破眼镜的事情——他居然在自己的院子剩余的空地上建了一个小型的玻璃厂，他花了高价从外面请来了技艺精良的工程师和工匠。而他们的工作也确实出色，生产出来的产品精美绝伦，更重要的是可以生产出外面买不到的形状和尺寸。

一些年长的用人们实在不忍看他如此疯狂地挥霍家产，向他提出一些意见，可这些用人立刻被无情地解雇了，剩下的都是些为了高工资而来趋炎附势的家伙。从那时起，作为他唯一的好友，我也经常试图劝阻他这种行为。可是他虽然不至于指责或跟我翻脸，却也完全听不进我的忠告。

万般无奈的我只好开始经常出入他家，想对他做些监督。他并不反感反而很欢迎——对于这一点，我一直感到很内疚，我没能阻止他一步步走向毁灭，甚至现在把他的事情当作一个故事来讲给你们听。因为经常出入他家，所以他的那些怪诞的发明和想象，那些令人眼花缭乱的魔术，我都有幸得以亲自经历和见识。说实话，尽管那是我的朋友的在心理极端病态的情况下做出的发明，你却不得不承认那种淋漓尽致的天才创意是何等新奇。有人说，天才和疯子往往只有一步之遥，我想并不是没有道理。

因为有了自己的玻璃加工厂，他原来许多没法实现的设想终于成了现实。有时，我走进实验室，看到玻璃屋顶上尽是他的头部或一只脚；有时则是他变形的身影在屋子中间迅速地旋转，那种或细长或扁平的身影总是给我一种可悲的感觉，仿佛是一个将死之人最后的挣扎和哀鸣。我常常想起那只在显微镜下挣扎的跳蚤，心里隐隐觉得它和他有种同病相怜的意味。

他这种疯子一般的行为一直持续到他30岁那年——他不幸在这一年陨落了。我永远忘不了他死之前发出的恐怖的叫喊，就如同一个真正的疯子那样令人毛骨悚然。在那之前，他虽然会做出一些疯狂的行径，可是绝大多数情况下还是具有正常的思维能力和语言能力的。

那天早上，我刚刚起床还没有多久，他的一个用人慌慌忙忙地跑过来，对我说："先生，夫人派我来请您，麻烦您尽快到我们那里去一趟。我们家老爷好像出事了！"

"出了什么事？"我大吃一惊，顾不上穿戴整齐就往他们家跑去。

用人尽管着急，却也说不清楚主人到底出了什么事情。当我们两个人气喘吁吁、面色苍白地赶到他们位于山上的庭院时，发现所有的人都聚集在实验室里。我顾不上歇息，拨开聚拢在门口的佣人们走了进去。

地上放着一个奇怪的物体，那个物体形状类似与杂技团的踩球，只不过要大一些，并且外面用布包着。在偌大的实验室里，那个物体在地上来回翻滚着并且不断从里面传出令人恐怖的非人非鬼的可怕笑声，在场的所有人都被这笑声激得浑身一震。

"到底是怎么回事？他在里面吗？"我问他的那个女佣兼情人。

"我不知道，"女佣也十分混乱，"可是我总觉得我丈夫就在里面。我不敢用手碰，刚才喊了几声，里面没有回答，只有几声笑声。您快帮帮我们吧！"

我一步步地靠近那个诡异的圆球状物体，发现物体表面上似乎有两三个供人透气用的小孔。我将眼睛靠近小口努力试图看到什么，可是里面似乎有强光照射着，除了隐约看到一个蠕动的人形之外，我什么也看不到。我喊了几声他的名字，可回答我的还是那恐怖的笑声。我试着动手去翻转圆球，发现在一个地方好像有一个金属孔，仿佛是把手断裂后留下的痕迹，肯定是他进入之后不小心把把手碰落了，然后便被困在了里面。按照佣人们的描述，他在里面应该已经被困了一个晚上了。不论我怎么努力，都无法打开眼前的这个奇怪物体——球体太滑了，没有把手的情况也就失去了着力点。

"这个球体是谁造的，赶快把他找来。"不一会儿，负责制造这个球体的工程师便赶来了。工程师告诉我们，主人很早之前便命令他制作一个厚度为3分、直径4尺左右的中空玻璃球。球做成后，他又被命令在外侧涂上水银，里面装上镜子并且安装了数十个强光的小灯泡，然后又在球体一侧留的门的位置上装上了把手。直到昨天晚上，这个球状物体才最终完成，前后耗时3个多月。工程师在帮助主人把它运到实验室后便回去了，后面的事情他也就不知道了。而现在，球失掉了把手，他也没有办法打开这个球体。

里面的人传出的笑声越来越恐怖了。我跑到玻璃加工厂里面，找出一把他们日常用的大锤子带回实验室，对着圆球就猛砸了下去。"咔嚓"一声，玻璃做成的大球碎了。里面果真躺着我的朋友，他的容貌在短短一天内发生了巨大变化，仿佛完全变成了另外一个人：那张脸如同死人般的灰白，脸上的肉松松垮垮的，眼睛里布满了血丝，嘴巴大张着还在发出"哈哈哈"的笑声。这情景真是诡异极了，连平日和他相处最多的女佣也不敢靠近他。最后，还是我和几个胆大的男佣一起将他抬回了床上。

尽管被解救了出来，可是我的可怜的朋友彻底疯了，他被自己那极端的变态的爱好最终引向了毁灭。他穷尽半生建立起来的实验室和玻璃加工厂也随着他的死而废弃了。

后来，我经常在想，那天晚上到底是他看到的什么引得他走向了发疯的道路？他走进玻璃球内，在强光的照射下，到底是因为看到自己的影像而发了疯？还是因为把手弄断后，挣扎了许久却逃出不来而恐惧得发了疯？他现在已经死了，我们已经无法知道他具体的死因到底什么，我们能知道的仅仅是他说之前，一种恐怖惊骇得让他发疯的东西覆盖了他的整个世界：他看到自己的每一寸毛孔、每一根汗毛在凹镜的作用下被无限放大，第一次如此清晰地认识到自己。或许曾经因为恐惧，想要逃跑却又没能成功，最终崩溃发疯——他曾经最爱的镜子险些成了他的坟墓。

K的故事结束了，可是却导致我从此以后产生了一种类似后遗症的症状：无论我多么喜欢的东西，我都会刻意与其保持距离，因为我知道，一个人往往会被自己的欲望所异化从而为其殉葬。

惊险刺激的冥界探秘

死城

【美】迈克尔·克莱顿

这是二月的一个寒冷的夜晚，10点多了，尚中尉带着助手奇利，驾驶着搜索车奉命寻找"北斗七号"卫星，他们有点疲倦。卫星的信号越来越强，看来是接近"北斗七号"了。奇利查看地图，前面是亚利桑那州一个叫作比蒙的小镇，有48口人。尚中尉带着助手奇利向小镇方向走去，路上他们看到了像兀鹫的飞禽，他们不时开着玩笑，全然不知将要发生什么。整个故事就这样开始了……

300英里外，金卢中尉坐镇凡登堡大本营，关注整个搜索过程。扬声器里播送起尚中尉的现场报告："我是'雀跃一号'。凡登堡，收到吗？我们已经驶入比蒙镇，刚经过一个加油站，看上去这里没有可疑的迹象。卫星信号逐渐加强。"金卢中尉按照"北斗"计划守则录了音，以供日后参考。扬声器隐约传来那边汽车引擎的声音和两人的谈话。他们似乎说看到了死人，而且是一个又一个死人横尸街头，一阵沉默后，奇利又说有一个穿着白色睡袍的人朝他们走来，他们在商量着离开这个鬼地方。就在这时，通信中断了。

听到这里，金卢中尉和其他几个人商量着找蒙查上将处理此事。蒙查是个大胖子，高血压，原隶属于军部，因为成绩不错被提升为凡登堡的主管。他的主要优点是沉着冷静。大家在讨论中排除了技术故障的原因，最后决定派出用于间谍侦察最优良机种——"清道夫"型侦察机前去拍摄现场图片，以供后续工作使用。

外号"大炮"的韦尔逊驾驶着"清道夫"型侦察机巡视回来。大家反复研究巡视结果得出，该镇只剩一个穿着白袍的老头还活着，其他人都死了。蒙查上将宣布立即进入紧急状态，基地所有人都不准离开，暂时中止一切对外联系，巡视的录像要绝对保密！说完他走出放映室，快步走到控制中心。

蒙查上将踏入具备隔音设备的电话间，在电话机前坐下来。他想起当年听过的"野火"计划。思索之后，拨出了一个二进制电话号码，电话接通了，这时刚好是子夜12点整。

电话那头传来声音说："本次通话将会录音，请留下您的姓名、工作地点和报告事项的内容。讲完请挂上电话。"这是"野火计划"的全自动化装置线路的开端，全程都将是自动化完成。蒙查对着电话说："我是凡登堡空军基地'北斗'计划控制中心蒙查。我们有确切的资料认为必须马上实行'野火'计划。资料已全部保密。"电话挂断不到10分钟，全美最机密的热线通信机都收到两封电子邮件：一封是通知"野火"计划戒备开始，另一封则是通知"野火"计划的5位重要人物归入 ZEDKAPPA 编制。

这5位分别是史东·舍利、利维·彼德、波登·查理斯、曲嘉·奇利斯、克鲁·马克。就这样，除了患盲肠炎卧病在床的曲嘉，另外4个人分别从朋友聚会、手术台上集合到事发地点。路上他们分别读了一个文件夹上的资料，上面是关于"北斗"计划和"野火"计划的资料。

"野火"计划由英国权威生物物理学家麦利克在1962年的长岛会议上发起，以研究外太空生命为宗旨，并为此建立了一座可以完全隔离的实验室。"北斗"计划则是为了配合生化战部门，负责到大气层以外搜寻外太空生命，用以制造新的生物战争武器。整个计划预计将要发射17枚卫星，现在已经发射了7枚。资料里面对这已发射的7枚卫星还有一些简单的介绍。

第二天上午9点59分，一架K-4型喷气式直升机从凡登堡出发直趋亚利桑那州。机舱内，驾驶员和乘客都穿着透明的塑料防毒服。波登今年45岁，在约翰·霍金斯大学医学院任教，同时他还担任国家太空研究中心的生物学顾问，是细菌影响人体器官方面的权威专家。史东也是公认的细菌学权威，他在36岁获得了诺贝尔奖。他们对望着，开始研究比蒙镇人暴毙的原因。他们惊骇这极快的死亡速度，并对此进行各种推断和猜测。

说着，驾驶员告诉他们已经到了比蒙镇。史东吩咐他先绕镇盘旋一周，好让他们看清楚下面的小镇。那里除了兀鹫外，似乎没有什么生气。他们担心兀鹫吃了污染的人肉，把死亡元素带到别的地方去，于是抛下了毒气炮弹。顿时，数十只兀鹫也没了生机。

史东吩咐驾驶员飞到大街中心，跟地面保持20英尺距离时，放下绳梯。等到他们着陆后，再把飞机升高至500英尺上空等候，直至他们发出信号再降下来接他们。如果他们发生不测，请飞机立即返回"野火"计划总部。

史东和波登戴上消毒头盔，背上足够两小时使用的氧气罐，检查完装备，便顺着绳梯到了陆地上。笨重的氧气装备减缓了他们行走的速度。他们观察着周围情况，奇怪为什么这些人都穿着单薄的睡衣死在街上，而且这些人虽然都紧抓胸前，表情却都安详。这些人不像是窒息而亡，因为他们没有扯开自己的领扣。惊人的发现是死亡没有造成血流成河的景象，包括伏在方向盘上，脸上被划开长长口子，鼻梁也弄断，本应满脸是血的尚中尉。

他们又来到镇北一幢挂着"拜迪医生"牌子的单层木屋门前。前门敞开，他们进入了诊室，卫星就在那里。3英尺高，圆锥形，边沿因重返地球时经过大气层摩擦而有点破损。它的一边已经被强行打开，地上还放着几件工具。旁边的办公桌后，坐着一个矮胖的白发男人，他应该就是拜迪，就是这傻瓜闯的祸。史东一边骂着拜迪，一边匆匆关好卫星，将它放进带来的塑料袋，并封了口。

拜迪医生的尸体上也没有流血的痕迹，连瘀血都没有。史东小心地切开拜迪的手腕动脉。没有血！再切深一点，依然没有！只滚出一块红黑色的血凝块。他们又打开他的胸口，在左心室切开一个小口，里面是海绵状的血块，也没有流动的血！他们接着进入几户人家，死尸的血都凝固了，但能看得出其中一些是来不及反应就死了，还有一些是自杀的，譬如吊在房梁上的老太太……

现在他们可以确定的是：灾难发生在"北斗七号"降落之后；死亡速度极快；死亡与血液瞬间凝结有关。就在这个时候，他们听到周围有婴儿的哭声。循声找来，小宝贝躺在摇篮里，脸哭得通红。史东提议带着小孩，立即飞返基地。他认为，保存手上的一个生还者，比寻找那个不知道现在是死还是活的白袍老人更有效。

他们回到街中心发送信号招呼直升飞，波登用毛毯裹着婴儿，史东拉着卫星跟在后面艰难地攀上绳梯。突然，史东发觉身后不远的地方站着一个人，正是那个穿着白袍、满脸皱纹、头发灰白的老人。老人说自己叫吉臣，他激动着不断哀求史东不要伤害他，接着脚步不稳地跌倒在地上，吐了几口深红色的血，然后昏迷了。他们动用了飞机的起重设备才把老人搬上去。

利维和克鲁来到"野火"总部，实验室建在地下，共有5层，每层都是不同的颜色。他们经过复杂的计算机检查进入"第七号会议室"，史东和波登已经在那里了。彼此寒暄后，史东摸出银色和红色两把钥匙。史东把红色钥匙交给克鲁，并告诉他是特选代表。说着，走到墙角，按下一个按钮，墙上露出一块闪光的金属板。他把银色钥匙插进一个锁孔转了一下，金属板亮起一盏绿灯，随后又关上暗门。

史东刚刚开启了一个自动爆炸的核装置。这个装置是在万一工作有了闪失，实验室被污染时，最下层完全被污染后的3分钟内自动引爆。这把红钥匙则是用来解爆的。3分钟的时间是让克鲁考虑并决定是否解爆。选择克鲁是因为哈逊氏研究院测试，显示克鲁做出决定的正确度最高。

下面他们开始行动。波登简明扼要地把他们降落比蒙镇后的发现跟利维和克鲁说了一遍。短时间毙命、疯狂自杀、动脉闭塞和没有流血等现象，同时还有两个生还者。这些让克鲁目瞪口呆，利维则不断摇头。他们逐层消毒，这大约需要一整天的时间。在进入第五层之前可以休息6小时，然后等待检验身体报告。

柔和的钟声响起，说明他们可以进入第五层了。第五层是蓝色世界，他们都换上蓝色工作服。这一层和上面几层一样是圆形的。最外面一圈是厨房、食堂和工作间；中间一圈是各种实验室；中央则是绝密房间，完全隔离以保证安全，现在放置着收回的卫星和两名生还者，使用实验室内一种无菌的大型人体操作隧道可以接触到他们。

史东把一只装着几只老鼠的笼子放在卫星旁边，老鼠瞬间就翻倒死了，其中一只是注射了抗凝素的。机械手又拖出一只装着猴子的笼子，重复刚才的实验，突然间它也死了，死前摸了摸自己的胸口，像是十分诧异的样子。他们确定了卫星内还存在着这种致命的活性物，强度比比蒙镇弱不了多少。利维建议用显微镜扫描卫星。史东则根据三人的特长，安排波登解剖刚刚死掉的老鼠和猴子。克鲁则被安排检查两个生还者。他们各自到自己的实验室，盼望着能有什么发现。

史东和利维坐在控制室内，用显微镜观察卫星。史东负责操控机械手，利维负责显微镜扫描。他们先用五倍放大镜看，没有什么发现。把放大倍数增至20，扫描时间延长16倍，依然没有结果。于是他们又将扫描器伸入卫星内，加强光线，小心地检视里面每一个地方。他们从5倍一直放大到440倍，观察到里面有一块不明物体，其表面到处凹凸不平，唯有左面边沿像人工加工过一样光滑，可那不是油漆。它上面有绿色的小点，很有规律地变为紫色又回到绿色,不断重复着。最后他们发现,那是物体在分裂和繁殖。这时,11 个小时已经过去了。

波登那边实验发现:"死亡因素"不是气体或分子,也不是蛋白质和病毒;大小有两微米,跟细胞相似,可能是某种细胞,但不具备传播疾病的能力;动物把"死亡因素"吸入肺部,它进入血管,引起血液凝固;血液凝固是致死的原因,数秒钟之内便能破坏全身血液的循环;抗凝素不能制止死亡;尸体内发现不到其他生理上的变化。

克鲁则在助手的帮助下,检查出老头有严重的贫血,婴儿则一切正常。老头一直处于昏睡状态,原因是失血太多了。克鲁吩咐助手给老头输血,检查发现老头的血是酸性。克鲁不禁皱起眉头,机器提醒他查询病历,可老头一直昏睡,克鲁一时间无法获得病历。

蒙查上将吃过晚餐,刚拿起两天以来没有看过的报纸,突然电话响起来了。是比什上校通知蒙查,在 42 分钟前,犹他州大头镇上空一架飞机失事坠毁了。蒙查一时间不明白这事情和自己有什么关系。原来是因为这架飞机驶入"野火区域",就是比蒙镇周围的地方。蒙查上将到达现场了解情况。飞机失事后已起火焚烧,机身也已摔成碎片,还有一堆没半点皮肉的像是打磨过的白骨。通信录音显示,飞机坠毁前,驾驶员曾描述飞机上的橡胶制品都被慢慢分解了。

克鲁实验室里,吉臣老头在克鲁的摇晃中终于醒了,这是输血发挥了作用。在他们的谈话中克鲁得知,吉臣有两年胃溃疡病史,在事发前吃了两片阿司匹林,喝过二两烧酒。另外,他还获悉当天一共有两辆车经过比蒙镇,除了那辆搜索车,巡警韦利在灾难发生前15 至 30 分钟也路过这里,但他没有停下来。

这下子克鲁明白为什么老头的血液是酸性的了,烧酒本身含有乙醇,有麻醉作用,再加上阿司匹林,便改变了老头血液的酸碱度。他吩咐助手给吉臣多输几单位血,再观察反应。

凌晨一点,又是开会的时间。大家没什么新进展,只是双眼结膜布满红丝,显然睡眠太少。史东提议以后每天保证最少 6 小时睡眠,同时他们请总部为那东西命名。总部回复并把它命名为"女修罗"菌株,档案编号为 0539(不明生物)及 E866(飞行故障)。

波登站在电信机的后面,随手翻看外间拍发来的东西。这时他们才得知犹他州失事的幽灵机。他们埋怨上面为什么不告诉他们。其实,在第一层控制间的电脑程序员马莱也皱着眉头,已经一个多钟头没有收到由总部发来的消息了。若总部发来电信,电脑电信机会响一下。可他不知道这是因为一张电脑纸卷曲,挡住了打钟的小锤,所以没有声响。

史东生气道:"究竟有哪些资料?要是有死亡报告,我要马上知道死亡时间、原因和死亡地点。最关键的是死亡地点!比蒙镇大多数时间吹东风,如果在它的西面开始死人……"

看来,时间越来越紧张了,利维和波登加紧分析"女修罗"菌株。他们把菌株分离成黑色部分和绿色部分,放进质谱测定仪。结果显示:黑色部分含有氢、碳、氧,还有少许硫、硅和硒;其他元素含量太少,无足轻重。绿色部分只含有氢、碳、氧和氮。为什么黑色部分和绿色部分的结构这么相像,绿色部分含有氮而黑色部分没有等一系列问题成为他们研究的重点。他们的初步结论是:黑色部分不是石头,而是一种类似地球上橡胶的东西。绿色的成分则与地面生命相近,可能是一种活性、致命并且有繁殖能力的外太空生命。但是氨基酸分析的结果却显示菌株没有氨基酸。这又给利维和波登出了难题,没有蛋白质的生命跟地球上的生命是完全不同的。前面的推测被推翻了。

"形态实验室"里，史东利用电子显微镜观察"女修罗"菌株。他发现菌株的形态是六角形的，而且两个六角形扣合在一起。六角形的内部有一条条棱，接到整个结构的中心，像一颗晶体。地球上的生命不可能有这种完美的对称性。史东想，利维一定会高兴，他不止一次提出这生命可能是由某种晶体构成的。他叫来了利维一起研究。

克鲁则在自己的实验室里询问吉臣那天的情形。吉臣告诉他，那个活着的婴儿是历堤家的小家伙，灾难那天晚上小家伙哭个不停。那怪物是查理搬回来的，大家围住它认为那是个太空飞行器。最后大家认定它是美国的火箭射上去的，查理提议把它搬去给镇内最有学问的拜迪医生。那会儿正是晚上 7 点半左右，是晚饭时间，大家陆续回家吃饭。拜迪医生则把它搬进屋里，这以后大家便没再见到那玩意儿。大概 8 点或者 8 点半，吉臣正在汽油站跟艾路闲谈，他的胃又开始不舒服，于是吞了两片阿司匹林，在这之前他还喝过二两烧酒。就在这时，大祸降临了。艾路突然站起来抱着头喊："天啊！我的头很痛！"然后，拔脚飞跑到街上，跌倒就再也没爬起来，死了。接着，人们一个一个涌到街上，按着胸口，摔倒在街上，就都没有声音了。一切来得那么突然。他还看到好多人像疯了一样自杀。听了这些，克鲁脑子里实在乱极了，转到隔壁解剖室找波登。

波登那里也没有什么发现，他正趴在显微镜上观察昨天解剖的一只老鼠和猴子所制成的玻璃片。克鲁说："我一直在琢磨，为什么那么多人都发了疯呢？根据吉臣描述，当天晚上镇上许多人都疯了，没有原因地自杀，而且很多都是老人。"

波登抬头问道："老人家又怎样？"

"老人的身体一般都不是很好。会不会因为菌株从而使病情诱发了呢？什么东西能让一个人在很短的时间里疯了呢？"克鲁继续说，"吉臣听到一个人在死前大叫头痛。这会不会是脑？我觉得这个值得研究一下，因为急剧的脑充血是可以导致神经错乱的。"

波登接着说："就目前来看致死原因是血凝固啊！"

"也不是每个人都马上死去，有一些人无缘无故地疯了。"

波登点点头。他突然想到那东西本来的功能是让血液凝固，以破坏血管，但是血液由于某种原因不凝固，那生物会到哪里呢？会不会再造成脑充血？波登兴奋起来，立即选了几张脑部玻片放出来，经过一番细致观察发现"女修罗"有嗜脑性。波登接着推断，大部分人受到它的攻击都是从肺部开始凝血，但如果血管是在那里开始遭到破坏，这跟脑充血又会有什么关系？他突然想起那只注射抗凝素的老鼠还没有解剖，便立即从冷库把这只死老鼠拉出来。他用解剖刀一划，老鼠肚肠迸裂，血流出来，又转向老鼠的头部，剖开大脑发现也流出好大一片血。他的推断证实了正常的动物会死于血凝固，而血液不凝固的则死于脑出血。这就说明了为什么有一些老年人会疯狂，然后自杀了。克鲁又想到，吉臣和婴儿都没有脑出血，这应该是因为"女修罗"最初侵入血管时就立即被打退，根本进不了脑。但是，为什么会这样？

这时候，对幽灵机残骸研究也有了些许眉目。一个生化学家经过研究，发现被分解的并不是橡胶，而是塑料。

"野火"小组的成员现在只有一个问题，就是怎样解救"女修罗"带来的灾难。史东和利维把由太空囊内刮下来的菌株样本，放到不同的环境中培养。他们发现，"女修罗"根本不在乎环境的好坏，不管什么环境都繁殖得非常好。唯一影响它的是光和气体，它好像特别喜欢紫外线照射和二氧化碳，同时非常讨厌氧气。最突出的是它根本不会排出任何废物或是废气。

"野火"成员从科技委员会主席罗白臣先生那里得知，幽灵机失事调查结果发现被分解的是塑料，不是橡胶。另外，驻守比蒙镇周围的国民警卫军在比蒙镇西面巡逻时得知这里的一百多人安然无恙，没有死亡报告。飞机失事的地方也没有死亡报告。这就奇怪了，难道那东西真的升上高空了？

克鲁觉得自己非常困乏，揉了揉眼睛，喝了一口咖啡。他走到电信机旁边，看到这样一份电文。内容是亚利桑那州，一名公路巡警今日涉嫌枪杀5人。据唯一的生还者描述，那名巡警在那里吃过一个三明治之后，说自己头很痛，以为是胃溃疡犯了，便吃了两片阿司匹林和一茶匙胃药，就在这时突然发疯大叫："他们跟踪我。"话音未落便拔出手枪向周围人疯狂射击，每枪都击中一人的眉心。然后，他转向生还者咧嘴笑道："莎莉宝贝，我爱你。"接着就吞枪自杀了。克鲁顿时想到这就是吉臣说的韦利巡警！难道他的发疯和经过比蒙镇有关系？

克鲁联系到负责巡警医务和健康的史医生，通过史医生得知韦利没有胃溃疡，他有糖尿病，曾两次昏迷入院。但他不听医生的劝告，拒绝注射胰岛素。

克鲁挂断电话，分析这3个人：一个糖尿病患者因没有注射胰岛素而酸中毒；一个老人家因喝了烧酒吃了阿司匹林而酸中毒；可这个小孩呢，一切正常。3个人中有一个活了几个钟头，另外两人逃过劫难；一个人疯了，其他两人没有。这其中应该有某种联系。酸中毒，或者因为呼吸加速，还是二氧化碳超量呢？这个联系是解决"女修罗"事件最关键的地方。

就在这个时候，一阵尖声刺耳的警报突然响起，耀眼的黄色警示灯开始闪烁。克鲁一下子跳起来，冲出了房间。解剖室的一条人体操作隧道破裂了，底层已经受到污染。这时波登就在解剖室。克鲁非常担心，飞快地向解剖室跑去。可解剖室已经自动隔离，波登出不来了。克鲁转向总控制室，史东已经在那里了。他们通过闭路电视可以看到额上冒出豆大汗珠的波登，丢了魂儿似的，脸色灰沉，呼吸急促，根本说不出话来了。他知道自己正等待死亡的到来，而且无处可逃。

他们安慰波登不要慌。又根据研究结果，"女修罗"在氧气中难以发挥作用，给解剖室输送氧气。克鲁走出总控制室，希望到安静的地方，抓紧时间考虑考虑。他回到自己的实验室，看着吉臣老头和婴儿，静下来仔细思考每一个细节，希望能够找到答案。他反复想到快速呼吸可能是解决办法，但他认为这样似乎就太简单了。他转向电脑键盘开始拟定程序，程序拟好后，好不容易得出结果："女修罗"只能在很窄的 ph 范围内生长！也就是说，当菌株碰上太酸或者太碱的血液，就不能繁殖了！克鲁兴奋起来，跑回总控制室。

"停止供氧气——快！"克鲁冲进来，几乎是呼喊着说话，"快！波登，加快呼吸！"这边停止向里面供气，但是快速呼吸很容易让人疲倦，到底怎么办呢？克鲁快速搜索解剖室中的每个角落，一只老鼠安静地伏在笼子里，两只小眼睛直盯住波登。它的呼吸缓慢自然，但它还活着。这又是为什么？

　　这时候，警报灯又亮起来了，电脑屏幕显示"实验室中心通气系统胶壁 V-112-6886 分解破裂"的文字。这么说，整个第五层都已受到污染了。警报灯越闪越急，越来越多的胶垫分解破裂。克鲁突然狂叫起来："噢！那家伙，还有幽灵机！我明白了！菌株变异了！现在它是无害的！"克鲁现在要做的是制止核弹自动引爆！核弹爆发后，不仅他们会白白牺牲，这般能量如果被"女修罗"完全吸收，不知道它会不会分裂、变异。到时，全世界的人又会……

　　这是最后 3 分钟。"第五层已经完全封闭，我怎么才能走到第四层去开启太平闸呢？"史东告诉他，唯一的办法是穿过中央连接各层的通天道到四层找金属板。但是，在设计这座建筑物时，担心会有试验用的动物从这条路逃走，所以设计了自动探测器和自动麻醉手枪。这个时候，离自动引爆还有 160 秒。

　　克鲁抬头望着玻璃间隔内的中央通道问："我能过得去吗？"史东叹口气告诉他："可能性非常小。"无论如何克鲁都得试一试，这是唯一的办法。他咬紧牙，拿起一把小刀就钻到人体操作隧道的另一端。他把塑料隧道划破，马上嗅到一阵清新的空气。那一刻，不知道有多少菌株进入他的肺里。史东在实验室推测，麻醉剂的分量是以动物体重为标准的，希望克鲁能抵挡得住。现在还有 140 秒的时间。

　　克鲁费尽力气，抵挡着麻醉的作用，躲过一切阻碍，终于爬过隧道，推开四层的门，一群工作人员惊奇地看着他。"快把我扶到制止核爆金属板那里！"克鲁连自己的声音都听不清了。还有 45 秒、30 秒、20 秒、15 秒……

　　咔嗒一声，一盏微弱的绿灯亮起来了，自动核爆设置已经取消。克鲁应声倒在金属板前，睡着了。

消失的教堂执事

【英】狄更斯

很久很久以前，在老修道院里，都备有教堂执事和挖坟工，以便于举行宗教仪式。既然要在墓地里工作，想必身边一定很多东西都与死脱离不了关系，而且他们也应该是悲观、冷漠的人。但其实他们是世界上最简单、最单纯的人。其中的一个教堂执事就是盖伯·鲁布。他并不像那些开朗的同行从业者，除了一瓶柳条编织的酒瓶，他没有任何亲人和朋友。

盖伯精瘦的身体装在已经油黑的马甲中，满脸怒容恶意，无论是对谁他都是皱眉以对，好像想用他邪佞的眉头绞死那些快乐的人。这让所有见过盖伯的人觉得没有人能比他更般配执事——这个与死人打交道的职业了。

圣诞夜让盖伯的心情更糟糕，因为他必须在天亮前挖好一个墓穴。"该死。"他恶狠狠地诅咒，拎起铁锹和灯笼向墓地走去。老街的街道弥漫着厨房飘出的饭香味儿，包揽着从窗户透出壁炉的温暖火光，混合着人们欢乐的笑语显得格外温暖，可这一切都不属于盖伯。看到这些的盖伯更加恼怒，加快步伐朝墓地走去。对他而言墓地也许更能让他舒服。

盖伯故意转向阴暗的巷子里，尽量以快乐的心情到达悲凉的墓地。路途中，盖伯听见一个男孩子大声唱着欢乐的圣诞歌曲，他愈听愈火大，心情更加阴郁。男孩儿显然是在赶路，也许是急着去参加老街上举行的派对，也许是想找个人陪伴，他以高分贝的音调扯着喉咙，用尽所有肺部的力量大声歌唱。盖伯厌烦地叹了一口气，然后闪进角落里，等男孩走到近前用灯笼敲了男孩头部几下。男孩胡乱挥舞着手，以保护突然受攻击的头部，然而嘴里却不停地高高低低地唱着。盖伯看了之后，偷偷地笑了起来，然后转身跑进教堂院落的墓地，将门锁了起来。

盖伯戏弄男孩儿的喜悦还没褪去，所以他挖了一小时的结霜土地也没有惹恼他，虽然当天的月光不强，但仍然让教堂笼罩在阴森、诡秘的气氛中。最后，他终于挖了一个足够深足够大的墓穴，他看着墓园，流露出一股阴森的满足感。他一边收拾工具，一边自语道："干哑的嗓音喃喃唱道：你一个人的大床啊，你一个人睡！不管你是美人儿还是绅士，你都要在这里住下，那时，蛇缠住了十字架，那时，黑云遮住了太阳，那时，枯枝上落满乌鸦，你的身体终将成为蛆虫的美食！哈，蛆虫的美食！"

盖伯坐在平整的墓碑上笑着，拿出他随身携带的酒瓶说："圣诞节送来的棺木多么像圣诞礼盒啊！"

"哈！哈！哈！"一阵距离他不远的笑声也跟着响起。他故作镇定地放慢咽酒的喉咙，紧张地四下张望。最大的那个墓穴显得有些异样，不像以往那么安静。这时盖伯感觉越发的冷了，不知什么时候吹起的阴风让他不住地打战。树枝和枯草一高一低地哭叫，墓园中最古老的墓碑闪着冷冷的寒光，墓地上的雪已经风化得酥脆坚硬，平整得像是覆盖尸体的白布。盖伯的思维似乎也冻僵了，愣愣地看着周围的墓穴。

"是回音，是回音。"盖伯努力安慰自己。可是心脏扑扑跳着告诉他："那不是回音！"惊讶与恐惧让可怜的挖坟人的脚有几千斤一样无法挪动。突然一个尖邪的声音说："那不是回音。"盖伯惊恐地将身体转向那个声音。

"啊！"盖伯惊叫。在离他最近的墓碑上坐了个恐怖诡异的东西。他一定不是人类！这是盖伯的第一直觉。

此时，那个最古老的墓碑上坐着一具神秘诡异的可怕东西，他短小的上身搭配的却是奇长无比的腿，卷曲的鞋尖缠成好几个圈。头上一根头发也没有，却长着四个犄角，脸上刻着奇怪的符咒，眼眶里没有眼球却闪着可怖的光。卷曲分叉的舌头往外吐，他对着挖坟人诡异地笑，露出尖利的獠牙。那可怖的样子分明就是个妖精。

"那可不是回音。"妖精怪笑着说。这时的盖伯已经吓得不能动弹。"你在这美妙的圣诞节之夜来这里做什么？"妖精尖锐诡异的声音足以说明地狱的恐怖。

"我，我来挖一个墓，墓穴。"盖伯颤颤地说。

"什么样的人会在圣诞节之夜流连在教堂的墓园？"妖精对着黑压压的天空喊叫。

"盖伯！盖伯！"四处竟传来一阵疯狂的齐声唱喝，声音充满整个教堂院落。

"你那个牛皮酒囊里头装的什么？"妖精询问。

"朗，朗姆酒。"这个挖坟工全身颤抖不已。

"哈！哈！哈！"静寂的墓地从四下传来无数的怪笑。

"谁会单独一人喝朗姆酒，还是在圣诞节的夜里？嘻嘻。"妖精尖笑着问。

"盖伯！盖伯！"那些疯狂的合唱依旧折磨着挖坟工。

妖精用空空的眼眶看着吓坏的挖坟工，大叫："那么谁又是我们垂涎不已的礼物呢？"

疯狂的合唱回应着这个询问，那重复不变的歌词"盖伯"。

像澎湃的海浪让挖坟工五脏六腑都在震荡。此时妖精张着那扯到耳边的嘴巴笑着问："盖伯，你说该怎么办呢？"

这个挖坟工顿时倒抽一口气。

"那么，你是默认这个说法咯？"妖精一边询问，一边伸展他那分叉的长舌头。

"这……这……"吓得半死的挖坟工回应。

"我们的盖伯要说什么呢？哈哈哈哈。"妖精大笑。

"不，不行啊，墓地，先生，我得挖坟墓啊。"挖坟工磕磕巴巴地回答。

"挖墓穴？哈哈哈哈，"妖精说，"圣诞节的黑夜谁会在这儿挖墓地？"

恐怖合唱再度响起："盖伯！盖伯！"

"可是我们真的需要你哦。"妖精将舌头往前伸长，舔了舔那张丑丑陋可怖的脸。

"你的朋友不会认识我的，不会的。"心中充满恐惧的挖坟工回答。

"哈哈哈，他们怎么会不认识盖伯呢？"妖精回答，"那个整天皱着眉头、恶狠狠地咒骂别人的盖伯，他们怎么会不认识呢？那个整天跟死人打交道看不得别人笑脸的盖伯，他们怎么会不认识呢？哈哈哈哈！"妖精尖声大笑着，把盖伯的耳朵都快震聋了。妖精挥动身上的黑袍"嗖"的一下飞到盖伯身前。

"我……我得离开了，求你了，放我走吧。"挖坟工一边说着，一边试图找机会逃跑。

"你要走？"妖精大喊，"那个挖坟工要离开我们！"

当妖精大叫的时候，教堂出现刺眼的亮光，仿佛所有建筑都被点燃，亮光又瞬间消失了。教堂的风琴竟自己演奏起来，寂静的墓地忽地涌进无数的小妖精。他们在墓碑上跳来跳去，那个和盖伯说话的妖精跳得特别快，其他妖精根本追不上他。风琴弹奏的声音越来越大，小妖精跳得也越来越快。小妖精们疯狂的样子吓得盖伯倒在地上，只能瞪大双眼惊恐地看着在头顶嗖嗖飞过的怪影，快速移动的影子看得他头晕眼花。此时带头的妖精猛地冲到盖伯身边，用手圈住他衣领，盖伯感觉自己快速坠落，速度快到让他无法呼吸。当他终于感觉停止下坠时，他发觉自己已经不在原来的世界了，这里像是洞穴，但又无边无沿，黑洞洞的看不到尽头，大堆的火焰悬空燃烧，洞穴的中央有一把高椅子，在教堂遇见的妖精就坐在上头，无数面目狰狞的小妖精聚在四周。盖伯已经完全失去移动的能力。

"今晚可真冷啊，快给我拿杯热饮来。"这个妖精就像妖精国度里的大王，指令一下达，小妖精们就马上又殷勤地带着热腾腾的饮料回来，将饮料呈给国王喝。

"真暖和啊，"大王说，"也帮盖伯拿一杯吧。不，是拿杯更温暖的，嘿嘿嘿。"他邪恶地笑着，连火焰都燃烧得更剧烈了。

可怜的挖坟工试图拒绝国王的热饮，但显然不行，小妖精们掐住他的嘴硬生生灌下了滚烫的热水。挖坟工流下痛苦的眼泪时，小妖精们哄笑起来。妖精大王抖了抖身上的黑袍，继续说："该给我们的客人看看世间让人伤心的画面啦！"国王妖精话音刚落，原本黑暗的洞穴深处渐渐发出亮光，上面出现了图像：一间狭小却整齐干净的农舍里，母亲系着围裙在厨房准备晚餐，壁炉旁一群孩子在嬉闹追逐。大一点的姐姐照顾着摇篮里的弟弟。母亲偶尔会踮脚向外张望，仿佛正在等待什么。一阵敲门声响起，母亲打开门，原来是孩子的父亲回来了。小孩们全都围着他，嚷嚷着要抱。父亲看起来很疲倦，但还是抱起孩子，跟他们疯闹。这是一幅幸福的画面。

突然，这些画面转变成了卧室里的场景。最可爱最漂亮的那个小男孩奄奄一息，小男孩脸颊上的玫瑰色消退了，眼神越来越黯淡，男孩儿的嘴里似乎在呢喃什么。哥哥姐姐们哭哭啼啼地围在男孩儿身边，看着他一点点失去生命的活力。最后，男孩儿闭上眼睛离开了人世。这些画面快速旋转变成大漩涡，不一会儿又恢复平静，场景的主题再次变化。

此时画面中的父亲与母亲已经老态龙钟，家里没有什么亲人在身边，可是只要两位老人坐在椅子上聊聊过往的那些事儿，笑容就会出现在他们慈祥的脸上。不幸的是，老父亲也安详过世了，为他送葬的那些人的眼泪滴在墓园的土地上，他们悲伤却不绝望，因为他们知道大家早晚都会在美丽的天堂再次相遇。

画面停止了，妖精大王转头向盖伯询问："你有没有什么感想？"盖伯愣愣地只说了几句"真是美好的画面"之类的话来敷衍妖精大王。

妖精大王生气地看着盖伯，大叫："真是个可恶又可悲的人啊！"

妖精大王被这个挖坟工气坏了，于是挥舞起双手狂打盖伯。妖精大王一动手，其他小妖精们立刻围住这个可耻的挖坟工，毫不留情地海扁他。对于这些小妖而言，大王要打谁，他们也绝不手软。

"看来，我们的客人还是没有醒悟啊，再给他多看一些吧。"妖精大王说。此话一出，那片黑暗的洞穴变幻出一幅美丽的场景：古老庄严的教堂，清晨柔和的阳光透过树叶落在草地上，天空中的白云悠然地飘过，河水清澈极了，甚至可以看清水底鹅卵石上的花纹，在阳光的照射下河水像宝石一样闪烁着耀眼的光芒。多么愉快的早晨啊，就连鸟儿也来歌颂它了。这个充满活力的早晨，墓地里的花儿都绽放笑脸。大家都带着迷人的微笑，仿佛世界上一切美好的事情都被他们赶上了。

"看你呆滞的样子，还是没有领悟吗？"妖精大王用轻蔑的语调询问。他再次命令那些小妖精攻击盖伯。画面不断地变化，盖伯虽然被小妖精们打得浑身剧痛无比，但他的眼睛没有从这些画面上移开，盖伯不舍得错过这些温馨的场面了啊。原来辛勤工作的人们以劳力换取贫乏的物质享受，虽然劳累却可以很快乐；没有什么学问的裁缝可以从顾主满意的表情中汲取信心；他看见虽然人生充满挑战和困难，但是人们仍然无所畏惧；那出自上帝之手的最柔弱的女人，却有着能抵抗一切苦难的伟大的爱。可是，在这些画面中有一名好似他自己的男人，他对大家的快乐愤怒不已，与这个美好的世界格格不入。

画面不停地变化，小妖精一个一个地从盖伯身边消失，当所有的妖精都看不见时，盖伯也进入了梦乡。当盖伯醒来时，天早已亮了，他发觉自己躺在教堂院落平整的墓碑上，身旁柳条编织的酒瓶，散落一地的外套、铲锹与灯笼全都被前晚的霜雪覆盖了一身，在他面前竖立着他第一次见到小妖精时所站立的石头，昨天他所挖掘的墓地就在不远处。一开始，他怀疑昨晚的奇遇只是一场梦境，但是当他试着起身时，肩上剧烈的疼痛告诉他，小妖精的拳打脚踢绝对不是一场梦。

盖伯想想自己以前的样子惭愧得要命，发誓要改过自新，再不做那个令人厌恶的乖戾执事了，他觉得自己没有脸面再回到镇子里，犹疑了一会儿，最后决定到其他地方另谋出路。

当天，人们在教堂院落只发现了执事的灯笼、铲锹与柳条编织的酒瓶，可是执事本人却消失了。

许多人信誓旦旦地说，他是被魔鬼掠去做了奴隶；还有的说他乘坐在一匹半盲的有狮子的臀部与熊的尾巴的栗色马背上，于天空驰骋而过。

好笑的是，这么一个让人猜测不断的精彩故事却被盖伯自己给破坏了，因为在 10 年之后，身染风湿病、衣衫褴褛的盖伯回到了镇上。

与人们记忆中的盖伯不同，现在的他一脸知足愉悦，他将自己那天之后发生的故事告诉了教堂牧师与镇长，大家渐渐地接受了他的故事版本。但是传播这个故事的人们为了取信他人，他们假装努力解释在小妖精洞穴里所目击的整个事件过程，于是执事的故事越传越神了。记住，千万不要一个人在圣诞节晚上阴沉地喝闷酒。如果你也和盖伯一样的乖戾阴沉，也就难保他碰到一些难缠的妖精，或是遇到一些无法证明的诡异经历，就像盖伯在妖精洞穴所见所闻一般。切记！

幽灵的诱惑

【英】狄更斯

　　那是德国一座非常古老的城堡，可能因为它太古老，所以弥漫着诡异的气氛。风一吹，城堡就发出轰隆隆的可怕声响，周围的树林也附和着发出沙沙的声音。夜间的城堡在月光的照射下，宽阔的走廊与通道都变得格外的清晰，让人忘记了那些月光照射不到的角落。

　　这座城堡属于乔治维格家族的范高威特男爵，拥有这样一座气氛诡异的城堡，我甚至曾经怀疑乔治维格家族的祖先是不是一度因为缺钱而袭击过一位夜晚问路的旅人，但是我很难让自己相信这些事情真的发生过。因为我相信男爵的祖先在事后一定会对自己的行为感到后悔，然后亲手建造一座教堂以表忏悔，并向上天承诺他绝不会再做任何罪恶的事情，需要补充的是他建造教堂的材料是从另一位懦弱的男爵那里搬运的。

　　每当我提到男爵的祖先，范高威特男爵总是对我强调他的家族有多么风光，希望我能充分尊重他的家族。当然我确信男爵确实有非常多的祖先，但那么多的祖先怎么可能每一个都是一样的呢。尽管现在不论是补鞋匠，还是一些低阶粗鲁的平民都有很多的家族亲戚，但三四百年前的贵族可不像现代人这样具有开枝散叶的血缘关系，在当时来说，范高威特男爵拥有着十分复杂的家世背景。

　　当然这些都不是重点，重点是我接下来要说的一个故事，一个关于乔治维格家族的范高威特男爵的故事。

　　范高威特男爵有着一头乌黑茂盛的头发和黝黑的皮肤，和一把相当有特点的大胡子。他喜欢狩猎，总是穿着绿色的衣服、黄褐色的靴子，然后在肩上挂上军号，这样的装扮使他看上去像是一名驿站的警备员。只要他一吹响军号，就有大约24个穿着粗糙的绿色军服和黄褐色靴子的士兵列队疾驰而来。

　　这些士兵经常和男爵一起狩猎，这无论是对男爵还是对那些士兵来说都是一段快乐的时光。尤其是遇到熊的时候，男爵总是会一马当先地杀了它，然后再用熊的油脂来润滑自己的胡子。

　　每天晚上，男爵都和他的士兵聚在一起喝莱茵酒，有时候干脆叫一大桶酒来喝，尽兴之后，他们再一起醉倒在桌子上。直到地上堆满酒瓶，他们才结束这一夜的狂欢。

　　虽然这样的日子简直快乐赛神仙，但很快范高威特男爵就厌倦了。每天和同样的24个人待在一起，总是做着同样的事情，讨论同样的话题，说着一成不变的故事，怎么可能不厌倦？他开始寻求一些变化或是刺激，使他的生活变得有趣起来。一开始，他选择去和他的士兵吵架，或者在晚餐之后狠狠地殴打几名士兵。这确实有些作用，但这也仅仅维持了一个星期。之后，他对激情渴望更加强烈了。

一天，范高威特男爵在狩猎时猎杀了一头熊，这使他赢了和尼罗德林威的狩猎竞技，胜利的喜悦感充斥着男爵的胸膛，他兴高采烈地回到了城堡。遗憾的是，这种愉快的感觉并没有持续很久。当天晚上聚会时，他无聊地坐在桌子的首位上，大口喝酒，一边喝一边不满足地看着屋顶。

范高威特男爵越喝越多，同时他的眉头也越锁越深。坐在他左右的两位士兵看到主人这样的状态大气也不敢喘，因为最近一段时间男爵的脾气确实是不太好，于是他们也像男爵那样皱着眉头大口地喝酒，虽然他们的内心忐忑不安。

喝得醉醺醺的男爵突然大哭起来，他一边用自己的右手敲击着桌面，用左手拨捻着自己的胡子，一边大声地叫嚷着要找乔治维格夫人，让她来陪他喝酒。

听到他的话，24位士兵的脸色瞬间变得苍白，一动也不敢动。"快去找范高威特夫人！我说找范高威特夫人！"刚刚才喝下24杯大容量的德国白葡萄酒的士兵们只能跟着他叫嚷着要去找范高威特夫人，同时他们眨着眼睛示意他们完全不明白男爵的意图。

"她是范史威霍森男爵的女儿，我要让她在明天太阳下山之前答应嫁给我，范史威霍森要是敢拒绝，就砍掉他的鼻子。"

就这样他们派出一位信差，将范高威特男爵的意思传达给了范史威霍森男爵，并限他明天早晨之前给出回答。其实这是一个不明智的决定，当然也不是说男爵不应该结婚，而是他应该更谨慎和虔诚地对待这件事。

想象一下，如果范史威霍森男爵的女儿或是发狂的，或是跪在她父亲脚下，泪如泉涌地告诉她的父亲她已经心有所属了，那么很有可能，范高威特男爵的故事就到此结束了，因为范史威霍森男爵会从窗户侵入男爵的城堡，然后攻击他。因为这个时间的男爵和他的士兵们都已经醉倒了。

幸运的是那位美丽的少女还没有心上人，她透过窗户的缝隙，看到了向她求婚的男人——一个骑在马上黑头发、黑皮肤的大胡子，于是她立刻告诉她的父亲，她愿意嫁给这个男人，她愿意牺牲自己来保护父亲的平静生活。

于是，一场盛大的婚礼当天就在范史威霍森男爵的城堡中举行了，范高威特家的24位士兵和范史威霍森家的12位士兵，一起开怀畅饮，扬言要喝掉所有的酒，因为在"酒杯里养鱼"可不是男人该做的事。他们一直喝到脸跟鼻子全部通红才慢慢罢手，然后范高威特男爵带着他的新娘与士兵们一起兴高采烈地骑着马回到了自己的城堡。

他们大约兴高采烈地畅饮了6周的时间，这段时间范高威特男爵停止了一切的狩猎活动，并且在他今后的人生中再也没有这项娱乐了，因为男爵夫人认为那些士兵实在是粗俗、吵闹。有时男爵夫人恨不得要解散他们，但男爵可不愿意，毕竟那是他的狩猎队。

没有被丈夫取悦的男爵夫人号啕大哭，昏厥在了男爵的脚下。范高威特男爵一下子慌了手脚，他找来了夫人的婢女，传唤了医生，教训了两个吵闹的士兵，最后他妥协了，撵走了所有的士兵。

　　事实证明，妻子牵着丈夫走是非常正常的事，就像每4个已婚议员当中就有3个必须听从太太的意见而非自己的意见来投票的。范高威特男爵夫人就是一名这样的妻子，范高威特男爵就是这样的一名丈夫，他被男爵夫人控制得服服帖帖的，就因为这样他的很多旧嗜好全都在男爵夫人的干预下渐渐失去。

　　日子一天天过去了，这一年范高威特男爵48岁，他已经变成了一个体态臃肿却也算健壮的男人。现在的他不再举办宴会，不再寻欢作乐，也不再有人能陪他去狩猎。他不做任何他曾经喜欢的事，虽然他现在依然坚强无畏，依然勇猛不减，但是在乔治维格城堡中，他常常受到男爵夫人的斥责、奚落。

　　男爵的不幸不仅只此。每一年的结婚纪念日对范高威特男爵来说如同一个灾难日，因为范高威特男爵的岳母会因担心自己的女儿来到乔治维格城堡，一边监督男爵的家务，一边为女儿哭泣。一旦范高威特男爵对她的无理取闹忍受不住的时候，就会大胆表示说："你的女儿并不比其他男爵夫人过得差。"但是乔治维格男爵的反抗通常只能招来岳母更激烈的斥责，说他是一个经常让妻子痛苦流泪的冷血畜生。可怜的范高威特男爵对于这些莫须有的指控只能默默地承受，以致他常常精神不佳，毫无食欲。

　　男爵的另一个不幸则是从他结婚开始时一直延续着的。在结婚后一年，他有了一位健壮活泼的儿子。那时男爵感到十分高兴，喝酒狂欢，在城堡燃放许多烟火。一年之后他又有了一个女儿，再隔一年他又有了一个儿子，然后又一个女儿，就这样男爵不断地有着儿子或者是女儿，有一年甚至还生了一对双胞胎，不知不觉中男爵有了13个子女。

　　范高威特男的日子就在这样阴郁沮丧中一年一年地过去了，现在他是一个负债累累的贵族。范史威霍森家族一直认为乔治维格的金库是取之不竭的，可事实上范高威特男爵为了照顾妻子的娘家以及养育众多的子女已经花费了大量的金钱，现在他的金库只剩下蜘蛛网了。所以，当范高威特夫人准备生下第十四个孩子时，他变得更加忧虑了。

　　沮丧的男爵想要结束自己的生命，于是他从壁橱中抽出以前狩猎时用的刀，将刀指向了自己的喉咙。就在刀尖马上就要穿破脖子的时候，他停住了，他觉得刀子应该磨得再锋利一点，那样才不会痛。

　　当他磨好刀子，再度将刀尖指向自己喉咙时，他听见了楼上孩子们的叫声。"真希望我还是个单身汉，这样我就可以毫不犹豫地下手。"男爵心里想。

　　"来人！把最大桶的酒拿到地窖去，再拿一瓶红酒。"一位仆人走进来执行男爵的命令。

　　男爵独自一人来到地窖中，壁炉中的木柴发出闪闪的微光。男爵遣走仆人，留下烛火，锁上了门。他决定在这里抽完最后一根雪茄，然后静静地离开人世。

　　他躺在沙发上，在火炉前伸直双脚，把刀放在了桌上，一边抽着烟，一边大口地喝着葡萄酒，回忆起他从前的生活，他还是黄金单身汉的日子。他想起了那24个被他赶走的士兵，从前他们一起追逐熊与野猪的美好时光。他不知道他们现在过得怎么样，只知道有两个人被砍了头，还有四位因酗酒而死。再次睁开眼睛时，他突然觉得自己不那么孤独了。

　　这时他看见屋子中有一个人影，那应该是一个人。他有一张枯槁的灰色长脸，满脸的皱纹，眼珠凹陷，目露狠光，一头锯齿状的黑色粗发，身穿一件深蓝色的短上衣，坐在火炉的对面交叠着双手。男爵发现，那个人衣服的正面部分的装饰是棺材状的柄形扣环，他的双脚像是穿着盔甲一样躺在棺木里，他的斗篷像是用剩余枢衣拼凑的。他对男爵的注视毫不理睬，只是专心地看着火炉。

男爵向他打了招呼，然后问："你是谁，你是怎么进来的？"

那个人说："当然是从门口进来的。"

"你是什么人？"

"男人。"

"我可不信。"

"不信就算了。"那个人看着男爵，又说道，"我不是男人。"

"那你是什么？"

"天才，沮丧与自杀的天才。"然后他把自己的斗篷丢到一旁，向男爵展示他的身体。

男爵看到一根棍棒直直穿过了他身体的中央，或者我们应该叫他幽灵。幽灵将棍子从身体里拉出来，放在了桌上，动作非常自然，就像拉开拉链一样轻易。

"现在，你准备好要自杀了吗？"

"还没，我想先抽根雪茄。怎么，你很急吗？"

"当然，我的时间相当宝贵。"

"要不要喝一杯？"

"10 天，我有 9 天都在喝酒，"幽灵一边说着，一边玩着他身上的棍棒，"你应该动作越快越好，还有很多人需要我的。有一位年轻绅士正苦于有太多钱而郁郁寡欢。"

"居然有人因为有钱而不想活！哈……哈……这是我这些年听过最好笑的一句话。"

"别笑了。你这样会让我难受。多些时间叹气我会好过些。"

"也许，因为不愁钱而自杀是个不错的主意。"男爵恢复情绪，叹了一口气。

"呸！不会比一个因为贫穷而自杀的人聪明到哪去！"

男爵听了他的这句话之后，停下了握住刀子的手，睁大了眼睛，仿佛看到了光亮一样。突然，男爵意识到，没有什么事是坏到必须要去自杀的。

无论幽灵是用空无一物的金库，还是专横的太太，或者是那 13 个孩子来刺激男爵，男爵总能从这些往日的负担和压力中看到光明。他告诉幽灵，他的金库总有一天会再度充满金钱，他的妻子总有一天会安静下来，至于他的孩子们绝对不是个错误。

幽灵狰狞地要求男爵立刻去死。而现在，男爵已经豁然开朗了，他知道这个世界沉闷无趣，但他不想去幽灵的世界。男爵承认，以前他从未认真想过要是自己离开这个世界，会不会过得更好。但是现在他明白了，他不会再让自己笼罩在悲惨中。

面对着愤怒叫嚣着让男爵自杀的幽灵，男爵回以大声的狂笑。幽灵默默地向后退着，恐惧地望着男爵，然后他拿起自己手中的棍棒，猛地刺向自己的身体，然后在一声凄惨的号叫声中消失不见了。

从这以后，范高威特男爵再也没见到过幽灵。当他去世时，他虽然不像当初富有，但度过了愉快的一生。他有许多子孙，他们都像他一样非常擅长狩猎。

我给大家讲述这个故事，就是想要告诉所有的人——尝试着寻找那些生命中最美好的画面，并练习发现生活中的美好，然后再读一次范高威特男爵的故事。

墓中人
【日】江户川乱步

（一）

在 A 市最豪华的 W 酒店，川村同往常一样和几个朋友来这里消遣。他最近心情不错，俘获了瑙璃子的芳心，而且在牌局上连连得胜。这天，川村正在 W 酒店的聊天室内，忽然听到旁边两个人的对话，说话的是一个花白头发的老人和一个与川村年龄相仿的年轻人。老人先说：“大牟田敏清子爵是不是经常到这里来？”

年轻人回答：“没错，不过敏清子爵两个月前已经去世了。”

这个消息让老人有些吃惊，他放大的瞳孔表示对这个消息不敢相信。

“怎么会去世呢？”

“哎……”年轻人叹了口气，“飞来横祸啊！他在一次登山中，不小心从地狱岩上摔了下去，现在他已经安放在他们家的诸侯老爷墓里了。”

“实在是太不幸了，我和敏清子爵是亲戚，也是故交，本来希望我这次回来能与他叙叙旧，没想到……”

站在一旁的川村听到这，眼睛不禁一亮，然后看看这位老人的样貌，于昨天报纸上描述的里见先生非常相似。于是，他阔步走向前去，加入了两人的对话。

“您好，关于大牟田敏清子爵的消息，还是我来告诉您吧，我是他最要好的朋友川村。”

老人打量了一下川村，说：“那太好了，我已经离开日本 20 多年了，在这里能够遇见你实在是幸会，我叫里见重之。”

“原来您就是昨天报纸上说的里见先生，久仰久仰。我要是跟瑙璃子夫人说我在这儿认识了您，她一定也会高兴坏的。”

“瑙璃子是……”

“她是敏清子爵的遗孀，先前她经常和我提起您。”

“是吗，哪天我一定去拜访她，也算是凭吊一下已故的敏清子爵。”

“那现在您就可以去呀，我可以给您带路。”

“今日恐怕不行，我刚到日本不久，旅途劳顿，面带倦容，还是过两日再去吧。”

"既然您不便，那只能让夫人来拜访您了。我相信，如果您能够见到夫人，一定有种相见很晚的感觉，因为瑠璃子夫人是本地有名的美貌与气质并存的女人。"

听川村这么一说，里见仿佛有了些兴趣。

"是吗，她真的像你形容的那般？"

川村洋洋自得起来："不是我有意夸大，瑠璃子夫人可以说是本地的第一美人，无论是音容笑貌，还是言谈举止，她都可以说是绝代佳人，就像她的名字那般，是个玛瑙一样的女人。"

"看来你对夫人是十分了解啊，听你这么说，我倒觉得你和夫人挺适合做一对夫妻，哈哈哈。"里见先生开玩笑地说。

"哈哈，您说笑了，不过实不相瞒，我对夫人有一点爱慕之情，但更多的是一种敬意，我想每个男人见到她都会有这种感觉。"

和川村对话的里见老人是几天之前当地报纸头版头条的主角："大牟田敏清子爵的远房亲戚里见重之先生不远万里回到祖国，里见先生 20 年前只身前往美洲大陆，因为战争原因失去了消息，人们都以为他已经客死异乡。殊不知里见先生在美洲开拓实业，历尽艰难险阻成了巨富。如今里见先生光荣回到祖国，欢度余生，希望各界人士欢迎这位满载而归的成功人士。"

当时川村便对这条新闻非常感兴趣，他将报纸拿给瑠璃子看，并问她是否认识这位里见先生。瑠璃子摇摇头，说她丈夫生前从来没有提到过这个人。

川村的表情有点失望，不过在这份失望之情下面仿佛有一丝狡黠的喜悦。

视线回到 W 酒店。虽然里见先生婉言谢绝了川村的邀请，他是他没有收住言语，继续说："现在，我希望您能帮我转交给夫人一份礼物。"

"是吗，您现在方便透露一下是什么礼物吗？"

"可以，其实也不是什么太贵重的礼物，就是我在美洲买的一些钻石，原本想送给敏清子爵，可是他已经仙逝，我只能冒昧地交给瑠璃子夫人了。"

听到钻石二字，川村已经乐得合不上嘴。

"川村先生，请跟我到房间里来。"

川村跟随里见来到他的房间，里见拿出一个精美的小布包递给川村。川村打开一看，是 5 颗硕大的、极致的钻石，每一个都可以镶嵌在国王的皇冠上。川村这时候已经开心地眯起了眼睛，他从没见过这么大、这么多的钻石。

"川村先生，请您将这 5 颗钻石交给瑠璃子夫人，如此薄礼，不成敬意。"

川村回到子爵府之后，立马找到瑠璃子，商量拜访里见先生的事情。这时候，瑠璃子正坐在梳妆台前把玩里见送给她的那 5 颗钻石，然后问坐在一旁的川村："我们什么时候去拜访里见先生，他怎么样？"

这时，川村走到瑠璃子身后，双手扶着她的肩膀说："里见可是一个有钱的大富豪，你的几颗钻石只是他财富的冰山一角。"

"那我们明天就去拜访她，一是让我见识一下这位富翁，二是对他的礼物表示谢意。"

（二）

第二天，瑠璃子在川村的陪伴下，来到酒店里见先生的房间。里见先生走出房门，亲自迎接，不过这一次，他却不知为何戴上一个硕大的墨镜，几乎把整个脸罩住。而瑠璃子今天的装扮无论出席任何场合都会成为瞩目的焦点，此刻，里见先生也不例外。他看到瑠璃子时，整个人不禁为之一震，这让瑠璃子很满意，因为他的亡夫敏清子爵和川村在第一次见到她时也会有这样的举动。

川村在相互介绍完之后，3个人坐到客厅的沙发上，一边喝茶一边聊天。"夫人如此的美貌，一定会很幸福的。如果我有机会与夫人成为朋友，那实在是荣幸之至。"里见先生犹如绅士地说。

瑠璃子的脸上绽放了鲜花般的笑容。

不知为何，一见到里见先生，瑠璃子感到非常亲切，向他说出了很多心里话。她说："现在我因为没有给敏清子爵留下后代，家族成员要让我搬离子爵府，您是子爵家的亲戚，您觉得这对我而言公平吗？"

里见先生安慰道："夫人不必担心，以夫人的相貌，我想不会缺少爱慕之人。"说着，里见先生站起身来，说："各位失陪一会儿，我去下洗手间。"

里见走出房门，川村见他没了踪影，一下坐到瑠璃子的旁边，一把握住她的手。

"川村，别这样，小心让里见先生看到！"

"没关系，反正他已经知道我们的事情，他还说我们很般配呢。"

正当川村嬉皮笑脸的时候，突然，整个房间黑了下来。

"没事，可能停电了。"川村说。

然而在黑暗中，有两道光亮慢慢地显现出来，露出了可怕的形状。那两道光亮分明是两只眼睛。

"这对眼睛好熟悉。"瑠璃子发出了惊叹。没错，这对眼睛正是死去的大牟田敏清的眼睛，此时它不知放大了多少倍，正恶狠狠地注视着沙发上那对已经被吓破胆的男女。

一分钟之后，房间重新恢复了明亮。里见先生也走回房间。瑠璃子和川村此时仍没有从刚才的惊恐中回过神来。

"怎么了，发生了什么事？"里见先生关切地问。

"没什么，就是刚才突然停电，整个房间全黑了。"川村解释说。

经过这次之后，里见与瑠璃子的交往变得频繁起来，关系也越发的亲密。瑠璃子经常向他诉说自己的心事，以及表达对川村的不满。但是同里见说话的口气，瑠璃子一直都不忘保持女性的温柔，但是这温柔之中隐约能感受到另一种语气。

过了3天，里见先生向瑠璃子和川村发出请帖，说他要再次日午后设宴，地点就在郊外新买的别墅里。午后刚过，瑠璃子和川村被一辆气派的小轿车接走，前往宴会地点。

"别墅的具体位置我们还不得而知呢，感觉里见先生有意不告诉我们。"瑠璃子产生了疑问。

"或许里见先生是为了给我们惊喜吧。哎，这不是去Q温泉的路吗，难道他是在那里买的别墅？"川村这时候有点惊慌失色。

同样的表情也出现在瑠璃子的脸上。车子一直开到 Q 温泉的尽头，这时，二人下了车，里见已经出来迎接他们。

"你们看我的别墅怎么样？这里曾经属于敏清子爵，我刚刚花钱把它买了下来。"

说着，里见先生带着瑠璃子走到已经布置一新的别墅门前。"作为我们大牟田家的财产，我不忍心落到别人的手里，所以就买了它，事先没有通知你们，不会介意吧！"

"不会的，您为大牟田做了好事，敏清在天上也会感激您的。"瑠璃子用衰弱的语气说。

"夫人，看您气色不太好，您生病了？"里见关心地问。

"是啊，前一阵子得了伤寒，现在还没有好利落，况且曾经我在这栋别墅里养过病，有些触景生情吧。"

说着，几个人来到别墅的大厅，所有的房间都经过了重新的粉刷，除了那件瑠璃子曾经住过的病房。川村此时看到一个桐木箱子摆放在房间的角落，他的脸色一下子变得惨白。

"川村先生，您的脸色怎么也这么难看呢？难道也是风寒？"里见问。

"不，不，我正看那个箱子呢！"

"你说那个箱子，它可有一个非常可怕的来历。据说这个箱子以前是用来装小孩尸体的，好像有一对男女偷情生下了私生子，他们就把这个孩子杀死放在了这个箱子里面。这是我在买下房子的第二天，从门口的大槐树下挖出来的。"

听到这些，瑠璃子和川村的脸色犹如新粉刷的白色墙面一般。但是川村仍在用颤抖的声音询问孩子的下落。

里见先生说："说来奇怪，那个死去的婴儿一直没有腐烂，完好无损地睡在箱子里，这有可能是上天眷顾这个无辜的生命吧。"

说完，里见两步走到那个桐木箱跟前，一把抱起，然后又回到两人身边。"你们看，他就在这儿。"里见先生打开木箱，只见他从里面拿出一个大的盛满液体的玻璃瓶，一个胖乎乎的小孩尸体浸泡在里面，他四肢弯曲、睁着眼睛。

这一幕让瑠璃子差点吓瘫在地上，昏迷了过去，川村也被吓得倒退了两步。

第二天，里见先生亲自到子爵府道歉，他对瑠璃子恭敬地说："昨天的事情实在不好意思，我发现了那个箱子，以为是一件新奇的事情，没想到吓坏了你，瑠璃子夫人，我向你道歉了。"

瑠璃子的脸色依旧苍白，只是嘴上说自己已经没事了。

"也是我不好，里见先生，我胆子那么小，昨天的丑态让您见笑了。"说着，瑠璃子露出一份让人怜惜的表情，她的脸也渐渐露出娇嗔的微笑。

这微笑极具杀伤力，似乎有一种温柔的溪流在里见先生的身体里没有规律地流淌。瑠璃子看到里见的神态，自己却彷徨起来，因为她隐约地感到了已经死去的丈夫的气息。

里见先生很快从失神之中恢复过来，然后又报以他绅士般的歉意。"对不起，我刚才又走神了，年龄大了，难免会这样。"

"没关系，您虽然头发花白，但是心依然年轻。"瑠璃子颇具挑逗意味地说。

转天晚上，瑠璃子居然在里见面前流下了眼泪。

"其实，您知道吗，我们见面之后，我每天晚上都会梦到您，梦到我依偎在您有力的臂弯中。"

一边说，瑠璃子一边害羞地将嘴唇贴近里见的右脸颊。当温热的沾满泪珠的上唇微微触碰到里见先生的肌肤时，他终于按捺不住，猛地侧过脸，用更为狂热的双唇亲吻瑠璃子，那动作猛烈又不失绅士风度，颤抖而又迷乱。几十秒之后，里见的意识便突然变得清醒，他将嘴唇轻轻离开，然后道出了关键的话。

"你愿意做我的妻子吗？"

瑠璃子没有说话，但是她的心里已经心花怒放。瑠璃子默默地点头，一双鲜嫩的小手轻柔地抚摸里见苍老的面容。

（三）

"里见先生，你公布的消息不是开玩笑吧？"川村问道。

"开玩笑？哈哈，我会当着那么多人的面开玩笑吗？"

听到里见有些蔑视的笑声，川村的愤怒已经到了极限，他突然像疯了一样，抄起旁边摆在桌子上的咖啡杯，向里见扔了过去。

"你这个老混蛋！"扔完杯子，川村又像一只饥饿的老虎，扑向里见这个"食物"。好在旁边有人迅速地阻止了他的暴行。站在对面的里见先生纹丝未动，仍保持着刚才的微笑，好像是在欣赏一出戏剧，笑得津津有味。

川村不依不饶，但是双拳难敌四手，他只能放弃挣扎，一个人愤愤地朝门口走去。临走时，里见先生向川村喊道："想找我报仇，今天晚上到Q温泉的别墅去，今天我在那儿。"川村没有回头，一个人消失在了门外。

要问川村为何突然之间对里见如此深仇大恨，原来那天在向瑠璃子求婚之后，里见转天便在A市的社交圈子里发布他要和瑠璃子结婚的消息。所有人听到这个消息时，先是大吃一惊，然后又纷纷表示祝贺，除了川村。他在得知此消息的一瞬间，身体像是被高压电线电到一般，脸色从起初的吃惊与恐怖到最后的无奈与苍白。他终于抑制不住心中的怒火，准备去找里见先生。一见到里见，川村那火焰般的眼神恨不得立马让眼前的情敌变成灰烬，可是见到川村的里见却毫无畏惧地微笑着，他用坚定的眼神死死地盯着川村。

晚上9点，精神崩溃的川村拿着匕首，来到Q温泉别墅。他摁响了门铃，仆人过来开门，见到面容如魔鬼的川村，并没有露出惧色，而是打开门，让他跟在身后。

川村跟随着仆人，穿过别墅前面的草坪，走进别墅的内堂。然后仆人用手指了指不远处一栋隐隐发白的正方形建筑物，说："就是那儿了，你自己过去吧。"

川村有些纳闷："那是哪儿？"

"进去就知道了，主人正在那里等你呢。"说完，仆人转身走了。

川村握紧怀中的刀，小心翼翼地向那栋建筑走去。

川村随手推开建筑的门，可是里面没有人。当他将整个身体置身于建筑中时，大门突然"哐当"一声关上了，川村眼前一片黑暗。他用其他感知器官蹑手蹑脚地向前走了两步，忽然，眼前好像有两个什么东西在蠕动。川村定睛一看，又是大牟田敏清的那双眼睛。这时候，有一个声音从门镜传进来。

"川村君，你干吗那么慌张？我是里见啊！"

"你这个骗子，快点让我出去，别再弄什么鬼把戏了！"

"川村君，请你冷静一点，我来给你讲一个故事，希望你不要感到惊讶。其实我就是大牟田敏清，当年我把你当作兄弟一般带你来到 A 市，没想到你这个忘恩负义的家伙趁着我生病住院，与我的妻子勾搭在一起，最后有了孩子。事发之后你还欺骗我说我的妻子生了脓疮不能见人，需要到 Q 温泉去养病，就这样你们在这里生下了私生子。没想到你这个禽兽不如的家伙居然勒死了你的孩子。回来之后，你又想暗害我，让我出意外死亡。

好在当时我只是摔晕了，不过醒来之后，我发现我被关在了一个棺材里，我拼命地想挣脱，我不能就这样活活憋死。但是棺材内的空气越来越稀薄，我感觉我的四肢已经麻木，仿佛在流血。

终于，我用尽最后一丝力量，将棺材推开，但是出来之后，我的眼前漆黑一片，周围都是岩石墙壁，在我对面有一扇大门，上面刻着几个字——大牟田墓室。现在我终于明白了，我被活埋在了诸侯老爷墓里。但是这更让我绝望，因为此刻我仍不能出去，我会在这件密闭的空间内慢慢饿死。

我像疯子一样狂喊，希望外面有人听到我的叫声，但是现在想想也着实可笑，谁敢搭救一个从墓里传出来的声音。

我在黑暗中小心摸索，终于我摸到一盒未用完的火柴，然后点燃了棺木前用来祭祀的蜡烛。这时，我发现这间墓室里还有一个棺木，我壮着胆子打开一看，里面没有死人，而是一大箱金银财宝，但是这并没有让我有多少喜悦之情，因为再多的财宝也不能让我出去。

就在我绝望的时候，我忽然发现装有财宝的棺材下面有一个把手，我用力一拉，没想到棺木居然动了起来，像抽屉一样露出了棺材底端的隧道。紧接着，一股凉风顺着隧道口传来。这股凉风比一棺材的财宝更让我激动。接下来，你就知道我是怎么离开的喽！经此一劫，我决定改变容貌，从一个年轻人变成一个白发苍苍的老人，寻找机会找你们报仇，今天就是一个不错的机会。川村你知道你的下场吗？"

川村的每一根汗毛似乎都立了起来，他倒在了黑暗之中，没有能力再站起来了。

"我知道你过来是要杀了我的，不过现在我要给你看一样珍贵的东西，就在你脚下的那只皮黑箱子里面，你打开看看吧，多么珍贵的礼物。"

听到"礼物"二字，这让川村有点摸不着头脑，他蹲下来，在黑暗之中摸了摸，果然有一个皮箱，紧接着他找到了皮箱上的开关，正当他要打开时，川村突然犹豫了，因为一股可怕的感觉油然而生。

"不要再犹豫了，因为里面的礼物正急着见你呢！"

川村终于鼓足了勇气，打开了脚下的黑皮箱。然而当皮箱的上盖揭开的一刹那，川村面无血色地瘫坐在地上，全身发抖。

"看到你的孩子了吗？这就是你亲手掐死的亲生孩子。现在，上天惩罚你的时候到了，你要为你的罪行付出代价！"

里见的话每一句都刺穿了川村的心脏，他现在看上去好像疯了，这时，他踉跄地站起来，借着从门镜传过来的微弱光亮，靠近门。他看到了里见的脸，里见先生摘下了墨镜，川村发出了惊人的尖叫声，因为他看到了门镜对面果然是一双大牟田敏清炯炯有神的眼睛。

川村像个偷了东西的孩子一般，怯懦懦地看着透视镜上那张既熟悉又陌生的脸。

"我知道今天难逃一死，但是我想知道我是怎么死的！"

"这个好办。"说着，里见走到旁边，按下墙上一个红色的按钮。接着从黑屋中传来了齿轮的声响。突然，川村所在的房间灯亮了，他抬头一看，天花板正在缓慢地向下移动，也就是说，几分钟之后，川村就会在这间屋子里变成"肉饼"。川村见状拼命挣扎，拼命求饶，可是这时候里见已经从门镜那边消失了。

川村像一只热锅上的蚂蚁，在寻找着求生的缝隙，哪怕现在有一个老鼠洞，他都有可能让自己的身体钻进去。

几分钟之后，只听房间里一声惨叫，然后一切都归于平静。

（四）

里见将川村变成了肉饼，可以说复仇大业只完成了一半，另一半则是瑠璃子。没过几天，里见和瑠璃子大婚的日子到了。那天里见特意穿上了一身瑠璃子和敏清子爵结婚时的行装。

看到如此装扮的里见，瑠璃子面无血色，好像预感到了什么不祥之兆，但面对宾客仍然是强颜欢笑。当婚礼进行到交换戒指和宣誓的环节时，瑠璃子被吓得晕倒了。因为里见的戒指正是当初与瑠璃子结婚时的那一枚，而声音他也用了自己本来的声音。

瑠璃子的晕倒吓坏了所有人，好在有人这时候打趣地说，新娘激动得晕倒了，这才避免一场尴尬的产生。后来在医生的帮助下，瑠璃子恢复了意识。

瑠璃子醒来后，里见在她旁边安慰说："没事，婚礼马上就要结束，到时候我扶你到房间休息。"

"实在抱歉，我也不知道怎么了，又出丑了。"

"不必放在心上。"

"我刚才好像出现了幻觉，我把你当成了敏清子爵，你的声音，还有你的戒指，都跟他的一模一样。"说着，瑠璃子抬起右手，发现那枚戒指已经不见了，取而代之的是另一枚。

"这枚戒指真漂亮，谢谢你！"瑠璃子娇羞地说。

婚宴结束后，里见和瑠璃子回到新居，里见一屁股坐到了沙发上，这时候时钟开始了整点报时——现在已经 12 点了。

"我带你去看一件东西吧！"

里见的这个建议让正准备宽衣的瑠璃子一惊。

"这么晚了，去哪儿？"

"去看看我的财宝，我的钻石，你不是喜欢这些吗？我们结婚以后，它们都是你的！"

瑠璃子一听，马上兴奋地窜上去吻了里见一下。她之所以要嫁给里见，唯一的目的就是他的财产。

"现在，我们去我的一个秘密仓库，那儿比较偏僻，你敢去吗？"

"有你在我什么都不怕！"

"那里我一般都是晚上过去，白天的话会比较惹眼。"说完，两人手挽手地从房子的后门向一片山岗奔去。

"这不是大牟田家的坟墓吗？"瑠璃子有些不解地问。

"是啊，只有把金银财宝藏在坟墓里才不会被别人发现，也不会担心被偷。"

瑠璃子好像信以为真地点点头。

他们推开墓室的大门，在黑暗之中站了几秒钟，周围死一般的寂静。这时，里见掏出火柴点燃了一根蜡烛，瑠璃子看见了这个墓室里有 3 个大的棺木，而且旁边还零零散散地摆放着十几个小的棺材，犹如恐怖电影里描写的那样。

里见将中间一个大棺材的盖子掀起来，招呼瑠璃子过来，瑠璃子非常害怕地走过去向里面看了看。这个棺材里装有海盗埋在大牟田家墓地里的宝藏，全都是名贵的珠宝，让瑠璃子看花了眼。瑠璃子的手像插上了电源，夸张地享受钻石从指缝间流过的快感。

"这些从今天起都是你的了，我亲爱的妻子。"里见冷漠地说。

"是吗，那太好了，你对我真好。"兴奋的瑠璃子全然没有注意到里见语气的变化。

"那两个棺材里也装的是珠宝吗？"瑠璃子开心地说。

"你打开看看就知道了。"

瑠璃子像个孩子一样，蹦蹦跳跳地跑到旁边的一个棺材，她端着蜡烛，借着火苗的光看了一眼，然后像是被闪电击中似的撤了回来，脸色惨白。

"那是什么？"瑠璃子惊慌失措地问。

"是尸体，不过不是你的前夫，你看他身上新鲜的肉就知道应该死去没有多久。"里见冷静地回答。

瑠璃子突然感觉到异常的恐怖，她莫名地发出凄惨的叫声，然后张着口不出声，整个人都僵在了那里。

"其实你刚才看到的是你的情人川村和你的孩子。"

"你是谁？为什么要让我看这些东西？"

"你怎么和川村一样健忘，你听不出来我的声音吗？那好，看过第三口棺材后你就会明白了。"

其实，这会儿，瑠璃子已经想到眼前的里见先生就是她的丈夫敏清子爵。不过，当里见摘下墨镜的刹那，瑠璃子还是惊讶地晕了过去。

10 分钟后，瑠璃子苏醒过来，但是她已经没有了起身的力气。里见又把自己如何从坟墓中逃脱的故事说了一遍，并且着重讲述了川村被压死的那一段。

瑠璃子这时候已经泣不成声，她恳求里见原谅她的罪行，并且推脱自己当初没有打算害他，那全都是川村一个人的主意。

"好歹毒的女人，这个时候把责任全都推给一个死人，你以为这样我就会饶了你吗？"

瑠璃子继续辩解道："那时候她被川村骗了，都怪我年轻，当我意识到的时候已经覆水难收了。我的心里真正爱的人是你，你想过没有，我的心里如果没有你，我怎么会再一次选择嫁给你？当我知道你的真实身份之后，我感到我们的缘分真的很深。"说着，瑠璃子准备用美色打动里见。

里见看到瑠璃子的丑态，微微一笑，全然不受诱惑。

"你不要做无谓的举动了，我现在已经不是人，而是一个从墓地里爬出来的魔鬼，怎么还会被你这个荡妇诱惑，我不会改变我的初衷。"

"你想把我怎么样？"瑠璃子怒言道。

"就像你当初活埋我那样把你活埋在这里，这里有你喜爱的钻石和珠宝，你会成为这个世界上最富有的人。但是你不会像我一样从这里走出来。况且，这里还埋着你的情人和孩子，相信你不会感到孤独的。"

"你这个混蛋，你才是没有人性的杀人犯，恶魔！"瑠璃子愤怒地骂了出来，她一面骂着，一面朝着出口冲过去，恨不得从石门上扣下一个缝隙。里见用力地阻止她，他不敢相信一个面对死亡的弱女子会有如此大的力气。瑠璃子像疯了一样撕打着，拉扯着里见，里见也是拼尽全力不让她靠近门口一步。

就这样，一男一女在午夜的墓室里进行了将近10分钟的搏斗，里见的衣服差不多被瑠璃子撕扯殆尽，只剩下里面的衬衫。两个人时而扭打在门上，时而在墓室的地上翻滚，但是，瑠璃子无论有多疯狂，还只是一个弱女子，终于，她筋疲力尽了，也绝望了。

"永别了，瑠璃子，你在这里好好安息吧！"说完，里见便跑出墓室，关上了石门。然而，走了没有多远，他突然想看一看此时的瑠璃子会是什么样子。于是他又会转回到墓室，悄悄地打开门，透过门缝，他看到里面的瑠璃子。

瑠璃子几乎裸体地抱着那个腐烂的婴儿，像个母亲一样对着婴儿微笑，并且嘴里还唱着催眠曲。然后她又抓起一大把钻石，撒在婴儿的身体上，并且用脸贴近他已经成为肉浆的脸。

此时的里见站在墓穴的门口，忽然他的脑海里出现了往昔与瑠璃子欢愉的场景，他正在用一个又一个的生命来完成自己的复仇计划。然而，当这一切实现时，带给里见的并没有一丝一毫的兴奋，因为眼前的一个活人，曾经的妻子正要在坟墓中死去，无论怎样，这都不是一个好的结果。突然，里见在这一刻有了一个奇特的想法，他推开墓室的门，走进去然后将门反锁。瑠璃子静止了，她手中的婴儿尸体不经意间顺着胳膊滑落到地上，然后瞪着眼睛看着走过来的里见。

淹死鬼客栈

【比利时】乔治·西默农

（一）

那正是秋天里最糟糕的日子。两个星期以来，人们一直生活在雨雾之中，罗安河水猛涨，混浊的泥流里夹带着不少树枝。

"我看您还是去避一避雨吧。"宪兵上尉说道，他的语气显得那么为难和无助。

"我想没有这个必要。"梅格雷两手插在大衣兜里，怏怏不快地说道。

这几天的天气都很糟糕，弄得人心情也烦闷起来。梅格雷咬着他随时携带于身的烟斗，他的圆帽上洼存的雨水似乎马上就要流下来了。

"您还在为那个案子发愁吗？"

"注意你的用词，我不想把这称作发愁。要知道，但凡重要的案子总是要历经艰辛才能解决，任何一个偶然的因素都可能使事情有不同的发展，因此我们要一直全神贯注，防止自己误入歧途。"

梅格雷是昨天和宪兵上尉皮耶芒一起来到尼姆尔的，他们要来核实一件看似并不严重的案子。这两个人性格很不相同，皮耶芒是个有教养的人，很讨人喜欢。可能是索米尔人的一贯作风所致，他待人热情，就拿昨天来说吧，尽管梅格雷一再推辞，但是我们的上尉还是拿出最好的酒来殷勤地款待了自己的朋友一番。并且，在酒足饭饱之后，他还为梅格雷安排好了舒适的住处。

可惜，梅格雷的好梦在今天一早就被打破了。罗安河畔的"淹死鬼客栈"那里又发生了一起奇怪的车祸。天还没有亮透，梅格雷和皮耶芒就赶到了罗安河畔。此刻，天空阴沉，空气也十分潮湿，肮脏的河水泛着褐色。一切都让人觉得厌烦。

那家被当地人叫作"淹死鬼客栈"的"渔夫客栈"，是四下里唯一一座建筑，这里没有任何村庄，显得十分诡异冷清。据统计，这里因为位于公路的拐角处，因此5年里已经发生了至少两起事故了。

因为事故的发生，这里现在聚集了一些人，人们在议论着这次的淹死鬼会是谁，但是还没有任何确定的消息。起重机嘎嘎地忙着，两个水手打扮的、穿着油布衣服的人正在那里摆弄一架潜水机。过往车辆里的人们会时不时地探出头来，好奇地看看发生了什么事情，然后继续赶路。还有一辆夜勤救护车孤单地停靠在路边，显然，它已经派不上什么用场了。

事故的主角，那辆小轿车正在起重机的钢索的作用下向河岸靠过来。一辆10吨位的卡车停在公路转弯的地方。我们对这件事故所了解的一点情况就是，昨晚8点多的时候，这辆在巴黎和里昂之间跑的10吨卡车，驶经这条公路，将一辆早已停在转弯处的、灯火全熄的小轿车撞进了河里。

"司机提供过什么有用的口供吗？"梅格雷问现场正在勘察的警员道。

"司机叫约瑟夫·勒管，他说事故发生之后，似乎听见了几声呼叫声。他停车在岸边搜查，并且碰见了'美丽的德莱斯'号的货船驾驶员，后者的船当时正停泊在100米外的运河中的货船上，也听到了不知从哪儿传来的呼救声。这两个人就一起在车灯的光亮下对周围巡查了一番，但是什么都没有发现。于是约瑟夫·勒管就开车到蒙塔尔奇，向那里的宪兵队报了案。"

"那边那个人是谁？"梅格雷指了指旁边一个正在向周围人滔滔不绝说些什么的男人问。

"哦，他就是'淹死鬼客栈'的老板。"

"让我们听听他在说些什么吧。"

"所有的河闸都提了上来，要是有什么人从车里漂到河里的话，就别想很快找到他了，"客栈老板说道，"他会一直顺水漂到塞纳河里的，除非他被什么树枝之类的东西挂上。"

"要是有人本来在车里，那么肯定会漂到水里呀，你没看到那是辆敞篷车吗？"卡车司机接话道。

"可不是，我看清了。那就奇怪了。昨天我这来了两位客人，是两个年轻人，他们就是开敞篷车来的。他们先在店里吃了饭，然后应该乖乖在我的店里睡觉呀。不过我到现在还没看见他们。"

卡车司机耸了耸肩膀，不知道该怎么把这些事情联系到一起。梅格雷则随手把听到的一切都记了下来。

"快看，那车要被吊出来了。"人群里有人高呼了一声。

小轿车的整体都十分清晰地呈现在大家面前，先是灰色顶部，然后是引擎盖，再就是车轮子。小轿车前部被撞的痕迹清晰可辨，正如卡车司机所讲的那样，这辆敞篷车的车头在被撞的那一刹那转向了巴黎方向。

车终于被拉上岸了，但是它的样子已经惨不忍睹。车轮歪歪扭扭，车身两侧也扭曲变形了，污泥和残渣、碎片布满车座。

"警长，您来看看，这里有写着车主姓名的牌照，"宪兵中尉对梅格雷说，"我们是不是应该派人给巴黎打个电话，汇报一下这里的情况？"

"这些事情我不关心，你觉得必要的话就去打吧，"梅格雷喃喃自语道，"让我看看那个牌照。"

梅格雷接过牌照，上面写着：罗·多布瓦，戴尔纳大街135号，巴黎。

就在梅格雷非常认真地研究牌照上的内容的时候，周围看热闹的人正把强烈的兴趣投入到车子上面去。有的人摸摸车子，有的人探身向车内张望，忽然，有一个不知道该怎表现自己好奇的人忽然想到打开车的后备厢看看。尽管那个可怜的后备厢已经变了形，但还是很容易就被打开了。

"天啊，这里面是什么东西。"一个人大喊道。

一个像人形样的东西奇怪地蜷缩着，被塞在后备厢的底部，为了关上后备厢的盖子，看来颇费了一番气力。在这人形的上头露出几缕灰黄色的头发，使人可以断定包里是个女人。

梅格雷和其他人一样，也看到了眼前这个后备厢里的奇怪的东西，他的眉头皱得更紧了，他大声喊道："退后，不要触碰车子，大家离车远一点！快叫验尸官来。"

15分钟后，长相呆头呆脑的医生对车子里的尸体做出的检查结果让人们更加惊讶。

"这个女人已经死了很久了，至少3天。"他对拢上前来观看的人们说，人群里一片喧哗，特别是孩子们，紧张地张大双眼。

这是一位四五十岁的女人，她的装束打扮十分讲究，可以说还有几分妖艳。

"这就是我说的那两个年轻顾客的车子。""淹死鬼客栈"的老板茹斯丹·罗杰拉了拉梅格雷的袖子说道。

"你知道他们的名字吗？"

"当然，来我店住宿是需要填住宿单的，我当然知道他们的名字，只要一会儿去查一查就可以了。"

"死者是被谋杀的，"验尸官说道，"凶手的手段很残忍，用刮脸刀割断了这个女子的喉咙。"

"警长，刚刚接到巴黎那边调查的结果，"宪兵上尉说道，"车子不是那个多布瓦先生的，他在上周把车子卖给了车行的老板，而车行老板又把车子转手卖给了一个年轻人。"

"买主的姓名呢？"

"不知道。因为是当场付款，所以没有记下买主的姓名。"

"还有什么其他情况吗？"

"车行的老板说，那位年轻人是自己一个人来的，他打开钱包时可以看到里面有很多张大额钞票。"

"请问案件有什么进展吗？"那个一头褐发的编辑挤上前来问道，他是蒙塔尔奇仅有的一家报纸的编辑，同时又是巴黎一家大日报的通讯记者。一来到此地，他就在电话间里不停地打电话，希望把这里案子的最新消息收入囊中，梅格雷和宪兵上尉已经几次三番让他离开，但是，此刻，他还是为了消息凑了上来。

"先生，我已经说过很多次了，现在还不适合讨论任何问题，因为案件并没有任何确定的消息。请您赶快离开这里，"宪兵上尉说道，"我们甚至还不知道车主的姓名呢。"

"我这里有呀，我的登记表上有那两个人的姓名呀。"客栈老板似乎十分希望自己成为众人的焦点，因此对警长没有重视他的证据感到不满。

"您放心吧，您的旅店几日之内就会登上本地的各类报刊的头版，就凭这次离奇的事件。"梅格雷挖苦到。

"其实，以前那两次事件也很惨烈呢，"旅店老板显然没有听出梅格雷的言外之意，"这里第一次发生事故的主角是一个五口之家。他们开车过来时没有意识到这里有个急转弯，因此没来得及刹车就掉到河里，五口全淹死了，真是可怜呀。第二起更是让人嗟叹，一个年轻女人不知道为了什么难言的原因选择在这里投河自尽，她死时，她的丈夫正在百米之外引杆垂钓呢！"

梅格雷听了老板的话，没有说什么，他决定不去管眼前这些忙乱的人群，而是把握一些重要的信息。那些嘈杂的、只对新闻感兴趣的人们，就把他们抛诸脑后吧。

（二）

梅格雷找到"美丽的德莱斯"号货船驾驶员问道："您通常在哪里卸货？"

"要先在运河中走一个白天，然后在塞纳河里走一天一夜，最后到达巴黎的杜尔耐码头。"

"好的。接下来我需要再确定一下你的证词。"

"好的。昨天晚上，大概是刚刚吃过晚饭不久，我太太已经躺下准备睡觉了，我也准备要休息了。但是，忽然听到一阵奇怪的声响，听起来像是呼救声。但是，因为在船舱里听得不是很真切，因此我把头伸出了舱口，这是，我十分确定是有呼救声传来，但像是从很远的地方传来的，加上当时正在下雨，雨打在甲板上声音很吵，因此听不清在呼救什么。但是我觉得应该是有人溺水了，因为在船上我经常遇到这种事情。"

"呼救声是男人的还是女人的？"

"我想是男人的声音。"

"后来你做了什么？"

"我想要马上出去看个究竟，但是我不能穿着拖鞋就出来啊。所以我下到舱里，穿了件皮衣服和一双木底鞋才出去。这可能花了一些时间，但是具体的长短我已经记不清了，人在慌忙的时候总是会丧失对时间的有效估计。"

"那么你去河那边了？"

"是的。因为运河跟罗安河之间只隔不到 20 米。我站在船上向河那边看了看，发现了卡车的灯光，还依稀看见一个身材很高大的男子在走来走去，因此觉得可能是那里出了什么事情。"

"你所说的大块头的男子就是后来遇到的卡车司机吗？"

"是的。我在岸上遇到他，他对我说一辆车子被撞进河里去了，没看清上面有没有人，但是他也好像听到了呼救声。于是，我跑回船拿我的电棒。"

"你曾经折回过船上？这用了多久的时间呢？"

"大概几分钟吧，不是很久。"

"在你离开的这段时间，卡车司机在干什么呢？"

"这我就不知道了，我想他可能在原地查看吧。"

"在第一次走到岸边时，你查看过那辆卡车吗？"

"好像没有。因为我认为是有人落水了，那么那辆卡车就无关紧要了，不是吗？"

"你确定当时卡车里没有什么其他人？"

"怎么会有呢？如果有人的话，他也应该下车来帮助我们一起查看呀。不过我没有去看有没有人，我根本没有注意那辆卡车。"

"你们后来的查看结果如何？有什么发现吗？"

"没有，我们尽可能仔细地查看了岸边和河岸，但是什么也没有发现。"

"然后呢？"

"然后我决定先上船，那位卡车司机则说他要去宪兵队报案。"

"你们不知道不远处就有一家客栈吗？只有大概700米，你们可以直接在那里打电话报案呀。"

"当时我心很慌，因为不知道到底发生了什么事，是不是有人遇难了，所以一时没有想到。等到我冷静下来想到这一点的时候，司机已经开车离开了。"

"好的，谢谢你。我会尽快结束这个案子，让你可以好好工作。"

梅格雷下一个倾听对象是那个长得像个古代力士的长途司机，此刻他正在不厌其烦地和记者们讲述着他的离奇经历。

"昨晚你是一个人开车吗？据我所知，一般长途跑车都需要两个司机搭档。"

"你说得没错。这件事让我也很受苦。因为我的同伴手受伤了，我只好一个人跑这么老远的路，那可不好受呀，但是也没有办法呀。"

"你是从巴黎开过来的？那时大概几点？"

"是的，大概两点钟我离开巴黎。"

"那你到达这里的时间并不早哇。"

"是的，因为一路上总是换货，而且下雨路滑，安全起见我开得很慢。"

"你去过卡德琳娜大妈的餐厅吗？"

"当然。那是这趟路上的长途司机都知道的地方。我们总是在差不多同一个时间在那里吃吃饭，大家聚一会儿，这是司机们的小乐趣。那家餐厅的饭也很好吃，因此我一到尼姆尔，就去了那里。"

"你还记得当时餐厅外有几辆车吗？"

"如果我没有记错的话，有4辆。因为我在进门前特意想看一看有没有自己熟悉的车在，所以留意了一下。我记得有一辆大轿车，一辆出租车，还有两辆是毛令木器行运输家具的。"

"你和这几辆车的司机一起吃的饭？"

"不全是，和其中的3个。"

"你还记得他们都是什么时候离开的吗？"

"这我记不清了，这事儿太琐碎了。不过我是最后一个离开的。因为我有些事情需要等巴黎的同事回复我，因此等到了最后。"

"请问你是因为什么事情……"

"哦，我的发动机出了些问题，我打给我的老板想让他通知其他同事为我在莫栏准备些活塞环。"还没等梅格雷问完，对方就主动说了下去。

"在你之前离开的司机也不记得了吗？"

"有一点印象，他比我早离开10分钟左右，是个开大车的司机。但是他开得比我还慢，所以我渐渐追上了他，一直在他后面四五英里的样子。"

"说说你撞上那辆小车时的情形吧。"

"它停在路的拐角处，一点光亮也没有，我开到很近时才看到它，但是想刹车已经来不及了。"

"除了车子，你没有看见什么人吗？"

"天一直在下雨，我的雨刷又出了点问题，看得不是很清楚。一开始我没看见有人，但是小车落水后，我好像看见有人在挣扎着游水。特别是当我觉得自己依稀听到一些救命的声音后，更加这么觉得了。"

"事情发生后你开到蒙塔尔奇的宪兵队办案了？"

"是的。"

"为什么不去旁边的旅馆用电话报案呢？"

"我当时没有想到这一点。"

"你一周要在这趟路上来回几次？"

"一周两次。"

"那你应该对这附近很熟悉了？"

"可以这么说吧。"

"即使是这样，你还是没有想到要去那个旅馆打电话？"

"真的没有。当时很慌乱，我又要找人，又担心自己的车也滑进水里，根本没有时间想那么多。"

"当你在岸边查找的时候，有没有人可能溜进你的车里呢？"

"我想这并不容易，因为我的卡车后面有车篷盖着货物，除非他把车篷敞开，否则——"

"有一个问题我很困惑。在你刚刚和记者们交流得热火朝天的时候，我检查了一下你的卡车，我发现了一个很好用的电棒，就在你座位底下的工具箱里，请问你当时为什么不把它拿出来使用呢？"

"我说过了，当时我很慌乱，把手电忘记了，那东西平时并不常用。"

"好吧。我了解你的情况了。先问到这里，但是你还不能走，等待我们的继续调查。"

"好吧。"卡车司机嘟囔了一句，然后就走进厨房去吩咐预备晚饭了。

现在，梅格雷有时间仔细地观察一下这间名声不太好的"淹死鬼客栈"了。此刻厨房里忙得手忙脚乱的那个又瘦又黄的女人是老板娘。大批记者的到来在带来生意的同时，也带来了很多麻烦。那个一边送着开胃饮料，一边和所有人逗笑的年轻女佣人叫莉莉，她的脸看上去非常精明。

小旅馆不正常的忙碌让老板罗杰异常兴奋，毕竟一般情况下，这个季节店里没有什么生意，他的和周围情况不符的开心在与梅格雷的谈话中就能感受到。

"警长先生，这就是那对年轻人的登记单，你看看，"他把一张纸递给梅格雷，"他们是前天晚上来的，我猜是对年轻夫妻。他们开的就是那辆从河里打捞上来的灰色小轿车。"

"那位年轻男子叫让·维尔布瓦？"梅格雷指着登记单问道，那上面不太整齐地写着这样几个字："让·维尔布瓦，20岁，巴黎阿卡西亚街18号。从巴黎来，去尼斯。"

"我想是的。"店主答道。

"为什么没有那位女子的登记单呢？"

"喏，这里不是填上了'及夫人'几个字吗？"店主说道，"当我要求那位年轻女子登记的时候，她的丈夫就在自己的名字后添上了这样几个字。"

"和我讲讲那个年轻女子。"

"我看她也就十七八岁的样子，长得挺漂亮，看上去像是有钱人家的孩子，但是穿着有点奇怪，她穿着一条不大合时令的、过于单薄的裙子和一件运动式的大衣。"

"他们没有带行李吗？"

"带了，是一只箱子，就在楼上他们的房间里。"

"好的，那就带我上去看看吧。"

梅格雷随店主向楼上走，途中上尉向他报告说，刚刚登记单里的地址确有其处，并且离卖车的车行不远，这是巴黎警方刚刚查到的。

"这对年轻人住店时的神色是否很慌张？"当梅格雷看到楼上行李箱里只有男人的外衣和衬衣时问道。

"这我倒没有感觉到。不过这是一对脑袋里只有爱情的年轻人。他们来了之后就把时间消磨在房间里，你也知道的，年轻人嘛，饭菜都是叫我们送上楼的。"

"你没有问过他们为什么刚刚离开巴黎不到 100 英里就停下来了吗？他们不是要去尼斯吗？"

"我没有问，这不关我事，他们住在这里对我的生意更好呀。"

"他们昨天是几点离开这里的？"

"大概 4 点半的时候，那时天已经要黑了，我本来以为他们是想到蒙塔尔奇城里或其他什么地方兜兜风去，所以一直等他们回来吃晚饭，直到 7 点多钟。"

"你不知道外面发生车祸了吗？"

"在宪兵队赶到之前我什么都不知道。"

"当听说发生车祸的时候，你为你的客人担心吗？"

"有一些，毕竟他们这么晚还没有回来，而且那个年轻人看样子开车不是很熟练。"

"嗯，你的证词对我们很有帮助，谢谢。"梅格雷严肃地说。

现在，很多问题摆在梅格雷眼前，他需要充分地思考。

如果维尔布瓦领着年轻姑娘到达客栈时车内就有了尸体，那么他们俩知道吗？他们的车子为什么在晚上 8 点钟停在路边？他们当时在车上吗？到底是谁的呼救声引起了人们的注意？这些都需要理清。现在唯一能够确定的就是，那对年轻人不见了，宪兵队在附近没有搜查到，也没有在河里发现他们的尸体，他们去哪里了？

梅格雷的情绪很不好，他大杯大杯地喝着啤酒，这也难怪，且不说旅馆的嘈杂和取暖设备的糟糕了，就说这个案子。现在他知道的一切线索都很琐碎，很容易一不小心就被牵引着误入歧途，因此要格外小心地思考这件案子。

"警长，抱歉我的打扰，"当梅格雷皱着眉头吃着土豆、沙丁鱼和甜菜拌成的色拉时，皮耶芒上尉小心翼翼地微笑着说道，"我现在更加觉得这件案子的不平常，它已经不是一件简单的车祸事件了。我想询问您，我们什么时候能够知道那个姑娘的身份呢？"

就在皮耶芒上尉刚刚问出这个问题的时候，一辆汽车停在门口，一个头发灰白的男人走下车。

"我们会知道姑娘的身份的。"梅格雷低语道，随后把目光投向了一个上了岁数的男人。

（三）

日尔曼·拉包梅莱耶，一位凡尔赛的公证人，也是遇害者的父亲。在他到来之前，我们一向冷静的梅格雷警长曾有些担心不知道该怎样向这位父亲交代，但是拉包梅莱耶的态度倒是让人吃惊。

"您知道她现在在哪里吗？"这位有着一张圆形的、毫无光泽的脸的公证人用他一向的架势说道。

"目前还没有，但是——"

"您不用解释，我可以理解，这并不是您的错。我的女儿我自己清楚。维瓦娜是个好感情冲动的人，像她母亲一样。她今年17岁，是个被惯坏了的孩子。当然，这都是我的错，自从她母亲去世后，我什么都顺着她。直到她不知道从什么地方认识了这个让·维尔布瓦。"

"他是你女儿的男朋友？"

"这是她的说法，我并不认同。因为那个年轻人真是不成样子。"

"怎么这么说呢？"

"我压根不知道他们是怎么认识的，直到维瓦娜有一天忽然说要结婚了，我才发现这个年轻人的存在。于是我邀请他来我家做客，想要看看我女儿的眼光。没有想到维尔布瓦只是个一心想着我女儿的嫁妆，并且尽想着什么赛车这类不切实际的理想的小混混。"

"看来您对这个准女婿很不满意。"

"当然，他后来还开始和我说些什么父母滥用权力等所谓落伍思想，还评判我对女儿的教育方法。您可以想象得到，没多久，我就把这个可恶的年轻人赶了出去。"

"那是什么时候的事情了？"

"大概一周前。那天的拜访后，我女儿像发了狂一样，她说什么非维尔布瓦不嫁，还说我没有好好了解这个年轻人。如果我不同意这门婚事，她就要离家出走。"

"您没有做什么防备吗？"

"我只当她说的是气话。谁知道周二下午维瓦娜就失踪了。一直到晚上她都没有回来。我非常焦急，并且在晚上去了维尔布瓦家，就在阿卡西亚街上。门房说他出去旅行了，还说是和维瓦娜一起走的。"

"这就是您在报上看到事故的报道，联系我们的原因？"

"是的。报上的描写很像我女儿。"

梅格雷沉默了好长一段时间，忽然他开口问道："根据您对女儿的了解，您认为当您的女儿狂热地喜欢一个人时，会不会为了他而叛离自己原有的道德标准？简单说，如果维尔布瓦为了和你女儿逃跑，而犯下了杀人夺财的罪名的话，你的女儿会包庇他，容忍他吗？以您对女儿的了解来回答这个问题。"

"我想——这么和您说吧，这是我没有对其他人讲过的事情，我的女儿既浪漫又狂热，这很像她的母亲。我的妻子3年前死在南美。在那里，8年前，她跟了一个咖啡种植园主。在她离开我出走的时候，她从我这里拿走了一万法郎。我不知道这种行为算不算上是叛离本来该有的道德。我只知道，这孩子为了爱什么都做得出来。"

"那我就放心了，"梅格雷长出一口气说，"如果真是这样的话，那么她应该是安全的。"

"我明白您的意思了。您是说如果让·维尔布瓦对我的女儿无所顾忌的话，他就没有理由把她干掉了。"

"是的。现在请您陪我上楼一下，我希望可以在那里找到一两件可以证明这个女子就是您女儿的东西。"两个人一同来到楼上的房间，那是个很普通的房间，墙壁糊着印花纸。里面的家具并不多，一个桃花心木做的镶有镜子的衣柜、一个梳妆台而已。梳妆台上有一把刮脸刀，一把剃须用的肥皂刷，两把牙刷，其中一把是新的。

"这是我女儿的！"那位父亲忽然指着地毯上一件闪着光的首饰说道，"这是维瓦娜母亲的耳环，我女儿十分钟爱，尽管其中一只已经不大好用了，但她还是经常佩戴着它。这就是搭袢不好的那只！"

自从看到这只散落在地上的耳环，这位公证人父亲就陷入了愁苦之中，他非常担心女儿会遭到不测，尽管梅格雷更加觉得他女儿已经成为凶手的帮凶了。最后，这位父亲在不安与犹豫中被劝回了凡尔赛。

这之后，旅馆变成了破案司令部，记者们开始带着一副听天由命的样子玩起贝洛特来，梅格雷则一直待在电话间里忙着什么。后来，出于职业的需要，那些无所不能的记者们终于搞清楚，在自己无所事事的时候，警长正忙着给巴黎的气象台打电话。他先让对方告诉他最近几天的天气预报，然后又着重问了几个细节。

"今晚也不会有月亮吗？"他们听到警长大声强调，"和昨天一样？月亮在零点13分升起？好的，这很好，非常感谢！"

当梅格雷走出电话间时，他的脸上带着满意的微笑，他破天荒地和记者说了一句："我有一个好消息，记者先生们，雨还要再下3天呢！"

话音刚落，他就快步走到皮耶芒上尉跟前，并且进行了一番长谈，最后，皮耶芒离开了这里，整个白天都没再露面。到了夜幕降临的时候，那时已经4点半了，警员们停止了在罗安河上的打捞，因为如果真有什么尸体的话，也早就流进塞纳河了。

记者们又开始吵吵嚷嚷起来，因为到了吃晚饭的时间，他们都抢着要旅店老板快些把食物端上来。

"今天不提供晚饭了，"梅格雷大声宣布，这个决定让旅店老板都吃了一惊，"先生们，我强烈建议你们离开这里到蒙塔尔奇那里一家大钟饭馆用餐，旅店里只留下昨天就在的人。剩下的人就好好在外面逛一逛，10点之后倒是还可以回这里睡觉。"

"为什么要这么做？要模拟案发现场吗？"一个年轻记者笑着说。

"这你先不需要问这么多。只告诉你，如果大家按我说的那样做，那么明日上午11点前就应该可以为你们提供一篇很精彩的案件报道，否则，你们就一直困在这里吧。"

"好吧，祝您破案愉快！"一个记者调皮地说，"一有消息就要通知我们呀。"

随着记者们的离开，旅店瞬间清静了很多。

"现在大家听我说，从7点到10点，留在客栈里的每个人都应该在昨天晚上的位置上，灯火也像昨天一样，这非常重要。"梅格雷说道。

"至于您嘛，司机先生，"他又把头转向那个正在茫然不知坐到哪里的卡车司机约瑟夫·勒管说，"你要开车带我到尼姆尔去，这对案子的侦破非常有用。"

"我们在哪里停车，警长先生？"卡车司机问道。

这是一路上这两个人说的仅有的几句话中的最有意义的一句，雨一直在下，这两个沉默的男人在车里相对无言。

"不需要下车，您在前面那家饮料快售店前面停车就行，我们还有时间。"梅格雷边看手表边说。

在下车向饮料快售店走的人行道上，梅格雷将大衣领竖了起来。他忽然间变得开心，不断地向司机微笑，这让后者非常惊奇和迷惑。喝过饮料后，他示意司机继续上路。

"咱们就像你昨天一样，去卡德琳娜大妈那儿去吃晚饭，时间也是一样呢，还都下着雨。真是不错。"

司机在疑惑不解中把车开到了餐馆，那时门口停着 3 辆卡车。

"你怎么又来了？"勒管和警长一进门，饭馆的老板娘就惊讶地问道。

"上些可口的食物来吧，最好和这位司机昨天吃的一样！"梅格雷向老板娘喊道。

事实证明，这家店的菜做得确实不错，警长连声夸赞了好几句酸果烤小牛肉片。司机则满腹狐疑地揣测警长的想法。

"我想这些司机该离开了吧？"警长在吃饱后看了看手表说，"和你昨天离开这里的时间非常接近了，不是吗？"

"是的，昨天这个时候我已经接到了电话。"

"那好，时间刚好，我们也出发吧，一切都和昨天一样。"

"等一等，我嘱托的事你跟贝努瓦谈了吗？"就在两个人要离开的时候，卡德琳娜走过来问司机道。

"放心吧，我和他说了。"

"贝努瓦是谁？"一坐到车上，梅格雷就问司机。

"一个在蒙塔尔奇经营加油站的朋友。卡德琳娜大妈也想让人在她这里搞个加油站，所以托我——"

"我明白了，"警长岔开话题说道，"今天的雨比昨天大一些吧？"

"是的。在这种天气开车可不容易。"

"您今天开得好像更快一些。"

"没有，今天的速度和昨天一样。人们总说我们这种车——"司机的话才说了一半，忽然被一个急刹车打断了。

路边的拐角处，一辆和出事故的小车一模一样的灰色小轿车停在那里。车灯同样是熄灭的，夜依然黑得不见五指，但是这一次，卡车却在离小轿车 3 米多的地方刹住了！

"是您故意安排那辆车停在那里的吧？"司机生气地问道。

"是呀，不过您今天的反应很快嘛，还是在我们说话的情况下。要是昨天您自己一个人，恐怕就更加全神贯注了吧？"警长说道，"还需要您继续帮忙，请下车喊几声救命，充当昨天晚上那个喊救命的人。"

司机已经猜出了警长对自己的怀疑，但是也不得不喊了几声，然后他看见一个熟悉的身影向他们走了过来，那是"美丽的德莱斯"号货船的驾驶员。

"听着这声音确实耳熟，很像我昨天听到的声音。"驾驶员说道。

此时，卡车司机的牙根咬得紧紧的，但还是坚持着忍住自己的恐惧和愤怒，想要看明白警长还要做些什么。

"继续开车吧，像昨天一样。"

"去蒙塔尔奇？"司机问道。

"只要像昨天一样就可以了。"

警长看着司机开过"淹死鬼客栈"的对面，此时客栈的4个窗户全亮着灯，其中一个还挂着珐琅制的电话号码盘。

"您依然没有想到在这里打个电话？"警长指了指非常明显的电话号码牌说道。

"我昨天已经说过——"

"好了，那请继续开。该去宪兵队了。"

一阵沉默和尴尬之后，警长突然说道："宪兵队已经过了，您开过了50英尺。"

"真是的，您搞得我心慌，"司机一边倒车一边说，"您到底要做什么？"

"只是想让您按照昨天的再做一遍而已。不要倒车了，去加油站吧。我想在那里一切都可以说清楚。"

"还是把一切都告诉警长吧，"当加油站的老板贝努瓦以及他的妻子知道了警长一路上用这种情景再现的方式对勒管实施心理强压之后，他们一致说道，"犯不着为两张1000法郎的票子就……"

"好吧。我坦白和你说，"勒管说道，"昨晚的一切都和今天一样，包括我在看到那辆小轿车之后及时刹车这点。我下车想要看看这辆车怎么了，那个年轻人却神色慌张地要我帮他一个忙，他说自己要和那个年轻姑娘私奔，想制造一个让大家都认为他们死亡的假象。所以请我帮他把车子推到河里去，还给我两千法郎。后来我又把他们带到了蒙塔尔奇，并且把他们安置在贝努瓦这里。因为那个年轻人知道自己不能住旅店，于是央求我给他们找一个住处。"

"我也当他们是私奔的情侣呢，"加油店老板娘说，"所以很同情他们，直到昨天下午，那姑娘看到了报道尸体的报纸，然后就飞快地跑了出去，没穿大衣，也没戴帽子。那年轻人则向我发誓说不知道那是怎么一回事，车也是他刚买的。"

"他现在还在你家？"警长的话刚问出口，就听到门外一片喧哗，原来是那个叫维尔布瓦的年轻人从二楼跳下来并且摔断了腿。

现在一切都已经明了，这个年轻人为了钱财杀掉了那位中年妇女，却没想到维瓦娜在这时要和自己私奔。他只得带着一具尸体四处走，直到险些发生的意外事故让他灵机一动，一种可以毁尸灭迹的方法产生了，于是就发生了后来我们的那一幕。后来听说，那个叫维瓦娜·拉包梅莱耶的姑娘从此隐居在她乡下的姑妈家，再也没有抛头露面。

坟地长出的头发

【美】戴维·默莱

尔火，肆无忌惮地燃烧着，夹杂着孕妇们的哀号，婴儿们的啼哭，仿佛一曲魔鬼的奏鸣响彻红杉角的半边天，就这样一家非法买卖婴儿的保育院消失了。但是秘密的保质期会是永远吗？焦土上长出的青草就像无数婴儿的头发一样，风吹过，200个婴儿的灵魂就开始哭号了……

（一）

在我面前的是两座新坟，墓碑上出生日期各不相同，但死亡日期却相同的两个名字，一切都让我痛苦万分。此时，又下起雨来，寒冷的秋雨斜斜地淋在犹如弯弓的伞下，湿透的土褐色的落叶飘落在我淋湿的裤腿和鞋子上。

我深情又悲痛地看着墓碑上的名字——西蒙和埃斯特·韦伯格，我不断地在心里叨念着，我的父母亲，就这样离我而去，只因为一个醉醺醺的酒鬼糟糕的驾车技术。

我默念着拉比·戈尔茨坦在葬礼上吟诵过的那些哀悼词文。事情虽然已经发生快一个月了，但是，我依然无法抑制满腔的怒火，也没法克制心中变得麻木和惯性的悲伤。

当我走出墓地时，泪水和雨水依然交织着在我的脸庞上彭湃。我尽力驾着车子回家，回到我父母的家中，那处坐落在芝加哥北部密歇根湖畔的房子。这一个月的时光，我基本都是在这里度过的。

"天啊，你还是去了。"我刚一进门，妻子吕贝卡就焦急地迎了过来，她接过我手中湿漉漉的雨伞，忧心忡忡地说道。

"是啊，我忍不住要去。"我望着妻子，她虽然已经49岁了，但是依然那样迷人，高挑个儿，一头黑发，眼睛总像在沉思。

"雅各比，我很为你担心。我想，作为你的妻子我深深理解你的感受和处境，失去父母中的哪一位都是难以接受的事情，更何况惨剧同时发生在二位老人的身上。但是，你不能一味放纵自己的悲伤呀，你现在的所作所为，你逼迫自己……我担心你会把自己逼到垮掉为止。别折磨自己啦。你父母看到你现在的样子又怎么能够安心呢？"

"我什么样子？我能有他们去世时的样子糟糕吗？我父亲的胸部给压扁了，我母亲头部……天啊……"我哽咽住了，走到父亲的办公室，并且在结实的写字台前坐定，我开始分类整理父亲的文件，这是我可以转换悲伤的方式。

"放弃这些文件吧，这不是你的职责，"吕贝卡继续说道，"你父亲指定了一位遗嘱执行人处理他的房产，那人是绝对称职的律师，这行里很出色的人物。让人家来做属于他职责范围的事。我承认你也是最优秀的律师，但那是在处理别人的问题上，你现在已经失去了律师应该有的理智，谁都不能克制情感处理自己的私事，不是吗？停下手来吧，就当是为了我，亲爱的，不要让我再担心了。"

"我马上就完成了，只剩这些了，"我指了指父亲的保险柜，"再把父母亲放在保险柜里的重要的私人文件处理好，就可以了。这些可是他们最重要的私人文件呀，难道不应该由我这个儿子——他们最亲近的人负责吗？你放心吧，把这些处理好，我就会调整自己，让自己从这件事中走出来。烦琐的文件事物，在此刻更能帮助我忘却悲伤，你要相信这一点。现在，请理解我的心情，支持我，好吗？帮我倒一点苏格兰酒吧。我想我的神经需要麻痹一下。"

"好吧，我希望这对你有帮助，"妻子没有办法，只能顺从我的想法，"马上把酒给你。"

现在拿在我手里的，是一份已褪色的出生证明，当然，是我的出生证明。

"他们是多么爱我呀，这无用的小玩意儿他们也妥善地保存好。"一想到父母亲对我情感上的影响，我的眼圈又有些发红。

"好吧，还是看看下一份吧。"意识到自己的感动和脆弱后，我决定振作一些，赶快把剩下的文件处理好。

出生证明下面是一份年代也很久远的文件，我看了一眼，皱起了眉头。

"天啊，这是怎么回事儿！"

像有一根冰冻的鱼钩悬在胃里似的，文件上的内容让我感觉呼吸不畅。

"天啊，亲爱的，你这是怎么了？"拿酒回来的吕贝卡看到脸色发白的我大惊失色。

"我——我——"一时间，我感觉好像肋骨上被钻了个孔似的，那股寒气要钻出体外。

"到底怎么了？"

"你看看这份文件，这天肯定有什么差错。"

"这是什么？我有些看不懂，好像是一位妇女承诺放弃两个孩子抚养权的法律文件？"妻子看了看我手中的文件，然后问道。

"没错。"

"这和我们有什么关系，为什么你会如此紧张？"

"你看看文件的日期，是 1928 年 8 月 15 日，就在我出生的一周之前！这难道是一种巧合？"我无力地说道。

"你在想些什么呢？这当然是一种巧合啦。你父亲要处理的法律事务太多了，这应该只是其中之一，一个被不小心混在私人文件里被保存起来的案子，这怎么值得你如此在意。亲爱的，最近一段时间你的精神实在太过敏感和紧张了。"

"不，不仅仅是日期的巧合。瞧瞧这文件上标注的婴儿出生地吧，和我出生证明上的地方一模一样——加利福尼亚州，红杉角。我是我父母亲的养子！"

"你简直疯了！雅各比。在我看来，这也是巧合而已。也许你父母曾经住在这个叫红杉角的地方，并在那里生下了你。他们在那里生活，必然也要工作呀，这是你父亲在红杉角处理的案子。仅此而已。如果你真是什么养子，你父母早就和你说了。"

"也许他们一直犹豫，没有找到合适的机会和我说，一直到他们意外身亡，把这个秘密也带走了。"

"雅各比，你太有想象力了。退一步说，即使你是一个养子，那又怎样呢？你父母亲给你的爱同任何一个亲生父母没有什么区别，并且我知道，你也非常爱他们，看看你现在失魂落魄的样子就知道了。所以，是不是养子又有什么关系呢？根本不需要去计较呀。"

"有关系。你看看这份文件的署名，一个叫玛丽·邓肯的女人，她也许是我的母亲，也许还活在世上的某个地方。更重要的，文件中说她愿意放弃两个孩子的抚养权。也就是说，如果我真是这两个孩子其中之一的话，那我还有一个孪生兄弟或姐妹在世上，这要我怎么能够视而不见呢？我需要查清楚这件事。"

"雅各比，我真不知道该怎么说你了。你还去教堂吗？今天是周五，还是同我一起去教堂冷静一下吧。"

"教堂？玛丽·邓肯，这是个苏格兰的名字，也许我并不是犹太人，现在我都不知道是否应该去教堂了。我更想去拜访一下我叔叔，也许他知道些什么。"

（二）

"我的好侄子，你怎么会有这种奇怪的想法？"叔叔平时松弛的下颚此刻因为困惑而绷紧了。

"但是，这份文件——"

"不需要管什么文件，这些东西不是永远对的。在这种时候，你要相信感情。我想这一切都纯属巧合而已。如果你父亲和你母亲打算收养一个孩子的话，那么他们绝对会告诉我的。就像你父亲在年轻时打算娶你母亲时，就把这个消息早早地告诉我了。连我父母都知道的没那么早。"

"但是——这两份文件该怎么解释呢？更重要的是，我从没听父母说过他们去过加利福尼亚。"

"他们没和你说过的事情多了。你也知道，你父亲的工作那么忙，有些事情自然就不会每天提起了。至于加利福尼亚，我虽然不知道确定的原因，但是根据我的回忆和猜测，事情应该是这样的。你父母在年轻的时候，确实有一段时间为不能生下一个健康的孩子而感到苦恼，但是，忽然有一天你父亲来到我的办公室，面带微笑。他告诉我那天余下的时间他请了假，我们有件事要庆祝一下——你母亲已经怀孕。那时我们非常高兴。后来，由于经济大萧条的余波，你也知道，1938 年可不是一个繁荣的时候。经济很不景气。你父亲担心这样下去，不能有更好的经济基础迎接你的到来，于是决定到加利福尼亚州的洛杉矶寻找机会，他说那里的律师行业还很兴盛。后来经济危机过去，芝加哥的一切恢复了正常，在我的召唤下，你父母又从洛杉矶回来了，那时你已经出生。我还记得你母亲抱着你走进家门时你小脸的可爱劲儿呢。"

"但是，这也只能说明他们去过洛杉矶。和这个红杉角又有什么关系呢？"

"这就是我的一点猜测了，但是我以为八九不离十。红杉角是海岸边的一处风景胜地。而洛杉矶在 8 月份天气酷热。你母亲临产时，海边的凉风会使她感到舒适。我想，他们可能去红杉角待产和休养去了。于是，你就在那个旅游小镇出生了。"

"我还是觉得有些蹊跷。父亲是个最缜密和细心的人，如果这位叫玛丽·邓肯的女人的法律文件和我的家庭没有任何关系，那么父亲怎么会让这份文件一直混在私人文件之中呢？而且还是在我的出生证明之后？这很古怪。"

"我亲爱的侄子，你太小题大做了。再细心的人也会犯些小错误呀，这没有什么大不了的。而且，现在——你的父母亲——已经——哎——去世了，你又能追究些什么呢？"

"我想，我应该亲自去一个地方看一看，叔叔。"

"什么地方？"

"红杉角。"

我不知道是什么迫使自己来到这个小得连我那本哈蒙德地图册里都没有列入的地方，也许是父母去世后的不可收拾的悲伤，真的像妻子和叔叔说的那样，让我做出一些敏感又发狂的事情来。当我开着租来的汽车沿着海岸线向南行驶，一路经过卡尔梅勒和大苏尔，一种孤单侵袭着我的内心。也许是我这次做过头了，也许一切真的是自己想多了。如果这次到红杉角没有什么值得查看的地方，那么我就永远忘了这件事，再不提起，我在心里对自己说。

在漫长的驱车后，我计算着应该差不多快到了，于是我注意向外边看了看，太平洋海岸公路的中轴线位于一片遍布岩石的峭壁之上，一些顽强生长的奇形怪状的冷杉树紧紧地依附在浅薄的土层里，与恶劣的生存环境做抗争。一块显得有些突兀的日晒雨淋的路标忽然出现在我眼前，上面写着"红杉角"。

我下了车，仔细地看了看周围。我看不出这个地方会是叔叔口中 1938 年代的旅游胜地。镇上的那些灰蒙蒙的建筑物，它们未经粉刷，歪歪斜斜沿着一个海湾散布着，在其中心处有一个毁弃的码头正对着大洋。唯一的美景是下午的太阳照在白浪翻卷的海面上泛出的波光。

我在一个小棚屋前停下，那边有一个颓废的老头正坐在椅子上发呆。

"你好，请问——"

老头目光呆滞，对我的问话没有丝毫反应。

"你好！"我再次开口和他打招呼。

"您是镇子上的老住户吧？"

"当然，"他终于开口说话了，"多么美的镇子呀，当然是曾经很美。多么令人自豪的历史呀，可惜——"

"请问这里有医院吗？"我决定打断老头的独自回忆，这显然是他这种无所事事的乡间游民经常做的事情。

"你要看病？"他并没有正面回答我。

"不，只是先问一问。"

"最近的医院沿海岸走也有 50 英里。从海岸朝北走。过去我们这里还有一位医生，但是，现在他也搬走了。"

"那么，这里有法院吗？我是一位律师，来自——"

"你难道是来这里找工作的吗？法院？哈哈，我们可不需要这种无聊的东西。"老头打断了我的话。

"那，这里应该还是有警察局的吧？"我试探性地问道。

"当然，当然。你以为我们是野人吗？"我的话又没有说对。"我们有警察局局长基特里克。此刻他正在红杉酒吧里办公呢。哈哈。"

"红杉酒吧？"

"就在你身后啦。"老头笑嘻嘻地说道。

我转身看到了这座名义上的酒吧。它坐落在海滩之上一条破烂的水泥道上，酒吧屋旁种着一些红杉树，使得旁边的建筑物看上去更加灰暗。

我贸然走了进去，一进门就被吓到了。这里更像是一个钓具商店或者说一艘拖网船。酒吧的一角竖立着一些钓鱼竿，在一面墙上悬挂着一个用几只救生圈镶边的渔网。各种各样的航海仪器，一只六分仪，一只罗盘，尽管它们都闪烁着金属的光泽，但我都不太认识。酒吧里的桌椅也很奇怪，那些长方形的结实的餐桌都配有船长式的座椅。

"你好。"我向在场的每一个人打招呼，因为我并不知道自己要找的到底是谁。

"请问基特里克局长在吗？"

"你找局长有什么事吗？他可能不愿意从牌桌上走下来呢。"右边角落里的一群男子中的一位嘻嘻哈哈地说，他们正在那里玩扑克牌。吸烟散发出的一层薄雾使桌子上方的灯光变得模糊。

他的答话使我注意到他们这桌有一位50岁左右、胸部宽阔、一头黄沙色的短发并且面色红润的男子，他身上的警察制服告诉我这正是我要找的人。

"请问您就是基特里克局长吗？"我走到那个人身边对他说。

"是的。但是，你瞧，"他晃了晃手上的手表对我说，"已经过5点钟了，我下班了。"

"但是，我有一些很重要的事情想要询问您，是一些久远的私人事务。很紧急，我刚刚从芝加哥赶过来。"

"那好吧。你们这些城里人呀，总是打乱别人的计划，你同我过来吧，酒吧旁边就是我的小办公室，随我来。"局长起身在前面走，他边走边说，"不过，太过久远的事情，我可记不清楚。"

局长所谓的办公区也只是一个有三张简易的办公桌，一部电话，一台无线电发报机和一个文件柜的地方，还散发着一股子霉味。

"我想问问您关于1938年时的事情。"

"这还真是很久远了，那时我还没做局长呢，哈哈，确切地说，我还是个孩子。你想知道什么？"

"事情是这样的。根据我的出生证明的记载，我在1938年出生在这里。我父母的名字叫西蒙和埃斯特·韦伯格。"

"哦？犹太人吗？"

"是的，有什么问题吗？"

"没有什么，只是好奇地问一下。请你继续说。"

"三周前，我的父母亲不幸在车祸中身亡。在整理他们遗物时，我发现了一些特别的文件。是一位叫玛丽·邓肯的妇女的放弃孩子抚养权的文件。我想这可能关系到我的身世，我想——也许——我是这位叫玛丽·邓肯的女人的儿子。"

"恕我不能帮助你什么了。正如刚才所说，在你出生的年代，我也只是个孩子，对于你说的一切我都没有什么印象。"

"我明白。但是，我想找到出生证明书的正版，还有关于为我接生的医院的情况。"

"你所说的文件应该在县法院可以找到，它在北面50英里外，佛得角。至于医院嘛，我们这里可没什么医院。"

"但是，我想，现在没有医院不代表当时没有。据我所知，在30年代时，红杉角是一个很受欢迎的旅游胜地。这样一个热闹的地方总会有某种医疗设施吧？不然，我也不可能在这里降生呀。"

"当时是有一家诊所。我曾听我父亲提到过。不过那家诊所在50年代时关闭了。"

"那么，你是否知道关于那家诊所的一些情况？比如医生和护士的姓名，诊所关闭后那里的医疗档案到哪里去了呢？"

"据我所知，那些档案并不容易查到。至于医生和护士，我更是没有任何印象了。我说了，1938年，实在是太久远了。"

"我还是会尽力查一查。有些事情，并不容易放弃。"我坚定地说。

（三）

告别警察局局长后，我来到了位于佛得角的镇法院。佛得角实际上是一个令人愉快的具有魅力的城镇，拥有两万人口。这里的建筑很特别，颇有些西班牙风格：红瓦屋顶，拱形门廊，彩色土砖墙。

我先在镇上找了一家小旅馆安顿好，并且打电话给吕贝卡，让她放心，尽管她的语气听起来并不放心。看看时间，已经不早了，我想法院应该早就下班了，所以决定明天再去。这个晚上，我睡得并不好，隔壁还有婴儿不断地啼哭，这让我更加想到自己未知的身世，因此辗转反侧了许久。

转天早上，精神并不是很好的我一大早就来到了早打听好方位的县法院，到达时刚好是上午9点。

在向工作人员提出我的要求后，那位红头发小伙子很热情地同意了我的要求。之后，他抱着一大本积满灰尘的分类卷宗回来了。我站在柜台的一面，开始认真地查阅这些古老的卷宗。

我首先开始翻阅1938年8月份的档案。在红杉角这个小镇上，那一个月份居然有20个孩子出生，这让我有些小小的惊讶。我开始相信这个小镇曾经确实繁荣过，看来确实有很多度假的夫妻来这里分娩后代。

我的眼睛里不断过滤着各种不同夫妻的名字，米丽亚姆和戴维·迈耶；鲁思和亨利比奇曼；盖尔和杰弗里·马科威兹一直到我的父母——埃斯特·韦伯格和西蒙。

父母的表格上一切手续都很正式，看不出有什么不妥的地方。表格底端是医疗机构——红杉角诊所的名字，然后是证明人：乔纳森·亚当斯医生。护理者：琼·恩格尔注册护士。

我在心里把这些名字记住，并且继续查阅，我想要看看那个叫玛丽·邓肯的人的资料。但是，翻遍了所有8月份的档案，外加9月份和其他剩余的1938年的记录，甚至是1939年的记录，都没有这样一位产妇。这里丝毫没有她曾经在红杉角诞下一对婴儿的记录。

我把这些查阅完毕的资料抱回到红头发小伙子的面前，并且对他说："谢谢你的帮助。但是我有一个问题，在一份资料中，就是雅各比·韦伯格的出生证明书中，证明埃斯特·韦伯格和西蒙是他的父母亲。但是雅各比可能是养子。如果属实的话，就会有一份原始的出生证明书，上面注明其血缘母亲的名字。我想看一下——"

"抱歉，这个我就不能帮你了。和收养有关的原始出生证明书，是不能对公众开放的。"

"好吧。谢谢你。"我想我应该找能够主事的人再谈一谈。

于是，我来到佛得角法院内的社会服务部，一位叫贝基·休斯的负责收养事务的官员接待了我。她30来岁，金发碧眼，穿着讲究，但有点儿富态。很明显，她颇有才智，且胜任本职工作，并且是个富有同情心的人。

我向她简单介绍了我的需要和刚才遭到拒绝的情况。

"是的，先生，那些资料的确不能公开查阅，我们的职员做得很对。"她说道。

"当然——当然——"我在思考如何劝服她，"但是——"

"让一位母亲放弃她的孩子，这是很难的事情，"她打断了我，"除非她面临很大的困难，比如她没有结婚而且来自一个严厉的家庭背景，致使她感到羞耻；要么也许她只有17岁，并意识到没有经济来源可以抚养孩子；要么也许她已有太多的孩子；要么……总而言之，她要下很大的决心与这个孩子隔绝开。同样，对于收养孩子的家庭也是一样。没有哪对父母希望自己的孩子在知道了自己被收养的身份后，还同亲生母亲密切联系，这无疑会影响家庭的和睦。"

"您说的这些我都理解，只是这件事情况特殊。如果说，收养孩子的夫妻已经去世，并且他们的孩子无意中知道了事情的一些情况，并且想弄个明白呢？当事人总有知道自己身世的权利吧？"

"这倒是另一种情况了。你这么说的意思是——难道你就是刚刚所说的雅各比·韦伯格？"

"是的，就是我本人，"我掏出了自己的律师证，"我很想搞明白自己的身世，在自己深爱的父母亲意外去世后，这对我很重要。并且，我在文件中得知，我还有可能有一位孪生的兄弟或姐妹，这无疑对我是个不能忽视的消息，也会改变我的生活，所以，请您——"

"好吧，我想我明白了。"休斯女士打断了我，并且拿起了电话，"档案室吗？查理你好！刚刚有位执业律师想要在你那查阅一份封存的收养子女档案，对吗？好，你做得很好，按规定是应该那么办。但是现在是我需要查阅。所以你能帮我看一看吗？好的，没关系，我等你。"

几分钟之后，电话那边的红发小伙子应该查阅好并重新拿起了电话。

"怎么样？"休斯问道，"嗯，嗯，好的，我知道了，谢谢你，查理，祝你工作愉快，再见！"

"情况如何？"还没等她把电话放下，我就急切地问。

"放心吧，律师先生，根本没有关于你的收养资料，你绝不会是养子。"她忽然像想到什么似的，思考了一会儿又说，"除非——"

"除非什么？"

"除非是生母与愿意收养该子女的那对夫妇之间私下处理，也就是灰色市场。但是——韦伯格先生，恕我冒犯，以你的姓氏看，你应该是犹太人，退回到30年代，当然现在也是一样，想要收养孩子的父母主要是新教徒，他们想从一个新教徒母亲那儿收养孩子。要放弃孩子的母亲也是一样，她们不会愿意把孩子送给一个犹太家族。所以我想你的父母亲在黑市上也很难收养到一个孩子。"

"如果，我的生母是苏格兰人呢？"

"这……"

"并且，在我刚刚翻阅的卷宗中，我发觉了一个奇怪的现象，迈耶、伯格曼、马科威兹、韦伯格……这些人都是犹太人。"

"这应该也只是一个巧合而已。"

"我看并没有那么简单，"我说道，"我还是会再调查一番的。谢谢你的帮助。"

走出县法院时，我对自己下一步要干什么已经有了想法。我决定要找到档案中记载的那个负责给我接生的乔纳森·亚当斯医生。他证明了我的出生，并且整个红杉角婴儿的出生都是由他负责的，他一定知道些什么。

当法院外清冷的空气吹拂在我的面颊的时候，我忽然间又清醒了一点。事情已经过了那么久，那位医生很可能已不在人世。他经营的红杉角诊所又早在50年代就歇业了，到底能不能找到他呢？

我决定不管怎样还是要试一试，于是我拨通了美国医疗协会的电话，他们的总部在芝加哥。

"请帮我找一位名叫乔纳森·亚当斯的医生。"

"好的，请稍等。"我听到电话那边传来一阵阵敲击键盘的声音。

"抱歉，并没有一位叫乔纳森·亚当斯的医生。不过，等一等，有一位叫乔纳森·小亚当斯的医生，是一位旧金山的产科医师，请您记下他的电话号码——"

我迅速记下整个号码，并且马上拨通这个电话。我想这位小亚当斯医生，很可能是我要找的医生的儿子。我自己不也是子承父业做了律师吗？很多家庭都会刻意把子女培养成父母的职业方向。

"你好，亚当斯医生的办公室。"

"你好，请找亚当斯医生。"

"不好意思，医生正在接待病人，请留下您的电话号码，我会让医生打回给您。"

"还是请医生现在就来和我谈一谈吧，是非常重要的事情。"

"那好吧，请稍等。"

"我就是亚当斯医生，究竟是什么事？"过了一会儿，一个声音非常不耐烦的男人说话了。

"我想询问您一些有关您父亲的事情，也就是您父亲大约在 1938 年在红杉角诊所的事情。"

"我不知道你在说什么。"电话那边咔嗒一声，对方挂断了。

我愣在那里，不知道要怎样理解他那简短的话语。也许他并不是我要找的医生的儿子，所以对于我说的红杉角的事情莫名其妙？

我愣在原地想了一会儿，最后还是决定不放弃这可贵的线索。于是我打电话到旧金山问讯处，从那里得到了亚当斯医生家中的电话号码。

我先找了一家餐厅吃了一点饭，估计着已经到医生下班回家的时间，就打通了他家的电话。

"你好。"是医生的声音，听起来有些疲倦，我想他可能刚刚回家。

"亚当斯医生您好！我是今天打电话到您办公室的人。我想了解红杉角。"

"妈的，"医生出乎我意料地说了一句脏话，"你这个人怎么纠缠不休！"

"因为这事对我实在太重要了。您认为，一个人如果不能确切知道自己的身世，也不知道自己的兄弟姐妹在世界上的哪个角落，还可以安心地度过余生吗？"

"我不明白你在讲什么。"

"我只想弄明白您父亲是否在 1938 年左右在一个叫红杉角的地方开诊所，如果有的话，您知道他有涉及黑市收养子女的行为吗？"

"天啊，你在胡说些什么！"医生激动并且有些恐惧地说，"我和那个诊所无关。我的父亲 10 年前已去世。你难道不能放过过去的事吗？"

"我并不想追究什么人的责任，只想把事情搞清楚。我认为你父亲在我的出生证明书上填写了错误的信息。我认为他没有记录下我生母的名字，相反却填写了收养我的那对夫妇的姓名，所以在封存的出生证明书中没有注明我生母姓名的那份。这种收养手续从未得到合法的认可，他这样做的目的是不需要修正在法院存档的那份错误的出生证明书。"

"天！"医生的声音犹豫了。

"请你放心，你父亲既然已经去世，那么无论他做过什么都不会被起诉。话说回来，如果他真的做过什么不法的行为的话，那么你现在的坦诚，可能会是最大的赎罪。"

"我想，"医生的语气软了下来，"我只能告诉你，当我父亲关闭诊所并离开红杉角时，他有很多钱。那时我虽然是个小孩，但也知道他在一个风景胜地仅靠接生婴儿是无法挣得那一大笔财富的。当时总是有那么多的婴儿，我记得每天早晨他都要步行去保育院。后来那个保育院被火焚毁了。接下来的事就是他关闭了那家诊所，然后在旧金山买下一幢私宅，此后再也没有工作过。"

"保育院？"我好像并没有听警察局局长提起过这个地方。

"就是小镇上方山脊上的那幢建筑物，维多利亚式的，房子很大，有各种烟囱和山墙。那是怀孕妇女居住的地方。后来一场大火把那里烧毁了。当时情况很糟糕。"

"有多糟糕？"

"这我并不知道。我父亲只负责帮助婴儿分娩出来，而且他做得很不错。其他的事情都是管理那家保育院的巩特尔夫妻负责的。我认为，如果有谴责的话，也应该针对他们而言。"

"你说的那对巩特尔夫妻后来去哪里了？还有那个叫琼·恩格尔的护士。"

"你没有说你有这么多的问题。我怎么知道那对夫妻的下落，他们应该赚了很多钱，在哪里都有可能。至于护士琼·恩格尔，她是一个土生土长的红杉角人，她说她不会离开那片土地。"

"好的，非常谢谢你。"

（四）

事情终于有了一些进展，医生的话证明我并不是过分的敏感。在红杉角这个地方，的的确确发生过一些什么。于是，我决定要赶快赶回小镇，但是，还有一件事情，那就是在离开前要去县上的佛得角公共图书馆查阅 1938 年的报纸。那场医生所说的大火应该会在报纸上有所记录。

我驾车行驶在开回小镇的路上，一路上的风景不错，天气也很好，但是我的心情却很沉重。

"1941 年，保育院发生严重的大火，有 13 名妇女死于这场大火。她们的尸体被烧得焦黑，奇形怪状，而且蜷缩成一团。失火原因至今没有查明。"

这是在佛得角图书馆里被制成微缩胶卷的旧报纸上查阅到的。这条消息让我的心揪紧了。我的生母会不会就是这 13 名妇女中的一名？一路上，我都在设法把事情联系在一起。

那对巩特尔夫妻在红杉角小镇开设了一家专门为怀孕妇女提供待产和接生工作的保育院。这些妇女很可能就是想要放弃自己孩子的人。她们的孩子一出生，就被送去早就联系好的犹太夫妇那里。然后再制造出假的出生证明和一切手续。

如果真是这样的话，那么当时镇上的居民应该对这件事都心知肚明。一对对犹太夫妻来到此地，他们来的时候只有两个人，回去的时候却带上了一个婴儿。这绝对逃不过大家的眼睛。

那么，居民们是为什么容忍这种不法行为呢？对，为了小镇的繁荣。这个小镇在 30 年代迎来旅游的黄金期，很有可能并不是因为什么海岸风光，而完全是由于这里特殊的产业。

这产业无疑给小镇带来了收入，特别是在经济大萧条的背景下，如果不是因为那所寄宿制房子，这个小镇恐怕会挨饿。

那里一年四季都生意兴隆，而且巩特尔夫妇在此花了大笔的钱。有那么多的宾客，他们要吃掉大量的食品，巩特尔夫妇就在当地采购，而且他们雇佣本地的帮工，比如厨师、女佣人。镇上的女士们去做洗衣和熨烫工作。物业管理员负责打理房子和庭院，确定一切都休整过而且看上去状况良好。这个镇子多亏了巩特尔夫妇。

所以，当这对夫妇离开小镇之后，这里马上变得萧条衰落了。一切都似乎可以解释了。那么，警察局局长应该也知道一切，只是和其他人一样，不想向外界透露什么。整个镇子的产业——如果可以称得上产业的话——就是贩卖婴儿！

想到这些，我心里有了一些主意，我想我不需要去问警察局局长什么了，他什么都不会和我说，我应该自己在镇山的居民那里了解一些情况。

于是，一到小镇，我就来到了最先碰到的那个坐在椅子上发呆的老头那儿。

刚刚走进棚屋，还没来得及敲门，那扇摇摇晃晃的门便嘎吱一声打开了。那个老头穿一件磨损的皱巴巴的毛线衣，翘起脑袋皱起眉头，嘴唇上叼着一根家制的卷烟。

"我有一些事情想要询问你，"我拿出钱包并掏出一张百元大钞递过去，"请和我说说有关琼·恩格尔的事情。"

"她有什么好说的？她就住在镇上呀。"

"太好了，她还活着！"我心里非常开心，"在哪儿能找到她？"

"犹太教堂，她总是在那里。"

这个所谓的教堂里面光秃秃的几乎没有什么家具摆设。后墙有一个壁龛，那儿挂着一个曾经用来遮蔽希伯来《圣经》的帘子。在帘子前面，一个老妇人双膝跪地，一块拴住四角的手帕蒙在她头顶。她口中默念着，双手不停地摆弄着，似乎在捏住她面前的什么东西。

我想她可能就是我要找的人。

"请问你是琼·恩格尔吗？"

"从罪恶中拯救我们，阿门。受到祝福的是子宫之果……"她并没有理睬我。

"我是雅各比·韦伯格，曾经在这里出生。我想向您询问有关红杉角诊所的事情。"

"诊所？"老太太愣住了，她慢慢转过身来，我看清她的脸上布满泪水。

"是的，就是巩特尔夫妇管理的那个保育院。"

"上帝呀！"听到这些名字，老太太的脸色开始发白，身体也开始摇晃起来。我上前扶住她，并且轻轻扶着她站起来。但她还是摇摇摆摆站不稳，我便抱住她空壳般的身体。

"３０件银器。为了３０件银器，我出卖了自己。"

"告诉我到底是怎么回事，琼。"

"常青藤，玫瑰花，杜鹃花，鸢尾，紫罗兰，百合花，雏菊，蕨草……"她开始喋喋不休地念叨起花草的名字，神情非常严肃。

"难道这些是当初保育院那些妇女给自己起的代号？"我忽然想到了这一点。

"是奥瓦尔·巩特尔给她们起的，为了隐匿她们的真实姓名。"

"那么这些妇女是怎么知道这个保育院的呢？"

"奥瓦尔是个聪明人，他在报纸上刊登广告，诸如：'你需要帮助吗？需要训练有素的员工，给你关爱，在最严格保密的情况下为你助产么？不会有人问你任何事情。我们保证减轻你的不安全感。让我们帮助你卸下包袱。'那些不能在正常情况下生下孩子的妇女都可以看明白这广告的深刻含义，于是，她们就来了，付上一笔不菲的食宿费，在这里生下孩子，然后再看着自己的孩子被送给别人。主啊，这是什么事情呀！"

"那么收养孩子的夫妻呢？他们需要花费多少钱？"

"有时候高达一万美元。"

"一万美元？在经济大萧条的时候？"我感到非常惊讶，看来这对巩特尔夫妇确实是发了一笔大财。

"也许您记得我的生母，她叫玛丽·邓肯，在 1938 年 8 月生下了一对双胞胎，我——我就是其中之一。"

"主啊，真的是这样吗？一个从这个罪恶的地方走出去的孩子又回到了这里。"

"是的，我是回来找寻自己身世的答案的。我想要知道我的兄弟姐妹会在哪里。"

"哪里都有可能。为了钱，巩特尔夫妇什么都会做。他们可以为了一笔好价钱而把一对双胞胎分送到来自不同地区的夫妻那里，让孩子天各一方。没有任何记录，谁也不知道你的兄弟姐妹会在哪里。也许——主啊——"琼的浑身颤抖起来。

"你想到了什么，琼？还有什么更加可怕的事情吗？"

"正是因为那些可怕的事情，我受到了惩罚。本来我是为了可以给自己的孩子多攒一些钱，但是，谁能想到，我根本不再有自己的孩子，7次流产，"琼的声音哽咽起来，"这是老天对我最大的惩罚。"她把头深深地埋下去。

"到底是什么可怕的事情？是你赎罪的时候了，通过坦白的方式，琼，把一切都说出来吧。这样你的心里也会好过一些。"

"好吧，你随我来。"

我跟随琼走出教堂，来到山腰上那座被焚烧的维多利亚式的保育院。

"看看这片草地吧。"琼对我说。

我望了望，时间已是10月初，但是那些草还是十分葱翠，这让我很惊讶。不知道为什么，我忽然想起了沃尔特·惠特曼的诗作《自我之歌》："一个孩子说，青草是什么？双手满满把它捧到我面前。我该如何回答那孩子？我知道的不比他多。我想它一定是我布下的旗帜。"

"你听到了什么？"琼继续问我。

"好像——"

"是婴儿的声音。这片地下埋葬了不少于200个婴儿，那些因为身体虚弱而没法找到买家的婴儿。主，原谅我的罪吧！我听到了婴儿的恸哭。看看这些青草，他们难道不像是坟地长出的头发吗？"

"200个婴儿！"我惊呼道。

我望着眼前的这片草地，这里面也许就有我的兄弟。惠特曼的诗句在我耳边再次响起：我布下的旗帜，用充满希望的绿色材料织就。我想它是上帝的手帕。我想青草本身就是娃娃，用草制成的婴儿……一种相同的象形文字……在宽广的地方和狭窄的地方一样发芽返青；在白人和黑人中间一样生长。此刻对于我来说，青草好像是坟地长出的头发。

波诡云谲的异域冒险

无人之境

【美】希区柯克

　　背影酷似开膛手的男人，和一个狠毒的丈夫做交易，以杀死后者的妻子为筹码，交换大笔的金钱和珠宝。就这样，他悄悄地走进了恶丈夫的家中……

　　11点钟，离午夜12点还有一段时间，他从酒吧，一个离他所住的酒店不远的酒吧里出来，就像每一个喝得刚刚好的酒鬼一样，步履蹒跚。他的眼睛却非混浊，或者迷离，相反，它们闪烁着和午夜不相称的光芒。就像刚刚闻到血腥味的鳄鱼的眸子，就像拿掉了浴巾走向拳击台的拳手的眼，再加上这如期而至的黑夜，从背面看他简直就是伦敦迷雾里的开膛手杰克。

　　40分钟以后，他换了一袭黑衣，把车停在了一条僻静的马路旁。周围的人家都已入梦，只有路灯格外精神。偶尔会有一两声高亢的呼噜声在街上飘荡，也不知道那些发出闷响的家伙有没有被憋醒，还是已经停止了心跳，也许他们那油腻的大肥脸已渐渐变成了酱猪肝的颜色。

　　他姿态轻盈地在午夜里漫步，因为午夜的城市是他的地盘，一旦夜幕来临他的一举一动都会变得如鱼得水。眼前的房子被围在一圈青苔斑驳的围墙里。围墙不高，8英尺上下，刚刚好没过他抬头所及的视线高度。但如果翻进墙去呢？他显然并没有思考这圈围墙的意义，因为他知道，围墙都是小姑娘发辫上的蝴蝶结，只是华而不实的装饰品。双手一扒墙头，他没有一丝声响地消失在了围墙之内。

　　围墙里是一圈月桂树的矮树丛，整整齐齐的，大概已经被主人精心地修剪过。他从围墙落下来的时候并没有踩坏月桂树丛，这是对这家主人的尊重。沿着小径靠近房屋，院子里有个狗舍，但似乎并没有狗在活动。他来到后院厨房那道仅供仆人们进出的门前，掏出白手套带上。

　　他曾经想过，是不是应该换一副黑手套，以便更好地隐身于黑暗中，或者那种同样可以不留下指纹的一次性塑料手套，但他还是觉得只有白手套才是他们这一行的经典行头。对于这一行的客户来讲最重要的就是信任，而高超的职业技能水平才是维护客户信任的制胜法宝。所以，不仅行动要专业，看起来也一定要有足够专业的气派。伸手不见五指的夜里，一双白手套推开了厨房的门，那门没有锁，其实不管锁没锁，对于他，夜幕永远是一张进入无人之境的通行证。

他造访这户人家并非毫无理由。这家的主人叫道尔丁，是一个身材魁梧的家伙，有着一张死板的方脸，眼睛不大，眼神冰冷，就像英格兰高原上巨石阵里所雕刻的那种面孔，配合那肌肉突起的恐怖身材，这张脸简直是绝了。他是在一个月前的星期四下午，在乡村温泉俱乐部里初次认识道尔丁的。让他诧异的是，在和道尔丁交谈的一个小时里，道尔丁从未有过一丝表情的变化。

"说什么呢你？"道尔丁像山岳一样向他俯压过来，他倒是面不改色，用两只手指捏起装有白兰地的酒杯，微微地抿了一口。

"我说，如果你太太突然去世了，你是不是要开怀畅饮几杯？"他继续说，"你会很高兴的，不是吗？"

道尔丁表情凝重，五官整齐地排列，并没有一丝歪曲或者偏斜，看起来就像要发怒一样。他那张石头一般的脸似乎从来没有过表情，让人觉得道尔丁就是没有感觉的那种斗犬，比特犬。比特犬道尔丁，这本来就是他的绰号。

道尔丁四下看了看，下午的俱乐部酒吧本来也不会有很多人，只有 3 个看起来颤颤巍巍的老人在离吧台最远的角落里下着棋。确定不会有人偷听，道尔丁凝视着他，问道："卡尔，你到底想要说什么？"

"我只是偶尔一想，灵光一闪，没什么。"

"我可不关心你想什么，你在胡思乱想。"

"噢，是吗？我的想法真的是不切实际的吗？如果你太太不幸殒命，你就能继承她所有的财产了，现金、珠宝、证券还有收藏的大量钱币和邮票，两栋宽敞、地段绝佳的房子。哦，对了，还有那位，你还可以和那位漂亮的姑娘共结连理，再也不用偷偷摸摸的了，不是吗？"

他用眼神挑了挑，斜看着不远处的一位金发女郎，身材火爆，看年纪 20 上下，他们都叫她瑞拉，是这个乡村温泉俱乐部酒吧的女招待，也是比特犬道尔丁的情人。可惜道尔丁的太太不是个省油的灯，道尔丁如果被他太太发现婚外情只怕就要被扫地出门了。

道尔丁有些犹豫，嘴角微微颤动，这在这张石头脸上可算得上是天崩地裂的表情了。

"多么可爱的瑞拉啊！"他接着说，"比起你那肥猪一样的妻子可强多了，瑞拉够辣是吧？那才算女人，对吧？"

道尔丁咽了口唾沫，又举起手中的白兰地灌了一大口。他知道，道尔丁上钩了，或者说，项圈已经套进了比特犬的脖子里。他已经掌控了局面。

"你知道中年人其实身处险境，压力大又四处奔波，身体状况每况愈下，心脏病、脑出血……这个社会也世风日下，抢劫杀人、强奸杀人、入室杀人，开车撞死的可能性和参加第二次世界大战差不多。"

"你到底是谁？卡尔，你绝不是什么见鬼的会计师，你也不是今天下午偶然遇到我，哪个会计师会来这个僻静的酒吧度过最忙的周四下午？"

"哈哈哈哈哈……"他笑得甚是得意，又看起来毫不做作，"我只是一个帮人排忧解难的人。"

想到这些的时候，他已经来到了厨房的门前，但他并没有贸然进去，即便他知道今天没有用人在这里过夜，没有该死的看门狗进来偷吃残羹冷炙，因为那条死狗已经上天堂了。而为他扫清这些障碍的，正是专门咬死其他种类看门狗的斗犬——比特犬，比特犬道尔丁。

不仅如此，他还拿到了一张道尔丁家的平面图，告诉他怎样能以最简洁的方式找到道尔丁太太，怎样更简洁地离开。还没走到餐厅连接客厅的走廊，他就已经听到了二楼卧室里道尔丁太太发出的鼾声，那丑陋的声音正从那个走廊处的楼梯中传出来，直灌他的耳鼓膜。

"上帝啊，就算道尔丁在梦里和瑞拉幽会，估计都会被他妻子的呼噜声震醒。"他小声嘟囔着。也许这不够专业，哪个职业的非法闯入者还自言自语呢？不过那又怎样？没人会听见的，呼噜声太大了，他仿佛自己都听不见自己的嘟囔声。

他直奔客厅旁的道尔丁先生的书房，在书桌背后的名画后面，一个老式保险箱露了出来。他轻快地拨动密码旋钮，接着转动开门的轮盘，格拉格拉的声响被他俯于墙上的身体掩盖，听上去远不如道尔丁太太的鼾声来得清晰。保险柜打开了，黑洞洞的，和着夜色融在了一起。接着回忆又开始了……

"你是个杀手！"道尔丁惊恐万状。

"职业杀手？"卡尔白了道尔丁一眼，示意对方的大惊小怪和他的外表是多么的不相称。他按了按道尔丁扎实的小臂，让他少安毋躁。

"那你是怎么进入这俱乐部酒吧的？这里不接受非会员，而且这里的会员都是互相熟识的朋友。"道尔丁惊诧地问着。

"我不属于这里，并不意味着我没有能进来这里的朋友，"他微笑着耐心解释，"我很专业，你知道，专业就意味着……怎么说来着，神通广大。"

道尔丁犹疑了一下，谨慎地问道："那你是在向我兜售你的专业服务喽？"

"那就看你的意思了。"

道尔丁向酒保又要了一杯白兰地，笑着问道："你觉得我现在会想要干什么？"

"干什么？"卡尔耸了耸肩。

"我会叫警察来抓你。"

"不，你不会的。就算你真是个正直的好公民你也不会那样做的，对吗？亲爱的道尔丁。你很聪明，你知道我在这里毫无罪证可言，警察来调查我还会发现我是这里数一数二的城市守法好市民呢。对吧，道尔丁。我知道你有多聪明，你应该也知道我有多专业。"

"哈哈哈哈哈哈，"这次开怀大笑的轮到道尔丁了，"你一定把我研究透了，你知道我的处境。你究竟是通过这里哪个该死的家伙知道我的事的？你有线人，不，应该叫暗探。"

"随便你怎么说吧。"

道尔丁恢复了一贯的冷酷模样，从大衣内侧的衣袋里掏出了一支雪茄，用吧台上的金色雪茄钳剪掉末端，再掏出一只名贵的纯金打火机慢慢晃动均匀，然后把雪茄点燃，深吸了一口，吐出一个漂亮的烟圈，"你要多少？"

"我喜欢单刀直入的人，"对方笑着应答，"一万块，五成定金，事成之后再付另一半。这是老规矩，我向来都是童叟无欺。"

"我得考虑考虑，我可不是个头脑一热就做荒唐结论的傻帽。"道尔丁像变了一个人，从一只比特犬变成一只老谋深算的秃鹫。

"不着急，也许明天晚上我们还可以见一面，在这里就行。"

"好的，专业的卡尔先生。"

"或许你要是考虑好了还应该把钱带上，5000 元，小面额的，不能连号，还有你家的平面图，最好把你太太的珠宝首饰的位置也告诉我，入室抢劫再杀人，怎么样？此外，我们不应该见太多次面的，对吧。"

道尔丁没有说话，以此表示了默许，掐灭了雪茄，转身离开了乡村温泉俱乐部酒吧。我等了几分钟，干了杯中的白兰地，也走出了酒吧。

第二天刚刚入夜，道尔丁并没有让他等很久。

"你很准时啊，我以为你午夜时分才会出现呢。"他已经猜透了道尔丁的焦急和渴望。

"我一向守时的，从不约会迟到，这是为人的准则。"道尔丁在他旁边坐下来，向侍者要了杯甜酒，看起来心情不错的样子。"我的另一个原则是守约，这是答应你的 5000 元。"说着，道尔丁递给他一个白色的信封，信封很鼓，因为里面都是 20 美元不连号的旧币。

他没有数就把钱放进衣袋里，因为道尔丁已经摊开了一张手绘的平面图。

"她只可能在客厅看电视，或者在二楼主卧室里睡大觉。"道尔丁敲打了一下桌面，表情严肃地看着他说，"你说过你很专业的。什么时候动手？"

"什么时候方便？你认为？"

"周四的午夜吧，周四晚上仆人不在家，只有她一个人。"

"狗呢？"

"这你也知道？呵呵，"道尔丁轻声地微笑着，"我会把它处理掉的，不会给你造成困扰的。"道尔丁一口喝了一半的甜酒，继续问道："你有什么具体的计划吗？"

"那就是一个太专业的问题了，你没必要知道，你只需要知道这是一桩意外的惨剧。其实也没什么意外的，这样一座罪恶之城，每夜都有数十个家庭遭受不幸，你只是碰巧成了那十分之一"，他举起杯，"让我敬你，敬你成为最幸福的十分之一，道尔丁先生，还有可爱的瑞拉·道尔丁太太！"

"瑞拉？"道尔丁满脸堆笑，"对，敬瑞拉·道尔丁太太！"

道尔丁干了全部的酒，转身离去。

这是不久前的一幕，现在他正在毫不犹豫地把现金和珠宝装进一个贴身的背包，1000美金现金，一叠有价证券，一条蓝宝石项链，两对儿钻石耳环，一对百丽翡达镶钻对表。

"这应该就是事成之后的那 5000 元了吧，"他低语着，"我也是一个有准则的人。"说着，他又把保险柜的门谨慎地关上，不留痕迹地从原路退回去，丝毫没有打扰道尔丁太太的美梦。

当发动汽车的时候，他真想看看道尔丁看到他妻子还活着，但保险柜空空如也的表情，那张巨石怪般的脸能变化出多么夸张的表情呢。道尔丁太太，祝你做个好梦，这个午夜对你来说已经非常美好了。他可不是个粗鲁的杀手，而是一个聪明又优雅的窃贼。

来自墓穴里的种子

【美】克拉克·艾什顿·史密斯

（一）

已经第三天了，法尔莫离开营地前往那个神秘的墓穴已经有 3 天了。索恩拖着病体，担心着同伴的安危。

罗德里克·索恩和詹姆士·法尔莫来到委内瑞拉的奥里诺科河，希望能够沿着这条河的支流行进，寻找到一些品种稀有的兰花，他们一直以来都是靠这个为生的。当地的两个印第安人担任他们的向导。在来的路上，他们从当地的部落那里听到了一个颇为神秘、却又吸引力十足的传说，就在他们将要踏足这条支流的某个角落，有一座废城，那里面有一座殡葬坑，坑里面有着巨大的宝藏，那是为了给一个未知民族的死者陪葬用的。不过，这个传说残缺不全，很多细节都语焉不详。索恩和法尔莫认为，在他们寻找兰花的空当，完全可以去亲自验证下这个传说。

可是，就在他们距离那个传说中的城市只有一天的路程的时候，索恩病了，虚弱的他完全无法跟着同伴完成这次探险。法尔莫是个活跃的人，即使索恩已经被高烧折磨得虚弱无力，他依旧停不下说话的嘴，完全沉浸在这次旅行中。只可惜，索恩病得一丝坚持下去的力气也没有了，法尔莫只好带着一名印第安人划着独木舟离开，继续寻找废城的所在，而索恩留在营地，另一个印第安人也留了下来，方便照顾他。

就在索恩还在担心自己的同伴时，法尔莫带着夕阳的余晖和疲惫的身体回到了营地，篝火已经点起，成了这个丛林黑夜中唯一的温暖。虽然索恩还是很困倦，但关心和好奇仍然让他向法尔莫询问这 3 天里的收获。可是法尔莫却闪烁其词，不肯痛痛快快地说个明白。

"我确实看到了那个地方，是的，是有这么个地方。可是，这个地方太古怪了，它的古怪就像它一样真实存在。"说着，法尔莫朝着篝火啐了口唾沫，就好像说起这个地方，会让他的嘴里长出什么不干净的东西，恨不得把所有的黏液都吐出来才能安心。

"然后呢？"

即使看出同伴似乎并不想就这个话题谈论下去，但索恩依然坚持着继续这个谈话。他看出来，法尔莫在这 3 天中一定是经历了什么，虽然他也不知道到底发生了什么，但就是有一些不一样的地方，法尔莫好像不像之前那样兴奋和激动，对于这次旅行，他似乎并没有从中得到什么快感，也并没有任何倾诉的愿望。这和他过去实在是判若两人。索恩想要搞清楚这一切，所以他必须让法尔莫继续说下去。

"那个地方是什么样子的，都有些什么？"索恩继续发问。

"其实也没有什么，无非就是一些断壁残垣，还有一些柱子，都快要倒在地上了。"法尔莫的语气很奇怪，好像在喃喃自语。

"那宝藏呢，那批金子呢，你找到了吗？就是那些印第安传说中的宝藏，那个殡葬坑？"索恩关心地问。

法尔莫不耐烦地回答："没有宝藏，也没有金子，什么都没有。那个墓穴，我知道在哪儿，可是什么都没有。"他的语气越来越烦躁，看到这样的情形，索恩决定结束这次的对话。

看来，法尔莫是因为无功而返才会这么的焦躁和不安，以至于什么都不想说。也许这次经历非常辛苦，你看，他瘦多了，脸型不再是让人心安的圆盘，甚至瘦得有些脱相，双颊都陷了进去，变得有些尖刻。疲劳让他的眼睛都睁不开了，法尔莫太辛苦，索恩决定安抚自己的朋友一下。

"也许，根本就没有什么宝藏，我们本来就是靠找兰花生活的，那个才是我们的本行，寻宝这种事情，根本就不是我们熟悉的，算了，还是不要找了，我们继续找找兰花吧。对了，说到兰花，你这次有没有在路上看到过什么稀有的品种，比如花，或者什么其他的植物？"

听到这句话的法尔莫突然激动起来，朝着索恩大喊，声音尖刻得有些凄厉。

"没有，什么都没有，你别再说话了，什么都别问了，我什么都不想说。我的头疼了一天，看来是染了什么病，该死，不会是这鬼地方的热病吧。我病了，我明天就要离开这儿，去奥里诺科河，我一天也不想再待下去了！"法尔莫面如死灰，声音不住地颤抖，他的眼睛里，发出了犹如幽冥之火的亮光，那光芒宣告着他此时巨大的恐惧和愤怒，让人不寒而栗。

索恩吓了一跳，不过很快他就给自己找到了解释同伴怪异行为的理由，一定是法尔莫对这次旅行感到失望，再加上长途跋涉的疲劳，还有自己的虚弱也让自己的神经过于敏感。

索恩决定不再说话，只是看着法尔莫。他发现，那两个印第安人也在看着法尔莫。对于法尔莫的异常，那两个人似乎并不感到奇怪，反而隐隐有一些期待，他们在期待什么，还是他们知道什么？索恩有些迷惑，进而觉得自己刚才的推断不甚准确，依法尔莫的性格，他是不会轻易对什么事情感到失望的，这不像他。

索恩在这里百思不得其解，反倒是坐在篝火边的法尔莫对这种怪异的气氛一点都没有察觉，他只是怔怔地看着远方，似乎在那片藤萝纠缠、树枝缠绕的密林深处，藏匿着什么不为人知的东西，但法尔莫知道那是什么，并且在一直看着它。而这种东西让法尔莫深感恐惧，即便如此，他也没有转开他的目光。

处于迷惑当中的索恩渐渐觉得自己体力不支了，想努力思考出什么结果的努力让他疲惫不堪，再次升高的体温更是雪上加霜。他渐渐觉得精神被抽离，难以抑制的昏沉再次袭击了他。就在索恩失去意识之前，他仿佛看到法尔莫那张被篝火的余光照亮的脸庞，不断地放大，扭曲，变形，直至暗淡不见。

现在，回想起昨天晚上最后看到的法尔莫的脸，索恩已经觉得不是那么难以接受了，因为这时的法尔莫，面孔奇异得早就比昨天晚上更令索恩恐怖。索恩实在是想不通，他仔细回忆着，从今天早上到现在，他们都经历过什么。

他们只是一直在河上行驶，虽然索恩还是有些虚弱，但是一夜的睡眠让他觉得自己好像已经恢复了不少。不过索恩记得，临出发前，法尔莫的情况还是不那么乐观，他好像完全没有力气，只是在强打着精神支撑着身体，艰难地挪动着步子。看样子，法尔莫已经忘了他昨天说要回奥里诺科河的话，不过，他的情况又不像是在发烧，究竟是染上了什么病，索恩完全没有头绪，那两个印第安人只是在远远地看着他们，讨论些什么。索恩已经没有精力去理会他们，出发前的所有准备工作都落到了他的身上。当一切准备停当、就要出发时，索恩还是不放心地给法尔莫吃了一颗奎宁，这种药向来很有效。

（二）

法尔莫一直很痛苦，索恩看得出来，他们自从上了船，索恩就注意到了。索恩坐在船头，他的同伴坐在身后，他们的中间是那一大捆寻找来的兰花根茎，还有一些行李。委内瑞拉的早上丝毫感受不到凉爽，林子里透过来的阳光昏沉，暗淡，让他们觉得气闷。那两个印第安导游坐在另外一条船上，一大部分的给养品也在他们那条船上。

好吧，到这里似乎都还很正常，索恩理理思绪。他记得好像旅行刚刚开始时，法尔莫还不算太过奇怪，他只是有些僵硬和呆滞，也不划船，也不理会索恩的问话，脸色苍白得可怕，并且不停地不自主地摇晃着脑袋，他好像在恐惧什么，惊恐的神态让索恩很不安。

同伴这种情况让索恩有些烦躁和抑郁，再加上无聊的旅程，河两岸单调的景象，让他更是烦闷不堪。这条河就像没有尽头一样，沉闷的死水泛着黑绿色的光芒，船桨划动水面，就好像在搅拌着黏稠的毒液。整条河似乎是慢慢蠕动的青虫，又像是几近死亡的巨蟒，和河两岸浓密如墨的密林一起，让人觉得即便是在白天，也察觉不到丝毫生气。

法尔莫一丝声音都没有，索恩耳朵里充斥的只是树林里传来的猴子的鼓噪声，还有一些不知名的小鸟发出的尖利的鸣叫。这些声音和船桨划动所带起的水声搅拌在一起，击打着索恩脆弱的神经。

不过，法尔莫突然开始呻吟，并且越来越痛苦，神智似乎也有些错乱。茂密的树林根本就没有一丝风投过来，酷热压制得他们动弹不得。法尔莫痛苦地叫喊让这种诡异的气氛变得更加令人难以忍受。随着法尔莫的呻吟逐渐尖锐凄厉，索恩不得不回过身去查看他的同伴。

法尔莫似乎毫不在意凶狠的阳光和焦躁的温度，他急不可耐地摘掉遮阳帽，让头顶完全暴露在阳光的暴晒中，还不停地拼命抓挠头顶，疯狂地想要把它抓破一般。身体也在不停地剧烈颤抖挣扎，就像完全不能控制的癫痫病人。他嘴里的叫声越来越高亢，就好像是什么发疯的野兽一般吼叫。法尔莫已经几近晕厥，狭小的独木舟经受不起如此剧烈的摇晃，开始左右上下地动荡。太危险了，索恩决定马上靠岸，于是，他把船划到了现在这个地方，是一个紧密的树林难得的缺口，然后，辛苦地把法尔莫拖到岸上。

现在他们在岸上，比较安全，索恩决定仔细检查他的朋友。虽然法尔莫的神情让他很困惑，但是他不能丢下他不管。那两个印第安人似乎在躲着他们，不愿意靠近一步，他们好像知道什么，恐惧地看着法尔莫。

索恩给法尔莫注射了大剂量的吗啡，这能让他好受一点。到底是什么病袭击了他，索恩在脑海里搜索着所有的恶性疾病的症状，那些形象的表征让索恩感到可怕又无力，不过，似乎没有哪种热症符合法尔莫现在的情况。索恩打算看看法尔莫的头顶，似乎他所有的痛苦都来源于他那该死的头发深处。

眼前的景象让索恩大为吃惊。一个肿块，有一个肿块生长在法尔莫的头发里，又硬又尖，就好像是什么动物的角，正努力冲破皮肤的阻碍，向外生长。索恩甚至都能感觉到这种生命力，就在他试图触碰这个肿块时，那种旺盛的冲力和生长的脉动刺激到了索恩的手指，他甚至能够感觉到这个肿块的心跳——如果它有心脏的话。

突然，法尔莫醒了，就好像这肿块是个开关一样。接着，他开始絮絮不停地说话，神情自若，似乎完全恢复了一样，自他从那该死的墓地回来后，这还是没有过的。之前索恩怎么询问他，他都不愿意多说一句，而现在，似乎只有诉说才能减轻他心中积压的所有恐惧和焦躁。如果索恩知道这是一个怎样恐怖的故事，他是死都不会愿意听的，就像如果他知道割掉法尔莫头上的那个肿块后会发生什么，他怎么也不会下刀。可是就算他不割，事情也不会好到哪里去。

"索恩，我要告诉你，那个墓穴，那个该死的墓穴。刚开始你问我，我怎么都不肯说，那是因为我实在不知道该怎么对你说，那个地方太奇怪了，奇怪得可怕。"法尔莫的喉咙干哑，诉说的内容断断续续，就好像刚学会说话的孩子一样。

"那个印第安人并没有和我一起进入废墟，我觉得他肯定知道什么，但他什么都没有告诉我。这好像是一个陷阱，他们知道会发生奇怪的事，可他什么都不说，只是待在河边，让我一个人进去。如果我知道我会看到什么，打死我也不会进去，什么财宝，都不重要。那个东西太可怕了，那一定是魔鬼留下的。

"那个废墟的围墙年代肯定很久远了，久远得几乎没有时间的时候它就存在了。那些围墙肯定不是人类修的，也许是哪个外星球的人收集的有魔力的石头搭建的，人类是不可能修出这么诡异的围墙，它们完全不是直立的，就好像快要坍塌一样地倾斜着，直耸耸地刺向天空，如果它们倒塌，那周围的树也不会幸免。还有那些柱子，特别的粗壮，里面好像装满了什么，鼓得吓人。柱子上还有很多雕刻，好像是什么恶毒的咒语一样。都过去这么久了，树林居然还没有把这片地方遮盖住。"

索恩努力地把法尔莫说的话串起来，试图理解他的想法，不过，法尔莫能传递出来的，除了恐惧，就是恐惧。

"找到那个受了诅咒的墓穴并没有费我什么力气，也许是近期有盗墓贼光顾过，它上面的巨石已经被挖开了。树根在那些石板之间绕来绕去，好像一条大蛇盘绕在那里。石板中间是一个大洞，就是墓穴的入口，好像有什么东西在洞的深处发着白光，光线太昏暗了，我实在是看不清，也不知道那究竟是什么。如果我知道那是什么，我是绝不会下去的，"卡尔莫痛苦地呻吟，"你知道我有随身携带绳子的习惯，那一大盘绳子，足够我下到洞底。我把绳子的一头拴在大树的根部，然后把绳子扔到洞里，顺着它向下滑。洞里什么都没有，真的，什么财宝都没有。只有无数具死人的骨头架子，堆得到处都是。我打开手电筒想要搜寻一番，每一步都踩在骸骨上，实在是难受极了。可我找了好久，什么都没找到，哪怕一个戒指或者手镯，什么都没有。

　　"真的，我不该碰那个该死的东西，该死的。当我打算爬出来时，那个可怕的东西出现了，它就在我的头顶上方出现了，也许我滑下来的时候就碰到了它。那东西就在靠近洞口的一个角落里，刚开始我还以为那是一个白色的架子。哪里是什么架子，是骨架，完整的骨架，还有一些别的什么。好像有什么东西从哪个骨架的头顶钻出来，看上去就像是头上长了一对巨大的鹿角。有很多弯弯曲曲的须子长在那副角的末梢，这些须子能沿着墙壁攀爬，应该是它们把那具骨架带离了地面。

　　"借着手电筒的光，我仔细检查了这个奇怪的东西，那肯定是一种植物，可是什么我不知道，而且它一定寄生在那副骨架里，就长在头骨里。那些枝丫能从缝隙中向外生长，头骨的裂缝，眼眶，嘴巴还有鼻孔，只要有一点空间，它们就能钻出来。不只是向上长，这个鬼东西向下几乎把所有的骨骼都包了起来，那具骨架上面就像罩了一张密密麻麻的渔网。更可怕的是，那些根须，包住了这副骨架还不算，还在向下寻找着新的寄主，它们扎进另一个头骨，有些根须断了，缠住的骨头就散落到地上，到处都是骨渣……"

　　法尔莫的神情愈发地不安，就好像他又回到了那个让他恐怖的地方，再次看见了这个世上最可怕的植物。

　　"我吓坏了，身体都要透支了。人和植物长在一起，那种场面，会让你觉得极度的嫌恶和迷惑。我实在不想在这个鬼地方多待下去，决定爬出洞去。但我太紧张了，而且你知道，越是可怕的东西，越有致命的吸引力，我居然停下来想再去看看这个怪物。可能是我靠得太近了，绳子被我带动得晃了起来，我就撞上了那个怪物，头盖骨上面那根像鹿角一样的枝条戳到了我的脸，那上面就好像长满了鳞片，像鱼鳞一样。

　　"就在我撞上它的时候，升腾起一大团烟雾，好像是那枝条上的东西被我撞碎了，洒落出来的细粉。这些碎末迷了我的眼睛，还飞进我的鼻子里，我想它们一定笼罩了我整个头。这些东西什么味道都没有，可我还是觉得窒息。我发疯一样想把它们抖掉，然后拼命向上爬，终于出了那个洞。现在你知道了！"卡尔莫痛苦地抓着头发，"一定有什么东西在那时候进了我的脑袋里，我能感觉到，一定有什么在长大，越来越大，就在我的头里。它一定是魔鬼养的花草，我成了它的花盆。从墓穴回来以后，我就知道，我连片刻安宁都没有！"

　　索恩还是不敢相信法尔莫说的一切，他也不愿意相信。他把这一切都归咎于法尔莫头上长的那个奇怪的肿块，或许割掉它，事情会有所转机。法尔莫自从说完那些话后，就又陷入可怕的痉挛之中，痛苦让他不停地翻来覆去，索恩甚至无法制服他，让他安静下来。

　　伴随着法尔莫一声接一声凄惨的叫声，索恩不得已又给他注射了三倍剂量药物，法尔莫总算平静了下来，可是，扭曲的诡异的脸庞让索恩不寒而栗。法尔莫已经发出了鼾声，可他的眼睛却并没有闭上，好像有什么东西长在眼球的后面，想把眼球从眼眶中顶出来，以至于眼睑都合不上了。

　　索恩觉得一阵乏力，他安慰自己，也许是什么东西发炎了，让法尔莫的神经受到了影响，以至于他说的一切都不过是他的臆想而已。索恩自动忽略了同伴所讲述的那些东西所包含的特殊意义，他觉得这不过就是一场噩梦，只要法尔莫康复，这些就都不会存在。不能再等下去了，他决定替法尔莫做些什么。

　　索恩小心翼翼地扒开法尔莫的头发，那个像动物的犄角似的肿块已经刺破了法尔莫的头皮，现在完整地显露在索恩眼前。那是一种好像花苞的突起，很多褶皱相互叠压，看样子，如果它继续生长下去，迟早有一天会像花朵一样开放。

索恩控制着难忍的恶心和厌恶，试探地用手指去碰了碰那个东西，又像触电一般迅速弹开。此刻，仿佛死去的法尔莫和他头上那个诡异的存在，让索恩有些动摇，他应该离开，否则自己也会死在这里，可是索恩很快就抛开了这个念头。他安慰自己，现在一切的不良反应都是因为自己又发烧了。没错，索恩的体温再次升高，病痛的折磨和过度的紧张让他的身体不堪重负，好像有一团白雾升腾在眼前，让索恩觉得什么都看不清了。

（三）

炽热的阳光烤得他浑身无力，两个耳朵嗡嗡作响，似乎有什么东西在耳边呢喃。仿佛再支撑一秒，他就会晕倒在地。但是，坚定的意志力让索恩重新清醒过来，他意识到，自己必须尽快把法尔莫送到安全的地方，最近的贸易站距离这里也还要好几天的路程，他们必须打起精神，划船也不是一件轻松的事情，好在他们还有两个帮手，那两个印第安向导，虽然他们一直不愿靠近，但应该会分担些重担。

但让索恩没想到的是，当他向周围寻找向导时，竟然发现那两个印第安人不知所踪，连同他们的小船也都不见了踪影。船上还有很大一部分的食物和搭帐篷必备的工具，很明显，索恩和法尔莫被抛弃了，那两个印第安人抛下两个病人，驾船离开了。或许这两个人知道发生在法尔莫身上的一切，也知道是什么造成了现在的状况，他们可能害怕了，也许怕被诅咒？

索恩已经没有精力去咒骂和怨恨了，他抽出一把匕首，爬到法尔莫的身边，然后果断地扒开法尔莫的头发，对准那个突起，在距离法尔莫头皮很近的地方，开始切割那个不寻常的东西。没想到这个手术并不那么好实施，那个突起超乎想象的结实，就像橡胶轮胎一样难割。

索恩费了好大的劲，才把这个玩意从法尔莫头上割掉，当他想仔细观察手里这个遗留物时，发现这个东西居然流淌着好像脓液的东西，内部充满了复杂的神经结构，似乎还长着一个胶质的内核，索恩觉得后背发凉，只想呕吐，连忙把它甩到一边。接着，他用尽全力，想把法尔莫弄到剩下的那条船上去，这对一个发着高烧的人来说是多么困难。索恩一会儿拖，一会儿抱，恨不得手脚并用，只怪自己病得没有什么力气，有好几次，索恩差点因为脱力，昏倒在法尔莫身上。终于，索恩挣扎着把法尔莫弄上了船，这几乎要了他的命。

如果现在就出发，索恩也不知道自己能支撑多久，可是如果不走，法尔莫就只能在这等死了。犹豫了好久，索恩强忍着不断上升的体温将船推入河中，然后用最后一点力气划桨前行。不过，索恩并没有撑多久，高烧终于打倒了他，他晕了过去，船桨落入水里。

当索恩醒过来的时候，时间好像已经是第二天或者不知道第几天的清晨了，太阳照耀在头顶，却并没有带给索恩能量。这个可怜的人被高烧折磨得瘫软无力，可他还是尽全力地坐起来，扭头看向自己的同伴。法尔莫依然保持着他刚被弄上船的姿势，靠着行李堆，但他的样子并不舒服，反而是全身僵硬，双手紧紧地抓着曲起的膝盖，脸上没有一丝血色，苍白得像从地狱出来的魔鬼。法尔莫似乎已经失去了生命的迹象，不过，失去同伴的悲伤还没有来得及侵袭索恩，另外一种极端的恐怖就占据了幸存者的心灵。

法尔莫死了，可他身体里的另一种东西却还在生长。索恩发现，即使自己挥刀割掉了那个该死的胞芽，那个东西似乎也会因为受到了伤害，反而像被激活一般，拼命地疯狂生长。现在，它已经完全从法尔莫的头上蹿了出来，寒冷的青色茎秆变得又粗又高，这不是生命的常态，在距离法尔莫头皮六七英寸的地方，这株植物开始分叉，看上去，就好像法尔莫顶着一个奇怪的鹿角。不只是头部，法尔莫的眼睛，现在也成了这种东西的根据地。眼球早已不见踪影，那些根须就像是法尔莫的眼睛里向上喷涌的绿色瀑布，直直地越过额头，继而在他头顶分叉。那些东西的顶端带着可怖的淡红色，在空中不断地摇曳，生机勃勃。

索恩勉强保持着坐姿，他已经不能用任何常理来解释自己所看到的一切，这东西是魔鬼，确信无疑。索恩甚至想要冲过去毁掉这些可怕的植物，那些触角长出的若干根须就好像探测器一样，在空气中左右摆动，仿佛在寻找新的支撑点。这些魔鬼的指甲一颤一颤，撩拨着索恩的心跳。最要命的是，在那株植物的顶端，居然开了一朵巨大的花，有人脸那么大，苍白，肥胖。那花好像在看着索恩，让他意乱情迷。

法尔莫已经死了，他的皮囊现在成了这些植物的乐园，没有肌肉，没有脏腑，也没有血液，好像是一件披挂在骨骼做成的衣架上的人皮外套。那些裹在里面的植物在不停地抖动，给人一种法尔莫还在因为忍受不住痛苦而痉挛的错觉。

索恩也不知道自己为什么没有一气之下毁了那个东西，他觉得这株植物，那朵花在看着他，就好像是法尔莫的脸一样，虽然这张脸是诡异的，变形的，却是有生命的，它有思想和意志，并且在用这些影响着索恩。

索恩已经陷入无可救药的迷乱当中了，高烧似乎退了，但比高烧更难忍受的，是那种无法控制自己的无力和衰弱。那株植物穿着法尔莫这件衣服，就站在索恩面前，嘲弄地看着索恩，巨大的花盘一点一点地，像在等着看索恩的反应。

突然，索恩好像看到法尔莫动了一下，接着，是他的身体在随着那株植物轻轻地抖动，非常有规律和节奏。索恩强迫自己认清法尔莫已经死了这个事实，现在所有的，不过是植物在作祟。但躯体的这种抖动让索恩感到非常的契合，他甚至一度用脚在打着拍子，好像在迎合着那些东西的颤抖。

索恩惊恐地发现，想要和这种扰乱心智的东西做对抗是多么困难，因为他太过紧张，高烧再次来袭。这次病痛来得比以往更加猛烈，就在索恩再次晕倒之前，他决绝地抽出手枪，冲着法尔莫的躯干，解脱地打了6枪，这6枪绝对都打进了法尔莫的身体，可索恩不愿相信的是，那植物似乎没受到任何影响，依旧在轻轻地摇曳着。高烧使索恩失去了理智，他好像听到了法尔莫的呻吟，没有任何起伏的声线，就像丧钟一样长鸣，索恩放弃似的陷入昏迷中。

时间过去了一会儿，或许过去了很久，索恩醒了过来，他不知道现在是什么时候，也不知道自己在什么地方，岸边静止的景色告诉他，船已经停了。他站起来，想辨认方位，却发现这根本是徒劳的。岸边除了一片青绿色的、被苔藓覆盖的岩石之外，所有的东西都是灰蒙蒙的一片，什么都看不清。绝望敲打着索恩的神经，他甚至开始幻想这一切都不过是一场噩梦，他只不过是还没有醒过来而已。

但坐在他对面的法尔莫，或者说这株植物，在提醒着索恩，一切都不是幻觉。腐烂的淤泥所散发出来的臭味，几乎令索恩窒息。太阳挂在当空，炙烤着万物，索恩看到从法尔莫嘴里又长出一条茎秆，还是一条年轻的茎秆，它还没有分叉。

　　索恩突然觉得，法尔莫身上的并不是什么植物，而是一条条盘根错节的蛇，就好像岸边树木上垂下来的藤条一样，闪动着幽幽的绿光。他闭上眼睛，想把这一切隔绝在外，可阳光霸道地穿透眼睑，带给他一幅生动的画面，那是法尔莫的头，就像是神话中的恶女巫，没有头发，而是一条条毒蛇，谁看了她一眼，就会变成石像。

　　索恩睁开眼睛，眼前的植物已经生长得巨大、健硕，索恩觉得毛骨悚然，这植物好像已经完全挣脱了束缚，自由自在地生长。他好像能看到植物的茎须在一节节地攀升，这是赤裸裸的挑衅。

　　法尔莫的躯干还有利用价值吗，它们似乎早就把他啃食干净了，除了皮肤没有什么用处，其他的，什么都没有了。

　　索恩看着眼前这个怪物，他早已过了恐怖的阶段，现在他只是不解，还有迷惑，这个东西对他有着致命的吸引力，这究竟是什么？他终于问了自己这个问题。世界上还有这样的植物吗？既不像是真菌，也不像是什么常见的寄生植物，他甚至听都没有听说过。也许，它真的来自另一个世界，它是魔鬼的宠儿，是养在人体花盆里的观赏品。索恩感到很苦恼，法尔莫已经死了，却把这个难题留给了自己。

　　似乎有什么声音传来，不是法尔莫的呻吟，而是一阵美妙的歌声，好像是美人鱼唱给王子听的情歌。索恩意识到，这歌声是那株植物发出来的，也许是幻觉吧，索恩也不知道。阳光依旧耀眼，投下无数道钢铁般的利剑，无情地扎进索恩的身体，让他只能依靠惯性呆坐原地。

　　迷蒙中，索恩看到法尔莫的手发生了些细微的变化，有些小的根须断了，断掉的须子开始向半空中伸展，就像是无数章鱼的触角，慢慢蜿蜒。法尔莫的手虽然还抓着膝盖，可那些根须就像是他伸过来的，预示着友好。

　　接着，无数的根须从法尔莫身体的各个部位断裂，接着都向空中生长，这使得法尔莫的胸膛不自然的起伏。这株植物在给法尔莫寻找一个同伴。

　　索恩跪倒在船上，好像受到什么召唤一样，他的身体已经不受控制，他只能甘拜下风。他知道接下来会发生什么，可就是抑制不住地向前爬去，理智已经被打败，那环绕在耳边的歌声，就像是海洋中的海妖用来诱惑寻宝的船员的歌声一样，曼妙而致命。那些歌声是有魔力的，它们像是看不见的网，把索恩紧紧地包裹住，让他无力反抗。当然，索恩现在也不想反抗，他一步步地向前挪动，那是无与伦比的神秘，他一定要得到。

　　法尔莫好像是国王一样，端坐在前方，扭曲的双手严肃地放着，在等待他的臣子前来朝拜。索恩向前挪动着身体，法尔莫的手是他最后的终点。当如愿地撞到国王的手时，他顿时觉得心满意足。

　　当那些根须抚摸着这个忠实的臣子，并且亲切地贯穿他的皮肤、他的瞳孔时，索恩感觉到的，是难以言表，而又无上光荣的痛苦，根须在他体内慢慢搅动，让他的头脑也有了迷乱的快感。一只金黄色的蝴蝶飞进他的眼帘，闪耀着夺目的红色，金子般的光芒在索恩已经不再完整的眼睛里闪动。

　　索恩终于可以跟上节拍，变成这美妙乐曲的演奏者之一了。那株植物连接着这两个好伙伴，让他们能够快乐地待在一起，而且，你看，它很公平，法尔莫头上有的那朵花，现在，索恩也有了。

火星运河

【日】江户川乱步

　　他扶着粗大的褐色树干看着眼前的一方沼泽，希冀的光芒慢慢从眼睛里褪去，心底升起了诧异。

　　"森林里居然有这么一个沼泽？"

　　这是一个被周围的森林围成圆形的大沼泽，他的诧异不是那种到了新的地方遇见未知事物的欣喜，而是惊异于原来熟悉的地方居然隐藏着新事物。

　　是的，他对这一片森林无比熟悉。熟悉它冰冷的空气、毫无生气的树干和永无止境的前方。任何景物没有改变的地方只要来过几次你都会熟悉，而这片永远黑色、压抑的森林他来的不只是那么几次。但是，看看，他现在看到了什么？

　　沼泽！一片美丽的沼泽！

　　他抬起头，视线触及的是天空。啊，原来天空是这种颜色的。他在心里感叹着，在只有树干的黑暗森林里他抬起头，只能接触到挂满黑暗树叶的巨大树冠。他还曾想过，看不到的树顶上阳光是否灿烂？风儿是否迅猛？现在他终于知道了天空是仿佛黑暗森林延伸的地方，浅黑而深邃。

　　他站在沼泽边上，脚心的触感告诉他脚下是黏腻的软泥，这种软泥不同于他以往一直接触的落叶。

　　脚心？他不由得从下到上审视着身体。噢，修长的双腿、雪白的肌肤，他抓了抓头皮。手里果然塞满了柔软的黑色长发——这是他恋人的身体！那副迷倒了不少像他一样的男人的身体！

　　他不觉得这有什么不对，身体反而充满了喜悦的情感，完全沉浸在了这片沼泽带给他的惊喜中。神采奕奕地，似乎忘了他刚才还处于紧逼得让人窒息的恐惧包围中。一个人走在没有尽头的黑暗森林里，看不到前方是否有退路，黑暗似乎变成了活物顺着他的手指爬上他的肌肤。而最让他害怕的是他不知道要在这样的环境里走多久，他好像已经走了几天，几年。时间在森林里、在他身上都失去了意义。

　　"天啊！难道我要一直这么走下去？"

　　不可抑制的惊恐漫过他的心头，他听不到森林里动物活动的声响，一棵又一棵树地延伸下去，组成了黑暗的世界，永无止境的路途，没有希望的前方。他甚至怀疑自己是不是和那个左脚和右脚相异的旅人一样，把这森林当沙漠一样走了一圈又一圈而他自己却不知道。

目之所及除了狰狞的树之外还是狰狞的树，虽然是他已经习惯的景色，但恐惧依然如影随形。他也只能像每一次一样带着这样的恐惧徒劳地在这阴沉的森林里跋涉，也像每一次一样，他不仅不知道从什么时候开始走了多久，甚至不知道这路途是从哪里开始，又要到哪里才会结束。

除了树还是树，连呼吸都这般冰冷，还有怎么都摆脱不了、也习惯不了的害怕，有那么几次他甚至也想像年幼的孩童一样呼唤自己的母亲！他像以前一样继续行进在熟悉的恐怖环境里，突然他看到了前方不同于这里的光亮，天地突然都变了起来，"出口。"他惊喜地努力排除空气的阻力跑了过去……然后他就看到了这片沼泽。

他沉浸在沼泽带给他的奇异感受中，天空、森林和水，还有他自己，灰的、绿的还有白的变成了一幅画，一切好像都不同了。他把自己也融入了这幅画中。哦，不，是因为他的加入，这一切才变得灵动了起来。他这么想着全然没有在意沼泽四周包围的依然是和之前一样的黑暗森林。

他看着天空，看着森林，看着倒映着天空和森林的水，水的中央有一块黑色的岩石。到舞台上来吧！他听从了这声召唤跃入了沼泽。

他感受到水像油一样滑过他的身体，他支配着自己的手和脚，击打着水波，层层波纹从他身边散开，就像在沉默的森林里一样，没有发出任何声响，只有波纹在无声地荡漾着。他终于爬上了那块黑色的岩石，从胸腔深处对着天空喊出一声长长的"啊——"。

他站在黑色的岩石上，这里是沼泽的中央，周围是绿色的森林，天空就在头顶，真是美丽！他拉开胸部和颈部的线条，舒展着自己的身体，在心里感慨着，丝毫不知道自己现在就像一条美人鱼。

他持续着拉伸着自己的肌肉，在岩石上舞动着。水面上溅起一朵晶莹的水花，他一个跳跃又回到了水中。他渴了，沼泽无尽的水在诱惑着他。

然后他又跳了起来，剧烈地、动感地展示着肌肉的力度与美。这时，黄颔蛇断成两截，无数的尺蠖、幼蛹和蚯蚓在不停挣扎，它们是在快乐还是痛苦呢？他跳着，动物的残骸在蠕动着，他们共同组成了一副交响乐章，壮丽而开阔。他们一起在舞动着。

慢慢地，四周的景物不再配合他，他的动作也慢了下来。

"怎么了？"

紧张的氛围开始蔓延，它们是在要求我做什么吧！感受到景物们的意志，他疑惑地打量着四周。

灰色的天空、绿色的森林、黑色的岩石、白色的躯体……啊！是不是少了什么的缘故呢，所以它们才让我去寻找。

"少了什么呢？"他喃喃自语着，画面一直在他面前交错，灰色的天空、绿色的森林、黑色的岩石、白色的躯体……红色！少了红色！这么美丽的景象怎么可以少了让生命鲜活起来的红色呢？

他开始寻找起红色来。他爬出了沼泽，走回了森林，除了树木还是树木，一朵花都没有。

红色在哪里呢?

突然,他开始用自己的爪子抓开自己的胸腔,他狂乱地抓着,割伤了漂亮的身体也不在意,血液开始从伤口溢了出来,那是一种漂亮的、鲜艳的红色。他找到了世界上最美丽的红色。

"找到红色了。"

他笑着,这最鲜艳的红色呀!他的身体已经不再雪白,遍布全身的伤痕让身体披上了一件血衣,火星运河!他对应着看着沼泽里自己的倒影。火星运河!他厌恶极了,这是他最讨厌的东西,血液取代了本应该流出来的水。

演出还没结束,他还要继续跳舞。他舞动着自己的染着血的身躯,做着一切自己能做的动作。旋转、拉伸、抬腿、翻滚、蜷缩……全身的肌肉都在他的指挥下参与进了这场浩大的演出,扭曲着,拉伸着。他转化着不同的姿势,就像刚才应和着他的那些尺蠖、幼蛹和蚯蚓一样,翻滚着扭动着……

突然他的身体不受自己控制地摇晃了起来,还伴随着层层叠叠的缥缈声音,"亲爱的、亲爱的、亲爱的……"

他被摇醒了,面前是恋人,一张关切的巨脸,他觉得身上很黏,原来已经湿透了。

"做了噩梦?"恋人问。

他轻轻地点了点头。

恋人向他靠了过来,日与夜神奇地在她脸上交汇着,分界线就是她雪白的长发。恋人越靠越近,他甚至已经看到她脸颊上毛孔一张一弛地在呼吸,阴影覆盖了下来,他慢慢淹没在恋人巨大的脸里。

亡灵出没在古城

【美】约翰·狄克森·卡尔

历史学教授阿伦来到一座位于山区之中的神秘古堡。相传,这座古堡内经常有幽灵出没,为了一探究竟,阿伦决定在这儿住下来。然而,随着古堡主人安格斯·康波尔坠楼身亡,神秘事件一个接一个发生。究竟这座古堡发生的凶杀案是幽灵在作祟,还是某个人为了达到自己的目的,所制造的恐怖恶作剧?

(一)

一个战火纷飞的秋日夜晚,德军的战斗机在伦敦夜空上盘旋。防空警报响了将近一个小时,整座城市像一个被雨水冲垮的蚁巢,人们乱作一团,四散而逃。大街上到处是垃圾与建筑废墟,战争的悲怆在这一刻体现得淋漓尽致。

城市尚且如此,火车站更是糟糕。在伦敦车站的候车大厅,到处是等待逃难的人。列车因为有的铁路被德军炸毁而停运,沮丧的人们挤在角落里乞求轰炸机不要从自己的脑袋上经过。在众多逃难者当中,有一个年轻的历史学者,名叫阿伦·康波尔,他打算坐晚上的列车到苏格兰的格拉斯哥。幸运的是,这条线路依然通畅,而且转天早上6点半就会到达目的地。阿伦冲破无数人的阻碍,好不容易挤上了车。他一路沿着车厢走到了自己票号的卧铺位置。这时,他感觉到腹中空虚,于是找到列车员询问火车上是否有餐车。列车员无奈地笑笑:"先生,战争年代,我们能够提供热水和抽水马桶已经很不容易了。"

"现在距离发车还有多长时间?"阿伦问。

"不到5分钟!"列车员回答。

"我想去站台的贩卖店买点吃的,来得及吗?"

"恐怕……"

还没等列车员说完,饥饿难耐的阿伦起身从车尾的门跳了出去,朝站台上的贩卖店跑去。中午因为收拾行李,阿伦只吃了一些薯条,晚上他也没有吃饭就匆匆忙忙地赶到火车站,所以此刻他有如此举动就不足为奇了。

好在战乱时候的火车几乎不可能正点发车,所以阿伦并没有错过火车的危险。他买了一个汉堡和一份《星期日报》,一边走一边狼吞虎咽地吃了起来,并且用眼睛瞄着报纸上的新闻。

一声汽笛响，火车马上就要发动了。这时报纸上面的一篇文章吸引了阿伦的注意，他骂道："这该死的家伙又发表一篇文章！"

阿伦所说的"该死的家伙"也姓康波尔，而且和他还是同行，两个人在学术上有一些争执。阿伦想这个总是和自己做对的家伙不会是我的亲戚吧！除了知道他在哈本顿女子大学任教，其他的一无所知，他甚至不知道对方的长相。

两个人的争执持续了3个多月，其实阿伦是一个温文尔雅的人，从来不会主动与别人发成争执，这一次完全是因为对方"欺人太甚"！阿伦经常在一家名为《星期日报》的报纸上发表文章，也就是手头这份报纸。一天，报社给了阿伦一本书，让他写一个书评。他接过书一看，作者是 K.I. 康波尔，书名是《查尔斯二世的晚年》。二人的碰撞也就是从此开始！

阿伦在书评中说这本书没有新的突破，而且还出现了一个小错误：在没有证据证明的情况下，贸然说查尔斯二世的情人库里蒲伦铎公爵夫人是一个娇小的金发女郎，这有失历史的严谨性。

没想到书评刊登出来之后，不到一周时间，K.I. 康波尔就做了回应：作为著名的历史学教授，您不知道在大英历史博物馆中有一尊公爵夫人的娇小金发的肖像吗？

对此阿伦也进行了反驳：国立美术馆的库里蒲伦铎公爵夫人的肖像是一个黑发的刁蛮泼妇。

接下来两位颇具影响力的历史学者又围绕着公爵夫人是否是"泼妇"展开了骂战。这一来一往的"对骂"吸引了众多读者，在许多人看来，为一个200多年以前的女人争风吃醋，虽然无聊，但着实有趣！《星期日报》也因此大卖！

看着今天这份报纸，上面又有一篇 K.I. 康波尔骂阿伦的文章，这让阿伦十分恼火。正在此时，阿伦突然意识到火车就要开了，赶忙卷起报纸朝着火车跑去！好在阿伦的跑步速度还不赖，在列车开动前的几秒钟跳上了车。他来到最后那节车厢找到了四号卧铺房间，但是在打开房间门的时候，一个女人出现在他眼前。

这个女人棕色的头发，鹅蛋形的脸，蓝色深邃眼睛看上去非常非常聪明。

"小姐不好意思，这应该是我的卧铺。"

"没有搞错啊，我是按照车票找到这里的。是你搞错了吧，先生！"女人并没有要离开的意思。

"这里是四号，你看我的车票就是四号！"

"但是门牌上写着康波尔，我就姓康波尔，我叫 K.I. 康波尔。"

说着女人把自己的身份证拿给阿伦看，阿伦听到这个名字大吃一惊，吃惊地张着嘴巴，"你的名字的全拼是……"

"凯瑟琳·艾琳·康波尔，来自哈本顿女子大学！"

阿伦现在的感觉像是被别人套上麻袋暴打了一顿，他很茫然地说："我也叫康波尔。"

"你不会是那个迂腐且无知的历史系教授吧！"

"正是在下！"说这句话的时候，阿伦故意提高了嗓门。

"我怎么这么倒霉！"凯瑟琳吐着苦水。

"你以为我是幸运的吗？现在我的感觉还不如被德军抓到集中营去！"阿伦抱怨四起。

"既然这样你还不快点离开这里？到你的集中营去！"

"我为什么要离开，要离开的应该是你，这个位置是我的！"

"作为一个男人你怎么这么无耻，明明是我的名字！要不这样吧，我们叫列车员过来！"

"我正求之不得！"阿伦动作稍快一步，一下按响了寻求服务的按钮。

在等待列车员到来的时候，两个人又争执起来。

"报纸上这些无聊的东西是你投的吧！"阿伦问。

"是啊，我的堂哥！"

"堂哥？"听到凯瑟琳这么称呼自己，感到非常惊异！

"你不知道我们是堂兄妹吗？你父亲和我母亲就是堂兄妹啊！"

"小姐，这招不好使，请不要和我套近乎！"

"我说的是真的！你连我们的关系都没有搞清楚就对我的书挑三拣四，有你这样的教授吗？"

"明明是你的书中有错误么，我指了出来。"

"你说的是我们一直争论的有关公爵夫人的'泼妇'和'娇小金发'的问题？你说我错在哪？"

"不是错误，是误解，我作为一个历史教授，有义务帮助你指正误解！"

"你少拿教授的名头来压我。我告诉你，我现在是哈本顿女子大学的助教，也是研究英国历史的，并不比你这破教授差！"

阿伦气得不知道说什么好。这时，列车员走到了四号车厢。

"二位，有什么事情需要帮助？"

凯瑟琳这回抢先说："这本来是我的卧铺，这位先生非说是他的！你看，我的身份证和这门上的名字一样。"

"不是这样的，列车员，我刚才去买吃的，回来之后她就占了我的位子。我的车票和卧铺是一致的，都是四号。还有我的名字也叫康波尔，和这位小姐重名了。"

"这个……"列车员变得为难起来，"实在不好意思，是我们的工作失误，名单上也没有写清楚具体的名字，只写了一个康波尔！"

"算了，列车员，作为男人理应对女人谦让，这个卧铺就让给她吧，你再给我安排一间其他的！"

"不好意思，现在车里已经没有多余的床铺了，连空座也没有，你要是非要如此的话，只能在过道里将就一夜。"

"将就就将就，反正我不可能和这个女人在一块！"阿伦赌气地说。

"你是害怕我还是觉得自己是个胆小鬼呢？"凯瑟琳在嘲笑阿伦。

列车员也说："先生你就和这位漂亮的小姐勉强凑合一下吧，就算是帮我的忙。"

"我们不睡，坐在这里聊天怎么样？"凯瑟琳又说。

阿伦刚才的怒气像泄了气的皮球，一下子烟消云散。

"好吧，不过我是看在列车员的面子上！"

"先生，太感谢你了！"说完，列车员悄悄地走出去，把门关上。狭小的空间内也不敢开灯，因为灯光会把德军的飞机招惹过来。阿伦重新整理了一下行李，放到卧铺下面。阿伦和凯瑟琳一男一女两个人有些尴尬地坐着。阿伦是一个不善言谈的人，最后还是凯瑟琳打破了沉默。

"或许我们是世界上第一个初次见面就剑拔弩张的亲戚。怎么样，我的堂哥，我是叫你阿伦呢，还是康波尔教授？你也是去格拉斯哥？"

"没错，应邓肯律师的约，去参加为纪念安格斯·康波尔老人的亲属会，安格斯在不久前去世了。"

"是不是一个叫英伯拉勒村的地方，我也是去那里，我请了一个星期的假！"说这句话的时候凯瑟琳十分高兴。

"你以前去过那个地方吗？"阿伦问。

"我小时候去过一次，安格斯·康波尔的名字我是第一次听说，就连你，我也是在看到书评之后去查家谱才知道有你这么一个堂哥。你知道怎么去英伯拉勒吗？"

"我们先坐出租车到一个码头，然后渡轮到达农港，厦伊拉城堡就在那附近。"

"这会是一座什么样的城堡？我在邀请函中看到这个名字时，浮想联翩，会不会是一座豪华的城堡，周围有碧绿的湖水，城堡的大门是两座高耸的铁塔。"凯瑟琳好像对这一次的行程抱有很高的期待。

"听起来像是一个不错的地方。"

"不过，我觉得找到老人的死因比幽兰古堡更能引起我的兴趣。"

"难道老人是被谋杀的吗？"

"具体怎样我也不清楚，我只是知道他是摔死的，就是在古堡的石塔上，至于有没有人推他，恐怕只有他自己知道了。"

"警察进行过调查吗？"

"他们断定是自杀，原因是没有找到他杀的线索。"

凯瑟琳的话勾起了阿伦探案的欲望，虽然他是一个历史学教授，而看侦探小说是他最大的爱好，这也就能解释出他为什么会和凯瑟琳因为历史的芝麻小事争吵个不休，他就是这么一个刨根问底的人。

接下来的对话，阿伦和凯瑟琳又为历史上的悬案吵起嘴来，不过这让火车上的旅程不再乏味和尴尬。两个人在持久的争执之后停了下来，但这不是他们的本意，因为两人的争吵声已经让隔壁的旅客难以休息，一个听起来是健壮男人的厉声让他们闭上嘴。

安静下来的两人一同看着车窗外的夜色，天边时不时地冒出火光，那是德军飞机的"杰作"。看着这一道道"闪电"，凯瑟琳担心地说："阿伦，德军的飞机一会儿会不会来轰炸我们？"

"我想他们不会对一辆开往苏格兰的破旧列车感兴趣！"

看着凯瑟琳美丽的身影，阿伦一种异样的情感在他的心底渐渐浮生！

（二）

火车出人意料地在早上 6 点 40 分到达格拉斯哥，比预想的晚点 10 分钟，不过谁还会在乎这无关紧要的 10 分钟。四号车厢内睡着的一男一女纷纷醒来。阿伦发现凯瑟琳昨夜靠着自己的肩膀入睡，依偎在他旁边，柔顺蓬松的头发贴着他的面颊。这一刻阿伦产生了爱情的感觉，令他心情愉悦。

下了火车，他们费劲地在车站附近找到一辆出租车，到了码头之后，二人又坐渡轮到达农港。可是在农港想要找车去夏伊拉城堡就比登天还难了，因为那里车少人多，出租车基本上已经预订一空。

现在是下午 3 点，因为找车无望，二人来到一家酒店，想借助酒店服务来找车去夏伊拉。

"您好先生，我有什么可以帮助您的？"

"我们想去英伯拉勒村的夏伊拉城堡，可是我们找不到出租车，您能帮我找一辆吗？"

前台小姐睁大了眼睛说："最近好多人都去那里，我不知道为什么。刚才就有一位客人说也要去那里，你们可以和他商量要不要拼车，这样费用会便宜一些。"

"那位客人叫什么名字？"凯瑟琳问？

"查尔斯·斯旺"

"怎么没有听说过这个名字？安格斯老人的遗产他也有份吗？"阿伦不解地问凯瑟琳。

"应该不会，老人的遗产只有两个人有继承权，一个是他的弟弟，科林·康波尔，另一个则是他的妻子。"

"您是说科林·康波尔？"前台小姐插话进来，"昨天他还在我们酒店，晚上坐车去了夏伊拉城堡。先生，你们决定和斯旺拼车了吗？"

"只要他同意，我们没有意见。请问他现在在哪？"

"刚才好像说去街上的饰品店了。"

"走吧，阿伦，我们也出去转转。"

"好的，请问小姐，你能跟我形容一下斯旺先生出去时候的穿着吗？我们一会儿要是遇见他，就直接和他谈。"

"他戴着一顶灰色格子的贝雷帽，穿着白色衬衫，深蓝色的西裤。"

"谢谢！"

阿伦和凯瑟琳走出旅馆，来到附近的街上，在逛了两家小店后，又走进街上最大的一个饰品店。这家店里摆放着苏格兰最著名的青花色的格子布，以及领带、茶具、烟灰缸等精美的小饰品。这些漂亮的东西看得凯瑟琳眼花缭乱。

这时，阿伦发现收银处站着一个身材魁梧的男人，穿着白色衬衫，深蓝色西裤，最惹眼的是他那顶灰色格子的贝雷帽。

"请问，您是斯旺先生吗？"阿伦走上前去。

"你们是……"

"我有事情相求，我们想去夏伊拉城堡，可是已经没有车到那里了，酒店的前台小姐说您也要去哪里，所以我们想问您能不能一起拼车去？"

听到这，斯旺先生爽朗地笑着说："这有什么不可以，非常荣幸能与你们同行，路上多了旅伴是一件令人愉快的事情。"

"太感谢您了，我叫阿伦·康波尔，这位女士是凯瑟琳·康波尔。"

"你们是康波尔先生的亲戚？"

"对啊，莫非您也是？"

"我不是，我有一个问题，你们认识艾露丝帕吗？"

阿伦茫然地看着凯瑟琳，凯瑟琳认识这个人："艾露丝帕是安格斯先生的夫人，她是老人的第二任妻子，城堡里的人现在都很怕她。艾露丝帕今年70多岁，身体非常好，精神矍铄。不过这都是我听别人说的，我可是一次面都没有见过她。"

斯旺兴致盎然地听着凯瑟琳说，然后在付完饰品钱后，3个人一同走出饰品店。

"从这儿到夏伊拉还有很远的路程，我不能在那里过夜，所以趁着天黑之前还要赶回酒店，今天我一定要睡一个好觉。"

"为什么这么说？"

"昨晚火车上，我的隔壁有一对夫妇吵架，而且是为了一些莫名其妙的话题吵，像什么公爵夫人是不是荡妇等，害得我天快亮了才睡着。"

听到这，阿伦和凯瑟琳都不好意思地想要把头缩进衣领中，不过斯旺好像没有看到他们的异样，继续说："这对夫妇真是奇怪，大半夜的还有心思吵架，要不是我制止他们，我想现在还在争吵。"

"斯旺先生，那对夫妇现在没有争吵，他们就站在你面前，不过他们不是夫妇，而是堂兄妹！"

斯旺先生吃惊地看着他们，然后3个人不约而同地开怀大笑。

"真没有想到会是你们两个，我为我刚才不礼貌的言论道歉。"

"没关系，我是一名历史系教授，她是哈本顿女子大学的助教，所以您现在不会对我们昨天晚上的争吵内容感到奇怪了吧？"

"哈哈，不奇怪，我现在知道你们的关系了，好了现在出租车来了，我们赶快上车吧！"

3个人开始了向夏伊拉城堡进发。斯旺坐在司机的旁边，阿伦和凯瑟琳坐在后面。司机是一个健谈的中年人，在路上一直炫耀他的车技，他还说自己经常开车拉棺材。

"上周的康波尔老人的葬礼就是我把他拉到墓地的，你们现在去夏伊拉，难道你们也是康波尔家族的成员？"

斯旺指了指后面的两人说："他们是，我不是。"

"昨天也有一个康波尔家族的亲戚坐我的车，叫科林·康波尔，那个老人脾气很坏，而且是一个不讲道理的老人，他说了很多康波尔家族的坏话，还说那里是个不干净的地方。"

"怎么不干净，难道那里经常有幽灵出没？"

"倒不是这么说的……"或许看到车后面是两位康波尔家族的成员，所以司机欲言又止，话只说了一半。

这时候，斯旺从旅行包内拿出一张地图，在地图的旁边有一行小字，是对夏伊拉城堡的简介：夏伊拉城堡修建于16世纪末，是一座20米高的气势宏伟的建筑，在城堡的大门有一座高耸入云的石塔，旅游者在很远的地方就可以看到它。这个石塔发生过震惊世人的古连科屠杀事件。

"那里还发生过屠杀事件，我都没有听说过。"司机说。

"这起事件是两个家族的仇杀，就是康波尔家族把马克多纳尔多全家都杀了，实在是非常的骇人。"凯瑟琳说。

斯旺接下来又读下面的文字内容："屠杀事件发生以后，古堡的主人伊万·康波尔为这种血腥的罪行而忏悔，于是从石塔的顶端跳下，当场摔死。"

"这倒与安格斯老人的死法如出一辙。"阿伦说。

"但是后来，"斯旺继续读道，"后来有一个传说，伊万·康波尔不是自杀的，而是被康波尔家族杀死的人化为幽灵来找他报仇，最后伊万走投无路，来到了石塔的顶端，被逼无奈之下跳了下去。"

"对了，司机先生，现在村子里的人怎么看待安格斯的死？"

司机没有理会阿伦的提问，开着车，眼睛向前看。

（三）

不一会儿，出现在4个人眼前的是一个非常美丽的湖泊，那就是洛格·发英湖，过了那个湖就是夏伊拉古堡。其实他们现在所处的地方已经是英伯拉勒村，只是这里不是居住区，所以没什么人。一眼望去，湖面碧波平静，连一点细纹都没有，3位乘客不禁赞叹此地居然有如此的美景。车一直沿着岸边开着，然后司机用右手一指远处的一片房屋，说："我就是这个村的村民，我的家在那边，不过今天不能请你们去做客了，因为要想去夏伊拉必须往相反的方向开。"车子又开了大约5分钟，司机突然一个急刹车停了下来。"不好意思，我的出租车没有水陆两栖的功能，所以只能划船过去了。"

3人走下车，来到了岸边。微风从水面袭来，在这初秋的季节里带来了一些凉意。阿伦用力地划着船，不久，气势磅礴却又阴森恐怖的古堡出现在了3个人的面前。

"和介绍上描述的一样！"斯旺先生说。

"不！我觉得比介绍上面说得更加恐怖和神秘！"凯瑟琳说。

当船渐渐地像对岸靠近的时候，在岸边出现一个人，那个人拱手对着船大喊："喂……你们是干什么的？"

船终于到了岸边，斯旺对其他人说："他或许就是科林·康波尔！我对他进行过报道。"科林走了过来，丝毫没有欢迎的意思，他带着质疑声问："你们是来干什么的？"

阿伦走上前去，先做了自我介绍，然后又介绍了另外的人。"我和这位女士是康波尔家族的成员，我们是应邀来到这里参加亲属会。"

"这两个人呢？"

"这位是斯旺先生！"

"是艾露丝帕夫人邀请我来的。"看着科林，斯旺的表情有一些慌张，或许是那张太过威严的面孔在这阴森的城堡背景下让人感到恐惧之情。

突然，科林怒眉横起，用非常强硬的口吻说："这绝不可能，艾露丝帕夫人绝不会邀请你的！我根本就不相信！"

"您为什么不相信我呢？"

"因为夫人平时除了儿子和医生，根本不会见其他人，她的最大爱好是看一份叫作《蒂利》的无聊报纸，我真搞不懂她为什么会热衷于阅读这样一份三流的报纸。"

"我也这么认为，科林先生，那份报纸实在是太无聊了，我看到第一页就不想再往下读了。"

这时候，斯旺先生脸色阴沉地说："请二位口下留德，那份报纸是我创办的！"

听到这，凯瑟琳又陷入了在饰品店的尴尬之中，科林倒不以为然，像没有听到似的。阿伦作为局外人有些不知所措，斯旺又恢复了笑脸，开玩笑地对阿伦说："你要也说我的报纸的坏话，我就把你和凯瑟琳在火车上一起睡觉的事情报道出去！"

科林听到斯旺的话突然大笑了起来："哈哈哈！没想到康波尔家族的两个人搞到了一起，而且在火车上做出了偷鸡摸狗的事情。"

阿伦想要上前和科林理论，但是被凯瑟琳拦住了。

"不用你们描述，我也能想象出当时的情形。没关系，年轻人谈恋爱是正常的事情，斯旺先生没有必要把这平常不过的事情报道出去，谁年轻的时候没有激情过！"

科林说完，在场的所有人都笑了。这时候，好像没有了刚才紧张和恐惧的气氛。

"好了，各位，别在这里站着了，我带你们到古堡里面转转。哦，对了，两位年轻，在古堡里可不能允许你们住在同一个房间，艾露丝帕夫人可是一个传统守旧的人！"科林说完，又一阵笑声传来。

几个人走过一座石桥，走进古堡。

阿伦边走边问科林："除了我们，最近还有谁来到古堡？"

"邓肯律师和保险公司的业务代表查普曼。"

"他们来做什么？"

"我哥哥的死现在还没有一个定论。如果他是他杀或意外死亡，那么我和夫人能够获得 3 万多英镑的保险赔偿。如果我哥哥是自杀，我们一分钱都拿不到。叫保险公司的人过来就是为了对这件事情进行调查。"

"安格斯先生这么有钱，还需要那几万英镑的赔偿金吗？"凯瑟琳问。

"你和村子里的其他人一样，觉得我哥哥很有钱，但那是以前的事情。我哥哥生前和朋友做生意，结果把家产几乎全部赔了进去，现在只剩下这栋老旧的古堡。你说，我们能不不希望得到那几万英镑吗？"

说着，几个人来到了客厅。这是一个非常宽敞的大厅，在屋子的最里面有一个壁炉，在昏暗的灯光的衬托下，那个壁炉的火焰显得非常的耀眼。这里的温度要比城市低很多，所以点燃壁炉也比城市早。阿伦走进屋子，环顾了一下房间的布局。在客厅的墙壁上挂着大幅的宗教挂画，而在每一张桌子上面都摆着一本又大又厚的《圣经》。在房间最显眼的地方，也就是壁炉上面，一个老人的黑缎带照片挂在那里，如果没猜错的话，照片中的人就是去世的老人安格斯·康波尔！

正当几个人在欣赏客厅的布置时候，从另一间屋子里传来了两个人的对话声音，一个年轻人和一位长者。

"你好，邓肯律师，我这次来的目的是调查安格斯老人的死因。和先前的观点一样，如果老人是自杀的话，我们将不对他的死亡进行赔偿。"

"你以前见过安格斯老人吗？"邓肯律师问。

"我见过，他是一个非常慈爱的老人，很有亲和力并且为人幽默，我对他印象很好。不过私人感情和工作应该分开来看，我想要的是最公正的结果。"

"安格斯老人很爱财，这你也知道吧！"

"对。"

"他在 3 天前和你们公司签订了一份价值 3.63 万英镑的保单，并且合同书中明确了自杀是不能进行赔偿的条款，可是在 3 天后他就选择了自杀，你觉得这符合逻辑吗？"

年轻的保险调查员哑口无言。

邓肯律师依旧不依不饶。

"不管怎么说，你都要承认，安格斯老人在去世之前破产了，只留下了这座古堡，难道他想用死亡的代价去骗你们的保险金吗？"

"可是警方已经认定安格斯先生是自杀！"

"乡野的警察怎么会断案！我现在要你承认安格斯不是自杀而是他杀，杀死他的就是阿莱克·霍布斯，有人证明那天他和安格斯老人在争吵！"

两个人在房间内争论不休，看样子邓肯律师稍稍占据上风。他始终坚持安格斯是他杀，并且认定了凶手，说得头头是道。

在争执停止几秒钟之后，查普曼说："我来给你复述一下那天的情形：安格斯先生死去的那天晚上，9 点钟准时回到了卧室准备入睡，他从里面反锁上了门。可是在第二天的时候，人们发现他死在了石塔下面的石板路上，房间内多了一个宠物箱，丢了一个日记本。法医经过鉴定，安格斯死于坠楼，他的体内没有毒药，也没有酒精残留物，最初的推断是他不小心坠楼。后来警方否定了这个说法。

关于他杀的质疑，第二天早上，警方在检查安格斯先生的房间时，他的门是锁着的，除了那个门，房间没有其他通向外面的途径。唯一有一个窗口，可是那里距离地面高 20 米，墙壁非常光滑且与地面垂直，不会有人从那里进入到房间。这样一个严密的房间，谁会进去对老人行凶？"

查普曼看起来字字在理，可是邓肯先生很快用一个疑问反驳了他的观点："表面上你说得都对，但是我有一个疑问，那就是从安格斯的床下发现的宠物箱是怎么回事？那天晚上 9 点，安格斯和霍布斯发生了激烈的争吵，夫人和女佣都听到了，夫人害怕他们会动起手来，于是就到石塔顶端的房间。可是到达那里之后，根本看不见霍布斯的人影，她找了又找，古堡的每个角落都找遍了，包括老人房间的床下，衣柜里都找了，还是没有发现。在和安格斯攀谈几句之后，夫人就离开了房间，老人把房门锁上，准备睡觉了。可是第二天发现老人死的时候，警察在房间找到了那个宠物箱，我想这个箱子一定是凶手因为某种意图放在房间内的。所以说，这又怎么解释呢？"

年轻的查普曼再一次陷入沉默之中。

"这样吧，律师先生，我们回到石塔上面仔细调查一下。"

（四）

两个人打开门。房间内的灯光照亮了黑暗的走廊，这让正在偷听二人说话的阿伦和凯瑟琳非常难堪。可是邓肯和查普曼完全没有理会他们。看着两个人的背影，阿伦不知道他们争执的结果会怎样。

邓肯和查普曼消失在视野中后，阿伦开口对凯瑟琳说："他们刚才所描述的事情，听起来非常恐怖，安格斯先生不是自杀，也不是他杀，难道他是被幽灵害死的？"

凯瑟琳吓得有些发抖，她好像一来到这里就表现出一种畏惧。

"刚一到这里就遇到这种谜一样的事情，感觉不太妙！"

这时候，斯旺兴高采烈地走了过来，他好像对这里发生的一切非常感兴趣，一走到阿伦和凯瑟琳身边就说："这里的谜案真的是玄之又玄，我们多转一转，没准明天报纸的头版就能完成了，题目就是'古堡主人离奇死亡，是自杀？是谋杀？还是幽灵作案'。"

说完，斯旺离开了他们，临走时说："我准备去找女佣了解一些资料，这是获取第一手资料的最好途径。况且艾露丝帕夫人是我们报纸的忠实读者，为了表达对她的敬意，我会让女佣带我去见她，就凭夫人对我们报纸的喜爱程度，她一定会让我在这里住下来。这样的话我会为此做一个专栏，那样我们的报纸会卖疯了的！"斯旺越说越热血沸腾。

一行几个人一同来拜访艾露丝帕夫人，一走进她的房间，阿伦远远看到一个雍容华贵的老妇人端坐在一把气派的座椅上，这完全不是一个破产者妻子应该有的派头。

艾露丝帕夫人手拿《蒂利》报纸，科林站在她的身后，把本来很耀眼的灯光微微调暗了一些。

"科林，你还是把灯开得亮一些吧，我都看不清阿伦和凯瑟琳了！"于是灯光在夫人的要求下又亮了起来。

"真是两个漂亮的年轻人，继承了康波尔家族的优良血统，就是在几万人之中我也会一眼认出你们两个。阿伦，我想知道你的教祖是谁？"

"这个……"阿伦不知怎么回答这个问题，"我想应该是英国国教吧！"

"怎么回答得如此犹豫，难道你不清楚自己的教祖是谁吗？"

"夫人，是英国国教，我非常肯定！"

"你呢？凯瑟琳？"

"和他一样。"凯瑟琳聪明地回答。

但是这并没有让夫人高兴，"你们不要被英国国教那些骗人的把戏迷惑了，改信苏格兰教派吧，康波尔家族世世代代都信奉苏格兰教派。"

夫人抬起头，看了看同样挂在壁炉上的安格斯老人的遗像。然后，突然问起斯旺："你是谁，也是康波尔家族的人吗？"

"我不是，夫人，"斯旺满脸笑容地说，"我是报社记者，您手上那份《蒂利》就是我和几个朋友一起创刊的！我们的报纸为能有您这样高贵的、忠实的读者而骄傲！这次我是专门为事情的真相而来，我们打算对此进行大篇幅报道，并且是独家报道。"

站在夫人身后的科林不禁一惊，好像对斯旺此行的目的有一些质疑。

"这位先生，听口音你不是英国人吧？"

"我出生在加拿大。"

"你信奉哪一种教派？"

"我是无神论者。"

夫人一听此言，勃然大怒！斯旺看出了夫人的不快，可是说出去的话，泼出去的水，想要改口已经来不及了。

"我的丈夫刚刚去世，一个自称无神论者的家伙就出现在古堡里，这实在是对我丈夫极大的不尊敬。我现在让你走，不要在古堡里停留一步！纵然你是《蒂利》报的记者，但是我不能让一个无神论者玷污了这个地方。来人啊！把他给我轰出去。"

几个下人粗暴地走过来，拉扯斯旺先生，斯旺被这情形吓坏了，他没想到自己的一句话会引来这样大的麻烦。

"夫人，我对您的做法十分失望，我觉得你不配做康波尔家族的主人。"敢如此大胆说话的是凯瑟琳。站在一旁的阿伦对她如此举动十分吃惊，他用手捅了捅凯瑟琳，意思是为刚才的失言道歉，可是她不但没有道歉，而且言辞更加激烈。

"夫人，您想听听我对您的第一印象吗？您是一个脾气古怪的老巫婆，明明是自己写信邀请斯旺先生来，可是来之后又把人家轰走，这是不是太过分了！我想您是一个崇尚自由和权力的人，每个人都有信仰的权力自由，所说我对您刚才的做法十分气愤。"

听到凯瑟琳此言，阿伦心想完了，这下恐怕自己也要被轰走了。

可让人意外的是，夫人不但没有生气，反而笑眯眯地对凯瑟琳说："你不愧是一个有性格的女学者。我喜欢你这种性格，是我们康波尔家族的人。阿伦，你的想法和凯瑟琳一样吗？"

"不，夫人，我不会那么评价您。不过对于您对斯旺先生的态度，我还是觉得欠妥当。您不怕他回去之后，写一些有损于古堡和康波尔家族名誉的文章来吗？"

"是，是，阿伦说的有道理。"科林说。

"但是我无法容忍一个无神论者出现在我的古堡里，这是不能更改的原则！"

"可是，您自己写的亲笔信，邀请斯旺先生前来，您忘了吗？"科林插话进来。

"科林，这里我是主人，我说怎样就怎样。你现在按我说的去做，我先和凯瑟琳好好聊一聊，你带阿伦去石塔上面，给他介绍一下我丈夫是怎么死的。"

科林无法抗拒夫人的威严，只好按她说的去做。科林带阿伦走出房间，沿着走廊，走进一扇小门，就是刚才查普曼和邓肯进去的那一扇门。通往石塔顶端的是一个螺旋形的楼梯，一共6层，104级台阶。这是一个圆形的塔屋，屋内满是泥土，混乱肮脏，而且霉味四溢。

"这个窗户上虽然上着锁，但是从来没有锁过，所以任何人都有可能顺着这个窗户进来到塔顶我哥哥的房间。"

"安格斯先生一直就住在塔顶的房间里吗？"

"我哥哥喜欢住在高的地方，因为可以看到周围的美景，尤其是夜晚的湖面。"说着，二人已经走到了第二层，阿伦向窗外望去，确实美景如画。此时正是日落时候，晚霞已经映红了半边天，景色十分艳丽。远处是英伯拉勒村的村镇，而更远处的半山腰上，坐落的就是著名的旅游景点阿加伊尔城。科林还说如果是在下雨的时候，古堡的四座塔会呈现出四种不同的颜色，十分神奇，不得不令人啧啧称道。

年迈的科林累得气喘吁吁，但是他还没有停下嘴里的话："我想夫人一定知道什么秘密，但她没有和我讲，因为事关 3.63 万英镑，你别小看了这些钱，那可是我们剩下年月的养老钱。夫人是一个固执的老太婆，她根本不把警察放在眼里，曾经因为警察没有找到古堡里丢失的牛，夫人大骂警察是饭桶，他们和偷牛的贼是同流合污。"

说着，科林站在那里点了一支烟，阿伦此时问："你们要是得到那笔钱，是一人一半吗？"

"对，我哥哥的遗嘱上是这么说的，财产有我的一半，虽然他是一个守财奴，但对我还是很好的！现在我们过着一贫如洗的生活，要是没有那些钱，我和夫人都没办法活了，这栋古堡也不值几个钱，更何况没有人愿意要它。"

说着，科林喘气声音越来越大。

"年轻人，我们休息一下好吗？我年龄大了，跟你们不能比啊！"

阿伦和科林站在楼梯上。

"您能向我介绍一下那个叫霍布斯的人吗？"

"霍布斯是一个酒鬼加无赖，他早先和我哥哥创办了一个冰激凌厂，结果赔了个精光，霍布斯非说是我哥哥欺骗了他，一直找他麻烦。"

"听说那天晚上，霍布斯和安格斯在争吵？"

"没错，因为我在伦敦开了一家诊所，所以我没有亲眼看到。我听夫人说那天她和一个女佣在快 10 点的时候到了塔顶的房间，那时候我哥哥和霍布斯已经吵完了，他把霍布斯赶走了。差不多 10 点整的时候，夫人和我哥哥说了晚安，然后放心地回到房间。可没想到的是，第二天他的尸体就被人发现了。"

"你是怎么确定安格斯先生已经上床睡觉了？"

"因为发现他的时候他穿的是睡衣，而且床上的被褥很凌乱。还有，窗上的黑布已经拿了下来。每天关灯上床睡觉之前，他都会把黑布拿下来。"

"窗上为什么会有黑布？"

"你忘了现在是战争时期吗？避免轰炸用的。"

"怎么外面的这些窗上没有黑布？"

"这里的灯比较低，不容易发现，所以就没有蒙上黑布。那个房间在 20 米的空中，很远就能看到，必须蒙上黑布，否则就成了德军飞机的靶子了。"

"警察说具体的死亡时间了吗？"阿伦问。

"在 10 点到 11 点之间。"

（五）

两个人来到了石塔顶层安格斯的房间。这时候，查普曼和邓肯律师还在为保险的问题争论不休。

"你说的那个宠物箱作为不了他杀的证据，因为里面没有宠物。"查普曼说。

"笑话，调查员先生，你是不是逻辑混乱了，里面有没有宠物和事实能联系上吗？"邓肯反驳说。

这时候，两人的目光同时向走过来的阿伦和科林投过来。这是一个圆形的房间，就在楼梯的附近。虽然房间的面积还算大，但是地面与天花板的距离就很近，一个高个的人要是住在里面的话，几乎能头顶着天，脚踩着地。门把手还完好无损，但是门锁已经被撞坏，是在第二天发现尸体之后，有人把它撞开的。

房间内摆放着《圣经》、照片等，从这可以看出安格斯是一个学者般的老人，而且是一个不修边幅的老人，因为老人的鞋很随意地摆放在床的下面，拖鞋和皮鞋都凌乱地放着。

"这位是来自伦敦的阿伦教授，他可是历史领域最年轻的教授。"科林介绍说。

"失敬失敬！年轻有为啊！"邓肯律师说，然后走上前去和阿伦握了握手。

"邓肯律师，你写信邀请我到这里来，参加亲属会，可是……"

"阿伦教授我们先不要谈论这些问题，我们先说说安格斯先生是自杀还是他杀！"

说着，邓肯律师把阿伦带到了窗边。

"律师先生，我和凯瑟琳，对于安格斯的案是心有余而力不足，不能做出什么贡献，我现在真不知道安格斯先生到底是怎么死的。"说完，阿伦扭过头看了看查普曼。

邓肯笑笑说："没关系，我只是想让你了解情况。"

阿伦转过身，看了看旁边的窗子，说："那天早上，这个窗户上的黑布就被摘下来了吗？"

"是的。"科林说。

"有没有这种可能。那天晚上关灯之后，安格斯先生忘记拿下窗上的黑布，走到窗户跟前，因为窗户没有上锁，再加上窗台很低，所以一不小心就从窗户里跌了出去。"

"这不可能！"查普曼立马纠正说，"安格斯先生没有可能是意外身亡，你们看看，这窗台是由一整块石头构造而成，足足有一米多宽，一个人睡在上面都没有危险。如果说是一个酒醉的醉鬼，倒有可能犯下这么愚蠢的错误，可是尸检报告中明确地显示了安格斯先生在那天夜里滴酒未沾，所以意外身亡的可能一点都不存在。"说完，查普曼想要离开，可是被阿伦拦住了。

"请等一等，那个宠物箱怎么解释，会不会凶手事先在里面放上蛇，毒虫什么的，等到半夜安格斯先生睡着的时候爬出来，吓唬他。安格斯先生因为惊吓过度，慌里慌张地误从窗户上掉了下去！"

"哈哈！"查普曼大笑了起来，"阿伦教授，您真有想象力，这种情况都能被你想到。"查普曼一下从床底下拿出那个箱子，这个箱子外面有一个金属罩，里面是塑料盒，上面有金属扣，为了保证动物的呼吸，盒盖上有铁砂网。

"你说的就是这个箱子？哈哈，教授先生，我想你说的那些'怪兽'不会自己爬出来之后又自己爬进去，而且还不忘了把纽扣扣上。况且要是真有这些动物的话，我想在一个密封的空间内，它们不至于有穿墙的本领吧！"查普曼有些生气地摇着头。

"你还不如说是凶手是幽灵，来无影去无踪，不留下一点痕迹！"查普曼最后说。

"这个家伙居然说我哥哥是被幽灵杀的，你这个该死的家伙！"怒上心头的科林想要上前和查普曼"较量"一番！不过还没等他靠近查普曼就已经被邓肯律师和阿伦拦住了。

"科林先生，不要激动！"

查普曼的情绪没有过分的波动，他站在原地，心平气和地说："这不是我说，是村子里的人说这座古堡中有幽灵存在，并且还说康波尔家族是一个不幸的家族。"

"村子里的人都是无知的酒囊饭袋！"

"对了，事情发生之后，霍布斯去了哪里？"气氛在稍稍缓和之后，阿伦突然想到了霍布斯。

"这个人在那天和安格斯先生吵完架之后就消失了，至今没有动静。"

"他一定畏罪潜逃了，这个凶手！"科林依然叫嚷。

"对不起各位，天色不早了，我要先离开了，明天我回去警局，看他们是如何对此案进行定性的。至于赔与不赔，全由警察报告说的算！这样总算公平了吧。"

"你还想指望警察吗？我看还是算了吧，我已经请了基德·菲尔博士，他可是著名的私家侦探，到时候一定会真相大白的。"科林已经从刚才的怒气之中解脱出来，拍着胸脯得意地说。

"这倒是不错，可是请基德博士来的费用……"邓肯说出了一个实质性的问题。

"我自有办法解决！"科林不高兴地回答。

"难道说您让我请来阿伦和凯瑟琳是为了弥补基德博士的费用？"没想到邓肯律师的话一下子激怒了自负的科林，他火冒三丈地怒吼道："我就是卖了古堡，搭上我这条老命，我也不会向两个晚辈借钱！"说完，怒气冲冲地踢开了房门，朝着楼下走去。剩下的 3 个人在漆黑的房间里你看着我，我看着你，不知所措。

离开了塔楼，阿伦回到夫人的房间，此时，她正和凯瑟琳一起共进晚餐。壁炉里的柴火烧得火旺，餐桌上的盘子也噼里啪啦作响。科林和阿伦来到之后，夫人吩咐下人拿来两张椅子和两套餐具，两人一同吃了起来。

科林嚼着一块大香肠，对夫人说："我今天原以为小船上的人是基德博士，要是他来的话，事情很容易就解决了。"

"基德博士是谁？"凯瑟琳不解地问。

科林得意地说："他可是整个英国都闻名遐迩的大侦探，是犯罪学博士。"

夫人对科林的话没有兴趣，她只对盘子里的食物感兴趣。不一会儿，餐桌上的酒喝完了，这时候，夫人提议："把我们康波尔家秘制的威士忌拿来尝尝吧！"听到夫人的这个提议，科林乐开了花，说："快拿，快拿！我已经等不及了！"

下人从地窖中拿来了所谓的秘制威士忌，然后在每个人的杯子倒上一少部分。

"这酒劲很大！先少喝一些，"夫人说，然后她举杯站起身来，"为康波尔家族干杯！"4 个人一饮而尽，只有凯瑟琳轻轻地抿了一口，不过还是被呛得咳了好几声。这杯酒下肚之后，阿伦感觉胃里像是点燃了火把，眼前时亮时暗，眼珠仿佛要从眼眶里掉了出来。不过阿伦的意识还是清醒的。

"我有一个不明白的地方，就是安格斯先生那本日记为什么会丢失，你们知道那里面写了些什么内容吗？"

"我哥哥有写日记的习惯，每次写完之后他都会放到桌子上面，可是死后的那个早上，日记并没有出现在它该出现的位置，而且找了所有地方都没有找到它。至于里面的内容，恐怕只有我哥哥自己知道。来，阿伦，不说这些了，先喝酒！"说着，科林又给阿伦倒上一杯酒，这回可是满满的一杯。凯瑟琳坐在一旁不安地看着阿伦。

（六）

第二天中午，阿伦昏昏沉沉地醒来，前一天晚上他喝了太多的威士忌，结果一醉醉到现在。凯瑟琳走进来给他煮了一杯咖啡，然后跟他讲述昨天他晚上的丑态。

"你昨天晚上和科林都喝多了，然后两个人拿起墙上的刺刀学中世纪的骑士搏斗。我的乖乖，那可是真家伙呀，看得我心惊肉跳，你们两个没有受伤实在是走运。"

"真的是这样？夫人看到后没有暴跳如雷？"

"相反，她非常开心，说这才是康波尔家族的男人。更搞笑的是，正巧那个倒霉的记者斯旺被仆人带了回来，向夫人请示该拿他怎么办。这时候，你们两个人拿着剑向斯旺跑了过去，嘴里还喊着为民除害。斯旺见状拔腿就跑，可还是被你追上了，你用剑刺破了他的屁股，幸亏仆人们赶了过来，拦住了你们，否则斯旺小命就没了。"

阿伦听了感觉非常不可思议，也很懊悔，不知道以后该如何面对斯旺。

"斯旺先生现在怎么样了？"

"他现在哪敢在古堡里待着，今天一早就坐车回酒店去了。"

阿伦喝完咖啡起来洗了一个澡。昨天的酒劲现在还没有过去，头痛难忍，不过他还是起来，换了一套西装，因为凯瑟琳说基德博士已经来了。

当阿伦赶到客厅的时候，科林和基德博士正在喝茶聊天。基德是一个肥胖的男人，怎么看怎么都不像一个名侦探。他看阿伦赶来，马上起身向他问候："中午好，如果没猜错，你应该就是阿伦教授。"

"你好，久仰基德博士的大名。"

"不敢当。"

阿伦也坐到了沙发上。

"基德博士是今天一早赶来的！"科林说。

"看来博士非常幸运，我们来的时候，和别人拼车来，博士一来就有车了。"

"也不是，当我刚要找车的时候，正好有一辆停到了我面前，里面下来了一位臀部受伤的记者，我就是坐那辆车来的。"

听博士着这么说，科林笑了，阿伦惭愧地低下了头。借着这个笑容，科林又打趣道："看来教授你的剑法还有待提高啊！"这话让基德博士一头雾水，阿伦则是更加羞愧难当。

这时，基德博士突然问二人："昨天晚上的时候，你们有没有到石塔的楼顶上去？"

科林和阿伦都摇了摇头。

"这就奇怪了，那个受伤的人好像是个记者，他问我去哪儿，我说去夏伊拉古堡，他说他昨天晚上想在周围找一些素材，当他抬起头看到石塔上面的时候，他被吓傻了，一张幽灵的面孔浮现在那里，非常清楚！"

听到这，阿伦和凯瑟琳屏住了呼吸，除了科林。

"这不可能，每个人来到这里都说是看见了幽灵，可是我从来就没有见过，他们就是为了炫耀自己才会这么做的。"

"科林先生，我们先把真伪抛在一边，听我把话说完。看见幽灵的不止斯旺一个人，还有一个司机。据他讲，那个幽灵穿着军装，一只眼睛，身上披着斗篷，一面的脸凹陷下去。"

"这会不会是那个伊万·康波尔的幽灵显灵了？"阿伦惊讶地瞪大了眼睛。这时候，邓肯律师和查普曼调查员走了进来。

"我要告诉你们一件事情，霍布斯有消息了！他就在这附近的古连科村。"宣布消息的是邓肯律师。

查普曼插话进来："我觉得我们应该去和他见一面，这样的话许多情况就能够解决了。"

"会不会又是假情报，我们经常收到这样的假情报。"科林不屑地说。

"你们说的这个霍布斯就是那天和死者吵架的那个人吧！"

"没错。"

"他们为什么吵架？"

"因为生意上的纠纷。"科林说。

"这个老人就是安格斯？"基德博士指了指壁炉上面的照片。

"没错！"

"他可不像一个自杀的人。"

"博士先生，我真高兴你能这么说！"邓肯律师对博士的说法非常赞同。而查普曼一脸不高兴地说："一张照片如果就能判断一个人的死因，那么天底下的杀人案就变得容易了！"

基德博士微笑着对查普曼说："年轻人，有些事情并非眼见为实，我对这起案件进行了详细记录，我跟你们讲一下，看看有什么不对的地方。

安格斯先生是在晚上9点的时候就寝，锁上门关好窗户之后开始写日记。在9点半的时候，霍布斯混进到石塔，来到老人的房间，没有人知道。这里有一个疑问，就是霍布斯是如何进入到石塔里面的。"

科林回答了这个问题："石塔的大门虽然有锁，但是基本上不用，因为我哥哥的房间也有自己的锁。"

博士又说："霍布斯和老人争吵，夫人和女佣闻讯赶来，可是当她们到达塔顶之后，霍布斯已经走了。但是夫人并不放心，仔细地检查了房间，没有在床下面发现宠物箱。"

突然，夫人从门外面走了进来，否定了博士的说法："不对，在那个时候我看到了箱子。"

"可是你在向警方诉说的时候，你说没有看到啊？"

"我说的是没有看到废纸箱，不是这个宠物箱。"说完，夫人转身又走出了房间。所有人都对这个变故议论纷纷起来，博士让大家先安静下来，听他接着说："夫人走后，安格斯先生锁门，睡觉。第二天早上6点半，用人在石塔下面发现了他的尸体。据推算，死亡时间在前一天晚上10点到11点。尸检结果表明体内没有酒精和其他药物。安格斯先生死后房间的门依然是反锁的，从窗外爬进人的可能也不复存在，房间内也没有藏人。床上有碾压的痕迹，死者穿着睡衣，但是没有穿鞋。门把手上面只有老人一个人的指纹。那个宠物箱不是老人的东西，并且前一天晚上房间内没有那个箱子，而且那是一个空箱子。根据以上种种推测，安格斯老人的死因有两个可能，一是自杀，二是被某种东西吓到，仓皇之中跳楼身亡。"

在场的所有人听得聚精会神。不一会儿，查普曼讥笑地说："不会又是什么蛇、昆虫之类的假说吧，如果要真是那样的话，我宁可相信是幽灵干的！"

科林听到这句话再一次怒火燃烧："不可能，要是真有幽灵的话，我从今天开始到那个房间里去睡，看看到底有没有幽灵！"

这时，女佣慌忙地跑过来："斯旺记者又来了！"

没过多久斯旺一瘸一拐地走进门。

"诸位都在啊！"阿伦看到斯旺自己恨不得找个地缝钻进去。

"昨天的事情我实在是……"

"没关系，我这人从来不记仇，我今天是来和你们谈笔交易！"

"什么交易？"

"昨天我下车的时候，我看到了鼎鼎大名的基德博士，我此行来的目的就是得到基德博士对这起案件调查的第一手材料，作为兑换条件，我对你昨天对我屁股的伤害既往不咎，并且不会以你们为主角写一些乱七八糟的文章。怎样？这个交易还不差吧？"

这时候，科林意外地走过来："昨天我也对你有所不敬，实在抱歉，你的条件还不错，我赞同！"

斯旺满意地笑了，突然。一盆冷水从二楼泼了下来，完完全全地落在了斯旺的身上。

"你这个混账的无神论者，为什么又出现在我的家里！"原来是夫人。

斯旺被浇了一个透心凉，可谓是有苦说不出，所有人都没有对他报以同情，除了科林。

"斯旺先生，实在是不好意思，那老太婆太古怪了，你跟我到二楼把衣服晒干，我那还有几件没穿过的衣服，你试一下，看看合不合身。"

斯旺现在想回去也回不去了，只得跟随科林来到二楼的房间。阿伦回到客厅，邓肯律师和查普曼已经离开，现在房间里只剩下凯瑟琳、阿伦和基德博士。

基德博士在思考着什么。

"我感觉这件事情非常的蹊跷，老人把门反锁上，然后从窗户跳了下来，还有科林说他会到那间屋子里面睡觉，这一切看起来不是太简单了吗？还有那个箱子，到底是什么用途？司机所说的幽灵，又是怎么回事？"

"幽灵的问题会不会是有人故意扮演，掩人耳目的？"

"任何可能都存在！你们说那本日记会是谁偷的？"

凯瑟琳说："我认为嫌疑最大的是夫人，日记里面可能有一些秘密，或许与保险有关，或许是其他的秘密。这是她为什么会叫报社记者过来，却不把这个秘密告诉别人的原因。基德博士，凭借你的威望如果直接找夫人的话，或许她会告诉你一些线索！"

基德博士笑了："看刚才斯旺记者的遭遇，我可不敢主动找她！"

<h2 style="text-align:center">（七）</h2>

突然，所有人都被一声咳嗽声吸引，大家转过头去，惊讶地看到夫人正站在门口看着他们。

夫人并没有因为基德博士开她的玩笑而怨恨，这天她心情大好，请大家吃饭。在餐桌上，那瓶秘制的威士忌又出现了，不过这一次，科林和阿伦虽然也喝了不少，但有了上一次的教训，他们还是控制了下来。

宴席散去之后，还算清醒的阿伦搀扶着科林回到他自己的房间。他这么做还是有自己的目的，就是劝说科林今晚不要去那个房间睡觉。但是在攀谈中，科林执着于自己的想法，阿伦根本说不动他。

"为什么我不能去那个房间睡觉呢？门锁和门闩都已经修好了，带上我的被褥就可以了，难道我也会像哥哥那样死去？"

阿伦不安地说："可是我心里总有一种不祥的预感！"

"你没必要担心，如果我死了，至少可以证明我哥哥是他杀而不是自杀！"

"那样你的保险金不就全都属于夫人了？"

"我还有个弟弟叫罗伯特，年轻的时候离家出走了，他比我小一岁，他也有继承权，他要是也死了，他的儿子会继承。"

阿伦见科林如此固执，失望地离开了他的房间。临走时，他回头看了一眼，科林已经开始在收拾他的被褥。

时间到了晚上10点，阿伦躺在床上辗转反侧，根本睡不着，他的心很乱。这时，他起身来到了基德博士的房间。这会儿博士坐在椅子上抽烟，烟雾让整间屋子如仙境一般。

"阿伦你来得正好，帮我做一件事吧！"

"什么事？"

"去石塔顶层的那个房间看看，跟科林说我找他有事。你看我的身材，上那么高的楼实在是有些困难！"

"好的，博士，我也正有此意！"阿伦开心地跑了出去。

到了石塔，阿伦用飞一般的速度上到顶层，他敲了敲门，没有人回应，然后又喊科林的名字，还有无人回应。阿伦心想会不会刚才的酒精起了作用，他睡得太深了。

但是转念一想，不可能，刚才和他说话的时候，科林清醒得很，即使睡着了，自己这么大的声音也应该把他吵醒。

一种不祥加恐惧萦绕在阿伦的心头，突然他又回到地面，当他打开石塔的大门时，眼前的情景把他吓傻了：科林躺在草坪上，一摊血把周围绿色染红！

科林是一个好人，之所以这么说，是因为他从塔顶摔下来，并没有像他哥哥那样摔死，他摔到了柔软的泥土和草坪上面，只是摔断了腿和腰椎，命保住了。

阿伦又来到了那个房间，他用锯子在上面锯了一个正方形的小方块，好从外面能开里面的锁。在处理完门的问题，阿伦突然从桌子上的几本书中看到一个日记本，阿伦拿过来，上面写着：安格斯·康波尔日记。阿伦打开，从最后一页开始看起，最后一则日记写道：星期六，我的妻子又在喋喋不休地发着牢骚，实在是讨人烦。今天我写了一篇关于无花果的杂文，是写给弟弟科林的。

晚上霍布斯来和我吵架，他带了一个箱子，最后他没有吵过我，我把他轰走了。现在的房间特别的冷，而且有很大的霉味，我不知道这是为什么。

接下来是一张白纸，也预示着这篇日记不会再有新的篇章。阿伦看到日记本里有好多缺页，他心里暗说，是谁把它弄成这个样子！

离开房间，他来到博士这里。

"我找了你半天！"

"我刚才去石塔了！你这是干什么去？"

"不要多问了，你跟我一起去！"基德博士很慌张的样子。这时候，凯瑟琳也走过来，"你们干什么去？带上我！"

"你不是要照顾科林？"

"现在夫人和女佣在那里，用不着我！"

"那就别磨蹭了，赶快走吧，否则晚了就来不及了！"走出古堡，3个人上了一辆出租车。

"现在我们去古连科！"说完，司机一脚油门，车向古连科驶去。

在车上，阿伦把那本日记拿给基德博士看，博士仔仔细细地阅读起来。

"凯瑟琳，你的推理非常对，日记本是夫人拿走的！这些撕去的页码就是她做的。我想这个日记本里有许多对她不利的内容，从这一句'我的妻子又在喋喋不休地发着牢骚'就能看出，夫人把安格斯说她的坏话全都撕去了！本来夫人想把这里的秘密和记者说，但是后来感觉到恐惧，便放弃了这个想法！"

"我从最后一篇日记看出来安格斯先生不像是自杀的！"凯瑟琳说。

"错，他是自杀的！"

"为什么这样说呢？"凯瑟琳问。

"安格斯先生在70岁的高龄遭遇了生意上的失败，他一定感到万分沮丧，想要自杀也就不足为奇，生命对他来说已经失去了意义。但是为了保险金，他又必须制造一个他杀的假象，所以霍布斯成了他的替罪羊，让所有人都认为他是杀人犯，日记里的叙述是他故意那么说的，而那宠物箱也是他自己拿来的，然后谎称是霍布斯的。这么做的目的就是制造他杀的假象。夫人一开始也被他骗了，但是后来想到自己丈夫的性格，她幡然醒悟，为了不让霍布斯受冤屈，便放弃把这件事告诉斯旺！"

"这么说，夫人还是一个好人。"

"只是脾气坏了点！"博士笑着说。

"那夜晚的幽灵和科林坠楼一事又怎么解释呢？"阿伦问。

"我们还要继续寻找凶手，这件事没有你们想象的那么简单。"博士神秘地说。

车开到了古连科的一个小屋前，3个人下了车，这时候一条小狗冲过来狂吠。阿伦用脚想把它赶得远一点，但是狗仍然不依不饶。3个人走进这间小屋，阿伦上前推开门，恐怖的场景再一次重现，一个男人吊死在了房间里。

基德博士平静地说："又是一起密室杀人案件！"

阿伦在房间内的打字机上发现一份遗书，上面是打出来的字体：是我杀了安格斯和科林，我恨他们，恨他们让我破产，让我一无所有。

看到遗书，阿伦不解地问："这封遗书不是推翻了您刚才的推理？"

博士拿过来笑笑说："你认为这是真的？这种打字版的遗书任何人都可以伪造，我现在明白了安格斯为什么要嫁祸给霍布斯。想知道那个箱子里面装的是什么吗？"

凯瑟琳和阿伦疑惑地摇摇头。

"情况是这样的，安格斯在箱子里面放的是干冰。干冰在空气中气化，释放的有毒气体挥发在密室之中，安格斯本想利用此结束自己的生命，但是在他射入大量的有毒气体之后，他对死亡产生了恐惧，他起身来到窗边，由于腿脚发软，而且窗户又低，安格斯便一头掉到了下面，但是他当时没有立即死亡，所以体内的有毒气体随着呼吸排除了体外，这也就说明为什么在尸检的时候没有发现有毒气体。

"而能够让人一下联想到拥有干冰的人一定是霍布斯，因为他们两人先前合作开冰激凌厂，干冰是主要原料，这也是他嫁祸霍布斯的手段之一。如今霍布斯的死反而是有人杀害，看来这起案件越来越有趣了。"

"根据您的推理，科林也是因为干冰坠楼的？"阿伦说。

"没错，不过他很幸运，他开着窗子睡觉，所以体内并没有摄入太多毒气，而是他掉在了松软的草坪上，保住了一条性命。阿伦，你看到床边的那块黑布了吗？"

阿伦的眼睛向床边扫过去，一块黑布散落在床头。

"博士，这与在安格斯先生房间内发现的黑布相同。"

"但是我想这是凶手为了伪造自杀场面故意这么做的。煤油灯好像点了一晚上，现在房间里还有煤油味道。"

"是的，我闻到了！"

"对于自杀者的心理，他们不希望自己死在黑暗之中，所以这黑布是凶手从窗户上拿下来的。你看那边的窗子，凶手应该是利用那个窗子跑掉的，黑布自然而然地落到了地上。"

这时候，门外有汽车的轰鸣声，邓肯律师赶到了这里。

"律师先生，你来得正是时候，你和罗伯特·康波尔熟悉吗？"

邓肯律师对这个问题感觉有点突兀。

"认识，据我所知他已经在国外。罗伯特是康波尔兄弟中最精明能干的。不过他是一个败家子，将自己的财产挥霍一空后，又拿着家族里的钱跑到了国外，据说去了南非，现在是死是活我也不太清楚。怎么，这个案子与他有关系？"

基德博士捋了捋胡须说："也不尽然啊！"

在基德博士和律师对话的时候，阿伦和凯瑟琳找来了附近饭馆的老板了解情况。女老板说："霍布斯来这里居住是为了钓鱼和研究水纹，他经常在饭馆里吃饭，而且一待就是一天。他喜欢骑自行车哪怕是喝得酩酊大醉也会骑自行车回家的。"

"我刚才看到后面有一辆自行车，不知道是不是霍布斯的。"说着，一行人来到屋子后面，果然立着一辆自行车。基德博士一拍脑门，有些懊丧地说："我怎么这么愚蠢，阿伦，我们现在赶快去饭馆，我需要在那里打一个电话。对！给村子里的警卫打电话！"

（八）

晚上，阿伦和凯瑟琳在夏伊拉古堡的会客厅内看旧相册，突然，二人的目光被一个留着八字胡的英俊男人吸引住了。

"这个美男子是谁啊？"凯瑟琳把照片拿起来，看到后面写着：罗伯特·康波尔。

"没想到康波尔家族还有如此英俊的男人，哎，这个女人是谁？"说着二人的视线又转向一个黑发的漂亮女人。

"她不会就是夫人吧！"说着，凯瑟琳又把照片反转过来，果然在后面写着艾露丝帕的名字，顿时两人大倒胃口。

女佣这时候走进来。

"科林先生叫大家都过去。"

"他不是病危不见任何人吗？"阿伦说。

"不过今天科林先生精神大好，现在正在喝着威士忌。"

二人奇怪地站起身，走出了会客室的大门，跟随女佣一起，到了科林的房间。

基德博士这段时间一直在警卫团调查案件的线索，当阿伦和凯瑟琳从科林那里回来之后，听说基德博士也赶了回来，便在第一时间到他的房间里询问情况。走进门，看到基德博士慵懒地躺在床上，阿伦和凯瑟琳没有打扰他，而是坐到窗边的椅子上。基德并没有熟睡，听到有人进来，他缓慢而费力地坐了起来。

"博士，案子调查得怎么样了？"

"已经找到凶犯了！"

"是谁？"

"不要着急，我们还要等两个人！"

几分钟之后，率先进门的是邓肯律师。

"律师先生，"博士开口说，"通过走访警卫团，我已经找到了杀害霍布斯的凶器！"

"你是说霍布斯不是自杀？"

"没错！"博士又把自己的推理和邓肯律师复述了一遍，邓肯恍然大悟！

"那凶手是谁呢？"

"谁能在保险中获得好处就是谁。律师先生，如果安格斯被认为是自杀，你不是也可以得到一笔可观的律师费？"

"你是在怀疑我？"

"别紧张，律师先生，我想你掌握了一些情况，别着急，凶手一会儿就到！"

几个人屏住了呼吸，没一会儿，果然走进一个人。

"凶手就是他，保险推销员查普曼！"

所有人都看着眼前这个穿着时髦西装的英俊男人，大家不敢相信自己的耳朵。

"你的全名叫查普曼·康波尔，你也是这个家族的成员，你的父亲是罗伯特·康波尔。"

查普曼惊慌失色："博士，你在开什么玩笑，我怎么听不懂？"

"你不用掩饰了，先生，在我们初次见面的时候，我就觉得你和安格斯先生的长相有几分相似，但是我还没有意识到你会是罗伯特的儿子。直到昨天，我去警卫团调取资料，才发现你的真实身份。8年之前，在你的父亲去世之后，你从南非回到英国，到了保险公司工作，两个月前，你与你的伯父邂逅。

"安格斯先生向你诉说了他的自杀计划，并且保证他的保险赔偿金的一半会给你，这打开了你贪婪的大门，你帮助安格斯先生找到干冰，在间接地帮助他死亡之后，你想到如果科林伯父死了，他的保险金不也是你的了。于是你又用同样的方法，想杀死科林，但是科林命大，没有摔死。"

"你在胡说八道些什么？"查普曼已经紧张得怒吼起来。

"那天你趁着石塔没有人看管，走到顶层，穿上幽灵的衣服，故意让别人看到，制造古堡里有幽灵的传言。这样做的目的就是诱骗你的科林伯父到那个房间睡觉。科林不听阿伦的劝阻，执意要到那个房间，结果险些送命！"

"这都是你的猜测，你没有证据！"查普曼狂吼道。

"还没完，霍普斯也是你杀的，而且我有你杀人的证据。昨天，你来到古连科，找到霍普斯，你趁他不备用绳子勒死了他，然后制造了上吊自杀的假象。然而，百密必有一疏，我一直受困于一个问题，就是你是如何从密室内逃跑的。终于，那天我听饭馆老板说查普曼是一个喜欢钓鱼的人，我突然想到了你的逃跑方法。

"你是从那个窗子逃跑的，在制造了上吊自杀、伪造遗书的假象之后，你从门走出去，绕到房间的后面，踩到自行车上，因为窗子是用铁丝网固定住的，所以你透过铁丝网的缝隙将鱼竿伸进去，用鱼钩钩住门叉，然后用力往回一拽，门就反锁上了。这样，密室逃逸的假象就完成了。

"不过，你太大意了，自行车的座位上留下了你的脚印，而且在你逃跑的半路上，我和警察一同找到了那根丢掉的鱼竿，我想上面应该还留有你的指纹。怎么样，查普曼先生，我的证据够充分吧！"

这时查普曼懊悔地捂住了自己的脸，所有人都看着这个被贪婪的魔鬼笼罩住的年轻人，无不扼腕叹息。

绿人村

【英】G.K.切斯特顿

（一）

"没下一滴雨，真好，又是个晴朗的早晨！"布朗神父兴奋地感慨道，"看来接下来的几天会很清爽，即便看到有云，也会雨过天晴吧。"

坐在他身边的律师泰克是律师事务所的3位合伙人之一，正拿着一支旧钢笔把玩着，"是啊，天上的云团都散得差不多了，天晴得像碧湾天池。"正说着，感觉有人影闪过，他下意识地抬起头看了看。

"哈克先生，听说上尉这几天就要回来了，你怎么样啊？"

"上尉死了！他不会再回来，"哈克是上尉的贴身秘书，他话音未落，屋里的气氛顿时凝固了起来，"是在上尉家附近淹死的。"

他们异口同声地小声重复道："淹死了？"似乎不敢相信这是事实，他们把目光再一次放到了这个通报者的身上，他的几句话犹如磐石落水，久久不能让起了涟漪的水面恢复平静。

"什么时候发现的？"矮个子神父探出身子询问。

"哪里发现的尸体？"泰克律师也紧接着追问道。

"您这是哪里不舒服吗？"这时人们才注意到，哈克身后还有一个警探。

"没关系，我只是一想象到上尉当时的死状有些惨烈，就忍不住唏嘘了一下。"所有人都被这不符合身份的话惊呆了，还没等大家缓过来，一句犹如霹雳的话又在他们耳边想起了。

"说到克雷文上尉的死，我要更正，他不是淹死的。"说话的人是史崔克医生，正是上尉的尸检官。他个子高高、身材挺拔，是真的很高，所有人都仰视着看他。最惹人注目的是他那一把都抓不完的棕色胡子，长至西装深处，即便这样，浓密的胡须也掩盖不掉他棱角分明的五官。只有一点，他说话的时候眼睛微斜，一副发言人的姿态，让人觉得有些不近人情。

还是警探打破了暂时的惊愕，提出质疑："您可有证据？"

"当然，我就是他的验尸官，"史崔克一副神圣不可侵犯的样子，继续说道，"死亡原因已经确定，上尉是被一把尖利的匕首直穿心脏，流血过多致死的，显然池塘不是第一案发现场。"

布朗神父好像看到了主，虔诚地看着史崔克，这也有些反常。一会儿大家都各自散去，布朗神父紧紧地跟上了史崔克，跟他攀谈了起来："刚才的气氛不好多问，那年轻人似乎很关注遗嘱的事，还好泰克很有耐心，告诉他遗产继承没有问题，一定是他那唯一继承人——奥妮芙小姐，可我更关心的是……"这时布朗神父抬头却看见哈克像个快乐的兔子，头都不抬地向前疾走。

史崔克对这个"忠实粉丝"很感冒，礼节性地先问了起来："那您觉得呢？"

"我除了和奥妮芙小姐有过一些接触外，对上尉几乎一无所知，虽然现在也大致有了一两个结论。"

"听说，上尉的脾气很暴躁，是不是仇杀？"医生有点儿斩钉截铁地猜疑道。

"您基本确信是谋杀了？"布朗神父转脸，低头小声迎合。

"不是，这又不关我的事。我只是猜测，他还因为手术的问题跟我争执不休，几近对簿公堂，后来不知为什么就打消了这念头，我猜想他对别人也许也是这样。"史崔克连忙理清他跟自己的关系，很小心地解释道。

"你确信没有该告诉我的事情了？"布朗神父似乎不依不饶，兴趣越发浓厚。

史崔克有点儿歇斯底里："无可奉告！我到家了！"他转身疾走离开，留下布朗神父一人在那里发呆。

这时，他看见奥妮芙在离自己 50 码的前方，正缓慢地走着，刚刚那两个远处的无声背影只剩下一个。奥妮芙好像感觉到了身后有人，回头一看竟是老朋友——布朗神父。两个人的视线撞到一起，神父一看就知道，奥妮芙小姐有话对他说。

（二）

奥妮芙不是我们印象中一般富家小姐的样子，她皮肤黝黑，喜欢一个人空想，平时少言寡语，似乎冷漠了些，当然这是跟不熟悉的人一起时的表现，若跟她熟络起来，她那银铃般的笑声定能吸引你。她跟布朗先生很投机，经常找他谈心事。

"先生，您是不是有事瞒着我？刚才哈克跟我说了，我父亲不是自杀，是被人谋杀后抛在池塘里的，是吗？"

"哦，我可怜的孩子，我不得不抱歉地告诉你，是真的。"布朗先生露出少有的温柔神情，扶了扶小姐的肩。

"你说我到底该不该信？"女孩开始有些激动，啜泣的声音让布朗神父有点儿招架不住。

"没关系，慢慢说，昨晚发生的事情都细细讲给我听。"布朗赶忙安慰说。

"昨天……哦……不……是昨晚，天色已经很晚了，我们知道父亲已经回来了，所以大家都翘首以盼。我们等了好几个小时也不见人影，总觉得是门前的棕榈树和石柱挡了视线，我来来回回地在楼梯上走了好几趟，我现在还清楚地记得她暴躁地喘着粗气的声音，你也知道，姑姑平时说话有点儿别扭，一副对任何事情都满不在乎的样子，高高的鼻子快拧上了天……我只得静下来听他们讲话消磨时间。"

奥妮芙呼出一口气接着回忆道："姑姑气急败坏地在大厅乱转，说：'邮差明明看见过那个粗鄙丑陋的鲁克，为什么也不见他的人影呢？你们为什么叫他上尉鲁克啊？'我没好腔地回答她，'大家都这么叫，有可能他总是穿着海军服，大家以为他是一名海军上尉吧。''应该开除了他，我应该叫我弟弟把他开除。''他确实不苟言笑，整天绷着个脸，看起来跟谁都不近，但他是个好水手。''水手？他可不像个水手，刻板得要命，估计连水手歌都不会唱，更不可能会跳笛舞了。''那您的上将不也一样经常不跳笛舞吗？'我不知为什么很想替他辩解。'你难道不懂我的意思？我倒是觉得那个贴身秘书还不错，学什么都快。'我忽然恍然大悟似的问：'哈克哪儿去了，怎么也不见他？''我管不着啊，再说我不感兴趣。'姑妈依然不依不饶地嘟囔着。"

"此时窗外的夜色已经渐起，月光浮上水面，绵延的海岸线被光照着，看起来那么漫长。周围除了矮矮的树丛和远处的鱼人村落，一切都那么平静，这宁静此令人有点儿毛骨悚然。村落名叫'绿人村'，现在想想父亲死时浑身都是绿色的污垢，再也不觉得美丽了……"

奥妮芙再次激动了。布朗神父一直注视倾听，生怕遗漏什么重要信息。奥妮芙长叹一声，继续讲述："街道上空旷得吓人，一个移动的生物都没有，什么也没有，直到半夜……秘书哈克神色慌张，面色惨白地回来了……"

"他是一个人吗？有什么异状吗？"布朗神父伸着脖子仔细地听。

"不是一个人，跟一个威武的警探一块儿回来的。他面色红润，那张好似磐石的大脸上一点儿也看不出惊愕与恐怖，也许跟他的职业有关吧，倒是哈克的神情让我们的心一震。我一下子都明白了，一定是出事了！我记得他当时这样说：'两位女士，你们好。我是负责这件案子的彭斯警探，很抱歉地告诉你们，我们在附近树丛边的池塘里发现了一具尸体，证实是克雷文上尉的，尸体上满是绿色的水草和浮游在湖水里的污垢。'他一字一句地说，我听得很真切，简直不敢相信自己的耳朵。神父我已经无路可走了，只有你能帮助我。"奥妮芙小姐哀怨的声音融化了布朗神父，作为朋友这是应该的，但作为"警探"，好奇心也驱使他不断地问下去。

"我们就在这儿谈吧！"姑娘有点儿虚脱，事情太突然她已经有点儿站不住了，两人就坐在一个几乎快倒的破亭子里，继续谈。

"哈罗德·哈克，就是将军的贴身秘书，刚刚跟我讲了件让我难以置信的事。"

布朗神父鼓励继续，眼神赶忙迎了上去。

"就是关于那个'上尉'的事情，其实我认识他，罗杰·鲁克？……哦，不现在看来已经不认识他了……"

"怎么呢？"神父着急地问。

"小时候我们很要好，经常在沙滩上一块玩儿。他很好动，也很调皮，总是冒冒失失的。我记得他曾跟我发誓说，他长大了要当一个海盗，我当时以为那就是个玩笑，一定是小说看多了，脑子里全是无稽的幻想。他是我见过最有梦想的人，他一直以此为荣，以致后来家人无奈地妥协了，同意他去当一名水手，就这样他成为一名皇家海军军人……"

姑娘突然面色微红地笑了下，很短暂。

　　"他一定很失望，海军是海军，海盗是海盗。海军不会整日鼓弄锈迹斑斑的骷髅弯刀，挥动着黑色骷髅旗扬帆远扬！后来也许是失望吧，他好像失去了方向，不再像从前那样活泼积极，'快活罗杰'一下子变成了'哑巴罗杰'。我也没想那么多，也许我们都长大了，有心事了，所以渐渐疏远了。若不是哈罗德的话，我真的……"

　　神父的兴致被提到了高处，再也经不起姑娘的哽咽，说道："那天，他在别墅附近的高尔夫球场一个人玩着，反复琢磨着之前将军教他的特殊击球法，麻利得就像是生风的小陀螺，一圈一圈地转着。"

　　"这点我深信不疑。他学东西很快，经常参加什么特技学习班，他也很好学，他可以用六星期的时间速成小提琴，能在一堂课内熟记法语音标。他的生活充满激情和趣味，连我在一旁看着都很羡慕，一个人怎么会有这么旺盛的求知欲呢？现在又是我父亲的私人秘书，前途无量。我觉得他不会一直干下去，他跟我说过他有很多理想，也经常提起在美国生活的经历……虽然现在只是帮父亲回复那些没完没了的信件。

　　"父亲出海的这6个月，他一直在忙着这些。后来他爬上围坡，向远处的海岸线上看，已经傍晚时分，夕阳的余晖竭尽最后的余温也只能把海照成墨黑色。天色渐晚，但他还是能清晰地看见有两个人一先一后走在海岸线上，身上都别着佩剑，明晃晃的剑光很刺眼。从来的方向判断似乎是从海军英雄纳尔逊的木制战舰上登陆的，推算时间，将军的船就是今天抵达。自信的推断让他飘飘然，我当时也很入迷地听他在讲，已经忘了这竟是父亲最后的行踪……他仔细再看，就觉得很奇怪了……"姑娘的神色也开始突变，布朗神父更是好奇了，恨不得把姑娘的嘴贴到自己的耳朵上，生怕遗漏什么。

　　"他说，父亲跟那个人不是并肩而是前后单行，根据神情和动作，他断定，父亲并不知道有人尾随他。后面这个人跟父亲一样穿着现役海军军官的礼服，礼服也很特殊，不是平常的装束，而是参加重要活动和典礼的盛装。定睛一看，原来跟在父亲后面的是鲁克。他当时也很狐疑，既然典礼结束为什么不回家换装而是急匆匆地走在海岸线上。

　　"鲁克的举动更让哈克心生怀疑，只见他跟着父亲，时紧时松，父亲有些耳背，估计也不知道有人跟在后面，虽然天色已经很晚了，但他还是能远远看见鲁克的眼里闪烁着惊慌的目光，极其不稳，时而挥舞着佩剑，好像若有所思，为什么要舞佩剑呢？马上就要看出什么了，却看见他把气撒到了旁边的沙漠植物身上，好像又不想再理前面的人，后来就消失在海湾的岬角处难道是……他杀了我的父亲？"

　　布朗听到这里，稍稍地松了一口气，说道："孩子你放心，我已经知道是谁了，但现在还不能说！"

　　"你已经知道是谁了？刚刚哈克还向我求婚了，这也让我有些抓狂。好吧，我知道你有你的原则，我相信你神父，我先回去了。"姑娘耷拉着脑袋托着沉重的步子，朝路的尽头走远了……

　　奥妮芙说得没错，这个哈克真是个让人抓狂的家伙，昨晚的事情过后他马上就恢复了往日的神情，此时又推搡着警探进屋学起了侦探推理。好在彭斯警探是个久经沙场的老探员了，应付他还是极具耐心的，有条不紊地接着哈克投来的各种问题。

　　"你的话我总结一下啊，传统的案件分析无外乎三种：意外身亡、自杀，再就是谋杀。"

彭斯清了清嗓子说道。哈克则快速地将这些术语在小脑袋中一一归类。

"以你的推断是意外死亡吗？"哈克试探着问。

"将军统领队伍，思维一定缜密有条理，天色并不是很黑，回家的路熟络到可以闭眼走回去，怎么会自己掉进水塘？自杀的可能性也不大，正处要职的他，事业春风得意，富甲一方，又年富力强身体健康。我也查过他的私生活，他绝不是那种会想不开的人……"警探觉得说得有点儿多，止住了话语。

"那就是第三种可能喽。"哈克依然不依不饶地，已经耐不住要发挥自己速成的本事了。

"不要过早地下结论。"哈克急于求成的心态被警探看得一清二楚，反过来将了他一下："作为他的贴身秘书，他有什么类似遗嘱的东西在你的手里吗？"

哈克很失望地说："你也看到了，我就是个年轻人，还不足以被信任到这地步，他的私人律师是刚才我们看到的那个泰克律师。"哈克又开始迫不及待了，警探却显得异常冷静。

"神父会不会已经有了答案呢？"

"你也看到他刚才反应有点儿大，估计他会有新的想法了。虽然我对神父、牧师一类的人不是很感冒，不过布朗神父这个人倒是很特别，之前的几宗珠宝盗窃案也是与我们合作的，他真像个'探长'。"警探特意拉长了尾音，哈克微微闻到了醋意，警探则暗自偷笑。

"不过看刚才他们的神情，布朗神父应该不会知道什么的。"哈克安慰警探说道。

"嗯，是呀，我见他双手扶着那把走到哪里都提着的特号雨伞，正'咚咚'地欢笑着，那个两鬓斑白的律师也露出很愉悦的神情，估计刚才我们的闯入吓坏了他们。"警探若有所思地点点头。

布朗神父并不急着回去，还在回想刚才奥妮芙跟他说过的话："哈罗德跟我发誓他一定没有看错，那就是鲁克……又发誓以后会对我很好，要照顾我一辈子，说我就是他今后的梦想，他一定会永远在我的身边……"

"当时我这样揶揄她，是不是有点儿失礼了，反正说了，就这样吧，一切答案就在今天！"说罢，他下意识地又杵杵地，定神扣好衣扣，掉头朝向大门走去，"现在应该是时候会会这个鲁克先生，奥妮芙说他就住在海岸线附近的小房子里，应该离哈克看见他们的地方不远。"说罢，径直来找水手。

"奥妮芙这孩子从小没了母亲，跟姑妈又不是很亲，整日胡思乱想会不会做傻事，她一个人回去会不会有事？"他边走边想，脑子里乱得很，摇摇头，也消失在了路尽头。

（三）

此时奥妮芙告别了布朗神父，脑子果然开始出现幻觉："绿人村"这个字眼因为父亲的死状而让她战栗不止，好像下一个要死去的人就是她。也许是平静的村子很久没什么事故发生了，白天街上竟没有几个人影。她抬头看见一个绞刑架在眼前摇摇欲坠，使劲地摇摇头，一看其实就是村口的指路牌，昔日她最爱的小池塘好像也被幽灵附了体，那里马上要伸出一双绿色的大手死死地拉住她。想到这个，她只能选择路的中央走，不敢靠近任何一侧，仿佛这世界遗弃了她。就在她几乎与地平线重合的一瞬，一双大手抱住了她，她使劲地挣脱，却看见了一张熟悉的脸，"啊！是你！怎么会是你……"

"啊！是我，我亲爱的奥妮芙，你知道吗？我终于可以照顾你了，不依靠任何人！"

奥妮芙有点儿虚脱，但没忘娇蛮地质问："你怎么突然变了……你不是不理我了吗？"

"我怎么会不理你呢，我……我实在是太高兴了，听到这个噩耗。"姑娘也许没听清，也许没力气在辩解什么，昏厥在水手的怀里……

几天后，跟这起案件相关、不相关的人，都不约而同地齐聚在了克雷文大宅的花园里，七嘴八舌地议论这几日的见闻，推理着案件的主凶到底是谁，这海滩、这村庄再也不同前几日般的萧条，真的如其名一样郁郁葱葱、生机盎然。此时站在高处的人们都各揣着心事，表面上看起来像极了暴风雨前的宁静。

泰克律师的两鬓好像更加花白了些，手捧公证后的遗嘱文件正襟危立，一言不发，彭斯警探则游离在来往的人中间，脸上很是活跃，当然他的身份是代表办案的警方。前几日的偶然回温，奥妮芙跟鲁克站在一起，显然这小子还没攻下最后的防线，正极力地讨好。史崔克医生的大个子很是扎眼。见他也来参加对外宣讲会，有些人摸不着头脑，疑惑的眼神送他走了很远。布朗神父却是这人群中表情最轻松的一位，微笑地跟每一位打招呼，似乎这是他的礼拜告解日。小秘书哈克像只窜上窜下的猴子，干起了接待宾客的工作，乐此不疲，人们都笑他是个充足了气的气球，一脱手就能升天！

花园里的气氛慢慢变得凝重起来，因为几位发言人都默不作声，大家就好像在这里默默等待着自己的被宣判，焦灼着，直到兴趣全无。鲁克没话找话，嬉笑着对着奥妮芙说："他让我想起了满场跑的垒球选手。"

律师先生也觉得很无趣，搭腔道："他还教我怎么提高法律程序的速度呢！幸好奥妮芙理解我们的工作，对我这看似蜗牛般的工作效率充满了希望。"

"希望他的敏捷和速度不会让我们失望。"大家循声，才看见大个子史崔克医生也加入了评论。

"您的意思是……他做事的效率太快了？"鲁克仰起头问道。

"说快也快，说慢也慢。"大家被这个冷场的半句话噎住了，不知该怎么往下接。

"大半夜的，一个人在池边散步，还在警方之前找到了尸体，还巧遇了警探，这一切的一切不得不让我怀疑他的'速度'真的很快！"大家都听出了史崔克先生的质疑与讽刺。

"我倒是很佩服他质疑我专业能力的勇气，年轻人有气魄、够胆量！"律师先生的大肆赞扬使得气氛更加尴尬了。

"我倒是对你的推理很感兴趣，如果可以的话，我希望把他请到警局详谈。"警探似乎也对这个高个子的出言不逊有些恼怒。

说曹操曹操到，矫健的身影一晃，哈克跳进了门廊里。

"立正！"布朗神父突然一喝，把在场的军人都震得下意识地做起了军礼。

"抱歉各位，让你们久等了，我希望占用哈克先生几分钟的时间谈谈，可以吗？"还没等大家反应过来是怎么回事时，他又补充道，"为了避免悲剧的发生，一些人会被连累，我觉得哈克有必要先知道！"

"这是什么意思，为什么只有他可以？"泰克律师少有地紧张追问。

"这对他来说是个坏消息。"神父用眼神定定地看了他一下。

"怎么回事？"警探也忍不住要插嘴，可看到神父眼神坚定地大跨步朝哈克走去，他似乎明白了，很给面子地闪到一边，默不作声。几分钟后布朗神父一个人避开人群到凉亭里的阴凉处悠闲地吐起了烟圈，这世界只有他知道他们说了些什么，却没人知道他在想什么……

大家还在花园里，这时奥妮芙小姐一反常态地跑到最前面，问道："你跟他说了什么，他怎么跑了？"所有人都吃惊地不知所云，连臃肿的彭斯警探都不甘落后地紧随其后，想探个究竟。

"您倒是说啊！到底是怎么了？我看见他提着箱子，慌张地逃窜，像是个过街的老鼠……"

鲁克没好腔地在旁边特意大声叫出来："逃窜？溜走？跑了？"

"这儿没你说话的地方！"奥妮芙少有地呵斥他，一脸焦急地等待布朗的回答，一副任何人不能打扰的样子，要亲耳听布朗解释，"好吧！我就知道就是他！"最后还是等不及，气急败坏地自我解释起来："怎么让他跑了，亏我还给你面子，让你去劝服他！"最后跟上来的警探，也开始声讨他。"你这是在做什么？"警探不依不饶。

"我这是在做什么？什么也没做啊！只是让一个年轻人提早知道一些事情而已。"布朗神父一脸无辜地对视这些质问的"饿狼"。

"可你让他跑了啊！"警探不解地问。"我这辈子确实帮过一些看起来不干净的人洗脱罪名，但这并不能证明我纵容罪大恶极之人。"神父还在等消息。

"奥妮芙，你怎么也这样激动？"

"可你明明告诉我已经知道是谁了，为什么还要这样做？"小姐声嘶力竭地喊起来了！

"我是这样说了，我早就知道凶手就是你们家的家庭律师——老泰克！"这结论，让在场所有人都惊呆了，哑口无言的状态持续了差不多半分钟，花园里的气氛像是保鲜膜包裹的空间，令人窒息难耐。

"是的，真的是他！"大家的神色开始变得浓重，一反刚才的悠闲，大家知道这真的不是玩笑！

"但……这……这一切要怎么解释呢？"警探首先打破了沉寂。

神父看着这些不明真相的"小学生"，知道是时候揭晓答案了。他抖抖烟斗里的旧烟灰，重新装好一撮烟丝，若有所思地慢慢点燃，深深地吸了一口，开始说话："为什么？也许我们都忽略了，案子的关键不在谋杀，而是这遗产上。这是个蓄谋已久的计划！"大家张着眼睛，仔细地听着。

"是的，就是他，他才是最大的阴谋家！大骗子！我的姑娘，我不得不告诉你这件惊人的事情，你父亲的遗产已经所剩无几了。"布朗神父抬起头看了看这位单纯的小姐，烂漫又天真的小女孩，不谙世事的样子，却要承受这些，事实上布朗神父就怕她不能接受这一事实。

布朗收回目光，低头又抽了两口烟，接着说："我曾去找过鲁克上尉，当他听说你已经因此所剩无几，他竟然欢喜雀跃起来。原来这些年的疏远，是因为你们家的显赫地位，让他无法证明自己，而如今这样的结局，他却可以名正言顺地保护你了！这家伙真的是个好男人。孩子，这就是你从小的玩伴。"在场所有人都把目光投向这勇敢的好小伙，赞许的眼光落在水手身上，让他看起来格外光芒。

"我们再来看看你这位'求婚者'！当得知你要破产了，他竟然吓得逃跑了。他是很有热情，但是他的火焰都烧在他所谓的'理想'上了。你也曾跟我提起过，他是个有野心的人，现在看来他是不是在美国待过都不重要了，一心只想攀龙附凤的势利小人不值得你爱，他跑了不是更好吗？事实上，除了'理想'他还是个挺优秀的小伙子，呵呵。"神父最后的神情带有些许的嘲讽，奥妮芙的脸一阵白一阵红，低头无语……

布朗神父似乎很享受大家膜拜的神情，继续说道："我并不知道将军到底是怎么死的，我只知道上次阅兵仪式上，他得知自己的好友背叛了自己，气得浑身颤抖，甚至连礼服都来不及换，就是想亲自问问这位'老朋友'。他还没有丧失理智，在去之前已经给警察局打了电话，这就能解释为什么哈克在案发附近看到警探的原因；至于好小伙子，我们的鲁克，是因为细心地看出了些端倪，担心上将便一路尾随，但他又是个很有想法的年轻人。佩剑只有在盛装时才能佩戴，他借机挥刀，这应该是每个年轻孩子的一贯行为吧，这就可以解释之前哈克的所见所闻，至于是不是挥向上将，我觉得那只是远观者的主观臆断罢了！"

隔了几秒钟，老神父微微抬头看了看大家的反应，接着又说："还有个人也很喜欢挥着刀练习，那就是——老泰克！还记得哈克和探长来时，他正在手中玩弄着一只旧式钢笔，事实上上面都是灰，而奇怪的是，他身边刀架上的匕首，却光亮耀眼。我只能说，他永远成不了诗人，当然也不可能成为海盗，因为他就是个强盗！其实，这'强盗'早就露出了马脚。当哈克说出事实时，我关心的是什么时候发现的，而他却更看重尸体是在哪里发现的！一个海军军官若真的是淹死的，当然会马上想到是在海上，不是变为鱼的腹中食就是漂到沙滩上，这应该不是关键点吧。我当时声色俱变的原因就在于此，我刚刚正跟一个杀人犯谈天说地，这是不是很可怕？"

绿人村的绿色依然盎然，两个年轻人相视一笑，携手共叙前情，追忆他们美好的童年。而那个"强盗"也知道自己已是众矢之的，一枪结束了生命。将军之死终于可以给这宁静的小村子带回往日的宁静，海岸线依然绵长，树丛里冒出了新芽，村门口指路牌依然指向幸福，除非你心里有鬼。

雾之馆
【日】三津田信三

浓重的山林中，他茫然地辨别着方向，忽然一个身着白衣的小孩，晃过了他的视线，吸引着他向幽林深处走去。迷路的他在林中发现了一座古宅，另一个白衣女孩让他住了下来。可是借宿的那个晚上，他看到了白色的幽灵在古宅中游荡……

（一）

当他打开门，探出头观察的时候，一股让人颤抖的寒意扑面而来，漆黑的走廊上，居然幽幽地站立着一个身穿白衣的飘忽的身影。还没有来得及思考，他就惊恐地关上了房门，眼前只有那微笑着的少女，她安静地坐在圆桌旁优雅地小口喝着咖啡。他犹豫地再次打开门向走廊张望，走廊里漆黑一片，他凝视着那片漆黑，那片漆黑也凝视着他……

挣扎着他从那可怕的梦中醒来，睁开眼睛的一刻，冷汗已经濡湿了被子。这一夜怕是又要失眠了，他一边无奈地想着，一边调整了睡姿。这个梦已经做过不知多少次了，梦里的情景有时候连贯，有时候破碎。那时候，本是独自一人来到朱雀地区寻访故事，而后却在混乱和恐慌中与沙雾小姐不期而遇。

能遇到那个在深山中神秘居住的迷人少女，大概是这次寻访中唯一能让他在回味时候能露出笑容的事了。他试图把那些怪事转述给别人的时候，总是觉得形容不出那种异样的颜色，也描述不出那奇妙的感觉。那个时候，他应该是爱上那个少女了吧，但是谁能保证那不是见到鬼了呢？这样失眠下去也不是办法，也许写下来认真推理要比躲在噩梦里好得多，也许能给自己一个合理的解释，以便结束这逃避记忆的日子，让自己感觉坦然些。这样想着，他拿起笔，认真回忆那几天的际遇。

那是一个无声无息的世界：密林和老宅，湖泊和少女。他在这样一个地方和一个叫沙雾的美丽少女邂逅，他们游湖赏玩，相处的时间过得飞快，直到沙雾小姐累了，他们才打道回府休息。原以为沙雾应该可以很快恢复精神，但看着她偶尔低垂的眼睛，他还是能感觉到她的疲惫和困乏，于是他决定不打扰她太久，她的确应该躺下来好好休息。

然而，屋外的风雨猛烈，密林里的树叶被狂风吹得沙沙乱响，这老宅也偶尔发出吱嘎的声音，不知道沙雾会不会独自在房间中畏惧这暴风雨的来袭，要是一般的少女应该早就跑进他的怀里了。不过想来她大概已经习惯了独自的生活，她该是一个外柔内刚的姑娘。想到这里，他放下心来。

他们约定了明晨起来一起读书。沙雾虽然独立、坚强，但毕竟缺乏与人交流的经验，大概她都没有被朋友捉弄过的经历吧。他计划跟她开一个无伤大雅的玩笑：闹钟已经被他调成了6点半，沙雾刚才告诉他说，她每天都会在7点半的时候自然起床。他不禁暗暗偷笑，沙雾会不会气愤地把他从睡袋里拽出来呢。明天醒来时她一定会用一种他从未见过的眼神生动地望着他，一种少女特有的、娇嗔的眼神。

这一夜再不想被梦游的砂雾打扰了，他认为这个女孩可能是沙雾小姐的妹妹，不过他认为她一定是得了自闭症，走起路来像鬼魂一样。他急需安稳的睡眠，于是把睡袋安放在窗子跟前。这样一来，他就不用担心看到什么奇怪的画面、听到什么奇怪的声音，更不用担心再被吓醒了。

一个安静的姐姐，怎么会有这样一个诡异又顽皮的妹妹呢？胡思乱想着，他就悄然地睡了过去。美好的夜晚总是过得飞快，安心地一觉醒来，已经是早上7点20分了。

沙雾已经起床了吧？或者她正在等着他的解释？说不定她还在睡梦中呢？她毕竟还是个小孩子呀。想着她微愠的样子，他不禁失笑，开始飞快地洗漱、收拾。现在屋外依然下着淅淅沥沥的小雨，雨点敲打在窗子上时发噼啪噼啪的细碎声音，他希望暴雨不要来袭，那样的话，今天还可以和沙雾一起出门走走，他真是太渴望与她相处的时光了。

他收拾好睡袋，穿好衣服，轻声爬上二楼，敲响了沙雾的房门。奇怪的是，屋内没有任何反应。他一边用更大的声音叩击房门，一边在心里盘算着，她一定是在睡回笼觉呢，想象着她生气的活泼样子，他缓缓地推开了房门。当他看见房间里的景象时，胸口里的氧气瞬间被夺走般感到这一阵窒息，就像被一只大手抓住了心脏，身上的温度也降到了冰点，血液仿佛已经被挤干了：沙雾柔弱的身体卧躺在书架跟前，后脑部的鲜血流了一地，甚至染红了掉落在地上的闹钟。

"沙雾，醒醒，沙雾……"他柔声呼唤她的名字，如同捧起脆弱的宝物般抱起她的身体，她的身体还有些温度，显然这是在不久前发生的。他尽力冷静下来，搜索着房间里的不寻常之处：桌子上的两杯咖啡还冒着热气，他猜想那是沙雾为他们的聊天准备的。她身旁躺倒着一把椅子，椅子下压着两本挑选好的书——《黄色的房间》和《多伦多》，沾满了鲜血的闹钟在地板上不停叫着，仿佛提醒着这里发生的一切。

沙雾是在准备和他边喝咖啡、边聊天的事情吧？在她聚精会神地挑选书籍的时候，被凶手从背后敲击了后脑……是的，一定是这样！可这是谁干呢？如果老太婆上楼来做了这些，睡在客厅的他定会发觉才对。老太婆是这一对姐妹的仆人，一个对他这个不速之客不甚友好的家伙，而他正是因为在密林里迷路才闯到这个神秘的地方来的。

直觉告诉他，是砂雾！只有她会做出这件事！只有她能在他睡觉的时候，在沙雾的房间里行凶。因为她的房间和沙雾同是在二层，而我是睡在客厅和门廊之间的窗户下，老太婆则睡在一楼的用人房里。但是，还有很多事情他想不通：砂雾是在什么时间进入房间行凶的呢？应该是6点半之前的事情。从闹钟响起的时间推断，沙雾应该是在6点半之前被袭击的。

但是那时沙雾已经起床，但她不是要到 7 点半才自然醒的吗？然后，她在挑选要和他一起读的书……可是，那还冒着热气的咖啡又是谁端进房间的？难道在动手杀害了自己的姐姐后，砂雾还在大作的闹铃声中若无其事地把咖啡端进房间吗？可是这咖啡的温度似乎并不像放了那么久才对。难不成，凶手一直待在沙雾的房间里，用冰冷的目光注视着尸体？难道是他上楼的响动让凶手逃走了？

他不能冷静地思考下去，沙雾微温的尸体就躺在他的怀里。砂雾应该是患有某种更严重的精神疾病吧？要不然她为何要被隔离般安置在这荒无人迹的深山树林里？她在杀死了姐姐之后，还端进了自己的咖啡，甚至还包括姐姐的那份。这样的猜测虽然有些大胆，但是也只有这样，整个事件才能说得通。

砂雾到底是个什么样的危险人物呢？

想到这里，他有些恐慌了，手轻微地抖动起来。他必须有所防备才行，否则连自己也有可能被凶手杀掉。为了沙雾，他要揭穿她的真面目。他朝天花板深吸了一口气，握着拳头站起来，一步一步走出房间。看着砂雾的房门，他警觉地想起自己竟然没有任何可以防身的工具。可是如果他此刻离开，恐怕就再也鼓不起勇气将这扇房门推开了。于是，他毫不犹豫地撞开房门。眼前的一幕，让他不由得惊叫出声。

砂雾的房间和她姐姐的房间样子居然丝毫不差，简直就像复制的一般。唯一的区别就是这个房间积落着一层厚厚的灰尘，完全看不出有人居住着的痕迹。他在这间房子里仔细地上下搜查，没有丝毫褶皱的床单，均匀地撒上尘埃的桌椅，从未被拉开的纱帘，整间屋子像是一直被时间小心地封存着。

窗外的雨声依然不断，而且雨势已在他不知情的情况下变本加厉了，而他起床时那种期待的心情已经彻底没有了。远方传来的雷声似乎在提醒他这里刚刚发生的一切，磅礴的大雨已经把门窗敲击得发出怪异的响动。他半跪着在沙雾的房间里发着抖，被冰冷的感觉紧紧包围着。他的头痛也跟着无理地叫嚣。沙雾的尸体默默地躺在他身边的床上。

他已经把这个消息告诉了老太婆，而她却在看到沙雾的尸体后慌张离去，只把他一个人留在这间神秘的宅邸。她甚至没有询问他到底发生了什么，如此不合常理的行为究竟是因为什么呢？他想她大概去寻求帮助了吧。他只能这样猜测，不让自己过于害怕，但是就这样守候着沙雾的尸体，他真的弄不明白这栋房子里前前后后发生的一切。

究竟是发生了什么呢？

一天前在壁炉前飘过的少女，难道不是他曾在二楼走廊见到过的白衣女孩吗？半夜在客厅穿过的身影，不都是那个有着精神疾病的，但从未与他正式照面的妹妹砂雾吗？难道是沙雾在扮演着两个不同的角色出现在他身边？如果真是这样，她的目的又是什么呢？难道只是这个稚气少女的恶作剧吗？到底是因为什么特别的理由呢？即使沙雾在刻意捉弄他，他在走廊看见白衣少女的时候，沙雾千真万确地坐在自己的房间里的呀。况且那老太婆口中的砂雾又是从何而来呢？难道是指沙雾的第二种人格吗？

或者，答案真的是那两个女巫的传说？

……

他不敢再多想了，他的双腿不由自主地奔出了这神秘的老宅，踉踉跄跄，几欲跌倒，而他的思绪也在他的脑袋里乱撞。他惊叫着跌倒在密林的边缘，身体不动了，而回忆的一幕在脑际缓缓绽开。

（二）

那是片阴郁的森林，本是吸引人的奇特景色：晨光里清新的云雾包围着绿叶，叶子上的朝露折射着淡淡的阳光，与云雾混合在一起，空气变得浓郁。看起来本应水亮晶莹的叶子像吸满了墨汁似的毛笔，看起来黑压压的沉重。褪色淡橙的光亮透过枝叶的间隙映出来：那完全变成了沉睡着的幻彩世界，在朦胧中安静沉睡。置身于这样的地点，他不禁有些飘飘然。

然而他却在惊慌中迷了路，微微失神而慌张地奔跑。在突然看见一座精致而整洁的西式楼房后他停下来，大口喘着气，谨慎地四处张望。

那是一幢具有英格兰北部风情的木造楼房，在这样朦胧的雾气中，竟搭配得有几分独特的美感。他无意识地打开一扇光洁的铁门，走进小巧的庭园内。

这座房子的外部是木造轴组样式，屋脊上搭配了高突的装饰高窗，精巧的细微处透露着主人设计建造时的巧妙用心。仰视的时候，他能看见石瓦铺排的屋顶，四周环顾的话，见到的是图案交织的特色门柱深入到院落深处。浓雾依旧没有散去，在朦胧中有一个怪异的大湖，有些恐惧的他慢慢靠近它，湖面的平静似乎掩盖不住湖面之下的怪物的低沉呼吸。这个时间，夕阳已经西下。

"怎么会……"他没有察觉自己已喃喃出声。

"是谁……"背后飘来一句怯怯的询问。

这似乎比因被打扰而大声责备的声音更让人恐惧。他呆立在原地，紧紧攥住拳头，完全没有胆量转过身体，那声音却绕梁般地依旧在空气中震颤。

"不……不好意思，我不是故意来打扰的，我是因为迷了路。"他只能口齿迟钝地道歉，却听不到身后的回应。四周已经完全黑了，这似乎是在他转身的一秒钟内发生的。借着门缝中的光线，他在雾气迷蒙中寻找着屋子的主人。

雾气包围的树林里全然感觉不到春天的温暖气息，他的身体被那恐惧搞得几乎冰冻起来。只见一位被雾气围绕的少女，站在门口打量着他，怀里还抱着一只毛色黑亮的猫，黑猫的眼睛正死死地盯着他。

在与她视线交错的一刹那，意识就已经被她的魔咒控制，眼睛只能跟着她的目光，诚实地回答着她的问题。

"你不是村子里的人。"

"是的，我不是……"

他的紧张溢于言表，然而他的出现似乎带给了她更大的震惊。以直觉来看，她大概没见到过其他什么人，因为她的眼神告诉他——她无法理解陌生人的突然出现，表情似乎有些尴尬，又有些好奇，期待着他再回答些什么。

不知道她能不能听明白自己的话，他只好继续解释道："我迷了路……不知道是怎么回事，走到了你家门前。"

一段沉默之后，她面无表情地对他说："请往这边走。"她转过头，示意他走进那谜一样的房子里。看起来这是一间有主人长期生活的房子：玄关处一条横切洋房子的路，一直通到左边的宽敞客厅。客厅里有座温暖的复古式壁炉，餐桌上的花瓶里有一朵叫不出名字的红色花朵。这里不但有眺望庭院景色的落地窗，还摆设了一套华丽的布艺沙发，看起来是专门用来接待客人的。

壁炉的火焰配合着两旁的立式台灯，青铜的灯柱古朴而典雅，朦胧地照亮着客厅，看起来很容易让人产生奇妙的幻想。这感觉竟是美妙比惊恐更多一些，这跳动着的火焰给人几分安心的感觉，像是能将寒冷湖水中的浮冰渐渐融化。

他坐在沙发上，那个少女就坐在对面，尽力清楚地讲述自己迷路的过程，以表示自己不是什么危险的不速之客，只是由于意外才来这座宅邸求助的。他原以为沿着朝拜朱雀神社的路向上攀登，可以通往雾之岳的鬼户牧场，但迷乱中却走到相反方向的神栉里。

"今晚你大概没办法到达村庄了，要徒步到达神栉村至少还需要一个半到两个小时。你就先请住下吧！等天气好一点了再走。"少女在朦胧的火光中微笑着说，那笑容让人迷醉。

此刻，他才有机会定下神凝视少女的脸，她的皮肤光洁得几乎透明，那湿润的谜一般的眼睛显得楚楚可怜。然而，不知为什么，这可爱面庞的背后好像隐藏着什么神秘的妖媚，深深吸引着他。他此刻的爱怜之情恐怕早已超过了刚进门时对未知危险的恐惧。直到少女消失在走廊深处，他才黯然回过神来。

他忽然感觉有些凉意，便走到暖炉前去打算把炉火弄得更旺一些。他并没有打算要刻意偷听些什么，只是在这样诡异的氛围里，他抑制不住心里的好奇，只能停下脚步，在走廊里侧耳倾听。

她大概是因为他的突然到访和家人起了争执，他想自己应该去向她的家人说明他的情况，这样才避免给这个好心的少女带去不必要的麻烦。但当他想不清什么样的人家会在这深山宅院里居住时，他打算上前的勇气又破碎了，碎得像炉火里烧成粉末的木炭，拾都拾不起来。

他听见有脚步声向自己这边走过来，先前被咒语迷惑住的意识和身体已然恢复，他慌张地跑回到沙发旁坐下。此时少女已经捧着烛台走进客厅了。

"抱歉，这一带已经断电好几天了，请来餐桌这边用餐吧。"少女说着已将烛台放在餐桌上，微笑着向他招手。

依她的招呼，他坐在餐桌旁，和少女对坐。她摆放烛台的方式似乎不太寻常：四座烛台中两座放在他前方两侧，一座放在餐桌正中央，剩下的最后一座则放在正对餐桌中央延长线的少女手旁。这似乎不是随意的摆放方式，难道是要进行什么祭祀的礼仪吗？因为我就像被祭祀的供物，四周摆满了烛台，少女的注视下，他尴尬的微笑的脸被映得有些诡异，甚至被蜡烛焰火炙烤得有些微微冒汗。他努力搜索着头脑中关于种种仪式的认知，想弄明白这一切。然而，其实这并不是心中恐惧在作祟，他是信任这个女孩的，被她湿润的双眸望着的时候就确认了这种想法，那似乎是一种意欲接受这个陌生人的亲切感，他猜想是因为他是她见过的除自己以外的第一个人。

正当疑问之时，走廊处出现了一位阴森的老妪，脚步缓慢却并不轻柔，鞋底与地板不和谐地摩擦着，这大概是少女的外婆吧。少女在他失神的瞬间已经开始摆放餐具。

"突然来府上打扰，真是抱歉……"意识到自己的迟钝反应后，他立即起身颔首向那老妇人致意，但让人奇怪的是，她似乎全然没有理会他的存在，只是低着头沉默而有序地摆放着餐具，弄好后又沉默着离开了客厅。

他有些呆滞，努力反思着自己的失礼之处。他把目光转向少女，她也只是淡淡地摇了摇头，或许是难以开口向他解释吧。看来，他是那个老妇人"不得不招待"的客人，至于理由也不难想到，谁又会愿意招待一位不速之客呢。

本想继续追问关于她的家人和这所房子的事情，那老人已经出现在走廊的黑暗里了。他只能找些话题来缓和这个尴尬的气氛，于是告诉她们，自己是文学系的学生，来这个地方游历是因为自己很喜欢以朱雀一地为背景的创作小说。提到这个，他自然地把话题引到少女的家。

其实，他能感觉到她们二人在躲闪他的询问。因为不是少女用含糊的话语搪塞他，就是老婆婆突然打断他的话题。显然，他在自作聪明。从这次谈话里，他只知道少女的名字——沙雾，而这个神秘的家只有她们两个人。而且，这个老婆婆似乎并不是少女的亲人，只是用人般的身份。

不过，他至少已经不用担心露宿树林了，在这样稍稍安定的心态里，他对少女以及这座房子的好奇心急速膨胀起来，他来这里的目的本来就是要了解这里。但是沙雾似乎并不喜欢说话，在他们的谈话中，除了老太婆不停地以各种突兀的闲话打断他的问题外，就只有他自己自问自答地说着话。他想这个独角戏在吃饭的时间继续没有什么效果，只能等到和沙雾独处的机会再去了解了。

本该饥肠辘辘的他根本吃不下什么饭菜，在这样奇怪的氛围中，那种被老太婆完全视为无物的感觉并不美妙，她甚至没有抬过头看他一眼，而只是自顾自地照顾沙雾用餐，当然还有不失时机打断他的问话。

晚饭过后，他借着去厕所的时机想四下了解一下这座房子的结构，欣赏一下其他房间的布置装饰，他对屋主的品位还是相当欣赏的。沙雾告诉他，洗手间位于通向客厅的那条通道对面，也就是房子的右边的那部分。当他得知老太婆的房间也在这边的时候，他大概能确定自己对她身份的推测是没有错的。但是其他的线索，他却没有得到。

（三）

他回到客厅时，沙雾已经离开了餐桌，她去了哪里呢？当他这样疑问的时候，眼光已经触到了半跪在壁炉旁的少女身影。

"太冷了吗？我来帮你吧。"他走近她，正要俯身，还未来得及伸手相助，沙雾已经倏地站了起来。她没有立即朝他转过身，愣了好一会儿才缓缓地面向他。他的脊背突然冒出了一层冷汗，全身的寒毛都紧张地竖了起来——他之前从未见过沙雾惊恐的表情，她原本惹人怜爱的双眸死死地凝视着他，却不是凝视着他的眼睛。他无处可逃，只能同样紧张地盯着她。

对望的这几秒似乎持续了很久很久，只见她突然转过身，沿着客厅的通道走向房子左翼的深处。他完全不知所措，是他带给她什么麻烦了吗？想着这些的时候，就好像预感到她即将消失似的。他回过头的一瞬间，走廊那端的门刚好无声地关上。顿时，他内心深处的震撼和恐慌完全涌了上来。沙雾那种表情，是不是因为看到了他背后有什么可怖的东西？

他竭力在思考这个问题的答案。究竟是什么呢？难道是那个老仆人？应该不会的，因为她们已经是相熟的人，即使不是亲人，也是朝夕相处的亲密关系。那她为什么表现得如此吃惊呢？难道这间房间里有鬼神在作怪？或者是吸血鬼之家也说不定？他开始嘲笑自己的胡思乱想，差点失笑出声，但还是无法抑制脊背上冒出的寒意。

沙雾带给他的亲切安慰已经不能让他安下心来了，他看着壁炉左侧那通向房子左翼的入口，感觉那就像能吸走人类灵魂的黑洞。那片见不到尽头的黑暗让他不禁想到茂密丛林中有个白色魅影的传说，那个白影轻飘飘地看着他，用极具蛊惑性的语气对他说着："来啊！过来啊！"他被这种可怖的幻觉吓出了一身冷汗。

这宅邸内从未发生什么可怕的事情，至少他进来之后没有发生过，但他为什么如此恐慌呢？他安慰自己说：沙雾是个能带给人安全感的姑娘，他实在不该这样胡乱猜测，这样只会吓坏自己。以他敏锐的直觉，他知道他这是在寻找继续经历下去的勇气。是的，他恐惧并且好奇。单纯凭借这些已有的线索，他着实不能推测未来将发生的故事。这份未知的恐惧侵蚀着他的内心，他不能用这蹩脚的安慰赶走那种未知的不安。

实际上，他在内心中坚信这次一定会有奇怪的际遇，但他又有些期待，这种感觉很奇妙。他忐忑地走向房子左翼，脚步轻轻地走进通道。他在自己左手边的楼梯上看到了银灰色的月光，那是从二楼的窗户照进来的、唯一的一丝光亮，而四周都是漆黑的空洞。他鼓起勇气搜寻着，终于在窗户旁边看见到了一条走廊，他想那尽头的门能通向另一个房间。

他没有停下来，几个跨步爬上楼梯，在那令人毛骨悚然的黑暗里他只能借着头顶上的银灰色月光挪步向前。他很小心地前进着，但是楼梯还是发出了咯吱咯吱的声响。那是寂静中唯一的声音，它难道是在警告他不要再向上走了吗？

他紧紧抓住衣角，像女人害怕时才会做出的动作，站在面对庭院的窗前凝视窗外，厚重的云朵在雾气中扩散飘逸，月光只能从墨色的云朵间的缝隙里透出光亮。借着这唯一的光源他打量着楼上的一切——右手边一条漆黑的走廊延伸至远处的黑暗，左手边的走廊似乎还能看到些光亮，那是从门缝和地板间泄出来的。再往深处，似乎还有一扇门，但是不走到近处是无法确定的。

他已经站在那扇透出光亮的门前了，往里面窥探良久。是沙雾的房间吗？他暗暗寻思着，却鼓不起勇气敲门。可是这样呆站在这里也不是什么好选择，他根本听不到任何声音，只能轻轻敲门主动寻找些机会了。

房间里一声轻柔的"请进"让他有些始料未及，这一刻他有些后悔自己的鲁莽举动。但情况已经不容他转身后退了，他只能打开房门走进去。这是一间不大不小的房间。屋内的摆设透着生活的气息，和这座神秘宅邸整体的感觉有些不协调，他已经有些确定这是沙雾的房间了。但是这个年龄的少女如何会有这么丰富的藏书呢？虽然这摆设对于喜好阅读的他来说能带来不小的好感，但他清楚那不是适合这个年龄的女孩该有的藏书量。

"这里的书太壮观了！"他脱口而出的惊叹似乎并没有影响到沙雾的情绪。她安静地坐在床上，穿着白色洋装的她在窗前月光的映衬下更加魅惑十足，而他刚刚的肺腑之言竟让她的眼神里有了一丝不安。

他想他的出现有些让人尴尬，但沙雾的美让他不敢直视，月光穿透了她几近透明的皮肤，脸上的五官在光影的交错中变得愈发精致耐看，于是他只能装作若无其事地站在书架前浏览着沙雾的收藏：这些书的内容有固定的种类，大部分是文学名著和推理小说，还有一些精神医学和异常心理学方面的书籍，其中还不乏一些另类收藏。它们摆放得很整齐，已经按照年代和时期排列得很规整——依古典作品至近代作品由上而下。

他心中有太多的话想问沙雾，可是她的神情又让他找不到开始谈话的起点，他不知道应该如何开口询问，只能借着这些收藏来开始话题。

看起来沙雾对这些书确实珍爱有加，当他们聊起她最近阅读的几部作品时，她的神色已经开始显得轻松而自然了，她的思路清晰而且开阔，和她聊天让他沉醉其中，似乎忘记了先前的恐怖气氛。

沙雾在谈话的间隙里端来两杯温热的咖啡，他想这是开口询问的好时机了，"对了，沙雾，你为什么会住在这片深山里呢？"

沙雾对他的问话听而不闻，就像刚才那老太婆无视他的时候那样自然而不刻意。她突兀地打断他的问话，转换了话题："你刚刚曾提起了一些以朱雀为背景的小说，东城雅弥的作品应该是你喜欢的吧？他的《梦魅残照》你读过吗？"

"是的。"他脱口而出。她的表情却在那一瞬间暗淡了下来，让他有些不知所以。"喜欢东城先生作品里的唯美感觉和充满幻想的意境。看到那些以朱雀地区为舞台的作品时更是喜欢呢！"

"嗯，东城先生以朱雀神社二女巫的传说为题材！"

"对，他用自己的笔触把传说故事描写得详细生动，因此受到了很多人的追捧。他本人也是相当令人喜欢的。"

沙雾的确是个讨人喜欢的姑娘，即使她逃避了他的问题，他们的交谈依然愉悦。

"你对他的作品怎么看呢？我想听听你的看法。"她的神色竟变得有些和她年龄不符的认真和严肃。

"依我看的话，那更像是一种幻觉，就像他创作的时候被魔咒催眠了一般。"

"你相信那样奇妙的事情吗？"沙雾继续追问。

"这……关于它的传说故事有很多很多，包括各个国家和民族。日本一般认为这是灵魂的现象。大概就是这样的情况吧。"

他看着沙雾的脸，她湿润的眼睛有阴影闪过，表情居然有些不自然。难道她是因为正在阅读的犯罪学书籍而感到寒怕吗？这一点他无从而知。心中的疑问太多太多了，他已经有些理不清头绪。

沙雾为他准备了干净的客房，但他还是决定睡在有壁炉的客厅。他熟悉的睡袋里更能给他些安全的感觉。虽然拒绝沙雾的好意时，她的神色让他觉得生动可人、心生怜惜。她那素朴的白色洋装衬托着她魅惑的神情，简直是完美的搭配。他想她应该像所有少女一样有着装满衣服的衣橱，即使不是白色的，那样式大概是沙雾独特的风格吧。正这样随意地想着，目光就停留在挂在房间墙上的黑色洋装上，谁会收藏一件这样的黑色洋装？为了出席葬礼么，还本来就不是这个少女的衣服？他走出了沙雾的房间，忽然感觉到一丝异样——走廊里貌似有什么东西在活动。

他被刚刚愉快的聊天感染得有些放松了的心情，当他打开门，探出头观察的时候，一股让人颤抖的寒意扑面而来。漆黑的走廊上，居然幽幽地站立着一个白衣少女的影子，而且看不清头颅和面孔。他没有来得及思考，嘭的一声关上了房门，此刻沙雾依然安静地坐在圆桌旁优雅地喝着咖啡。他再次打开门到走廊张望的时候，白衣身影已经不在了。沙雾全然不知发生了什么，迷茫地看着脸色发白的他，在沙雾看来他的行为实在是滑稽，他想他的神色一定难看极了。

（四）

又是白色的身影！他不禁想起了在丛林迷路的原因：

晨光里清新的云雾包围着绿叶，看起来本应水亮晶莹的叶子却像吸满了墨汁似的毛笔，看起来黑压压的沉重。褪色淡橙的光亮透过枝叶的间隙映出来：那完全变成了沉睡着的幻彩世界，在朦胧中安静沉睡着。

当时他正置身于这样旖旎的密林光影中，突然一个迅速而飘忽的白影一闪而过，让他愣在了那片雾霭里——那是一个孩子，一个一袭白衣的孩子。一种莫名的恐慌在胃里翻腾，他的第一反应是扭头就跑。但双腿却被灌了铅，怎么也转不过身子，眼神一直追着那个白衣的小孩子，就像被那个鬼影摄住了魂魄。孩子的影子一瞬间消失了，又很快在消失的不远处出现，他环顾四周，想弄清楚这一切。孩子的身影不断出现在葱葱树林的暗处，那茂密的墨绿色和白色的组合实在突兀。让人更加毛骨悚然的是那身影终于在某一瞬间彻底消失了。他微微发抖，细密的汗水已经渗透了全身……

思绪从清晨的遭遇中抽回来，他向沙雾道了"晚安"，他离开了沙雾的房间。他不能一直追逐着沙雾带给他的那丝安慰，他需要鼓励自己摸索着回到客厅的路，他必须撑过这个夜晚。但是这自我欺骗式的鼓励并没有起到什么作用，还没有走下楼梯，他就再次担心起来，害怕自己再遇到那个说不清来历的白色身影。他的脚步慢不下来，惊慌地小跑着回到客厅，脚步声喝、喘息声在房子里回荡，他全然顾不得黑夜里给主人带来的噪音是多么的不礼貌了，他一个大男人吓成这个样子是多么可笑。

壁炉里燃烧的炉火不足以照亮这漆黑的夜晚，更不能驱散他心中的恐惧和不安，火焰在深夜里显得无力抵御恐惧，他倒总在最害怕的时候想到沙雾的美丽脸庞，这让他可以稍稍获得些安定的力量。他匆匆爬进撑好的睡袋，越是狭小的空间里，发现未知怪事的概率就更小一些，狭促的空间给人以安全感。他这样想着，却久久不能在疲惫中入睡，即使奔波了一天已经让他全身酸软，无法提起一丝力气，但身体的疲惫丝毫没有减缓胡思乱想的飞驰：森林里的小孩和走廊里的少女，难道都是他乏力后出现的错觉吗？即使是这样，那沙雾和这间房子的谜底又是什么样呢？他想他不会那么幸运地出现幻觉，因为他至今的成长经历里从没有过这样的经验，他身体健康并且强壮，心里也一向阳光。况且那都是他亲眼所见的事实，他没办法就这样轻率地欺骗自己，只为了让自己安心。

"朱雀二巫女的传说……"

他突然想起了沙雾刚刚说过的话。是的，那是个传说，一定只是个传说。那些感官的经历只可能是幻觉。如果真的有那样的事情，虽然小孩的来历还不得而知，但在走廊上出现的少女身影岂不就该只是有关沙雾的幻觉？

准备入睡已经很久了，但他完全没有睡意，挣扎下去也不是办法，索性不再强迫自己休息，那只会让他更加痛苦。他从温暖的睡袋里爬出来，坐到那柔软的布艺沙发上去，这里能看到庭院的景色。他没有打开窗帘，在这样的夜里谁会有那样的胆量呢，天知道拉开窗帘的那一瞬间会出现怎样的一张脸！但是他抑制不住他的好奇，还是从窗帘的缝隙向外窥视。眼前依然是幽暗的漆黑夜色，反而远处的庭院轮廓有些能被识别的影子。虽然银灰色的月光不能起到什么照明的作用，但他的眼睛似乎已经适应了黑暗，可他的内心却不能适应这未知的恐惧。

他站在窗前发待了很久，最后竟然大胆地拉开窗帘，还有什么会比那白色的身影来得更吓人、更糟呢？还是让月光多照进来一些吧。方才稍稍放松的神经突然被一阵古怪的声音激起亢奋。他好像被黑暗的魔法再次左右，身体一瞬间僵硬，手臂直愣愣伸出去把拉开的窗帘急速地拉上，双腿突然一软，嘭的一声，跌坐在沙发上，一动不动地呆坐，脖颈痉挛般梗着，努力辨认着奇怪声音的来源，那"沙沙"的动静似乎是有人在楼梯上经过。声音从额前的方向，在头顶上盘旋着滑向脑后。

他已经惊恐得不能动弹了，只能盯着房子左翼的入口处。不出几秒的时间里，那个身穿白色洋装的少女便从黑暗中走了出来。竟然向他走了过来！一步、两步……带着真切的声响，越来越近，上帝啊，那是什么在向我飞奔？怎么会越来越快？那段不长的距离怎么会走了这么多步？这一幕虽不是第一次见到，但还是让他惊出了一身冷汗，他的衣角都要被他揉碎了。

那少女径自向屋子右翼走了过去，还未来得及庆幸那身影没有走过他的身旁，他就看到了那张在壁炉的炉火中映出的侧脸。

"沙雾？！"他惊叫出声，声音颤抖，从沙发上猛然站起身。他的动作并没有什么明确的意识指引，而是太渴望她能给他一个解除恐惧的解释了。

"你也睡不着啊？"他几乎认定那就是在这房子里唯一给他安慰的沙雾。一定是沙雾，不会真的是什么可怕的东西，他自欺地想着。

事实并没有如他所愿，那个楚楚可怜的白衣少女并没有温柔地化解他的惊恐——她对他的招呼全然没有任何反应，很快就消失在这座神秘宅邸的右翼。

那个在二楼走廊看过的那个身影再次出现了！

他已经有些不知所措，慌乱中唯一想到的办法是把睡袋挪到离沙发最近的地上。这里不但可以远离身影飘过的走廊，也能在最短的时间内逃离这间房子，虽然外面的黑暗世界一样可怖，但至少这是唯一的安慰。他没有更好的办法。

不久之后，他又听见"沙沙"的怪异声响。

他自欺欺人地把头钻进睡袋，用手使劲捂住耳朵，努力让自己想些美好的事情。但是他根本不可能做到，他满脑子只有一个可怕的念头：整个夜里少女都会在这里飘来荡去吗？

（五）

这一夜他完全没有睡着，直到明媚的晨光照进客厅，紧绷的神经终于松懈了一点，即使他知道白天也一样会有怪异的事情发生，比如那个白衣小孩再次出现。

不管怎样，他都要暂时放松一下自己一夜无眠的大脑，就这样他推开门走到院子里呼吸清晨的空气，用冷水冲了冲那张因紧张而整夜紧绷的脸。昨晚那看起来神秘诡异的宅邸，在阳光下似乎变得平淡无奇，神秘的面纱也被掀去了，露出稍显破旧的年代感。

早餐的时间到了，老太婆依然视他于无形。她默默地准备着早饭，似乎连多看他一眼的兴致都没有。她像昨天一样只在餐桌两端摆放好两人的餐具，这举动让他心中不舒服起来。他只得把注意力转向坐在沙发上的沙雾，阳光透过窗户打在她几近透明的皮肤上，她微笑着的脸庞看起来缥缈而且纯净。当她用昨夜魅惑、湿润眼睛再次看着他的时候，他却分明从那眼神里读出了稚气少女的羞怯神色，一丝绯红蠕上脸畔。她咀嚼时的微小动作让这抹红色在她白皙的脸上跃动，为这个仿佛是不食人间烟火的仙女增添了些许亲近的感觉，那么真实，那么令人着迷的存在，以至于每一个侧脸、每一个动作都让他心动无比，这就是沙雾独一无二的魅力吧。

他心动了，以至于拒绝沙雾的任何请求都让他觉得不忍心，他答应她再留宿一晚。沙雾看起来也因此开心了起来。他们吃完早餐后，决定出门到附近散步。沙雾准备了包装精巧的食物，而且还有一壶温热的咖啡。他想他们此行是没有什么问题的，已经全然不同于昨天黄昏时候的紧张和慌乱，况且天气晴朗、阳光明媚，完全没有迷路的顾虑，有什么妖魔鬼怪敢在光天化日下作祟呢？再加上身边有个如此纤弱的沙雾，即便再胆小的他也鼓起了莫大的勇气。于是，他们决定以神栟村周边为基点，在宅邸周围来回逛一逛。能和沙雾单独在一起，真是令人期待的事情。何况还摆脱了完全漠视自己的老太婆。

他喜欢看着沙雾调皮的微笑，她这样笑着的时候，他的心跳总是不自觉地加快速度。那感觉让人欲罢不能。沙雾看起来很安静，其实还是这个年龄女孩般的活泼神色，鲜活得无法形容。他们偶尔交谈着一些无关紧要的话题，都是些有关书本和作业之类的小事。他不想显得太多话，像现在这样和沙雾相携着在朱雀地区的自然风光里流连，简直是身在天堂般美妙的体验。但他必须承认，他其实是有些紧张的，他暗暗地想着，说不定沙雾也喜欢和他在一起呢！

很快，他们来到了狐无川河地，那是雾之岳源头注入神栟村的地方。这时候，已经是正午时分。沙雾选择了一块大岩石当作餐桌，望着她的眼睛，他不觉地又有些失了神。这是一种奇妙的错觉，就好像他和这美丽的姑娘一同来造访朱雀地区一般，默契而甜蜜，像是相处很久而情投意合的恋人。他们就着潺潺的流水声进餐，沙雾看起来却有些疲倦。她大概很久没有走过那么远的路了吧。

他本不是一个善于言谈的人，在这个深深吸引自己的女孩面前就显得更加笨拙。昨夜明明还相谈甚欢的两个人，今天却在大自然的怀抱中变得有些甜蜜的尴尬。他居然能对这个陌生的女孩迅速亲近——不，那只是亲近，看样子沙雾对他的感情会更深刻也说不定。这种美丽的际遇连他自己都难以相信。

但这与沙雾独处带来的安心感受，还是不能让他彻底忘记那个鬼魅白影。那身影的确是他亲眼所见的，和让他心动的这姑娘居然有着相同的样子。他有些担忧了，那难道是沙雾的灵魂吗？也只有这样才能解释得通。可是他亦听说过，如果一个人的灵魂被他人看见，那就意味着，她离死去已经不远了。不！不会是这样的！今天的沙雾虽然有些疲劳，但明明还是鲜活地存在着的美丽少女。他不能直接去询问她，这种担忧听起来像个疯子，而且只会吓坏她。这种诡异的事情根本不可能存在！

如果真的有灵魂存在，那……不过……这地方……和两女巫的传说……不会真的有超能力在人类的感知范围外运作着吧？

他仍然坚信这是没有道理的事情。这么单纯无辜的鲜活生命，怎么可能和这种诡异事情有关系呢？他对沙雾实在是倾心，这让他完全不能相信自己昨晚所见和无端猜测。不，绝不是那样，一定是他的幻觉。

一路上他都不安地在天平两端权衡。他不愿让疲倦的沙雾被这种荒诞的事情困扰，他应该为她做些什么。回宅邸的路走得很顺畅，很快他们到达了庭院。他还不想进入屋里，与沙雾相处的时间总是显得太短暂了些，她似乎也一样留恋这段旅程，疲惫的她依然邀他到湖边走走。

他心中不由得雀跃了一阵，看得出沙雾的表情也是期待的神色。沙雾告诉他湖边泊船的小屋里有一艘精致的小船。他让她稳坐在有些陈旧但是依然坚固的小船上，一边望着她灵动的脸，一边朝着湖心划去。湖水的漪动也像他的心动，一圈未止，沙雾的另一个微小举动又在他心里荡起圈圈涟漪。

他从这墨绿的湖面眺望宅邸，如同出现了身在茂密森林中的幻觉。这房子依旧神秘而诡异。手中的桨似乎可以剥落萦绕在屋顶的浓重雾气，多希望这房子的秘密也能这样被他的双手亲自揭开。闪念之间，他似乎看到了二楼右侧房间的人影在窗子边一闪而过。他的表情一刹那间僵硬，但当他努力睁大眼睛再次观察的时候已经看不到任何异样了。那不是没有人居住的房间吗？这个房子难道不是只有沙雾和老太婆在生活吗？

再次定睛观察后他有些放心了，那是老太婆在窗帘的缝隙里偷偷窥望湖面的脸。他看不清她的表情，想来她也看不清他的，毕竟这和房间是有一段不小的距离的。她还是一贯冷漠的无视表情吧。想到她冷漠的脸，他突然有一种不安的感觉，一整天的兴奋和愉悦似乎都被那冷冷的目光浇灭了火焰。

沙雾似乎察觉了他的异常，但是没有询问他什么，她只是腼腆而且温柔地对他微笑着。他收起船桨，让小船在湖心微微地摇晃起来，和她这样对视的时候，不安的感觉似乎也消失在幽幽的水波里了。他有一个不错的主意。

傍晚的时候，水面漾起了薄薄的雾气，天空上不知什么时候也笼罩上乌云。沙雾的神色看起来已经苍白，大概是筋疲力尽了。在豆大的雨点落下之前，他们匆匆回到房间。沙雾连晚餐都没有吃，就径自回到二楼的房间去休息了。他想是时候做些什么了。

"抱歉，能打扰一下吗？我有些问题一直不明白。"他走到正在摆放餐具的老太婆面前，轻声询问道。

老太婆完全漠视他的问话，低着头安静地继续手里的工作。对于这种反应他倒是一点都不意外。

"你是想知道沙雾小姐的故事吗？"正当他琢磨着怎样再次开口的时候，她突然出了声音。

"是的，到府上打扰很不好意思，也谢谢您这两天的照顾，"但是作为关心沙雾小姐的人，他想他还是要询问一下比较好，"我猜沙雾小姐还有一个双胞胎姐妹吧？"

本来以为老妪已经愿意和他透露些什么，谁知她的表情又恢复了那种几乎冷酷的无情，看不出任何波澜，转过脸去不再看他。真是让人捉摸不透的老人。

"看来我只能直接去问沙雾小姐了。"他无奈地自言自语道。

谁知这句话竟引起了她强烈的反应，这个身材瘦小的老太婆居然突发怪力，迅速制住他的胳膊，逼近他的身侧，直视着他的脸，急切地说着："沙雾小姐是有个妹妹，她叫砂雾。"她说着便在桌面上轻轻地写了个"砂"字，然后又匆忙地转身离开了。

本来设计好的台词和演技都没有派上用场，冷漠的老太婆居然一下子就告诉了他想要的答案。也许他的方法太唐突了，但是对于这么一个不苟言笑的老人，随口一句直接去询问沙雾小姐竟然如此奏效，还真是让他吃惊不小。这个老人的忠心已经到了这样的程度？他觉得有些奇怪，或者还有什么其他的原因吧。

他的大脑急速运转着：那两个女巫的怪诞传说所指的灵魂幻觉，大概就是指的如他昨日所见的情形——一个沙雾分身成两个的现象。但是如果沙雾还有一个姐妹的话，那这一切就有了更加合理而平常的解释了。他宁愿相信后者，无论是出于本能的自他保护，还是出于对沙雾的感情。他在壁炉前见到的根本不是同一个少女，而分别是沙雾和砂雾，她们是外表相似、神情不同的孪生姐妹。

想到砂雾很可能是患有心理疾病的少女，说不定是梦游症之类，她大概住在沙雾隔壁的房间，这就是沙雾对那些书籍有兴趣的原因吧。但是她们为什么会在这么神秘阴森的森林里隐居呢？难道这个家族有着什么特殊的故事吗？他想他的了解已经足够了，对于沙雾家庭的疑问还是等以后的时光再慢慢了解吧。他现在不过是个刚刚巧合出现的人，即使和沙雾亲近些，再追问下去还是不合时宜的。此刻他似乎理解了老太婆对他冷漠的原因，他只是个突然拜访的过客。他也许会在今后的相处中了解这些，如果沙雾有什么不满的话，他可以把她救出这座房子，寻找更美好的生活。为了那个纯洁无瑕的姑娘他愿意这样做。

屋外的夜色已经朦胧，窗外还下起了淅淅沥沥的雨。他的情绪有些伤感，但是决定带沙雾离开的念头又让他坚定起来。他想沙雾的状况也许连她自己都不太清楚，他应该动之以情晓之以理地告诉她离开这个鬼地方的必要性。这样的处境对于一个未经世事的少女来说实在是太糟了。如果她不愿意离开已经习惯的环境，他还是应该果决地强行带她离开。即使不了解更多的状况，但他仍然相信自己的决定。

晚饭的时候他全然心不在焉，老太婆的冷漠表情让他更加不愿意在餐桌旁逗留一分钟。他已经对沙雾十分在意了，他需要知道她的状况。她看起来如此疲惫，不知道现在有没有恢复精神。

在他匆匆放下餐具、走上楼梯的时候，老太婆并没有阻拦他，这一点让他有些意外，冷漠的她似乎自然地接受了他和沙雾亲近的事实。

来到二楼，他不自觉地在走廊深处那扇神秘的门前驻足。砂雾在里面吧？她为什么总是这么安静地存在着呢？不知道沙雾是怎样看待自己这个神秘的姐妹？这样胡乱猜想着，他敲开了沙雾的房门。

这一个平静的夜晚被窗外的骤雨衬托得更加神秘，他们在房间里自然愉快地讨论着沙雾的那些收藏。沙雾一边喝着咖啡，一边跟他聊起古典的侦探小说。他被这个本就偏爱的话题吸引，看着沙雾在咖啡的热气中更加湿润无辜的双眼，他已经不知不觉忘记了打探关于砂雾和她们家庭的事……

他多么希望时间永恒凝固在那天晚上和沙雾的聊天中，那天自己永不睡去，也永不醒来，那样就再也不会见到血泊中的心爱的少女，不会被那两个白色的魅影日夜纠缠。

（六）

"你怎么看？"我把小说轻轻放在桌上，内心无比期待对面友人的答案。

飞鸟信一郎放下手中那本《迷宫草子》，表情认真地说："感觉很奇妙，但那只是神秘幻想小说的情节。"

我本与他轻松地对坐，"说不定是实情呢。"信一郎用有些让人捉摸不定的口气说着，让我更加好奇。"哦？难不成是真实体验？"

"这篇文章看起来不过是平铺直叙，文字技巧看似不够，但这篇作品的内容还是很吸引人的。我看这不是一部单纯的幼稚作品，它的作者肯定是想传达些特别的信息。如果是你随性创作的话，才不会特别在意这些特殊的地名吧？所以说，一定是内有玄机。"

"嗯，他本人一定清楚，若这些描写的事情属实，读者看不出发生的究竟是什么，根本就是见到鬼似的荒唐情节。"

"那都是幻觉。"

信一郎的表情难以捉摸，他微微一笑，露出整齐的牙齿："我倒是认为他像在记录真实的经历。看得出他一直试图从一个第三人称的客观角度描写经历，意在做出客观的推理，但对沙雾的感情影响到了他的判断。先入为主不是他当时该有的心态，这样主观的态度只能给他的思维造成障碍，或许这就是作品看起来离奇和荒诞的原因——作者本人的推理给读者的理解带来了不小的误导。"

"哈，看来你是有自信可以做出比他更客观的判断了？连砂雾是否真实存在都没有办法从文章中看出来！即使房子里确实存有主人生存的迹象，也不能就此而断言吧。"

"以他的推测来说，砂雾应该是真实存在的。毕竟老太婆亲口认证了砂雾的身份，只是她也许并不生活在这座房子里，或者很久以前就已经离开了那座老房子。说不定，在别的地方和父母一起居住着。因为老太婆没有做更加具体的交代，所以房子里只有沙雾和老太婆同住的事情也是讲得通的。"

"那就是说，是作者把沙雾当成了砂雾？可是他明明在二楼走廊下看见了一个和沙雾极其相似的少女啊。"

信一郎没有马上开口，而是微微抖动了下身体，晃了晃脑袋以驱散疲劳。他拨弄了几下略长的头发，"嗯"了一声后，才继续沉稳说道："最合理的解释是他自己在走廊的一片漆黑里产生了错觉。我认为那应该就是视觉错乱的暂留现象。他走出沙雾房间之前，注视过沙雾挂在墙上的黑色洋装。科学研究发现，当一个人由光亮之处看黑的东西，随后会在黑暗中留下特殊效果——那个黑色物品的形体会有白色形体的暂留现象产生。这很神奇，但确有其事。而且他不也说了吗，只是白色的裙子的影子，看不清头和脸。"

"不止如此吧，他记得作者曾说自己感觉到走廊里有什么东西出现的。如果不是感觉到了什么，他根本不会警觉地探出头观察。"

"还记得作品开头说过的，沙雾养了一只黑色的猫吗？我推测那黑色的猫咪在他走出门的时刻一定是背对着他的，所以它的身影才被埋没在黑暗里。况且，若那走廊里真有一位白衣少女，怎么会消失得如此之快呢？即使她有惊人的速度，也应该是下楼去了，但是作者却没有听到楼梯发出的任何声响，所以这种推测是不成立的。"

"既然砂雾并没有在沙雾隔壁的房间，宅邸里的确只有沙雾和老太婆，那么沙雾是被谁所杀呢？不可能是老太婆啊。"我已经抑制不住激动的心情，一连串地急问，焦急地等待着友人把悬念一一解开。

"不论砂雾是否在那房子里存在，甚至根本没有其人，她都不会是杀害沙雾的凶手。老太婆也一样能排除嫌疑，因为她根本不曾到过二楼。答案只有一个，那就是谁也没有杀害沙雾。但从沙雾的情形来看，更不可能是自杀。所以结论只有一个——她死于意外事件。压在倒下的椅子下面的书是《黄色的房间》和《多伦多》。按作者先前的交代，这种古典著作应该按照历史顺序放在了书架的最上部，也就是说，沙雾在勉强着高度想要拿这两本书时摔下来了，大概是因为身体失去了平衡吧，毕竟她还是个少女，而那个该死的闹钟，居然硌到了她的后脑。他想，应该是这样解释才最合理。"

"但是，这还是有些牵强，毕竟被一个小小的闹钟击中后脑应该不是什么致命的意外事故。"

"我也只是推测，从划船那天沙雾的疲劳表现来看，她似乎不太健康。或许是心脏的问题，作者描写她的肤色和神态都给人这种感觉。"

"等等，"我有些跟不上这个推理的进度，"对于这件事，这些推断确实说得通，但是咖啡的谜团还是没有解开。是谁把咖啡端进沙雾房间的呢？作者和老太婆显然应该排除，难道是沙雾自己做的吗？可是这似乎又有了矛盾，如果她本人倒了咖啡，在作者发现的时刻不可能保持那样冒着热气的温度才对。"我一口气问出了所有待解的疑问，焦急地等待着信一郎的回答。

他丝毫没有慌忙，拿起手中的咖啡抿了一小口，然后微笑着继续解释："这就是这篇记录最巧妙的地方，答案也许连作者本人都不知道。"

"啊噢？"已经有些迫不及待了，我往前探了探身子，瞪圆了眼睛，嘴也不由自主张开成圆形，让声音也有些变了形。

"只有一个事实……咖啡被端入房间的时间不能被推理改变，那是事实，而唯一可以考虑推翻的就是沙雾死亡的时间。你有没有想过，沙雾是在7点多才倒好咖啡的，紧接着就在作者进屋之前发生了那个意外。"

"说不通吧，沙雾怎么会任凭闹钟响到作者进来时而不按掉它吗？这完全不合常理。"

"是的，这不符合常理。但是对于沙雾来说，就可能发生，因为她根本听不见任何声音！她是个聋子！"

"啊？"我再一次被震惊了。

"这就是作者没有弄明白的地方。试想，为什么作者会觉得沙雾的眼神有着非常人的缥缈神色？这正是因为她从不注视对方的眼睛，而是把焦点集中在对方的嘴唇上。她在交流中使用的是读唇术。"

"读唇术？"

"是的，这是一般的聋人在生活中逐渐学会的一门技能，通过嘴唇和脸部肌肉在说话发生时的运动判断所发出的语言含义，当然还要佐以对方的表情和对话的情境。试想晚餐时她在作者两侧放置了不止一个烛台，这是为什么呢？还有一个沙雾蹲在壁炉前的细节，当作者走进她并跟她讲话的时候，她露出了吃惊的表情，这是因为她在无声中突然发现作者不知何故突然出现在自己身边所致。至于前一个疑问，毫无疑问是为了读懂作者的唇语。这篇文章中有不止一次蹊跷的情节，都可以这样解释。比如在初次门前相遇时，她完全可以回应作者的话，而后来在她房间之内却无视作者的话的原因，都在于她能否识别到对方的唇语。二人散步的过程中也有相似的情况发生，理由都是她的失聪。"

"这样来看的话，也只剩下沙雾发生意外的事件是真实的了。整篇作品中的神秘、恐怖、谜团都是作者自己添加上去为吸引读者？"

"很有可能。沙雾这个人物并没有什么特别的目的，这个故事是被作者修饰得如此神秘、幻惑的。即使解释成作者在自己的潜意识里，早就知道真相了，他只是在故弄玄虚，也是可以说通的。"

"为什么这么说呢？"

"'当一个人在房间内享受孤独时光的时候，他总是会不禁回想起那一日的体验，一幅缥缈图像不自觉地在他脑海中浮现——那是一个无声无息的世界。'记得这句话吧？"

信一郎似乎没有耐心向我解释这个故事了，把目光转向了窗外。

"等一等，我还是不明白沙雾和那老太婆到底是什么人。"

"这个……我还没有从这篇文章中找出关于这点的线索。"

我期待地看着他，他的侧脸竟然有些谜一般的不明神色。

我一面思考，一面随手翻着手中的书，突然想到了些什么："对了，那个森林里的白衣小孩是怎么回事呢？"

信一郎看了我一眼，微笑着从书架上取下《世界不可思议事迹百科辞典》，慢慢地念了起来："这种狐狸有着纯白的腹部，背部的毛色却是浓浓。当它在暗处站立时，咽喉以下的毛色看起来就酷似人脸，再配合上腹部的白色毛发，足够让人误会那是一个身穿白衣的孩子。但是，它可没有看起来这么亲切，当人类靠近时，这种狐狸就会迅速消失以保护自己。"

那种微妙的微笑又出现在信一郎自信的脸上了："妹妹砂雾和白衣小孩子都是幻觉而已！"

险象环生的血案追踪

死亡证明

【日】佐野洋

（一）

下面将要讲述的事是由两个案件引起的。

第一个案件：

时间：4 月 10 日，星期六，晚上 11 点 10 分左右。

地点：K 市采女街的"河鹿庄"旅馆，一间名叫"红叶"的单间。

发现者：旅馆女招待小泽铃子（30 岁）。

采女街上有很多情人旅馆，而"河鹿庄"就是其中一个。这间旅馆共有 14 个单间，分别由 4 位女招待分工负责，所以她们对每个单间的使用情况都非常了解。

"那两位客人大概是 8 点半来的，"小泽铃子对 K 市北署的警官说，"我把他们领到'红叶'单间，并问他们过不过夜。他们说不过夜，我请他们自便，然后就从外面把'红叶'的门锁上了。"

"从外面？"警官提高声音问道。

"是的，这是我们的规矩，为了避免客人出来闲逛，给其他客人造成尴尬，所以他们进屋后都由我们从外边锁上门。"

"哦，如果客人想走怎么办？"

"打电话通知我们，我们会过去给他们结账。"

"原来是这样。他们是 8 点半左右进'红叶'的，那么其中一位客人是几点走的？"

"我记得大概是在 10 点前。那个女客人打电话过来说她要先离开，于是我就给她开了门。她告诉我那位先生还要再休息一会儿，大概 11 点走。"

"她没结账？"

"没有……这种事一般都是男方付钱的。"

"你接下来是怎么做的呢？"

"我把门锁上，把那个女人送出了大门。"

"然后呢？"警官穷追不舍。

"我等到了11点。我们这里规定，不过夜的话11点之前必须退房，而超过11点是要收取住宿费的，"小泽铃子说，"但是，11点我打电话过去的时候却没人接。我想他是不是溜走了。不过，这不太可能，旅馆的玻璃窗户是很牢固的。但我万万想不到的是，他竟然死了。"

"进屋后，你是怎么发现他死了的？"

"开了房间的门，我打了声招呼，却没人应我。我在前面的休息室里没见到他的踪影，然后去拉开后面卧室的门，卧室里一片漆黑，我便打开电灯，发现他趴在被子上。我起初以为他睡过头了，然后想摇醒他，结果碰到他时却发现他浑身僵硬，一动不动，脖子上缠着浴衣带子。"

"你还记得女方的样子吗？"警官追问。

"她……没看清，因为她带着一副太阳镜。"

"太阳镜？你不觉得奇怪吗？"警官看着小泽铃子说道。

"不奇怪，来我们这里的客人，大部分人都戴着太阳镜呢。"

的确，来情人旅馆幽会，当然要掩人耳目了。

第二个案件：

时间：4月11日，星期天，上午9点左右。

地点：野末久子的公寓。

发现者：坪井泰介（野末久子的未婚夫）。

星期一早上五点半，坪井泰介便从公寓出来了，因为这个早上他学习班里的学生们要与邻街的学习班举行一场棒球比赛，他必须到场呐喊助威。

一出公寓，坪井便遇上了班里的学生泷田吾郎。泷田吾郎并没有向老师打招呼，而是望着天边的朝霞，自言自语地说："老师，今天的朝霞好红呀，像血染过似的。"

坪井有点吃惊，用血来形容云彩，这个孩子的想象力未免太丰富了。

但3个小时后，他发现了野末久子的尸体。以后当他再把这些事情联想起来时，却惊奇地发现，难道这就是预兆？

棒球比赛在一家小学运动场举行，因为是他们借来的，说好用到8点半就要归还。

比赛打得不算精彩，结果坪井的学生以7：9输给了对方。不过他们不在乎结果，因为能在正规的场地纵情地打一场球，他们已经心满意足了。

坪井心里有点遗憾，不过不是因为输球，而是因为野末久子失约了。

久子是坪井的未婚妻，他们准备今年秋天举行婚礼，甚至连礼堂都预约好了。

当久子听坪井说他的学生们要举行比赛后，就兴高采烈地答应前来助威。但是比赛都结束了，她的身影一直未出现。她为什么不来呢？坪井想去她的公寓看看。

走到小学门口，坪井又遇到了泷田吾郎。于是，他便和泷田吾郎一同前去看望久子。因为学生们都知道坪井的女朋友，而久子对坪井的学生更是不陌生，所以他们结伴前往久子的公寓也并没有什么不妥。结果幸好带了泷田吾郎一起前往，他处事冷静，对后来现场的保护起了很大的作用。

在公寓门口，坪井按了很久门铃，但都没有人前来应答。他以为久子不在家，所以也没有感到很奇怪。但他轻轻拧了拧门把手，门就开了。结果他们发现久子趴在起居室里，姿势怪异。坪井走近仔细一瞧，只见她圆睁着双眼，眼珠一动不动，坪井慌了，大喊道："吾郎君，她死啦！"

泷田吾郎是一个机敏的人，他听到后立即说道："老师，别动！保护现场，我先打电话报警！"说着他飞快地跑到附近用公用电话向 K 市南署报警。其实泷田吾郎打的不是110，而是南署警局里的电话号码，他的舅舅正是南署的刑警。

事后，警官询问坪井："泷田吾郎出去打电话后，你一个人在屋里，都做了什么？"

"我什么也没做……"坪井想了想，又补充，"其实我那时慌了，心想与其报警还不如请医生过来呢，万一她还活着呢……"

"但是，你刚发现她的时候，你不是已经确认她已经死了吗？"警官没放过任何一处破绽。

"我当时是这么以为的，但是我没有检查她还有没有呼吸与心跳……遇到这种情况，我完全手足无措了……"

（二）

第一个案件的被害者是城本内科医院的医学博士城本哲也，这是警察后来从"河鹿庄"旅馆"红叶"休息室的衣橱里找到的证据，被害者死前穿的衣服都在里面，上衣口袋里正放着他的名片。

第二天早上，即星期日早上，K 市北署针对"河鹿庄"案件成立了专门的侦查小组。

经过现场分析和法医对死者的解剖分析，被害者是有机磷中毒致死，浴衣带子是死者死后被杀人犯缠上去的。目前，这个案件的最大嫌疑人就是那个提前走掉的女人，但那个女人是谁呢？

警察将死者城本的妻子城本夏江接到了"河鹿庄"，她确认了那具尸体就是她的丈夫城本哲也。她说丈夫走前对自己说要出席本市的医师集会，但对与丈夫一同幽会的女人，她却一无所知。

警方决定对城本最近的行踪尤其是死亡当天他去过的地方以及与他有关的女性展开全面的调查。确定了详细的调查细节后，正当北署的调查员们准备出去执行各自的任务时，接到了 K 市南署打来的一个电话，说星期天上午 9 点左右，在南署管辖区的一个公寓内发现了一具中毒死亡的女尸，这个女子是城本内科医院的护士。

这个女子就是野末久子，即第二个案件的死亡者。既然两个死者都是城本内科医院的，而且死亡原因都是有机磷中毒，北署与南署决定将这两个案件并案调查。

12 日（星期一）早晨，案件的调查结果出来了：杀害城本哲也的嫌疑人是野末久子，而野末久子已经畏罪自杀。给这个案件提供充足证据的是"河鹿庄"的女招待小泽铃子。

她见到野末久子的尸体后说，确定她就是那晚出入旅馆的女人，因为铃子记得那个女人鼻子左侧有颗痦子，而那颗痦子好像是画出来的。警方确实发现野末久子的左侧鼻翼有一颗痦子，而且是画上去的。经过小泽铃子指证，在野末久子的公寓发现了太阳镜、蓝色连衣裙，这都是当晚出入旅馆的那个女人身上穿戴的。

根据瘊子、太阳镜、连衣裙这些细节，警方几乎可以断定野末久子就是出现在"河鹿庄"的那个女子。当然，调查会议上也有人提出异议：被害者妻子不相信丈夫与护士有情人关系，医生与护士的确切关系是怎样的？护士的杀人动机是什么？护士既然已经与坪井有婚约，她为什么要自杀……讨论到最后，结论是野末久子为了结束这个不正当的情人关系，将城本哲也杀害后自杀身亡。

报纸上刊登了这个案件的始末及警方得出的结论，但有一个人对这个结论非常不满意，那就是野末久子的未婚夫坪井。案发后的星期六，他通过泷田吾郎的介绍，见到了他在南署工作的舅舅。

泷田吾郎的舅舅叫吉冈，年龄与坪井相仿，长得瘦弱白净，一点也不像警察。他们是约在行政厅旁边的茶馆见面的，当天人很少，正适合他们谈话。

"大概情况我听吾郎说过了，我也专门翻查了这个案件的卷宗。"吉冈说话相当温和。

"先生，我不相信她会自杀。事发前一天她还给我打过电话，说星期天早晨会过来给我的学生棒球队加油……"

"我听吾郎说了，那个电话是星期六什么时候打的呢？"

"下午3点左右。本来她周六晚上要来我公寓的，但说临时有事来不了了，然后约定第二天过来给学生们加油。"

"她没说什么事吗？"

"没有……"坪井有点无奈，"因为她是在医院打的电话，不能说得太多。不过她语气是很愉快的，说第二天见面时再告诉我，并且肯定地说要来给我们的球队加油。"

"说好要来，但又失约，她经常这样吗？"

"其实，我们见面的时间很受限制。她白天要上班，而傍晚我又要给学习班开课，基本都是她到我公寓来，但她是一个守时的人……说到失约，两个月前是有过一次，后来夜里11点才打电话过来道歉。"

"那次，她为什么失约？"

"说是医院有急诊。那天快要下班时，她来电话说有个重病号，作为护士，她必须跟随城本哲也外出协助就诊……"不过，现在细细想来，坪井倒起了疑心，因为后来他问起这件事的时候，久子心不在焉，而且对重病号的病情也语焉不详，这不太像她平时的态度。难道，那晚她和城本哲也发生了什么事？难道她在撒谎，因为她只有在撒谎的时候回答不上问题。

"吉冈君，"坪井不想再思考这个令人难受的问题，便换了个话题，"她的遗体不是解剖了吗？死之前她有没有发生性行为？我想知道这方面的事情。"如果久子真背叛了他，那么他对她的死因就不再过问了。

"没有性行为的痕迹。"吉冈用平淡的语气说道。

"真的没有？那么杀人的可能不是她！"坪井很激动，眼泪忍不住流了下来。

可接下来吉冈的分析又让他心灰意冷："不，这不能说明什么。他们当时可能使用了安全套，而且久子可能在他们发生性行为之前就把城本杀害了。"

"那么说，您依然认为她就是杀人犯？"坪井叹了口气。

"我是刑警，"吉冈苦笑了一下，"这个案子我没有亲手参与，但我想警察署的结论应该不会错。对你的心情我不是不理解……不过，我有个疑问，希望你能帮我解决。"

"那是什么呢？"坪井凝神静听。

"那就是野末久子的门锁。据吾郎说，那天早上你拧了一下门把手，门就开了，是不是这样呢？"

"没错，是这样的，当时我以为她可能外出到附近买东西去了呢！"

"自杀的时候不锁门，这未免有点奇怪，而且，她有没有留下遗书？吾郎去报警的时候，先生你有没有把遗书藏起来，这也是一个疑点。"

"我藏起来了，什么意思？"坪井没想到自己反而被怀疑了，"您可不要开玩笑，我可什么也没做，久子是我的未婚妻。我可以对天发誓，我绝对没有藏她的遗书，她房间里的东西，我什么都没碰。"

"是吗？那就是说，警方就单凭女招待的证词、痦子、太阳镜、蓝色连衣裙作为证据，推断野末久子是自杀而死的了。"

"什么？您请等一下，太阳镜、连衣裙？"原来坪井对这些破案证据毫无所知，警察没有向他解释破案的缘由。

吉冈于是向坪井详细说明了警方判断野末久子为杀人犯的前因后果。

晚上回到公寓后，坪井打算集中思考从吉冈刑警那儿听到的话。

首先是痦子的问题。久子死亡当天，他似乎看到过久子脸上的痦子，但是后来就忘了。久子没有痦子，而且在那之前他从来没见过她画过痦子。为何单单那天她往脸上画了痦子，难道是她和城本医生幽会时的习惯？

不……坪井摇摇头，这事不能这样思考。

他假定杀害城本的女子与久子是两个人。那么，女招待为什么会误认为久子就是那个女人呢？因为那个女人戴着太阳镜，女招待只能隐约看到她脸上的痦子，还有就是那个女人身上穿的连衣裙。所以当女招待在久子公寓发现这些东西的时候，自然就把久子当成了那个女人。

为什么这些东西会出现在久子的公寓呢？是那个女人带过去的！想到这里，坪井忍不住打了一个激灵。那个女人和久子认识，她当晚拜访了久子，然后趁久子不注意，在她的水或饮料里放了农药（内含有机磷）。在久子中毒死后，这个女人清理了客人拜访的痕迹，然后把太阳镜、连衣裙放在了久子的公寓，并在她脸上画了一个痦子。当然，这个女人一切动作都小心谨慎，没有留下任何指纹……难道事情真是这样的？坪井忍不住兴奋地大叫起来。

那么那个女人是谁呢？她肯定与久子相熟，否则久子不会轻易请她进自己的房间，她肯定与城本有着不寻常的关系，那么说，他们3个人是认识的，他们之间有着特殊的关系。

我怎么找得到那个女人呢？她年龄应该和久子相仿，从女招待的判断可以看出。久子今年28岁，因为看上去显老，那么那个女人，年龄应该在28岁至32岁之间。她脸上是不是有颗痦子？她肯定想到自己的痦子会被女招待记住，所以也给替死鬼久子的脸上画上了痦子。

那么，那个女人为什么要杀害城本和久子？坪井的掌心开始冒汗。他们三人是什么关系？假设城本与那个女人是老情人，城本当晚提出分手，毕竟以他们二人的关系，这样发展下去不是长久之计。而那个女人怀疑城本有了新情人，而这个新情人就是久子？她因爱生恨，自己得不到的东西，别人也别想得到，于是设下计谋把两人都杀了？

这件事这样解释是否合理？坪井拿捏不准，毕竟目前自己猜想的成分居多，还没有丝毫的证据。他找来纸和笔，打算将以上的推理和思考整理一下。这时，他脑中灵光一闪，既然他们三人认识，那么这个女子有可能也是医院的人，而且是女患者的可能性比较大，因为城本内科医院附近住宅小区较多，而且前去看病的大多是年轻的家庭主妇。想查找这个女子，可以从女患者的名单上入手。他又想到了另一个人，城本的遗孀城本夏江。

（三）

第二天下午 3 点，坪井在城本内科医院的诊疗室见到了城本夏江。她之所以那么痛快答应见面，是因为她也觉得这个案件有不对劲的地方，久子是医院的护士，她对久子平时的为人还是比较信赖的。

夏江对久子的评价，着实让坪井高兴，于是他把自己前一天晚上的猜测一五一十地向夏江讲明了。

夏江认真地听坪井讲他的推想，听完后她深深地叹了口气："这真是太让人吃惊了！你和久子前一天下午约好了，她确实没有自杀的必要，而且你们感情那么好……"

"夫人，如果我的推测成立的话，就是城本先生有情人这件事，你有察觉到吗？"

"不知道。你听野末小姐提到过吗？"

"没有……为什么？"坪井反问道。

"我想，如果我先生真有情人，他肯定是用医院的电话跟她联系的。接电话的事是由野末小姐负责的，如果真有这么一个女人，野末小姐应该能感觉到……"

"嗯，的确这样，不过我从来没听久子说过什么。"

"唉，明白了，"夏江有点失望，"如果野末小姐还活着的话，她肯定知道是谁杀害了我丈夫，不是吗？"

"是呢。"坪井应道。

"那个女人知道警察会来医院调查，她猜想野末小姐会供出她和我丈夫的关系，这对她是个威胁，所以她不得不杀野末小姐，对吗？"

"是啊……的确有道理。"坪井有点激动，这个推断比他昨晚的推测更有说服力。

"我一直对野末小姐十分信赖。她工作认真，也从来不多嘴多舌……所以警察说她杀死我丈夫，然后自杀，我是非常不能接受的。刚才和你谈话，让我知道他们并没有那种关系，这让我心里舒服多了。我始终相信野末小姐的人品……只不过，杀害我丈夫和野末小姐的那个女人到底是谁呢？"

坪井想起了此行的目的，建议夏江查看一下患者的名单。夏江打开城本的抽屉，竟意外地发现了一个系着红白纸绳的贺仪袋。她解开绳子，从里面拿出一沓万元一张的钞票来，细细一数，总共 50 张，也就是说这里有 50 万元。坪井看到，贺仪袋最上方只写了一个"礼"

字，没有留下任何人的名字。

夏江将这沓钱收好，然后放到了自己的衣服口袋里。当她发现抽屉还敞着时，便赶紧把它关好了。

"抽屉里没有别的东西了。假如我找到那个女人的名字，我再跟您联系……"夏江的话里有逐客的味道。

"夫人！那个女人的名字可能就在患者病历里，我们只要挑出 28 岁至 32 岁的女患者，然后逐个调查，看她们鼻子左边有没有长痦子。"坪井再次强调他们的共同目的。

"您要看病人的病历？这办不到，医生不能随便透露患者的病历情况。"夏江的态度和之前相比，已经发生了很大变化。难道，她另有打算？

坪井只得作罢，他虽然不满，但也不想太强人所难。

坪井感觉自己无计可施了，他想向警察求助，但是，除了猜测，他手上没有任何证据。他在屋里转来转去，突然脑子里闪过那件作为证据的蓝色连衣裙。那个女人穿过那件蓝色连衣裙，现在的法医学应该能从衣服上面的汗渍中鉴定出血型来。

那件蓝色连衣裙现在在哪呢？久子的遗物是她的姐姐永子过来清理的，永子是久子唯一的亲人，他们父母早亡，两人相依为命。

永子住在市郊县营住宅区，久子生前带坪井去过一次。跟永子约好时间后，他就过来找永子了。好不容易找到永子的家，发现永子就站在屋子前面等他。

"永子，我有件事想跟您商量……啊……"坪井话还没说完，就发出了一声惊叫，他看到永子穿着一件蓝色的连衣裙。

永子确认这件蓝色连衣裙的确是久子的遗物，她觉得这件衣服很高档，没舍得扔掉，就送到洗衣店消毒清洗了，这才刚穿到身上。听完坪井的来意，永子非常懊恼，一个有用的线索，竟然被自己毁了。

她把坪井迎到屋里，叫了外卖。坪井又把自己对这个案件的猜测对她讲了一遍，永子默默地擦着眼泪，她始终不相信自己的妹妹会做出杀人的行为。

过了一会儿，永子想起了一件事，就是上个月月末她因为家里经济困难，向久子借了一笔钱。那天大概是二十二三日，距离久子发薪水的 25 日还有两三天，她竟然看到久子从一个贺仪袋里拿出一沓厚厚的钱，拿了两万给她。永子猜测那沓钱有 10 万。面对永子的疑问，久子回答说这是患者送的礼金，但没说明患者为什么送礼。

"坪井，你知道久子干什么坏事了吗？"永子想久子的死是不是和这一大笔钱有关系。

事情怎么那么凑巧？坪井把在城本内科医院看到的情况告诉了永子，医生 50 万元、护士 10 万元……绝对没错，这是同一人送的。他们两人经过详细分析，判断城本与久子应该是替人干了一些不合法的事，比如私自堕胎、安乐死？

对于那天城本夏江态度的转变，永子分析说，她可能害怕丈夫不正当的诊疗记录暴露后，会对城本内科医院的声誉造成影响，毕竟她的孩子毕业后还是要回到医院继承父亲的事业的。而且那么一大笔钱，可以减轻城本夏江独自抚养孩子的压力。看来，城本夏江是不打算追究丈夫的死因了。

（四）

从永子的家回到公寓时，坪井意外地看到吉冈正站在门口等他。坪井刚好有些事情想和他商量，就急忙把他迎进了屋里。

吉冈说城本医院的院长夫人城本夏江打电话向他们刑警科长提出抗议，反对重新调查此案。她说野末久子的未婚夫到处说野末久子不是犯人，在背后说警察的坏话，她想让警察干涉一下坪井，不然会令有关者非常难堪。

坪井吃了一惊，没想到城本夏江反咬他一口。人为了名利，可是什么手段都能使得出来，坪井无奈地摇摇头。他把这两天的所思所想以及最新的猜测一一告诉了吉冈。吉冈非常感兴趣，觉得坪井的推测不无道理。不过，想让警方重新调查是不太可能的了，毕竟结论早已登报公布。吉冈的回答如坪井预料的一样。

坪井不死心，请求吉冈帮忙调查左脸有痦子的30岁左右的女人。

吉冈沉思良久，最后告诉他，大野木律师的夫人符合这些特征，不过因为是律师的夫人，想调查她实在是太困难了。

吉冈对城本与久子给病人实施安乐死的猜测比较认同，他答应到市政厅办事处去查一下死亡记录，如果能找出署名为城本哲也的死亡诊断书，事情就变得简单了。

吉冈走后，坪井仰卧在起居室里，茫然地看着天花板。这几天他为了久子的事，总像侦探一样天天往外跑，没太关心学习班的学生。如果久子没死，他下半年就有一个温暖的家了。

他从榻榻米上坐起来，突然想起久子和他最后一次通电话时说："我跟人约好了，明天告诉你，是个好消息。"

那么，这个"人"应该指的就是那个女人。有什么好消息，难道那个女人会给久子追加礼金？

他想起吉冈的话，大野木律师夫人，难道是她？

他费了点劲找到了大野木家的电话，接电话的刚好就是大野木夫人。他假装是一个熟人，问她4月10日是不是去了趟城本医院，大野木夫人很干脆地否认了，她说那天她去东京了，听起来她不像撒谎，坪井有点失望。

后来，坪井去学习班，却想不到竟然能从这帮孩子们口中打听到大野木家的一些事情。那时是5点40分左右，有些学生早到，他们听到一个叫田口良一的六年级男生在和别的孩子闲聊，他说他班上的大野木君整天跟他们吹嘘，说最近马上要去东京上中学了。知道坪井对大野木家的事情感兴趣，田口良一讨好似的向坪井透露了更多关于大野木家的消息，说大野木君的爷爷去世了，他们家继承了一大笔遗产，所以要在东京买一套高级公寓。大野木君经常向周围同学炫耀自己的家境，这种事情被他从父母那里偷听来，然后向同学夸耀并不会让人觉得奇怪。

安乐死、遗产，将这两件事放在一起，就能嗅出一些犯罪的味道来……如果田口良一所讲的事情是真的，那么，这件事背后肯定隐藏着不可告人的阴谋。

自己差点相信了大野木夫人的话，真是够蠢的……坪井有点懊恼，他觉得有再给她打电话的必要。

（五）

第二天上午 10 点，坪井声称自己是市政厅的市民科庆吊股的工作人员，又给大野木家里打了个电话。大野木夫人听说了坪井所报的职务，一点儿也没起疑心。面对坪井关于逝世者的住址、姓名、死亡日期以及患病情况等方面的询问，她一五一十地做了回答。

原来逝世的不是大野木的父亲，而是大野木夫人的父亲。她的父亲住在 N 市大新桥236 号，叫古桥京一郎，年龄 75 岁，大约一年前患脑血栓卧床不起，后来突然因呼吸困难而死亡，死亡日期是今年的 2 月 20 日下午的 1 点 20 分，死在自宅里。N 市与 K 市距离不远，驱车 30 分就能到达。

另外，坪井又打听到大野木夫人原名大野木美和子，今年 32 岁，她还有一个哥哥，已经去世了。

至于开死亡证明的医生是谁，大野木美和子并不知情，她给坪井提供了陪父亲看病的保姆的电话。

2 月 20 日，时间竟然和他与吉冈推断的基本一致，坪井非常兴奋。如果保姆说出开死亡证明的医生就是城本哲也的话，那事情就水落石出了。

不过，事情似乎并没那么顺利，保姆再三保证，给古桥京一郎看病的是 N 市的内科医生米田修一先生，死亡证明也是他开的。放下电话，坪井怅然若失。

不过，接着吉冈给他带来了另一个消息。他查到全市由城本哲也开的死亡证明只有一件，但时间不太对，是 2 月 21 日，那天是星期六，野末久子和坪井见面了。死亡人是古桥龙一郎，43 岁，继承人是他妻子不二子，这个女人今年 30 岁。

古桥龙一郎？与古桥京一郎是什么关系？坪井把自己调查到的情况告诉了吉冈。很快，吉冈就把这两个人联系起来了。

古桥龙一郎是古桥京一郎的长子，也就是大野木美和子的哥哥。兄妹俩的关系不太好，因为美和子反对哥哥与后妻不二子结婚，原因是不二子在酒吧工作，也曾结过婚，还带着孩子。不二子对这个小姑子也没有丝毫好感，他们两家几乎处于绝交状态，龙一郎死的时候，美和子连他的葬礼都没参加。

父子二人的死亡日期只差一天，这其中有什么关系？吉冈做了一张表格，以方便找到其中的线索。

2 月 19 日，星期四，城本与久子出急诊。

2 月 20 日下午 1 点 20 分，星期五，古桥京一郎死亡（死亡证明：米田）。

2 月 21 日下午 7 点 10 分，星期六，古桥龙一郎死亡（死亡证明：城本）。

"怎么样，看出什么问题了吗？"吉冈得意地问坪井。

"唔……这……我不是太明白，您想说什么？"

"在这之前，我想先打个电话给保姆，我要确认一件事。"

吉冈果断地拨了电话，这个电话持续了 5 分钟左右。

"事情水落石出了。"挂掉电话，吉冈的表情非常轻松。

原来，2 月 20 日，龙一郎的妻子也就是不二子去 N 市看望了古桥京一郎，她是上午到达的。中途，她支使保姆外出办事。结果等保姆办完事回来时，京一郎已经断气了。

京一郎是不二子杀害的！那么，不二子杀人的动机是什么呢？如果和遗产联系起来，这件事情就容易解释了。古桥京一郎是个大财主，他有很多耕田，随着人口的增多，地价也水涨船高，如果古桥京一郎将耕地卖给不动产业主和土地开发商，他的资产可达亿万日元之多。

"但是，京一郎已经如此高龄，并且得了脑血栓，他也活不了多久了，不是吗？"坪井提出疑问。其实他想说的是，京一郎自然死亡后，不二子一家照样可以继承遗产，何必杀人呢？

"那么，咱们再画一张表看看。"吉冈边说边掏出了一张纸：不二子（带来的孩子）、龙一郎、古桥京一郎、美和子（亲生的孩子）、大野木安夫。

"看出其中的缘由了吗？如果父亲先死，那么哥哥和妹妹都有继承权。但是如果哥哥死在父亲前面，你想想谁有继承权？"

"难道不二子不能继承了吗？"坪井不太理解。

"是的，她不能继承财产，因为她不是死者的直系亲属。"

"但配偶的财产……"

"是的，不二子是可以继承龙一郎的遗产。但是继承是从被继承人死亡那一刻开始的。龙一郎死在父亲之前，他就继承不到父亲的遗产，不二子当然也从中捞不到分毛。"

"所以，"坪井看着两张表格，"不二子想得到继承权的话，龙一郎必须比父亲多活哪怕一天！"

"实际上，龙一郎19日便死于脑出血了。修改死亡日期与'礼金'的意义就在于此，"吉冈接着分析，"不二子用丰厚的礼金打动了城本医生和久子，但事后不二子担心事情败露，因此最终把城本和久子二人都杀了。"

"可是……不二子有痦子吗？"坪井还存在疑问。

"不二子是没有痦子。不过可以画一个呀！这样做的话可以将女招待的关注集中在这一点上，另外还可以陷害美和子。"

最终，事情果然如坪井与吉冈推测的一样，不二子全部招供了。不二子本不想杀害城本和久子，但是城本得寸进尺，不断敲诈勒索，向她要求更多的钱，还强占了她的肉体。久子也向她暗示秋天要准备办学习班，问她是否可以出些资金。于是，她干脆一不做二不休，设计把二人都给杀害了。

地狱灵猫

【美】斯蒂芬·金

（一）

一个阳光明媚的早晨，农夫一如往常出来干活，走到高速路的时候，他看到一辆朴莱茅斯车斜倒在水沟里。农夫一路走过去，站在那里观瞧，突然"啊"的一声惊叫，他看到一个人倒在车里，眼睛望着苍穹，他的周围血迹斑斑。

农夫用力地将车门拉开，解开系在哈斯顿身上的安全带，他想知道这个人是否还活着，以及这个人的身份。于是农夫顺着他的上衣寻找一些能够证明身份的东西。当农夫将手伸进死者的上衣口袋时，突然在衣服里面有东西在蠕动，就在腹部的位置。这时，污血顺着衣服流了出来。农夫好奇又恐惧地将死者的衣服拉开，看到里面的情形，农夫一下子尖叫起来！

原来在死者的腹部有一个拳头大小的洞，一只猫从里面探出头来，两只眼睛闪闪发光。农夫被吓得用手挡住了脸，同时发出了尖叫声。这声音惊得旁边稻田里的乌鸦向天际飞去，而那只猫，灵活地从死者的尸体中钻出来，活动了一下筋骨，然后消失在稻田里。

随着这只猫的消失，这起案件给我们带来了种种的疑问：这个男人是谁？是谁杀了他？杀人的原因是什么？

"你要杀谁？"

作为一个职业杀手，这个问题是经常挂在哈斯顿嘴边的。此刻，在他面前，一个面容憔悴、看上去就快要死了的老人坐在轮椅上。房间里微弱的灯光夹杂着窗前的烛火，让一切都有了恐怖的氛围。

哈斯顿并没有因为这些产生心理上的波动，死亡对他来说只是交易，在他的"职业生涯"中，6个女人和8个男人已经成为他的交易筹码，或许有一天，他自己也可能成为这筹码中的一员。

哈斯顿所处的大楼阴冷而寂静，壁炉内的炭火发出"滋滋"的声音，是这栋大楼里唯一的声音。

"小伙子，不用再隐瞒了，我知道你是一个杀手！"老人低沉的语气伴随着阵阵咳嗽声。

"你调查过我？"哈斯顿发问。

"我没有那么多闲工夫，是绍尔·洛基亚说的。"

听到老人这么说，哈斯顿放下心来，因为洛基亚是这桩生意的联络人，提到他的名字，应该不会搞错。

老人用枯树枝般的手指轻轻按下轮椅上的按钮，轮椅自动向哈斯顿这边靠近。哈斯顿平静地看着老人，同时闻到了老人身上散发出来的恶臭。

"你要杀的人是谁？"

"他就在你的身后。"

哈斯顿立刻从沙发上站起身来，将手伸进自己特制的运动服口袋，掏出那把五四口径的短柄手枪，这动作就像一个训练有素的特种兵。然而，在他身后并没有人，只是从黑暗之中跳出来一只猫。

这只猫黑白分明，分界线在头顶的中缝处，一直从两眼之间延伸到嘴巴，晶透的瞳孔散发着似乎能致人迷幻的光芒。哈斯顿突然感觉从哪里见过这只猫，他想了又想，脑子里仍是一片空白。

"我想我应该杀了你，你在跟我开玩笑吗？让我杀一只猫！"

"你不要生气，我没有和你开玩笑。"老人说着，从盖着双腿的毛毯下面拿出一个厚实的信封。

"这些是你的酬劳，6000美金，事成之后，我给你剩下的钱。"老人说。

哈斯顿接过信封，打开一看，里面是一沓钱。这时，那只猫慵懒地躺在地板上，似乎有了睡意，但是顺着门缝的一阵冷风又让它打了个冷战，猫一下窜到哈斯顿的腿上。哈斯顿向来喜欢猫，并且猫是他唯一喜欢的动物。在他看来，猫是上帝对这个世界的恩赐，它特立独行的个性是哈斯顿所敬重的，而作为沉默的捕食杀手，又让哈斯顿所欣赏。

哈斯顿轻抚着猫的绒毛，然后用疑惑的眼光看着对面的老人。

"这只猫杀了我一家三口，现在就只有我一个人，我现在病入膏肓，没有几天了。"

"很难想象你花那么多钱雇我来就是为了杀死一只猫。"

"我不想和你解释什么，你不要认为我是个疯子。我现在想告诉你，这件事情没有你想象的那么简单。"

哈斯顿没说什么，他认为，拿钱办事就好，没必要知道太多。不过老人此刻并没有收住话语："年轻人，你知道我是谁，做哪一行的吗？"

哈斯顿摇摇头。老人拿起一个药盒，指着上面一排小字。哈斯顿借着微弱的灯光看清了上面的字：朱洛更制药公司。

"您是……"

"我就是这家公司的创始人朱洛更。我的公司是世界最大的制药公司之一。你应该有所了解，我们主要为身患绝症的人生产药品，好帮助他们减轻身体上的痛苦。你看看这瓶药。"说着，老人又按动按钮，到旁边的药箱中拿出一个小瓶子。

"三多默尔镇静安眠丸，复方G，这种药可以止痛、镇静，也可产生轻微的迷幻作用。"

"你也在使用它吗？"

"每一个医生都会为他痛苦的病人开这种药，我们生意能成功就靠的这个。50年前我们就在新泽西州建立了自己的研发中心，猫就是我们临床试验最好的试验品，因为猫的神经系统最为灵敏。"

"对于猫来讲，这实在是一件不公平且可悲的事情。"哈斯顿这时候像一个动物保护主义者。

"实不相瞒，8年里，我们用了3万只猫。但是我们也让几百万人减轻了痛苦，我想猫的代价也是值得的。"老人说。

"其实说这些都无所谓，我可不是一个幼稚的动物保护协会成员。"哈斯顿又回到了一个杀手的身份。

"你怀里的这只猫7个月前来到这里，我并不喜欢猫，甚至带有一点点的厌烦，但是我的姐姐可怜它，把它收留了下来，结果……"说罢，老人恶狠狠地盯着那只不黑不白的猫。

此时，那只猫已经在哈斯顿的怀中睡着了，哈斯顿轻抚的力度也减轻了许多。

"你说它杀死了3个人，这是怎么回事？"

（二）

冬日的寒风没有方向感地肆意地刮着，壁炉的炭火在阴冷的空气中越烧越旺。

老人停顿了几秒钟，然后开始讲述这段经历："7个月以前，我和我姐姐安玛达，还有我的朋友卡洛琳以及仆人迪克·盖奇住在这栋房子里面，白天偶尔还有一个女孩过来串门。我们就这样在这里住了两年。我们经常在一起看电影、聊天，其乐融融。一切在这只猫到来之后发生了改变。

首先是迪克发现了这只猫，它躲在屋檐下面，迪克用棍子赶它走，用扫把轰它，它都不愿意离开。那会这只猫已经瘦得皮包骨头，如果把它扔到路边一定会饿死。我一向不喜欢猫，见它赖着不走，我让迪克往猫食里面下毒，并掺放了三多默尔镇静安眠丸。可是这只猫闻了闻就是不吃。我姐姐安玛达最后发现了我们的阴谋，她是个善良的人，绝不允许这么残忍的事情在她的家里发生。后来她找到这只猫，把它收留了下来。每天我姐姐都会给这只猫喂牛奶，并且像你现在这样将它抱在怀里，和它说话。在我看来这是一件非常恶心的事情，她从来不让我碰这只猫，生怕我又有什么坏主意。不过最后，她为她的善良付出了代价。

一天早上，阳光明媚，迪克起床做家务的时候发现地上有一摊血，他顺着血迹找到了躺在厨房地板上的安玛达。这时，她的嘴里、鼻子里全都在往外出血，盘子和里面的饼干散落一地，而且她的腿像是被坦克碾过一样，支离破碎。"

哈斯顿听得入了神，他下意识地打断了老人："她是怎么死的？谋杀？"

老人顿了顿音，接着说："是这只猫在下楼梯的时候绊倒了我的姐姐，你知道，我姐姐比我还要年长两岁，行动不是很利落。每天早上，她都会起来到厨房为这只猫泡牛奶饼干，而它就会跟在我姐姐脚下，所以……"

"警察最后怎么说？"哈斯顿问。

"当然是死于意外，难道他们还要起诉一只猫吗？"

哈斯顿想象着当时的画面，一个70多岁的老妇人，手拿托盘，从厨房门口的楼地上跌倒，一直摔到了厨房，盘子里的饼干散落一地，而那只猫若无其事地吃着地上的饼干，舔着上面的牛奶。这个画面确实让人感到猫很可恶。

"你为什么不杀死这只猫？或者再一次把它扔出去。"

老人有些无奈地说："我要是这么做的话，卡洛琳会发疯的。她年轻的时候就痴迷于巫术，并且坚信灵魂的存在，她说安玛达生前与那只猫非常亲密，死后灵魂一定附在了猫的身上，所以杀死或扔掉那只猫针对的都是安玛达，所以她誓死都不会让我这么做。"

深谙世事的哈斯顿听老人这么说，猜到他与卡洛琳的关系非同一般。老人接着说："卡洛琳住在二楼一间潮湿的房间，她是他们家族里唯一活着的人，所以有一些财产。卡洛琳自认为是有钱人，经常带着这只猫到纽约、伦敦。她抽烟抽得很凶，最后得了严重的肺气肿，可是在临死前她还是嗜烟如命，我一直劝她搬出那个房间，可她就是不听，因为那只猫就喜欢待在那里。"

"接下来发生了什么？"哈斯顿一边看表一边问。

"接下来，卡洛琳死了。医生认为她死于肺气肿，但是在我看来罪魁祸首是这只猫。"

"为什么这么说？你不能因为不喜欢猫，就把任何事情都推到它的身上。"

"事情的实际情况是这样，因为猫都喜欢靠近老人和孩子，从中偷走他们的元气。"

"你这是迷信的说法。"

"任何迷信都是基于一定的事实产生的。在卡洛琳已经病入膏肓、无法起床的时候，这只猫一直就在她身边。猫都喜欢用爪子抓东西，比如沙发靠背、毛毯、枕头等，所以当一个毛毯压在一个呼吸微弱人的头上的时候，会发什么……"

哈斯顿再一次陷入了想象之中：一只黑白的猫在一个身患重病的老妇人的身体上跳来跳去，然后它抓了一块小毛毯盖到了卡洛琳的头上，对于一个身患呼吸疾病的人来说，这将是致命的。然而在卡洛琳即将死去的时候，那只猫却卧到一旁呼呼大睡。想到这，哈斯顿感觉眼前的这只猫实在是不祥之兆。

"现在卡洛琳也死了，你为什么还不把它弄死？"

老人叹了口气说："事情远没有结束，在卡洛琳的葬礼上，我将这只猫带到她的墓前。我事先准备了一个篮子，然后把迪克叫过来，让他把这只猫送到新泽西州的实验中心。迪克开着我的林肯车，装猫的篮子放在了副驾驶的位置上。后来我接到交警的电话，说迪克在高速路上出了车祸，让我去辨认尸体。我赶到医院，看到迪克的脸上有抓痕，你知道是怎么回事了吧！"

房间内的烛火已经比刚才矮了一半，壁炉仍在发出"滋滋"的声音，这声音仿佛是我怀中的猫在对老人故事的嘲笑。哈斯顿再一次陷入想象之中：迪克在高速公路上以120迈地行驶着，正当他要超过前面一辆小货车的时候，副驾驶座位上篮子里的那只猫探出了头。突然这只猫疯了一样地窜到迪克的肩膀上，用它那锋利的爪钩钩住迪克的鼻孔，另一只爪子迅猛地在迪克脸上乱抓。迪克赶忙左打方向盘，他的视线仍能看清上面的路，可是这时猫黑色的大爪朝迪克的眼睛袭来，一下子迪克像戴上一副眼罩，眼前一片黑暗。紧接着只听"咣当"的一声巨响，林肯车像一枚出膛的炮弹一般狠狠地撞到了旁边的广告墙上。

哈斯顿越想越是惊奇，越想越是恐怖。"最后这只猫是怎么回来的？"

"在迪克葬礼那一天，这只猫神奇地出现在了葬礼现场。"

"哦，这真是一个奇迹，如此巨大的撞击它都没有什么事情！"

"猫有9条命，或许是真的。"

"这是一只充满灵性的猫。"

"或许是吧，是上帝派来折磨我的。我养着它，替我死去的姐姐喂食物给它，可是它整天地躲在黑暗中，露出一对蓝色恐怖的眼睛。我受够了，我忍受了4个月，已经到极限了。"

"你是怎么找到我的？"

"我认识洛基亚，他经常为我提供猫，我付钱给他。有一次我向他说起这件事，他就跟我推荐了你，说你做这种事情从来没有失手过。"

"如果您允许，我现在就可以干掉它。只需双手扣紧它的脖子。"

"不，不，不要在我家里，你带走它，越远越好。"

"难道你不想看看它的尸体，确认我是否杀了它？"

"这……你带回来它的尾巴，然后我要把它扔到壁炉里，看着它燃烧。"

（三）

晚上将近10点，哈斯顿开着那辆朴莱茅斯车离开老人的家。一路上山，哈斯顿都是开着车窗的，他感到老人身体的恶臭沾染到了他的衣服，这样通风可以将恶臭吹走。哈斯顿的车下了高速公路，此时他听到后排座位上购物袋里那只猫呼呼大睡的声音。哈斯顿从老人家出来以后，将那只不祥的猫扔进一个大的购物袋，然后打了一个结，他可不想自己成为第二个迪克。哈斯顿的车开得很快，一直朝着路的尽头驶去。

哈斯顿想着自己现在的行为感到很搞笑，不过他已经当真了，像从前去杀人一样。杀死一只猫就可以得到1~2万美元，这简直是天上掉馅饼。不过那是一只有灵性的猫，它间接地弄死了3个人，这是一种魔力，谁也说不清楚。如果当初迪克顺利地将这只猫带到实验室，也许它早已经成为一堆腐烂的臭肉。

朴莱茅斯车在午夜里飞奔，正当哈斯顿想着，那只猫突然出现在他的视线里，它在方向盘的上方冷冷地矗立着，头扭过来对着哈斯顿，那目光充满着杀气。

哈斯顿一惊，先是回过头看看后面的购物袋，他看到购物袋上破了一个洞，应该是这只猫用爪子挠破的，然后他赶紧用手去拍打在方向盘上的猫。猫这时候已经开始张牙舞爪，利爪朝着哈斯顿的脸颊挥来。哈斯顿的车在道路上左右摇摆，轮胎摩擦地面的声音此起彼伏。

他挥拳向猫的面门打去，灵活的猫轻易地躲过了他的袭击。这时候，猫挡住了哈斯顿的视线，他一只手紧紧地抓住方向盘，另一只手和猫搏斗，突然，车从公路上消失了，掉在了旁边的沟中，随之而来的是猫的惨叫。

车里的哈斯顿此时还有意识，但是他的身体不能动了，可能是刚才巨大的撞击伤到了他的脊椎，造成暂时性的瘫痪，当然，也有可能是永远的。猫好像安然无恙，嘴里呼哧呼哧地在车中乱窜。哈斯顿想用拳头再向它发起攻击，但是现在连抬起手臂都是妄想。车外传来猫头鹰的夜鸣，这声音并不悠远，好像就在不远处。不过，这时候的哈斯顿需要的是人声，能有人路过这里来救他，或者给医院和警察打个电话。但是现在是午夜，有谁会在这荒郊野岭出现？

这时，那只猫转了一圈来到哈斯顿面前，哈斯顿用微弱的声音喊："滚开！"可是猫好像很得意地笑着，没有理睬。突然，它那恐怖的爪子再一次伸了出来，朝着哈斯顿的喉部抓去，顿时一股热血顺着几条抓痕流了出来。

这时，哈斯顿感到手臂麻木而刺痛，他恢复知觉了。但这已经无济于事，因为他的手卡在膝盖之间动弹不得。这时候只能任凭猫用它的爪子在他的脸上尽情地"绘画"。哈斯顿试图用嘴进行还击，他扭动着脖子，张着大嘴一通乱咬，猫适时地进行躲闪，哈斯顿除了咬了一嘴的毛，没有丝毫的效果。此时猫又把攻击的重点放在了哈斯顿的耳朵上，他顿时感觉耳朵针扎一样的痛，额头的血流进了眼睛里，模糊的视线让他仿佛置身在世界末日一般。

哈斯顿突然想到了自己的腰间还别着一把手枪，虽然两只手只有一只勉强可以伸出来，但这已经足够了，现在唯一的问题是如何够到腰间的枪。枪别在哈斯顿的左手边，而现在能动的是右手。他努力地挪动着身子，终于稍稍让身体换了一个方向，从胸前斜插过来的右手碰到手枪，哈斯顿确定，只要一拿到枪，那只猫哪怕有一百条命，它也会玩完！

这时候，猫却停止了对哈斯顿的攻击，跑到车的后面不知道做什么，这让哈斯顿更为恐惧，因为看不见"敌人"就不好对"敌人"下手。不过转念一想，一只猫能有什么作为，它再灵异，也不过是一只几斤重的猫，难道它能让这辆车爆炸？

哈斯顿在等待着，手也在摸着左边的枪，马上就要摸到了。这时候，猫突然又蹿到哈斯顿的跟前，两个巨大的瞳孔发着蓝光。突然，哈斯顿跟猫说起话来："我之前的生意还没有失手过，没想到这一次栽到了你这只猫的手里。这样吧，现在车窗是开着的，你从这里跳出去，带着你的尾巴远走高飞，怎么样？"说着，只听车里一声枪响，车门上出现了一个弹痕。

猫并没与受到惊吓，它"喵"了一声，好像在嘲笑哈斯顿的枪法。这个失误和猫的"冷笑"让哈斯顿更加恐怖，这时候猫跳了下来，到了一个哈斯顿射击不到的地方，然后紧绷住身体，将爪子伸向哈斯顿的裆部。

哈斯顿感受到了这个世界最难以忍受的疼痛，猫用愤怒的利爪插入哈斯顿的睾丸，鲜血染红了整条裤子，甚至染红了深蓝的夜幕。哈斯顿痛得尖叫起来，这是一种本能的反应。这时，猫又改变了进攻方向，它又跳回到哈斯顿的面前，满脸充满杀气。在对峙了几秒钟之后，猫钻进了哈斯顿的嘴里，它用爪子和牙齿撕扯哈斯顿的舌头，哈斯顿瞪圆了眼睛，不敢相信这是真的，一只猫正在杀他！他这时感到非常恶心，胃里的食物反刍上来，堵住了气管，如果不改观这种情况，几分钟之后，哈斯顿就会窒息而死。

然而，人在面对死亡的恐惧时，总会有超能的力量。哈斯顿拼命地把手从膝盖之间伸了出来，他试图抓住正在往嘴里钻的猫，可是这时候他发现现在只能抓到猫的尾巴了。它那古怪的黑白相见的脑袋正在撕破他的喉咙，恨不得一下子钻进哈斯顿的胃里。

哈斯顿在挣扎着，身体扭来扭去，猫在他的嘴里越来越深入。哈斯顿渐渐失去了反抗，眼睛瞪着窗外幽兰的夜幕，似乎在不远的天与地的相接处，出现了一丝曙光。

最后，猫不见了。

第二天早上，一个农夫发现了朴莱茅斯车、哈斯顿和他肚子里的猫！

丽兹·博登操起了一把斧头

【美】罗伯特·勃洛克

（一）

现在是一年中最热的时候，太阳不遗余力地散发着自己的光和热，丝毫不知道自己给人们增添了多少焦躁和汗迹。这本该是个躲在绿荫下乘凉的日子，但吉姆却坐在被阳光烘烤得闷热的屋子里向自己的女朋友阿尼塔叙说一个故事。空气里含混着血腥的铁锈味，那味道是从沙发旁阿尼塔舅舅的尸体上发出来的。这本应该是件要报警的事情，但是吉姆出于多方面的考虑或者仅仅是鬼使神差，他拉着阿尼塔说起这个更像是在童谣里出现过的故事，就在一具新鲜的尸体面前。

吉姆是这样开口的：

"故事的主人公是位叫丽兹·博登的女士，32岁，很瘦，是一位富商的女儿，在教区工作，家中还有一个继母和姐姐。她和她的家人住在马萨诸塞州的福尔河边，邻居是丘吉尔太太一家。博登家的房子里还住着一名帮助女主人做家务的女仆和一位房客。丽兹这个人完全符合那个时代人们对于千金小姐的定义——出身良好、受过教育、笃信宗教，虽然周围的人会因为她长久的单身觉得很奇怪，有人甚至觉得她的脾气有些古怪。

"事情发生在1892年的8月4日——这是个值得历史记载的日子——那时候的天气像现在一样炎热或者比现在更热，警察局每年都要举行一次的福尔河郊游活动开始了。太阳刚西移一点，就发生了一件轰动全城并在之后引起热议的大事——博登先生在客厅的沙发上被人砍死了，而博登太太的尸体则出现在楼上的空房间里。

"这是个性质无比恶劣的事件，警察们马上闻讯而去，医生、验尸官也马上赶往现场。屋子里的摆设没有被人翻动过的迹象，贵重物品和财物也没有丢失，不像入室抢劫的样子。警察决定先与第一个到达案发现场的人沟通，看看能不能发现什么有用的线索。

"博登家里这时只剩下丽兹和女仆在，姐姐艾玛和房客约翰·维·莫尔先生都出去了。负责问询的警察首先找到了丽兹，在安慰了这位可怜的小姐之后，警察要求丽兹把案发前后自己在做的事都告诉他们。

"'我为了找鱼钩一直在谷仓里翻箱倒柜，手里还拿着一个梨——天气太热了我需要解渴。找着找着，我越来越困就在谷仓里睡起了午觉，我是被一个听不清的哼哼声吵醒的，回到房间后就看到了父亲的尸体。'说到这，丽兹姑娘顿了一下，'我马上让玛吉——玛吉·沙利文，我们家女仆——去找离我们家最近的鲍温医生，可是医生并不在家。然后我遇到了我的邻居丘吉尔太太，我告诉她我父亲被杀了，她马上问我我的母亲去了哪里，我告诉她母亲接到病人的一张纸条出去了。我知道的就是这些了，'丽兹回想了一下，补充道，'先生，两天前，也就是 2 号的时候，我的父亲和继母就生病了，我当时怀疑有人在我们家的牛奶里投了毒。'这是一条很重要的讯息，警察马上把它记下来了。

"接着警察开始审问房屋的女仆，玛吉·沙利文告诉警察，快 11 点的时候博登先生从办公室回到家里，博登先生的脸色看起来很不好，之后她就回房间休息直到被丽兹叫醒去找鲍温医生。'我知道的就这么多了，先生。''你睡觉的时候没有听到什么声音？''没有，先生。'

"最后警察询问的是邻居丘吉尔太太，也是这位妇人在二楼的空房间发现了博登太太的尸体。'上帝啊！真是太可怕了！'丘吉尔太太说话的时候还有些心有余悸，'可怜的艾玛、可怜的丽兹……''您是在门口和丽兹小姐碰面的吗？'警察不得不打断丘吉尔太太的感叹。'是的，她跟我说她父亲遇害了，我就问她母亲在哪儿，她跟我说博登太太收到一位病人的便条就出去了，我看她不是很肯定的样子——天气热得能把人弄糊涂——就上楼去看了看，可怜的博登夫妇整个脑袋都成了浆糊了，实在是太可怕了！'丘吉尔太太平复了一下心情，才又对警察交代道，'在上楼之前我有到公共马房去叫人。太可怕了！'丘吉尔太太一直在重复着。

"验尸官杜伦医生看了一下尸体，很快得出两具尸体是被利器杀害的结论，为严谨起见他还是对照一下两具尸体的伤口，'斧子，凶器肯定是斧子。'验尸官这么说道。后来负责侦查的同事在博登家的地窖发现了一把没有手柄、血迹被水冲掉的斧头。

"丽兹所说的投毒还有博登夫人收到的便签都引起了警方的注意。警察首先跟药店的老板取得了联系，药店老板所透露出的信息是前几天丽兹·博登没有带着医生的处方单子就想和他购买氢氰酸，老板问她有什么用，丽兹说她的皮毛大衣生了蛀虫，她需要氢氰酸来杀死它们，但是由于丽兹没有医生的处方单子所以药店老板并没有卖给她。警察又对丽兹所说的便签展开了调查，结果是一无所获，最后被证实根本没有这件事。

"炎热的午后、破碎的尸体和被处理过的凶器，线索似乎到这里就断了，警察们也毫无头绪地只能暂时调查到这里。天气实在是太热了，警察们只好处理了一下现场撤离了。

"8 月 7 日的时候，就在警方不抱任何希望的时候接到了一通报警电话，来自丽兹·博登的朋友玛丽恩·拉塞尔，'我想我知道凶手是谁了……'作为丽兹·博登的朋友玛丽恩·拉塞尔登门拜访这位可怜的朋友，却看到丽兹·博登在焚烧案发当天也就是 8 月 4 日那天穿的衣服，丽兹·博登只跟玛丽恩解释说衣服不慎被油漆沾满了，她必须要处理。这也太巧合了吧？丽兹·博登正式以谋杀罪的犯罪嫌疑人被起诉。

"在接下来半年的时间里直到开庭，警方都没有再发现任何有价值的线索直接证明丽兹·博登就是凶手。假如丽兹·博登就是凶手她不可能自己发现尸体还报了警，况且从逻辑上讲，她没有作案动机。最后陪审团只能宣布丽兹·博登无罪。而谜团永远还是谜团。

"这个故事最后还被收入进了《鹅妈妈童谣》里：第七个故事——丽兹·博登拿起斧头。丽兹·博登拿起斧头，砍了爸爸40下，当她意识到她做了什么，她砍她妈妈41下。"

讲到这里，吉姆又重复了一遍这个黑暗的童谣，这时他发现自己红头发的女友已经完全愣住了。阿尼塔舅舅头颅粉碎的尸体，血腥味还在持续蔓延。

（二）

吉姆是被阿尼塔的一通电话叫到这来的，这是阿尼塔位于山坡的家，除了这间屋子外面还有一间谷仓。吉姆边搂着阿尼塔边把丽兹·博登的故事讲完，他不止一刻在后悔，在接电话之前、在接到阿尼塔慌慌张张的电话之后，现在、特别是此刻，悔意尤为强烈。吉姆继续在懊悔着：他早该带着阿尼塔私奔的！吉姆又瞥了一眼那具尸体，生出了一丝解脱，到底还是出事了！任谁在经受每天的担惊受怕精神折磨之后，担心的事情终于发生了，无论好坏，都会松一口气的，就好像站在悬崖边的旅人，无时无刻不害怕下一步的踏空，最后到底还是坠落了。这也算是一种解脱了，吊着并不比毁灭来得轻松。

到底还是发生了。吉姆漫无边际地想。

阿尼塔是吉姆的女朋友，这是个可爱的姑娘，他想和她永远在一起。但是在和阿尼塔的交往越来越深入，也越来越了解阿尼塔的家庭情况之后，吉姆知道他还有一关必须要过。那就是阿尼塔的舅舅吉迪翁·戈德弗雷，如果吉姆想和阿尼塔继续在一起，两人结婚从此过上自己幸福的小日子，吉姆就首先必须从吉迪翁·戈德弗雷身边将阿尼塔带走。

这听起来有些奇怪，但是放在吉迪翁·戈德弗雷身上就不奇怪了。这是个怪异的老头儿。他和阿尼塔一起住在山坡上这幢破破烂烂的屋子里。作为监护人，吉迪翁·戈德弗雷帮阿尼塔兼管着一笔财产，所以要带着阿尼塔离开必须要经得这位监护人的同意。不知道老家伙是兼管过度了呢，还是也将阿尼塔当成了一笔财产，在知道阿尼塔在和吉姆交往，甚至有结婚的意图之后，吉迪翁·戈德弗雷就将阿尼塔关在了屋子里，不再让她外出，完全体现不出一位舅舅对外甥女的温情。现在已经不是1892年啦！那时候的丽兹·博登还能去礼拜呢！可是吉姆的阿尼塔就只能像囚犯一样被一个怪老头儿紧锁在家里，阻拦着她和吉姆见面。

这真的就是一个怪老头儿啊！吉姆悲愤地想。

吉迪翁·戈德弗雷更多的事，吉姆都是听阿尼塔说起的。这是个不信仰上帝、信仰恶魔的家伙，笃信巫术，甚至还当着农民的面诅咒他们的庄稼生虫，让他们的牲口生病。这个诅咒可不是嘴上说说、闹闹脾气罢了，吉迪翁·戈德弗雷可是有着很多不为人知的召唤恶魔的方法！所有人都躲着他走。在二楼的房间里，这位老人收藏着各式各样与恶魔相关的书籍，墙上画着各种奇奇怪怪的几何形状，后来这些都被吉姆亲眼证实。就是这样一个和"恶魔"挂上钩的老头儿生生地把吉姆的阿尼塔逼得越来越憔悴，夜不能寐。

阿尼塔告诉吉姆，她怀疑她这位"神通广大"的舅舅在召唤了一些拥有黑暗力量的东西。那东西像雾一样，没有形体，却能发出窸窸窣窣的声音，夜里爬上阿尼塔的床，趁着阿尼塔熟睡的时候动手动脚，像极了传说中与人在梦中交合的梦淫妖。阿尼塔在噩梦里尖叫，好让自己从这东西束缚里挣脱出来。

阿尼塔因此越来越憔悴了，而吉姆却说这只是无稽之谈，是传说里才存在的东西。他倒认为阿尼塔的日渐虚弱，是因为她被关在这弥漫着死亡因子的屋子里太久了的缘故，连医生都常常呼吁病人要到室外呼吸新鲜空气，说明环境的好坏对人是十分重要的。但可悲的是，吉姆没有办法将阿尼塔带离那间屋子，只能眼睁睁地看着她受折磨。吉姆就这样为阿尼塔揪心着。

所以在燥热的办公室待了一个上午的吉姆一接到阿尼塔求救的电话，马上不管不顾地驱车赶到这幢地处偏僻的屋子，在来的路上他不停懊恼着为什么不早点带着阿尼塔离开，为什么不坚决实行这个决定。艳阳高照下吉姆的车在山路上疾驰着，他把车匆匆停在谷仓旁，疯也似的冲进那个带着复斜屋顶的屋子里，阳光烧得他脑袋都疼了，可是即便这样，也赶不上他的焦急。吉姆端着一口气跑过门廊，穿过大门，走进客厅，看到了哭泣的红发恋人，阿尼塔一看到吉姆就冲进他的怀里抽泣，可怜的姑娘无助地重复着三个字："救救我！救救我！"

吉姆搂着自己的恋人，拍着她的肩拼命地安慰着她。地上躺着吉迪翁·戈德弗雷面目全非的尸体，血花和脑浆溅了一地。

在轻声询问了阿尼塔发生的事之后，吉姆就开始向她诉说了丽兹·博登的故事。两个故事实在是太相像了！

阿尼塔也是因为天气太热所以跑到谷仓里去，她也在寻找着钓鱼用的鱼钩，然后在那里睡了起来，醒过来之后就发现了吉迪翁·戈德弗雷的尸体，那惨状只有斧头才能弄得出来。在听完吉姆的故事之后，阿尼塔沉默了很长一段时间，她还在消化这个和斧头有关的故事。

"阿尼塔，你仔细回想一下当时的情况，到底是什么样子的？"吉姆问。

阿尼塔深深地吐了一口气，"我又梦到那个魔鬼来找我了，真的，醒过来之后舅舅就这样子了！"联想到丽兹·博登的故事，阿尼塔的声音尖锐了起来，"吉姆，你以为我用斧头杀了舅舅吗？"

"当然不是，"吉姆辩解道，"但是你看看这两件事是多么的相似啊！谷仓、鱼钩、午睡，还有斧头，也许我们可以从丽兹·博登的故事里找到答案。"

吉姆和阿尼塔又讨论了一下丽兹·博登的事件，但依然不知道事情到底是怎么发生的。突然，阿尼塔灵光一闪，她把自己的推测告诉了吉姆。阿尼塔推测道会不会是丽兹·博登也像她一样在睡梦中被恶魔缠绕，然后恶魔操纵着她犯下了所有罪行，阿尼塔认为所有的事都是恶魔的原因。

吉姆摇了摇头，这些神鬼论只有死了的吉迪翁·戈德弗雷才会相信。

"那么，我们现在怎么办？"阿尼塔泪眼汪汪地看着吉姆，"报警？我会像丽兹·博登一样被当成犯罪嫌疑人抓走的！"

"那我们先把斧头找到，"吉姆当然不能让阿尼塔无缘无故地被抓走，"上面应该留有指纹什么的，可是它在哪？"

警察是不会理会这种怪力乱神的东西的，而且阿尼塔也不像丽兹·博登，她和自己舅舅的冲突所有人都知道，吉姆认为他们必须赶紧先找到凶器。然后吉姆和阿尼塔开始在这幢鬼屋里搜寻了起来，他们走遍了一楼所有的房间，连厨房都找过了。丽兹·博登的斧头是在地窖中发现的，吉姆提议去那里找，阿尼塔没有像刚才那么惊慌，和吉姆一起到漆黑的地窖里去了。

"什么都没有。"阿尼塔说。

"那去二楼看看吧。"吉姆提议。

吉姆和阿尼塔又把二楼的所有房间都搜查了一边，包括阿尼塔自己的房间，还是一无所获。最后只剩下了吉迪翁·戈德弗雷卧室紧闭的房门。但是勇敢地走下地窖的阿尼塔这时却恐惧了起来，她表示无论如何她都不愿意进入这个房间，看来与丽兹·博登这个遥远的案件比起来，她的舅舅带给她的恐惧更大。吉姆只好自己回到客厅从吉迪翁·戈德弗雷的尸体身上找到钥匙打开了房门。

这是个让人难耐的房间，除了之前提到过的恶魔的书籍还有诡异的图形，到处都是蜡烛，但是没有斧头，只有一把刀，一把不足以致人死地的钝刀。但是吉姆在找的是斧头。

没找过的地方只剩下谷仓和客厅了。阿尼塔再也不愿意面对那具尸体，所以吉姆只好自己去客厅，阿尼塔则去谷仓寻找。

（三）

吉姆在楼梯跟阿尼塔分手，自己来到客厅，他翻动了沙发，结果还是什么都没有找到。天气还是那么热，只能说是越来越热，吉姆觉得自己看东西都有些模糊起来了。他靠在壁炉上等着阿尼塔从谷仓回来，壁炉的对面是一面镜子，吉姆通过镜子看到了自己血红的双眼。突然吉姆僵直了身子，使劲地眨了眨眼——一团黑烟出现在了镜子里——也就是在吉姆的身后，那是一团没有形体的东西，在瞄准着吉姆。吉姆一动不敢动。

背后有了动静，吉姆马上回过头，是拿着斧头的阿尼塔，斧头上还在滴着血。吉姆一下抓住阿尼塔的手腕，阿尼塔尖叫了一声晕倒了过去，吉姆眼睁睁地看着缠绕在阿尼塔脸上的黑烟慢慢消散在了空气中。

事情已经明朗了，是恶魔控制住了阿尼塔的身体，让她拿起了斧头。原来阿尼塔所说的恶魔控制人的身体是真的，她的舅舅也曾经提起过那团黑烟。吉姆看到的黑烟就是恶魔，它控制着人们的行为，但是警察是不相信这些的，他们只相信斧头上的指纹。

吉姆把阿尼塔放在沙发上之后就穿过客厅去拿起书房里的电话机，不管怎么样，他都要报警了。

"你好，请问有什么可以帮助您的吗？"

"我要报警，我找行政司法长官。"

电话响过一阵忙音之后，一个男人的声音从听筒里传了出来："你好，这里是公路警察总局。"

"你好……"吉姆迷迷糊糊的，完全不知道为什么是公路警察总局接的电话，滴着血的斧头正在他的手里，"有人被恶魔控制杀人了，快来。"

后来对方又问了几个问题，吉姆恍惚中没有回答，只说了戈德弗雷的住所发生了命案。

然后吉姆就坐在了扶手椅上，那把要人命的斧头被他摆在膝盖前，等着警察的到来。

空气中的气压越来越低了，也许一场大的暴风雨就要来了。

吉姆又重新把丽兹·博登和阿尼塔的事情对照起来。两位可怜的姑娘肯定都是在午睡时招惹了恶魔，谷仓、鱼钩、午睡、斧头……所以博登夫妇才遇了害，阿尼塔也不受控制地杀了自己的舅舅。

而刚才，就在刚才，阿尼塔甚至想杀了吉姆！还好吉姆通过镜子看到了那团黑烟。也许罪魁祸首都是夏季的炎热造成的，炎热最容易造成头晕目眩，就像他现在。而现在作为凶器的斧头已经摆在吉姆的膝头，他觉得不会有人再遇害了，恶魔也没有办法再作恶了！他和阿尼塔都安全了。

吉姆是被一声惊雷震得跳了起来，警察还没来吗？他不甚清醒的脑袋迷迷糊糊地想着，伸手一摸，发现原来放在膝盖上的斧头不见了！桌子上、椅子上、地板上，哪里都没有！这该死的凶器又失踪了！

阿尼塔！吉姆心中警铃大作！自己刚才怎么可以睡着呢？阿尼塔肯定是趁机把斧头拿走，又作恶去了！晕眩！睡梦！恶魔就是趁着人们熟睡的时候附体的！晕掉的阿尼塔完全就是恶魔重新附体的好时机！

吉姆慌乱地在房间里乱蹿起来，阿尼塔呢？最后，吉姆呆住了。

地板和走廊的过道上到处散落着斑斑的血迹，黏糊糊的，就像刚刚滴落的一样。阿妮塔的尸体是这些血迹和脑浆的来源，一把闪亮的斧头并没有被炎热的天气钝化，它冰冷的光正从阿妮塔的脑袋上发出来……

逍遥法外

【英】希区柯克

　　我们离开纽约的那一天，瓢泼的大雨无情地洗刷着地面。亨利坐在我身前的驾驶位上安静地开车，我则在后座上守着那一箱我不愿意让搬家公司来弄乱的私人物品。我不时地把头扭向窗外的方向，看着大雨不断地冲刷着车窗玻璃，窗外的景色变成一幅扭曲的抽象画。

　　扭曲的不仅是大雨中的景物，还有我的丈夫——亨利·托曼，如果可以的话，我真想这个所谓的丈夫离我再远一些，哪怕一毫一分的距离也是高兴的事情。"等我们到了芝加哥，我们可以四处游玩一番，就当是重新度个蜜月。你知道我根本不用着急去公司报到，我还有一个星期的假期。你很少出远门，我敢打赌你根本没有领略过西部的风光，这次只有我们两个人，你想去哪里我们就去哪里，好好重温一下我们当初相见时的激情。"

　　亨利为了缓和凝重的气氛，故意找了个话题想和我说话。可我并不想搭理这个卑鄙的人，自从那件事情发生以来我就很少和亨利说话了。一丝冷风钻过车子的某一个缝隙，打在我的胸口，寒战传遍了我的全身，我下意识地紧紧裹了下大衣。

　　现在我不得不随他搬家，从纽约搬到中西部的芝加哥去。接到升职消息的那天，他雀跃得像个孩子。因为这不仅意味着他将比过去更加成功，而且还能在另外一所陌生的城市霸占我一切的生活，最重要的是，他将要甩开那件在纽约发生的事情，那个和一个叫司各特·兰辛的人有关的事情。

　　那怎么可能呢？噩梦会一直追随他的。尽管他一直骄傲地认为自己睿智过人，但无论如何，他都是一个罪大恶极的谋杀犯。是他亲手把司各特从十二楼的窗户推下去的，而我是唯一目睹这一幕的人。

　　那天晚上，我眼睁睁地看见他和微醺的司各特走到阳台跟前，走出来的却是阴森微笑着的亨利。我当时惊呆了，目瞪口呆，我相信自己当时一定是双目圆睁，嘴巴无意识地张开，一脸惊惧的表情。我的双手在颤抖，我看到亨利朝我走来，我想扭头就跑，但是我的腿早已不听使唤。

　　亨利用他有力的双手紧紧地箍住我的双肩，他的脸逼近我的脸，然后竟然面无任何波澜地告诉我，他是因为我才杀死这个无辜的男人。理由只是怀疑司各特是我的情夫！

　　"路易斯，你是个戏剧演员，我相信你能够对付得了警察，"亨利若无其事地对我说，

"平静一点路易斯，别像一个小女孩儿一样，不管你看到了什么，那又怎么样呢？你难道想让你这张受了惊吓的脸出现在报纸的头版头条上吗？"

我坐在冰冷的地板上，司各特掉下去的那扇窗户还开着，冷风吹进来，把我的泪水吹成一道浅浅的泪痕。

"你不想看到你和司各特的风流韵事，成为这个城市里人们餐桌上茶余饭后的笑料吧？"亨利继续威胁我，"想想你可怜的母亲吧，路易斯，70多岁的白发苍苍的老人，你还忍心让她为你操心吗？你总不至于忍心看她因为生你的气而心脏病发作一命呜呼吧？别让她觉得她的可怜的小女儿是个荡妇，还和一个酒鬼偷情，结果那个酒鬼还从窗户上掉下去摔死了。"

我向亨利屈服了，我害怕他盛怒之下也杀了我。我不知道那晚是怎样完成警察的问讯的，很多编不出来的情节我只能以不知道搪塞过去。我只告诉他们司各特烦闷地独自一人走到阳台上，而他还在晚饭时喝了很多酒。他们知道我受了惊吓，并没有怎样为难我。倒是亨利，活像一个戏剧演员，或者说像披上了人皮的地狱魔鬼，他自编自导自演地向警察胡编着。那些警察难道就看不出他是在说谎吗？

警察问我司各特的情况，我如实回答。他和我都是演员，曾经在同一个剧团工作。晚饭后他喝了很多酒，心情也很沮丧，因为他连电视台的工作也丢了。司各特最近都在酗酒，法医在解剖尸体后发现大量的酒精在他体内。这一切都对亨利有利——司各特是个酒鬼，而酒鬼喝多了摔下楼去并不是什么稀罕的事情。

我没有提到那张照片——那才是这场残忍的凶杀案直接的导火索。

它是一张司各特的一张特写，照片里他面带绅士般的微笑。那本是他拜托我转交给导演和经纪人的东西，因为他最近事业不顺，想通过我这个朋友参演某位名牌导演的新戏。照片背面他恶作剧地写了一句夸张留言："献给美丽的女主角——你永远的粉丝。"

你难以想象当亨利看到抽屉里的那张照片时，暴怒得几乎要掐断我的脖子的样子。我清楚他是一个嫉妒心极重的男人，也默默忍受着他在婚后断绝我所有友谊的事实，他让我的朋友们觉得他是个讨厌的人，而我应该是个贤妻良母。我们总是在和其他男人有关的事情上争吵不休，到最后昔日的异性友人中，只剩下司各特与我保持着友谊。

司各特常来我家做客，但每一次都是在亨利在家的时候。即使这样，他一样疑神疑鬼，想象着那些不堪的丑事。我和司各特的友情就像一个肿瘤寄生在亨利身上，每当疼痛发作的时候，他只能借助粗鲁的暴力赶走那种疼痛，而那暴力总是朝向我的。

这一次，我们争吵得最凶，我抑制不住伤心的泪水，因为亨利竟然咆哮着怀疑我当年迟迟不肯答应他求婚要求的原因就是这个照片上的男人。

他嘶吼着说这一切都是因为爱我，司各特已经严重影响了他的生活：当他在剧院看到我们合作的爱情剧时，他烦躁得几乎想掀翻整个剧场——他竟然从观众席里跳到舞台上，这几乎中断了演出；当司各特在我家的餐桌用餐时，他食不知味；无论清醒还是睡觉时，他都摆脱不了那张总是对人恭敬的脸，那可人的微笑对于他来说就是梦魇……

能够做些什么，我才能得到他的理解呢？最后，我紧紧地抱住他的双臂，想用执着的解释和真诚的话语打动他。如今，这些我本以为已经释怀的往事如今却重上心头。这时我才明白，也许就在那个时候，亨利起了除掉司各特的念头吧。因为只有这样，他才能彻底不受那嫉妒梦魇的折磨。

警察最后一次离开我家的那天，亨利重重地倒在沙发上，看起来终于如释重负般解脱了。他笑嘻嘻地对我说："那个混账男人终于彻底消失了！他再也不会在我们的生活中出现了。哈哈哈哈哈！我终于摆脱了他，你也要忘记这个人，懂得吗？"

我慢慢地抬起头，冷冷地看着眼前这个人，说不出任何话语。他已经不是那个与我携手走近教堂、真诚起誓的那个男人了，他是一个彻头彻尾的冷血恶魔。

"现在司各特已经死了，你就完全是我的女人，只属于我一个人的女人。我们以后要像热恋时那样亲密缠绵，你必须清楚我做这一切都是为了这个结果，都是为了你。"

"难道你不害怕尝到报应的苦果吗？上帝会惩罚你的。你以为你这样做了，就可以像什么都没发生过那样安心地生活下去吗？"我几乎一口气地说了这些话，甚至忘记担心这个残忍的恶魔会把我一起推向地狱。

他的眼睛瞪得浑圆，挥舞出的手臂落在我脸上的前一秒停在半空，随后，他拉了拉自己的领子，红着眼睛直视着我说："我已经杀了那个无耻的奸夫。若不是因为我爱你，你也应该一起去陪葬。这根本就是天经地义的事情，你要为你的背叛付出代价。报应？惩罚？告诉你，那根本就不可能！"

低低的一声咒骂打断了我的思绪。我深呼了一口气，望了望窗外的雨势。那大雨让外面景致看起来像是飘在白烟之中的玩偶，汽车轮胎驶过时的声音，就像妇人在自家门前泼出一盆污水般。我调整了坐姿，居然就在摇摇晃晃中浅睡了过去。

我梦到和亨利一起去参加司各特的葬礼，我们穿着肃穆，静静地坐在长凳上，那虚伪的悲伤的脸伪装得像死者的亲人一样。

梦里亨利一次次从噩梦中惊醒的脸，惊恐得有些夸张。那天夜里，他又做了不知道什么样恐怖的噩梦，双手死死地抓着床单，额头上青筋暴露。我迷迷糊糊地坐起身眼睁睁地看着他痛苦不堪的样子，而亨利终于在睁开眼睛的一刹那匆忙下床。他用已经汗湿的手抓着我的胳膊拼命摇晃，告诉我又一次看到了司各特的脸，那张脸因为血而变得模糊可怕。我能说些什么呢？这样微弱的惩罚对一个杀人犯来说显然是太轻了。

他烦躁地翻身下床，神经质地在房子里寻找一切和司各特有关的东西，并把它们一一烧毁。只是那张写了献词的荒唐照片没有找到，仅仅一张遗照而已，他就疯狂地摇晃我的身体，质问它被藏到哪里去了。

这次轮到我了，我直视他的眼睛，告诉他我已经把那该死的东西烧掉了。事实上，那唯一可能成为证据的东西，早在他沉浸在逍遥法外的快乐中时，就被拿到了母亲家里。如果有一天，我这个懦弱的帮凶可以帮助那个枉死的灵魂的话，也算是对自我心灵的一种解脱吧。

梦里的场景真实得有些不可思议，就连亨利害怕幽灵的神情都那么逼真。他从来都不敢到阳台上活动，他觉得司各特的幽灵会待在那里等着他，会突然间把他推下楼去。他甚至不敢一个人到客厅里去，因为我就是在那里目睹了那残忍的一幕的。他不停地考虑着要搬到其他的什么地方去，期望着在那不熟悉的陌生环境里，我们也许都能忘记那件可怕的事。

事实上，我并不害怕幽灵，我的坏情绪全都是因这个嗜血的恶魔而起。自从那次杀人事件以后，我们再也没有亲过吻，我再也没有碰过他一根手指头，我厌恶他的一切，只能以逃避的姿态面对。

我尽量去母亲的房子里活动，尽量多做工作，都是为了离亨利远一点。

"我被提拔为中西部地区的经理了，我们搬到芝加哥去吧，今后就过着只有你我的甜蜜日子，像新婚时那样幸福地生活。"

一进门就听到这样的一段话，亨利的兴奋之情溢于言表。我把脱下的大衣挂在门后，平淡地说："不好吧，我母亲已经70多岁了，她需要我的照顾。我不能扔下她一人在这个城市生活。她的身体一直不好……"

亨利打断了我的话，垂着头的我在他抓住我的手腕前没有发现他已经走到我跟前，阴着脸说："不要总是拿你母亲出来搪塞我！如果你不跟我走，我就把你的丑事和司各特死时的惨状告诉她。看看你我留在这里对她的身体到底有什么好处！"说着他伸出双手扼住了我的脖子，因为用力，那双手的关节已经发白。

我清楚他是个不择手段的人，也了解为了达到目的他是什么事情都做得出来的。他扼住我的脖子的手让我说不出任何屈服的话，我用双手拼命捶打着他的肩背，窒息的感觉越发强烈，我的肺都像要炸开了。

"路易斯！醒醒，路易斯！"我在这呼唤声中睁开眼睛，眼前却是亨利转过来的不耐烦的脸，正是噩梦中的主角。我惊恐地望着他的表情，大概激怒了他。他低低咒骂的声音在他转过头后持续了好一会儿。这个时候，车外的大雨依旧不停地下着。路面能见度很低，亨利的车堵在了一辆大卡车后面，他焦躁而愤怒地捶着方向盘，不停地按着喇叭，不住地咒骂。几分钟后，那辆卡车终于知趣地向路边靠去，并且缓缓停了下来。

亨利解禁般猛地用力踩了油门，向前快速驶去。就在那畅快的一秒内，一副晃得人眼花的车灯毫无预兆地扑面驶来……刹车已经来不及了，两辆车结结实实地迎头撞上，亨利在这次撞击中从挡风玻璃上飞出几米远。但是，遗憾的是，他并没有死。

我只受了一些轻伤，这都要归功于我对亨利的厌恶——因为我坚持坐在后座。他醒来后，看见守在床边的我，没有一丝感恩的心情，而是轻蔑地大笑，用他那张扭曲的脸呜呜突突地说："你看，哪里会有什么惩罚和报应？我明明就死里逃生了，况且发达的医学也会救我的命。"

我没有表情地看着他吞吐着说着这些含混的话，心里只有彻底的绝望。我曾经的丈夫，在这个时刻不仅没有一颗感谢命运的心，却仍然说着这样混账的话。在他昏迷的几日里，我默默地祈祷着他能在这次意外中意识到过去的罪行，祈祷着他能在这次死里逃生之后明白世界应有的忏悔和纯洁。但现在的他，脸上缠满了纱布，看起来就像一个没有脸的恶魔。

"医生已经告诉我，能尽快恢复过来。看到了吗？这是一个只可能发生在替天行道的圣人身上的奇迹，在你所谓的罪犯身上根本不可能发生！"他得意扬扬地向我炫耀，而我只能在沉默中为我的丈夫感到耻辱。

但我终于想明白了一件事——在我得知亨利需要整容之后。这个想法让我负罪的心释然了，让我在对他的爱与恨之间找到了平衡。是的，从今以后，我将摆脱这个罪犯，摆脱善与恶的拉扯。

自那之后，我不再厌恶这个恶魔，并能自然地照顾他、陪伴他。他的罪孽，会有得到惩罚的一天。亨利享受着久违的温柔和照顾，渐渐觉得时间越来越难熬。他吵闹着要尽快出院，拉着我的手说死里逃生后我们如何甜蜜地白头到老。

那一天，主治医生微笑着来到病房，柔声对这个脾气暴躁的病人说："你很快就能康复了。但在这之前，我必须为你那受伤的脸做一个整容手术。像你这样一位事业成功的男士，又有一位美丽、温柔的妻子，连医药费用都由保险公司来赔付，还有什么让你如此焦急呢？请耐心地接受继续的治疗吧。"

亨利有些错愕，他从来不知道自己的脸在车祸的那天已经被毁得面目全非了。他一直认为自己是个幸运的人，脸上无非有些外伤而已。但他现在必须面对这个事实。其实，亨利怎么会担心这种程度的手术呢？他一直自信地跟我说，自己是上帝的宠儿，得到了上帝的诸多庇护。我拉着他的手告诉他，现在的医学很发达，整容技术非常了得，完全不会留下疤痕，说不定皮肤还能变得更好。

亨利打趣着说自己不想变成一个会吓到孩子的怪物，所以他会尽最大的努力保住这张上帝喜欢的脸。我清楚他的心里在想些什么：自己杀了人，却安然地逍遥法外。遇到如此激烈的车祸，又奇迹般活了下来，一个小小的整容手术又算得了什么？

我看着他缠满纱布的脸，在他嘲笑着说着"根本不存在什么报应和惩罚"的时候，轻轻抚着他的头。

他被推进手术室之前，紧握着拳头，一句话都不肯说。我猜他是在担心麻醉后会说出一些对自己不利的秘密。这大概是目前生活里，唯一一件让他担心的事情。被推出手术室的时候，他还紧紧地闭着嘴巴。

在病房里，我等待着他醒来。然而，在他睁开眼睛的一瞬间，并没有看向我，也没有什么因为疼痛带来的扭曲表情，而是焦急地问着身旁的护士："我在手术中说了些什么吗？"

护士笑意连连地说："没有啊，你是最安静的病人。"

他攥紧的拳头松开了，轻轻地呼了一口气。

当医生和护士围在他身边为他解开绷带时，我递给他一把带手柄的小镜子。他接过的时候，用手掌握了握我的手，表示感谢这样贴心的举动。我了然地笑笑，等待着外科医生的手术成果。就连医生和护士们紧张得后退了几小步，等着亨利的动作。

亨利抬起左手，战战兢兢地摸了摸脸上脆弱的皮肤。医生叮嘱他，一定要格外保护自己受过痛苦才得到的成果，一定要用那种特殊的药膏擦脸，直到这皮肤恢复到像车祸前那样才行。

亨利不屑一顾地"嗯"了一声，随即举起了右手中握着的镜子，看着属于他的新的面庞。

瞬间，他发出一声凄厉的尖叫，镜子被扔在冷硬的墙上。他瞪圆了眼睛看着我，似乎才明白其中的一切。

是的，我一直保存着司各特·兰辛的照片。医生手术时依据的就是照片中那个男人绅士般微笑的脸。

亨利不会想到，镜子里那张盯着他看的，正是司各特·兰辛的那张脸。

脸

【日】松本清张

为了方便叙述，故并不写明所有日志的日期，不过根据内容，应该可以推断出大概的时间。虽然是日志，但是并不是按照每天一篇的顺序来的，有的是隔了一天，有的隔了几天，还有的时间更久。

井野良吉的日志

××日

我打开了上锁的抽屉，从里面拿出了8个信封，这8个信封我已经很久都没有打开看了，可是里面的内容我却记忆犹新。

这些信封上都印着同样的字——"××兴信××支部"。8年了，这些信一年来一封，内容都是针对一个人的调查报告。8年来，虽然我的收入并不多，但仍然坚持支付高额的调查费来换取这几张纸。我打开最早的那个信封——昭和二十三年（1938年）×月的报告，这是我收到的第一份调查报告。

8年前，我找到东京涩谷的兴信社，要求他们帮我调查一个名叫石冈贞三郎的人。接待员向我询问有关这个人的信息，可是我除了知道他住在九州八幡市，工作好像与钢铁有关之外，就什么都不知道了。接待员并没有说什么，而是答应我试试看。

毕竟是职业侦探社，这样一点微不足道的线索居然也让他们找到了我要找的人，这个石冈贞三郎，是北九州钢铁公司的办事员，现在住在八幡市通町三丁目。出生于大正十一年（1922年），26岁了，现在单身，兄弟都在老家，父母已经过世。

石冈性格外向，单位对他评价不错，他每个月的薪水是9000日元，没有什么不良嗜好，喜欢打麻将、钓鱼，目前似乎没有交往对象。

这样的报告一直连续发来4份，都没有什么太大的变化。

直到第五年，情况发生了改变。石冈换工作了，去了Y电机公司在黑崎的工厂，家也搬到了黑崎本钅一丁目。

而在第六年，石冈结婚了，转年有了一个儿子，直到今年收到的第八份调查报告，情况就再没变化了。

目前我所知道的，是石冈现在有个两岁的儿子，妻子 28 岁，在 Y 电机公司黑崎工厂上班，每个月收入 1.7 万日元。

我打听这个人已经 8 年了，我了解他在 8 年间的一切变化。虽然我花在这上面的钱数目可观，但是我一点都不后悔，我必须知道他的情况。

我抽着烟，回想起第一次知道这个名字的情景，那是 9 年前的事情，也就是昭和二十二年（1937 年）6 月 18 日那天的上午 11 点 20 分以后，我们在一个车厢里待了将近 20 分钟。

当时我和宫子坐在开往京都的火车上，宫子对漫长的旅途感到无聊，这时候她突然叫住了一个人，就是石冈。

"石冈，这边。"火车上有很多人站着，我们因为是在始发站上的车，所以有座位，可是其他人就没有这么幸运了。听到宫子的叫声，一个年轻人从人群中探出头，他看来有二十七八岁吧，皮肤黝黑，嘴唇很厚，外貌倒是中肯，但那灵动的眼睛暴露了他的性格。他扫视四周，终于看到了宫子。

"原来是宫子啊，怎么会在这碰见你，听到人叫我，我还不相信呢。"

宫子看到熟人很高兴，大声说："你要去哪里，去采购吗？"

"怎么会，我又没有家，不用买那么多东西，我是回老家休息一下，明天就回八幡了。你呢，你去哪？"

宫子佯装叹了口气："我当然是去采购了，岛根县的东西品种多，我们北九州的人都知道。"

听到这话，周围的乘客都笑了起来，宫子有些不好意思，她朝石冈说："其实我是想去洗洗温泉，顺便买些回去。"

石冈羡慕地说："去洗温泉啊，真好。"

这时，石冈似乎朝我这边瞟了一眼，他应该看出来我和宫子是同伴，但是我并没有转过头，而是一直看着车窗外。

宫子和那个石冈又聊了两句，这个时候，火车进站了。

"到浜田了，我要下车了，等我回八幡再去酒店找你吧。"说着，青年就下了车。

我感觉到，这个人在下车前似乎又看了我一眼。

我很不高兴，这一路上，我们都是分开坐的，因为无论是我，还是初花酒店的女招待宫子，我们两个人都不愿让人认出来，这样很好，起码不会有人认为我们有关系，但是她现在却和熟人打招呼，实在是太过分了。

我和宫子说了我的不满，她却满不在乎，还说这个人是她酒店里的熟人，人很好，不打招呼实在太不合适了，"你放心，石冈先生不会乱说话的。"

我感觉到这个石冈不简单，他似乎对宫子有意思。

我问宫子，她却没回答，反而朝我笑了笑。我突然觉得这是一个错误，让人发现我和宫子在一起绝对是个错误，尽管这期间只有不到 20 分钟的时间。

我问道："他叫什么名字？"

"他自己说是叫石冈贞三郎。"

"在什么地方工作？"

"不知道，不过听他说好像和钢铁有关。"

"他住哪儿？"

"不清楚，哎呀，你别问了，想太多了吧。"

我笑笑，石冈贞三郎，这个名字一定要记住，刻在脑海里。

我感到十分的懊悔，一直以来，我和宫子的关系没有人知道，我们每次幽会的时候，都是我打电话把她从酒店里叫出来，然后再找一个偏僻的小旅馆，为了保险起见，我还不停地变换见面的地点。我们认识的时候，也是在一个谁也不知道的乡下采购点，反正，没有人认识到我和宫子的关系，我也没去过她工作的酒店。可是，偏偏最后这次，让石冈贞三郎看见了。

我的脸如此有特点，他看到肯定会记下来的。

而我也深深地记住了他的长相，直到现在，只要石冈贞三郎的名字一在我脑海里出现，我就能立刻想起他黝黑的皮肤和厚厚的嘴唇，以及那双该死的灵活的眼睛。

其实我常常在想，有没有必要如此烦恼那个人的存在，即使被他看见了又有什么关系，或许他什么都不知道，又或许他根本就没记住我的长相。

虽然我也知道这不过是自欺欺人。

又过了9个月，我已经来到了东京，加入了白杨座，成了一个话剧演员。

××日

我在7月到达东京，加入白杨座是9月份的事了。

9个月前，我把宫子带到了远离八幡的深山中杀掉，就是希望这件事没有人知道，可是，就是在那列火车上，该死的石冈贞三郎偏偏上了那辆车，而宫子偏要和什么熟人打招呼，如果没有这一幕该多好，或者如果我当时改变主意，另找时间动手，可能也不会像现在这么紧张。可我当时，实在是没有别的选择了。

除掉宫子已经成了刻不容缓的事情，下一次能不能再把她骗到如此遥远的地方，我也没有把握。我必须动手杀掉她，一秒钟都不能等了。宫子怀孕了，而她坚持不堕胎。

她想用这个孩子要挟我，想和我结婚吗？我还记得当初和她提起堕胎这件事时，她剧烈的反应："想让我打掉这个孩子？你别做梦了，这是我们的第一个孩子，你不能这么残忍。你是想甩掉我吧，告诉你，不可能，别打这个主意了，我是不会离开你的。怎么可能让你事事如愿，这世上没有那么便宜的事情。"

和这种低俗、丑陋、没有教养的女人纠缠在一起，是我这辈子最后悔的事情。在她还没有怀孕之前，我就曾经想要结束这段关系，可是她怎么也不同意，有了孩子就更是如此。可能她也觉得我是她最后的机会了。一想到要和这样的女人生活，还要养一个孩子，我就想死。

总得想个办法解决这件事情，我绝不能让这么一个女人毁掉我的生活。如果宫子不肯离开我，那就只能杀了她，只有这样，我才能自由。我决不允许和这样一个粗鄙的女人过一辈子的事情发生。所以，无论怎样，我都必须除掉她，所以，我决定把她带出来，当她听说我要带她去温泉时，高兴得想都没想就跟过来了，愚蠢的女人。

就这样，我和宫子来到了一个叫作温泉津的地方，我们在那里住了一晚上。第二天，我把她带进茂密的树林，我假意地爱抚着她，就在她被我的抚摸和周围弥漫的浓烈的植物气息弄得神魂颠倒的时候，我勒死了她。

如果最后宫子的尸体被发现，也不会有人怀疑到我的身上，因为没有人知道我和宫子的关系。怎么会有人平白无故地去怀疑一个和死者毫无关系的人呢？

事情结束后，我回到八幡，打算收拾行李，去东京实现我的愿望。然后，我就来到了这座城市。

大都市就是有很多便利的条件，那个时候有乐町一带每天都在贩卖全国各地的报纸，企图用思乡之情来带动它报纸的销量。

我每天都会买一份北九州和岛根县的报纸，就在 9 月末，我在报纸上，找到了我要找的消息："9 月 26 日上午，有村民在迩摩郡的山中发现了一具女尸，女尸腐败程度严重，几乎只剩白骨。经勘查，这是一起谋杀，女子系被绞杀致死，尸检表明，被害人约为二十一二岁，现在警方正在全力调查女尸的身份，寻找嫌疑人。"

找到宫子的尸体我并不奇怪，可是过了一个月，刊登在北九州报纸上的一则报道则让我寝食难安。

"据调查，一个月前在岛根县迩摩郡山中发现的女尸，怀疑是八幡市中央区初花酒店的女招待山田宫子。被害人于今年 6 月 18 日离开酒店，从此下落不明。经辨认，女尸确系山田宫子。死者为何来到案发现场，现在还不得而知，不过应该是被凶手带到此地杀害的。有目击证人称，曾于 6 月 18 日上午 10 点左右，见宫子和一男人乘坐由山阴开往京都的火车，警察认为这名男子是凶手的嫌疑极大，现在已就这名男子展开调查。"

果然，石冈贞三郎什么都知道，他就是那个目击证人。

我的心就像一下子掉进了冰窟窿里，就在不久前我还在安慰自己也许什么都不会发生，可是现在，这张报纸彻底打碎了我的幻想。

石冈贞三郎会向警察说什么呢？他一定会说自己看见了和宫子同行的那个人，警察一定会问他还记不记得那个人长什么样子。他肯定会把我的容貌完完全全仔仔细细地向警察描述一遍，并且肯定会自告奋勇地说一旦再看见，肯定能马上认出我来。

是的，他能做到，20 分钟的时间，足够他把我的脸来回打量好几遍了，我的五官，我的脸型，甚至我脸上细小的特征，他肯定都记下来了。

我本以为事情会过去，可是石冈贞三郎，这个世界上唯一一个知道我和宫子关系的男人，他终于吐露了一切。只有他见过我，他一定会在得知宫子死后去向警察说明一切的，一定会。

× × 日

尽管我一百分地不想让石冈贞三郎看到我的脸，唤起他曾经见过我的事实。但事情最终还是朝着我不想看见的方向发展到了现在的地步——我开始演电影了。从那以后，我就委托兴信社调查石冈的消息，每年都要向我报告一次。因为我急切地想知道他的动态，如果他一直住在八幡市，那么我在遥远的东京就没什么可怕的。好在，这个人确实没有搬离过八幡市。

我吐了个烟圈，8年来平静的生活就要结束了，一旦我在电影中露面而石冈贞三郎又去看了电影的话，他一定会认出我来，就算只是几个镜头，也不能令我安心。

我知道，接下来的日子我都要提着心过了。

××日

石井导演这次的新片名叫《春雪》，他好像对我很满意，虽然细节方面很细腻，但我似乎完成得不错。可我却总是静不下心来，话剧还好，毕竟是面对一小部分人的表演，可是电影就不一样了，一旦上映，则是会呈现在全国观众的面前，一想到这些，我的心就不可避免地悬了起来。随着上映日期的临近，这种情绪越来越强烈。不过在别人看来，这似乎是一个新人应有的紧张和不安。

××日

一天的排练结束后，我和A一道回家，一边走一边聊天。

走到五反田车站的时候，A对我说："你知道今天那些干部们留下来是商量什么事情吗？"

我摇摇头："不清楚。"

"是拍电影的事，这一次××电影公司打算和咱们剧团合作拍一部电影，现在正想从咱们团里挑几个演戏的好手去扮演配角。听说这部电影是石井先生的作品，就是那位著名的大导演。这个事最近是由经理Y先生负责，他这几天都在剧团和电影公司之间来回跑，非常忙。"

"是吗？我可一点都不知道，那我们剧团能同意吗？"

"怎么可能不同意，咱们剧团这几年一直入不敷出的，够难的了。现在好不容易有这么个机会，按着Y先生的想法，既然决定合作，索性就一直合作下去，只合作一次有什么意思。"A好像对内部的事情知道得很详细。

我问："那是不是咱们主动找的人家？"

A摇摇头："当然不是，是人家电影公司提出来的，他们打算找4个人去，估计一共能有130万日元，报酬给的其实并不怎么高，不过有总比没有强。"

"那也是，不过，谁去好呢？"我开始回忆起剧团里的人，有一些确实适合扮演对方要求的角色。A也说了一些名字，我们的想法差不多。

这是一件好事请，我们两个决定喝上一杯，不管最后谁会去出演角色，反正我们能得到一些酬金，还能依托电影宣传宣传剧团赚些名气。而现在的事实远远超过我们的预料，因为我接到了Y先生的演出邀请，他通知我去演这次电影中的一个角色，除了我以外，其他的3个人都是团里的干部，只有我什么都不是。

我问Y先生怎么会想到让我去，毕竟这实在是太出人意料了。

Y先生回答说："其实我们也没想到，不过这是石井导演提出来的，他看过咱们的《背德》，觉得你的表演很有意思，所以他点名要你一定要去参加这次的拍摄。"

说到《背德》，我倒是可以毫不谦虚，我确实演得不错，报纸上是这样评价我的表演的："新人井野良吉非常适合扮演这种性格虚无的角色，他的演技博得了一片赞扬。"不过，虽然一个新人在剧团里和媒体上得到过这样的褒扬，但是派我去参加电影拍摄，我还是有点受宠若惊。

Y先生继续说："石井导演看人的水平非常高，他说你能演，你就一定能。这次的电影里有个只有几个镜头的配角，但是他找不到合适的人来演，这才想起你在《背德》里的演出。我们商量过也没什么意见，这对大家都有好处，我们可以用这笔钱来维持剧团的经营，而你呢，正是一个出名的好机会。"

我也这么觉得，于是我鞠了一躬："那就请您多多关照。"

我来到白杨座剧团不到八年，就得到了这么好的机会，不高兴是不可能的。不过，此时，却有一种不祥的预感笼罩在我的心头，我有一些恐惧。

可能是看出我神情的不自然，Y先生拍了拍我的肩膀，鼓励我说："别担心，井野，虽然电影和话剧不一样，那是一种需要演技细腻的艺术，但是不要担心，我相信你。"虽然很感谢Y先生的鼓励，但是他完全不能了解我此刻恐惧的是什么，如果那件事成真，对于我，将是毁灭性的打击。

××日

我的戏已经杀青，电影开始大规模地宣传造势，谁让这是一部大导演的片子呢？

剧团从公司那里拿到了120万日元的薪金，我也领到了4万元，虽然不多，但是我很满意。Y先生告诉我，这笔钱将作为剧团的经营资金。报酬虽然不怎么高，但我还是很开心，拿着这些钱去买了些东西犒劳自己，还请了A一起去吃饭喝酒，A很羡慕我，这种感觉很好。

我喝得有点多，并不仅仅是因为尝到了成功的甜头，还有一种不好的感觉，我想用酒精将它赶走。

××日

《春雪》的预告片发行了，我看了看，里面没有我的镜头。完整的电影就要上映了，我恐惧得坐立不安。

几天后，公司叫我去看《春雪》预播，我的眼睛光注意到了自己，别人的一点都没看见。电影里我的镜头有五六个，还有两个特写，不过只是几秒钟的时间，我放心多了。

等到片子公映时，反响不错，报纸上还登出了相关的影评，当然都是赞美。写到我时，还是那些诸如"从前是话剧演员的井野良吉，浑身上下透露出一种浓郁的虚无的风格，令人印象深刻"的话，虽然很开心，但是我总感觉评论家们写出来的东西都大同小异。

公之于众的东西往往会迫不及待地进入人们的耳朵，Y先生也不例外，他从电影公司那里回来，带来了各方面的好评价，尤其是导演的。

"石井导演对你赞赏有加。"

"真的吗，谢谢您，"得到表扬，我很开心，于是打算邀请Y先生一起去喝一杯，"涉谷那里有一家酒店很不错，我们一起去坐坐吧。"

在酒店里，我们都喝得有点多。Y先生大声地说："你小子可是走运了，以后这种机会多得是，努力吧。"我也觉得这次机会似乎会改变我的人生。可能是被一点点成功冲昏了头脑，我居然觉得自己就快成名了，也许还会挣大钱。以前看到过一本书上写这一个外国的演员说的话："突然有了这么多的钱，居然不知道怎么花了，我想，还是到豪华餐厅的包厢里，喝着最昂贵的香槟，听着特意唱给我的吉卜赛歌谣。就这么一边听，一边流下幸福的泪水。"

我也想流下这样的泪水啊。

晚上回去的时候，车窗外昏暗的灯光照亮了我的内心，那种熟悉的不安又重新涌上心头，它彻底撕碎了好不容易才拥有的幸福感，让我感到沮丧，浑身冰凉。

××日

电影已经上映两个月了，到现在都平安无事，可能那个人没有看过这部电影，所以也就没什么动静。我稍稍放了心，也对，并不是每个人都会走进电影院去看电影，那么被发现的概率几乎可以视而不见了。

这时幸运之神再一次垂青于我，电影公司打来电话，说是邀请我去参加下一部电影的演出，只请我一个去。看来，我的好运终于要开始了。

Y先生激动地说："我找他们要50万的薪金，他们居然同意了，原来他们的打算是只给40万的。你小子，他们这次实在是没你不可啊，晚上要和负责人见个面商量一下具体事宜，去不去？"

当然要去。

晚上，我和Y先生来到新桥饭店，我们约在了一间比较安静的房间。制片主任和导演都到了，我们交换了合作的合同。

制片主任个子很高，还带了一副眼镜，他对我说："目前，剧本还在创作阶段，距离开拍可能还要有两个月的时间。"两个月啊，我思考了一下。

石井导演笑着对我说："是我坚持的，一定要您来演。剧里面有个人物，我们打算把他塑造成一个虚无性格的人，这只有您的气质符合啊。"

Y先生很高兴："井野的角色是不是有很多镜头啊？"

"当然，井野先生会出名的，他的气质这么特殊，全日本都没有像他这样的演员了。像那种光靠一副漂亮脸蛋就想出名的人以后可是没有机会了，反而是那些有演技，却一直在当配角的人，会开始担当重要角色或者主演。"制片主任的眼睛里迸发出一种夺目的神采。

我在一边静静地听着，心里突然升起了一种自信，他们的话让我觉得我的前途一片光明，或许真的能够成为主演，我的身体有些颤抖，那是兴奋的抖动。

但接下来的几天我一直被激动和不安同时折磨着，我的身体一半浸润在即将到来的成功火焰当中，而另一半则泡在随之而来的灾难的冰水里。前一部电影带给我的这种折磨，此时此刻越发强烈，如果说我饰演的配角会让灾难发生的概率只有十万分之一的话，那么此后我即将出演的主要角色，将会让这种概率翻几倍地上涨。而且，如果我越来越有名，那么，出演的电影越来越多，镜头也会越来越多，这样一来，别人看到我的机会就大大增加了。我不敢想象，那将不是十万分之一，可能会是十分之一。我能逃脱掉灾难的控制的机会也就小得多了。

不过话说回来，谁会眼睁睁地看着到手的机会溜走呢？反正我不会。我希望获得地位，也希望得到金钱。书中描写的那种坐在豪华包厢中喝着香槟哭泣的感觉，我也想尝试一下。我不能让这样的幸运被任何东西所破坏。

×× 日

前几天，电影公司通知我，30 天后，电影《红森林》就要开拍了。这次的拍摄周期只有 30 天，也就是说，再过两个月，电影就要在全国公映了，那么，那十分之一的可能性就会变为现实。

我清晰地记得当时的我如此告诉自己：绝不能坐以待毙，两个月，要去亲手毁灭掉恐惧的根源，即使实行起来很困难，也决不能放弃。

但是今天，Y 先生的几句话让我变得分外不安起来。我们在一起喝酒，他像是在端详一幅画一样地看着我的脸，他的身子稍向后倾，脸微仰着，眯着眼睛对我说："看看你的这张脸，这种神情，没有人再比你有虚无的气质了，有学问的人很喜欢这种气质，所以他们才会一定要你来演出。"

我摸摸脸，"真的那么与众不同吗？"

"当然了，让人看过就不会忘记。"

这句话结结实实地吓到我了。最近，电影公司的那些同事们也常常对我说这种话，在他们看来，我的这张脸实在是一个绝佳的电影宣传点，观众们一定会仔细地在影片中找寻我的镜头，谁会在意他是不是名演员呢？

如果真的是这样，我几乎可以预见灾难发生时的情景了。

当初演《春雪》时，我就是揪着一颗心，整日里惴惴不安完成的表演。虽然最后什么都没发生，但是那种被紧张和恐惧日夜折磨的滋味实在是不好受。

可是现在，我又要出演《红森林》，这次不一样，我将成为一个主要的角色，电影公司既然想拿我做噱头，就一定会让我出名。所以，现在看来，几乎不可能奢望石冈贞三郎在电影中看不到我了。

由于惧怕那种令人崩溃的感觉，我甚至想拒绝掉一切的电影演出，就安心地做个话剧演员就好了。可，这种巨大的幸运和满足感让我舍不得。我想成就一番大事业，现在正是绝佳的机会，名利双收这种事情，不是每个人都能遇上的。

×× 日

今天电影公司送来了剧本，我看了看，我的角色有很多出场的机会，还有很多的特写镜头。还有一周就要开拍了，我该想个办法。

刚过去的那个晚上我一夜没睡，我一直在脑海里想着如何解决事情，可是没有一个主意是完美的，我总是在不断地推翻自己。

石冈贞三郎，这个人就像噩梦一样缠绕着我。如果没有他，我的世界将是多么完美。只要除掉他，我就可以高枕无忧了。必须采取行动，我要充分开动脑筋，想出一个既能达成目的，又能全身而退的办法。

杀掉他是肯定的，但问题是怎么杀掉他。

如果失败了呢，尽管不情愿，但是我还是思考了这个问题，如果真的是那样，那么这世上就再也不会有一个叫作井野良吉的演员了。我和石冈贞三郎，只能有一个赢家。

××日

刚接到一个好消息，石井导演要去京都拍一部片子，所以我们的拍摄计划就要向后推迟两个月的时间。

这是一个好消息啊。

为了拓展思路，晚上回家的时候我买了一部侦探小说，不过里面的内容很没有意思，还没看完我就扔了。我决定，还是要把石冈贞三郎叫出来。我绞尽脑汁后，计上心来。为了防止计划被大脑遗忘，我决定把它写下来：

（1）我希望地点能够定在山里，那里人烟稀少，对我来说很有利。可是，怎样才能让他跟我进山呢，这需要做些准备，那我是不是要找个人帮忙？不行，决不能让第三个人知道，那么怎么叫他进山，我还要考虑一下。

（2）怎么做呢，还是用氰化钾，这种方法比较容易，可以放在随便什么饮料里，他不会怀疑的。

（3）最后一个问题，怎么把他叫出来？当然只能让他一个人来，而且要他毫不怀疑地独自前来。如果做不到这点，我的计划就不能实施。

经过反复思考，我决定还是把地点选在游览区，没有比这个方案再合适的了。我觉得，如果想把戏做真，就不能引起石冈的怀疑，那么游览区的选择就很值得思考。

游览区的所在地一定要离八幡市不近不远，太远了他会有疑惑和顾虑，太近的话又会被认为是熟人的玩笑。所以，我把地点定在了东京和八幡之间的京都附近。

而且，我决定再寄些钱给他，不能太多，多了我也没有，太少的话又不能勾起他想趁机捞一笔的欲望。拿多少合适呢，4000日元应该可以了，足够他来京都的路费和住一夜旅馆的费用。这些钱应该能够给他留下深刻的印象，同时也能证明这件事的可靠程度。

所以，他应该会赴约，毕竟他是唯一的目击者。

我选择了一个我熟悉的地方作为最终的地点，比睿山。那里我曾经去过两次，大致情况也比较了解，最重要的是，那座山被层层的树林所包裹，非常幽深。

这条山的道路非常好走，有一条缆车连接了从坂本到山上的路，一直到大殿都是非常宽敞的路，供人参拜用。走在这条路上的都会被认为是要进殿参拜的游人，不会有人注意到我。那么即使以后尸体被发现，也不会找到凶手了，每天的游人那么多，谁还记得谁呢？

再说，比睿山上的建筑全都散落在山林中，并不密集，所以，即使我们一直向山中走去，人们也会认为我们只是想去游览景观，毕竟，道路都被掩映在树林当中，向哪边走都是可以的。

地点就定在比睿山。

××日

为了进一步落实计划中的细节，所以我搭了夜班车赶往京都。当我赶到坂本，已经快到中午了。

我必须提早把动手的地点熟悉一遍，才能确保计划的万无一失。如果环境出现什么问题，那可就麻烦了。

此时已是3月，花还没有开，植物离抽芽还有一些时日。乘坐电缆车的乘客很少。

我独自走在通往大殿的路上，天气很好，从这里能够看到琵琶湖，景色实在不错。我和一批坐电缆车同时上来的游客同行，发现从对面走过来的游客虽然少，但不是没有。

过了大讲堂再向上走走就是戒坛院了，我在戒坛院前坐了下来，点上烟，烟雾升腾中，我对四周进行着观察。

路在戒坛院这里就分了两个方向，一边是通向山中的西塔，另一边则是通往四明岳去八濑口的电缆车。

坐在这里大概一个小时以后，我对这里的情况有了一个大概的了解，一般的旅游者在参观完大殿和大讲堂之后就会原路返回，很少有人会继续向上去西塔或者是四明岳方向的缆车。

我把烟掐灭，同时决定就去西塔。

去西塔的路很狭窄，而且都是上坡，走起来有些吃力。路上可以看到琉璃堂、释迦堂之类的建筑物躲在阳光照不到的地方，好像已经被废弃了一样。不过即使是这样的废楼，再向上走也都看不见了。只剩下无边无尽的茂密的树林，覆盖在山体之上。山谷里不时传来鸟鸣声，让人更觉得寂静。

我停了下来，又点上一支烟。这个时候一个穿着玄色衣衫的和尚朝我走了过来。

在他即将经过的时候，我叫住了他，向他打听这条路通向哪里。他只说了声"黑谷青龙寺"就走了，并没有做过多的停留。

黑谷青龙寺，我又重复了一遍这个名字，不错，光听名字就知道这是一座怎样的寺庙，非常符合我的要求。我又在原地待了一会儿，仔细思考了一下我所选择的地点的细节问题，并且把一些问题牢牢地记在脑子里。

虽然地点选好了，但是具体的计划我还没有考虑清楚。确切地说，等到我乘坐缆车下了山，走到日吉神社那里新建的住宅时，我才有了一个计划的雏形。一间公寓的阳台上晾晒着被褥、毛毯什么的，从中好像能够窥探出主人的生活。突然，这个计划就出现在我的脑海里，我牢牢地抓住了这个念头，并且在回京都的车上，又把这个念头拿出来仔细地思考斟酌。

入夜，京都旅馆，我提笔给石冈贞三郎写了一封信。

石冈贞三郎先生：

真是对不起，请恕我冒昧地给您写这封信。但从我知道您掌握一些情况之后，我就急切地想要和您联系。我叫梅谷利一，是山田宫子的亲戚。9年前，宫子被人带到岛根县的农村被残忍地杀害了。您一定知道这件事，因为据说您是当初唯一一个在山阴线列车上见过凶手的人，所以我不得已想请您帮一个忙。我是名古屋餐具厂的推销员，经常在全国的药房、饭店之间跑推销。这段时间，我在京都的一个店里，看到一个人，这个人应该就是杀害宫子的凶手。为什么我会有这个怀疑，因为我掌握了他很多的情况，可以先跟您说，他就是岛根人，9年前就住在八幡市。具体的细节我想以后再告诉您。所以，我迫切地想跟您见上一面，帮我看看到底是不是那个人，毕竟您是唯一一个见过凶手的人，我相信您见到他就会马上认出来的。如果真的是他，我马上就报警。但是这件事凭我一个人，警察是不会信的，可是如果有您的证词就不一样了，他们肯定会重视并且相信。所以冒昧地打扰您，实在是对不起了。但还是请您能在 4 天后的 4 月 2 日下午两点半到京都来，我们就在京都车站的候车室见面吧。到时候我会戴一顶浅茶色的帽子，还有一副眼镜。如果您看到如此打扮的人，那就是我，请您上前。

请您再次原谅我的莽撞，没有经过您的同意就擅自决定了见面的时间和地点。但是我真的非常着急，而且 4 月 2 日的晚上我就要出发前往北陆那边出差，并且很长一段时间不会回来。所以只能约在那天见面，希望您能谅解。随信寄上支票，作为您此次路上的费用。

我坚定地相信我看见的那个人就是凶手，不过我也知道在经过您的辨认之前，是不能轻易下结论的，所以我现在不方便告诉您那个人的名字，如果搞错的话会惹出不少麻烦。同样地，请您暂时不要和当地的警方报告这件事，因为如果真的有事，京都这里的警察也是可以处理的。

请您再次原谅我，并请您理解我急切的心情，也请您一定要答应我的请求啊。

梅谷利一
于京都旅馆

我不放心，又反复地阅读这封信，直到确定没有任何漏洞为止。信里面我虽然语气委婉，但是表达的意思却很坚定，无论是时间还是地点都没有商量的余地。就算他有什么问题，也不可能回信到"京都旅馆"这样的地址。再加上支票也没有地方退回，他就只能前来赴约。至于戴帽子和眼镜，完全是为了掩盖我本来的面目，其实，真到了那天，我打算改装得更加彻底，让谁都认不出我来。而选择京都车站会面，则是为了打消对方的疑虑，免得他时刻绷着神经，太过警惕。

最后也是最重要的一点，信封上必须盖的是京都当地的邮戳，如果盖的是别的地方的，很快就会引起警方的注意。这也是我为什么一定要来京都的原因。

当我把装着那封信和 4000 元支票的挂号信投入京都车站前的邮筒时，一场有关幸福和人生的赌博终于开始了，石冈贞三郎一定会来的，我坚信不疑。

× × 日

昨天晚上，我乘车回了一趟东京，虽然身体很疲惫，但是我的大脑一刻也没停止过运转。就好像公演之前的彩排一样，我真正实行计划时会是怎样一番情景，我开始了一场人生的安排。

"您好，请问是梅谷先生吗？"

他一定会这样问，石冈贞三郎是个老实人，他也许还会告诉我他是坐那趟车到的京都。我会把自己改扮一番，他一定认不出我就是那个宫子的同伴。

我会向他表达感激和歉意。

"实在是对不起，劳烦您大老远跑来，真是感激不尽。"

然后我会接着说：

"那我们就出发吧，我刚刚知道，那个人今天休息，不过他肯定在家，这个请您放心，我已经都打听好了，不过他住的地方离这有些远，您可以吗？那个地方在坂本，坐车不到一个小时就到了。"

石冈肯定会回答去，一定会的。

然后我们坐上去大津的车，然后在大津换乘开往目的地的车。

为了拉近我们的关系，我必须和他闲谈。

"这就是琵琶湖了。"我介绍道。

"是吗，真美啊！"这个外地人肯定会喜欢上这样的美景。

然后我们会在坂本下车，接着我会带着他向日吉神社的方向走去，从那能看到那座目标公寓。

"就是那间公寓，那个人就住在那里。"我会指着那间公寓给他看。也许石冈贞三郎会紧张吧，他没准还会轻微地发抖呢。

但是我不会让他上楼。

"请您在这里稍候，我先上去看看，然后把他引出来，您要装着不认识我，然后在我们交谈的时候，请您辨认是不是他。不过无论是不是，都请您不要激动，当我们结束谈话后他回去了，我们再交流意见，如果真的是他，我们立刻去报警。"

我的这种计划，他肯定会照做的。

然后我会走进楼里，但是绕一圈什么都不做就出来。他一定会等在原地，紧张得不知所措。

然后我会快步走向他。

"真是不巧，他出去了。听他妻子说他生病了，所以今天才没有上班在家休息，现在到京都看病去了，估计两个小时就会回来。不如我们等等吧，好不容易才来一趟。您说呢？"石冈一定会同意我的提议。然后我就会继续热情地说，"就这样等太无聊了，不如我们去比睿山吧，您一定还没去过吧，我们去游览一番，打发时间。"在我这样的邀请下，他肯定不会拒绝，就算他以前去过，又能怎么样。

接下来我们会坐上缆车，高空的景色肯定会暂时消除石冈的紧张，拉近我们的距离。

"景色不错吧？"

"是啊，真的很棒。"

这样的对话正是我想要的。当我们下了缆车，就会沿着小路向大殿走去，或许这个时候，石冈会向我发出他的疑问。

"您怎么能确定那个人就是犯下不可饶恕的罪恶的凶手呢？"这个问题很好解答，我已经准备好了很多证据来证明我的结论，他一定会深信不疑，并且开始同情我。

没一会儿我们就会走到大殿。

我们会一边欣赏丛林中时隐时现的建筑，一边交谈。然后我会在附近的商店，买上两瓶饮料，再带上两个杯子，继续向上走。

我会热情地做向导："那边是西塔，景色很好，我们去看看吧。"

他一定会听的，这样一来，可能路上就只有我们两个人了。从来去西塔的行人就寥寥无几。

过了琉璃堂和释迦堂，周围重新归于寂静。这时，我会不失时机地说："再往前就是黑谷青龙寺了，我们到了那里就下山吧，时间也差不多了。"

这种说法会让他觉得上山完全是为了让他不那么无聊，而我并没有忘记正事，这对消除他的戒心很有帮助。

当再走一段路时，我会提议休息一下，然后就从小路上走到旁边的树林里，找块草地坐下来。接着拿出饮料，给他倒上一杯，然后趁他不注意在杯子里放进氰化钾，接着我也打开一瓶饮料，当着他的面喝。这样应该不错的，而且实行起来不会有问题。

这就是我预想的全部过程，为了保险，我又反复地想了几遍，确定没有任何漏洞才作罢。一定要让石冈迅速地信任我，最好还能建立起短暂的友谊，这样他才能没有疑惑地跟我上山，走入山林中。只是旅游而已，一定要给他这样轻松的印象。万事俱备，只欠东风，就等着他的到来了。

石冈贞三郎的自述

今天收到一封很奇怪的信，是一封挂号信，写信人是一个叫梅谷利一的人，我并不认识他。打开信封，里面有一张 4000 元的支票，吓了我一大跳。没想到更让我吃惊的是还在后面，信中说，他听说我见过那个杀害宫子的犯人，所以想请我去京都帮他指认。这封信又把那段记忆从我脑海里提了出来，时间真快啊，已经 9 年了。

那个时候我日子过得不怎么样，就想着回趟老家，好好地吃几顿饱饭。

在回去的火车上，我遇见了宫子。当时我正站在拥挤的车厢里，就听见有人喊"石冈先生"，我找了一圈，才发现坐在座位上的宫子。她是八幡市初花酒店的女招待，我因为经常光顾的原因，和她很熟。说实话，我对她是有一点意思的，她很可爱。

我很高兴能够遇见她，就走过去和她交谈："宫子啊，你怎么会在这儿，你要去哪儿啊？"见到我她似乎也很高兴，说是要去洗温泉，而且打算买些东西。

我很羡慕她的好兴致。就在这时，我发现一个坐在宫子身边的男人，正脸朝向车窗，好像被我看见很不好意思是的。

我猛然想到，这个人应该就是宫子的男伴了，他们两个脚下有一堆橘子皮，看来刚才两个人还分吃了一个橘子，带女人出来的男人都会是他那副模样，我有些嫉妒，就不想聊下去了。然后当车到站，我客套了几句就下车了。

谁能想到那竟是我最后一次见宫子。

当我回到八幡，再去初花酒店时，却再也见不到宫子了，会不会是不干了？我想其他人询问有关她的消息。

"你问宫子啊，她出走了。"

出走，不会回来了吧。我有些失望。

"看得出来你很喜欢她。我能明白，不过她有些过分了，谁都没说一声就这么走了。虽然以前她也会夜不归宿，但这次似乎是不会再回来了，也许是遇见可心的人了。不过她并没有带走一件行李，这很奇怪。老板娘说她可能还会回来，谁知道呢，这个时候走，我们去哪儿找人手？"

"是这样啊，"我说，"我在山阴线的火车上见过宫子，她和一个男人在一起，应该是她的情夫。"

"真的？"听到我这么说，女招待一下子激动起来，并且招呼其他人一起来听。我只好把经过说了一遍。有人问我："你记得那个人长什么样么，是不是个漂亮的小伙子？"这一下却把我问住了，我实在是记不得那个人长什么样了。

"脸型什么样的？"

"呃，这个……"

"戴眼镜吗？"

"……"

"皮肤呢，白还是黑？"

"……"

"你怎么什么都不知道，你真的看见了吗？"这些女人不耐烦了。

我本以为这事就到此结束了，没想到过了几个月，警察找到了我，说是有事情要向我咨询。我还奇怪是什么事，到了警察局才知道宫子居然死了。

"有人在岛根县迩摩郡的深山发现了一具女尸，经调查可能是宫子，就是那个初花酒店的女招待，你应该认识。她是被人害的，听说你曾经见过她和一个男人在一起，所以要向你询问。"

肯定是那帮女招待告诉警察的，不过这也没什么，我就把所知道的都说了一遍。

负责侦查的探长仔细地听完，问我："你还记得是什么时候的事吗？"

我想了想，"应该是6月的18或者19号，那时我15号回了老家，然后过了大概三四天才看见的。"

"那个时候火车在什么位置。"

"我从津田车站上的车，在浜田下了车，应该就在这之间。"

另一个警察对探长说："温泉津就在浜田后面八站。"

"嗯，就是这样。"探长点头。

"当时宫子身边还有别人吗？"

"有，还有一个男人，不过我不认识。"

"他们有过交谈吗？"

"没有，但我能看出来他们是一起的，因为他们一起吃了一个橘子。而且那个男的始终不敢回过头来看我，怕是让人知道他带了个女人出门。"

"确实如此，"探长了然地笑了，"那你还记得那个人长什么样子吗？"我又难住了。我知道，凶手的相貌对警察来说至关重要，看来那个男子就是凶手已经确定了。可是我却帮不上什么忙，因为我虽然看过那个人的脸，但我实在是想不起来了，就好像从没见过一样。当初，初花酒店的那些女人们也问我这个问题，我也是一样答不出来的，现在换成警察也没有任何改变。但是又不能说完全没有印象，可是这印象就是模模糊糊的，抓不住，我实在是想不起来，自己都觉得奇怪。

"真的一点都想不起来吗？"我摇摇头。

警察拿来很多照片让我看，"你看看这些，这些都是有前科的人照片，你可以把五官分开，看眼睛长得像哪个，鼻子长得像哪个，眉毛长得像哪个，总之，把所有照片都看完，或许能够勾起你的回忆，又或者给我们一个大概的轮廓。你别着急，仔细一点，看清楚了。"

我慢慢地翻看照片。

可就是这样奇怪，没有一个是不像的，可有似乎没有一个是像的。我的记忆完全不起作用，越看反而越糊涂，头也开始有些晕了。

我出了一身的汗，却一无所获，"实在是对不起，我什么都想不起来了。"

所有人都很遗憾。

那个叫田村的探长怎么也不死心，他说："那你就先回家吧，也许在睡梦中能有些线索。"

我终于回到家，然后我马上就进入梦乡，自然不会想起什么。

那之后，警察又找过我几次，他们满怀希望我能想起一些东西，可我每次都让他们失望。最后，他们也放弃了，不再来找我。

报纸上也说，因为没有线索，宫子的案件被搁置了。

本来一切都已经过去，可是现在又不知道从哪冒出了个宫子的亲戚，还有这么一封奇怪的信。一定要我去京都辨认，真是不可理解。

在9年前我都记不得那个人的长相，更不要说9年后的今天了，我肯定是认不出的，可是这笔钱怎么办，信封上的地址是个旅馆，退也退不回去，如果没有钱，我完全可以当没看见，可是这钱怎么办呢？

更重要的是，他在信里写明了时间，看样子很着急，不管怎么说，宫子的亲戚能够找到凶手，也是一种天意吧，真不知道他是怎么找到那个人的，也许他只是需要一个人的帮忙而已，又不知道从哪知道我是当时的证人，才想到找我的吧。

可是我也不知道该怎么办，现在我唯一能做的，就是把这事告诉警察。

田村探长听了我的叙述，又看了那封信好几遍。

"没错，是京都寄来的。"他很认真，可能因为是这件案子的负责人吧，没有找到凶手他也不甘心，所以一旦有点什么，即使已经过去那么久，他依然很在意。

田村探长拿走了这封信，似乎是去和什么人商量了。过了半个小时，他又回来了，此时他的面色潮红，好像很激动。

"石冈，你一定要去京都，就按信上说的做吧。"他好像很有信心，对我下了命令。

"什么？可是警官，我什么也记不起来啊，您是知道的，我不可能认出来的。"

"你不要这么想，也许见到那个人你就什么都想起来了。你放心，我会派两个人跟着你一起去。"

"可是那个人要求见到凶手后再报警啊。"

"这个你不用管，我自有道理。总之，你一定要仔细看梅谷利一的脸。到时候侦探不会陪在你身边，他们会躲起来。"

"什么，梅谷利一，您的意思是，这个梅谷利一有嫌疑？"

田村探长压低了声音，神秘地说："石冈，在真正的凶手找到之前，所有人都有嫌疑。为什么说这个梅谷利一有嫌疑呢，当初我们在报上说过有个人见过宫子和一个男人在一起，可是我们并没有说是你看见的，也就是说，他是从哪知道你的名字的呢？"

"这个……"

"也许你会想，会不会是酒店的女招待们说出去的。先不管她们，你自己有没有告诉过什么人？"

我想了想："没有，在你们之前我只告诉过她们，后来你们让我不要说出去，我就谁都没再说过。"

"那就对了，既然是这样，酒店招待的话能传多远呢，最远也就是北九州这一带了，可是，就算听说，也不会是把你的名字和住址都一并传出去吧，大家传话的时候，可能就会说'石冈先生'或者'一个叫石冈的人'，没有人会特别留意你的名字，也没必要知道。那么，这个梅谷利一是从哪知道你的详细资料的？就连门牌号都知道，这太奇怪了。这说明这个人一直在调查你，他对你很了解，以至于把你的一些私人信息当作谁都知道的信息写在了信里。你看，他连你事后搬家的新地址都知道，这不正说明了他一直在关注你吗？如果他确实是在9年前特意打听过你，那他就会在信封上写你原来的住址，而不是现在这个，你不觉得奇怪吗？这个人知道你的一切，他一定关注你很多年了。所以，虽然还不知道他究竟是谁，做这件事是什么目的，但是他很可疑，他跟当年那件案子一定有着某种关系。所以石冈，请你一定要去一次京都啊。"田村探长连气都没有换，一下子说了这么多。

我有些难以置信，还有一些害怕。但我还是答应了，谁让我9年前在车上遇见了宫子，这奇怪的事情就落在了我的头上。

信中要求我4月2日下午两点半在京都车站和他碰面，为了能够准时到达，我和两名侦探，提前一天，于4月1日的晚上，在折尾车站上了"幻怪"号列车，这趟车晚上9点43分发车。因为我是第一次去京都，看样子那两个侦探也是第一次，所以虽然是去办案，心里难免紧张，可是能够去京都，我还是有些兴奋和愉快。

我在火车上怎么也睡不着，直到早晨6点，我才有些困意，艰难地入睡了。

坐在对面的两位侦探就没我这个困扰，他们早就睡着了。

当我醒过来的时候，天早就亮透了。阳光洒进车厢，照得一片光明。

我急忙坐起来，两个侦探抽着烟，向我愉快地打招呼。

"早啊，睡得好吗？"

"很好，谢谢。"

道过早安，我去厕所洗漱，然后回到座位，天越来越亮。

窗外是海岸线，金色的阳光洒在海面上，波光粼粼。

窗外的树木在急速地后退，可是海对岸的岛屿却似乎没有移动过。

"这里就是须磨明石吧，真美啊。"侦探们一边欣赏美景，一边赞叹。

他们的样子像是提醒我什么，我好像看见过类似的场景，但不对，不是这个人。

不过侦探现在看向窗外的姿势，我实在是很眼熟，可又想不起来在哪儿见过。人可能都有这种经历，第一次去的地方，却好像以前来过一样的熟悉，这种感觉十分奇怪，还有很多这样的例子，比如和人说话，突然觉得说的话以前好像也对这个人说过。或许是在梦里吧，总之，这很难解释。

我们到达京都车站时才刚刚上午 10 点 19 分，离约定的时间还很早呢。

我们已经在车上吃过早饭，所以 3 个人商量了一下，反正难得来一趟，不如去游览一下名胜。

于是，我们就从车站出发，一路走过了东本愿寺，三十三间堂，清水寺，四条街，还有新京级等。

时间过得很快，转眼到了中午，一个侦探看了看表，说："是时候去吃饭了，我们回车站吧。"

另一位说："不如我们去吃这里有名的'芋条'吧。"

"芋条，会不会很贵啊？"

"怕什么，难得来一次，还不知道以后会不会再来京都呢，怎么能不吃一下特产呢，反正我们挣出差费这么辛苦，不能委屈自己，走吧。"

然后，我们就去了圆山公园旁边的一家店。

一进门，女招待就迎了上来："您好，三位吗？现在大厅里没有位置了，您要是不介意的话，能不能和另外一位客人拼一个房间呢？"

这当然没什么，我们跟着女招待来到了一个房间，那里已经坐了一个人在吃饭。

我们 3 个人吃过饭就来到了京都车站，可是等了半天，那个梅谷利一也没有出现。两点半到了，接着我们又等到了 4 点，5 点，当我们得出那个人不会出现的结论时，天已经黑了，现在是晚上 8 点。

我们都很失望。

难道真的是有人在戏弄我，可是 4000 元钱怎么解释？

侦探说这不是恶作剧，可能是对方有所察觉，临时取消了见面。

怎么会，他是怎么发现的？

我仔细回想，都没有想出来。

大家商量，要不要再留一天，明天再看看情况。可是，似乎根本不用，我们决定马上回北九州。

真是奇怪啊。

井野良吉的日志

×× 日

这一天终于到了啊，4 月 2 日。

昨天晚上乘着"月光号"回到京都，到达的时候已经是今天早上 8 点半了，离约定的时间还早得很。

天气很好，我慢慢地走着，找了些地方进去逛逛，打发时间。

快到中午，我坐上一辆出租车，让司机一直都开到四条街，已经 11 点半了，我决定先吃午饭。既然是在京都，当然是要吃别处吃不到的芋条了。

我在八坂神社那里下了车，然后朝着圆山公园走去。现在这里到处都是人，不管是学习的学生还是来旅游的游人。我进了公园旁边的饭店，被带到一个单间，然后芋条上来了，我一边吃一边考虑即将发生的事情。石冈贞三郎就要来了，我的每一步都决定着我以后的生活，一定不能出错。不管怎么样，我一定要赢，一定要正大光明地活下去，我肯定能做成一番大事业，现在机会就在我面前，幸福唾手可得，我不可能放弃，不，决不放弃。

回想起宫子那个令人生厌的女人，我就头疼，真难以想象我是怎么和她发生关系的，我怎么能为了这种女人断送掉自己的前程。她想用孩子来拴住我，她越是这样，我就越想离开。杀了她，我到现在依然不后悔，我绝不能容忍自己和这样的女人过一辈子，那将是多么的灰暗和惨淡啊，我决不能容忍。

不过，杀了宫子，也要考虑不能让这件事毁了我的后半生，这不划算。

如果我杀的是一个魅力十足、高贵典雅的女人，那即使搭上我的余生，我也是可以考虑的。可是，如果是以我的大好前程和永恒的幸福作代价，来换取宫子这样没有人会喜欢和尊敬的丑陋不堪、粗鄙下贱的女人的话，我是绝不会答应的。

不过，为了保住我的一张今后将成为明星的脸，为了能够出名，恐怕要对不起石冈贞三郎了，必须让他永远也看不见，直到死。

对于金钱和名利，我有着常人难以想象的渴求，所以什么都不能阻止我。

女招待在这个时候走了过来，问我能不能和3个客人挤一挤，我答应了。

接着，3个人走了进来，其中的一个朝我微微弯了下腰，说了一句："对不起，打扰了。"就在一边的桌子旁坐了下来。

那个带着九州口音的声音！我的思绪一下子被拽了过去，我抬头一看，那3个人正用女招待送上来的热毛巾擦脸，一边擦一边聊天。

他们就距离我不到5尺的地方，其中一个人面对着我而坐，我看清了他的脸，霎时间，似乎掉进了冰窟窿。

我甚至无法控制自己的视线，它就一直停留在那个人的脸上，直到我费了好大的劲儿挪开眼睛，我才意识到发生了什么。

对面那个人，就是9年前和我有过一面之缘的石冈贞三郎。

我的脑子有点乱，不是约好下午两点半么，他怎么会在这里？

我觉得全身发凉，所有的血液都冻结了。我完全不知道该怎么做才好，什么修饰和伪装都没有做，现在呈现在石冈面前的，是我的本来面目。

怎么办，还有和他来的那两个是什么人？

一时间，天旋地转，我坚持不住了。

石冈贞三郎看着我。

我多想喊出声来，可是什么声音都发不出。我的手在颤抖，筷子啪的一声掉在了地上。

我偷偷地看石冈，却发现他似乎一点没注意到我的反常，而是平静地听着同行的人聊天，不时地插上两句。他比9年前看上去老了一些，显得很稳重。时间一点一点地流动，什么都没发生。

他们依旧平静地交谈，连语调都没有变化。

这时，女招待端来了芋条，他们立刻停止交谈，开始吃饭，石冈更是头也不抬，吃得很欢。

他不是看到我了，怎么会什么反应都没有？

我突然想到了什么，难道他不记得我了？或许，他从一开始就没记住我长什么样子，只是有个印象而已，他根本就不知道我是谁！

没错，是这样的。

我的呼吸一下子急促，一下子又放松了下来。真是的，都是那倒霉的 4000 元钱，可能就是因为这笔钱的关系，他才不得不到京都来，也许当他真的和我按照约定见面的话，这个老实人会朝我道歉，说他其实什么都没看清，什么都没记住。

是的，就是这样，那两个人一定是他的朋友，顺路和他一起到京都来玩的。真是个老实人啊。

我放下心来，又决定试探他一下。我掏出烟，对他们说："能借个火么，我突然想抽烟了。"

胆子太大了。

石冈看了我一眼，我还是能感觉到我的脸在扭曲。

他直接拿过桌子上的火柴递给了我，一句话都没说。

"谢谢您。"我接过火柴，点了烟，然后退出去。自始至终，石冈贞三郎都没有再看过我一眼，只是专心致志地对付盘子里的食物。

我走出饭店。

所有的一切都宛如焕发了新生，是那么的美好，以前我怎么没发现京都如今天这般迷人。

我解脱了，是的，所有的过去，再见吧！

我站在街上，大笑不止。

××日

《红森林》拍摄已近尾声，我的部分已经杀青。加上那件事情已经完全结束了，我的心情前所未有的轻松，浑身上下都是干劲。

导演对我很满意，他说一定要找一个特别的剧本，由我来出演主角。也许，我离出名不远了。

××日

《红森林》终于上映了。

媒体的评价很高，说我"具有卓越的演技"。所有人都为我高兴。之后，又有两家电影公司想让我演。现在这些事情都交给 Y 先生打理，他比较擅长这些。

我的前途越来越光明，名利双收即将成真，我又想起了那段我喜欢的话。

"突然有了这么多的钱，居然不知道怎么花了，我想，还是到豪华餐厅的包厢里，喝着最昂贵的香槟，听着特意唱给我的吉卜赛歌谣。就这么一边听，一边流下幸福的泪水。"

石冈贞三郎的自述

听说最近有一部叫作《红森林》的片子不错，大家对它的反响都很好，回想起来，我已经很久没有去看电影了，于是决定去看看。

这是一部文艺片，非常的委婉，不过很好看。

有一个演员非常出色，名字叫井野良吉，听说是个话剧演员，难怪一点都不熟悉。

井野良吉扮演的，是一个要到箱根的别墅去看望一个有夫之妇的男人，故事就此展开，背景就是箱根的深山。井野良吉走下山，看得出来他很受伤。然后他在小田原上了火车，一直都看向窗外，窗外的景色好像是大矶那里。

井野良吉掏出香烟，仍旧看着窗外。

抽着烟的井野良吉的侧脸。

这镜头持续时间很长，我却有了一个很奇怪的念头，我好像在哪见过这个场景。

不是做梦，当初和侦探们一起去京都市，我也有过这样的想法。但我确定那不是第一次见到的情景。

电影仍在继续，井野良吉的脸被放大，他依旧看着窗外，烟雾缭绕，可能是被烟迷了眼睛，他稍稍眯了眯眼，皱了皱眉头。

这个神态，这个表情，这张脸！

我突然想到了什么，一种巨大的冲击力砸向我的脑袋。

我忍不住大喝了一声，所有的人都诧异地盯着我。

我顾不了这么多，马上跑出了电影院，我太激动了，浑身又颤抖起来。我必须马上去警察局，我有一大堆的疑惑要告诉他们。

骸骨
【日】西尾正

（一）

我和吉野相识在五六年前，那时候我还在上大学，课余时间我经常到一个话剧团做临时演员，而吉野正是那话剧团的编剧。有一次，剧团排演《金玉均》，我因为长得有点像金玉均，所以被负责这场演出的导演安排演金玉均。为了提供给化妆师两张金玉均的清晰照片，我四处搜寻，可是毫无结果。这时，吉野说他家里有金玉均的照片，便邀我到他家里去拿。

就这样我拜访了吉野，并认识了他的妻子和儿子贞雄。

吉野夫妇非常恩爱，并且他的事业也很是红火，生活幸福美满。不过这一切都随着话剧团领导的去世改变了轨迹。剧团的经营状况每况愈下，已经到了濒临解散的边缘，我也在这个时候大病了一场，在床上躺了两个多月。这也让我失去了和吉野见面的机会，后来，我得知吉野比我更惨，丢了工作不说，夫人也患病去世，这实在是一个巨大的打击。

回到学校，我把精力都放在了功课上，顺利地拿到了毕业证书。后来，我在父亲的公司里当了一名助理，并娶妻组建了自己的家庭。但是我一直没有放弃寻找吉野的机会。正当我以为这辈子我与吉野不会再相见时，我们戏剧性地在某个剧场的门前重逢。

那是春末的一天，气温已经转暖，柳絮在天空中横飞。我刚看完电影出来，走着走着突然听到身后有一个微弱的声音在招呼我，我回过头，看到一个瘦高、戴着棒球帽的男人在幽暗的路灯下冲着我摆手。这个人正是吉野，我向他走过去，吉野看到我也是惊讶万分，好像有些话含在嘴里说不出。我还没有听清楚他说什么，吉野就转身想要离开，虽然面对这种情况我有些不知所措，但还是喊住了他。

我们来到一家酒吧，叫了几瓶啤酒，我边喝酒边听他诉说这几年的经历。吉野说在他夫人死后，他极度悲痛，孩子让老家的母亲照顾，自己则开始了一段糜烂的生活。这段生活让他换上了很多疾病，失眠、慢性痢疾、脸红症等，都让他痛不欲生。但是很快这些疾病便痊愈了，全是因为一个叫A的女子。A以前是一名艺伎，姣好的容貌，性感的身材。后来吉野学会了摄影技巧，他便给A拍摄人体艺术照，这让吉野重新开始了新的生活。在每一次冲洗照片的过程中，吉野感到了极大的快感，他忘记了曾经的不幸，沉溺在A的肉体之中，让他无尽地欢愉。

在谈到 A 时，吉野说："你很难想象她给我带来的生活信念，是 A 让我重新燃起生命的欲望。一个丈夫去世的女人和我这个死了妻子的男人相伴在一起，并且关系一直保持到现在，对于我来说实在是不可思议。"说罢，吉野从包中拿出一张 A 的裸照，我接过来一看，虽然拍摄的技法并不精致，效果也不甚理想，但是没有让我感觉到一点点庸俗色情的意味。可以这么说，这种赤身裸体的女人的照片，我从来都认为是污秽之物，但是今天这一张例外。

吉野指着照片，喝了一口啤酒说："A 是一个严重的暴露症患者，她总是希望别人看到她的胴体时，能够发出赞美之声。"吉野的话也揭开了我的疑问。

从酒吧离开之后，我们又有 3 年没有见面，最近一次是在海边的邂逅。那是在我枯燥繁重的工作结束之后，我决定到长谷的海岸边散散心。这里沿街有很多书店，我随便进了一家找了一个安静的角落翻起书来。我总是这样，在到达目的地之前经常被其他的事物吸引过去。这家店里只有我一个人，至少在我到来之前。我按着货架的编号顺序拿了几本书，但这家书店大多是无趣的情爱小说之类，我也就没在这里驻足多时。

和我一同在海岸上散步的是一个瘦削、穿着粗布衣服的男人。这个男人很显眼，一个人在海风中缓步前行。在我看来他一定是情感受了打击的单身汉或是正在寻找灵感的艺术家，因为在我看来这两者之间往往是一脉相通的。

长谷的海岸线有一个特点，就是岸边与公路之间的距离非常短，短到你在路上行走，脸上经常会沾上击打礁石而起的海水。男人渐渐向我走近，他拨开额头前的头发，我看清了他的样子，比我在远处看他时更为病态，活像一个慢性结核病患者。当我和这个男人擦身而过时，男人突然开口对我说："你不是 Q 吗？"

我顿时吓了一跳，这个素未谋面的男人怎么会认识我？我仔细端详了一阵，终于看出这个骨瘦伶仃的男人原来是吉野。

我们在海边一边散步一边攀谈，吉野说他现在已经不干那种"淫荡"的工作，而是重操旧业，为剧团写剧本、演戏，而他的儿子贞雄现在也已经上国中二年级。在与吉野的交流中，他始终没有提到 A 女子。终于，我忍不住地问："你和 A 还在一起吗？"

吉野犹犹豫豫地回答："我们……已经……分手了！"还没等我详细地问他其中的原因，吉野就把话题扯到了别的上面。我们沿着公路一直走到吉野租住的房子。房子坐落在一家馒头店的后面，从馒头店到吉野的家还要经过一条小巷子，几户人家都是破旧的漆红木门。吉野的家在最里面，巴掌大小的房间，布置极其简单，除了一张四方的桌子再没有其他像样的家具。

我们到的时候已经接近中午，一条小狗慵懒地从厕所的门里出来，浑身湿漉漉的。我坐到东北方向一个发黄的榻榻米上，这里有一个壁炉，但一看就已经很久没有用，里面尽是发白的煤炭，并且散发出一股股异样的恶臭。吉野这时候去厨房给我煮茶，不一会儿，顺着厨房门的缝隙飘出缕缕黑烟，我以为失火了，不过没多久吉野端着茶具出来，他的脸上也有黑烟的"杰作"。

吉野的房间没有门牌号，没有钟表也没有窗帘，像是一个被人废弃的角落。不过这里倒很安静，门外的小巷子中也很少有人走动，顶多就是几只小鸟落到窗台上，叽叽喳喳地叫着。"你住在这里不觉得孤独吗？"我问吉野。

"还好吧，高木先生经常来我这里做客，他是一个学画的人，而你是第二个来我这里的人。平时的话，有这个小家伙陪着我，"说着，吉野用嘴努了努那只小黑狗，"这只狗虽然不是什么名贵的品种，但是很聪明，有一次趁着我午睡忘记关门了，它就钻了进来自己找吃的。"

"我想你要是杀了人，躲在这个地方，一时半会儿也不会有人发现吧？"我开玩笑地说。吉野也笑了，说："就是挥刀搏斗，也不会有人知道的！"临别之际，我感觉下一次的见面不会太久，既然知道了彼此的住处，所以走动起来也会频繁许多。没过多长时间，吉野又把学画的高木介绍给我认识。

（二）

一天傍晚过后，我又相约吉野闲聊，在我家能看到大海的阳台上。那是一个清风明月的夜晚，月亮高挂在天边，这时的大海与远处的山已经分不出彼此，沉沉的雾霭将渔船和灯塔笼罩在自己的氛围中，让我们眼前的景象亦幻亦真。我们一直聊到将近12点。看时间有点晚，我便让吉野早一些回家。

没想到吉野沉醉于今晚的夜色，他凝视着海洋，异常平静地说："现在还早，今晚的夜色这么美，我要再多欣赏一会儿。你知道吗？曾经也是这样一个夜晚，我遇到了一件恐怖的事情！"

听到这，我的好奇心也来了，想听吉野说他有过什么样的恐怖经历。

吉野顿了顿嗓子，开始讲述："每一次我在岸边散步的时候，我都有意识无意识地向着海水那一边靠近，有一种被大海强行拉过去的感觉。我不知道这有没有什么科学依据，但是我一想到这就有些恐怖，如果这条海岸线没有尽头的话，我一直这么走，每走一步都会向大海靠近，那么最终我岂不是要葬身在大海之中。有一个短篇恐怖小说说的就是一个双重人格的人，因为神经衰弱，一直在海岸边反复地走来走去，最后溺水身亡。不过我还是正常的，我在散步的时候会想到老家的贞雄，但当海水没过我脚踝的时候，我还是感到恐惧的，哪怕我会自杀，也不会用这种方式。"吉野说完笑了笑。

他虽然这么说，但是我还是感受到了他身上附着的鬼气，这个比我高一头的男人，体重可能还没有我重，你很难想象这样一个男人，出现在夜里，估计连胆子最大的人也会被他吓到。我越来越觉得身边的吉野有些毛骨悚然，我之所以有这种感觉，是因为我感受到他身上肯定有什么不为人知的事情，并且去他房间的人也不止我和高木两个人。

我仍然在这条路上散步，途经一家药店，这时一个声音传入我的耳朵。

"你好，您知道吉野现在在哪儿吗？我找他，很急！"一个女人着急忙慌地问药店的女服务员。

"你是说吉野呀，他在馒头店吧，应该是那里。"女服务员回答。

找吉野的是一个衣着时髦的女人，她开着一辆高级轿车，打开车窗冲着药店里的服务员询问。我先是一阵错愕，不过转念一想，这个女人应该就是那个裸照上的女人A了。

其实我知道吉野的生活中有一个女人，几天前高木造访我的时候，说他曾经也看到一个女人在吉野的房间里。那是几个月之前的事，高木像往常一样找吉野聊天，可是吉野在打开门后把高木阻挡在了门外面。

"高木先生，今天我不方便接待您，早上有一个多年未见的朋友过来看我，所以实在不好意思。"吉野当时的神色很紧张。

高木见状也没再多说什么，不过他透过门缝看到里面有一个30多岁的短发女人，身材妖娆，像一个歌厅的舞女。后来高木还说他不止一次看见这个女人进出吉野的家，而且还在那里过夜。

我觉得吉野之所以隐瞒是因为那个女人的身份实在有些不齿，不过这样遮遮掩掩倒更让人觉得他们之间有什么不可告人的秘密。

从这之后的日子，吉野消失了，据说是回老家看望他的儿子贞雄。某天，我从高木那里得知吉野回来了，所以前去看望他，没想到骇人的一幕出现在我面前。

那是秋日的一个黄昏，我在剪完头发之后准备去吉野那看一看。推开院子的门，往常那条小狗都会摇着尾巴到我的脚下舔了又舔，可是今天小狗并没有出现。这倒没有让我有过多的疑问，也许这条小狗此时正在院子外面和别的狗嬉戏。我走了两步，看到吉野在厕所旁边的洗手池洗手，听到我的脚步声后，他回头瞪我一眼，那眼神充满了邪恶，仿佛我变成了一个与他有深仇大恨的人。

我靠近了吉野两步，发现他眼神十分的倦怠，毫无精神。他的头发看上去至少有一星期没有洗，一绺一绺的像是被糨糊固定住。而他的双手上沾满了鲜红的血迹，看到我来了，他仿佛在颤抖。

"你怎么了？这些血是怎么回事？"我问。

吉野呼哧呼哧地回答："我把那只狗杀了，刚才不知道怎么回事，这只狗突然像疯了一样冲我狂吠，并且一直追着我撕咬，我没有办法，只得一边躲闪一边用脚踢它，可是这只该死的狗不依不饶，我一怒之下抄起旁边的铁锹朝它的脑袋砸了过去，就这样这只狗的脑袋碎了，眼珠都被我砸了出来。我刚刚在清理狗的尸体，所以沾了一手的血。"吉野的这番话满怀愧疚之情，不过在我看来这只狗平时虽很可爱，但毕竟是一条野狗，用不着太多的自责，更何况是这条狗先发起的攻击。我安慰吉野说没什么，可是他的身体一直在颤抖，像一个发热的病人，骷髅般的瘦长身体在我面前踱来踱去。

我见吉野很无助的样子，想上去一同帮他处理狗的尸体，可是还没等我靠近洗手池，就被他拦住了。

"谢谢你的好意，我不需要帮忙，你还是先回去吧，这里的情况我自己处理。"吉野一边焦急地说一边用他那枯树枝的手将我赶到院子外面。他不停颤抖的手好像是按摩器一般把我推到巷子里。

（三）

3天之后的中午，秋高气爽的天气风云突变，到了黄昏的时候更是下起了冰雹，噼里啪啦地打在屋顶上面。好在这一天我无所事事地待在家里，要不脑袋定会被砸出好几个大包。冰雹过后雷声四起，这时候暴雨又降至，这是我见过的最诡异的天气，一天之中，除了下雪，别的天气样式都让我领教到了。

糟糕的天气让我晚饭后散步的计划泡了汤，我上楼到书房里拿了一本叔本华的《人生达观》，煮了一杯茶，边欣赏外面的天气，边看着书。可是狂风和雨水击打窗户的声音总是叨扰我看书的心情，于是没多一会儿，我又下楼来和妻子聊天。

墙上的钟表在响了10下之后，有个人焦急地敲着我家的房门，并且大喊："家里有人吗？我是高木！"我一听声音，的确是高木，这么晚了不知道他找我有什么事情，我披了一件衣服，打着雨伞，到院子里开门。

我把高木请进屋，他的伞已经拆坏，半面的衣服和裤子湿透，我赶忙问他发生了什么事情，这么着急忙慌地找我。高木喝了一口热茶，定了定神说："我刚才以为吉野跑到你这里了……"

"我今天一天都没有看见吉野，到底发生什么事了？"看到高木不安的样子，我也着急了起来。

"吉野的孩子贞雄死了。一小时之前，我在吉野那里，突然他收到一份电报，打开电报的瞬间，吉野面如蜡人，他先是全身发抖，然后疯了一样地跑出门，在雨中一边咆哮一边奔跑。那样子恐怖极了。"高木激动地说。

"贞雄是怎么死的？"

高木没有说话，而是将手里的电报递给我看。

上面写着：贞雄盲肠炎病逝，速归！

吉野到底会跑到什么地方？如果高木说的都是实话，那么吉野会不会连夜赶回老家去？我想这不可能，这么晚已经没有任何的交通工具到那里，况且风雨交加，连计程车都很少出来。高木沉默了很久，突然又说："吉野像是有什么东西在追赶他。"我绞尽脑汁地想给这个说法找一个解释，可是吉野是一个害怕打雷的人，一打雷他就会缩成一团，而今天如此的暴雷，他却克服了心理障碍跑到外面，究竟发生了什么事情？

高木看着我，又说："你曾经提到过，吉野曾跟你说他要到海边自杀，就是慢慢地走进海里，再也不会回来了！"

我想了一下，觉得这种可能不会存在，吉野即使是一个怪异的人，但是他不会疯狂到在风雨交加的夜晚一个人跑到大海里面。虽然我自认为这种可能很小，但是一种不安还是涌上心头。我走到窗前，看着远处模糊的海岸，浪头已经有了一米多高。突然，在黑暗的狂风中我隐约看到一个穿着白色衣服，瘦高的男人身影，他正缓缓地步入汹涌的怒海当中。

"是吉野！"我和高木同时发出惊呼。惊叹过后，我赶忙穿上雨衣拉着高木飞奔出房子，朝着大海狂奔而去。我们冲破狂风暴雨的阻碍，终于到达海岸边，这时，海水已经没到吉野的腰部，我和高木只能眼睁睁地看着，因为我们靠近一步，等同于陪着吉野一同送死。我和高木无力而恐怖地站在海岸边，眼睁睁地看着海水吞噬着吉野。在吉野消失的一刹那，仿佛有一道骇人的妖光从水中迸发出来，又或是闪电在祭奠这场"生命逝去的盛宴"。

第二天早上，天气又恢复了秋天应有的本色，昨天的狂风骤雨像从来没有发生过一样，但是吉野的死在我心里不会像天气一样从来没有发生过。然而，更令我们吃惊的是，在吉野家的一个房间里，散发着发霉的恶臭味道，随后警方在这间屋子里找到一条狗和一个女人的尸体。我和高木被当作证人去指认尸体。这个死去的女人就是上回那个在药店门前寻找吉野的女人，同样也是那个暴露症患者A。女人的胸口上插着一把尖刀，并且全身裸露，发现的时候已经腐烂得不成样子，并且摆着猥亵感十足的姿势。我明白，吉野始终是病态的，他一直在被压制着，直到A的出现，才让他的这份压制感得到释放。

在这之后的几天，我的身体虚弱得吃不下饭，我的脑子里一直在想着吉野的问题。他为什么会如此的病态？为什么要杀掉A呢？这一切又发生在哪一天？

后来我又回到吉野的家，走进房间，不是发现尸体的那一间。我在那个发黄的榻榻米的缝隙中，找到一封信，用白色的信封包裹着。这是吉野的遗书：Q，当你发现我杀了人的时候千万不要感到意外。我现在要告诉你，我杀了一个女人还有那条狗。这一切就发生在你上次来我这里的时候。杀完之后，我把她们关到壁橱里，上了两把锁。那天我在杀了那个女人之后你就来了，你以为我手上的血是狗血，其实……如果当时你执意不走的话，我可能会疯狂地连你一同杀掉，幸好你走了。

你可能对我杀死这个女人感到费解，但是当时的情况我必须要这么做。起初我对错手杀死了那条狗感到非常后悔，但是后来这个女人来到我这里，她居然嘲笑我的悔意，我无法容忍这种嘲笑，一怒之下将刀刺向了她的胸口。

我知道，这一刀下去，我的人生将发生改变，可是这样的人生对我来讲已经没有了意义，谢谢你，谢谢有你这个朋友我还能在这个世界上苟延残喘，也谢谢你能够接纳我这个病态的人。

终于，我收到了贞雄的死讯，我在这个世界上的使命也就该结束了。

这个世界上我最惧怕两样东西，雷电和嘲笑，当我用刀克服了嘲笑之后，我只能用自己的生命去击溃雷电。我要逃到一个没人认识我的地方，大海是我最好的归宿，那里虽然黑暗，但是什么都看不见的世界对我来说才是最完美的。

扑朔迷离的心理犯罪

在背后我总听见那声音

【美】戴维·默莱尔

（一）

已经凌晨两点多钟了，我还是无法或者说根本不敢入睡——我僵硬地靠在墙角，身上盖着旅馆肮脏的散发着难闻气味的被子，双手则像一个女人那样神经质地来回绞着被角。我的双眼因恐怖而大睁着，死死地盯住房间的一个角落——那角落里放着一架破旧的电话机。挂钟滴滴答答地响着，我的心也随着时针的慢慢挪动而颤抖不已，仿佛自己在等待时间的宣判——时间一到，我就立刻会被某个人随便以某个理由处死。

"当当当。"墙上的时钟响了3下——时钟报时的声音在这静谧的夜里显得格外诡异，仿佛那钟背后藏了一个恶魔。一刹那间，我浑身的血仿佛被人抽干了一般，脸色煞白，几乎是条件反射地从床上跳起来，头险些撞上了房间里低矮破旧的天花板。我发疯一般地冲向电话，一把扯起听筒，歇斯底里地对着电话另一头大喊："你到底想怎么样，萨姆。该死的，停止这一切。"

回答我的只有拨号的"嘟嘟"声，那边没有人在说话。我浑身无力地瘫坐在椅子上，嘴角边露出一个难看的自嘲般的微笑——我太紧张了，刚才我应该只是听见了挂钟的报时声，至于那该死的电话，它压根就没有响——现在房间里又只剩下时钟滴滴答答的走秒的声音和我又深又长的喘息声，刚才笼罩充斥着整个房间的诡异压抑的气氛神秘地烟消云散了——我简直不敢相信我居然逃过了一劫，天一亮我就要驱车回家与我的妻子和一对女儿团聚。

我拖动着还没有完全恢复力气的双腿艰难地回到了床上，把自己深深地埋在了枕头和被子里。刚才的一场虚惊吓出的一身冷汗还没有完全消失，我紧闭着双眼却毫无睡意，缠绕了我几乎半年的噩梦般的往事再度涌上心头——喔，萨姆，那个可怕的女人。

人们都叫我英格拉姆先生，几天之前，我还在艾奥瓦州的艾奥瓦城，我在那里的州立大学教授美国课程。我做大学老师已经好几年了，我在这份工作上耗费了不少心思，一直在努力尝试着用最生动活泼和风趣易懂的方式让同学们授课——事实证明我的心思也没有白费，这门课程很成功。

而我的家庭，怎么说，和我周围的朋友们比起来，也算是非常幸福的了。妻子，琼，今年35岁了，仍然非常有魅力。和其他夫妻一样，我们也免不了有许多磕磕碰碰，不过我们一直努力正视这些磕碰，因此并没有发生什么大的问题。我还有一对女儿，吕贝卡和苏珊，一个12岁，一个9岁，非常调皮也非常可爱，并且，她们也很爱我这个父亲。

可以说，我的生活一直都是很平静也很幸福，若不是那个女人的突然出现和打扰，这一切会一直继续下去。

今年春天的某一个周三，我像往常一样早上8点就赶到学校准备课程，我每周二到周四的早上9点钟到10点半给学生们上课，而我说过我在这门课程上花费了很多时间。我像往常一样，准备从英语系大楼那道侧门的楼梯间上到我三楼的办公室。我的办公室很安静，被一道消防门和其他老师们的办公室隔开，这样我就可以与外面走廊的嘈杂环境隔绝开来——同事们常常跟我开玩笑说我与世隔绝，不过我并不在乎，我喜欢专心致志地做事，不想在备课的时候受到学生或同事们的打扰。

办公楼里面很安静，安静到我可以听到在自己踏在淡绿色大理石台阶上的脚步声以及它反射到淡红色墙壁上时发出的回音。当我紧紧抓着自己装满讲义的公文包走到三楼办公室前面时，我禁不住大吃了一惊——我办公室门前面的大理石地板上坐着一个女孩，头埋在双腿之间，看起来很不高兴的样子。

我的确感到非常吃惊，往常这个时候这个办公大楼里往往只有我一个人，偶尔可能会有那么一两个同事提前过来上班，但从来没有看见过学生出现。可能你们觉得早上8点并不算早，你早就已经起床，做好了早饭，送走了孩子准备上班了。可是对于喜欢过夜生活的大学生们来说，早上要他们在8点之前起床简直太痛苦了。即使课程表迫使他们必须早起去听课，他们也往往在床上赖到最后一刻为止，往往在老师刚刚准备开始讲课时，他们才穿着拖鞋睡眼惺忪地出现在教室门口——尽管我的课程十分有趣，却也不能避免这种情况。

那女孩听见有人上楼的声音，终于抬起头来。这似乎是我课上的学生，不过我没有记住她的名字——对一个老师来说，要记住班上所有同学的名字不是一件容易的事情。我仔细打量着眼前这个女生：一个并不漂亮的女生，一头毫无生气的干枯的棕色头发，显然并没有好好梳理过。她上身是一件走了形的灰色的毛线衣，下身则是一条已经松弛变形的蓝色牛仔裤，裤脚边已经有些磨损，这似乎不是一个正常的大学女生该有的装扮——这个女生家境不太好，这是我的第一感觉。而她似乎有些神经质，嘴巴紧抿着，一副不安的表情，眼睛里似乎还有些泪水，正定定地看着我，她显然就是来找我的。

我走近她，说："你好，是有什么问题想要问我吗？"

她摇摇头，并不说话，可是似乎要哭出声了。

"哦，那一定是对我给你的成绩不满意了是吗？"这是常有的事情，对成绩不满意的同学常常会缠着老师修改成绩，尤其是女生们，她们的眼泪常常会令一些老师心软。

"不，不是的，我有些事情想要跟你讨论，英格拉姆。"奇怪，她并不称呼我为"老师"或"英格拉姆先生"，而是直接叫我"英格拉姆"，这似乎太随便、太亲密了一点。

我沉默着掏出钥匙插进锁扣，轻轻一旋打开了办公室。我的办公室十分狭小：一张办公桌、两把椅子以及一排书架，便把空间给填满了。她随着我进了办公室，反手就把门给关上了。我不禁皱了皱眉头，不管在什么地方，男老师和女学生在一起时把门关上都是很忌讳的，人们总会暧昧不清地猜测里面发生了什么私密的事情。可是，眼前这个女孩子满脸愁容，或许真的有什么不愿意让其他人知道的发愁的事情。好吧，想到这里，我没有坚持让她把门打开，而是绕到办公桌后面坐下，指着前面那张椅子对她说："请坐，抱歉我不记得你的名字了。"我尽量微笑，试图让她放轻松一点。

"萨曼莎·佩里，不过说实话，我不喜欢我父亲给我取的这个名字。现在我自己把它简化了，萨姆，你可以这么称呼我。"她低着头，双手紧紧地扯着自己的毛衣下缘，那可怜的原本就破烂不堪的毛衣简直要被她给扯烂了。

"好的，萨姆小姐，你是在我的课上遇到什么难题了吗？我想你应该是上我每周二到周四上午的课。"

"喔，是的，你对我说话。"她简洁地说，可是情绪显然很激动，嘴唇正激烈地颤抖着。

"我对你说话，"我感到有些好笑，"我想，你大概是想说我的课讲得十分幽默风趣吧！没错，那的确是我追求的讲课方式。"

"不，你就是对我说话，在课上眼睛看着我一个人，只对我一个人说话而不管其他那些同学。"女孩坚定不移地说，她的目光有些狂乱，瞳仁深邃且幽暗。

"或许是我上课时目光的确曾经停留在你身上，没错，这的确有可能，很多老师都希望在讲课时能够跟学生有所互动。"这个女孩子如此敏感，令我有些好笑。

"你撒谎，为什么不敢承认？你讲海明威时候，说到福雷德里克亨利如何向凯瑟琳示好，分明就是你在向我表达同样的意思。"她咽了一口唾沫，显然刚才那番话让她口干舌燥。

我目瞪口呆，感到十分荒唐。为了掩饰自己的慌乱，我拉开抽屉，找出一支香烟点上，"小姐，我想你一定是误会了，你是学生，而我是你的老师……"我斟酌着说。

可我的话还没有说完，就被女孩打断了，"我没有想到你是这样的人，为什么你不敢承认？我明明听见你说的每一个字，那么清楚，你不可能不想跟我上床。"

"不，我是老师，可我从不会用分数去换取跟女学生做爱的机会。"我掐断了自己才燃烧了一半的烟，狠命地把它揉在烟灰缸里，事情实在太可笑了。

"可是，我听得那么清楚。当我在寝室的时候，在图书馆的时候，在食堂的时候，我都听到了。你清清楚楚地跟我说，你想更进一步发生关系。"萨姆的表情诡异起来，嘴角边居然还露出了微笑，不过客观地说，这个微笑真的比哭还难看。

我感到浑身僵硬，嗓子里似乎有刺在扎我一样，"不，萨姆小姐。我想是这样的，你一定对这门课很感兴趣，想取得一个好成绩。你可能上课时一直在盯着老师看，所以自己出现了幻听。"我结结巴巴地向她解释，可是自己也弄不清楚到底是怎么回事。

"不，"她斩钉截铁地说，"我从不在乎成绩。是你，你想向我传输你的想法，你全神贯注地看着我，然后在心里默念你的想法，所以我才听到。"女孩的眼里似乎有怒火在燃烧一般通红。

"通灵术吗？你是在说这个吗？我对此一窍不通。"今天真的是倒霉的一天，我真的很想告诉她：你的长相十分平庸，远远比不上我的妻子，即使我真的是那种想跟学生上床的人，也绝对不会挑上她。我压抑着自己的怒气，"你一定误会我的意思了，我讲课时的确很容易眉飞色舞，可并不是对某一个具体的学生。"

"那你是在戏弄我了，这不公平，你先对我说想要发生关系，现在又否认自己说过的话，你欺骗我！"

她不容我再继续解释，站起来，飞快地打开门，抽泣着跑了出去。我松了一口气，不明白今天怎么会遇到如此奇怪的事情，还好她只是跑了出去，若是她大声呼救对别人说我试图强奸她，那我真是百口莫辩了。我没有心情备课了，拿出另一支香烟点燃，大口地喷吐着烟圈。

大概一个小时之后，我抓着自己的公文包来到教室开始准备上课，诧异地发现她已经坐在教室里了。她的眼睛红肿着，大概刚才一个人哭了很久，我感到一点内疚，这很奇怪，我明明什么都没有做。整堂课从头到尾，她的笔始终放在纸上，她没有记一个字。我尽量避免视线停留在她身上，以免这可怜的女孩又产生什么误会。这节课上得不甚愉快，我没有往日那种诙谐洒脱的气度，学生们也听得昏昏欲睡。我仓促地结束了课程，没等下课铃声打响就让他们回去了。

课后，我留下了助教，问他是否了解萨姆。"哦，你指的是萨姆吗？我当然认识，她一直在攻读理学博士。她很奇怪，课下曾经有很多次找我聊天，不过都是些和课程无关的事情——她只是想从我这得到一些您的信息罢了。"

听到这里，我不禁倒抽了一口冷气，看来那个女孩子产生幻觉不是一天两天的事情了。

"我想，那个女孩对您来说会很麻烦。她总说您像她的父亲。"

我更加困惑了，她既然说我像她的父亲，为什么又会产生那样的幻觉？

"她的家庭生活貌似很不幸福，她有3个非常漂亮的姐姐，不幸的是，她自己偏偏又生得十分普通。她的父亲并不喜欢她，总是把她看作一只丑小鸭。她竭力想讨父亲的欢心，可父亲显然并不买账，听说她的父亲甚至不想认这个女儿，"助教顿了一下，接着说，"她跟我说，尽管你比她的父亲年轻10岁，可她就是感觉很像；并且，她没有什么朋友，也没有男生想要和她约会。我想，您或许是她唯一的精神寄托了呢。"

我真的感到十分紧张了，这个女生潜意识里竟这么依赖我这样一个并不十分熟悉的老师，我不知道她接下来会怎么样。

（二）

一周之后，周二的早上，我刚刚走上三楼的楼梯，就又看到了她——她斜倚在办公室的门上，显然又是在等待我。我心里一阵紧缩，险些从楼梯上栽了下去。我硬着头皮打开办公室的门，她不等我发出邀请自己就走了进来。不过谢天谢地，这次她总算没有把办公室的门关上。她没有哭，也没有歇斯底里，而是直直地注视着我："我又听到你的声音了，你要我跟你发生关系。"

"喔，"我努力使自己镇静下来，"什么时候？"

"昨天下午五点半，当时我在餐厅吃饭，我清楚地听见了你的声音，你当时一定在自助餐厅里。"

"可是，昨天下午五点半的时候，我正在跟系主任一块吃饭，不过不是在自助餐厅，而是学校门外面的咖啡馆里。我想系主任可以为我作证。"我肯定地说。

"不，我听见了你的声音，就是你的！"她又痛苦起来了。

"我当时的确说了很多话，不过只是想从系主任那里拿钱而已。后来我没有成功，很是生气，因此就直接开车回家了。如果我真的喜欢你或者说想要跟你发生关系，现在你来了就是最好的机会，为什么我要拒绝？为什么我不抓住机会？"我的声音很平淡，可是只怕是击中她了，现在她浑身颤抖。

我决定趁这个机会让她彻底清醒，"我找你的助教了解过了，我想你只是因为你父亲而烦恼罢了。我当然不是你的父亲，我们是两个人，我想你应该明白这一点。"

"什么？"她猛地抬起头，脸色惨白。瞬间，她蹲在了地上，像上次我见她那样把脸埋在了双腿之间，手使劲抓挠着自己可怜的头发。"现在，"她发出呜咽声，"你一定把我当作不知廉耻的人了，我把你看作是我的父亲，却还以为你想跟我上床。天哪，你一定以为我想跟自己的父亲发生关系了。你一定在心里面唾弃我了，认为我是个令人作呕的女人。"

"你应该寻求心理医生的帮助，或者，去找你父亲好好谈一谈。"我试图安慰她，可是这个可怜的女孩却因为羞愧而掩面逃出了办公室。

我重重地坐在椅子上，既为这个可怜的女孩的命运而感到担心，毕竟她的父亲不该那么对她；也怕这个女孩继续来纠缠自己，男女关系可是最说不清的问题，我不想因为这么一个莫名的冤屈而失去工作。

一个小时后，当我开始上课时，发现她没有来教室。几天后，负责注册的文员给我发邮件说，这个女孩已经取消了本学期的所有课程休假了。从那以后，我就没有见过萨姆。我很高兴我又可以重新过上正常生活了，至于萨姆，休假放松一下神经对她来说是一个好选择。

很快，春天过去了。夏天接踵而至，也是无惊无险，一如往常的平静。到了11月份，四年一度的总统大选进入了最后的阶段。周二的晚上，我和妻子熬夜观看总统大选的最后结果，为我们的候选人感到担心——几天前，他出了一点小小的纰漏。后来，我和妻子都觉得有些困倦，我决定去冰箱拿几听冰过的啤酒，为两个人提一下神。

就在我刚刚把啤酒拿到手里时，电话铃声突然想起来了。我抬头看了一眼挂钟，正好是凌晨3点钟。

"琼，接一下电话，我手里全是东西。"不知道是谁会这么晚给我们打电话。

妻子从起居室里跑出来了，她也在抱怨："这么晚了，喔，真是的！"

"或许是朋友们想要跟我们讨论一下大选的事情，或者不会是我的父母出什么事了吧！"我有些担心，我的父母年纪很大了，身体不好并且住得离我们很远。

琼接起电话了，"喂，好的，稍等一下，"她转向我，语气很不善，"是找你的，一个年轻女人，要找英格拉姆。"

"见鬼，"我不满地将手中的啤酒都放下，"怎么会有学生这么晚给我打电话？"我气急败坏地抓起电话，"喂，你是哪位？"

"是我，我听到你的声音了。"那边传来一个年轻女性的十分悲伤的声音，仿佛刚刚哭过。

"麻烦告诉我你的名字，否则我真的不知道你是谁。"我确实十分恼火，语气也就有些粗鲁。

"萨姆，英格拉姆！"

我浑身一震，差点跌坐到地上：几个月来，我已经把这个人给彻底忘了，没想到现在却又以这种方式冒了出来。

"听着，萨姆！不管你有什么事情，也不管你把我当作你什么人，现在已经是凌晨3点了，请你在上班时间给我打电话。"

"不，求求你别生气。现在明明是1点钟，我以为你还没有睡觉。"

"上帝，我想我还能够辨认出时间，虽然被你吓得够呛。"

"真的，我刚才听收音机的时候，播报员说是凌晨1点钟。"萨姆的声音很可怜。

"拜托，你现在在什么地方？"

"伯克利。"

"好吧，你在加利福尼亚，西部的时间是比中东部晚两个小时的啊，难道你忘了吗？"我简直有些哭笑不得了。

"别生气，英格拉姆，别生气，我忘记了。可是，刚才我服用了药丸，我听见了你的声音。我清清楚楚地听见你说你要跟我发生关系。英格拉姆，我会回到艾奥瓦去找你的。"

"求求你，你现在在伯克利，我们相距2000英里，我怎么会跟你说话，是你服用的那些药丸让你产生了幻觉，你明白吗？我也从未想过要跟你发生任何关系。"我怒气冲冲地说完，就摔了电话。我气恼地拿起旁边的啤酒，猛地拉开易拉罐酒盖，灌了下去。一转头，却遇见了琼怀疑和气愤的目光。

糟了，一个半夜3点钟给我打电话的人，肯定跟我关系不寻常，琼一定是这么想的，她盯住我说："那是谁，你的学生吗？半夜3点钟给你打电话，你想跟她上床？这到底是怎么回事？"

"听着，琼，事情绝对不是你想象的那样，可是事情很复杂而且有些吓人，要从今年春天开始说起。"我揽着琼的肩膀坐在沙发上，开始给她讲述今年春天发生的事情。琼的情绪一直很激动，直到听我说萨姆的相貌平平而且身世很可怜时，她才平静下来——女人的嫉妒心真是奇怪。风波就这样暂时平息了，尽管我的内心还隐隐有些不安。

到了下周六时，我的一个朋友兼同事邀请我们全家前去做客。晚饭结束后，我对男女主人讲起了这段经历，一方面是想要有人分担我的恐惧；另一方面则是因为这家的女主人是一名心理学的博士，我需要一个专业的心理学家给我意见和忠告。

女主人阿黛丝静静地听完了我的诉说，缓缓地说："根据你的描述，我并不能做出判断，否则那就是不负责任了。我只能说，她之所以听见你的声音，是患了一种严重的紊乱症。你记不记得，那个开枪射杀约翰·列侬的人就说自己听见了一种声音，还有萨姆的儿子以及曼森都是这样。"

"上帝，这个女人也叫萨姆。"我不知道这是不是巧合。

阿黛丝转向了琼，神情严肃起来，"琼，你和孩子们要小心。如果她真的把你丈夫当成父亲，那么她们就相当于她的母亲和姐妹了。出于一种嫉妒，她可能会伤害你们。我以前曾经听说过这样的事情。如果她去你们家，千万不要给她开门，也不要让苏珊和吕贝卡单独待在外面。"

"可是，怎么可能？我没有见过萨姆，不知道她长什么样子。另外，苏珊和吕贝卡都正是调皮的年纪，怎么可能待在屋子里不动？"琼显然被阿黛丝的话吓到了。

"另外。你也要小心，"阿黛丝对我说，"如果萨姆长时间得不到你，对你的病态的爱就有可能变成恨，甚至会想伤害你。她可能会以杀害你的方式来发泄对她父亲的挫败感。所以，千万不要一个人跟萨姆在一起。"我没有感到恐惧，却涌上来一阵恶心，刚才喝下去的红酒在胃里翻滚。

晚宴上欢快的气氛不见了，大家的面色都很凝重，尤其是琼——可怜的女人已经开始在设想苏珊和吕贝卡被萨姆伤害的样子了。很快，我们便从朋友家里告辞了。接下来的几周过得格外缓慢，日子简直如地狱一般难熬。每次电话铃声响起时，我和琼都会浑身冷汗、面面相觑——电话铃声现在仿佛已经成了催命的魔咒。不过值得庆幸的是，电话大多来自我们的朋友、父母、孩子的朋友以及一些推销员，往常听到推销员的声音时总是很厌烦，现在却感到格外庆幸。而或许也是我虔诚的祈祷感动了上帝，每次我鼓起勇气走上三楼的楼梯时，都没有看到那一头凌乱的棕色头发；而在此之前，为了避免狭路相逢，我已经不走大楼一侧的那个狭窄楼梯了。

我和琼都以为萨姆不会来纠缠我们了，因此而感到很高兴，我还特意给阿黛丝夫人打了一个电话，请她不要为我们担心。

（三）

随后，一年一度的感恩节来临了——我没有想到，这竟然是我所过的最后一天和平的日子。因为我和琼的父母都住得很远，因而无法与我们共度感恩节。不过，我们邀请了朋友，每年都是这样，今年我们邀请的是我另一位喜欢足球的同事和他的妻女，我们打算晚上一起看足球赛。

下午，我帮着琼做火鸡调料，又做了许多南瓜馅饼。晚上，大家玩得很开心，待到很晚才离去。我和琼虽然累得筋疲力尽，却也非常高兴。打扫、收拾玩客厅，洗刷完碗盘之后，我们上床休息，一直折腾到很晚才睡着。突然，电话铃声响起来了。我在睡梦中被惊醒，条件反射般地坐了起来，琼也醒了，抓着我的胳膊一动也不敢动。我抬头瞄了一眼挂在墙上的钟，时针正好指向3点，一种不祥的感觉顿时笼罩了我全身。我鼓起勇气，慢慢地挪向电话。

"别接。"琼突然尖利地喊了一声，脸因为恐惧而变形。

可是，如果不去接的话，又怎么能知道这个女人现在在哪里，明天会不会突然出现在自己家门外边。我喉咙发干，艰难地咽了一口唾沫，颤抖地抓起了电话通。

"喂，萨姆，是你吗？"

"英格拉姆，我要去找你了，已经来了。"电话那头的声音似喜似悲，让我浑身起了鸡皮疙瘩。

"萨姆，听着，你现在在哪儿？还在伯克利吗？"我希望能够得到肯定的回答。

"英格拉姆，我听见你的声音了。你说你的妻子嫉妒我们，相信我，我有办法让她不再纠缠你。我会去找你，我们永远在一起。"

"萨姆，你应该赶快去找一个精神医生，你病得很严重，我从来没有对你说过那些话。求求你待在伯克利，就当是为了我。"

"我看过大夫了，可是没用。甘佩尔大夫说那只不过是幻觉，他什么都不懂，他不知道你有多么爱我——你无数次跟我说过你要跟我亲昵。我马上就去找你，你再忍耐一下，求你了，英格拉姆。"

琼不知道什么时候从床上冲了下来，她一把夺过话筒，对着话筒大喊："拜托你，不管你是谁，不要再给我们打电话了。"突然，她转过脸来对我说："电话挂断了，没有人说话，只有拨号的声音。"

我们感恩节的好心情完全被破坏了，两个人谁也无法再入睡，便只好睁着眼睛等待天亮。早上7点多，我们便叫醒孩子。给她们穿好衣服送到学校之后，我和琼驱车来到了警察局——我们已经实在没有办法了。接待我们的是一个年长的警察。听完我们的遭遇和请求后，他似乎很同情我们，可是却爱莫能助，"对不起，那位小姐并没有对你们造成实质性的伤害——她只是给你们打电话，只有两次而且并没有说什么恐吓性的话语或者是其他污言秽语，我们没法认定这位小姐犯有骚扰罪。并且，因为警察局的人力实在是很紧缺，我们可能无法派出一个专门的警员守护你们家。我很抱歉，我们能做的仅仅是让巡逻车多多关注一下你们家。"

我和琼失望地回到家里，两个人甚至都忘了去上班。下午接回孩子之后，我和琼强迫苏珊和吕贝卡只能待在家里，孩子们当然不满，可是她们不明白，现在这种情况，只有4个人待在一起才能安全些。

那天晚上，我睡得很不踏实，总觉得萨姆一定会在今晚再来电话。不知道过了多久，我躺在床上模模糊糊地听到钟声响了3下。随后，那催命的电话铃声便响起来了，一声接一声，似乎永远会响下去。我觉得自己快要崩溃了，声嘶力竭地吼了一声："停下，该死的东西！"可是没有用，我只得再次乍着胆子挪到了电话机旁。

"英格拉姆，我已经到里诺了！我们很快就可见面了，我会答应你的，英格拉姆！"电话那头是萨姆急切的声音。

"萨姆，答应我什么？跟我上床吗？求求你，我从没这么想过，请你不要过来！"我几乎是在苦苦哀求了。

"我等不及要见你，亲爱的，我们马上就可以见面了。"随后，电话那边就再没有了人的声音，只有拨号的滴滴声。奇怪的是，今晚琼似乎睡得很好，不管是刺耳的电话铃声，还是我那一声歇斯底里地大叫，她都没有醒来。

第二天早上，我醒来的第一件事情，便是打电话给伯克利的信息台，问他们又没有甘佩尔大夫这个人，接线员反复地在电话簿上查了好几遍之后，还是告诉我没有。我不死心，"请再帮我查一下，有没有哪一个大学的学生咨询处的老师叫作甘佩尔？"

果然，甘佩尔是一所大学里的精神科医生，不过今天是周六，他并不在学校上班。当我打电话到他家里时，似乎是他夫人接的电话，她告诉我甘佩尔医生直到下午4点钟才会有时间。这一整天我都在焦灼中度过，直到下午4点钟时，我终于听到了甘佩尔先生的声音。

"您好，我想请问一下，您有没有一位叫作萨姆的病人。哦，不，是萨曼莎·佩里？"

"曾经有过。"甘佩尔先生的回答很简短。

"我知道，她现在已经离开了伯克利，正往艾奥瓦州走。你不知道，她可能会对我构成危险，所以我很担心。"我希望甘佩尔先生能够给我提供一些对付萨姆的方法。

"先生，您不必担心，她不会对你构成任何威胁了，"甘佩尔先生顿了顿，"可能您还不知道，萨曼莎小姐，很遗憾，在感恩节的夜晚过世了。她服用了太多的药物，不知道是否是故意自尽。"

我感到仿佛有一盆凉水泼在了身上，浑身一个激灵。

"不可能，感恩节过后第二天她还给我打过电话，她告诉我她已经到了里诺。你现在说她死了，难道我听到的是尸体的声音？"我一边说话，一边颤抖，当时，我真切地感觉到萨姆仿佛就站在我身后，随时会勒住我的脖子。

"我很遗憾，可是萨姆小姐确实已经过世了，是我亲自验的尸体。"甘佩尔先生坚持萨姆已经死了。

我无论如何不肯相信，"好吧！我还想问一下您，萨姆她是不是患有妄想症，是不是有杀人的倾向？这对我很重要！"

"我想您是英格拉姆先生，萨姆小姐在世时曾经不止一次地跟我提到过你，她曾经非常迷恋你，并且她认为您也非常喜欢她——她说她经常会听见您的声音。我想，那是因为萨姆小姐生前痴迷于通灵术以及经常服用药物的关系。不过您要说她嗜杀，我并不认同，不管怎样，我不能诋毁我已经死去的病人的声誉。"甘佩尔先生的声音冷得没有一丝温度。

"可是，周五晚上我确实接到了她的电话，也确实听到了她的声音，这不可能是假的。"我的头似乎像要炸了一般疼得厉害。

"可能是您这段时间太紧张了，所以导致大脑十分混乱。我想您应该好好休息一下。"

与甘佩尔先生的通话结束了，没有给我带来什么帮助，反而加深了我的恐惧，"我明明听到了她的声音"。那天晚上，我不再打算睡觉，提前煮好了浓浓的咖啡一杯接一杯地喝——我在等待着3点钟的到来。琼虽然不想再与萨姆有任何纠葛，可是却也打算陪我等着。

3点钟，电话准时响了。萨姆在电话里告诉我她已经到了盐湖城。我把电话递给琼，她告诉我电话里没有人的声音，只有拨号声。"可是，明明你刚才也听到电话铃响了！""或许只是巧合，亲爱的，电话短路或者是别的什么原因。真的没有人说话。"琼也很坚持。

可是，第二天，电话还是响了。这次她在怀俄明州的夏延——离我更近了。"她没有死，否则就不可能再给我打电话。"我更加确定了。

到了周一，我带着孩子们和琼来到了学校的报务办公室，我要查询一下报纸——艾奥瓦大学办的那份学生报与各地大学的主要学生报联版。我到学校时，刚好伯克利大学校园报的周五刊也送到了。我紧紧地握着那张报纸，几乎是绝望地在报纸上搜寻。终于，我在报纸的中缝中看到了一条大约只有两英寸长的消息："学生突然死亡，名叫萨曼莎·佩里"，但是关于死亡原因却不置一词。

"现在，你应该相信萨姆已经死了。"离开学校时，琼对我说。

"可是，我确实听到了她说话而你也听到了电话铃声。"我精神有些恍惚。

"我说过了，那不过是巧合，电话短路了。我想你可能是有些内疚，觉得她的死跟你有关。可是，听我说，你没有对她做任何事情，所以就不必负任何责任。我们买一个新的电话机，然后换一个没有注册过的新号吧，我想这样可以让你稍微安心一些。"琼很担心。

"好！"我不愿让妻子徒劳地为我担心，甚至连孩子们都感受到了微妙的气氛。我们立刻去电话局换了新号，也要求他们当天就给家里装了一部新的电话机。晚上，为了促进入睡，吃饭时我喝了几杯威士忌。很快，我有了睡意，连澡都没有洗就上床睡了。

可是，凌晨3点，我再次被惊醒了——可恶的电话铃声又响了起来。我缩在墙角一动不动，半天，电话铃声还是没有放弃的意思。我摇醒了琼，坚持要她接听电话。睡眼惺忪的琼拿起电话。

"没有人说话，只有滴滴的声音。"我从床上跃起来，接过电话，萨姆的声音准确无误地传了过来。

"英格拉姆，我到奥马哈了，我们很快就可以见面了。"

"不可能，这是一个新的电话号码，你怎么会知道？"我嘴唇发白，簌簌发抖。

"是你告诉我的，英格拉姆。你说你太太妒忌我们，去换了新号。你放心，我一定会让她后悔的，我会让她离开你。"电话那头，萨姆仿佛在笑。

"不可能，甘佩尔医生告诉我你已经死了。"我问出了自己心底最深的恐惧。

"不会的，他没有胆量，他不会辜负我的信任。英格拉姆，没有你我就活不下去，我马上就去找你。"

我完全崩溃了，歇斯底里地发作起来：我砸碎了电话机，撤掉了电话线，我的尖叫声惊醒了两个孩子，任她们在墙角吓得号啕大哭也不加理会。最后，没有办法制服我的琼只好给急救中心打了电话，直到两个高大的男性医护人员赶到房子里面，我才被摁住——我被送到了医院，琼则留在家里照料两个吓坏了的孩子。

第二天上午，琼来医院探望我，"你好些了吗？"看到我浑身被绑在床上，琼流下了眼泪。

"听我说，琼，你要赶紧带着孩子们离开，就在今天。萨姆昨天跟我说她在奥马哈，今天她就会赶到艾奥瓦的，你一定要带着孩子们离开，越远越好。"

琼怜悯地看着我，不回答。

"你一定要走，她今晚3点就会到我们家。你不必担心我，我会想办法挣开这些布条，到时候我也会离开这个地方。不过在我走之前，我一定会回家检查，如果你们还在那里我想我一定又会发疯。"我看着琼的眼睛，哀求她答应我。

"可是，我们都离开这个地方，以后我就没法知道你的消息了。"

"我会给教务秘书留言，我们通过学校联系。现在回家，马上带孩子们走。那个女人什么都知道，你们不跟我在一起，就不会有危险了。"

琼满面泪痕地离开了。天黑后没有多久，我趁着医护人员不注意，终于挣脱了束缚。我潜回了自己的房子，发现琼和两个孩子确实已经走了。我没有什么可挂念的了，坐上赛车，便向州际公路疾驰而去。

当晚，我就赶到了芝加哥，找了一家偏僻的旅店住下。晚上，我再度被惊醒——凌晨3点，我接到了这个女人从艾奥瓦州打来的电话。她在电话里怒气冲冲地质问我为什么要逃跑。当我问她是如何知道我在芝加哥时，她却又告诉我是我自己向她透露了行踪。

接完电话，我不敢停留，连夜又驾驶着赛车逃离了芝加哥。赛车里的油快要耗尽的时候，我赶到了宾夕法尼亚州的约翰镇，用假名字、假身份还有假职业登记入住了这家旅馆。这家旅馆的外形有点奇怪，不像是普通旅馆的样子——算了，我只是想找一个歇息的地方。可是尽管已经逃出很远，我却仍然有种强烈的预感，今晚，萨姆就会来找我——因为我刚刚走进自己的房间不久，就在抽屉里发现了一张纸条"今晚，我将与你会合"，署名是萨姆，一股凉入骨髓的感觉浸遍了我的全身。

就这样，我呆呆地靠在墙上，裹着被子等到了凌晨3点钟——我在等待着她来与我会合。可是我不敢相信，3点钟的时候，电话竟然没有想起——我逃过了这一劫。

辛酸地回忆着自己这两周以来恐怖生活的点点滴滴，我渐渐有了睡意。朦胧中，我抬眼看了一下表，快4点了，睡吧，明天给妻子打电话让她们回家。

可是，当我正沉沉入睡的时候，"咚咚"声音又响了起来，似是而非的电话铃声让刚刚入梦的我瞬间又清醒了过来。

我突然意识到，我现在是在宾夕法尼亚，艾奥瓦州的3点钟正是宾夕法尼亚的4点钟——萨姆果然十分精确，该来的还是来了。

不对，我终于意识到了这家宾馆的诡异之处在什么地方——这不是一个旅馆，它分明就设计成了一个家的样子。

还有，刚才，响起来的似乎不是电话铃声，那"咚咚"的声音还在继续，那是敲门的声音，门似乎自己缓缓地打开了，一个棕色头发的脑袋挤了进来……

隐藏的笑声

【美】戴维·默莱尔

　　他一直以为自己是个好丈夫，深爱着妻子，跟她幸福地在老房子里生活。可是，有一天，他的妻子消失了，再也没有回来过了。他不禁想到，她可能跟别人私奔了。他们两个人的影子在我的脑海里若隐若现。他一直想看看那个男子，可是他看不清那个人的脸，看不清，看不清。

　　邻居们曾跟妻子说，老房子里一直传来孩子的笑声。妻子纳闷着，家里的门一直是锁着的，而且老区那片也没有什么孩子，怎么可能会有孩子的笑声呢？过了几天，她还是决定去看看，毕竟那座房子承载了她太多的记忆……

　　在那个草长莺飞、烟花浪漫的季节，那个青葱岁月里，他们还是那么的年少、阳光。两人谈起了恋爱。虽然这里没有贵族式的欧美建筑，也没有滨海的小别墅，但是对于两个人来说，这里却有他们步入婚姻后最初幸福的记忆。普通的小平房，两边种了两棵楠树，那个她自己做好的小狗屋现在还一直保留着。用石头砌成的小桌子、小板凳是夏天里聊天乘凉最好的地方。

　　他不曾许诺过给她豪宅、大车、名犬，但是两个人也生活得一样甜甜蜜蜜，并且对生活充满了希望。他们勤勤恳恳地工作着，奋斗着，幻想着有一天能够买上大宅院，让孩子们过上更好的日子。老的时候，可以两个人在院子里看夕阳、话家常。那些年少最美好、最原始的梦想让他们感到无与伦比的温暖。

　　可是妻子这一去再也没有回来。而他在家里静静地等着她，桌上的饭菜都凉了，也没有见到她的人影。他想着，估计是在老房子那边，遇到熟人，或者找以前的邻居们唠嗑叙旧去了。他也就没有多担心，一个人先吃了。

　　这已经成了夫妻之间的默契了。

　　他喂完孩子后，一个人坐在门口等着。一会儿，他到屋里给老房子那边几个熟识的人打电话，询问他们有没有看到妻子。正如他猜的，邻居们说，见过他的妻子回来，还跟以前的一些姐妹、邻居唠了好久的家常，但到了中午的时候就各自散了。不过午饭过后，他们又看到他的妻子回到了老房子。当时大家已经开始各干各家的活了，也就没有多在意，之后就没有再见过她了，只是她的那辆小轿车还停在巷子里。

　　天色渐渐暗了下来，他实在是坐不住了，打了电话拜托隔壁的邻居大妈过来看着孩子。然后他开着车，前往老房子寻找妻子。他一路向着街道的两旁张望，期望能看到妻子。可还是没有。他想着可能是车子抛锚了，或者是哪个零件出了故障，可是不管怎样，她至少应该给自己打个电话，或者直接先搭车回来呀。

　　他一心焦急，车速又不能提快，显得十分焦躁不安。车子到达老房子，他赶紧拔了钥匙下车，朝大门走去，掏出口袋里的钥匙。除了妻子有一把钥匙以外，他还自己偷偷留了一把，毕竟这个地方承载了太多他与妻子的记忆。

　　他摇摇头，将钥匙插进门锁，一个久违的景象呈现在自己面前。好久没有回来了，杂草多了好多，小狗屋也有些荒废了，就是两棵楠树还好好地屹立着。妻子是个很细心的人，也是个很怀旧的女子。这座房子承载的记忆远远超出他能够想到的。直至他发家了，她还时时刻刻地念着这房子。夜晚，房子里显得特别安静，他的皮鞋声那么的清脆。

　　"亲爱的——"他把声音拖长，希望能够得到妻子的回应。可是他接连叫了几次，都没有应答。他心里也估计着不会有人回应，只是惯性地呼唤着，为了安慰自己，或者也是对过去的一种怀念吧。卧室、厨房、洗手间，都没有妻子的身影。他还是往下走到了地下室，总是忍不住想多看几眼，他想妻子来时的心情肯定也是这样的。下楼梯的时候，他甚至想到，会不会在地下室里晕倒了呢？他扶着墙壁往下走。地下室跟他们要搬走的时候一样，洗衣机、旧衣物、妻子的毛线篮、孩子的小自行车，什么东西都还是完完整整地摆着。

　　他不由得有点黯然感伤。除了地下室外水沟的流水声，一切都没有任何动静。他仔细地巡视了第二遍，最终还是灰溜溜地回到楼上。他用手触摸着墙壁、柜子，墙是他们两个人买回油漆后亲自刷的。那个时候他把她扛在肩上，两个人灰头土脸的，却是那么的开心。柜子是从二手市场捡回来的。还有那个绿色的椅子，是他亲手为妻子做的，漆是自己上的，妻子总是把它视为珍宝。那一段时间是他们最没有钱的日子。

　　墙壁里，时间的岁月里，还回荡着当初的誓言。

　　几个小时里，他认认真真地寻找过每个角落，生怕错过些什么，也怕忘记些什么。可是什么都没有，没有任何一点关于妻子的痕迹。他觉得是不可能在这里找到妻子了，于是朝着大门往外走，突然楼上响起了声音。他停下了脚步，转过身来，向楼阁走去。这么久了，他都忘记了这个小地方了。

　　他的心里只是想看看究竟是什么声音，可是他想着妻子没有必要也不可能到这个阁楼里来的。此时的他已经心烦意乱，开始更加的焦躁不安，仿佛有什么在牵动着他的情绪，让他心神不定。

　　"咕咕咕——咕咕咕——"天色这么的暗，他仔细一瞧原来是一群白鸽。声音特别动听，细听还有点儿像是孩子们的声音，像是在吵闹又像是在欢笑。难道这就是附近邻居说的听到的笑声吗？随着他的靠近，鸽子们开始飞动，一切开始沉静。

　　他开始怀疑是不是妻子寻着声音也来过阁楼呢？是不是她爬上窗户去看鸽子，或者寻找什么东西摔倒了呢？一系列的问题，让他开始想搜遍整个阁楼的冲动。他想着如果妻子来过的话，她肯定会去打开那扇窗户的，妻子害怕黑暗，更受不了不流通的空气。他立刻往窗户那边走去，结果什么也没有。他还特意探出身子往下看，结果还是什么都没有，只有窗外水沟引来的臭味，还有些鸽子的排泄物、一些昆虫和蜘蛛丝。看来是太久没有人来过了。如果妻子来了的话，阁楼里肯定会留下些痕迹的。他转头想找，可是都剩下刚刚自己激动奔来的凌乱。

"咕咕咕"的声音又开始响起来了，他大汗淋漓，又十分失落，垂头丧气地走了出来。

外面的新鲜空气终于让自己松了一口气。他百思不得其解，妻子到底去哪里了呢？他还是来到了巷子里，问着妻子具体是什么时候来的，具体跟哪些人见过面聊过天，口气和神情里都透露着担心和焦急。几个邻居见到老邻居这样，又知道他一向是疼妻子的好男人，马上一群人围过来，七嘴八舌地开始讲着。不过有好几个邻居说过，中间看到她和一个男子说过一会儿的话，之后又开始回到了老房子里。但是大家能肯定的是，回老房子的时候她是自己一个人的。

他实在是没有办法了，借着邻居家里的电话，给妻子的一些姐妹们打电话。可是她们都说中午之后，妻子就回老房子。他急了。他甚至给医院打电话，又像发了疯一样报警了。警方也以为他疯了，况且他的妻子只是不见了一个下午，并且没有任何遇害或者其他的情况。他们是不会采取任何措施的。

"再等等吧，她会自己回来的。"一个通人情的警察安慰着他。

妻子就像沉入大海的一根针，杳无音讯。

他失落悲伤地回到了老房子，心里开始痛苦，往昔里的那些美好回忆，让他感到这么的不安。他抱着头，坐在石板凳上，冰凉冰凉。整个世界就像只有自己一样，寂静得让人喘不过气来。他隐隐约约好像又听到什么声音。刚开始以为还是鸽子声，可是一下子他就辨别出来，不是。声音越来越刺耳，就像是在自己的耳旁，又越来越虚无缥缈地离去。他开始怀疑了，有人。是不是妻子呢？他疯了般地向声源冲了过去，"咕咕咕"，还是鸽子，都是自己心里的念想，什么也没有，什么也没有。

一段时间之后，还是没有妻子的任何消息，警方怀疑他只是假报警，其实他是凶手，早已经杀害了自己的妻子。他为自己合理地辩解，所有人都知道他深爱自己的妻子，并且很少发生口角，两个人相互尊重，而且他从来没有在外面找过女人。他一向把钱交给妻子，更不可能存在什么金钱的冲突。警方又没有任何证据，也不能拿他怎么样。

他还是天天走回到老房子里，望眼欲穿地等着妻子回来，或者觉得妻子就在自己的身边。他什么也不知道。他一直以为自己是个合格的丈夫，怎么也想不起发生了什么事情。他安慰自己，她可能是被歹徒绑票了，可是却没有任何下落。她可能是发生意外了，可是却没有接到任何死亡的消息。他甚至想到，是不是歹徒把她怎么了呢？然后他脑海里不禁又浮现出妻子在黑暗中喊着自己的名字，孤助无援的样子。他在心疼，浑身都在发抖。

妻子没有回来。

他还是经常到老房子里坐着，等着，等着妻子用手里的钥匙打开门，迎着他走来。是笑声还是鸽子声，他早就分不清了，只不过这样让他得以慰藉一些，至少不再那么痛苦和孤单了，就像是有人陪着自己。故事又回到了那个热恋的季节，那个新婚的岁月。

他带着孩子住在新的别墅里。他天天思念着妻子，盼着妻子回来，而孩子呢，记不起老房子甚至也记不起妈妈的模样了。在时光的冲刷下，谁也没有听到老房子里有什么声音，这些记忆都成了自己的，自己的。

他还是天天在老房子里等着他的妻子回来。盼星星盼月亮地等着自己的妻子。他有时候觉得妻子又在他身边，可是楼上传来"咕咕咕"声时，他又意识到妻子不在了。他一个人坐在板凳上，神情恍惚，一会儿自言自语，一会儿又开始笑了，他想妻子是出远门了，只是去散散心，会回来了。

他自己一个人笑了，声音在整片老区回荡着。

橙色代表痛苦，
蓝色代表幻想

【美】戴维·默莱尔

（一）

这个故事从我与梅耶斯的对话说起。

"他不可能同意的，斯图文森一直都非常讨厌后印象主义，尤其是凡·多恩的作品。我们应该找像布拉福特那样的人，这样事情就会变得简单。有了一位受人尊敬的论文导师在旁边加以批注，这是最重要的砝码，甚至论文都不用你亲自动笔。还有，斯图文森是一个倔强的人，我要是能驯服他，就能驯服天下人。"我一直在跟梅耶斯喋喋不休。

"除了斯图文森，没有人会理解我为什么要找一个已经成名的人为他写论文，他要是知道了我所知道的秘密，一定会大吃一惊的。"梅耶斯说。

显然梅耶斯已经认准了斯图文森，但是他所说的秘密在我看来就是一个笑话。

我用嘲讽的语气跟梅耶斯说："你的秘密是不是看看凡·多恩的画在拍卖之后能在纽约的什么地方买一栋别墅？"

梅耶斯想要反驳我却没有出声，他转身来到那一面都是书柜的墙边，随手翻出一幅《山谷里的柏树》的印刷本。这个书柜里陈列的都是凡·多恩的传记和作品简介。看着这个熟悉的复制品，梅耶斯半天没有说话，仿佛陷入了一种沉思。

我再一次发问："你怎么跟斯图文森说的？"

梅耶斯好像如释重负一般地长出了一口气："你知道凡·多恩的作品在那些老教授眼里就是垃圾，很少有人能够品味到凡·多恩画作中的精华，因为他们总是遗漏一些东西。"

"你知道是什么吗？"

"这也是斯图文森的疑问。在凡·多恩的日记中有很多暗示，具体我也不知道是什么，但我相信就在他的画里。"

我对梅耶斯的这句话比较感兴趣。

"有人破解这个秘密了吗？"

"至今还没有人注意到它，如果你也不曾注意……"说着说着，梅耶斯又把注意力放到了那张油画复制品上，然后若无其事地说："我怎么会知道这个秘密，这只是一种感觉，或者说是一种艺术的第六感。"

我摇了摇头说："我已经知道了斯图文森对此的评价是什么，那就是没有秘密可言。"

梅耶斯笑笑，好像很认同我的观点。"如果我是郇山隐修会或者其他神秘教会的成员，我想现在应该在教会学校，而不是这里。他可以阻止我想做的事情，他有这个能力。"

"你是在说笑话吗？"

"这不是玩笑，他的偶像是夏洛克·福尔摩斯，什么秘密在他那里都会揭开，所以也就谈不上什么秘密。最后他还说，那件事情会在今天的教师全体会议上提及。"

"可是今天没有教师全体会议。"

"所以不要相信他的鬼话！"

（二）

前文所提到的凡·多恩，他是后印象派重要的画家之一。19 世纪后期是印象主义的巅峰，许多画家将视觉所触及的画面定格为绘画的重点。凡·多恩最早抓住了这种流行趋势，他的作品里最多地体现了一种你中有我、我中有你的艺术特点。他把物体之间界限的划分表现得很模糊，例如他所画的田园画，树长出来的枝杈，与蓝天和草地融合在一起，构成一条色彩上斑斓的曲线。这种亦幻亦真的视觉感受形成了属于他自己的理论，树就是天空，天空就是树，万物都是相融的。

凡·多恩的作品在当时引起了很大的争议。他摒弃传统，用惊世骇俗的手法尽情挥洒自己的个性，并且全身心地投入到创作中。凡·多恩的画法在他那个年代属于异端，有时候用多日画出来的一幅油画连一个面包都买不了，这让他的身体和精神一直处在崩溃的边缘。他常常用自残的方式来排解这种抑郁，许多朋友都觉得他疯了，纷纷和他保持距离。

在凡·多恩死后 20 年，他的画作才被人们认可，并且人们越来越关注这个一直在追溯人的内心本源的画家。后来他的人生经历被写成小说，再后来更是被好莱坞导演拿来拍成了电影。现在，凡·多恩哪怕是最不起眼的一件作品都能成为索斯比拍卖行的抢手货。

我和梅耶斯产生了争执是因为毕业论文的事情，梅耶斯想以凡·多恩写一篇论文，他想找斯图文森作为指导老师，可是斯图文森教授对凡·多恩没有兴趣，在梅耶斯一次说服失败之后，他又想让我去说服斯图文森教授，可是我并没有太大把握。

我和梅耶斯已经认识 3 年了，在研究生学院一起学习，是非常要好的朋友，所以平时一些善意的玩笑我们都不会放在心上。我们原来一起租住在学校旁边的一栋老式公寓大楼里，房东是一个爱好绘画的老女人，但是天赋实在不怎么样。房东因为爱好的关系，只把房子租给学画画的学生，但梅耶斯是个例外。他主修的是艺术历史，不过在我的撮合下，房东还是答应了。

我和梅耶斯经常一起去上课，但是在那天过后，我就很少见到他了。我猜他一定泡在图书馆里看书，等到晚上的时候，我去他的房间敲门，但是半天都没有人开。我打电话给他，听到了门里面很闷的电话铃声。电话响了将近 10 下，终于有人接起了。

"你的行踪越来越诡异了。"我说。

"怎么诡异了，我们前两天不是还见面了？"

"两天？是两周吧！"

"哦，我糊涂了！"

"要不要喝点啤酒？"

"好吧，你过来吧。"

我推开梅耶斯的房门，不知道为什么我大吃一惊。房间里非常凌乱，墙上，地上，柜子上全都是与凡·多恩有关的东西，他的画仿佛正气势汹汹地把我吞噬，而梅耶斯早已经成为他的"囊中之物"了。

多日不见，梅耶斯仿佛换了一个人，瘦削的身体好像一个癌症晚期患者，看样子他有日子没洗澡，没刮胡子了，一股难闻的恶臭像幽灵般在凡·多恩的画作之间漂浮。我把6罐啤酒放在桌上，梅耶斯关上门后伸手就要拿一罐，我看到他的手在触及瓶罐的时候在发抖。

这是一个怎样的环境，整个房间好像是被凡·多恩操纵一样，完全属于他的风格，各种物质融合在一起，鞋子、沙发、书都错落地堆叠着，真的很印象派。我处在这样的环境中不知道该说什么。梅耶斯打开啤酒，喝了一大口。

"你有多少天没吃饭了？"

梅耶斯搔了搔头，好像失忆了，然后对我伸出两根手指。我站起来将临近的几本书码放整齐，然后说："走，我请你吃披萨。我记得这附近有一家披萨王，虽然没有啤酒卖，但是我们带的足够喝了。"

"算了吧，我现在没有胃口，这几罐啤酒已经让我满足了。"

"你这段时间究竟在干什么？也不去上课。"

"我不是跟你说过了吗？"

"你不会为了斯图文森教授的事情把自己的学业耽误了吧！你必须换一个导师。"

"这与他无关。"

"与他无关那与谁有关？你现在真的需要一个心理医生。"

梅耶斯没有理我，看看手中的啤酒罐，一口气喝完里面剩下的啤酒，然后说道："不对，蓝色代表疯狂。"

"你在说什么？"

梅耶斯指着那些凡·多恩的画作说："在他的作品当中，蓝色代表着疯狂，而橙色就是他痛苦的象征。如果你能结合他在自传中所陈述的事情，你就能理解橙色的意义。"

我对梅耶斯的话感到莫名其妙。他耸耸肩，对我能不能理解表示无所谓，然后像投球一样把手中的易拉罐扔进远处的垃圾桶内。

其实作为学美术的学生，我对色彩学还是颇有研究的。我说："不同的色彩反映的内容当然会不同，但是这些并非主要的。不要相信那些广告设计师所谓的色彩论，他们归结出的所谓色彩可以帮助提高产品销量的理论全都是胡说八道。根本性取决于内容与时尚趋势。凡·多恩最可悲的是在他的作品风格还没有流行的时候，他就死了。但是作为一名优秀的画家，应该不去管什么流行趋势，任何色彩都能为他带来最出色的效果。"

"其实凡·多恩可以迎合当时的趋势，加入一些流行色彩。这样他的画就能卖得更好。"

"你说蓝色意味着疯狂，橙色代表痛苦，这话要是让斯图文森听到了，他一定会揍扁你。"

梅耶斯端着酒杯，笑笑说："你说得有道理，干杯。"

"你现在需要好好休息，洗个澡，吃点东西。一幅画有的人喜欢，有的人不喜欢，这很正常。画家画画就要捕捉一时的灵感，尽最大努力去画画，但我想凡·多恩画中的秘密或许不在色彩的意义上。"

"你知道我昨天发现什么吗？"

"什么？"

"那些评论凡·多恩的评论家都疯了。"

"这不可能吧，你说的是那些自诩为主流艺术领域学者的权威？"

"没错，就是那些人。在我看来，那些真正有水准的评论家和被埋没的艺术天才一样，隐没在了尘世间，就像当年凡·多恩没有被认可。"

"那些人怎么了？被关进精神病院了吗？"

"比这还要遭，就像当年凡·多恩一样。"

"到底怎么样？还不快说？"

"他们都在模仿凡·多恩的风格，比如和凡·多恩一样，挖出了自己的眼睛。"

我对梅耶斯的回答感到错愕，我不相信几个评论家会因为有人反对他们的观点而做出这样的事情。我一直认为梅耶斯是一个神经质的人，他很冲动，并且有很多异想天开的想法，这也是我喜欢和他在一起的原因。但是这种神经质有些病态的话，就不是一件好事情了。

作为一个艺术历史研究者，痴迷于某个画家是个再正常不过的事情，我曾经也因为要去看毕加索的画展，放弃了一个很重要的学术交流会。不过我了解梅耶斯，他对画家的痴迷只是局限于某个时间，他所说的什么藏在画中的秘密，我认为凡是伟大的绘画作品都具有一定的神秘性，因为它源于作者的思想，而思想的未知性有时候连作者本身都搞不清。神秘性只可意会不可言传，如果太过钻研于此，就有些浪费时间了。况且梅耶斯是一时新鲜，他有强迫症，强迫自己一定要把某个问题弄明白，所以也就不难理解为何要消失这么多天，并且把房间堆满了凡·多恩绘画复制品。

我和梅耶斯一直喝到凌晨5点，带来的6罐啤酒喝完之后，我又到楼下的商店买了一打。不管他的说法有多么疯狂，也不论是凡·多恩本人还是那些所谓的评论家，此刻的梅耶斯正处在崩溃的边缘，他真的需要一名心理医生，然后静养上几天。好在天蒙蒙亮的时候，梅耶斯睡着了，我收好残留的易拉罐，准备回到自己的房间。

醒来的时候夕阳西下，今天的课全部耽误了，不过好在是几节无聊的希腊语课，上与不上没什么区别。我洗了一个澡，然后给梅耶斯打电话，可是没有人接。我推门去找他，结果还是吃了闭门羹。我在他房门门缝里发现了一张字条：我回丹佛我父母那里去了，就像你说的，我需要好好休息几天，再见，我亲爱的朋友，梅耶斯。

我原以为这只是一张普通的告别留言，没想到至此之后，我此生只和梅耶斯见了两面。

（三）

后来，我顺利地从学校毕业，并且在休斯敦的一家广告公司工作。我知道自己并非艺术天才，只能靠画画混口饭吃，还好现在衣食无忧，并且从这里邂逅了一位美丽的女子。

再一次和梅耶斯取得联系是在上班的一个午后，他给我打电话："告诉你一个好消息，我发现它了。"

"你发现谁了？那个被你暗恋多年的女孩？"

"不要和我闲扯，我发现那个秘密了，有关凡·多恩。"

听到这，我突然有一种莫名的激动，在我的内心还是对这件事抱有一定的幻想。不过此刻更多的兴奋是因为又听到了那个属于年轻记忆的声音。

"你这些年一直在探寻那个秘密？"

"没错，我终于成功了，你也一直在关心这件事情吗？"

"我才不关心什么凡·多恩，我关心的是你这个混蛋，留了一张纸条之后就消失了这么久。"

"当时我也没有办法，你一直都站在我的对立面，所以我不能让你成为我的阻碍。"

"行了，过去的事情就不说了。你现在在哪？我非常想见到你。"

"我也有重要的发现给你看，我现在在大都艺术博物馆，下午4点我们在大门口见面。"

这天，我请了半天假，并且取消了和女友看电影的计划，因为此刻没有任何事情比我和梅耶斯见面更重要。钟表的指针指向了下午3点半，我坐出租车准时地赶到大都艺术博物馆。我远远地看到了那个熟悉的瘦削身影。

"老朋友，你很准时呀，跟我进去吧，展览开始了。"

"你这段时间怎么样？"

"我们等一会儿再叙旧，先跟我进去。"我被梅耶斯强拉着走进博物馆的大门，走到后印象派画廊。梅耶斯迫不及待地带我到一幅凡·多恩的作品前面，这幅画是《晨曦中的冷杉树》。我以前见过它无数的复制品，今天亲眼看到真迹，我深深地被震撼了，也为自己已经荒废的绘画才能感到悔恨。看着眼前这幅震撼力十足的油画，我的眼泪近乎掉落，为了老友重逢，为了逝去的青春。

梅耶斯这时候仿佛成了我的讲解员，他一面抬起胳膊朝那幅油画做着各种各样的手势，一面把他的理论讲给我听。这个过程我始终是全神贯注的，到最后，意想不到的事情发生了，我看到了，当梅耶斯的手最后在油画前挥过，当保安这时候走过来阻止我们触碰油画的时候，我惊呆了："我的上帝！"

梅耶斯看我发出了惊呼，他感到很兴奋。

"你也找到了？就在那些灌木丛中，还有那些树枝。"

"可是，可是我们之前为什么没有发现呢？"

"这只有在真迹当中才能发现。"

"这就是你发现的秘密？"

"没错！"

眼前的画让我想起了小时候父亲带我去采蘑菇。到达一片树林之后，父亲和我分开行动，比赛看谁采得多。过了两个小时，父亲带着满满两大包蘑菇走到我身边，而此时我还是两手空空。我对父亲说："你比我走运，那边全都是蘑菇，而我这里连个蘑菇影子都没有。"

父亲笑笑说："其实蘑菇就在你的周围。"

我惊讶地向四周张望，依然没有看到蘑菇。

父亲解释说："你找遍了这里的山坡，却没有发现蘑菇，并不意味着这里没有蘑菇，只是你没有真正发现，"说着父亲捡起一根树枝，指着我的脚的周围，"你沿着这根树枝往下看。"

果然，我神奇地发现那些蘑菇就隐藏在枯树叶和灌木丛中。蘑菇就好像是父亲用树枝变出来的，它们的颜色和地面上的其他植物融为一体，把自己伪装了起来。当我调整好视线，用心地蹲下来寻找它们的时候，蘑菇也就无处藏身了。

当梅耶斯指着那一幅《晨曦中的冷杉树》时，我发现有几张小脸隐藏在画中，这让我非常的震惊。他们与画中其他色彩的景物融为一体，这些小脸有眼有嘴有鼻子，每一个嘴巴隐藏在树桩里，像一个个深渊，每一个鼻子仿佛是一条狭长的伤口。这些扭曲的面孔在清晨的丛林中号叫，仿佛在向世界宣布它们的痛苦。

我紧紧地盯着这幅油画，无视保安的劝阻。在某一时刻，这一张张的小脸仿佛从油画的细纹中崩裂出来，跳到我的周围，告诉我属于他们的秘密。保安这时候已经很生气了，梅耶斯又拉我到另一边的一幅画前。

这一幅是凡·多恩的《山谷里的柏树》，我的眼睛在油画中寻找着，那一张张痛苦绝望的小脸又出现了，他们挤成一团，仿佛紧促而开的花朵一般。

"还有这个！"《收获季节的向日葵》前，我的视线再一次豁然开朗，那扭曲的面容在向日葵花丛中悲伤地哭泣，我震撼得往后倒退了几步，直到瘫坐在一条长凳上面。

"你说对了，梅耶斯，凡·多恩确实有一个秘密。"

"这些面孔说明了一切，他把自己极度痛苦的心绪掩藏在了画作之中，我们是幸运的，发现了他的这个秘密。"

"但是他为什么要这么做？"

"生活让他别无选择，生活也让这个天才变得疯狂。凡·多恩眼中的世界就是画中那一张张扭曲的小脸，仿佛这是不同时段的他在同命运的痛苦进行挣扎和搏斗，那些眼中只有金钱的评论家怎么能看到这么深层的意义？凡·多恩眼中的世界，就是这个样子。"

"可是我们看出了他的意义。"

"这意味着我们疯了吗？"

"不，梅耶斯，这意味着你将名声大振。"

"可是我的研究只是刚刚开始，我离最后的结论还有很远的距离。现在你所看到的画像，我称它为'第二形象'，和你做广告中的潜意识差不多。当一种美好的画面滋生出来痛苦的灵魂，那么天才留给人们更为迷幻的线索，只能进一步研究。"

我一头雾水地摇着脑袋，根本听不懂他在说什么。

"我以前在罗马、伦敦和巴黎都见到过凡·多恩的作品，他们都是在 19 世纪末创造出来的。当时穷困潦倒的凡·多恩离开巴黎，到了法国的一个小镇勒弗吉他，在那里，他的创作灵感爆发了，整个人也接近癫狂的状态。后来，他带着自己创作的作品回到巴黎，本以为能赚到一些钱，但是没有人赏识他的画，说那是神经病画出来的，这让凡·多恩彻底疯了，他被送到了精神病院。不过这时候，他还没有弄瞎自己。我打算一直追踪研究他的人生，将他的自传与绘画结合起来，来显示出他的疯狂状态。我的目的就是让人们知道，凡·多恩所画的美好的画面里隐藏着令人难以想象的痛苦，并且这些面孔随着痛苦的深入而变得更加残酷。"

这种极端的态度符合梅耶斯的作风，不过我担心的是，他说他要追踪研究凡·多恩的一生，这让我感到他一定会偏执到极致，又会让他回到曾经那一段不好的状态中。

"我准备近期去一趟法国南部。"梅耶斯说。

"你的意思是去勒弗吉？"

"没错，我要去那个让凡·多恩痛苦一生的地方，我甚至还要找到他曾经住过的房间，在那里完成我的论文。"

"梅耶斯，说实话，我感觉有些离谱。"

"只有身临其境，才会找到创作的灵感，这跟凡·多恩画画一样。"

"你已经有点神经过敏了，上一次你已经在寻找身临其境的感觉，就是你消失前我们最后一次见面的时候。"

"那次我也是为了找这种感觉，但是当时我还没有发现这个秘密。这一次，我将更加投入。"

"我想凡·多恩让你产生了幻觉。这样吧，我们去旁边的小酒馆喝两杯，怎么样？"

"今天恐怕不行了，我一会儿要赶飞机！"

"你现在就要离开了吗？"

"是的，我必须走，一刻也等不了了。"

"可是我们见面才没多久，你……"

"我们以后还有机会吃饭喝酒的。"

（四）

可是从此以后，我们再也不会这样面对面地交流了，因为3个月之后，我收到了梅耶斯的来信，是他的护士代写的，因为他把自己的眼睛弄瞎了。

在信上，护士用蹩脚的英语这么说："你的朋友用铅笔的尖端刺瞎了自己的双眼，请你放心，我们这儿的医疗条件非常好，他会康复的，但是他再也看不到你了。梅耶斯经常提到你，他说你是对的，当初他不应该来法国，他还后悔自己不应该这么固执。希望你以后不要再看凡·多恩的画作，那种痛苦不是一般人能承受得了的。最后希望你一切安好！"

在信的结尾处，护士也跟我说了几句："我想告诉你的是，你的朋友精神状态非常不好，他的房间里挂满了凡·多恩的作品，他睡得很少，吃得也很少，在眼睛瞎了之后更是如此。他曾经把自己关在屋子里三天三夜，我们都以为他想不开，就报警了。警察打开门之后发现他一个人傻坐在那堆画中，表情呆滞，像个精神病人。请原谅我这么评价他。在他稍微清醒的时候，他说过打算坐飞机回家，我曾打电话联系过他的家人，可是接电话的人说他的父母去了新奥尔良,他只是暂时照看房子的人。作为他的朋友,我希望你能想出一些办法。"

这封信是 10 天前寄出的。3 天后,我又收到一封法国的来信,信上说,梅耶斯死了,死于自杀! 他的父母已经赶往法国南部。看到这里,我放下手中的信,拿起电话订了今天下午最早去法国的航班。

勒弗吉是法国南部的一个小村庄,下了飞机,我叫了一辆出租车开了 50 多英里来到这片田园之中。这里果树茂密,青山露水怀抱着整个村庄。我穿过一片果园,来到一个梦境般的树林中,我仿佛在梦中见到过这个地方。走进勒弗吉,这里和凡·多恩画上的景象几乎一模一样,除了电话亭和路边的几辆车,一切和 19 世纪末如出一辙。我认出了许多凡·多恩画上的景物,脚下的鹅卵石、狭窄的石板路以及远处旖旎在天边的茅草屋,一切都是那么熟悉。我询问了当地村民,找到了梅耶斯所住的旅馆。

见到梅耶斯的最后一眼,是在合上棺材顶盖的时候,一股悲伤难以抑制,泪水夺眶而出。看着尸体已经化好的妆容以及他那两只深陷的双眼,我只能希望他在天堂里能恢复他的视觉。

梅耶斯的父母此时已经脸色惨白,说话也语无伦次,显然他们比我受到的打击更大。虽然我悲痛得有些晕晕乎乎,但是看到梅耶斯父亲的那块劳力士手表和名贵的水獭皮鞋,我想不到他的家境会那么好,这与我脑海中梅耶斯节衣缩食的形象完全不符。能想到这些,证明我迷糊的程度还不是很深。

梅耶斯的棺椁被运回到丹佛的家,我没有跟随他们一同返回美国,而是留在了勒弗吉,因为我的潜意识告诉我,还有事情要做。不过,具体做什么事情,我还不得而知,我想先从收集梅耶斯的遗物开始。我回到旅店,支付了梅耶斯的欠款,并整理好房间剩下的东西,看到这些书和画册,我深深地吸了一口气,往日的那些画面又重现在眼前。

我在梅耶斯租住的那个屋子的旁边一个房间住了下来。这两天我一直整理梅耶斯的东西,面对这个挚友的遗物,尤其是那些还沾有血迹的复印版的凡·多恩的画,我的心犹如刀绞。这时,我发现了一个笔记本。

其实凡·多恩日记我在上课的时候就见到过,不过都是复印版本,就是一页一页印好之后再组装起来。我坐到床头,逐页地阅读这本日记,每读一页就像有一把小刀在我的心头划一个口子。这个日记本不是复印的,而是人手写上去的,当然这不可能是凡·多恩的原始版本,因为泛白的纸张以及皮质的本面证明他的历史并不悠久。或许它不是凡·多恩的日记,而是与梅耶斯有关。

我扭过头,看到书架上还有一个笔记本,我拿过来打开一看,和这本的内容一模一样,我的胃里顿时翻江倒海,恐惧之情涌上心头。我又抓起书架上另外的笔记本,内容如出一辙,一个字都不差。最后我找到了那本原始影印的凡·多恩日记,梅耶斯照着这本一连抄了 8 本,一笔一画,一字一句,看着这 8 个日记本我不禁惊呼起来。梅耶斯真的把自己投入到里面,为了能够触及凡·多恩的感受,梅耶斯发疯似的临摹他的生活,希望自己能够无限地接近凡·多恩。

同样,梅耶斯弄瞎自己眼睛的方式也和凡·多恩一模一样,用笔尖挖出自己的双眼。最后,是在诊所的时候,凡·多恩手拿一把剪刀,从自己的太阳穴中刺入,以这种方式结束了生命,梅耶斯一直在可怕地效仿着凡·多恩。想到这里我捂着脸痛哭流涕,啜泣声在指缝间川流不息。

（五）

如今，我在梅耶斯的指引下，发现了凡·多恩的秘密，那些阳光下的柏树、灌木丛中一张张痛苦的脸，还有那些交缠的手臂和错愕张开的嘴巴，这些构成了一个个蓝色的躯体。凡·多恩开创了一个印象派的新纪元，他的画表现了人性的阴暗面，像一个个禁锢在监狱中的灵魂。凡·多恩一生所看到的，完全都是罪恶的梦魇，橙色确实代表痛苦，如果你潜心地研究凡·多恩，那你也将陷入无尽的深渊之中。或许在梅耶斯生命的最后一刻，他幡然醒悟，他想告诉我，不要靠近凡·多恩，并最终以这样的方式为我做了警示。

梅耶斯曾经告诉过我，有些艺术评论家为了证实自己的观点，常常采用凡·多恩的绘画风格进行创作，紧接着我又在房间中寻找起来。我发现在左边的墙角处，挂着两幅很小的画。我又产生了一个可怕的念头，梅耶斯临摹了凡·多恩的画。我站起来，颤抖着走近那两幅画。

出自一个学艺术史学生手中的画作必然不会有很高的造诣，但是画中一些褐色的圆点以及一些裂纹，体现了梅耶斯的用意，他没有天赋表达出凡·多恩那种痛苦的情感，但这是属于梅耶斯自己的痛苦，一个正待死亡之人的痛苦。

我离开了房间，走在乡间小路上，远处教堂的钟声仿佛在为我的朋友祈祷。我不知不觉地走到那间诊所，也就是梅耶斯自杀的地方。我想在那里寻找有关梅耶斯最后的印象。

我在诊所里等候了两分钟，一个30多岁的黑发漂亮护士走到我面前。她做了自我介绍，她叫克拉丽斯，我心想如果不出意外的话，就是她给我写的信。这位护士口语水平比书写能力强很多，我又向她确定是不是她为梅耶斯代笔给我写的信。克拉丽斯微笑地点点头，说："当时我非常害怕，也非常担心，他的精神状况不是很好，没想到最后……"

诊所的前厅只有灯在发出"嗡嗡"的响声，虽然我了解一些情况，但我还是想向克拉丽斯询问梅耶斯在最后阶段的真实状况。不过，克拉丽斯好像不愿多说，她的眼睛看着天花板，轻轻地说了一句："他当时完全沉浸在凡·多恩的研究中，这让他变得非常自闭。"

我没有收手，一再追问。

"执着这种东西有时候是好事，有时候就会变成坏事。"克拉丽斯说。

"我的朋友在刚到这里的时候，是不是没有陷入这种自闭抑郁之中？"

"是的，他刚来的时候显得很兴奋，像一个背包度假者。"

"那是什么时候他才开始转变的？克拉丽斯小姐，虽然我了解我的朋友有一些神经质，并且热衷于某件事情，但是如果没有一个让他转变的东西，他不会最后选择自杀。"

"不好意思，现在我已经下班了，还有朋友等我吃饭，恕我不能奉陪。"看着克拉丽斯走出诊所的门，我像一个被家长吊着胃口的小孩，无助地看着她离去。离开诊所后，我到了一个小餐馆要了一份鸡肉三明治和两瓶啤酒，本来我想回到旅馆去吃，但是那里有无数的复印画和日记本在向我招手，我根本无法下咽食物，甚至啤酒都会变成痛苦的毒药。

吃完饭，我晃晃悠悠地回到旅馆，凡·多恩的画还在房间内漫天飞舞，恐惧隐藏在空气中，我试着努力去阅读凡·多恩的日记，这时候，敲门声响起了。

我起身去开门，是克拉丽斯。

"我是专门向你来道歉的，刚才在诊所我很没有礼貌。"

"我理解你，赶着与朋友赴约，不要那么自责。"

克拉丽斯见我没有介意，脸上的微笑更加绽放起来。

"刚才送朋友回家，看到旅馆的灯还亮着，你知道，我们这的旅馆在淡季很少有人住，我一猜亮灯的房间一定是你的，所以就冒昧地前来。"

我也用微笑以示回应。我一直觉得克拉丽斯在回避梅耶斯的问题，也许梅耶斯的死对她来说也是一个打击，或者说留下了至深的印象，所以不愿提及。接着，克拉丽斯主动走出房间，转向隔壁梅耶斯的那间房。我打开房门，克拉丽斯扫视着房间里的一切物品，然后对我说："那天是旅馆经理给我打的电话，我和医生第一时间赶了过来……真想不通，这么美丽的画为什么让梅耶斯如此痛苦？"

"你认为这些画很美？"我的疑问让克拉丽斯有些吃惊，不过我知道她因为没有发现凡·多恩的秘密，有这样直观上的感受很正常。

"我想你应该尽早地离开这里，否则你有可能和你的朋友一样！"

"我打算整理好梅耶斯的东西后，就返回美国。"

"你要尽快，如果一直待在这样一个悲伤的环境中，对你是没有好处的。你现在已经略显疲态了。要不要服用一粒药片？"

"不用，我不需要镇静剂。"

"那就回到你的房间好好休息吧，现在已经是凌晨了。"

说着，克拉丽斯伸出手，就这样我牵着她的手走到自己的房间。我坐到床上，克拉丽斯再一次伸出手，并且坐到我的旁边，贴得很近。她将嘴唇贴近我的耳朵，轻声细语地说："你需要睡眠，睡得久一点。"然后，滚烫的嘴唇开始亲吻我的面颊。我们两人双双倒在床上，这一夜，我们静默地做爱。但在夜幕中，我透过月色，仿佛看到凡·多恩画中那一张张的小嘴巴。

第二天醒来的时候已经将近中午，克拉丽斯给我留了一张字条，上面写道：出于同情，昨晚做了你想做的事情，你现在要尽快离开这里，不要嫌我啰唆，我不希望你成为第二个梅耶斯。

我起来最后一次来到梅耶斯的房间，不过这真的是最后一次吗？我买了今天傍晚的飞机票，准备赶回美国，在离开之前，我打算把梅耶斯的东西整理好，然后带给他的父母。在走出梅耶斯房间之前，我又看了看墙上那两幅画，我不想把他带走，算是给梅耶斯在这里留下一点的回忆。我拿着日记本回到自己的房间，再一次打开，我不知道这是不是出于自己的意愿，但事实上我还是打开了。我的眼球定在了凡·多恩对于自己失败的绘画那一个段落。凡·多恩因为当时的社会环境以及势力的评论家对他作品的讽刺和打击，愤然地离开巴黎来到勒弗吉，他说他要从一种传统的世俗观中解脱出来，他要主动去感受这个世界，抛弃别人的看法与偏见，将自己的痛苦一丝一毫地表现在作品中。他在弄瞎自己之前，画了一幅自画像。那是一个垂头丧气的男人，灰白的面容，稀疏的头发，凹陷的脸颊，就像耶稣被钉在十字架上的表情。这个男人的肖像仿佛是由无数的小脸组成，这也构成了他苦痛的集中，只是幻觉与现实的交融让他渐渐对生命失去意义。

我再一次感受到了梅耶斯重现凡·多恩的那种极端的苦痛，我也再一次心如刀绞，下一段是凡·多恩对心灵的剖析，他说："我到了勒弗吉，我真的很兴奋，很久没有过的感受，我的画，创造与毁灭！"

在这之后的日记内容就变成了前言不搭后语，让人看不懂的话，提到次数最多的一句话就是他旷日持久的头痛。

（六）

我在下午3点的时候来到诊所，克拉丽斯正好在这时候接班，她见我过来了，满脸微笑。

"怎么，要走了吗？来向我告别？"

"我是来问几个问题的！"

克拉丽斯立马收敛了笑容。"对不起，我现在正在上班。"

"我只占用你一分钟的时间！我想知道勒弗吉这个名字有什么特殊的含义。"

"没有什么特别含义，就是棍子的意思。你问完了？我要忙了。"

"难道就没有什么引申的含义吗？"我锲而不舍。

"我的祖母曾告诉我，勒弗吉还有一层意思是一个能找到水源的竿子，我知道的就这么多了。"

"是一个带有魔法的竿子？或许是某个人用这个竿子找到了水源？"

"你去问别人吧，我要工作了。"克拉丽斯有些不耐烦，低着头忙自己手上的工作。

可是我仍不肯善罢甘休，因为直觉告诉我，我能从克拉丽斯那了解到更多的情况。

"我在读凡·多恩日记的时候发现了一些不同寻常的地方，可能和勒弗吉的名字有关。"

"那只是一个传说而已，我们这里有山有水，不需要那种寻找水源的竿子。"

"但是凡·多恩在说到这儿的时候非常兴奋。"

"因为他疯了。"

"是在写完这段话之后疯了，你不觉得很巧吗？"

"巧合总会有他必然的因素。他的症状是在他发现了一个不为人知的秘密之后，才显现出了。我现在有点佩服你了，我的心理学家。不过我又要扫你的兴了，我现在要出诊。"

"你是因为同情我，那天才会和我……"

"听我的劝告，赶快离开这里吧，不要和别人一样毁了自己！"

"别人，谁？"

"你的朋友！"

"不！还有其他人！"

克拉丽斯被我逼得有些无奈，终于她开口向我说："有很多人在议论你的朋友，尤其是他挖下自己的眼睛之后。"

"那些人是怎么说的？"

"他们说在30年前，有一个人来到这里，他也研究凡·多恩，最后崩溃了，将铅笔插进自己的眼睛。15年前，同样有个人用这种方法弄瞎了自己的眼睛，并且笔尖已经触及大脑。"

我目瞪口呆地看着克拉丽斯，身体不由自主地颤抖起来。

我想知道他们身上到底发生了什么事情，可是克拉丽斯闭口不答，她起身拿着出诊箱走出了诊所。我回到旅馆问经理这件事情，他也默不作声，然后说："你看看梅耶斯的房间里还有什么东西要拿，那间屋子我以后不打算再往外出租了。"

"我还可以住我的房间吗？"

"当然可以，只要你能支付足够的房租。"

我又交了钱。这时，我的未婚妻打电话给我，询问婚礼的事情，我说恐怕要延后了，她一气之下挂上了电话。此时我已经顾不了别的事情，哪怕是结婚。在和克拉丽斯做爱的那个晚上，我已经放弃了我以前的生活。我本想给未婚妻打一个电话，可最后我还是放弃了。凡·多恩的日记里一定隐藏着什么秘密，我不能就这么把这个秘密就此隐藏起来。梅耶斯疯狂地模仿凡·多恩的作息时间，就是想从中能发现点什么，或许他痛苦的面孔也隐藏在其中。我拿起日记，一页一页地翻看。从此，我也开始了凡·多恩的作息时间。我按照日记上所说到村子的一家餐馆用餐，这家餐馆现在还有，并且生意兴隆。我坐到指定的位置上，点了凡·多恩爱吃的菜，甚至按他离开的时间走出餐馆。

以后的每一天我都是早上 7 点吃早餐，下午 3 点到小河边钓鱼，并且饮一杯葡萄酒。我觉得这样的生活没有什么奇怪之处。后来，我又重新拾起画笔。凡·多恩喜欢在早上作画，晚上进行素描和回忆，我也按照这样的时间临摹凡·多恩的作品。我不知道是什么毁掉了梅耶斯的理智，我现在还是非常正常，只不过钱快要用完了。

我觉得这么做不会有什么新的收获，我准备放弃。我的心情有些慌乱，总觉得这个过程中错过了什么东西。其实凡·多恩没有在日记中详细记述作息规律，我只是零零散散地按照上面提到的去做。

这天，我又到岸边钓鱼，喝葡萄酒，克拉丽斯走了过来，走到我身后。距离上次不愉快的会面已经两个星期了，这一次，她换了一身衣服，比之前更加的亮丽。

"你怎么喝了这么多酒？"

其实我并没有觉得自己喝太多。

"你想如何评价一个酒鬼的眼睛，你是想从侧面看还是正面？"

"你是在和我说笑话吗？"

"这不是笑话，因为这本身就是一个笑话。"

"你比你的朋友强一些，因为你还可以正常和我对话。但是你现在正在朝着他的方向迈进。你为什么不听我的话，离开这里？"

"我在等待一个答案，得到了答案我就离开。"

"或许你永远都不会知道答案了。"

"克拉丽斯，我能再问你一个问题吗？"

克拉丽斯没有说话，只是点点头。

我牵起克拉丽斯的手回到镇上，我对她说了我在凡·多恩画中看到的那些痛苦的脸。克拉丽斯的表情有些沮丧，她好像意识到了什么不安，她说我正在受着折磨。

"这段时间我寻找了凡·多恩画中的所有地点，试图发掘出线索，像果园、池塘、石板路之类的。我希望通过亲历这些地点，能够找出我朋友失控的原因。在这里，我找到了画中的所有地方，只有一幅画里的地点我没有找到。"

"什么地方？"

"梅耶斯曾经临摹了两幅凡·多恩的画，是一片柏树林，周围都是石头。我在勒弗吉找了好几次都没有找到这个地方。我想这个地方一定很重要，并且隐藏着什么秘密，要不然梅耶斯为什么连续临摹两幅这幅画？"

克拉丽斯用手指摸了摸鼻子："很抱歉，我恐怕帮不上你，因为我也不知道这个地方。"

"你是不想帮我还是不愿帮我？"

克拉丽斯没有说话，起身离开房间，在走出门的一刹那，她回过头，对我说了一句："北方！"

我不知道这个村子有什么秘密，大家相互隐瞒，或许因为秘密都有它存在的理由。不过克拉丽斯的那一句"北方"，让我有了恐惧的感觉。

（七）

10分钟后，我离开旅馆，向着勒弗吉的北方走去。可是那里并没有柏树，而是一片片的橄榄树，也不属于风景名胜区。我租了一辆车，向更北的地方驶去。到了山顶，我把车停下来。可是这时候我不知道该往哪个方向走，我凭借直觉走向了左方，穿过一片树林和岩石。

走着走着，我感到我的直觉判断很正确。左边的风景更接近凡·多恩画的风格，在荒芜之中有一种深度感。在到达下一个山丘的时候，已经是晚上6点多，残阳挂在天边的一角，给人一种恐怖的紧迫感。我沿着绝壁一路走到山谷里，绕过一个布满荆棘的斜坡，终于看到一片柏树与橄榄树交织的树林，这个树林周围都是石头，和画中所描绘的场景几乎一样。隆起的石头形成了一个洞穴，在这个谷底，我小心地向前靠近。突然，我听到了一阵嗡嗡的声音，原本我以为是遇到了马蜂，但是这声音若有若无，紧接着我的耳朵又疼痛又灼热，不一会儿皮肤也有了这种感觉。这声音不像是一种昆虫发出来的，像是几个品种的昆虫一起发出的，现在听着这声音更像是一曲死亡的悲歌。

我忍着疼痛又走了两步，为的就是一探究竟。可是疼痛越来越明显，我用手轻揉着耳朵，伸着头向里面看。这时，一个尖状的东西猛地刺进我的左眼，这是难以忍受的剧痛，我的角膜一下子像碎裂了一般，同时我能感受到我的大脑也被这东西刺了一个洞。我往后退了几步，大声地吼叫起来。

疼痛已经让我有些晕厥，我跪在地上，用左手支撑着身体，但最终还是栽倒在山坡上。

后来我努力地爬起来，疼痛感也减轻了一些。我试着开着车回到小镇。到这诊所门口，我疯狂地敲门，是克拉丽斯开的门。还没等她开口，我就狂吼起来："快点！把那些止痛的药，还有消毒药，解毒药都拿出来，我被什么东西蜇了一下，眼睛痛得要死。"

"你这是怎么了？"

"不要问我为什么！也不要觉得我精神崩溃了，我现在清醒得很，快点拿药来，晚一点的话我就要瞎了！"

"可是医生现在不在，我去给他打电话。"

克拉丽斯走到电话机旁，给医生打电话。几分钟后医生赶来，睡眼惺忪的他看到已经疯狂的我立刻打起了精神。他也好像意识到我精神崩溃，不过还是拿来抗生素注射剂和止痛药为我治疗。

简单的治疗之后，我向他们诉说我看到的场景。在那片柏树林中，我看到了油画里一样的小脸和小嘴巴的东西，它们成群结队，隐藏在林子中。我现在明白了凡·多恩并不是一个印象派画家，他所画的东西是真实存在的，这是他大脑在受到感染之后所看到的世界。那个画面里脸与嘴交织在一起，不同的色彩也交织在一起，所以说凡·多恩的作品不是抽象画。

我现在应该患上了和凡·多恩以及梅耶斯同样的疾病，凡·多恩在被蜇之后，他的眼前出现了幻影，这是难得的艺术灵感。凡·多恩并不想因为自己的疼痛而丧失这种艺术灵感，这也就说明为什么凡·多恩能够在一年之中画出80多幅经典的画作。凡·多恩愉快地忍受着痛苦，而梅耶斯没有那么强的忍耐力，他不是画家，他没有发泄这种痛苦的渠道，所以他最后选择了死亡。

蓝色代表疯狂，橙色代表痛苦，这确实是两个真实的色彩。患病之后的凡·多恩，眼中只有橙色和蓝色两种色彩，这也就是为什么在他的作品里出现最多的就是这两种相互交融的色彩。梅耶斯也一直在探究这个问题，只是在他病入膏肓的时候，他终于明白了，但为时已晚。

终于，克拉丽斯向我讲述了这村子的故事：那是许多年以前，天上的一颗陨石落到了村子北面的山谷里，因为当时是在午夜，所以只有少数人看到了整个坠落的过程，转天，一队村民到陨石坠落的地方一探究竟。他们回来之后，每个人都说看到了一张张小脸和一张张小嘴，并且每个人都感到头痛剧烈，而且越来越严重。他们有的人也说眼睛像是被什么东西刺到，最后他们同凡·多恩和梅耶斯一样，挖掉自己的眼睛。所以这里就被赋予了魔鬼的称呼，北面的那个山谷也就成为人们禁忌的话题。最后人们用勒弗吉来命名这个这里，意思就是一颗被陨石撞击的地方。

现在结论显而易见：陨石所携带的孢子在那个山谷中繁衍生息，并且周围长满了柏树。这些小小的脸和小小的嘴巴就是这些孢子，它们粘在了树叶上，当有人或动物靠近时，它们就发动了猛烈的袭击。

我认为我会比凡·多恩活的时间更长。此刻的我充满了无尽的创作热情，我不知道作品会不会得到认可，但是现在我正在用灵魂进行创作，虽然代价如此之大。那些小脸和小嘴无时无刻地出现在我的大脑里，我的眼前只有橙色和蓝色，但是我的创作并非单纯地对凡·多恩进行模仿，我在创造我自己，更加疯狂、更加不可理喻。

我忍耐着极限的疼痛，但我不会用铅笔扎进自己的眼睛。在我的颜色字典中，橙色不代表痛苦，而是疯狂；蓝色的真正意义是幻想，我不会受到桌上剪刀的诱惑，我要坚强地活下去，远方的未婚妻还在等着我和她结婚呢。天堂里的梅耶斯也不希望我像他一样，即使是凡·多恩，他所期待的，也是像我这样的一种无止境的幻想与疯狂。

畸形的女神
【日】江户川乱步

（一）

宫城贸易社社长宫城圭助昨天晚上打电话通知他的家人晚上他将要去参加一个朋友聚会，因而不能回家和家人共进晚餐——这种应酬对于一个成功的商人来说是必不可少的。可是，当晚上 12 点应酬结束迈进家门之后，他的妻子良子夫人发现丈夫有些反常——往日精明强干的丈夫今天完全是一副失魂落魄的样子。

良子夫人并不知道丈夫身上发生了什么事，也并不多问——她正如一切典型的日本家庭主妇那样贤淑，只负责照顾好丈夫和子女的饮食起居而对丈夫的工作、事业以及其他家庭之外的生活完全不加干涉。

妻子是敏锐的，宫城先生今天的确不太顺畅，以至于睡梦中都十分不踏实。睡梦中他仿佛又进入了一连几个月来都会梦到的那个地方，一幢气氛十分阴郁却充满了不可思议的魅力的低矮的房屋，那里好像有什么可怕的东西潜伏着可是自己却义无反顾地向里探寻。突然，一个身量尚未长足、样貌十分稚嫩的小女孩出现在房屋深处，眼睛里闪耀着与年龄不相符合的成熟和洞察一切的深沉。

宫城在梦中仿佛找到了依托，感到十分安心，就仿佛重新回到了母亲腹中的婴儿一般。忽然，一个只有在童话中才会见到的长着犄角的怪兽从地下冒出拉着小女孩的手向外拖曳。宫城试图伸出一只手去拯救那可怜的被拉扯得喘不过气的小女孩，无奈双脚仿佛被钉在了地上般挪动不了半分。

梦中感到十分绝望的宫城先生是被妻子摇醒的——本来已经熟睡的妻子是被丈夫的抽泣声惊醒的，那种声音就如同受了母亲打骂的小孩子发出的十分委屈的哭泣。仍旧没有完全从梦境中清醒过来的丈夫对妻子感到十分恼怒——自己从此之后或许只能在梦中和女神相会了，谁料到却又被妻子打扰。

现年 45 岁的宫城社长，正是男人年富力强的最好时期，不论是家庭还是事业都十分成功。宫城社长与妻子良子已经结婚 20 多年，两人育有一子一女，夫人将丈夫和孩子的衣食住行都操持得井井有条，两个孩子也十分上进，读大学的儿子主修商业贸易为将来子承父业做准备，还在读高中的女儿成绩也十分优异。而宫城先生的商社因为和美国的司各特公司维持了良好的伙伴关系，总是有做不完的订单，即使是在经济十分不景气的大环境下，公司的业绩还是呈现直线上升态势。

可以说，宫城先生不论走到哪里，总是受到尊敬和优待。在家里，他是妻子依赖的丈夫，是子女们寻求帮助的父亲，妻子和子女都绝对服从他的威严；公司里，所有的员工对他都毕恭毕敬，公司的一切大事都依靠他做最后的决定；社会上，只要是在东京，不论他走到哪里，哪怕是去饭店吃一顿简单的便饭，别人也会特意优先为他安排一个僻静的或是靠窗的位置——依宫城先生的心情而定。

可是，这样一个充分享受着成功滋味的中年男人却时时感到一点失落——总觉得生活似乎少了一点惊喜和刺激，他体内那股年轻人的热血和冲动还经常跑出来困扰他。可是，只是想想罢了，难道自己这么一个有身份、有地位的体面的上等人能像那些粗俗汉子们一样三五成群地跑到露天酒馆里一起去喝那种低劣的烧酒吗？还是和那些欲望无处发泄的毛头小伙子们那样到那些脱衣舞场去面对那些姿色不怎么样的脱衣舞娘们，通过开一些低俗的、下流的玩笑来获得一些变态的快感？

说实话，宫城社长骨子里并不鄙夷反而是十分向往这种下等人的生活。可是，在东京这座城内，他就是一个散发着光芒的明星——几乎所有人都认识他。若是他们看见大名鼎鼎的宫城社长出现在那些下三烂的地方，不知道会散布些什么闲话。

因此，宫城先生一直压抑着自己的欲望，这些年来商海打拼的历练让他能够做到这一点，虽然有时候还是免不了心烦意乱。这种情况一直维持到两年前。宫城先生的牙齿一直不好，很早就是满口蛀牙，经常也会受到牙痛的困扰——宫城先生潜意识里总是认为牙齿不好和人的犯罪性格有点关系。两年前，他终于下定了决心，将满口的牙都换成了假牙。

意外的是，换上假牙之后，他惊奇地发现自己的相貌发生了变化，或许是原来自己两颗稍微有点往外突的门牙被拔掉了，他感到自己的脸似乎变长了，嘴巴也变得好看了些，连妻子也说自己跟以前有点不一样了。他想起了以前一个朋友给他讲过的日本著名演员上山草人的事情，这个在美国获得了巨大成功的演员也是满口假牙。这个在好莱坞扮演了各种奇怪角色的演员几乎每变换一个角色，就会戴上一副新的假牙，每次也都有不同的效果。刚开始时，观众们甚至以为是另一个人。可以说，上山草人在美国之所以能够获得成功，他数量庞大的假牙功不可没。宫城自己年少时也曾经看到上山草人演的几部美国电影，的确容貌有很大变化。

从那以后，宫城就开始注意假牙的神奇作用。一切都不一样了，他决定利用自己的这个小小发现为自己找一点额外的乐趣。借着到外地谈生意的机会，他暗地里找了当地一个并不出名的牙医给自己做了几副式样各不相同的假牙，借口是自己是一个喜剧演员，因为表演的需要自己必须多配备几副假牙。

这几副假牙，宫城看得十分宝贵，将它们藏在自己办公室内的一个小型保险箱内。没有事情的时候，他经常把自己反锁在办公室里，一个人对着卫生间的镜子，一套一套地试那几副假牙。这些假牙，有的被做成黄色，有的连牙龈都被染成黑色，有的则向外突出得厉害，戴上之后，宫城感觉到自己的整个面颊尤其是下半部分都发生了变化——可是，还是能够看到宫城先生自己的影子，若是被那些和自己十分熟悉的人看到了，只怕还是能够认出自己。

他想起了自己以前看过的江户川乱步写的一篇散文，散文中曾经提到了一个名为《总统侦探小说》的小说的故事梗概。这部小说讲的是一个意外失足的人通过外科整形手术彻底改变容貌重新做人的故事。江户川乱步在文章的最后写道，虽然并不一定像小说中的人那样是逼不得已，可是这种重塑自我重新做人的愿望几乎每个人都有，这种心理可以称之为"隐形裳衣愿望"，这是隐藏在人们心灵深处的双重人格的一种表现。

不过，宫城虽然向往着能够打破束缚，按照自己的本性来生活。可是，他并不想辞去宫城贸易社社长的职务，把自己辛苦打拼这么多年的成果拱手让人；也并不想和妻子离婚，抛弃自己的一对儿女。他其实只是想在自己日复一日枯燥乏味的家庭生活和商业活动之外，寻求一点时间、一个地点，可以不必顾忌社会和家庭对自己的束缚，这种长久被压抑的欲望越来越强烈。

因此，宫城想到了另外一个办法，整容手术对自己来说虽然并不现实，可是现在的化妆术这么高超，想把自己短暂地变为另外一个人并没有多少困难。他开始做进一步的准备，买了一整套的化妆工具，花高价向大街上那些看起来十分粗俗的汉子买了几套面料低劣、外表也十分油污肮脏的衣服。

东西都准备好之后，他再次把自己反锁在房间里，对着卫生间的那面小镜子开始给自己设计新形象：他在眼睑和眼角涂上些不显眼的阴影；在脸上各处化了些淡妆，淡到即使白天在近处看也看不出来是化过妆的程度；设法让眼角稍稍向上吊了一些；他用黑色的绸子制作了一顶睡帽，在帽子内侧，像制作帽檐一样，加进去一层薄薄的、用铜铁皮做的圆环，将两边的鬓角压住，然后又在睡帽上戴上了一顶鸭舌帽。

"若是有人问我为什么总是戴着这样一顶睡帽，我就告诉他们小时候不小心摔倒导致头上留下了一条丑陋的伤疤。"他暗暗地想。接下来，他又取出一副假牙装上。现在，镜子里完全是另外一个人了，不是宫城圭助，他为这个新的人取了另外一个名字——松永昌吉。既然易容的目的是为了不让周围的人发现自己，那么保留着以前的名字不是一件很愚蠢的事情吗？现在，那个老实、忠诚、谨慎的贸易社长宫城圭助消失了，取而代之的是一个粗俗、困窘甚至有点流里流气的陌生男人。

其实，宫城本来还想在眼睛上做点手脚，除了眼影和眼线。因为有一次近视的他摘下眼镜后，突然发现自己的眼睛不大，从镜子里看去，完全就像是别人的眼睛。他仔细地查阅了一些资料，发现有一种可以放入眼睛的合成树脂镜片，能够自由地改变虹膜的颜色和大小。他谨慎地向一位眼科医生进行了咨询，得到的答案是目前的确有这种镜片，并且已经在美国投入使用，但是日本目前还没有引进。他曾经想过打电话向美国进行订购，对他来说这是很方便很容易的事情。可是那样的话，就必须自己测量虹膜的大小还有眼球的弯曲度，这种工作似乎太专业了。宫城最终决定放弃这个想法——如果真的想让自己的眼睛看起来不一样，只要摘下近视眼镜就可以了，毕竟自己近视的程度并不深。

从那以后，每周总有那么一天，临到下班时间之前，宫城会给家中的妻子打一个电话，假借跟朋友或者商业伙伴有应酬而不回家吃饭——这类借口是很容易找到并令人信服的。然后，他便把白天藏匿在保险箱里的装备通通转移到自己一个平时用来收集旧书的大帆布包里，在职员们一片鞠躬和问好声中兴奋地走出办公大楼。

（二）

走出大楼，宫城做的第一件事便是到附近火车站的厕所中，把自己关在一个肮脏的小隔间中，迅速地化妆和换衣服——因为曾经反复地练习和实践，现在宫城已经能够做到在10分钟之内把自己迅速地变为另外一个人。宫城已经完全变了一个人，对于以前那个爱好奢侈、爱好享受甚至有着轻微洁癖的上流社会的宫城来说，在这种脏污不堪的地方站一站都是难以忍受的，别说换衣服了。可是，他现在已经是松永昌吉了，这种地方正适合给这种下流人使用。当然，他也就不可能去租一间公寓来给自己做化妆室和衣帽间了，松永昌吉怎么会有那种经济能力呢？

换好衣服之后了，他通常会去一些偏僻和杂乱无章的街道，比如浅草、尾久、池袋、千住，在那里东游西逛，过上了那种随心所欲的流氓生活。在他刚刚变身为松永昌吉的时候，他最常去的地方是浅草的脱衣舞场，坐在最前排，贪婪地看着脱衣舞娘们一件件地把身上的衣服解下来，用手肆意地抚摸舞女们的裸体，口里还说着一些淫秽不堪的话语。

有一次，他痴迷地望着脱衣舞娘的场景，还被暗藏的记者拍成画面登在了报纸上，不过，没有一个人认出来。这种事情，在以前的宫本社长看来是想也不敢想的。可是现在宫城圭助已经变成了松永昌吉，以前那些高雅的爱好已经跟他完全没有关系了。现在无论多么粗俗的事情，他都可以忍耐；无论多么丢丑的行为，他都满不在乎地去做。

随着松永昌吉在另一个世界的时间渐长，他的行为也越来越大胆了。他不再满足于各种脱衣舞场的表演，开始进入更为丑陋的世界去尝试一些更为猥亵和丑恶的事情——他任由自己男性的动物本能无拘无束地发泄，满足于一种变态的快感中。

除了满足自己的欲望之外，松永昌吉还试着接近那些真正的下层男人。他找寻一些最便宜的小酒馆，和那些打零工的老头子、小伙子们一块聊天、喝最便宜的烧酒，他们的话题往往是女人，各种细致的细节描述往往逗得其他人哈哈大笑或者是满脸欲火，他还经常为他的这群穷朋友们付酒钱。从他们口中，他得知了赌场的位置，经常到里面小试身手。开始时，赌场里那些人不过把他当成一个冤大头，后来看他虽然衣着寒酸却往往出手阔绰，也就开始真正地跟他交朋友了。

松永昌吉似乎拥有花不完的钱，这当然是白天那个世界中的宫城提供的。因此，尽管松永昌吉往往一个星期甚至更长的时间才会出现一次，可是他的朋友们却常常念叨他。可以说，松永在这里混得是相当不错的，甚至这个地方一个颇有声望的黑道大哥还曾跟他一块喝过酒。

不过，尽管每次宫城来这种地方时都变换了身份，可有两件事情他是坚决不做的——打架和盗窃。因为，这两种事情一旦有人报案，很容易被警察带走。到时候面临警察的审讯，自己的身家来历只怕统统要交代清楚，更糟糕的是还要通知家人来取保候审。他并不想完全舍弃宫城圭助这个身份，无论松永昌吉在这个世界里做了什么臭名昭著、声名狼藉的事情，还是要尽力保全宫城在白天世界里的身份和地位。

他完全沉浸在这种身份转换之间的乐趣了，就好像那些两栖动物一样，既能享受在陆上爬行的快乐，也可以体会到水中畅游的惬意——白天是正襟危坐、严肃有礼的成功商人，晚上则是放荡不羁、下流庸俗的粗野男人，这真是太刺激了。

为了维持这种乐趣，宫城开始变得小心翼翼。一个月的时间，他只能有3天晚上变成松永昌吉，最多也只能是一周一次。因为，次数太多了会引起妻子的怀疑，尽管她并不说什么——毕竟平时真正有应酬的时候也不少。另外，那些有可能受到牵连被警察带走的事情他坚决不做。万一真的受到了牵连，他打算在最短的时间内溜走。到时候，自己只需要换上原来的衣服，洗去脸上的化妆再除去假牙就可以了。哪怕警察再怎么搜查，也不会查到他身上——谁会相信这么一个体面人会做出那样的事情呢？

宫城先生这样的快乐生活维持了两年多，他感到这种分裂的生活对他非但没有什么不好的影响，反倒带来了积极的一面——每次他化身松永昌吉出外游荡的第二天，他总是精神抖擞，格外有活力，做起事情来也特别有效率。"那些真正有问题的人是那些压抑自己的人，像我这样才能为自己的压力找到出口和宣泄的地方。"宫城先生暗暗地想。

可是，他的这种纵情任性的生活在一个月以前结束了，一切都因为一个人的出现。

（三）

那天很早，他便给妻子打了个电话随口编了个理由说晚上要跟老同学聚会不回家了，然后就出了公司。他在千住一个类似贫民窟的地方闲荡，不知不觉到了一个类似于废弃工厂的黑色马口铁皮墙壁前的空旷所在。那里立着一排空旷的旧平房，平房前面则种着一排参差不齐的树篱笆，看来很久没人修剪过了。靠墙壁的地方扔着两三根废弃不用的旧电线杆，充斥着一片破旧、荒凉的气氛。他今天天还没黑就出来了，现在离回家还有五六个小时。

松永昌吉今天并不想去浅草或者其他地方的脱衣舞场，也没有兴趣去找那些浓妆艳抹的下等娼妓寻欢作乐——他坐在电线杆上休息，静静地观察周围的景色：天色看起来有点发白，是秋天的傍晚经常会出现的那种白色，虽然看起来十分清爽，却也让人稍稍地感到些许寂寞，隐隐唤起了松永昌吉的乡愁。松永昌吉禁不住为自己这种少年的小情怀而感到有些惭愧，心底却也有一点莫名的兴奋，总觉得今晚会发生一些不同寻常的事情。

不知道过了多久，沉醉在这种隐隐的忧愁和兴奋中的松永昌吉被唤醒了。

"叔叔应该不是这里的人吧？看起来不像呢！"一个略带些稚嫩的声音响起，听上去有种奇怪的吸引力。松永昌吉惊奇地转过头，看见离自己不远的另一根电线杆上坐着一位少女，正定定地看着自己。天色很暗，借着仅存的一点日光，松永昌吉勉强看清那个女孩大约十五六岁，穿着一身学生装，并没有什么特别，只是一双瞳仁黑得如同看不见底的古井——仿佛有一种能把人吸进去的强大魔力。

"我不是这里的人，你是吗？"松永昌吉对这个小女孩有一种莫名的兴趣。

"我就在这附近，这里有一个高中。"少女的声音真的很吸引人。

"你读高中几年级？"

"高二了！"

喔，眼前的这个小姑娘对于高二来说似乎太小太瘦弱了些，松永昌吉暗暗地想，这还是一个很孩子气的少女呢。

"叔叔一定是从很远的地方来的吧？叔叔看上去跟我们这里的人很不一样呢！"孩子

气的少女还在追问。

松永昌吉有些惊异，尽管他知道小孩子常常有些大人没有的直觉，可还是觉得面前的这个少女不可思议。少女向他走近两步坐下，他开始细细打量眼前的少女。少女的家境似乎很不好，苍白的营养不良的脸庞泄露了这个秘密。她身上穿的宽大的连体学生服上有些污迹，显得又脏又破。不知为何，松永昌吉从内心深处产生一种着迷的感觉：眼前的这个少女似乎有些畸形，并不是指外表。从外表来看，这个小姑娘甚至可以称得上可爱，眼睛很大，稍有点向外鼓；鼻梁很低；嘴很大；从面颊到脖子的线条细致、柔和。单从相貌而言的话，这个小姑娘给人一种很愉快的感觉。或许是心灵的畸形导致外貌也带上几分不正常的色彩吧，松永昌吉暗自推断。

"叔叔从来不说假话吧！叔叔一定是个不会骗人的人。"少女仰头看着松永昌吉，眼睛里透露出一股天真的气息。

"为什么？"松永昌吉很感兴趣。

"为什么？我感觉叔叔的脸跟我们这里的男人很不一样，你一定不会像那些男人一样随便骗人的。"

松永昌吉有些哑然失笑，少女的直觉这次失灵了：作为一个成功的商人，宫城这辈子最擅长的就是骗人，他这半生不知道说过多少谎言。

"你认识的男人都撒谎吗？"松永昌吉对眼前的少女很感兴趣。

"是的。所有的男人都骗人，我们学校的老师就更不用说了。"少女眼睛望着前方，重重地叹息了一声。

松永昌吉还没有来得及说些什么，少女已经又开始自顾自地叹息："恋爱真是一件奇怪的事情，为什么人不结婚就可以恋爱，结了婚之后就只能跟一个人在一起呢？"少女把头侧向一边，似乎真的在思考这个问题，样子很惹人怜爱。

松永昌吉静静地听着少女的自言自语："我在学校里养了许多只鸡，鸡可是随便会和任何一只其他的鸡交配的。鸡肯定是不会谈恋爱，所以它们才随便交配；人因为会谈恋爱所以结婚之后就只能跟一个人在一起了。结婚难道就是只能跟一个人做爱吗？"眼前的少女果真有些奇怪，脑子里全是一些和年龄不相符的奇怪想法。

"没有办法，我们都生活在这个社会里，所以就得遵循这个社会约定俗成的规则啊！"松永昌吉耐心地向眼前这个少女解释，他对这个少女有一些奇怪的情愫。

"叔叔真的是不撒谎哎！我开始喜欢上叔叔了。"

气氛似乎更加和谐了，两人之间的交谈也更加深入了。松永昌吉告诉小女孩自己是个失业的游民，小女孩则告诉他自己的名字叫作北野文子，她的爸爸是卖鞋的，妈妈则在家照顾两个弟弟。

突然，文子抬起头，调皮地问松永昌吉："叔叔偷东西吗？"

"不偷。"这是真的，不管是松永昌吉还是宫城，都没有偷过东西，虽然原因不同。

"为什么呢？"

"因为害怕被抓住啊！叔叔可不想被抓到警察局里呢！"

少女沉默了一会儿，"是这样吗？我也害怕呢，我也想偷橱窗里的各种东西，可是不敢。自己想做的事情只能忍着，真实叫人不痛快。为了高兴有时候只能把这些事情忘掉。"少女真的有一种和年龄不符的深刻。

"那么，你喜欢叔叔吗？"松永昌吉仿佛逗乐一样问小女孩。

"叔叔真讨厌，明明知道还故意问。"

两个人都不说话了，长时间注视着对方。少女没有丝毫的害羞，松永昌吉却不好意思了，他感到自己喜欢上这个小女孩了。他记起来这个女孩和自己的女儿年龄差不多大，他心中宫城社长的身份突然抬头了。

少女忽然站起了身。

"叔叔，我给你跳一支舞吧！我最喜欢跳舞了！"少女的脸上显现出一种可爱的神情，双手插在腰上，屁股便开始扭动。这种舞蹈很奇怪，松永昌吉从来没有见过。舞蹈很短暂，不到一分钟就完了。松永昌吉细细地回味刚才的舞蹈，渐渐体会出其中有一点淫荡的感觉。女孩看着失神的松永昌吉微微一笑，紧挨着他坐了下来。松永昌吉闻到了少女身上干草的香味，也感到了少女身上传来的热度和压力。他回味着少女刚才扭动腰肢时那种暧昧和猥亵的感觉，从那种不合章法的舞蹈中感受到一种畸形的无法言喻的美感。等他从这种感觉中苏醒过来时，天已经完全黑透了。

"叔叔，你想不想看看我的秘密房子？走吧！"少女突然站起身说。

"秘密房子，什么秘密房子？"

"是我自己秘密藏身的地方啊！我不高兴的时候就会一个人过去躲着。"

"好呀！你愿意给叔叔看你的秘密，叔叔当然愿意了！"

就这样，文子走在前面，伸出一只手递给松永昌吉，两人顺着已经完全黑透了的街道走了过去。松永昌吉此刻如同着魔一般，完全没有考虑会不会有什么危险。松永昌吉感到这个女孩正引导着自己往一个向往已久的神秘国度走去。他感到自己仿佛在遥远的过去经历过同样的事情，他已经完全分不清究竟是幻觉还是现实了。

"文子住的地方一定是一所空的旧房子。"松永昌吉暗暗地想。果然，当他们又转过一个街角时，文子指着眼前出现的一所旧房子说："这就是我的秘密房子了，我们进去吧！"

房子立在一片废墟上，四周连围墙都没有，看起来比刚才的旧厂房还要破旧，仿佛随时都会倒塌。"看起来像是鬼屋。"松永昌吉环视着房屋周围的环境说道。

"没错，有人说这地方有鬼出没呢！不过我是不害怕这些东西的，叔叔害怕吗？"文子脸上的表情很奇怪，松永昌吉觉得文子本身倒是有些像一个女鬼。

"我也不怕。"

文子拉着松永昌吉的一只手，将他带进了屋子。屋子因为长年没有人打扫的关系，散发着一股浓重的霉味，松永昌吉忍不住打了两个喷嚏。

"没有电灯，虽说有点暗，可还行吧？叔叔觉得呢？"奇怪的是，一进到房子里面，文子仿佛变了一个人，声音里带着一种不能抑制的情欲的味道。

很快，松永昌吉体验到了这一种奇特的梦幻一样甜蜜的味道。刚在门外时还是一个稚气未脱的小女孩，一转眼就变成了一个无比淫荡的小妖精。不知道为什么，松永昌吉心底升腾起一种神圣感，仿佛自己不是在和一个普通的女人做爱，而是和一个女神，原本只在梦中出现的女神。临近12点了，松永昌吉不得不和自己的女神告别——他要按时回到自己宫城圭助的世界中去。他现在感到一种以前从未有过的无可奈何的甜蜜。

（四）

回来之后，宫城圭助几乎每天都在想着那个奇怪的女孩——他现在称她为"畸形女神"，奇怪的洞察力，不同寻常的敏锐，性感的充满情欲的嗓音，都让他感到着迷。每周一次的变身时间他现在都奉献给了自己的"畸形女神"。事实上，他希望有更多的时间和女神在一起。可是他不能打破每周一次的规矩，他知道自己必须自制，只有这样才能将另外一个世界永远地维持下去。

上周的时候，是他第三次和自己的女神约会。还没有到下班的时间，他就激动地浑身发颤，以至于后来在火车站里的厕所化妆时手不停地抖动，原来10分钟就可以完成的易容过程现在足足耗费了20分钟的时间。他在心里暗暗地诅咒自己的笨手笨脚——这耽误了他和文子在一起的宝贵时间。

见了面，依旧是如前两次那样的激动人心，文子性感的声音萦绕着他，他又找到了自己梦境中的甜蜜、神奇的王国。可是，晚上10点钟左右和文子告别之后回家的路上，却遇到了一点不愉快的事情。

他走在黑暗的里弄里，隐约觉得有人在跟着自己，联想到文子所说的这附近有鬼出没的传闻，他不由得浑身冒出了冷汗。松永昌吉硬着头皮往前走了没有多久，一个男人的声音从身后想起来。

"叔叔似乎很喜欢文子呢！文子很感谢叔叔，我也该替文子谢谢叔叔！"那人一边说话，一边绕到了松永昌吉面前，是一个二十五六岁的男子，茶色的短上衣和毛卡其裤子上都有不少污渍，抹得油光的头发下面有一块伤疤，眼睛细长，下巴很宽，让人看了很不舒服。松永昌吉直觉上觉得这是附近的一个小流氓。

"你是文子的什么人，是他的哥哥吗？"

"不是，看起来很像兄妹是吗？不过请你不要再接近文子了。"眼前这个男人看起来喝醉了。

"那，我为什么不能见文子呢？"

"是一些叔叔不知道的原因，我不能告诉叔叔。只是我求你不要再接近文子了。"眼前这个青年看上去很强壮，性格却不怎么坚强，已经开始在抽泣了。

松永昌吉有些疑惑，难道这两个半大的孩子想要跟自己玩什么欲擒故纵的美人计吗？可是，文子并不是什么妓女，应该不至于。那么一定是眼前这个男孩迷上了文子，才这么哀求自己。松永昌吉有些看不起眼前的这个男孩子，说话带着哭腔，语气一点都不自信反而苦苦哀求。

"好吧！我会尽量不再和文子见面的。"松永昌吉现在只想赶快脱身，不再愿意多和这个小流氓继续纠缠。

"谢谢叔叔！真的求叔叔不要再见文子了！"青年的眼睛里甚至流露出感激来了。

回去之后的这一个星期，宫城一直在想着这件事情，想到那个男子可能是自己的女神的男友，他嫉妒得简直要发狂了。可是，文子的性格应该不会同时被两个人玩弄，应该不是，他想着一定要在这次见她时向她问清楚。

今天就是跟文子见面的日子，他早就迫不及待了。可是，就在临近下班的时候，一位客户不合时宜地赶来了。没有办法，多年来养成的习惯迫使宫城社长做出热忱的表情倾听着客人的谈话，心里却一直计算着时间。

"社长先生，我们公司的困境您一定是了解的。希望社长能够伸出援助之手，帮我们公司暂且度过这次难关。"来客额头的青筋暴露，满脸都是因焦急而露出来的汗珠。

社长先生刚才脑子里正回味着文子充满诱惑的舞蹈，此刻突然回过神来，"我明白您的意思了。我会尽量按照你所希望的执行这套方案的，不过我需要和社里其他人商量一下。这样，两三天后我再给您回电话。"

客人尽管失望，却也无可奈何，只得站起来说着一些恭敬而客套的告别语。宫城先生目送着来客离去，决定对刚才客人的请求不予理会。毕竟这么多年的商场经验让他充分明白什么事情该做而什么事情不该做。回到办公室，社长对着打字员口述了 3 封信，随后又给夫人打了一个电话说自己今晚有应酬而无法回家吃饭。

做完这些，宫城就毫不停留地从桌下取出他那个早就准备好的大包走了出去。快步走下大楼的台阶，司机已经为他打开了凯迪拉克轿车的车门，"东京会馆。"他简短地对司机说。

司机把他送到会馆之后，他便让司机回家了。他自己一个人则在会馆里面吃完了一顿简单的晚餐后，便出来随便找了一个厕所换上了自己的装扮——他现在又是松永昌吉了：藏青哔叽西服的领口油污、胳膊肘部位已经磨损得发亮；红褐色、横条纹的毛衣里面没有穿白衬衫直接套在了身上；裤子早已经没有了裤线，既单薄又肮脏。

他摆手叫了一辆中型的出租车，坐了进去，"千住。"他简单地对司机说。出租车有些年头了，性能不太好，加上前往千住的公路并不平坦，因而一路上颠簸得很厉害。不过，比起等会儿能够见到文子的乐趣来说，这简直不算什么。大概一个小时之后，他到了千住车站附近，"就在这里下车。"他付了钱，打开车门，便快步地向着自己的梦之城走去。

不过，这次的约会没有那么顺利。在他还有两个街角才能到达文子所住的房屋的时候，上次纠缠他的那个男孩又转出来了。

"叔叔现在急匆匆地是要去见文子吗？叔叔上次曾经答应过我不再见文子的。"那青年似乎又喝醉了。

"你好像很喜欢文子？你既然上次告诉我你不是他的哥哥，我想问一下你们究竟是什么关系？"

"我喜欢她怎么了？不是很好吗？文子她是个宝贝啊！她是属于我的，我不许别人碰他。我会为了她拼命的，叔叔。那样的女孩可是独一无二的，再也没有第二个了。"青年又忍不住在抽泣了。

松永昌吉感到有些恐怖，他不知道文子究竟是一个什么样的女孩，可以将自己和那个青年弄得神魂颠倒。现实的世界和梦境中的世界混合在一起了，松永昌吉感到头有点晕了。

"他会不会杀了我呢？"松永昌吉暗暗地想。

"叔叔，求您了，千万不要跟文子在一起了。"说完这句话，男子就没有声音了——他又绕过街角，消失了。

　　松永昌吉看着青年的背影，一种不舒服感涌上心头。他想干脆回转身去，今晚不要跟文子见面。可是，想到文子在空房子里等待自己的样子，又实在不想让文子失望。松永昌吉决定去找文子问清楚。等来到文子的秘密房子后，他先绕着房子周围看了一圈，确定没有那个青年的痕迹后才推开房门，摸索着走了进去。

　　文子的声音随后不久就传过来了。

　　"是叔叔来了吗？"文子的声音很低，带着一种淫靡的味道，完全不像是个16岁的少女。

　　两人立刻抱在了一起，松永昌吉贪婪地吮吸着少女身上干草的味道，少女纤细的身体仿佛要被松永昌吉给折断了。

　　"叔叔，我好想你啊！"少女在黑暗中探索者松永昌吉的嘴唇。她的嘴唇非常甜美，如同年轻母亲的乳房那样丰满有弹性。松永昌吉突然从甜蜜中苏醒过来，当他想要放开少女时，少女却怎么也不肯松手。

　　"你认识一个头上有疤的男孩子吗？"他好容易喘了一口气，问道。

　　"认识，"少女并不吃惊，脸上又露出了笑意，"叔叔见过他吗？"

　　"见过，上次回去的时候和刚刚来的时候，已经见过两次了。他流着泪求我不要再见你了。你跟他是什么关系啊？"

　　"哭哭啼啼的男人，他也哭着求过我呢！他叫斋田五郎，以前在自行车店工作，现在已经失业了。他在自行车店工作的时候就说喜欢我。"少女似乎很恼怒。

　　"那文子喜欢他吗？有没有跟他睡过呢？"

　　"嗯，不过只有一次。是他硬要的，他力气很大，我打不过他。他以为那样我就是他的恋人了。不过我可不这么想，我一点都不喜欢他。一想起他，我就感到恶心。我喜欢叔叔，胜过喜欢他一万倍一千倍呢！"

　　松永昌吉对这个答案很满意，两个人在席子上躺着闲聊，时间很快就过去了两个多小时。突然，屋子的门被踹开了——这门本来就不怎么结实。一个带着哭腔的声音传过来了。

　　"你这家伙，根本就不懂得遵守承诺。"男子因为生气、愤怒、委屈而声音变得十分恐怖。突然，一个结实的身躯向着松永昌吉扑过来了，他手里握着一把发亮的小刀。松永昌吉措手不及，伸出手想要去阻挡。无奈那男子因为长年从事体力劳动而身体健壮，松永昌吉的身体则一向十分虚弱再加上年纪比较大，很快就不占上风了。

　　松永昌吉只觉得双手酸麻，锋利的刀锋则不断向自己靠近，他感受到了青年那带着口臭的呼吸声，只觉得自己今晚就要死在文子这里了。妻子、儿子、女儿还有贸易商社部下的脸交替浮现在他面前，他真的要晕过去了。

　　突然，他听到"啊"的一声，青年手上的力道似乎弱了下去。他睁开眼睛一看，文子不知道从什么地方找来一根绳子，正死命地勒在青年的脖子上。

　　"叔叔，快点帮忙啊！我的力气不够的。"松永昌吉反应过来，跳到青年背后，帮文子勒着绳子。很快，青年便不再挣扎，也不再发出任何声音了。青年的身体松软下来，脸色惨白，肿胀得如同一个气球一般，而长长的舌头从嘴里吐了出来，十分可怕。

　　文子不知道跑到哪里去了，大概不愿意面对这可怕的尸体。松永昌吉把手放到青年的胸口，已经完全没有心跳了。自己以后只怕再也不能来这个地方了，以后松永昌吉这个人要永远消失了，他暗暗地想。大概过了十几分钟，少女突然又回来了，手里拿着一些铁丝和一把铁锹。"叔叔，这样是不行的，说不定一会儿他会醒过来。叔叔帮我把铁丝勒在他脖子上吧。"少女求救般地望着松永昌吉。松永也害怕青年一会儿又醒过来，因而接过铁丝狠狠地勒在死者的脖子上，又在一侧转出好几个弯——青年应该没有生还的机会了。

"叔叔，我们赶紧把尸体埋了吧！就埋在席子下面。"少女的声音冷静得泛着金属的光芒，完全不像是刚刚杀过人的样子。相比之下，松永完全不像是个久经商场的男人了。松永昌吉从少女手里拿过铁锹，掀开席子，下面的土很湿很软，不到半小时，松永昌吉就挖出了一个大坑，将青年的尸体抱进去后又细细地将土填平。埋好尸体之后，松永昌吉又仔细检查了屋子的各个角落，没有发现什么青年遗留下的东西。

处理完这些事情后，两人再次在下面埋着死人的旧席子上坐了下来。松永昌吉现在在思考着如何开口跟文子道别。"文子，今晚的事情，只有我们两个人知道，不要对任何人泄露。否则咱俩都会完蛋的。"

"我知道，我绝不会跟别人说的。只是叔叔应该比我更危险，叔叔以后应该不会来了吧？"少女的心思果然十分敏锐，松永昌吉有些不寒而栗。

"嗯。我可能有一段时间不会来了，这样对我们两个人都好。就算是警察发现有人死了，你不过是一个小孩子，一个人怎么可能杀得了那么一个大男人；至于我，你根本就不知道我住在哪里，做什么，甚至连我叫什么名字也不知道，我也不会有事的。"松永昌吉这个人要从世界上消失了。

"我什么都明白。我从一开始就知道叔叔和我们不是一个世界的人，总有一天我是要和叔叔分开的，只是没有想到我跟叔叔分开得这么早。"少女敏锐的洞察力帮助了他们，两人的离别因此没有那么伤感了。松永昌吉为自己的情绪感到羞愧，自己还没有一个十几岁的小姑娘果断干脆。

"我知道叔叔不会再来了，不过我真的是喜欢叔叔的，叔叔再抱抱我好不好？"松永昌吉想到自己再也见不到这个令自己如此着迷的女孩了，心中也禁不住悲从中来。两个人紧紧拥抱着，尤其是文子，不顾死活地紧紧抱着松永昌吉，松永昌吉感觉自己都要窒息了。这个女孩瘦弱的身体怎么会爆发出这么大的力气？

女孩的眼泪流到了松永昌吉的嘴角，咸咸的、湿湿的，松永昌吉感觉到自己的眼泪也要流下来了。女孩剧烈地抖动着肩膀，刚开始是抽泣，最后变成了号啕大哭，那种痛哭声让松永昌吉感到浑身发紧——他一生中从未听到过这么狂热的撕心裂肺的哭声。

突然，怀中的女孩停止了抽泣，她一把推开松永昌吉说："叔叔走吧！我跟叔叔现在就要分别了。"

松永昌吉跌跌撞撞地从破旧的房屋中跑出来，失魂落魄地在街上待了好久才看到一辆往城里方向驶去的出租车，他满面的泪痕吓得出租司机不发一言。汽车到了东京某个车站附近，松永昌吉下了车进了厕所。等他出来时，他又是以前的那个爱打扮的衣衫整齐的宫城圭助了。他步履缓慢地走回了自己位于涉谷的家，等他进门时，时钟已经过了12点了。

他想，松永昌吉消失了，现在只有宫城圭助了。可是晚上他又做了一个奇怪的梦，梦里有一个奇怪的女孩。

致命幻想

【美】戴维·默莱尔

打开灯的那一刹那，他惊呆了，韦斯如腐烂的尸体一般出现在他的面前：双颊凹陷，肌肉萎缩，白色的牙龈和牙齿暴露在外，他的整个身体软塌塌地陷在一把椅子里，周围弥漫着臭气。和戴维分别的这些日子他到底经历什么，竟落得如此境地？

（一）

詹姆斯·迪肯在美国影迷的心中可谓大名鼎鼎。20世纪50年代，他一连主演了3部影片，在《浪子回头》中他扮演了一个小兄弟，《三十二大街上的反抗》饰演的是少年犯，《生的权利》中则刻画了一个负责钻井的石油工人，因为盲目开掘而破产丧命。

凭借这3部影片中的经典角色，迪肯成为20世纪五六十年代好莱坞众多男女明星中的佼佼者、百老汇的杰出演员以及观众眼中的天才童子军。尤其是在《生的权利》影片中，作为配角的迪肯的表现让他成功地盖过了其他五六位主要演员的风头。

但这位来自俄克拉何华州的农场男孩并没有接受过什么系统的表演教育，实际上，迪肯没有从任何学校毕业过。50年代中期，这个来自破碎家庭的少年犯险些因盗窃被送进当地的感化学校。他对戏剧或者说表演的热爱来自一位普通的中学老师的启蒙——他对电影以及话剧的热爱为这个父亲出走、母亲酗酒的不幸孩子打开了一个新的天地。

从那所中学辍学之后，迪肯便找人借了100美元，沿途搭乘免费的顺风车来到了纽约。他辗转于纽约各大制片厂的门口，想方设法地打听到了李·斯特拉伯格的住址——斯特拉伯格所办的艺术学校是纽约最著名的培养明星的地方，但是通常情况下，它只接收那些已经出演过一两部作品小有名气的男女演员，比如布兰多、纽曼、克利夫特、加扎拉和麦克奎恩等。迪肯在斯特拉伯格的门外的台阶上露宿了3个夜晚之后，这位世界级的导演才终于答应给他一个进入摄影棚的机会。

迪肯的表现当然令斯特拉伯格赞赏，这个男孩在《浪子回头》中出演的机会就是因为他的极力推荐才得到的。第一部之后，无须斯特拉伯格或者是其他人的推荐，制片商、剧本纷纷自动地找上了门——他天才的表演已经早就在纽约的电影界传开了。

不过，迪肯没有机会一一履行那些送上门来的电影邀约，他在赛车中丧了命——他本来可以拥有更长更辉煌的职业生命，但赛车这个祸根使这一切幻想戛然而止。迪肯狂热地迷恋着赛车，他拿拍电影赚来的钱买了一辆无比昂贵的超级护舰型赛车。正是这辆赛车，在加利福尼亚北部的一条跑道上以100英里的时速撞上了迎面而来的一辆大型载重卡车，车和人都粉身碎骨——疯狂的迪肯和他那些同样疯狂的朋友们没有申请封锁公路就开始了比赛。

有一种传言说，当时迪肯并没有在那场车祸中丧命——他活了下来，但是四肢残废并且毁了容。因此，他跑到一个地方躲了起来，以免他那些狂热的影迷们看到伤心。这当然是无稽之谈，是那些整日闲得无聊的娱乐记者们随口扯出来的荒诞不经的猜测：迪肯的确曾经在摄像机镜头前以及大荧幕前展现过他惊人的天赋，但是，正如一颗流星那样，他爆炸陨落了。

更加具有讽刺意味的是，迪肯并不知道他身后到底会享有怎样的盛名，他出演的3部影片都在他死后才公开上映——他在被撞成碎片之后才成为纽约电影界的超级巨星。

很多戏剧理论家以及专业的影评人员都曾经热衷于讨论为什么迪肯的表演如此吸引人心，他们得出的结论是这很大程度上因为迪肯幸运地拥有一张适合电影的脸——摄影机镜头非常喜欢对准他，即使这不在预定安排之中。有的人现实生活中相貌俊朗，试妆时扮相也不错，但是一到大荧幕上却表现平平；而有些相貌普通的人却可能在镜头前表现得非常出色。迪肯，非常幸运地属于那种两者兼顾的人，不论在生活中还是荧幕上，他永远是个帅气的小伙子，人们说他就像一部会走动的电影。

不过，迪肯的传奇已经属于是上辈人的事情了，生活在当下的人只从荧幕上见识过他的风采。但是，现在却有人突发奇想，想让这颗坠落的星再度辉煌一次。产生这个大胆想法的是纽约一位小有名气的编剧戴维·斯隆，确切地说，是戴维的妻子吉尔女士。

戴维前段时间驱车带着他的妻子到电影制片厂的放映间去看前几天拍摄的样片，他最近一直在为这部电影的剧本烦心——它被一个丝毫不懂得表演艺术的男模糟蹋得面目全非：出于某种考虑，导演和制片方没有请专业的演员来担任其中的男主角，而是找了最近当红的一位男模，这个男模的表现根本称不上是表演，最多算是摆摆姿势。除此之外，作为电影界的新人，他居然狮子大张口般的为这部片子要价800万美金，预付金的比例高达15%。

戴维一边看样片，一边对妻子抱怨："更糟的是这个家伙擅自改变我的剧情，他自己编造出来的那段东西听起来像是白痴写的。你知道他是怎么寻找灵感的吗，吉尔？冲撞拖车，一边冲撞拖车一面骂骂咧咧地说一些恶毒的话，他居然称这种行为为寻找灵感。我想，观众们肯定不会明白男主角为什么在女友成为歌手之后跟她分手，到时候吐沫星子就会淹死我们。无论如何，不让观众们搞明白剧情是不可饶恕的罪过。"

然而，吉尔似乎看得很入神，不管丈夫在一旁如何抱怨，她都没有回应。

放映间外面导演还在重拍这场戏，实际上，这场戏已经重拍3次了。不过看起来，今天的情况并不比前两天强多少。这场戏要表现的是男主角的女朋友和一个西部乐手一起唱歌的场景，男主角因为觉得被女友冷落而提出分手。男主角有一长串的台词来诉说自己的感受，指责自己的女友。然而致命的是，这位先生有个抽鼻子的习惯，每次这位先生神奇地抽动鼻子时，摄像、道具、灯光以及其他演员们总是怒火中烧地瞪着他，因为这就意味着必须停拍——为了这场戏，所有的工作人员已经差不多忙了两个通宵了。

戴维气得跌进椅子里直抱怨："天哪，若是他没有长这么个可恶的大鼻子，事情就不会有这么麻烦。老天，一听见他擤鼻涕我就想给他的鼻子一拳。"

导演也意识到了大家的不满，实际上他本人现在也痛恨这个男模。"这个镜头拍得稍微粗糙了一点，大家可以理解。我们到时候会启动配音，这些呼哧呼哧的声音肯定不会出现在观众耳朵当中。"他坐在靠排靠门的位置，以便在应付不了大家的不满时可以随时甩手离开。

"上帝啊，我不知道到底是谁选出来的这个演员！"戴维扭过头去对着他的妻子继续抱怨。

"真像，真像他！"吉尔突然冒出这么一句。

"什么，像什么？"戴维有些摸不着头脑。

"你知道他像谁，对不对？"吉尔的表现很兴奋，似乎发现了什么宝藏一样。

"你在说什么？我什么都不知道。"

"那个吉他手，坐在姑娘边上的那个，你刚才难道没有听见他说话吗？"吉尔指着角落里一个年轻的小伙子对戴维说，"就是他。"

"他怎么了？像谁？"戴维还是不明就里。

"你瞧他拿着啤酒罐的模样，找人问问他叫什么名字，快一点！"吉尔声音压得很低，仿佛怕被别人听到一样。

制片厂的副总裁正站在戴维左边，因此戴维很方便地抓住了他，"喂，朋友，那个小伙子是谁？坐在那位姑娘旁边的那一位。"

那小子显然是个无名小卒，副总裁也毫无印象，因而转向了身边的导演，"迪克，你认不认识那个端着啤酒罐的家伙？"

"哦，我不知道。"导演清了清嗓子。

"怎么会，他在你刚才拍的那个场景里面担任了一个角色，就是那个吉他手？"

导演转过头，一脸不屑的表情，"那个小伙子只有几场戏，每次几行台词，演完了就回家，我从来没问过他的名字。"导演忽然压低了声音。

"那你们是怎么联系他的呢？"吉尔还是不死心。

"所有的音乐场景都是副导演安排的，我不管这些，你知道！"导演又转过身，忙着伺候那位名模去了。

"真的很像，难道你们一点都没有觉察到吗？"吉尔对丈夫的麻木显然不太高兴。

戴维明显还是没有反应过来，旁边的副总裁先明白过来了，"他长得像，很像迪肯，詹姆斯·迪肯，我第一次见到他时就觉得有点不对劲，可到现在才明白。"

"哦，没错，我怎么一直没有发现？他举着啤酒罐的样子活脱脱的就是迪肯在世。"经过别人的指点，戴维终于看出来了。

这边这3个人正在讨论弹吉他的小伙子的相貌气质，旁边的拍摄工作也在继续。那位长着糖果鼻子的男模又自行增加了几句莫名其妙的台词，而且他念得磕磕巴巴的仿佛要断气一样。而他的女朋友，现在正双手捂着脸号啕大哭。她因为拼命地想向上爬而变得冷酷无情，现在她明白自己失去了最重要的东西——男友的爱情。而他的男朋友，现在正决绝地站在一边，脸上的肌肉僵硬地抽搐着——两个人马上就要分手了。

戴维写这场戏本来是想让观众们为这个迷途的女人感到惋惜，其中有些人甚至可能会热泪盈眶。但是，现在，戴维在心里暗暗地诅咒，他们眼里可能的确会有泪，不过不是因为感动，那是在电影通道里忍不住笑出来的泪。现在，那位身材标准的男模，正打算转过身走出健身厅，那雄赳赳气昂昂的气势仿佛自己是救世主在世。

银幕变黑了，这场戏结束了，导演尴尬地扭了扭身子。

"大家觉得这场戏怎么样？"

男模在一旁的椅子上放出一个自以为迷人的微笑，似乎在等别人赞美他。有人递给他一罐打开的啤酒，他优雅地接过来喝了一口。戴维看着他那副样子，恨不得在他的糖果鼻子上来上两拳。

大家都不说话，导演更加不安了。

"大家没有什么看法吗？"

放映间里一片安静，大家齐刷刷地转过身，看着戴维身边的副总裁，等着他做出最后的裁决。

副总裁从沙发上站起来，轻轻地咳了两声，"我认为，我们当务之急是改写剧本，"他转向戴维，"戴维先生，我觉得结局不应该是这样，别赛普斯先生不应该跟他的女朋友分手。当然，如果这样的话，他的女朋友就必须认识到自己的错误，明白自己如何忽略了男朋友的感受，最后毅然决然地为了爱情放弃了事业。"

戴维直了直身子，似乎要反驳，不过副总裁先生没有给他这个机会，他紧接着说："我刚才听说，有位观众因为看了一部反对妇女解放的电影而身亡。戴维先生，如果我们不想放弃这个剧本的话，就只有重写。"

戴维怒气冲冲地想要拒绝这个要求，吉尔拉了他一下说道："我想，现在我们最好赶快回家，如果今晚改得顺利的话，明天新的剧本就可以用了。"戴维无可奈何地点了点头。

（二）

圣莫尼卡的公路如同往常一样塞得厉害，吉尔不得不将刚才高速行驶的保时捷的速度降下来，这简直等于给筋疲力尽的汽车服了一剂良药。戴维一边狼吞虎咽地吃着刚刚从速食店买来的汉堡，一边继续对着妻子抱怨："今天这场戏没拍好，谁都知道这是为什么！可他们不会责备那个该死的男模，尽管他拿着800万美元却拍得这么蹩脚。他们不敢让他滚蛋，否则就得付出比800万更高的违约金。他们也不会责怪导演，你没看见他在片场指挥大家做这做那的时候多么有派头。所以，一切罪名都得编剧来承担。替罪羊，就是这个意思。"

"戴维，听我说，你得放松点，否则血压又要升高了！"吉尔已经把车开下了高速公路。

"我的血压早就升高了，现在我觉得自己的血管在突突直跳。"

"戴维，我以为你早就该明白了，这种情况发生了已经不止一两次。你知道，我们在纽约已经住了 15 年了。"吉尔一边开车，一边扭头跟丈夫说话。

"没错，我早就习惯了，他们一直都是这么对待作家的——让他们当替罪羊，好像纽约每一个导演、制片人甚至演员都是一流的作家，可以随便修改你写出来的东西。可是，如果，你让他们坐下来从头到尾写一个完整的剧本，他们保证是狗屁不通。"

"你现在要做的是去适应，你知道，纽约编剧多的是，随便一条大街上都可以抓出不低于 5 个来——要么你乖乖地听他们的，要么你就走人，这就是法则。"

戴维无奈地皱皱眉说："要想拍出一部像样的片子，最好的办法就是让编剧当导演，只有他自己才能明白自己的剧本到底应该怎么演。吉尔，假如我的头发没有掉光的话，我倒真想自己扮演一个角色。"

"而且你只要 2000 万美元！"吉尔笑着打趣丈夫。

"唉！"戴维靠在坐垫上，叹了口气，"要是真有那么 2000 万美元就好了，我就不用在那些一窍不通的导演和制片人面前卑躬屈膝了。不过话又说回来，要是我真有那么多钱，也就不会当什么作家了。"

"听我说，戴维，即使你现在有一亿美元，你也会继续写下去的。"

戴维笑了笑，吉尔的确比自己更了解自己。

那辆蓝色的保时捷在路上行驶了大概 45 分钟后，两人到家了。一进家门，戴维就坐到了词汇处理器前面，尽管一路上发了不少牢骚，但还是得按照那位副总裁所说的来改。

"别赛普斯不能跟他的女朋友分手，这才是观众们乐于看到的大团圆结局。"戴维坐在处理器前面自己嘀咕。

大概半个小时之后，吉尔来到了书房门口，她似乎有事情要跟丈夫商量。

"他叫韦斯·克兰，我查到了。"

"韦斯什么，这是什么人？"戴维疑惑地对着妻子眨眼睛，看上去有些愚蠢，显然他已经不太记得刚才发生的事了。

"韦斯·克兰，今天我们见到的那个小伙子。"吉尔抱着肩膀，一脸无奈地看着健忘的丈夫。

"哦，你是从哪儿打听到他的名字的？"

"制片厂的角色分配办公室，他长得实在是太像詹姆斯·迪肯了，我很好奇，所以给他们打了电话。"

"这么好奇，我有点不明白。"戴维确实不明白妻子为什么对一个毛头小伙子这么感兴趣，除非她是坠入爱河了，不过这显然不太现实。

"直觉罢了！"吉尔走到戴维身边坐下，"我一见他，就想起了你那份手稿，关于雇佣兵的那份。"

戴维不以为然地耸了耸肩，"那只是初稿，还需要润色修改，你知道我在专业方面对自己一向要求很严格——那需要时间。你知道，如果我今天晚上修改的剧本没法让制片公司满意的话，我就得给美国广播公司写一部关于拿破仑的电视连续剧。那，我想，大概得耗费不少时间。"

"不，戴维，如果你集中全力写那篇关于雇佣兵的稿子的话，可能会更精彩！因为那个故事是你真正感兴趣的，而且你也相信它，"吉尔竭力试图说服冥顽不灵的丈夫，"那个主题很好，美国非正式地卷入了很多战争，而为此他们雇用了很多倒霉的士兵。那个小子，韦斯·克兰，很适合演那个年轻的雇佣兵，就是那个最后厌烦了战争开枪打死了自己上级的那一个。我想，他一定会表演得十分出色。"

戴维的脑子似乎有些转不过弯，"那或许是个好主意，但是……"

"没有什么但是，你记不记得，今天我们回家的时候，你说过想自己导演一部片子？现在就是你的好机会！"

"那不过是个玩笑！我还说过由我自己来主演呢！"

"恕我直言，戴维，"吉尔笑了笑，"对于一个男主角来说，你可能还不够英俊，不过那个小伙子倒是真的很帅。如果他是你发掘的，那你就可以……"

"自己当导演，完全按照自己的想法来拍电影，而不用听那些形形色色的门外汉们来指手画脚。"

"没错，你在纽约这个圈子里已经待了15年，你应该明白这意味着什么。"

"可是，我已经签下了跟美国广播公司的合同。"

"那有什么关系，纽约有的是作家想揽这份活计，他们不会在乎的。"

"不过，他们给的报酬不低！"戴维还在犹豫。

"戴维，你应该分清轻重，况且，你已经从他们今天拍的剧本中拿到了40万——这够我们花一阵子了，"吉尔把双手搭在丈夫肩上，一字一顿地说，"亲爱的，我们不只是为了钱，更是为了你的自尊心。"

戴维沉默了一会儿，"吉尔，我想我需要考虑一下。"

"好的，等你考虑好了，下楼来找我！"吉尔拍了拍丈夫的肩膀，下楼去了。

戴维目送着妻子走下楼去，呆呆地注视了门廊好久。他竭力使自己转回屏幕面前，想要构思一下马上要给美国广播公司写的那部电视连续剧的内容，但满脑子都是今天下午那个小伙子举着啤酒罐的画面。

过了这么大概十几分钟，戴维发现自己对于剧情内容一无所获，他决定赌一把——既然当初迪肯，一个默默无闻的农场男孩，能够如此辉煌，那韦斯·克兰也没有什么不可以，"只要操作得当。"他默默地告诉自己。

"吉尔，我觉得接受你的建议了！"戴维对着楼下喊道。

"恭喜你，亲爱的！"吉尔当然很高兴，"我想，今天你应该好好休息，明天我们就着手实习自己的计划。"

（三）

第二天一大早，戴维就给影视演员行业工会打电话，想找到韦斯·克兰的地址。不过戴维并不抱多大希望，一般说来，为了保护演员个人的隐私，行业工会只会给你演员经纪人的电话和地址。但是，戴维潜意识里并不想跟任何一位经纪人发生纠葛——他要独霸这颗即将升起的新星。所以，一旦在演员工会这里碰了壁，他就打算去尝试另外一种方法。

但是戴维的运气不错，行业工会什么也没问，很痛快地给了他那个小子的地址。

　　戴维虽然有时候脑子有些死板，但是一旦做出了决定，行动反而很迅速——他一得知韦斯的地址，就赶到了那里。

　　韦斯住的地方很偏僻，在一个距离市区很远的峡谷的北面。去往他家的道路很不好走，一路上到处飞舞的尘土令戴维很是心疼他那辆刚刚洗刷过的保时捷跑车。汽车在土路上行驶了一个多小时，才终于到了韦斯的住处—— 一所根本没有粉刷的房子。

　　房子很简陋，四根原木柱子支撑着屋顶的露台，一辆废弃的汽车被随意放置在屋子前面，旁边还有一辆沙丘汽车和一辆摩托车。跟这些不知道是什么年代的老古董比，戴维觉得自己那辆买了两年的保时捷简直可以称得上是顶级跑车了——尽管不好表现出来，戴维的心里隐隐觉得有些骄傲。

　　房子前面的台阶上坐着 3 个人，两男一女，打扮很独特——那女孩剪了个男士短发，两个男孩却都留了女孩子般的长发。3 个人穿着短装和凉鞋，姑娘的乳房半裸在外面，呈现出一种健康的古铜色。

　　显然很少有戴维这样穿着体面的人到这里来，因为 3 个人表情都很惊诧，眼睛圆睁着，直勾勾地望着戴维。

　　戴维觉得有些不自在，便开口说自己要找韦斯。

　　"请问韦斯是住在这里吗？"

　　回答他的是那位姑娘，声音听上去有些有气无力，反问道："韦斯？"

　　这声音让戴维觉得心里一沉，自己似乎找错了地方。

　　但是那位姑娘很快补上了一句，"韦斯呀，我想他在房子后面，你可以从那边过去。"姑娘说着便用手给他指出了一条小路。

　　房子周围到处都是沙土和半人高的蒿草，即使沿着姑娘指给他的那条小道走，戴维还是觉得步履维艰。他的手指在口袋里紧紧捏着保时捷的钥匙，似乎随时想要转身开车离开这里。戴维小心翼翼地转到了房子后面，发现这里也有个露台。而韦斯·克兰现在正站在露台上，他斜倚在栏杆上，眼睛似乎遥望着山脚底下。

　　戴维竭力克制着自己想要惊呼出来的冲动——他比那天看上去更像詹姆斯·迪肯了。韦斯很清瘦，虽然看上去有些忧郁，但仍然给人一种活力四射的感觉——他和迪肯一样，都是那种富有魅力、令人着迷的人物类型。并且，戴维估摸着韦斯看上去大概 21 岁，这也正好是当初迪肯接拍首部电影的年龄。

　　斜倚在栏杆上的韦斯显然还没有意识到外客的入侵，这给戴维提供了充分的时间进行观察。小伙子的个头不高，身体也很瘦削，但是给人一种强健有力的感觉。他遥望着远方的眼神似乎很敏感，看上去曾经经历了不少痛苦。他的表情很坚毅，嘴角轻微地向上抿着，使人不敢轻易地去侵犯他，这肯定是过去充满痛苦的生活在他脸上留下的痕迹。

　　韦斯的打扮也与迪肯酷似，像极了电影里面那种西部牛仔：头上戴着一顶皱皱巴巴的斯泰森式毡帽，两边的帽檐过度地向上卷起，几乎碰到了帽子本身；上身是一件劳动布的衬衫，袖口随意地向上翻折着，折缝处塞着一包香烟；下身穿着磨得褪色的牛仔裤；脚上则蹬着一双破破烂烂的长筒靴——他这身打扮，活脱脱就是迪肯的翻版。

　　第一眼看过去，戴维觉得韦斯是刻意地摆出这么一个斜倚远望的姿势——这对演员们来说是很自然的事情，他们每时每刻都很注意自己的形象，甚至在去厕所的时候也幻想着有一台摄像机隐藏在旁边蹚着拍他的侧影。没有人能随意摆出一个如此上镜头的姿势，这是戴维的第一感觉。

不过，毕竟在演艺圈中浸润已久，戴维很快发现这个小伙子的打扮穿着以及斜倚在栏杆上的姿势十分自然——他并非有意地在模仿着什么人。况且，对于这个年代的小伙子来说，詹姆斯·迪肯并不是那么熟悉的一个记忆。

"世界这么大，出现两个相貌、气质相似的人并不是什么难事，"戴维对自己说，"天然去雕饰。"他想起了这么一个电影行业常用的词来形容眼前这个小伙子。

"韦斯·克兰？"戴维认为自己的观察应该到此结束了。

那小伙子转过身来，有些吃惊，随后露出牙齿微笑起来。

"有何贵干？"他从露台向下俯视的样子看上去气势十足。

戴维更吃惊了，韦斯的发音有些含混，并且隐约带有乡间男孩的口音，这点也十分类似迪肯。

"你好，我是戴维·斯隆，"韦斯在露台上点了点头，并没有下来的意思，"你听说过这个名字？"

"应当是，因为觉得似乎相当熟悉。"韦斯看上去一副无所谓的样子。

"是这样的，我是一名编剧，前两天你拍的那部影片，《撕毁的诺言》，就是我写的。"

"哦，没错，我想起来了，我曾经在剧本上看到过那个名字。不过，那出戏现在已经演完了，您有什么事情吗？"

"是的，想找你谈谈，关于另一部剧本的事情，"戴维终于开始切入正题，"我认为里面有一个角色很适合你，并且觉得你自己也会感兴趣。"

"你不是编剧吗？难道你同时也是制作人？"

"不是！"戴维摇摇头。

"那你来找我有什么意义吗？即使我喜欢那个角色，我也未必能够得到，如果只有我们两个人来谈的话。"

戴维决定对这个年轻人说实话。

"好了，韦斯，我对你坦白，我讨厌那些废话。昨天下午我夫人在拍摄现场看到了你，她指给我看，我们两个都很喜欢你的形象，还有气质。现在，我希望你能好好阅读这个剧本，看看自己是否喜欢这个角色。如果你接受的话，我负责去找一家制片厂提供资金，然后，你主演，我当导演。"

"你认为他们会提供资金给一个并非专业的导演吗？并且还是让一个无名小卒来担任男主角。"韦斯的脑子很明晰。

"我妻子有种预感，你一定会大红大紫。但愿我能当上导演，那主演肯定就是你。如果不是你主演的话，我也不会投拍。"

韦斯脸上的表情微妙，"不管怎么样，我现在已经失业了，有人给我提供工作机会，我为什么要拒绝？把您的剧本留下吧！"

"我的电话号码就在稿子的首页上，有什么事情随时给我打电话。"戴维觉得自己仿佛已经成功了。

（四）

戴维摇摇晃晃地开着车回到了自己的家，找人将已经修改得面目全非的《撕毁的诺言》给制片厂送了过去，随后专心致志地开始润色关于雇佣兵的那份手稿——他总觉得这份稿子有些地方不对劲，但不知道从何下手。

第二天下午，韦斯给他打来了电话。

"您写的稿子我很喜欢，我愿意出演，但是对于剧本的某些细节我觉得并非那么完善。"韦斯的声音听起来很有兴致，跟昨天下午的冷漠判若两人。

"的确，剧本还需要修改。事实上，我现在正在进行这项工作，不过，需要一点灵感。"

"我是这么想的，"韦斯在电话那头提出了他的修改意见，"只需要在那个小子挚友被害的地方改动一下就行了。那样一个性格的人绝不会在如此悲痛的关头滔滔不绝，他会将自己的感受隐藏在心里，绝不会有眼泪和爆发，因为他是一个相当有自制力的人。他会拿起他的M-16自动步枪，最后凝视他的伙伴一眼——当然这时候需要对他的眼睛进行特写，然后他义无反顾地走向宫殿。这样，无须什么烦琐的语言，观众们就会明白他要去为朋友复仇。"

戴维感到惊喜，大部分演员在向他提出自己的修改建议时，他都会感到脑子里一阵抽搐。这些演员要么是入戏太深，只顾自己的感受，想要完全按照角色的性格发展剧情而忘了故事的逻辑性；要么就仅仅是想要更多的台词和镜头，以便能够压倒其他演员突出自己的地位。

但是，韦斯不一样，他要求删减而非增加台词，这是为了完善故事本身而非突出自我；况且，他提出的意见的确切中要害，静默的悲痛有时候更能打动人心。到时候，观众们一定会为韦斯喝彩的。

"没问题，我马上修改，15分钟之内就可以搞定。"

"修改完之后呢？"

"我会去一家合适的制片厂投资。"

那边韦斯沉默了一会儿，半晌，他开口问："你确定不是在跟我开玩笑吗？你真的认为他们会同意给我这个角色？"

"我在纽约这个圈子里已经打滚了15年，我了解他们。只要我能导演，你就可以当男主角——这是我们的协议，希望你也能遵守。"

"你不希望跟我签某种合同吗？书面的那种。"

"韦斯，直觉告诉我你是个可以信赖的人，我们不需要签合同——这叫君子之交。"

韦斯笑了，"这样的话，如果他们同意我主演这部片子，但导演不是你的话，我也应当拒绝他们，是吗？"

"如果你愿意的话！"戴维很清楚，即使自己和韦斯真的签订了书面合同，只要律师出面，他们总可以想方设法证明当初是自己误导了韦斯——所谓的信用，在纽约这个城市早就不值一文了。

"那我现在告诉你，我答应了，你得赶快行动了。"

　　戴维决定先造一点声势出来，15 分钟之后，他修改完剧本，坐在自己的保时捷汽车里，用最快的速度冲到了制片厂。

　　他径直来到制片厂的角色分配办公室，宽大的写字桌后面坐着一位面孔瘦削的女子。"我想问一下你们这边是否有一位名叫韦斯·克兰的演员试镜的样片？"

　　那女人看上去很诧异，她抬头看了戴维一眼，便皱起眉头打开一个公文柜，从里面抱出一沓文件夹开始查找起来。"实际上，这个名字我很熟悉，我们的确为他试过镜。"

　　"什么镜头，是谁负责这件事？"

　　"文件上面没有记录，但是我看了试镜头的过程，应该只有我一个人。"

　　"你？为什么？"戴维不太明白为什么一个行政人员会去看试镜。

　　她笑了笑，"他有种奇怪的魅力，如果你见过他的话就会明白。那天下午他走进来，三言两语就把我们蒙得晕头转向。因此，我想看看他试镜时到底是什么样子。他表现得很好，后来我向导演推荐他在《撕毁的诺言》中扮演了一个小角色。"

　　"那我能不能看一下他试镜的片子？或许您需要跟谁核实或是请示一下。"

　　"您是在确定演职人员名单吧！我很高兴您选了这个孩子，这是个正确的选择，"她拿起桌上的一份表格看了一下，"您可以使用四号摄影棚，那部片子大约 30 分钟，我马上找一位放映员给您放映。"

　　"您确定不需要向什么人请示吗？"

　　"哦，这点不用，我可以做决定。"

　　"好的，谢谢！"戴维不想这么快就露出马脚，因而就不再坚持。

　　戴维很快坐在了四号摄影棚中，他坐在黑暗中静默不语，这完全不在他的预料之中——他本以为这部样片将使他快速了解韦斯的演技，但现在，他怀疑放错了片子。

　　30 分钟过去后，他走回到了角色分配办公室。"我想，你们刚才犯了个错误，那不是韦斯·克兰的试镜样片。"

　　那位瘦削的女人摇了摇头，"没有错误，那确实是。"

　　"如果你看过《生的权利》的话，就应该知道那是詹姆斯·迪肯，那是他演的一部戏。"

　　"韦斯试镜的时候专门要求演那场戏，因此我们的舞美部门特地使用了一些技术，为他搭建了那个干草棚，几乎和电影中的一模一样。"

　　戴维沉默不语，他实在太震惊了。过了一会儿，他问那个女工作人员："你喜欢那个样片吗？"

　　"他很有勇气，很少有人敢选那部戏，因为如果演不好的话看起来会像个白痴。他演得很好，我很喜欢。"

　　"那么，我能不能请求你继续帮助一下这个年轻人，他很有天赋。"

　　"只要不违反纪律，我不想被开除。"对方耸了耸肩。

　　"当然不会，他们说不定还会奖励你。"

　　"你要我怎么做？"

　　"很简单，现在打电话给你们的副总裁，告诉他有人想看韦斯·克兰的试镜样片，但是因为没有得到授权，你没有答应。不过那个人看起来十分焦急，因此你打电话给他想确认自己该怎么做。"戴维顿了顿，"但是，你最后一定要加上一句，那小伙子长得很像詹姆斯·迪肯，这才是关键。"

对方仍然不明白，但是她照做了。

（五）

戴维接着给自己的经纪人打电话，通知他给《每日大全》和《好莱坞日报》分别发一条消息，内容是"曾获得奥斯卡的知名编剧戴维·斯隆准备导演电影《外国雇佣军》，主演为迪斯·克兰，一位酷似詹姆斯·迪肯的年轻演员。"戴维清楚，明天这些报纸登出的头版会简化为"迪斯·克兰——詹姆斯·迪肯重生"或者是"詹姆斯·迪肯托体复活"之类的，可能压根不会提到自己，但那正是他想要的结果。

不过经纪人似乎不太高兴，他有一种被蒙蔽的感觉，"戴维，不要告诉我你还另外有一个经纪人，我怎么从来不知道什么《外国雇佣军》的事情？"

"相信我，卢，按我说的去做，没有什么别的经纪人。"

"那你打算找哪家制片厂？"

"随便我们高兴，或许还要看哪家出的价码高。"

"戴维，如果你期望我为你干活的话，最好把事情告诉我。我不希望自己在这里累死累活地为你拼命，但佣金却给了别人。"

"好了，你会拿到10%，我向你保证。如果有人跟你打电话的话，就让他们来找我，告诉他们你无权参与这件事情的讨论。"

"讨论，我对此一无所知，怎么参加讨论？"他愤愤不平地挂了电话。

戴维随后驱车回家，半路上经过一家音像店时他进去买了一盒《生的权利》，他好多年没有看过这部电影了，他决定好好地重新看一遍。

吉尔正在家等着他，两个人吃过晚饭后，翻来覆去地将那部片子看了五六遍，确切地说，是将这部影片的某一部分看了很多遍——每次一到干草棚那场戏，戴维就将影片调到开始重新看。

吉尔终于忍不住了："戴维，你到底想不想完完整整地把整个影片看完？"

"吉尔，今天下午我在制片厂看了韦斯试镜的片段，就是干草棚这段，他们演得一模一样。"

"那很容易，这种干草棚很容易搭建，舞美部门不需要费多大工夫。"吉尔没有弄清楚重点。

"不是道具，也不是背景，吉尔，我是说他们的演法。他们的声音是一样的，呼吸在什么时候停顿，动作在第几秒开始，甚至他们角色开始之前的哭泣声，都是一模一样的。"

"克兰既然决定使用这段影片作为自己的试镜镜头，那他肯定是仔细研究过的。所以，这没什么奇怪的，况且两个人的相貌气质本来就十分接近。"吉尔似乎一向比戴维理智。

戴维没有轻易被说服，他隐隐约约地觉得有些不对劲，不过他也说不出来到底是什么地方出了问题。

消息发出的第二天下午，制片厂的那位副总裁打电话来了："戴维，咱们是老朋友了，可你未免太不够意思了！"

"怎么了，我已经照你的意思修改完结局了，莫非你还是不满意？"戴维对副总裁的意图心知肚明，不过是在装糊涂。

"啊，没有，"对方赶忙做出澄清，"对你的修改我很满意，简直是太棒了，当然我本人又对其中的几个小细节做了一点修改。不过你放心，我是不会要求跟你分享稿费或者是荣誉的！"副总裁顿了顿，似乎是很不好意思一样，"戴维，我今天给你打电话是想谈另外一笔交易，因为我听说你想当导演？"

"是的，不过我现在不太想谈这件事！"

"听我说，戴维，我给你的经纪人打电话了。他很冷淡，说这件事不归他管。"

"没错，这件事是由我自己来处理的。"

"咱们可以找个时间坐下来谈一谈。"

"不，沃尔特，这件事情真的很重要，他们列出的那些条款让我大吃一惊，我感觉他们会把这件事情弄糟。"

"还有那个叫韦斯·克兰的小子，你可以把他找出来，咱们一块聊一聊。"被称作沃尔特的副总裁很执着。

"哦……那似乎不好。"戴维故意做出一副为难的样子，决定吊足这些制片人的胃口。

果然，对方被激怒了，"不管怎么样，我得告诉你，戴维，你想把这个小子从我这里挖走是不行的。我早就注意到他了，也早就看过他的样片，他是个好料子，我们会把他作为明星推出的。你知道我们有足够的剧本供他挑选。"

副总裁的反应让戴维很高兴，这在他的意料之中，从他让那个女人给沃尔特打电话的时候他就预料到了——这一行当里的人都这样，多疑，密切地想知道别人在干什么，并且喜欢追随——当他们发现别人在做某件事情时，总是想把这个主意抢过来。

"我根本就没有想要把这个孩子挖走，"戴维故作委屈地跟对方解释，"况且，你们也一直没有跟他签约——目前为止，他是自由的。"

"咱们的关系一向不错，我想知道这个《外国雇佣兵》到底是怎么回事。"

"关于士兵的故事，一次我看到《幸运士兵》的封面，突然得到了灵感。"戴维回答得相当简短，关于具体的剧情，他现在一点都不会透露。

"那我搞不清楚你为什么不早点告诉我呢？那样的话我可以拨给你一笔写作经费，那对你有点好处。"

戴维心里在冷笑，这些制片人最惯于说这些场面话了。他斟酌着说："我是因为觉得这个本子不太适合你，而且我决定自己当导演，还决定启用一个无名小卒来做男主角，你们可能不会高兴这样。"他知道那位副总裁现在心里一定不好受：在这一行里，当你跟一位制片人说某个本子不适合他时，他心里一定非常失落，并且加倍地想要看到这个本子；当然，他们不一定会买下来，但至少以后不会因为自己错失良机而懊恼。

"戴维，这件事情得分开谈。你当导演或许不那么合适，毕竟你的专长是编剧；但是那个孩子来演男主角是个不错的主意，我昨天看到他的试镜镜头的时候就有了这个主意。"

"所以说，咱们谈不拢。在我看来，这两件事是一体的——我导演，他主演，缺了哪一样都不行。"

副总裁开始想别的办法了，"既然这样，我们会派自己的法律顾问去见那个孩子。他事实上已经是个成年人了，我们让他自己来选择。"

"我明白了，其实你早就做出了这么个决定，跟他谈好条件，用一纸合约拴住他。你特意给我打电话来只不过是为了嘲笑我吧？"

"戴维，我们不只用合约来拴住他。我们打算出 1 万美元，对他来说这不是一笔小数目。如果他表现得好，我们会出 1.5 万甚至更多。何必那么固执呢，我们是老朋友了，说不定会做成一笔好生意。"

"问题的关键是你们不肯让我自己来当导演！"

"我可以启用任何一个不知名的演员，只要我可以说服他零片酬出演，就可以证明我这种冒险的合理性；但是我不会启用一个毫无经验的导演，他会把我辛苦节省下来的经费统统都搭进去。你这部电影的预算是多少？ 1500 万美元甚至更多？我没办法给你提供。"

"那是因为你没有看到我这个剧本，里面有好多大型战斗场景，直升机、爆破、混战，2500 万美元也未必能顺利地拍摄下来。"

"这就是你的问题，不肯在特技方面妥协，否则我们就可以省下一大笔钱。"

"那我只能跟别人做这个交易了。"戴维说完便挂断了电话。他心里其实有些拿不准，自己这个冒险未必能成功，这取决于韦斯的态度了——如果他愿意接受制片厂开出的 1.5 万美元的话，自己这场赌局就算输了。

但不论如何，沃尔特的电话给戴维带来了好处。派拉蒙公司听说沃尔特已经跟戴维取得了联系，迫不及待也打电话过来了，商讨什么时候可以正式洽谈拍摄事宜。

戴维现在有了资本，他可以理直气壮地说已经有两家公司跟他接触过了，他还在考虑之中，因为条件不是那么满意——他完全没有撒谎。

晚上，沃尔特又给戴维打来了电话，电话中他说："我想你是把那个小子给藏起来了。我们的法律顾问今天下午过去了，那小子跟一群披头士住在一起，他们不太好沟通，也不肯透露韦斯究竟去了哪里。"

戴维心里一松，看来韦斯是个信守承诺的人。"我明天会和他见面，我们会谈论自己的计划。"

"在什么地方？"

"这当然不能告诉你，沃尔特。另外，派拉蒙公司给我打电话了，就在我们交谈后不久，我正在考虑他们的提议。"戴维恰如其分地又挂了电话。

第二天，戴维跟韦斯在伯班克会面，在一个韦斯最喜欢的墨西哥烤煎饼摊上。韦斯是骑着摩托车来的，当他穿着长筒靴和牛仔裤、上身套件皮夹克从摩托车上下来的时候，戴维禁不住心里一颤——他今天的这身打扮实在太像迪肯在《第三十二大街的反抗》里面的造型了。

"怎么样，朋友？"韦斯微笑着跟戴维打招呼。

"有一点进展，我想我们要取得胜利了。"

戴维的话还没有说完，就有两个穿制服的人朝他们走了过来。起先戴维以为他们是警察，但是他们穿的制服未免太华贵了些。这两个人径直朝韦斯走来，戴维才醒悟过来——他们是制片厂的人，沃尔特在他房子周围安排了眼线，他从一出门就被跟踪了。

那两个人将一份文件放在韦斯前面，"戴维先生希望您能好好看一下这份文件，他说这是个不错的交易。"

"这是什么？"韦斯的表情冷淡下来了。

戴维伸手将那份合同拿过来，发现制片厂已经大大提高了报酬，现在他们出价25万美金，预付20%，也就是5万美金。他决定对韦斯坦诚一些，"他们愿意给你25万，对你来说，这实在是一笔不小的生意，你应当好好考虑一下。"

"你打算让我怎么做呢？"

"这取决于你自己——他们马上就会告诉你，你有自由选择的权利。"戴维看了那两个身穿制服、面无表情的人一眼。

"你当导演吗？"

戴维摇了摇头，"他们还没有答应。不过这对你而言真的是个好机会，想想你去年一年总共才挣了多少钱？"

韦斯意味深长地瞥了戴维一眼，这令他终生难忘，"我记得我们有个协议，如果我违反的话……"

"那只是个口头协议，没有任何法律意义。"

"你应该听从他的建议！"旁边那个穿黑色制服的人说。

韦斯不理会这两个人，而是继续跟戴维对话，"那么，我想知道你是不是真的想导演这部片子？"

"没错！"

"这就够了！"韦斯笑了，他转头对着那两个黑衣人说，"去告诉你们老板，我和我这位朋友，我们两个是一揽子计划——他当导演，我来主演，就是这样。"他随手将那份文件扔还给了那两个身着制服的人。

"你可能会后悔的！"制片厂的人还不死心。

"以后可能会，不过现在还没有。我挺相信我这位朋友的，他会使我看上去不错！"韦斯又恢复了他往常那一贯漫不经心的样子。

戴维长长地舒出一口气，这场赌局他已经赢了五分。

（六）

接下来就是跟各家电影公司以及制片厂的谈判，过程持续了半个月，很艰辛，好在两个人顶住了。有好几次，戴维感到整个纽约电影圈的人似乎联合起来孤立自己。尤其是沃尔特，已经表了态，态度很傲气。戴维觉得自己应当适当让步，给制片人一些小小的甜头来驱使他们前进。

戴维主动给沃尔特打了电话，告诉他自己可以按照行业协会规定的制片方应给作家稿费的最低标准收费，也会说服韦斯按照演员工会的最低标准来拿稿酬。如此一来，沃尔塔先生影片还没开拍就可以省下40多万美元——贪婪使得他无法拒绝这笔生意。沃尔特并且对外吹嘘说自己的花招把戴维和韦斯给蒙蔽住了。

戴维不在乎这些，他明白，韦斯·克兰离大明星只有一步之遥了，金钱、地位很快都会自己找上门来——到时候，沃尔特一定会后悔他今天对待他们的态度。

两个人接下来的工作顺风顺水。制片厂对这部影片的投资总共是1300万美元，这得益于该片低廉的剧本及演员费用，还有戴维在特效方面的妥协。但是这部影片上映一个月后，该制片厂在银行里拥有了5000万美元的纯利润——他们的投入带来了近4倍的回报。

更让戴维感到振奋的是，他和韦斯都被提名了奥斯卡，一个是最佳编剧，一个是最佳新人。虽然两人最终都没有获奖，不过这已经够让人高兴的了。戴维笑着对韦斯说："没关系，我们下次再努力。"

两个人组成的黄金拍档现在炙手可热，制片厂、电影公司纷纷找上门来，沃尔特为他们提供了一笔大得吓人的经费供他们拍摄下一部电影——两个人之前所收的那点小小的损失根本算不了什么了。

但是，麻烦接踵而至——韦斯似乎要重蹈迪肯的覆辙。前面我们说过，迪肯尽管在50年代家喻户晓，但他本人在世时并不知道自己后世将具有这种能量。当时的迪肯在拍摄完第一部电影后，变得越来越难应付。这并不是他本人的过错，他竭力想弥补自己少年时犯下的过失，证明自己不是老师以及养父母口中所说的那样一无是处。但他的天性是如此热情奔放，性格中的不安定因素使得他始终无法按照自己所期望的方向前进——这种矛盾挣扎的结果是迪肯感到自己根本无法配上观众眼里喜欢的那个明星，他干脆自暴自弃了。

在拍摄第二部也是倒数第二部影片的时候，他比原定的开拍时间晚了3个小时到场。他不断地对同行们以及其他的工作人员进行各种各样的恶作剧，最严重的一次是他在所有人的饭菜里都下了过量的泻药，结果是拍摄工作不得不因此而耽搁了一天——这对制片公司造成的经济损失是十分严重的。

他坚持自己对赛车的热爱，拍片的间隙都是跟自己的那些狐朋狗友们相约到远处的公路上赛车，越是危险的赛道他越是高兴。这迫使制片厂不得不为他支付了高额的保险费用。

并且，在拍摄他人生的最后一部影片的时候，他开始频繁地饮酒，啤酒或者是墨西哥龙舌酒，现场到处是他的啤酒罐或者是酒瓶、酒杯。由于过度地放纵，23岁的他看上去像60多岁的老人那样衰老。他的富有特色的声音也因为饮酒而衰竭。为了弥补镜头中迪肯憔悴不堪的容颜，摄影师们不得不在迪肯的对手戏中将镜头对准其他人的脸，通过强化其他角色来遮掩；迪肯的一个朋友学会了模仿他的嗓音，负责为他的对白重新录音，以消除声轨中的噪音。影片播出后观众们非常喜爱，压根没有发现异常。

戴维现在担心韦斯会重走迪肯的老路，两个人的容貌、气质都那么相似，况且现在已经露出了苗头。自从奥斯卡颁奖典礼夜两人共同作为候选人出席之后，戴维就再也没有见过韦斯。他几次打电话到那个未经粉刷的小房子去，要么是没有人接听，要么就是一个没有睡醒的女人的声音告诉他韦斯不在。

戴维希望韦斯能够从那所房子里搬出来，离他那群披头士朋友远一些。但他随后记起目前韦斯还没有挣到什么钱——他们的第二部影片还没有开拍，那才是一座金矿。

一天下午，戴维和吉尔开车去作家协会看一部新片，名叫《东方森林中的平民》。当他们看完回家时，惊奇地发现韦斯的摩托车正停在他的房子外面，韦斯斜跨在摩托车上，正微笑地看着他们。他手里还拿着一个绿色的啤酒罐，脸色看上去比上次更要憔悴了。

"嗨，我以为你失踪了，我一直在尽力跟你取得联系，可是一无所获。"戴维抱怨说。

"是的，最近我一直在赛车。我想我需要休息一下，得远离公众视线一阵子。"韦斯低下头，将易拉罐拉开，往嘴里倒了一口。

戴维听到"赛车"两个字，身子不禁震了一下，脸色也有些发白。他尽量微笑着对韦斯说："今天晚上不妨在这里吃饭。你知道，胡椒粉已经在瓦罐里等了一整天了，还有好吃的玉米饼和用自己家水果做的新鲜沙拉。"

"如果不会给你们添什么麻烦的话，家常饭菜对我来说就是上等美食。"韦斯点了点头，继续说，"我妈妈以前的时候也经常会做这些小菜，不过那是我爸爸还在的时候。后来我爸爸离家出走了，妈妈开始酗酒，从此以后我就没吃过这些了。"

吉尔的眉头皱了起来，表情也有些怪异。

不过韦斯没有注意到这些，自顾自地说了下去："后来我们回到了俄克拉荷马，她生病住进了医院，她是死于癌症的。再后来，我被市政府送到了养父母家里，从那时候开始，我就变野了，我自己也知道，不服管教、打架、逃课、酗酒，还有盗窃，我差点被送到感化学校去。"

"我们进去吧！饭菜很快就会做好。"吉尔说着转身进屋去了。

"你还想再拍一部电影吗？"韦斯从摩托车的后备厢里掏出一罐啤酒递给戴维，两人边喝边往房子里走。

"没错，你呢？我听人说大家都在抢你。"

"大概是，可咱们俩才是搭档——你当导演，我来主演，就是这样最好，不是吗？"他用胳膊肘轻轻地捣了捣戴维的膝盖，说，"咱们有协议的，你忘了吗？"

"那是以前，韦斯。现在你可以随心所欲地挑选剧本，挑选导演，挑选片酬——你跟以前不一样了。"

"我想找的是一个值得信赖的朋友，可以在我犯傻不知道该做什么的时候提醒我。我不想找一个职业的绝对称职的经纪人，他们为了多赚一个子可以让你做任何事情，哪怕是把你送到火坑里他们也不在乎。"

"说实话，我现在的确有一个构思。"戴维有些感动。

"说说看。"

"是一个保镖的故事，著名女明星的保镖。他暗恋那位受他保护的女演员，但因为身份差距悬殊而不敢表白。后来女明星猝死，警方的检验结果是自杀，服用安眠药过量，报纸上也都这么说。但是保镖不相信女明星会自杀，他认为这是一起有预谋的谋杀案，并且确实发现了谋杀的证据。他因而一个人展开调查，并因此受到生命威胁。后来，他发现这起谋杀案的背后真凶是与女明星有染的美国总统，他想谋求连任，但女明星却因为受不了冷落而威胁说要写文章把事情宣扬出去。"

"我认为，拍摄地点应该放在俄克拉荷马。"韦斯笑嘻嘻地喝着啤酒。

"没错，还应该在芝加哥和纽约。这部片子肯定会引起极大的反响，观众们会喜欢他，不过当局肯定会强烈抨击，"戴维志得意满地说，"不管怎么说，我们塑造了一个悲剧英雄的形象。这有助于让观众看到你的转变，你不能总是饰演那些叛逆少年的形象。"

"那就尽快动工吧！这部片子干脆叫《鸣冤》好了！"韦斯提议道。

3个人看似非常愉快地吃完了晚饭。饭后，韦斯骑着摩托车走了。当戴维兴致勃勃地打算动手写剧本时，吉尔出现了。

"你有没有注意到他今天下午说的那些关于他身世的东西，比如，父亲离家出走，母亲酗酒，他在养父母家长大？"

"听到了，而且我注意到他的那些话似乎让你心烦，怎么了？"

"或许你整天忙着写东西，没有注意到韦斯·克兰真正的身世——那些专爱刊登八卦的小报早已经替我们打听清楚了，他来自印第安纳州，从小被父母抛弃，是在孤儿院长大的。"

"可是，他没有必要向我们隐瞒身世。"

"他说的不是自己的身世，而是詹姆斯·迪肯的！"

戴维怔怔地望着妻子，倒抽了一口凉气，许多事情在他脑子里像过电影一般地纷纷冒了出来。两个人相貌相似，这是上帝给予的，没什么大不了，但是连气质、穿着打扮、行为举止都相似这就似乎有些说不过去了。

（七）

现在看来，韦斯或许一直在模仿迪肯。

只不过，韦斯的行为早就已经超过了普通意义上的模仿，他并不认为自己在演戏，也不是刻意想要成为某个人。开始时或许是出于好玩，他发现自己和迪肯相貌相似，便有意地向这个人靠拢。但是后来他全身心地投入到了这个角色中，将自己和这个角色紧紧地融为了一体。迪肯的穿着打扮、行为举止还有家庭背景早就被他移植到了自己的记忆之中——他在潜意识中相信自己就是詹姆斯·迪肯，至于韦斯·克兰，不过是罩在这个躯壳上的一个符号罢了。

"这是怎么回事？《三面夏娃》，我们生活里真正见识到了一个。"戴维烦躁地推开文字处理器。

"那也没关系，只要不是《变态狂人》。"吉尔也是一副心神不宁的样子。

戴维觉得自己应该好好找韦斯谈一谈，可是谈什么，怎么谈？告诉他走出错觉，做回自己？戴维觉得说出去只怕没有人会相信，况且韦斯也并不是什么危险人物，至少现在是这样。他说话文静，为人幽默，行为举止也完全没有出格。戴维认为自己现在最好的方法就是等，《鸣冤》即将开拍，自己不应该为了让他走出错觉而一手毁掉这部影片。

第二部电影开始了，韦斯的表现一切正常。跟其他的演员一起排练，没有任何额外的要求。他花了不少时间熟悉台词，将它们背得相当熟练。沃尔特在看了样片之后也表示相当满意。

沃尔特唯一不满的地方是韦斯如此地热衷赛车，不管是跑车还是摩托车，因为他不得不为韦斯的这一爱好支付了大量的保险费。不过对此，戴维的回答是"他需要放松"。没错，现在戴维自己也需要放松，他正在小心翼翼地注视着韦斯不让他出任何差错。

《鸣冤》获得了空前的成功，这部电影在世界各地的票房总计为两亿美元，而他的投入只有 2500 万美元。沃尔特现在不再对高昂的保险费用说三道四、嘀嘀咕咕了。他兴高采烈地告诉戴维他已经准备好了下一部电影的拍摄资金。

但是，直觉告诉戴维，"三"对于韦斯来说，不是一个幸运的数字，正像这个数字对迪肯的意义那样。不过，戴维觉得自己已经没有办法收手了——《综艺》杂志已经做出了预测，"由戴维·斯隆执导，韦斯·克兰主演的第三部电影将会获得更加可观的票房"。如果就此打住，只怕韦斯自己也不会答应。

《鸣冤》上映一个多月后，戴维跟制片厂进行了一次关于第三部电影的洽谈。会议结束之后，他打算直接回家——他的那辆保时捷跑车已经基本废置不用了，因为他新买了一辆红色的法拉利。他打开车门，刚要坐进去，忽然听到有人喊他。

喊他的人是唐纳德·波特，留着长发，蓄满了络腮胡子，穿着一件缀有珠子的瑟拉配和一双凉鞋，瑟拉配里面空空荡荡的似乎没有穿什么其他东西——看他的打扮，你会以为自己还生活在 60 年代的嬉皮士时期。戴维认识他因为他是迪肯的朋友，在《生的权利》中也有几个镜头。在迪肯因为酗酒毁掉嗓音之后，正是唐纳德学会了模仿迪肯的声音并为他录制了对白。20 年前唐纳德曾经风光一时，因为他导演了一部关于青少年的影片，充满了毒品、性和摇滚，当时引起了很大的轰动。他为此在圣达菲建立了自己的制片厂，但不幸第二部影片就被自己搞砸了。

戴维看着眼前人的这身装扮，担心他是来跟自己要工作的。

"我一直在这里等着你，我有重要的事情跟你说，"唐纳德开口了，"对我这身打扮感到诧异是吗？旁边有部电视剧正在开拍，我在里面扮演一个角色，《迷幻药》。"

"哦，听说过，汤姆·高尔夫写的，克西改编的。莫非你在里面扮演……"

"想什么呢，伙计？我扮演男主角未免太老了些。我演的是尼尔卡西迪，他与凯鲁亚克决裂后，便加盟克西。卡西迪怎么会穿成这样，他跟迪肯的穿着倒是差不多。"

"这么说来，你一切挺顺利的，恭喜你了。"戴维不想与眼前这个人废话，打算关上车门离开。

"等一下，伙计！我今天在这里等着你并不是为了跟你说这些，你认识韦斯·克兰吧？还有詹姆斯·迪肯？"

"什么？"戴维仿佛一下子被人击中命门似的呆住了，"你这话是什么意思？"

"你跟韦斯合作很久了，我不相信你从来没有注意。我曾经模仿过迪肯的声音，可是我最近发现韦斯的声音更像迪肯，他甚至不是在模仿，而是……"

"这又怎么样呢？"戴维被唐纳德搞得心烦意乱。

"听着，你可能认为我在说胡话，不过我现在可没有吸毒，不过一点大麻而已，我脑子清醒得很，"唐纳德把脸凑到戴维面前，竭力想要证明自己没有说谎，"而且我现在笃信占星术，我认为这有点好处，星相有时候的确会显示真相。"

"你到底想说什么？"

"我对那个小伙子很感兴趣，因此打听到了他的住处。但是我没有去。你知道为什么吗？"他并没有让戴维回答，而是接着说了下去，"我不用去就知道他住的地方什么样子，因为以前我曾经千百次地去过——那是迪肯的住处，迪肯以前就住在那儿。"

"这跟你所说的占星术有什么关系吗？你似乎跑题了。"

"你有没有注意到，韦斯·克兰的生日，那就是迪肯死的那一天。"

戴维觉得自己仿佛要窒息了，"那又怎么样？"

"如果你还有点良知的话，最好不要假装什么都不知道，"唐纳德的语调变冷了，"韦斯·克兰现在是你的摇钱树。你现在如果什么也不做的话，4个月后你的这个摇钱树就会枯萎，被人拦腰砍断。当然结果可能是命中注定、无法改变的，但做点什么至少你应该让自己心安一点。"

戴维觉得自己无法镇静了，韦斯今年23岁，这正是迪肯死亡的年纪；他也正在拍摄自己的第三部影片，同迪肯第三部电影的拍摄地点相同……巧合似乎太多了。

他们现在正在拍摄第三部影片，戴维自己写的《横冲直撞》，一个从小生活在暴力社区的年轻人长大后通过自己的努力成了一个体面的人。为了追求自己的理想，他返回社区教书，却不断受到当地流氓的骚扰。他在尝试了许多办法却发现唯有以暴制暴才能真正摆脱这群人——他领导起了当地的流氓帮派，开始过上一种充满暴力的生活。

韦斯提议让剧中的人物骑上摩托车以增加其魅力，这的确是个好主意，观众们一定会更加喜欢这个充满激情和力量的人物。但是，当韦斯坚持在片中展示特技的时候，戴维开始感到忧虑了。

韦斯的行为现在正走向另外一个极端。他在前两部戏中的模范举止或许给了他太大的压力，现在他开始迟到、在拍摄现场喝酒、对同行们搞恶作剧——正跟迪肯当年一样。有一次，他将点燃的爆竹扔到用来换服装的活动房车上，险些将它引燃。

并且，也正如迪肯在拍摄第三部影片时的形象一样，韦斯现在双颊凹陷，面色灰败，歪眉斜眼，原本最适合镜头拍摄的脸庞现在在屏幕上看起来十分丢人。

沃尔特现在也忍不住了，在韦斯差点将房车点燃时他曾经宽容地说，韦斯将来挣回来的钱可以买成千上万辆这样的房车。现在他则抱怨道："我们怎么好意思请观众们花钱看这样的垃圾镜头？"

"我们可以把镜头对准和他对戏的演员。"戴维自己也感到心虚，他曾经这么批评过《撕毁的诺言》的导演，可现在自己也不得不这样做。

"戴维，你应该试着控制他。如果你做不到，或许我们就应该换个导演，你知道我们已经投入了5000万美元。"沃尔塔继续向戴维施加压力。

"给我一个星期，如果情况还是不能改善，我就停止拍摄，随你怎么处置。"戴维给副总裁立下了军令状。

"好吧，就这么说定了，看在我们交情的份上。"

第二天，韦斯迟到了，戴维在他换衣服的房车前面等了他一个多小时。韦斯躲躲闪闪的，似乎想要避开戴维的眼睛。

"我想跟你谈谈。"

"好吧，又是老一套，无非是想对我进行一番告诫罢了！我乐意倾听，如果你能让我先拿一罐啤酒的话。"他摸索着从房车的小型冰柜中拿出一罐啤酒，打开拉环一股脑儿灌了下去。"戴维，我需要你先帮我一个忙。"

"那需要看你的表现。"

韦斯笑了，嘴边还带着啤酒的泡沫，"我其实不需要请求，你知道我完全可以按照自己的愿望行动，我只不过是想表现得礼貌些罢了。"他又找出一罐啤酒，"下星期一我要过生日，剧组应该给我一天假。我想去索诺参加摩托车比赛，顺便跟朋友们庆祝生日。"

戴维决定对他耐心些，"我们之间曾经有过协定：我来写剧本并且当导演，你来主演，我们两个合作，没有别人，你记得吗？"

"记得，怎么了？我一直都遵守承诺。"

"我已经答应了沃尔特，如果一星期之内你没法修正自己的行为，我就得滚蛋！"

"那我会告诉他们，你走了我也不会继续演下去。"韦斯对自己的影响力十分自信。

"听我说，韦斯，他们现在对你很不满，不会完全按照你的意愿去做每一件事。记得你当初为什么选择我吗？你说你想找一个人，在你做傻事的时候提醒你——现在你就是在做傻事。"

韦斯气恼地将易拉罐捏在手里，"我不过是想在生日的时候请一天假，就让他们如此不高兴！"

"不是因为这个。问题的关键在于你是韦斯·克兰，而你把自己当成了詹姆斯·迪肯，"戴维决定直说，"你相信自己将重蹈他的生命轨迹，因而你认为自己应当在下星期一死于一场车祸——那是迪肯的忌日。"

"你是算命先生吗？"韦斯有些讽刺地说。

"或许可以算是半个精神科医生。听我的，下个星期一来这儿好好表现，不要靠近任何汽车、摩托车，最好连自行车都不要靠近。你好好地把那场戏演完，我开车带你去我家。吉尔会给你做一顿你喜欢的生日晚餐：带骨的牛排、烘烤的豆子、蒸玉米，还有自制的巧克力生日蛋糕，所有你爱吃的。星期一晚上你可以住在我家里，好好地睡一觉，第二天早上起来你就是完完整整的韦斯·克兰，并且会彻底地忘掉詹姆斯·迪肯。"

韦斯犹豫起来，"你说什么？"

"我说你应该成为自己，你会有迪肯不曾有过的辉煌的职业成就——成为全世界顶级的男演员。你要信守我们的合同，如果你去赛车，不仅会丢掉自己的性命，还有我的饭碗。"戴维决定利用韦斯的同情心。

韦斯似乎被说服了。

（八）

星期一早上，也就是韦斯生日那一天，他准时出现在了拍摄现场。那天的拍摄效果出奇的好，戴维认为那是韦斯职业生涯中表现最杰出的一次，以至于在后来的日子里他经常满怀着敬意反复观看这段登峰造极的表演。副总裁沃尔特看完样片之后也十分满意，同意将拍摄继续下去。

当天晚上，韦斯来到了戴维家，与戴维、吉尔3个人共享了一顿生日晚宴。他没有去赛车，但是失魂落魄，一句话也不说，完全没有了白天表演时的神采。晚饭一结束，他就到客房睡觉了。

但是第二天，星期二，韦斯就不行了。他不记得台词，在镜头面前畏畏缩缩，甚至连嗓子都跑了调。所幸的是当天副总裁没有在场观看，戴维几乎是拼拼凑凑、不伦不类地完成了剩下的拍摄。而那些韦斯的根本无法公开的镜头则被戴维永远地束之高阁了。唐纳德这时又发挥了作用，他为韦斯·克兰录制了影片后半部分大部分台词的配音。

唐纳德最后说："你应该相信占卜术和星相，它们永远会告诉你真理。"

戴维决定去找一位声音专家，他擅长将人的声音在电脑上进行分析。他拿了4卷录音带给那位专家，请他鉴定是不是同一个人的声音。

"你或许是在跟我开玩笑？"声音专家说。

"此话怎讲？"戴维在办公桌前面几乎站立不稳。

"第一卷应当是《生的权利》的原声带，里面是詹姆斯·迪肯的声音；第二卷的声音和他相似，有点细微的差别；第三卷的声音完全不同；第四卷则一模一样。事实上，如果你凭空把第一卷和第四卷递给我，我无法分辨出究竟哪一个才是迪肯的声音。"

专家分析得没错，戴维拿的第一卷是迪肯《生的权利》的原声带；第二卷是唐纳德在《横冲直撞》中为韦斯的配音，声音当然和迪肯接近；第三卷是韦斯后期声音技巧崩溃后的嗓音；第三卷则是韦斯到制片厂试镜时模仿詹姆斯·迪肯的那个片段。

戴维决定赶快找到韦斯·克兰，但他不见踪影——他的演技和嗓音崩溃得如此彻底，可能再也当不了明星。戴维不断地给韦斯的住处打电话，却毫无回应，他决定开车去拜访他。等他开车赶到郊外韦斯那简陋的住处时，发现那些披头士还有那些废弃的汽车都已经不在了——房子外面只停了一辆摩托车，是韦斯的那一辆。

戴维走上前去敲门，没有人回应。他自己拉开门，发现里面一片黑暗，窗帘都拉上了，灯也没有打开。戴维站在门口，隐隐约约地听到似乎有艰难的喘息声传过来。他顺着声音传过来的方向走，拐进了右手边的一个房间。

喘息声似乎更响了，并且戴维闻到房间里有一股浓重的腐烂的味道，"韦斯——"他试探性地叫了一声。

"别开灯！"黑暗中传来一个人的声音，戴维听出那是韦斯的声音。他没有理会韦斯的请求，伸手打开了灯——他太急于搞清楚事情的真相了。

眼前的情景令戴维肝肠俱裂，这场景令他终生后悔，他的胃里忍不住一阵翻滚——韦斯跌坐在一把椅子上，整个身体正在迅速地腐朽、分解。他的双颊已经完全凹陷了下去，露出了齿龈和牙齿的形状。他浑身的肌肉似乎都萎缩了，只剩下软塌塌的一层皮贴在骨头上——他现在的样子仿佛就是一个会喘气的骷髅。椅子旁边摆放着一堆早已腐烂的瓜果，散发出一股浓重的恶臭味。

戴维几乎哭出来了，"几天不见，你怎么变成了这副样子？"

"我那天应该去参加赛车的对不对？那才是我的活法，也是我的死法。"韦斯连呼吸都已经十分困难了，他的话仿佛是从嗓子中一点一点挤出来的。

"是我害了你，我不应该阻拦你的，为了那该死的电影把你弄成了这个样子。"

"你曾经是我最好的搭档，但是咱们以后不会再有共事的机会了。淡忘我们之间的合同吧，我无法再履行它了！"

"那我现在还能够为你做点什么吗？"戴维一生从未如此伤心过。

"把灯关上，出去，让我自己平静地离开这个世界。"

"我想我一定可以帮你点什么！"

"那就按照我说的去做，离开这儿！我不愿意接受任何人对我的怜悯，这比任何事情对我的伤害都大。"韦斯的呼吸十分微弱，戴维怀疑他随时可能断气。

"可咱们是朋友，我不想让你就这么死去！"

"所以你一定会按照我说的去做。我的病没有医生能治。并且，我不喜欢不速之客，请你出去！"

戴维不忍心再让韦斯如此费力地说话，他关上灯，默默地转身准备出去。

"等等，"韦斯挣扎着，几乎是费尽全力，他一字一顿地说道，"朋友，我很喜欢你！"

戴维觉得自己无法再坚持下去了，否则他一定会号啕大哭起来，"我也是，伙计！"他颤抖着说完这句话，跌跌撞撞地跑出了这座棺材般的房子。他觉得外面明晃晃的阳光照耀得自己睁不开眼，鼻子里似乎还残存着从屋子里带出来的臭气。戴维无力地把车开回了自己家里。

第二天下午，戴维带着妻子再次开车外出。但是，房子里已经没有人了——韦斯搬走了，从此失去了下落。

"他是个骄傲的人，他的生命已尽，但是他的意志会和那些电影一样长存！"吉尔如是说。没错，他的所有电影都很精彩，即使是最后一部，观众们也丝毫没有看出任何加工和编造的痕迹。

他在最后关头要戴维"淡忘合同"，戴维后来才明白韦斯的用意——他们之间的合同早已经被背弃，韦斯甩开他的搭档独自拍摄了一部叫作《来自地狱的蛇身》的影片，他在里面的表现堪与被埋葬在"吸血鬼岬"之前的贝拉·卢果西媲美。这部电影的放映好得出奇，影院里几乎座无虚席。

吉尔和戴维在峡谷小镇的电影院里观看这部电影。这该死的小镇上没人关心电影的背后，只要它能够吸引观众。银幕上，韦斯正昂首阔步地走向女主角，神采飞扬，意气风发。座位上的观众们大声喝彩。戴维和吉尔泪流满面。

为了这些和我的原罪

【美】约翰·狄克森·卡尔

　　没有人相信我，我发誓在 80 号公路一侧距离我不远的地方有一棵树，它就在我的左侧，到现在为止，我依然还能认出它来。毕竟它实在是太与众不同了，看见它，你的脑海会自觉地浮现出"骨架"这两个字。虽然在灼热的烟雾中，它只是一个影子，然而我却能够清晰地回忆起这株形状怪异的植物，即便在树木生长茂密的 8 月，它也依然光秃秃的。

　　我想它死了，不过它怎么死去的，我并不清楚，一看见它我就发自内心地感觉不安。它的外形酷似祭祀用的烛台，尽管它上面并没有插着蜡烛。曾有一瞬间，我质疑这究竟是有人刻意修剪的，还是大自然的鬼斧神工。不过这棵酷似宗教标志物的树，光秃秃地立在干旱贫瘠的西部平原上，仿佛象征着天神庇佑着这块土地，让我不由得想起《荒原》一书。

　　8 个小时了，一路向东开车的我十分疲惫，我第一次经过这株诡异的大树。我刚刚告别怀俄明州野营的朋友们，准备开车返回艾奥瓦的家，虽然久别重逢的朋友让我难以割舍，可是此时此刻，我对于即将到来的繁忙秋季学期实在是又爱又恨。当我的目光触及它，我突然意识到自己正在超速行驶，70 英里，如果我不想出事故或者掏腰包交罚款的话，最好慢点儿。事实上，没等我降低速度，意外就突如其来地发生了。

　　汽车马达的轰鸣声几乎能跟阴雨天的响雷相媲美，整架汽车开始剧烈地震动，像是受到了某种惊吓。这辆二手的"波斯克"912 型车由于车身经过整修，而且年代已久，我买的时候价格十分低廉，平时运行起来也还不错，但明显不适应怀俄明稀薄的高山空气，一路走走停停。再加上我不会调节汽化器，甚至在行驶至山区时险些发生了火灾，幸好在兰德的一家修车铺修缮了一下，勉强又上了路，如今怕是又出问题了。想到这里，我的手开始不听使唤了，方向盘还不受控制地左右扭动，我似乎能闻到发动机起火时发出的特有气味。车速越来越缓，此时此刻我最需要的是汽车修理工人。

　　事发突然，面对夹道两边荒芜的草地，我有些惊慌失措，那一刻我甚至以为我并不是开车行驶在内布拉斯加州，而是根本在没有人烟的月球。刚进入内布拉斯加州时，几乎每隔 20 英里就能看到城镇，可在我最需要的城镇时，面对的竟是这样的无人区。终于，我看到了州际公路的闸道出口。绷紧的神经和满身的惶恐突然找到了宣泄的出口，我毫不犹疑地将车开了出去。

伴着发动机的轰鸣和隐约可现的爆裂声，车身的颤抖越来越严重了，我眼前至今还没出现任何城镇的标牌。渐渐地，眼前的道路分成两段，不过不论哪一边都没有建筑物。我下意识地选择了左边的道路，当我驶过州际公路上方的桥时，我才发现那棵让我感到惶恐不安的秃树离我越来越近了。

我荒诞的想法和难以抑制的恐惧很快被担忧分散，汽车引擎的颤动从脚底传遍全身，我的呼吸变得短而紧促，意识模糊地驶过了那条树，我有把握我就这样经过了它，而它伫立在没有路标的道路旁，似乎正在冷眼旁观。

整辆汽车向我抗议，道路凹凸不平，汽车发出咯噔咯噔的抗议声，它提醒我再行驶下去，"波斯克"就要四分五裂了。然而蜿蜒曲折的道路前方，什么都没有，道路两旁是一成不变的荒原。单调的景色和毫无变化的道路让我压力倍增，我根本不敢踩紧油门，车速已经降到了 15 英里。难道我选错了路，城镇在道路的另一边，我吓得腹部开始痉挛，不祥的阴影似乎在头上盘旋。

时间一分一秒地过去，仪表上的时间已经接近 6 点，掌灯时间就要到了。这意味着即便我及时找到修车铺也极有可能关门。懊悔，焦躁渐渐充满了我整颗心，我越来越绝望，甚至脑海中已经模拟出接下来发生的事。车子行驶不到几分钟就抛锚在了无人烟的荒原，饥寒交迫的我一个人在黑漆漆的公路上，拖着步子向州际公路走去，等待路过的好心人帮忙。

悔意开始蚕食我的心，为什么不留在州际公路上呢，那样的话，我此时此刻没准已经修好车，在回家的路上了。之前我还和妻子保证说，明天中午肯定能抵达艾奥瓦的家，然而如果我再这样倒霉下去，恐怕会在路上耗费更多的时间。我能想象得到，联系不到我的妻子是怎样在屋里屋外徘徊，焦躁不安得食不下咽。电话，我一定要找部电话告诉她我不能准时回家。

我越来越急切，希望能够得到一点儿援助，希望忙碌的上帝能够想起正处于不幸中的我。建筑物，远处朦胧中似乎有一个建筑，那是个铁皮房子，铁皮屋顶正在反射着夕阳，仿佛黑暗之中燃起的烛火，希望之火。紧接着我看到了什么？那是一个小镇，谢天谢地，我得救了。

大概三五栋房子，郁郁葱葱的树木，一个加油站，餐厅还有停车场。由于内心的激动，汽车近乎横冲直撞地驶过一座水塔和牛栏，汽车的轰鸣和颤动完全和心跳同拍，车子终于停下来了，我熄火。突然世界一片宁静，我的手离开了震动着的方向盘，它和我的心情一样久久不能平静。如释重负，我看着两个男人背对着我站在油泵旁边。什么言语也不能表达我此刻的激动。

胡子拉碴的我，顾不得汗水浸透衣服的狼狈样子，费力地打开车门求助。步子有些摇晃，越走近那两个人，我的步伐越来越沉重和僵硬，迫切希望得到帮助的我一时之间竟然没发觉不对劲儿的地方。这两个人怎会没留意到我近乎小型爆炸的停车声呢？舔了舔干瘪的嘴唇，我走进说道："您好，请问这儿有修车工吗？"

那两个人动也不动，背对着我，就像什么都没发现一样。难道他们是聋子？我有些生气地提高音量重复一遍。那两个人无动于衷，身体没有一丁点要转过来的意思。我怒不可遏地绕到他们面前，然而他们又背过身去。

　　我惊呆了，他们，他们的面孔是我见过的最狰狞可怕的。那一瞬间我几乎要窒息，喉咙发紧，胃里的酸水难以控制地翻上来。我知道那不是他们的错，可是他们实在是太过可怕。他们的皮肤因为病症溃烂，像是脓疮一样，而他们的脸，前额上是隆起的疙瘩，鼻子也畸形了，嘴唇肿胀，颜色发紫，颧骨高高耸起，下颚则扭曲变形。再往下，你会看到颈部有让人恶心的肿块，凹凸不平。他们远比我了解到的麻风病人还要可怕。

　　不过尽管如此，我还在调试自己的呼吸，不断地对自己说镇定，镇定。他们一定是生病了，这并不是他们的错，不要失礼。怪不得他们背过去，这副长相的他们一定也承受着莫大的压力，那压力让他们畏惧别人恐惧、好奇的眼神。

　　我没有再失礼地绕到他们面前，一方面担心他们心生反感，一方面我也担忧自己无法控制。我提高声音又问了一次，这一次他们终于做出了反应。只见扭曲变形的两只手臂，像枯枝一样指向右侧通往镇外的砂石路。如果我没记错，这条路与数英里外的州际公路平行。

　　得到帮助的我马上迈步离去，我可不管那两个人怎么想，不过我是一分一秒也不想待在他们附近，更何况他们并不友好，不是吗？

　　修车工，修车工，我焦急地离开，边看着快要落山的太阳，边抬起手看了一眼手表，7点了，再不快点，修车店恐怕就要关门了。想到这，我开始头痛。走到街对面，我发现拐角处有一家看起来破旧的餐馆。满是污垢的霓虹灯招牌黯淡地亮着"烤肉馆"几个字，从窗户向里望去，桌子闪着油光，仿佛从来没有擦拭过。我推开门，看着泛黄的广告海报，肮脏的餐具，满屋飞舞的苍蝇，顿时胃口大失。

　　借着昏暗的灯光，能看到有 5 个客人坐在那里，对此我相当诧异，这样的环境竟然还有人肯坐下来用餐。

　　"请问……"我的话还没说出口，立刻被吓了回来。那是怎样的一群客人，他们用他们畸形的背冲着我。我从没想过上帝会造出这样的人，他们有凹凸不平的后背，歪曲的脊柱，歪斜的肩膀。我究竟来到什么地方？我求助似的望向角落里的女招待，她似乎读懂了我目光里的诧异，立刻背过身去。

　　然而，她和我都不曾料到，墙上有镜子。怎样形容镜子中映出来的人影呢？魔鬼？撒旦？连地狱深渊里的生物都没有这般可怕。那个女招待只剩下一只眼睛，整张脸找不到其他五官，如果勉强要说有的话，我眼前那两条恐怖的缝隙恐怕是她的鼻子。

　　我惊慌失措地后退，全然不知道会不会撞到什么，摸到门立刻奔了出去。我究竟来到什么地方，实话说这些人的面孔实在是让人无法接受。我的脑海中回忆起所有看过的恐怖片，突然觉得那些骇人的妆容是那样的可爱。呼啸而过的风，让我瑟瑟发抖，实在是太可怕了。

　　我近乎精神崩溃，然而为了离开这里，我仍然抱着一线希望，希望能遇到一个正常人为我指引方向。然而整座城镇，整座城镇居住的都是怪物，他们不曾开口说话，一旦遇到我立刻背过身去，用各式各样扭曲变形的手臂指向同一条砂石路。

　　勇气，力气，镇定，这些我一无所有，我只想着逃亡。我爬回车子，启动发动机。不知道是我被吓得发抖，还是车身剧烈的颤动使我浑身发抖，车子情况并没有发生一点儿好转，引擎的轰鸣声还是那样震耳欲聋。我的胃里翻涌着，心中一边祈祷着"波斯克"动起来，一边祈祷自己沿着砂石路能找到修车铺。

天色越来越昏暗，西边的地平线只剩下一片红光，看不清太阳的影子。车子上下颠簸，似乎在发出垂死挣扎的声音，我终于逃了出来，我下意识打开车灯，在黑暗中只有这么一束光。我看了看手表，已经8点了。

我断断续续地前行，车子不时发出"砰"的巨响以及沉闷的碰撞声，车子几乎靠着惯性在向前滑行，直到汽车再也走不动一步。我大概走了半英里，可是这一次我似乎又被上帝彻底遗忘了。

我前面是未知的黑暗，身后是那座恐怖骇人的小镇，四周荒无人烟，只有矮小的灌木在风声中摇曳。天已经完全黑了，我开始胡思乱想，该死！都怪在兰德为我"修车"的那个家伙，见鬼！我气呼呼地下了车，点燃香烟开始咒骂。

我甚至没有想到买些东西充饥，哪怕是薯条、啤酒。我到底还能做什么，我该做什么。饥饿迫使我暂时忘掉了那些面目狰狞的人，我要回去，回到那骇人的镇子找点儿东西填饱肚子。不然我只能窝在这无人援助的地方，饥寒交迫地过上一夜。比起那些视觉上的可怕，这才是真正的遭罪。那些令人作呕的外貌算什么？

小镇距离我只有半英里，我走回去只要10分钟，如果赶在小酒馆打烊前到达，我就能买到啤酒和薯条。我熄灭了那根烟，将烟头抛到空中，狠狠地踹了一脚车胎，开始往回步行。

周围越来越暗，我几乎看不清眼前的路。终于我抵达小镇边缘，看着亮着灯的烤肉店，我顿时觉得轻松起来。可是还没等我走近，整个镇子就沦陷在黑夜之中。那一瞬，我都忍不住想要咒骂。

嘎吱，听声音像是店门打开了，我慢慢地靠近。看着黑暗之中一个模糊的白影子走了出来，"能不能再等一会儿，让我买些吃的东西？"我抱着试一试的态度恳求道。

那个人竟然跟我说话了，声音很细，说起话来断断续续。我甚至分不清这究竟是我的幻觉，还是确实发生。

"对不起，我们打烊了！"这声音真切地飘进了我的耳朵，节奏相当的悦耳。这是这个镇子里第一个与我交谈的人，即便我畏惧于她的面目，此时此刻也顾不得了。更何况夜色朦胧，我也看不到她的模样。

"我的车子在镇外抛锚了。我不要其他东西，就要啤酒和薯条。帮帮忙吧！"

"收银机里没有钱，更何况我们老板半小时前就停止营业了。"

"我愿意多付些钱，只要给我东西就成。"我的态度已经近乎哀求，受尽折磨的胃似乎觉察到有物可吃开始叫嚣了。

面对我的言语，那个女招待沉默了一会儿，说道："店里没吃的了，不过如果你不介意，你可以来我家。我一个人住，你可以住在起居室的沙发上，我会为你做些吃的。"说到这儿，她顿了顿。

尽管感谢她如此帮忙，可一想到她的脸和透着古怪的镇子，不安和畏惧让我不禁开口婉言谢绝。

"我，我保证不开灯，不吓你。我只是想帮个忙，我相信好人有好报。"说完她在黑暗之中缓缓离去，似乎刻意放慢脚步等我跟上去。

心绪烦乱的我不知该如何抉择，要么饥肠辘辘地在破车中露宿一夜，要么睡在柔软的沙发上，还有东西充饥。可是后者确实来自一个面目丑陋到令人作呕的怪人的帮助，我其实并不知其底细。

这时候那位女侍者的回答在我的脑袋中回旋，这是这个怪异的小镇中第一个对我报以善意的人，面对她可能因患病而变得扭曲的面貌，我不但不感激，竟然畏惧逃避。她的心中一定不好过，再加上牛排的诱惑实在是无法拒绝，我想了想跟在她身后，前往她的住处。

昏暗的灯光，悄无声息的街道，整个镇子仿佛只有我们两个活着的生物。我跟在她身后亦步亦趋地走着，我敢发誓，这样的经历实在是世上独有的，我不清楚等待我的是什么。

她在一幢维多利亚式样的两层楼前停住，掏出钥匙打开了门，如她承诺的，她并没有打开灯，而是在黑暗中指给我沙发的位置，让我坐在那里等待。一陷进又软又深的沙发座，我意识到自己的选择是正确的，黑暗之中我闻到了诱人的牛排香气，听到了那位女侍者的脚步声。

"我忘记问你喜欢几成熟的牛排了，就擅自做主，希望你喜欢。"她怯怯地道，此时就算她的声音如破风箱一样，在我听来也如同天堂的钟声一样悦耳。

接过托盘，我发现她准备的东西着实丰盛，不仅有牛排，还有面包、啤酒、白脱油和调料。虽然黑暗影响我对它们的辨认度，但不影响我把它们吃进肚子的速度。大概人在极端饥饿的情况下，觉得什么都是人间美味吧。终于，我把最后一点儿面包沾着肉汁塞进嘴里，甚至还意犹未尽地舔了舔手指，喝光啤酒，我整个人躺在了沙发中。

我发出满意的叹息："实在是太感谢你了，东西好吃极了。"

坐在房间另一边一言不发的她说道："没关系，应该是我谢谢你才是。"

我摸不准她的意图，不过吃得有些撑的我却因为这一句话，突然警惕了起来。"什么意思？我不明白。"

"难道你不好奇吗？人人都想知道，你也想知道，可是你没问。"

"问什么？"我腾地坐起身来。

"为什么这地方的人都如此吓人？"她的声音冷冷的，让我浑身打战。我突然觉得毛骨悚然，我一直忍住不去想这个问题，面对她的友好，我甚至忽视了那张映在烤肉店镜子里的面孔，既扭曲又吓人。

我的脑海里像过电影一样陷入回忆，这古怪镇子里发生的种种成为记忆力的影像，我的胃开始翻滚，吃下去的东西不停地向上涌，整个人几乎干呕起来。恐惧，害怕，我坐立难安，等待她接着说下去。

"很久之前，大概是中世纪，各地的神父们会在各个村落之间云游，他们到来时，会用一种特别的仪式净化村民们的灵魂，而不是通过一般的布教或听人忏悔。神父们每到一个地方，就会命那里的人带食物给他，然后神父通过祈祷将全村人的罪孽转移到食物上，然后一口一口地吃掉，吃掉全村人的罪孽。"

听到这里，我连胆汁都要呕出来了，她让人生厌的声调说着这样荒唐的事情，我承认我想逃走。

"可是有些人却不相信神父的所作所为，认为他们不过是些骗取食物的骗子。可是事实让他们不得不信，吞下去的罪孽很快就在吞食者的体内扩散开来。神父整个人开始扭曲，溃烂，就在他们眼前。"说到这里，女侍者站了起来，不知在做些什么，她站立的那个角落里传来了刺耳的挠挠声。

我变得越来越紧张，堵住自己的耳朵，不让自己再听下去。"其实吞噬罪孽的不仅仅是神父，有些特殊的人也吃过。他们也渐渐变成了神父的模样。罪孽，如果想得到救赎，摆脱罪孽和让人作呕的面目，只有转移，也就是诱使别人吃下那些饱含罪孽的食物。所以我说要谢谢你。"

"疯子，全都是疯子！让我出去，我要离开。"我浑身上下每一个细胞都叫嚣着要逃亡，难道我吃下的是……我不敢想象，也不敢相信。

突然一道微光，在我眼前亮起。借着光我看到那个刚才还丑陋骇人的女侍者，变成了一位漂亮性感、光彩照人的女士。我害怕得将手盖在自己的脸上。

"这个镇子住着的人之所以丑陋，是因为他们吞食了别人的罪孽。他们为了拯救世人而变成了受人嘲讽、讥笑、畏惧的怪物。所以我说，我要谢谢你。"

我的身体开始膨胀，我甚至无法站起来。我感觉我的骨骼像是橡皮筋一样被人扭来扭去，我的视线开始模糊，"这不是真的，这不是真的。"我开口吼道，然而声音像是从很远地方传来的回音。

那个美艳的女子靠近我，我害怕地蜷缩，她竟然当着我的面解开了衣裳。天旋地转，我不知道这是幻觉还是什么。突然之间，我有一种不顾一切也要得到她的欲望。

我扑倒了她，和她在地上滚做一团，在黑暗中撞倒打翻了许多物体，我的脊背撞在了桌子边缘，然而我并没有感觉到疼痛，反而心醉神迷地叫着。

在心灵深处的某个地方发出了一些声音，我停止了一切。这个女人似乎是要从我身体上索取回报一样，她把罪孽强加于我，又如此这番。

"吃掉我，吃掉我！"她一边呻吟着拽住我贴近她的身体，一边祈求着。我不知道我在做什么，很快我就失去了知觉。

当我醒来时，我发现自己躺在艾奥瓦医院的精神病房中，我一点都记不起那之后发生了什么。内布拉斯加州的警察说，他们发现我的时候，我全身被严重晒伤，赤裸着身子在80号州际公路上游荡。然而我清楚，这一定不是真话。现在的我一定像那个古怪小镇的人一样可怕。

可是整个房间内没有镜子，没有人跟我说实话，他们不让我出去，将我囚禁在屋子里，每天都有护士畏畏缩缩地在警卫的陪伴下进来给我喂饭。我变得越来越迫切地想知道自己变丑后是什么模样。透过月光和窗户上的金属栅栏，我看清了自己。那张脸正是我在烤肉店镜子里映照出的面孔，我只有一只眼睛，没有鼻子，也没有下巴。惩罚，我受到了惩罚，我付出了代价。

我拒绝接受妻子和孩子的探望，我不想忍受他们眼神中透露出的惧怕和恶心。我一个人躲在房间里，忏悔吗？作为天主教徒的我当然知晓忏悔，进行过忏悔。我清楚那段话是以"保佑我。天父，因为我有罪孽"开始，更清楚它是以"我对这一切及我所有的原罪深表歉意"而结束。然而懊悔、忏悔都没有用，我清楚让自己解脱的办法，然而此刻我却无法去做。我伪装顺从的样子，终于抓住了时机逃离。为了避免被州警们抓到，我偷了3辆汽车，我巧妙地构思了逃亡路线。

终于，我又见到了那棵树，那棵造型奇特、像祭祀烛台的树木。看到它，我如此喜悦。此时此刻，那棵树的枯枝竟然已经变得青枝绿叶，8枝枯枝变成了生机勃勃的枝条。帮帮我，救救我。我踩实油门，引擎轰鸣着奔向双车道的柏油马路。

依然是凹凸不平蜿蜒延伸的道路，我变得忧虑重重，我竭力避免视线接触到后视镜，我不想看到自己丑陋的模样，可是这样做并没有减轻我的苦痛。终于我看到了铁皮屋顶反射的阳光，那光是那样晃眼，晃得我看不清。

水塔，牛栏，加油站，烤肉馆，一切都一模一样，可是镇子上的人再正常不过了。他们的驼背哪去了？那些化脓的疮疤哪去了？我看着他们视线中流露的惊愕和厌恶，加快速度逃离，找到那个女侍者的住处，然后藏了起来。

我在静静地等待，等待她的归来。在医院，医生们哄骗我吃下的食物中存在着某些药剂，让我歪曲了记忆，失了判断，认为自己变丑了。可是我清楚整件事情的根源，是她，是这个女侍者，让我吞了她的罪孽。我要报复，我要加倍地报复。

我一边在她的起居室写下这些文字以求人们能够知情并谅解我，一边朝窗外张望，看看那个推我入深渊的人什么时候回来，我一定要让她付出代价。

街上传来了汽车熄火的声音，她回来了。很好，我不要再忍下去了，我马上就能卸下这些罪孽。

眼前出现的并不是那个女侍者，而是陌生的一男一女，不过我顾不得那么多，我要解脱。

我从厨房找到一把刀，我冲了出去。我不知道那些神父是怎样转移罪孽的，然而我记得，她和我说的最后一句话"吃掉"，我知道我该怎么做。

疯子的秘密

【英】狄更斯

　　我永远不会忘记那些日子，因为它总是让我害怕发疯。在那些日子里，我会经常从睡梦中突然地醒来，然后跪在地上祈祷神灵，让家族的诅咒远离我，还有那些欢乐场景，常常让我不得不躲藏在一个阴暗、孤独的角落里，冷漠地审视着那股狂热吞噬我的脑袋的日子。

　　疯狂的因子混杂在我的鲜血和我的骨头里，这一点我很明白。这个疯病在我的父辈一代并没有发作，那么理所当然我就成了第一个发病的人。看着人们对我的指指点点，我并不怒目横眉，而是迅速地钻进我的世界里，让孤独和寂寞紧紧地包裹着我，不留一丝缝隙给世人。

　　这些年以来我都是这个样子，想来还真是漫长。每一天的夜晚都特别长，但是和那些无数个让我浑身战栗的噩梦相比，简直是小巫见大巫。那些黑影一到晚上就会到我的床边注视着我，做一些让我发狂的举动。我的祖父就死在这个房间，也许地板上还存留着他在极度疯狂时乱抓所滴下的斑斑血迹，我仿佛听到了他的嘶吼，不自觉地捂起了耳朵。

　　"终于轮到我了。"虽然我想不通以前我怎么就那么害怕，但是现在我可以加入人群中，旁若无人地和人群中的才华横溢的人高谈阔论。我知道自己疯了，可是他们并没有看出什么不同。在我还正常的时候，我会随便用几招修理那些经常在背后对我指指点点的人，一想到他们被我修理后的样子，睡觉都会笑醒。可是我也要做长远打算，不然当我真的疯了的时候，和快被他们看穿时，就看不到他们得知真相时的错愕、离谱的表情以及像躲避瘟疫一样远离我的慌张神情，错过了这些，我相信我一定会遗憾终生。

　　在我和一个朋友一起吃饭的时候，我也会想到如果朋友得知我是一个疯子且完全有可能将我吃饭正在用的明晃晃的刀子插入进他的心脏时，不知他会做何行为，是不是脸色突然变得煞白，然后夺门而去呢，我确定我会兴奋得跳起来。哇，我的人生可真是相当精彩啊！

　　这个秘密在我成功的保守下没人知道，于是我继承了一笔巨额的遗产，但是对于我而言，更重要的是我在享受这份欢乐，这份欢乐的意义远远比那笔财富要大。神圣而睿智的法律就这样模糊了自己，说服众人将这笔遗产留给了我，而他们不知道我竟然是一个疯子。于是我不得不认为，疯人的智慧超过了每个人，包括心智健全的聪明人和机敏的律师，这些人在我这样一个疯子面前，是比不上的。

　　"我成了富人，成了有钱人，他们这些人该怎么来拍我马屁呢！我肆无忌惮地消费着我的金钱，他们这些人该怎么用暧昧的语言来恭维我呢？在别人眼里蛮横无理的三兄弟，在我面前是多么的温顺！还有那个一头银发的三兄弟的老父亲也把我当成神灵一样来尊敬，在我面前，他的表情是那么的谦逊，那么的卑躬屈膝，竟然把我当作他的忘年之交！他们一家五口很贫穷，包括三兄弟和他们的那个妹妹，也就是老人唯一的女儿。自从那个老父亲的女儿嫁给我以后，他们一家人的脸上都显现出了胜利的神情，似乎在说我们以后的好日子来临了，因为我们有一个富有的亲戚。但是其实只有我知道，应该大笑的人不是他们而是我。我不仅要得意地笑，而且还要撕扯着自己的衣服、在地上打着滚、旁若无人地大笑，因为他们把女儿嫁给了一个疯子，而这个疯子就是我，这是他们一家无论如何也不会想到的。

　　大家都想想，万一我是疯子的真相被他们知道了，他们还会把女儿或妹子嫁给我吗？但是我想，对于这些人来说，他们的女儿或妹子自身的幸福根本比不上他们自己对财富的占有和渴望。

　　虽然我是如此的聪明，但是偶尔也会有失手的时候。我想如果我不是疯子——虽然不可否认我们疯子都比较聪明，但是偶尔会出现聪明反被聪明误的情况——只要稍微细心地观察，我就会懂，这个嫁给我的女人其实心里并不愿意，她宁愿孤独终生，也不愿意做我的衣食无忧的新娘子，这让我很是失望。并且我还发现她有意中人，是一个有着黑眼睛的男人，这从在睡梦中她低低地叫过几声那个男人的名字可以推断出来。她选择嫁给了我，虽然心不甘情不愿，但是也无可奈何，因为她家里是那么的贫穷，她要为她的老父亲和3个哥哥的生计着想，嫁给我是她唯一的选择。

　　他们的样貌我现在记得不是很清楚了，但是我清楚地记得那女孩子很美。我为什么对那女孩子的美丽这么印象深刻？因为曾经有一次我从睡梦中惊醒过来，周围万籁俱寂，只有一轮月亮悬挂于天空中，明亮的月光照在小屋的角落里，映出了一个纤细、消瘦的人影，披肩的长发随着风在空中飘动，她一直在紧紧地盯着我，双眼一眨都不眨。嘘！单单这几句话就让我全身充满寒意，不错，那就是她的身影，苍白的脸色，玻璃般发亮的眼睛。我心里非常明白。和在晚上经常挤满小屋的其他人一样，她的身影从来不会动，从来不说话，眉头也不会皱一下。但是相对于其他人来说，她更让我感到害怕，甚至那种恐怖的程度超过了许多年以前经常诱导我发疯的幽灵——她非常像死人，仿佛刚刚从坟墓里面爬出来一样。

　　她的面孔逐渐变得愈加苍白，哀怨的表情上经常伴随着泪水，这样的情形持续了大约一年多的时间，但是我不知道为何。我是如此聪明，我认为我最终还是发现了这一切的原因。我从来就没有进入过她的心里，我也知道这是不可能的；但令我没想到的是，她不喜欢这样的奢侈的生活，也很轻视我的财富。我从来没有想过她会去爱别人。一刹那间，我的心情很失落，我想到了许多整治她的办法，这些想法一直就在我的脑子里存着。我对这女人不是很怨恨，但是我非常不喜欢有另外一个男人可以让她为之落泪。我非常可怜——是的，我可怜——使她陷入这种悲惨的生活的她的哥哥和父亲。她时日无多了，这我能看得出来，可令我担忧的是，也许她会在离开人世之前生下我的宝宝，同样怀有像我一样疯狂的基因——就是这点让我痛下决心，下定决心杀了她。

　　我想了很多可以用来杀死她的办法，首先是毒死她，然后是淹死她，最后是烧死他，这些杀死她的想法我想了一个星期。如果有这样一幅景象展现在你面前，豪宅里充斥着漫天的大火，疯子的妻子在豪宅里面没有出来，最后成了灰烬，你是不是会觉得很好看呢。并且这种结局是对于她那些梦想发财的亲戚多好的一种嘲讽啊。你可以想想看，由于疯子的聪明智慧，一个心理完全正常的人被冤枉被绞死，尸体在风中飘动，这是一件多么令人开心的事情啊。这一点常常在我的脑海里出现，但是最终我没有实施。哇，那是多么有趣的一件事情啊，每天磨磨自己的剃刀，不时地抚摸锋利的刀口，伴随着想象如果这把剃刀在身体上一划会划出多深的伤口。

终究有一天，那些幽灵，以前经常在夜晚和我做伴，将打开的剃刀轻轻地放在我的手里，并对我说时间到了。我拿着剃刀，从床上起身，走向我熟睡的妻子。她用双手撑着她的脸蛋，我轻轻地拿开她的双手，无力地放在她的胸口上。她脸上还残留着泪痕，这预示着刚哭完不久。她苍白的脸平静而安详，当我看着她的时候，她甚至露出了安详的微笑。我的手轻轻地落在她的肩膀上。她像做了一个梦一样，受了惊吓。当我往前倾身下去的时候，她开始喊叫，真正地醒过来了。

这个时候，我的手只要轻轻动一下，她就不会再哭了，也不会再叫了。可是我却因为她的叫声而受到了惊吓，整个人向后退了一步。我不知道发生了什么事情，她的眼睛直勾勾地看着我，让我感觉很害怕。我胆怯了。她还是一直看着我，不过已经坐起来了。虽然剃刀还在我手里，但是我全身发抖，动弹不得。她起来走向门口。快要到门口的时候她转身了，我已经看不到她了。诅咒不见了，我飞快地跑过去，一把抓住她的胳膊，她在尖叫了几声之后瘫倒在地上。

现在我很轻易地就可以杀死她，但是已经不可能了，因为她的叫声已经把家里的其他人都给惊醒了，脚步声从楼梯里传了过来。我将剃刀重新放回原来的抽屉，打开房门，大喊救命。

家里人进来后将她扶回到床上，她在床上躺了好几个小时，没有发出一点声音。等到她可以说话了的时候，却发现她已经疯了，失掉了理智。她开始胡言乱语。

好多医生都被请来——都是一些大人物，他们穿着华丽，坐在舒适的马车里，有仆人随行。他们围在她的床边好几个星期，在隔壁的房间一次慎重的会议还被召开，讨论时是用低沉而严肃的声音。在这些医生之间有个名声最响亮、最聪明的医生把我拉到一边，告诉我可能要做最坏的打算，还告诉我，一个真正的疯子，我的妻子疯掉了。我们在一扇打开的窗户前紧挨着站着，他的眼睛直直地看着我的脸，我的手臂上放着他的一只手。我这时候只需要一个动作，他就会摔到下面的街道上。假如他真的摔下去了，那才叫好玩呢！但是如果我真的这样做了，我的秘密就有可能被揭穿，所以我放过了他。过了几天，他们告诉我应当送我的妻子到某个疯人院，并且还必须找个人来护理她。要一个疯子去找！我在一个空旷处放声大笑，没有人能听得见我的笑声，我的笑声回荡在周围的空气里。

第二天她就死了。在死的时候只有老父亲陪伴在她的身边。她的3个哥哥，在她那已经没有知觉的尸体面前掉了几滴眼泪——就是这3个哥哥，在她活着的时候以一种旁观者的心态来对待处于痛苦中的妹妹。这所有的一切都是让我精神愉悦的精神食粮。当我们回家的时候，在马车上我一直掩着白手帕偷笑，直到我自己都笑出了眼泪。

虽然我杀了她，已经达到了我的目的，但是我越来越感到不安和担忧，总感觉我的秘密不久就要被揭穿。我一个人在家的时候，我几乎掩饰不住自己内心的狂喜，喜欢不停地跳跃拍手，伴随着大叫大唱在手舞足蹈。当我走在街道上，看见忙碌的人群在走来走去，或者在戏院听音乐、看别人跳舞，在这个时候我无法控制住内心的欣喜，我特别想突然地到人群中把他们撕成碎片，大卸八块，然后忘我地号叫。虽然我想了这么多，但是我仍旧没有行动，因为这样别人就会发现我是疯子，我使劲地压制我的想法，将脚跟狠狠地踩进地里面，尖尖的指甲硬生生地插入到我的肉里。

现在的我对于什么是现实、什么是我的幻想已经彻底模糊了，因为我认为我有很多事情要做，很多事情等待我去解决，这使我没有充足的时间去辨析到底什么是现实、什么是我的幻想。但是唯一有一件事是我一直记得的，这就是我记得关于我是疯子的秘密我是如何泄露出去的。哈！哈！我到现在还清晰地可以想起他们逃离时候的表情，那种表情是多么惊恐，并且还在远离我的地方不住地拍打自己的头和大声尖叫，我觉得我达到这个效果是那么的容易，想到这，我是那么的开心。看——我轻轻地一折这根铁条就弯了，简直就像折断一根小树枝一样那么容易。这里还有好几条长廊，每条长廊都有好多门，我原来想我找不到出去的路，因为我知道，我即使找到了路，还会有好多的门和锁在前面等着我，因为他们明白这里面关的疯子是多么聪明，把我关在这里让别人来看，这让他们觉得很得意。

哦，我记得有一次我出去到很晚，当我回到家的时候，已经深夜了，仆人过来告诉我说，我妻子的那个哥哥正在楼上等着见我，要和我说一件要紧事。对于这个哥哥，我不止一次地想要把他撕扯成碎片，因为我怀着我所有的憎恨和仇恨对他。时间已经很晚了，我把仆人打发走，现在这里只剩下我们两个人了，我们是第一次单独地两个人在一起，对，是第一次。

刚开始我避免看他，因为我想他肯定不知道我眼里闪烁着的疯狂，这正是我想要得意的地方。我们就这样先静静地坐了好几分钟，彼此都没有说话。后来是他先说的话。他认为我最近的奇怪言行对他的妹妹是个侮辱，因为他的妹妹就在前几日刚离去，再加上一些他以前并没有看到的事，他认为是我在虐待他的妹妹，我故意对他的妹妹不好，这些让他的家人没有面子。他认为让我解释这一切是通情理的，因为他身上穿着一身制服。

这身制服是军队里发的，我用钱帮他在军队里买的，同样也是用他的妹妹的不幸给他换来的这个官职。他就是这一大家庭里的主要掌事者，同时也是谋划我钱财的主要策划者，他明知道他的妹妹心里已经有了别人，但是仍旧逼迫她嫁给了我。他认为因为他有制服，所以要求得到我的解释很合理。去他的下流制服！我忍不住想说这句话，我的眼睛在他的身上游荡，我特别想说，但是最后我仍旧没有说一个字。

我就这样一直看着他，他在我的注视下脸色变了。我知道他胆子很大，但此刻他非常害怕，身体不由自主地往后退，脸色煞白，没有一丝血色。我看见他在发抖，于是我把椅子拉近了他，并且大笑起来，因为此时的我非常兴奋，我觉得体内的疯狂马上就要释放出来了。因为他很怕我。

我问了他一句："在你妹妹还在世的时候，你是不是很喜欢她？"

"嗯，非常喜欢。"他回答。他在害怕，他一直环顾四周，他的手一刻也没有离开椅背。

　　"你真是个坏蛋，我早已识破了你的阴谋，你为了夺得我的财产，牺牲了你妹妹的幸福，你妹妹在嫁给我之前已经爱上了别人，这些我早就知道了，很早就知道了。"我说。

　　我在说话的同时，悄悄地走向他，离他越来越近。而他终于发觉了，突然地从椅子上跳下来，发疯似的举起椅子，威胁我让我退后。

　　我觉得我心里所有的愤怒几乎就要在这一瞬间爆发，因为我说话的语调根本不像是在和他说话，而是在咆哮。在这时候，我的耳边又出现了幽灵的声音，他们在鼓励我将他的心挖出来。

　　我一边说话一边朝他走去，"你这个无耻的混蛋，对，你的妹妹是我杀死的，现在轮到你了。血，血！我要看到血！"

　　他在惊慌之中拿椅子扔向我，我一拳就挥开了，我咆哮地走到他身边，我们两个在地上扭打成一团。

　　我记得这一场搏斗很激烈。因为他身材高大，非常有力气，而且还为了要从我的魔掌下活下去；但是我非常想要杀死他，我是个疯子，力大无穷的疯子，我认为没有人的力气可以超过我。这一次我又想对了，因为我明显地感觉到在我的身下，他挣扎的力气越来越微弱。我死死地卡住他的咽喉，他的脸色逐渐发紫，眼睛已经凸显出来，舌头也耷拉在外面，看起来像嘲讽我没能立刻掐死他。于是我的手掐得更紧了。

　　一声巨响，房间的门被撞开了，冲进来一群人，彼此高喊着快点抓住这个疯子。

　　我是疯子，这是我的秘密，但此刻彻底地暴露了，大家都知道了。我现在唯一可以做的事就是找到自由，属于我自己的自由。因此，当我看到有一只手快要抓住我时，我疯狂地冲进人群，用我的胳膊杀出一条血路，看起来就像我的手里有什么兵器，将那一群人纷纷砍到。我疯狂地跑到门口，跳出栅栏，一下子就到了街上。

　　我疯狂地向前跑，没有一个人敢过来拦住我。许多脚步声从我的身后传来，我知道他们离我很近了，于是我加快了速度，比原先的速度快了一倍。最后我完全听不到那些脚步声了，但是我仍旧没有停下来，我依旧向前狂奔，穿过沼泽和小溪，跳过篱笆和墙头，大声地叫喊，在我四周的许许多多的生物也在拼命地喊叫，这声音瞬时间就大了好几倍，直冲云霄。几个鬼怪抱我在他们的怀里飞行，越过沙丘和篱笆；他们抓着我，发出很大的声响，速度也很快。最后我被他们重重地抛了出去，我跌落在地上。

　　当我醒来时，发现自己已经躺在这儿了——我回到我的那一间快乐的小屋。在这间小屋里，阳光几乎就射不进来，但奇怪的是到了晚上，偏偏有月光，而且映照出围绕在我身边的那些幽灵以及那个沉默地待在同样的角落里的人影。我有些时候会静静地躺在床上，睁着眼睛，可以听见一些奇怪的尖叫声和哭声，这些声音仿佛是从遥远的地方传来的。那些声音我不知道是什么，因为它既不来自那些幽灵，也不来自那个苍白的女人。因为从日落时分开始一直到早晨的第一缕阳光出现这段时间，她总是站在那个地方，一动不动地，静静地听着我身上的铁链发出的音乐，看着我在铺着干草的床上嬉戏。